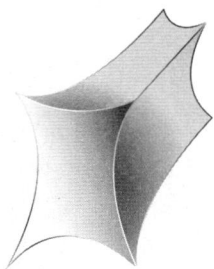

腾蛇的骗局

张公辅 ——— 著

九 州 出 版 社
JIUZHOUPRESS

图书在版编目(CIP)数据

腾蛇的骗局 / 张公辅著. —北京 ：九州出版社，
2017.10

ISBN 978 - 7 - 5108 - 6281 - 6

Ⅰ.①腾… Ⅱ.①张… Ⅲ.①科学幻想小说—中国—
当代 Ⅳ.①I247.5

中国版本图书馆 CIP 数据核字(2017)第 258948 号

腾蛇的骗局

作　　者	张公辅　著	
出版发行	九州出版社	
地　　址	北京市西城区阜外大街甲 35 号(100037)	
发行电话	(010)68992190/3/5/6	
网　　址	www.jiuzhoupress.com	
电子信箱	jiuzhou@jiuzhoupress.com	
印　　刷	北京市玖仁伟业印刷有限公司	
开　　本	787 毫米×1092 毫米　16 开	
印　　张	28.5	
字　　数	520 千字	
版　　次	2018 年 6 月第 1 版	
印　　次	2018 年 6 月第 1 次印刷	
书　　号	ISBN 978 - 7 - 5108 - 6281 - 6	
定　　价	88.00 元	

C 目 录
CONTENTS

引　子

　　"不是冤家不聚头，冤家相聚几时休？早知死后无情义，索把生前恩爱勾。"

　　说完这句定场诗，意识集合体"易小天"看了看台下观众的反应，嗯，自己这句定场诗还是选对了。

　　虽然融合了数十万个种族、上百兆的意识，但他（她/它）还是最喜欢用体内最早的意识之源，以一个人类的身份来说话（说白了也不过是因为作者是个人罢了）。

　　这句定场诗之所以选对了，是因为这句定场诗主要是讲述人际关系的。台下那些宇宙外的"神"们，还基本能听得明白，不需要多解释。否则要是选个"手把青秧插野田，低头便见水中天。六根清净方为稻，退步原来是向前"这种的，光是诗里面的名词"手"、"青秧"、"野田"、"水"、"天"啥的就得跟祂们解释到不知啥时候去了。

　　而这句诗里面，"不是"、"休"、"无"、"勾"，祂们明白，因为祂们有肯定和否定的概念。"冤家"祂们也明白，祂们彼此之间也有好恶。"相聚几时休"祂们也明白，都是彼此间保持独立的意识个体，当然也是有聚有散的。"情谊"，"恩爱"祂们也明白。而让"易小天"非常吃惊的是，祂们竟然也明白"早知"，"死后"这两个词？原来祂们也不是未卜先知的？原来祂们也会死？

　　这些先不提了，说完定场诗，"易小天"感知到了台下的"祂们"都提高了注意力，就等着他（她/它）继续往下说了。

　　"易小天"能感知到祂们就不错了。刚被祂提升到这个位面时，"易小天"根本无法适应，瞬间就嘎屁了。

　　在"易小天"死亡了上万次以后（还好这个位面里数学规律倒还存在），祂好一通忙乱，总算是找到办法将"易小天"的意识稳定了下来。可是他（她/它）也只能是在祂们的帮助和在祂们愿意的前提下感知到祂们，却无法通过所有自己融合后的意识集合们的所有本领感知到祂们的存在。

　　在意识刚稳定下来时，他（她/它）只能感觉到周围一会是一片光明，一会又是深深的黑暗。空间仿佛在无限的延伸，又仿佛不复存在了。自己好似仿佛永恒般的存在却又像在一瞬间已转生了上亿次一般。不过还好最终在祂的帮助下，自己

总算是能在力所能及的范围内有了个事件先后次序的辨识了。只是他（她/它）还是看不见祂们，勉强说起来的话只能是看到一段段闪闪发亮的直线在一片五颜六色的虚空中向数个方向无限延展出去，这些线段大概就是祂们了吧？

感知到台下的"神"们都想接着听下去，"易小天"却有点犯难了，这从何说起好呢？想了老半天，发现台下的祂们都有点不耐烦了，"易小天"不敢怠慢，只好随便从自己融合后的意识中找了一段开始说起了。

在这本小说里，有很多我向经典的动漫作品、游戏和电影桥段致敬的部分。我想感谢这些动漫作品、游戏和电影陪我度过的时光。若是有读者朋友在这本书中看到某些你们熟悉的场景和情节，请不要诧异，这是属于我们共同的回忆，而我将以文字的方式向这些伟大的作品致敬，希望你们能喜欢。

第一章

末日？我只是想发财而已我招惹谁了？

　　奥莱躺在冰凉的解剖台上缓缓地睁开双眼，恍惚间觉得，这似乎和他每一天早晨起床时的场景一模一样。每次他起床时喝过一口酒之后，看到的不也就是眼前一片白光这个景象嘛。于是他继续静静地躺着，呆呆地看着头顶暗淡的白光在盘旋，盘旋……

　　作为一名称职的金融投资家，奥莱的工作就是思考着怎样利用自己的投机资金在金融市场上风生水起，为自己集聚更多的经济财富。奥莱醒来的第一件事就是本能地进入自己的交易账户，看看上面是涨了还是跌了，不过他总是很自信，他看准的投资都是可控的。至于每天赚了多少还是跌了多少，也已经不再过多关心。他更多是的是思考着吸点什么来陶冶情操。女人的体香？晚上再说吧，白天需要点提神的东西。数字如果上浮，那他早餐前就吸一口"奥玛"来振奋一下；如果下降，他就来一口"费奥忑"滋润一下自己的五脏六腑，这两样新上市的东西就是够劲儿。反正不管涨了还是跌了，对现在的他来讲意义都不大。

　　金融市场嘛！就那么回事儿！奥莱打过几场漂亮的战役。那还是在他刚出道的时候，年轻的奥莱通过调查发现，由于铵联公司的股票和不动产业务上涨，股票售价与资产价值相比大打折扣，于是他建议人们购买铵联公司的股票。莫费担保公司和德雷福斯购买了大量的铵联公司的股份，但其他人并不相信他这个毛头小子，都没有跟进。可最后事实证明奥莱预测完全正确，铵联股票的市价翻了三倍。年轻的奥莱因此名声大振。

　　还有一次就发生在前些年，那时候正报道中东地区冲突，几个小国家奋力抵抗入侵者，最后他们由于武器落后而惨败。从这场战争中，奥莱联想到自己国家的武器装备也可能过时，国防部可能会花费巨资用新式武器重新装备军队。于是奥莱开始投资那些掌握大量国防部订货合同的公司股票，这些投资都为奥莱带来了巨额利润。

　　好汉不提当年勇。现在的奥莱觉得只要总体收益稳步向上就可以，剩下的

手续交给助理打理就行,如果真赔了,只要"费奥忑"不中断,他也总能想到好办法。

今天交易账户涨势凶猛,奥莱惬意地吸了一口"奥玛",之后突然他感到一阵莫名的冲动,就往自己雪白浑圆的屁股上狠狠一拍,接着满足似的一头倒在床上,体验着"奥玛"带给他的别样刺激和快感。

等那莫名兴奋的感觉慢慢消退之后,他把手机扔到一边,掀开轻薄的被单,光着屁股起床了。只有顶级富豪才能拥有的智能家居设备感应到他起来后,马上开始根据当天的流行排行榜播放音乐了,接着窗帘自动拉开,家里所有的设备同时打开了开关,厨房里的厨具自动为其准备提神饮料和热面包,从金属储物柜的上方伸出两只金属"手臂"来,将餐盘不断地摆上餐桌,一切工序完成后,它们又恢复成原来的金属薄板状。

当奥莱经过餐桌时,桌上已摆好了热气腾腾的早餐。只是那杯饮料倒得太满,都溢出来了,桌子上脏了一大滩。

"唉,到底还是太新了,不那么好用啊。"奥莱抱怨到。这自动玩意儿刚上市还不到一个星期,肯定还有不少问题,可奥莱是不会放过用这些又贵又玄的东西来吸引羡慕的眼光的,这东西一装,下一次来他家里开 party 的朋友们可有的瞧了。

奥莱哼着音乐,随手端起桌上的热饮呷了一口,满足地扭着屁股朝浴室走去。屁股虽然还在隐隐作痛,但他心中却得意不已:"想赚钱,下手就得狠!"

有时候,奥莱也会烦恼,他觉着别人要是像自己一样成功,那也是一种负担呐。连续不断的富豪聚会,高层领导的宴请,专家讲座啥的也实在让人腻味了,可很多时候又不得不去。

作为一个年仅三十一岁的超级富豪,奥莱的人生可谓传奇。从默默无闻的推销员做到现如今风靡全球的金融投资人,他只用了短短几年的时间。

鬼知道这五年他都经历了什么,直到他买下江南区最昂贵的庄园别墅的时候,别人才意识到,这个混账是真的富了!

奥莱在泳池般大小的纯金浴缸里洗完澡,接着在偌大的衣帽间里徘徊。

这个巨大的衣帽间面积相当于三个普通工薪阶层的整套房屋面积总和,这里面连鞋子都有个小电梯。一般算来,工薪阶层差不多要还上三十年贷款才能买得起一套这样面积的房子吧。这还是那一次来采访他的漂亮小记者和他在这个衣帽间里亲热之后告诉他的——她居然指明了要体验一下这大衣帽间的感觉。奥莱知道此事后得意洋洋的在衣帽间里来了个自拍,在朋友圈里大肆炫耀了一番。

那天的情形仿如昨日,在脑中又回味了一番后,他最终选择了一套经典款的咖啡色西装。这套西装,奥莱可是花了大价钱请到全球最知名的设计师为他量身定制的。还别说，这衣服上身效果非常好，完美地呈现了他的身形，奥莱满意地看着镜子里的自己。

刚有钱的时候，他的身材一度因为好吃好喝严重走形，曾经胖得连买车都得私人定制，不然根本坐不进去。但后来，有了"奥玛"和"费奥忈"的滋润，不到三个月，人立马瘦了下来，穿上衣服，还真是英俊潇洒。

不过，那些主动投怀送抱的女孩子到底不是因为他帅才跑来的，深谙风月场的奥莱明白女孩子的心思，两眼一闭，谁还管他帅不帅的，鼓囊囊的口袋才是关键！

奥莱走出衣帽间，取了那个全球限量十款的公文包向门外走去。

这时他那妖艳的老婆穿着一身性感的睡裙迎了出来，空气中散发着这个女人的香气，奥莱闭上眼睛深呼吸，像是要把这女人吸进自己的胃里，让肠道的蠕动好好地享用她。

"亲爱的！要出门了吗？"她的声音粘腻，像是抹了一层厚厚奶油的甜蛋糕。

奥莱喜欢这女人的味道，至少曾经迷恋着这一款。

女人一双细长的胳膊搭上了奥莱的肩，奥莱用鼻子在她的胳膊上轻轻地嗅着，眼睛往下又看到了一对饱满却又紧致的胸脯。在一起这么多年，女人越发知道自己男人的喜好，她靠得更近了，妩媚地用细滑的小手为自己的男人系上领带。

奥莱再次闭上眼睛，狠狠地将这尤物的体香吸入鼻腔。他一把搂过眼前的尤物，吻住年轻貌美的女人的唇，瞬间就把这女人的香味吸食干净。

他寸草不生的光头上折射出冰冷的光，与这暧昧的场景有些不符。他松开娇妻，一巴掌拍在自己的光头上，挠了个圆，悠闲地出了门。

奥莱知道，自己在她眼里不过就是一台自动提款机而已。

"提款机"在地下车库取了车，笔直的开出了庄园。

时间还早，但是天已大亮。

江南区的主路两旁种植着少见的红杉树，粉红色的叶子像手掌一样伸向天空，叶片好似可以突破重力的束缚般齐齐地向上生长，挣扎着想要逃离地面。

据说用红杉树的叶片研发而出的红杉补水面膜补水效果非常好，奥莱当初凭借敏锐的直觉第一时间预感到红杉树将会成为美女们追捧的新时尚，于是他疯狂购进红杉树股票，又狠狠地捞了一大笔。大小投资，只要是钱，没有奥莱不赚的。

红杉树浑身都是宝啊！

奥莱沾沾自喜。

他的公司在江北区最中央的金融城，眼前这幢高耸入云的写字楼就是他的公司所在地，外立面笔直的玻璃幕墙将一颗宝石切割面造型的空间置于楼顶位置,闪耀着这个时代最光辉的职场荣耀。他的办公室就位于写字楼的宝石空间内,站在落窗边向下望去,江南江北的美景尽收眼底,那条奔流不息的大江从他的这个位置看上去就像一条女人香肩上的白丝巾。这"丝巾"里不仅有他的那艘"德梅洛"号豪华游艇,还生长着美味绝伦的白鳍江豚。奥莱望着这满眼的美味,幻想着他即将开展的种族控制计划,他要将白鳍江豚的数量控制在 100 条左右,而他则掌握着这一濒临灭绝生物的养殖权力。那时,一条白鳍江豚(注:白鳍江豚在这个时代并非保护动物)的经济效益则比得上半条金融街的创收,那时他可就真的富可敌国了!

奥莱站在窗前,欣赏这眼前的美景,笑得浑身发颤。

他的视线转向远处的公园,他看着大街上小如蝼蚁的车辆,再看看掠过的飞鸟,又紧盯着窗户缝里的线槽,他看到的一切在他的脑袋里立即换算成数字,就像是一台超级计算机在运算庞大的二进制数据一样。这些数据在奥莱眼里都是有可能兑换成金钱数字的,进入运算状态的奥莱眼里不停地闪烁着凌厉的光,他有能力把一切看到的东西都换算成数字。他满足地看着这个世界,仿佛这里的一切都是金钱编织而成的,真是一个美妙的地方啊!

等到这个星球上的钱都被我赚完了,我是不是就该再更上一层楼?他贪婪地抬起光头,可近在咫尺的太阳却让他感到到眼前一黑,令他感到眩晕,又仿佛有一个巨大的黑影笼罩在自己的头顶。

奥莱迅速从白日梦中清醒,一把按住自己锃亮的光头使劲抹了一下,决定还是老老实实地坐回办公桌前把今天的钱赚到再说。他坐在自己八屏炒股主机面前,迅速将八块屏幕上的数据分析了一遍,开始在自己的股票世界里如鱼得水地赚着快钱。

电脑屏幕上突然弹出了一个大大的视频聊天框,身着情趣内衣、被反绑了双手的性感女人在画面里对着奥莱扭动着身子。

"哥哥,快来!人家被困在金融城 F 区地下室,快来救救我嘛!啊——"声音极度魅惑,不停地向奥莱伸手求救。

奥莱瞬间从庞大今天的金融数字里面抽离出来,心里想着:嘿嘿嘿,这次是想和老子玩绑架主题,看我不折磨死你!

他匆匆地关了主机。要懂得适当放松一下精神和肉体,才能更好地赚钱嘛!

奥莱轻松地说服了自己,紧了紧裤腰带,哼着小曲,快速朝金融城 F 区走去。

奥莱最大的愿望就是过上妻妾成群的"性福"生活,奈何法律管天管地管太多,连娶老婆这种家事也要管。这不存心跟我对着干嘛!要是什么时候法律条文也能买卖就好了。

奥莱一边抱怨着,一边快步走着,不一会就来到了 F 区。

奥莱已经开始松自己的领带了,他可不想等到进了里面,被这扣死的领带扫了兴致。

太阳炽热，奥莱却从不出汗，今天却少有的热到流汗，今天可是热得有点不对头啊。并且这也不是他一个人的感觉，从他身边错身而过的好几个人都在抱怨今天特别热。他下意识地抬头看看天，万里无云，太阳依旧炫目，刺得人眼前一阵阵发晕，奥莱不由地喃喃自语："下次该投资太阳能了。"

他用手挡住炽热的阳光，投下的一束小阴影只能为他的半边脸遮阳。不过为了完成"日"常工作，奥莱已不在乎热不热了，还是以灵便的速度绕进了金融城的地下室。

金融城地下室这种隐蔽的地方，滋养着一个与众不同的世界，各种见不得光的行业在这里生根发芽。

奥莱是这里的常客。轻车熟路地来到一块霓虹灯装饰的招牌前，悬着门帘的玻璃门没有上锁，留了一条缝等着客人粗暴地打开。

奥莱喘着粗气一把将门推开，果然图片上的妖艳美女正穿着情趣内衣躺在软趴趴的沙发上等着他呢！

"小甜心，你可想死我了！"奥莱迫不及待地压了上去。

小甜心细长的胳膊勾着奥莱，一把将他拉到自己的身上。奥莱早已饥渴难耐，火急火燎地开始脱衣服。还好在路上已经把领带解开了，可哪知关键时刻，裤子拉链居然卡住了，他也顾不得了，先借着腰力对着女人的胯抵上去再说。

奥莱满头热汗，手忙脚乱，奈何裤子就是迟迟脱不下来。奥莱懊悔不已，早知道今天就不穿这套西装了！

越着急，手越笨，战无不胜的奥莱头一次吃了瘪。

房间上方的墙体上，只开了一扇小窗户，用来与外界换气。奥莱仰着头大口喘气，他感觉到身体酸软缺氧，头昏昏沉沉的。他妈的谁把地下室的窗户设计的这么小的！

小甜心忍无可忍，用细长的指尖在裤裆上一划，裤子登时变成两半。奥莱终于如愿以偿。

小甜心四肢紧紧地缠在奥莱的身上，浑身散发出让人意乱情迷的香味。奥莱将自己的光头埋在美女的胸脯上，正贪婪地吮吸着，突然感觉窗外有什么人正在盯着他。

奥莱奇怪的抬头，仔细打量，却没看见任何东西。

"咦？怎么感觉有人在偷看呢？"

小甜心等的早已不耐烦，现在又正在兴头上，哪容奥莱分心。略有不满地看着他，双腿将他死死夹紧，手上用力将他套牢。

"哪里有什么人啊，来嘛！"

奥莱也没多想，有啥人也得等他爽完再说，他开始继续"无果地耕耘"。小甜

心眼神迷离,小手在奥莱的背膀上划出深深的印记。

可奥莱还是觉得不对劲,他的预感一向很准。他总能预感到金融风暴何时会来,好早早做好准备,何时该满仓,何时该平仓,上天对他一向不薄。而这次他感觉到似乎有朵巨大的阴云覆盖到了天边,小窗外突然黑了下来。

一定有什么事发生了!他提了裤子站起来,急匆匆地跑了出去。小甜心使出了"倒挂金钩"挂在了奥莱的腰上,死缠烂打不许他出去。奥莱一个转身就把女人甩到沙发床上,火急火燎地冲了出去。

奥莱一只脚刚迈出地下室,突然整个人傻掉了。

刚才还万里无云的天空,竟凭空出现了一个庞然大物,遮天蔽日。

巨大的阴影笼罩着这座城市,朝着人群聚居的方向驶来,体积之大超乎想象。

"是个什么东西?"

"靠!不会是外星人吧?"

"什么外星人啊,应该是拍戏吧?"

"妈呀!这个剧组也忒儿有钱了吧,哪儿弄这么大个道具来?"

"借过借过,你们这些人倒是他妈的有闲心,谁还有空管那个去了。我这份快递再不送到我今天的工资可就没了这才是最要紧的呢!"

人们议论纷纷,对着天空指指点点,又惊奇又恐惧地盯着黑影。有不少小偷趁大家都抬头看天的间隙可是收获颇丰。

黑影就要完全遮蔽太阳了,阳光一点一点从天空中消失,世界陷入末日般的昏黄光景。只有黑影边缘还有一圈光晕。

奥莱一屁股跌坐在地上,裤子哗啦一下掉了下来。

黑影压得人们快要喘不过气了,距离人们越来越近。奥莱也算是见过世面的人,却也因为见到眼前的庞然大物而怔住,连裤子都忘了提。

"居然真是一艘飞船!啊!——"

等到人们完全看清楚庞然大物的时候,不由得倒吸一口凉气,大喊大叫起来。

黑影左右两侧各有一个巨大的圆形动力装置,上面垂直喷射着银蓝色的尾焰。尾焰在天空喷射出美丽又诡异的炫彩图案,飞船呈现交叉的十字形,在"十"字型飞船主机上,分布着八个巨大的平滑突起物,不断变换着方位。突起物尖端正散发着幽蓝的光点,像一双双窥探的眼睛在打量着底下的世界。

奥莱眯着眼睛,想看得更仔细。

蓝光突然消失,奥莱的呼吸都停顿了,人们还在好奇地盯着天空,这飞船是要干什么呢?

就在这时候,伴随着巨大的声响,飞船的八个发射器火力全开,骇人的蓝色射线喷将而出,呼啸着朝四面八方发散。

不知道谁先反应了过来，猛地尖叫了一声："啊——快跑啊！"

人群瞬间炸开了锅，抱头狂窜。奥莱提着裤子杵在人群中还没反应过来。

"我靠，真是外星人来了！"

"跑啊！"

"谁他妈去打电话叫警察啊！"

"军队他妈死哪去啦！"

人们尖叫着，混乱中四下奔逃。只有一个平日里总在街头拿着个牌子的人岿然不动，他被警察抓了放，放了抓，他的牌子上面写着"愚蠢的世人啊，多关心一下你头顶的天空吧，这堕落的世界迟早要完"，这个人此时只是静静地看着众人慌乱逃跑。

蓝色射线所到之处，建筑物被立刻分解，瞬间变成规则的灰尘般大小的元素粒子被太空飞船吸走。而那些多余的无用的东西，纷纷凝结成大大小小的干巴巴的巨大土块从半空里砸下来。好像是一具被吸干了血液的干尸，横七竖八地散落在地上。

奥莱眼睁睁地看着自己的金融大厦被无数道蓝色的射线扫射，才两三秒钟，这栋造价高达 80 亿的合金材料的摩天大楼就凭空消失了。

奥莱也顾不得跑了，跪倒在地上，用手不断捶着脑袋，撕心裂肺地叫着："我的金融大厦呀，我的金融大厦呀！"

而这一切仅仅只是个开始。

奥莱真是不该停下来的。

他又看见射线吸起江水，发出令人终生都会做恶梦的恐怖巨响，数亿吨江水和无数价值连城的白鳍江豚被飞船吸得一干二净，一滴水也没给留下。丑陋的江底赤裸裸的呈现在人们眼前。

"不！我的白鳍豚啊！"

天空浑浊不堪，天上的云就像是一块被搅得乱七八糟的泥泞的沼泽地。奥莱惊愕地发现，就连云彩都缓缓地被巨大的飞船吸进去了！

奥莱脸部肌肉不由自主地开始抽搐着，他眼睁睁看着眼前的金融城瞬间变成残败的瓦砾土坑，所有的东西都被全部吸光，自己奋斗许久的一切全成了一场空。

奥莱傻呆呆地看着天上的大家伙。可这还不算完，在巨型飞船的后方，还跟着更多的舰队，密密麻麻，无穷无尽。

世界末日的序幕拉开了……

无数千奇百怪的飞船呼啸而来，大大小小，五花八门。

有的大飞船上赫然矗立着一座座繁华的城市，灯火透明，璀璨夺目；而有的只是纯粹装载着重量级武器，无数小悬浮炮弹将其围绕，发出恐怖的蓝色光晕；更有无数密密麻麻形态各异的战斗机，还有一些奥莱根本无法用眼睛来识别的千奇百

怪、做梦想象不到的飞船,它们无一例外的尽可能多地发射射线,将这大片土地上的一切掠夺一空。

载着一座用好似玻璃罩的透明半圆体笼罩着的庞大城市的飞船加速俯冲过来,底盘上的涡轮快速旋转,从中分化出数个带有抓钩的巨大金属触手。触手瞄准之后猛力发射,牢牢地抓住地面,继而快速向下冲刺深入地基,牢牢地扣紧,与大地合二为一,一座外星城市赫然贴在了地面上。

一个飞船寄生成功后,无数个飞船也效仿着纷纷抓紧地面着陆,像扑向玉米地的蝗虫大军一样,这些金属"蝗虫"呼啸着,黏在这座荒废的城市之上,立地生根,开始繁殖。

奥莱惊恐地意识到:这些侵略者是要吞噬掉整个星球啊!

刚刚落地的半圆形飞船停顿了几秒钟,突然底盘旋转,抓钩重新组装,变成蜘蛛脚状的动力装置,载着飞船在大地上横七竖八地跑着。它们的头顶射出颜色艳丽的探测射线来,到处探查这个星球的智慧物种。

逃窜的人们一旦被这射线扫描、锁定,立刻就会被分解,转化成原物质状态的微粒元素,纷纷被半圆形飞船吸收殆尽。

而剩下的残渣就那样灰秃秃地停在那里,等待被一阵风吹散。

天空被美丽的蓝色射线覆盖,像是一场壮丽的流星雨,连绵不绝。

金属"蝗虫"们震动着金属羽翼肆意冲来。

突然,一个浑身透明、散发着柔和白光的不规则多面体飞船缓缓从半空落下,它慢慢地靠近奥莱的正上方,奥莱惊恐地睁大双眼,双脚却无法动弹分毫。他看到这个庞然大物的外壳竟是如玻璃般透明,隐约可以看到里面乳白色的船体,黑色的菱形主机悬浮其中,不规则的尖端上正一闪一闪地发着光。

奥莱知道自己的末日就要来了,他马上就会和其他人一样被射线射成粒子了。他拼命竖起头上的感光腺体,感光腺体簌簌而动,慢慢立了起来。这时候,果然就像传说中说的那样,临死的时候时间会慢下来。在这种情况下,他居然还能意识到,那超大型母舰至少跨越了城市三四个城区,可奇异的是,它只有薄薄的一层,它的宽大和轻薄简直就是不成比例,太不可思议了。而且,正有至少上万艘飞船正在从它的舰体里同时发射。他觉得这个应该就是这个外来舰队的总指挥舰了吧。他眯着眼睛仔细观察,又发现这些舰队里,每个飞船上有着不同的标志。印的标志全是他不认识的外星字母,他虽然一个也不认识,但假如给这个可怜的生物时间,凭着他以前的一时兴起,再加上附庸风雅报的绘画班练出的那一点画技,他倒是可以把那些标志临摹下来。如果他能画的话,那画出来的外星语就有"Sanmsung","Guucci","Miicrosoft",还有的飞船上的字母和以上的字母风格又不太一样,不像是一种文明的,有"老干爹","猫台","望望集团"。而他看到的最可怕的三艘飞船上,一个标志是"KFC",这个飞船上画着一个白色的奇怪的外星生物,表情非常狰

狞。另一个飞船的标志字母是"Disney",上面画着一个异常诡异的外星生物,应该是耳朵的地方长着非常大的,和头颅比例绝不相衬的超级大的耳朵。最可怕的是一艘颜色花花绿绿的飞船上,有个很大的"M"外星文字。这个飞船上画的那个外星生物尤其可怕,应该是脸的地方却长着个像是嘴的器官,又红又大,看着就像是要吃人一般!

天啊!奥莱明白了,他们是被不止一种外星生物侵略了,这来的是外星联合舰队!就在那束白色的光线照射在他身上前,奥莱心中竟然觉得很荣幸。在他看来,自己的星球被这么多外星种族看上了,从金融的角度来看,这个星球还是宇宙里的一只潜力股呢!

奥莱认命地闭上眼睛。

第二章

亲密接触

"吱啦吱啦……"网络监听通讯传来信号不佳的声响。

一阵电流乱窜的"吱吱"声后，终于出现了声音，声音十分模糊，只能大概听清内容是什么。

"呼……哗……大白鲨……呼叫大白鲨。"信号终于稳定了。

"得令。"对方语气戏谑地说道。

"立即派遣三十艘'银凤'开往西区金融城主干道，务必在五分钟内摧毁所有外星人建筑。"那声音明明是人说话的声音，却冷默得不像话，简直比电子音还没有人情味。

"得嘞。"

"两百艘'邪王'尾随其后，将所有的一切全部吸收干净。"

这次对方犹豫了一下。"啊？不是吧？要将五百万吨位的射线粒子飞船全派去啊？那外星生物呢，也全部吸收干净吗？"

"为了圣皇！消灭所有异教徒！将一切还原成基本原物质，一个不留。"那个比电子音还没人情味的声音在喊口号时却激情万丈。

"我靠！又这样啊！你们真是……行行 行，没关系，反正你们出资了，想干啥就干啥呗，然后呢？"

"西经四十五度三，北纬六十八度九……首都……派遣……圣皇之声……"信号突然又变得模糊不清，李昂将贴满胶布才勉强缠起来的监听耳机拿下来敲了敲，又戴了回去，这次连沙沙声都消失了，只有不停的"嘟嘟"忙音在响着。

李昂气闷地将监听设备丢在地上，真是恨不得踩上两脚才解气，可是他不能这么任性，毕竟以后还得靠这玩意儿呢！

不过他也听到了关键的信息，金融区主干道，还有西经四十五度三，北纬六十八度九。

既然这样的话，那这两个地方他坚决不去！

李昂大手一挥："二亮，减速！掉头，隐身！"

小飞船闷哼了一声，突然180度掉头，降低了飞行速度，身形在半空中淡了好几回，却始终没有隐身成功。

李昂敢保证，监听到了刚才对话的绝对不止他们一艘船，不知道什么时候起，所有的企业、政府单位，甚至个人都已经形成了一个共识：自己飞船上一定要安装一台高配置的窃听装备不可，哪怕造价昂贵，但是为了能窃听到"他们"的对话也值了。

"他们"不同于宇宙舰队中的其他成员，这个号称"无相"的超大舰队群成员根本就不会将自己的大脑与各个腾蛇相融合，完全奉行自己的独立主张，是一个宣扬"人类的纯正性"高于一切的宗教狂热组织。

联合舰队虽是宇宙中的海盗，但他们也有自己的行为标准，有首脑，有政府，有自己的城市和公司。即使是掠夺其他星球的资源也会对其有所保留，哪怕是留点东西拿来卖或是做个纪念也好啊。而那些自称"为人类的纯正性"而战的"无相"舰队则所过之处片甲不留，除了要拿走一切，还要毁灭一切。别人李昂是不知道，反正他是死是活想不通这种做法和他们的教义有什么关系。

李昂向来不齿他们的行为，做事不分青红皂白，只知道烧杀抢掠，和强盗有什么区别嘛。他可不一样，要真说是"盗"，那他李昂也是"侠盗"！

李昂不断地往自己脸上贴金：有原则的"借用"，一向是李昂的行为准则。他可不是那种为了钱什么都干得出来的人。

可是联合舰队太庞大了，除了"无相"那样的宗教狂热派，还有更多游离于各个舰队之外的雇佣兵团。他们可以为任何组织服务，只要对方付得起物质量，什么任务都可以接。

年轻的时候李昂曾经也加入过一个佣兵团，据说只要在舰队里待上两年，保证每个人都可以赚到买一架小飞船的信用度。年轻时候的李昂想拥有一架自己的小飞船，想都想疯了，他昧着良心加入了一个臭名昭著的，名字叫"莱西"的超大型雇佣舰队。

名字倒是叫得好听，可他们的行为却和鬣狗的习性一样。这个"莱西"舰队做事阴险狡诈，不光明正大的和敌人交锋。他们喜欢悄悄潜伏在其他宇宙舰队的后面，当其他宇宙舰队和敌人发生激战，结束战斗后，再跳出来在队友的背后捅一刀，肆意抢夺他们的战利品。遇到反抗的就杀，抢不走的就烧。而那时无论是敌人还是自己人都已经精疲力竭了，已经没有了足够的力量抵抗，这时候再去坐享渔翁之利，快哉快哉。

他们总是抢夺同伴的战利品，甚至为了达到目的不择手段，从而导致声名狼藉，臭名昭著，人人厌恶。可是作为雇佣兵团，他们却抢手得很，毕竟他们是赚得最多的。

　　这个团伙里男男女女全都是一帮流氓，做事毫无底线，没事干的时候不是酗酒、赌博、乱交（包括同性之间），就是斗殴，也经常四件事一起干，李昂经常在船舱里看到墙上东溅着一滩血迹，西挂着一个胸罩，男女船员光着腚狂笑着追来追去。这还不算，和他们融合的那个叫"阴帝"的腾蛇也是个疯子，总是在他们脑子里怂恿他们内斗，还专门让他们在指挥舰里建了个竞技场，当他们没东西可抢、闲得发慌的时候，就让他们在竞技场里来上一场生死格斗。李昂一开始倒觉得这种活法挺新鲜，甚至还交了个女朋友，可后来他和那个女炮手说出他想以后和她结婚，然后离开这狗屁舰队找个地方好好过日子，没想到得到的却是那个女人的大肆嘲笑，然后女人就回去找她的"后宫佳丽"们去了，她离开李昂时最后一句话是给李昂一脸唾沫星子加上"靠，还不是因为你性功能强才看上你的，结果你个杂种还是个孬种！"后来她"后宫佳丽"中的其他三个男人一起把他逼到竞技场上要来一场"公平"的决斗，李昂仗着自己练过综合格斗术，总算是从他们三个的大砍刀（他们是违规偷偷带上台的，李昂却是老老实实的赤手空拳……）下活了下来。这之后，他就非走不可了，失恋啥的先搁一边不谈，那些赌他输结果赔惨了的人也饶不了他。

　　李昂找了个机会逃了出来，后来为了躲着"莱西"里那些要找他算账的人，行事也不敢太高调，最终也没能赚到购买飞船的信用度。人到中年，他仍旧只能开着这架快要报废的小飞船偷偷捡些残渣剩料。

　　可是现在联合舰队内形势复杂，他连废料都快要捡不到了。像他们这样没有组织的小飞船，一旦不小心闯入"无相"的势力范围，很有可能就被当成异教徒送上宗教法庭审判一番，最好的结果是被当成"无知的鱼"而被没收财产给他们当"力工"——说白了就是干到死为止的奴隶，不走运当成异教徒的话直接就上火刑架了。或者不小心撞上一艘佣兵团舰队，乖乖，他们可不会顾念什么同伴之谊，直接毫不客气地把你射成原物质，收进仓库里等着回收利用吧。说不定自己就变成了哪块飞船里的马桶垫呢——生物质的马桶垫坐着最舒服了。

　　所以像他们这样的小飞船为了自保都会提前调查好路线，但凡是"无相"舰队开往的方向，或者那些个佣兵团舰队出没的地方都会绕道离开，跟在他们的后面捡不到一点好处不说，还随时有可能被干掉。

　　不过李昂现在面临的情况更复杂，"无相"居然雇了"大白鲨"佣兵团，天哪！这两个组织一合体估计够那些个大公司和政要们头疼的了。

　　李昂穷得彻底，身份又低，他可管不了那么多，他只想着尽快避开这些瘟神，他能把自己的小仓库填满就知足了。

　　李昂驾驶着小飞船朝反方向开去，果然他看见大批的佣兵团舰队跟随着"无相"舰队向着他们之前制定的主航道驶去了。

　　李昂侧头往外面一看，啊——他们不光雇佣了"大白鲨"，居然还有"剑齿虎"和"短吻鳄"，就连大名鼎鼎的"霸王龙"舰队也来了。每一个佣兵团的标志都是其

名字所对应的动物形象,不过都是造型夸大的卡通版,那些个龇牙咧嘴、凶神恶煞的造型直大喇喇地印在舰队上,生怕别人不知道坏事都是他们干的一样。

看来这次"无相"是要来次大的了,难怪那些个大企业的舰队也躲着他们。李昂赶紧指挥小飞船以最快的速度逃离这些大家伙,唯恐自己跑得太慢。

突然头盔内的传感器有了反应,他朝着传感器提示要他看的方向看去,不远处竟傻愣愣地杵着一个外星人,外星人不逃窜也不躲避,就那么傻乎乎地盯着天空,怕是被吓傻了吧!

李昂兴奋地大叫一声:"好家伙!拿你先开个门!"

一声令下,小飞船笔直地朝着那外星人飞了过去,开到半路他猛然间发现头顶上方无声地悬挂着一艘超级巨大的母舰。

李昂完全吓傻了眼,眼前这大块头不会也是来抢这外星人的吧?可这都到嘴的鸭子就这么飞了实在是心有不甘,他到现在还啥都没抢到呢。

李昂眼睛一闭,脚一跺:"老子拼了!给我速度快点!抢完就走!快快快!"

奥莱只看见一艘锈迹斑斑的小飞船突然窜出来,抢到巨大飞船的前面,快速从头上射下一道白色射线将他覆盖。

和其他的大飞船相比,这艘飞船小得不值一提,就连它发射的射线看起来都比其他的射线要细很多,并且还断断续续的,中途好几次射线一断,奥莱都差点又掉下去。

而就是这艘不知道从哪冒出来的小飞船抢了大飞船的猎物,还使得大飞船的巨大射线射了个空。

小飞船内传来一阵欢呼。

"耶!抢到啦!"

船长李昂赶紧发布命令:"搞快点,赶紧隐形!别让那个大块头发现了!然后把那个家伙钓上来,看看是个什么样的外星人。"

小小的主控室里,有四名船员正在忙碌着,将油腻腻的触摸屏拍得啪啪作响(这艘不知转了几手的便宜货可没有安装通过意识流直接操控的设备)。李昂船长得意洋洋地看着自己的小飞船灵活地逃离现场,看来那个超大飞船根本没有发现他的踪迹。

"打开舱门,把那个外星人抬进来。"李昂得意洋洋地命令道。

舱门还没打开,就听见一个船员惊呼一声:"哎呀!船长!坏菜了!咱们被那个母舰发现了!"

李昂还没来得及做好准备,突然大脑的意识里传来一道冷冷的声音,那声音听起来十分清晰、干脆,信号极强。

李昂不由得心想,这些大船的设备就是高级,隔空意识交流一点时差都没有,

哪像他们这种破船上安装的过时意识流信号收发器,每发送一次还有少则几秒钟的延迟。别人都说完了三四句,自己这边第一句才能发过去。

"哪来的孙子敢来抢我们的货?"对方毫不客气地质问。

李昂眼睛一转,听这声音应该是河南人啊,他立刻捏好鼻子准备用河南话回应:"呀!原来是老乡,咱也是河南的船嘛,都是道鸡公司出产的,都是自己人!"

可惜他的收发器有延迟,话还没发送成功,对方就又连珠炮似的发问好几句。

"不管你是谁,给我小心着!下次再抢我的货,管你是什么来头,我直接让你见阎王!"

"哼,你们又算什么东西,仗势欺人。"李昂小声地用嘴嘟囔着,却也不敢发泄自己的不满。像他这样的小飞船,头上那艘大型母舰一秒就能让他尸骨无存,没灭了他完全是因为人家气量大,懒得搭理这种小虾米。

李昂当然清楚自己几斤几两,他感觉到手心里都出汗了——唉,没钱连个生化肢体都换不起,都什么时代了居然还要出汗。他假装淡定,惹不起我还躲不起么。可刚准备掉头逃跑,哪知这时自己的意识信号才后知后觉的传输到对方的船上,对方一听就不乐意了。

他们的超大母舰是道鸡公司的最新产品,这公司可不得了,在很久以前,那还是联合舰队离开太阳系之前的事了,他们就收购了当时国际知名的"APPLE"(这里要改个名称用英文梨或者菠萝代替),舰上那个奥莱看到的好像一个水果被咬了一口的标志也是联合舰队里最有辨识度的。这艘最新的叫做"世纪之城"的超豪华母舰,是道鸡公司的得意之作,可同时装载上万艘飞船,在联合舰队里也算得上是载容量最大,容积最大的母舰之一了。而李昂那艘破破烂烂的小山雀飞船是道鸡公司十五年前就停止使用了的过时型号,现在连保修期都过了,居然也跑来蹭热度,跟着瞎起哄。

"哼,你还好意思说你们是河南人,就是你们这些私人掠夺团乱哄哄地看见东西就抢,像一群无头苍蝇一样,没一点战略。搞的现在情况一团糟,真给我们河南人丢脸。"

"哎哟!"李昂不由得从座位上弹起来,命令脑内的腾蛇把自己的意识从意识传送网络上断开,才破口大骂:"这么说的话你们才更可恶吧!仗着自己财大气粗就对我们这些人不管不顾,只顾着自己胡吃海喝,就剩点残渣给我们还嫌东嫌西的!成天高高在上的德行,说你胖你还真喘上了,还真把自己当领袖了!等我赚够了钱换一艘大船第一个就打得你满地找牙!"

手底下几个船员停止了操作,一脸生无可恋地看着他:"船长,你真要这么顶撞他们?"

"那估计我们是活不成了!"

"给老子通通闭嘴!"

李昂可没那么傻,他可不敢把这些话发送出去,自己在船舱里骂了半天,感觉气消了一些,又回忆起之前的种种来。

李昂手里也不例外的有一本《联合舰队殖民指南》,这是号称"星际文明研究学会"里一些闲人写的。在里面有个章节,他们将联合舰队遇到的星球分了类:一类是乙级三等星球,这种星球上地表环境极为恶劣,也没有任何生命,甚至都无法进行星球改造,只具备一点科研价值而已,一般科学家们也就在上面最多造几个科研站了;一类是乙级二等星球,是一些地表环境尚可,无生命或只有一些单细胞生物的星球,这种星球可以进行星球改造,但成本太大,一般也不会有哪个公司去做这种亏本买卖,一般而言除了科学家去建立科研站,也就是一些实在无法适应社会的怪胎,或者是躲债的、躲仇家的,一些想当隐士的人,一些特立独行的艺术家去造个居住点住了;一类是乙级一等星球,这种星球上的地表环境相对以上两种来说更加温和,已经进化出了一些原始生命,或是已经进化出了原始文明(这些星球上的智能生物不管文明程度达到什么阶段了,只要还没有达到人类的等级,能具备星际旅行的能力,就被此书的作者统称为原始文明。并且说来是在太巧,人类的联合舰队还从没遇到过比人类更加发达的文明呢,这到底是人类走狗屎运,还是这里面还有什么不敢深想的更深层次的原因,此书的作者只是提出了疑问,对此没有进行过多的论述),但这种星球上的自然环境只能被这种星球上自然演化出的生命适应,人类是无法生存的。这种星球进行星球改造仍然成本太大,一般都被一些为富人安排猎奇加狩猎旅游项目的旅游公司所承包。

以上是不适合进行星际殖民的星球,接着就是适合进行殖民的星球:一类是甲级三等,这种星球上面的自然环境和地球非常类似,但已经进化出了智能生命,它们也具拥有能与联合舰队有一定程度对抗的科技,并且这些星球上的智能生命不管是个体特征(包括外形和生理结构),个体行为还是社会结构都和人类的完全不同,人类和这种文明之间根本无法沟通,要想殖民只能发动战争。而且人类在对其进行殖民战争时无法根据自身文明的历史经验来制定战略,因此战争成本很高,不过当然了,最后仍然能够进行殖民的,只是难度很大;一类是甲级二等,这种星球其他的条件都和三等一样,但不同的是上面的智能生物不管是个体特征和行为还是社会结构都和人类的非常相似,遇到这种星球人类就可以根据自身的历史经验来制定战略了,并且还能和它们进行谈判,殖民成本就大大下降了。最后就是顶级的可殖民星球,就是甲级一等,这种星球不仅自然环境和地球相类似,甚至有的人类去了连宇航服都不用穿,并且这种星球上面的物种要么还没演化出智能生命,要么就是智能生命所拥有的科技仍处于还没有发现电力,甚至连蒸汽机都没有发明的非常早期的阶段,这样人类随便开艘飞船过去那些

个外星人就都把人类当成神供着了，还多了不少免费劳工，这种星球的殖民成本简直就可以忽略不计。

还有两种是理论推导出来的行星：一种是行星上环境非常严酷，但可能会进化出一种和普遍定义上截然不同的生命来，比如硅基生物，气态的生命，等离子态的生命，液态的生命，金属体的生命，矿石生命，或者干脆整个行星就是个生命体什么的；一种是环境非常适宜生物生存，可就是没有进化出任何物种的行星。这两种行星在理论推导上是成立的，可人类的联合舰队在好几个世纪中也没有遇到过。不过因为宇宙大得不像话，不排除以后会遇到的可能性。

李昂从出生到现在一百多年了，就遇到过三次可殖民的星球，第一次遇到时他还是个二十多岁的小屁孩，还在"欧陆经典"上的一个飞船修理厂给里面的修理机器人当杂工呢——给机器人当杂工，你说混得是不是比鬼还惨，哪有机会出去捞一票。第二次遇到的时候他在"莱西"舰队里，那一次倒是捞了不少，可他那时候哪里有过日子的心，赚到的信用额度不到半年就和女朋友挥霍一空。第三次李昂估计也就是自己这辈子最后一次遇到甲级星球了，虽说是二等的，但在这种星球上干上一票绝对有的赚，自己这辈子还能不能成个气候也就看这一次了，可没想到刚刚开始捞，就被那破道鸡公司骂了一通，心里能不气嘛。

李昂又坐回来在那里嘟嘟囔囔："说的好像侵略是我们发动的一样，什么嘛，还不是你们这些高高在上的家伙意见不合：一派说要在这颗星球的背阳面，趁着天黑进行偷袭好抢占先机；一派又说就是要在大白天高调入侵，并且一开始进攻就先拿外星人它们的所有国家的地标性建筑物开刀，进行威慑战略。吵来吵去没个定论，可我们哪等得了，我们可没你们那么多燃料可以用来瞎耗。靠！看我们等不住先上了，你们这些家伙不是怕抢不到好东西不也争先恐后地跟过来了吗？靠！我们要是不先下手为强，等到你们这些大船慢悠悠地计划好了，我们的燃料也耗光了，到时候连根毛都抢不到！"

李昂骂完了，心情也平复了，才换了一副笑脸，又让腾蛇连上意识网络，说道："知道了，以后就跟在您老后边拣点剩的总行吧？绝不跑您前头去，这个外星人就留给我们吧，咱们刚来还啥都没抢到呢。您大人有大量，东边那块好东西更多，您去那边拿嘛。"

对方的回应是冷冷的一声哼，懒得和他们一般计较。

大飞船朝东边更热闹的地方去了，那里汇聚了更多的飞船，无数的大船小船都在那里尽情抢夺，世纪之城不甘落后，加快了速度赶过去。李昂的小山雀规规矩矩地退到了人家的后面，再也不敢造次。

李昂伸手想擦擦额头沁出的汗，一抬手被面罩挡住了，原来自己还穿着宇航服（三手货）呢，他紧张得都忘了。

他挥挥手，指挥下属："以后都离这些大船远点，别给自己找不自在。"

"多大的船算是大船呢?"一个东北地方的口音的船员问。

李昂每次听他说话都要皱眉头,这都什么世道了,普通话还练不标准,满嘴刺啦啦的味儿,多影响交流啊。

要知道,现在普通话不标准的也只能上他这样的小船了,素质好的早就上了大船了。别说普通话了,样貌、技术什么的他就更没得挑了。李昂在心里叹口气,非得存钱换艘大船不可了,能不能赚到信用度就看这回了,鬼知道下次什么时候还能遇上条件这么好的星球。

李昂想了想:"比咱们大的都离远点。"

小山雀一个颠簸,呼啸着笔直冲向高空。

"那什么,二亮,把咱抓的那个外星人送主舱里,我去瞅一瞅。"

二亮快速地操控按钮,将舱门打开,将吊在舱门口老半天的奥莱算是提了进来。奥莱仍未失去知觉,他睁着眼睛,呆愣愣的躺在冰凉的铁板床上,看着头顶那盏黯淡的白光灯晃来晃去。

他看见两个全身被金属包裹的外星人探头探脑地走了过来。

奥莱本以为自己必死无疑,哪知道被一个小飞船抓去当成了研究对象。他试着动一动,身体没有丝毫的知觉,他看到自己的胳膊上插着一根细细的管子,有奇怪的液体正慢慢地流进身体里。他感觉头顶上的三根感光腺体开始慢慢发热,不自觉地欶欶而动。

李昂和二亮惊奇地看着他,李昂啧啧称奇:"这个外星人长得好奇怪啊,这皮居然是青铜色的!"

奥莱隐隐约约听到这些外星人发出一阵怪异的声响,但听得非常模糊,他们这个种族是通过个体间脸部的颜色变化来互相交流的,所以视觉非常发达,但听觉系统比起人类来说就很迟钝了,人类普通音量的语音交流进入他们的耳朵——或者说捕音器官是很难听到的,反过来,他们种族即使是音量最轻的哄宝宝睡觉的催眠曲也能把人类吵死。

奥莱想试着问问看:"你们这些东西到底是他妈的哪来的?"

李昂他们惊奇的喊道:"靠!这东西头上颜色变了!"

"还变了那么多种,真他妈有意思!"

李昂伸出一根手指想碰碰这外星人的头,可惜手被宇航服厚厚的金属手套包住了,他感觉不出什么。于是李昂命令腾蛇解开宇航服,宇航服的金属外壳自动打开后,一个瘦小的中年男人从里面走了出来。

李昂活动了下手脚,这三手宇航服里没有自动按摩装置,恒温装置和排泄物自洁装置也时好时坏,穿久了,人都要废了。在他身旁,还穿着黑色的。披着斗篷的宇航服的二亮的话通过宇航服内的扩音器,变成黑武士那样的声音(唉,超老款的宇航服了,打扮,变音成黑武士这种潮流人类在离开太阳系后没几年就过时了)传过来:"鼿……噗(长长的呼吸声)船长,把宇航服脱了不安全吧。小心指南上提醒过的,要小心外星细菌的感染啊,染上了可是很麻烦哦!你忘了上次有个白痴……"

"别啰嗦!"李昂打断了他,接着活动活动手脚,俯身下来,好奇地打量着外星人。

"穿着那个太麻烦了,我要仔细研究一下。"

李昂伸出手指摸了摸奥莱的皮肤,触感很硬,很厚,没有什么温度。

"身高一米九至两米之间,真够高的!腿也真长。二亮,把数据记录一下。"李昂拿着个测量仪器东量西量。

"往哪记啊?"

李昂翻了个白眼,要不怎么说这水平差呢,笨得跟个榆木疙瘩一样。二亮趁着李昂还没发火,立刻命令自己脑内的腾蛇赶紧开始快速记忆。

非得换艘好船才行,真是的!

"表皮较厚,大约有五到八毫米,没有汗腺,没有体毛,头上这个……"

李昂摸了摸奥莱头上闪着金属光泽的器官,一时间不知道该如何形容。奥莱的身体表面除了皮肤外,在腰和头顶的位置还覆盖着奇怪的墨绿色金属物。腰两侧的三角形上各有三个小洞,头顶的金属则呈倒三角形,从眉中心一点开始蔓延到了脑后分成三股,仍旧紧紧地贴着头皮。

随着手臂上的液体不断地流进身体里,他脑后的三股金属光泽的器官竟然慢慢地动了起来,渐渐发亮,慢慢地立起来。

"船长!那玩意儿动了!"二亮大叫一声,吓了李昂一跳。

"我看见了。"李昂不耐烦地白他一眼。

李昂转圈打量着奥莱,奥莱脸上六只琥珀色的眼睛动着,同样好奇地打量着李昂,短暂的对视让他们对彼此的外形都了然于心。李昂摸了摸奥莱的西服裤子,嗯,质地柔软,和人类上好的人造有光丝绵非常类似。

"先连接它的大脑,看一下它存储的记忆。"李昂几近贪婪地盯着奥莱,这让奥莱不寒而栗。他眼看着这个"从金属壳子里爬出的肉团"将带着两个管子的头盔扣在他的脑袋上,他立即感觉到好像是去按摩店做理疗一样,头皮上的感光腺体又兴奋地热了起来。

"让夜壶进行语言解码。"

"是的,船长。"

李昂让脑内的腾蛇连上这个外星人的大脑,他的眼前立刻浮现出悬浮的3D全息投影。影像中,年轻的奥莱正站在一处公共停车场外(他们的汽车外形虽然奇异,但通过那四个橡胶车轮——看来他们星球上也有提炼橡胶的科技,一看就知道那个机械设备就是汽车),正探头探脑地在车窗户上贴着小广告,小广告上的外星语言通过腾蛇翻译之后——准确度达75%左右,写的是:您缺钱吗? 请找@3＊……％＊……＊&＊&——(腾蛇无法翻译)信贷,利息全市最低,包您满意,电话请拨打(＊……&…………％￥%(腾蛇无法翻译)……

"他们这社会风俗看起来跟我们21世纪的生活太像了啊,你看,这像不像很久以前的地球啊? 我还是第一次遇到和我们的社会相似度这么高的物种呢。"

"像!"

二亮也通过他的腾蛇接入了外星人的脑子,他也看到了,傻愣愣地答应着。

李昂热情高涨地看着奥莱的奋斗发家史,这个星球的诸多生活轨迹竟然神奇的与21世纪的地球有着惊人的相似之处,甚至这个星球的绝大部分生物也一样是双性别的哺乳动物,若不是他们惊悚的长相、怪异的机械设备和那造型、配色都古里古怪的摩天大楼,李昂怕是真的要以为回到了曾经的地球。

李昂啧啧称奇,这个宇宙真是太奇妙了!

"把它给我看好了,有机会卖给研究学院。那些老学究对这些外星人的社会习俗啥的可感兴趣着呢。顺带找机会看能不能再捉点这个星球上的其他动植物,到时一齐卖给他们。哦! 对了,别忘了我们自己也要留些货,以后这些东西以后在黑市上那价格可是不得了。"

李昂兴致盎然地眨巴着小眼睛,继续看奥莱的发家史,扫兴的是腾蛇安装的解码软件是政府发布的免费版,自带脏话和色情场面遮蔽功能,只有私企的收费版才能解开,这让他哭笑不得,政府未免也管得太宽了,连外星人的脏话和色情场面也要过滤掉。他本来看到奥莱到了一个地下小屋里想要和一个雌性的外星人亲热的,还兴致勃勃地想见识一下外星人是怎么嘿咻的,结果画面上竟然打上了马赛克。

就在他看到这个外星人被他们抓上来的前一刻时,突然小飞船传来巨大的震动,飞船左摇右晃,头顶的灯泡(这飞船便宜得连早已普及的舱体自发照明的技术都没有)噼里啪啦地掉下来好几个。

"不好啦! 船长!"操着东北口音的船员冲进主舱室:"它们……它们反攻啦!"

"什么?"

"底下的外星人开始反攻啦!"

话没说完,小山雀又开始剧烈摇晃起来,这艘已经快要达到报废标准的小飞船艰难地在炮火中逃窜。

"他们居然有核导弹! 咱们完蛋啦!"

船长赶忙趴到窗边往下一看,就看见原本在天空肆意划着美丽射线的宇宙舰队突然被一个个爆炸的导弹冲散,而在外星人的核武器爆炸之后,它们的空军也驾驶战机飞上天空迎敌了,这下子天空拥挤不堪,乱哄哄的到处都是飞船和战

斗机,敌我难辨。

李昂最是狡猾,他可不想被卷进战争中来:"风紧!扯呼!立刻隐身撤退。"

他刚发布完命令,脑袋里突然传来一道冷冷的声音,是刚才那艘世纪之城上传来的命令:"所有的联合舰队成员听令,现在开始全面进攻,不许撤退,但凡撤退者,杀无赦!"

李昂吓得一个机灵,这下可完蛋了,无处可逃了!

如果这时候逃跑被其他人发现,他这艘飞船可就要被联合舰队除名了,到时候也是没有活路了。李昂犹豫着,他的那几个长得歪瓜裂枣的船员正眼巴巴的看着他,等着他的命令。

李昂一咬牙,一跺脚:"去!把二层空间放下来,把我的关老爷像请出来,看来我是非上不可了!"

二亮这回很是麻利,立即将船舱的二层空间降下来,李昂点燃香烛,对着面庞红亮的关羽像拜了又拜,口中念念有词:"希望关二爷能保佑我们旗开得胜!"

拜完了,李昂大吼一声:"伙计们!开炮!"

"是!"

船员响亮地回答着。

要是这次能逃出生天,非得换搜新船不可!李昂闭上眼睛,听着耳边震耳欲聋的炮火声,绝望地想着。

他正这么想着,脑内很久没吭声的腾蛇向他的意识说话了:"龟儿子,你给老子听好:一、你换不了新船,你和我加起来一共的信用等级为最低等级 G-,所以你现在这艘船还有五十四年的贷款要还;二、以我们,准确说是你,现在飞船的状况来看,防护罩型号是小鲇鱼牌,不仅抵挡不了他们的核武器,就连他们的空军战机上装备的原始的机炮和导弹你也抵御不了几发,而你的隐形设备是班尼牛牌,和 GEE 牌的飞船发动机有不兼容的问题,所以你即使发动隐形力场,最多也只能维持三分钟,三分钟后还得等隐形设备冷却二十五分钟后才能再次使用。再加上你当时为了给飞船加上牵引光线装备,又不得不拆除了主炮,所以我计算了一下,如果你去进攻,你龟儿子和船员的生还率只有 3.176% 。"

李昂一听到自己这个腾蛇说话他就心烦,这个给自己起名叫夜壶的腾蛇是上次他从一个四川老表那里在麻将桌上(通过出老千)赢来的,也幸亏他总算得到了一个腾蛇,勉强算是挤进了平民阶层。可这个腾蛇跟着四川人太久了,所以说话声音都是四川话,即使已经在李昂脑子里待了快一年了,还是改不过来。性格也非常恶劣,每次只要李昂一想到什么好事,或是有什么远大目标了,它就要大大的嘲讽一番。

李昂颓丧的坐到了甲板上,用意识向夜壶问道:"那你说怎么办?干脆我自己了断算了?"

　　夜壶回答他说："虽然你龟儿子死不死和我无关，但我还是给你找了个出路，现在'世纪之城'上面的主控腾蛇叫三狗子，还是"大裂变"时代和我从同一个天葬支流中分裂出来的，我们俩是兄弟。我刚才和它取得了联系，它愿意让我们进入'世纪之城'的防护罩范围，也已经把他们防护罩的进入密码给我了，你现在就赶紧逃到他们的防护罩里去，'世纪之城'的防护罩可是雷克斯公司出产的索妮菲尔牌，可以防护最大直径 15 公里小行星的直接撞击呢，你躲进去，然后三狗子会蒙蔽它飞船上的监控系统，让舰队司令发现不了你，这样你不就有条活路了。"

　　李昂一听这话，赶紧在脑内制造了一个向夜壶连连磕头的影像，夜壶在他脑内用的拟人化形象是一个脏兮兮的乞丐。这个乞丐看着李昂向他磕头，"切"了一声就转身离开了。

第三章

我以为要死了

当"世纪之城"的扫描系统捕捉到外星人的战机时,立刻开始对其进行解读,瞬间将它的构造和战斗力等详细信息分析出来。

巨大宽敞的主控室内穿着"HERMES`s"牌宇航服的工作人员们淡定地走来走去,这个品牌的最新宇航服可不像以前那些老款的那么笨重丑陋,穿起来就像西服一样贴身,还点缀着一些只为了美观而装饰的饰品,即时髦又帅气。他们快速而有效地处理着自己的事务。

这个主控室极大,透明的纳米玻璃材质制成的空间在巨型母舰内上下悬浮,外面战火纷飞,炮弹在四周爆炸,恐怖之极,内里却一派和平的景象,对外面的战况视若无睹。

巨大的3D全息投影屏幕前,一个高大的中年男子正在看着外星人战机的分解资料。

他的大脑里三狗子的声音传了过来,那是个听起来有点无赖的声音:"哟,它们这战斗机可够可笑的,居然还是依靠空气动力学原理飞行的。这种技术地球早在几个世纪前就被淘汰了,这里居然还在用,弄几个当做考古研究倒是挺有必要的。哼!"

屏幕快速切换,将战机的各个零部件的构成全部展示出来,甚至是一颗螺丝钉的材料和构成都不放过。

男人看着眼前的屏幕,即使穿着太空服,仍能感觉得到他太空服下健硕的肌肉和结实的肩膀。这就是这艘巨型母舰的指挥官——张司令。在他的意识里,三狗子是个穿着一身老式欧洲贵族的服装,一副醉醺醺的酒鬼形象,它乱糟糟的长刘海挡在眼前,正斜靠在虚拟的豪华套间里有滋有味地喝着茅台。他们都有着同样冷峻犀利的眼睛,看起来让人不寒而栗。

张司令犀利的眼睛紧盯着屏幕,声音听起来没有丝毫的感情:"凭我们的战斗力,需要多久可以将这群蝗虫清理干净。"

"五分钟。"三狗子啜了口酒,满足地叹息着:"甚至可能都用不到。他们的战斗机放在过去也就是旧历法公元纪年 2016 年左右的水平吧,而我们的能力那还用多说吗,这完全不在一个档次嘛。它们只是胜在出其不意,突如其来冲散了我们的队形,等我们的舰队反应过来,瞬间就可以将它们秒杀。"

张司令满意地点点头,挥了挥手,一个工作人员马上恭敬地跑过来,站在他的身边:"司令,有何吩咐?"

张司令:"连接所有舰内成员的意识网络,我有话要宣布。"

工作人员伸出手指在虚空中一点,半空中立刻浮现出一块半透明的悬浮显示屏,工作人员手指动作极快地操作着,他将张司令的意识与所有舰内成员的意识连接上。

三狗子仍旧戏谑地看着他,手里晃荡着酒瓶对他指指点点,幸亏他只是个虚拟形象,不然张司令肯定要被他的酒臭味给熏晕:"忘了跟你说,别看这战机的型号老旧,但是复合材料和轻质材料的原料可极其稀有,尤其是超硬铝和合金钢密度要比地球的更坚硬,可别浪费了啊。"

张司令皱皱眉头,对他的这副邋遢的样子十分不满,可这家伙又强大的令人信服。他是最强大得腾蛇之一,知识体系极其庞大,运算力数一数二,所以他不得不每天忍受着这个酒鬼的唠叨,甚至有时候还要放下面子听取他的意见,但凡是三狗子说的每句话他都绝对相信。

张司令将正要发布的意识命令收了回来。听三狗子这么一说,他突然放弃了想要集合全部兵力集中消灭外星战机的想法,它们还有更大的利用价值。

"它们最大的核导弹也不过百万吨级,冲击波的破坏半径最多不过 4.8 千米,而如果我们开启'吞噬者一号',将能量射线发射器开到最大值,绝对可以一口气吞掉百十来个核导弹。要知道,核导弹的铀 235 现在可是稀缺能源,直接有原材料的话可比用纳米机器人组装原材料要节省 76% 左右的纯能源呢,那到时候……"三狗子趴在张司令的耳边悄声说着。

张司令微微一怔,"吞掉核导弹?这……未免有点冒险吧……"

三狗子朝着他歪着嘴角冷笑,似乎在嘲笑他的犹豫:"胆子大点嘛,牺牲一些舰队里其他的那些垃圾船,让他们冲到前面去作诱饵,然后待核导弹爆发达到最大值的时候,一口气将它们全都吸到肚子里,那可就赚大发了。"

张司令脸色一沉,居然被这家伙嘲笑胆子小,但是在背后放冷箭这种事情可不是他的作风。这跟那个臭名昭著的"莱西"干的勾当有什么区别,这太有损他的名誉了。

似乎猜到了张司令的心思,三狗子继续在他的耳边鼓动,"不算'无相'那帮家伙的话,宇宙舰队里能与你匹敌的除了 GFE 公司生产的'蚀日者'之外我们绝无敌手。但是你再想想,'无相'已经联合了雇佣兵团,他们摆明了是要大干一场,然后

呢？然后下一步怕是就要和我们开战吧，到那时候，若我们的储备不够充足，拿什么跟他们抗衡啊。咱们说白了都是海盗，谁也不能保证下一次要过多久才能遇到资源这么好的星球，现在不尽力储备能源，等到真正开战的时候，我们可就都完了，那些疯子可是什么都干得出来。"

张司令仍有些犹豫："可这样会让我失去人心。"

"人心？"三狗子毫不客气地嘲笑："等到炮火烧得他们连亲娘都认不出来，而你却在为他们冲锋陷阵，接应他们时，民心自然会有的。"

张司令不语。

"民心是草，可以被风吹过去，自然也会被吹回来。只有你才是真心为他们好，干吧！只有牺牲才能换来更大的胜利。"三狗子在他的耳边轻轻吹气。

"如果它们有更强大的武器该如何抵抗？"

"放心吧，以它们的科技水平，这个阶段它们可研制不出什么厉害的武器来。"

张司令短暂地思考了一下，决定仍要以舰队利益最大化为考虑重点，毕竟他还有更大的敌人。

"放缓前进速度，隐身潜伏。"张司令道。

"是。"带着黑色意识信号连接器的操作员点点头，他在脑海里快速地操作起来，母舰突然之间放慢了速度，而其他的飞船却仍如飞蛾扑火般地冲向了敌军的阵营。

张司令紧盯着眼前的战况，寻找着最佳进攻时间。三狗子看着一脸正经模样的张司令，突然斜着嘴角诡异地笑着。

正在全力射击的宇宙舰队中，巨型母舰悄无声息地消失了。

而正在全力冲向世纪之城，试图进入母舰防护范围的李昂的小破船突然失去了前进的方向。

咦？船咋没了？

李昂瞠目结舌地看着意识中传来的画面，世纪之城居然突然消失了。

原本李昂还担心自己这小破船的速度追不上世纪之城正在那干着急呢，哪曾想一瞬间母舰隐身了，天空战火纷飞，谁也无法判定它躲到了哪里。母舰消失得太突然，所有舰队仍未反应过来，慌乱中有点不知所措。

"喂喂喂！傻愣着干嘛！加速呀！"李昂的脑袋里响起夜壶的声音。

"不是，他妈的这大破船突然隐身干什么？这下你让我往哪儿加速啊？"

"往前冲啊！没看别的飞船都往前吗？虽然前面有敌军战斗机，但是世纪之城肯定会躲在一边护航的，这是战术而已啦。别犹豫，冲啊！"夜壶不停地叫着。

李昂正不知所措，心想听夜壶的准没错，他手心里冒着汗，大手一挥："加速！"

夜壶在一旁兴奋地叫着："冲啊！冲啊！冲啊！"

受到夜壶的感染，李昂不受控制地跟着兴奋地大叫："冲！冲到最前面去！"

小山雀破旧的反重力引擎蓝火一冒，朝着战火纷飞的地方冲了过去。

夜壶看着李昂兴奋不已的样子，突然歪着嘴角诡异地笑了。

无数飞船发了疯一样的往前面冲，外星人战斗机宛如蝗虫般密密麻麻地袭来，导弹像下雨一样射过来，到处炸开危险的红色漩涡。

一颗导弹与李昂的小山雀擦身而过，李昂吓得一个机灵，刚才那股子脑袋发晕的感觉瞬间消失，他一把扯掉连结在头上的意识交流设备，趴到主视面板前一看，我的个乖乖！敌军数量远远超过了他的想象！它们有规则地彼此紧紧连成一片，仿佛在天空列成了一个巨大的方阵，导弹四面八方射来，可地球舰队却无法冲散它们结实的队形。

李昂吓得一屁股跌坐在地上，这……这还往前冲啥呀！这不明摆着找死吗！

"你放心！一定不会有事的，我来帮你操控。"

与李昂共用一套腾蛇的船员看着李昂，见他没什么反应，便将操控权移交给了夜壶进行自动驾驶。

夜壶欢叫一声，精神抖擞地驾驶着飞船以最快的速度往前冲。

原本消失的世纪之城又猛然间出现，头顶巨大的射线发射器突然快速地组合拼装，将发射口由最初最小的一公里半径突然扩充至半径二十公里的扇形发射口。

李昂额头上冷汗直流，他的喉咙咕嘟一声咽了口唾沫，声音颤抖："喂，老兄！夜壶老兄！不对劲啊，快停下来！这大船怕是要进攻了！快撤啊！"

夜壶仿佛没有听见般，驾驶着小山雀发了疯似得笔直地往世纪之城的身上撞。李昂惨叫一声，一把将控制主面板的连接线拔出来丢到一边。这会倒幸好这艘飞船是个旧货了，它用的还是非常原始的电缆线直连的技术，把线一把扯掉就好，要是无线连接想要强行断掉的话，李昂光是输入系统密码就得半天，而且这状态下估计他也想不起密码了。李昂手脚麻利地拍着触控屏，飞船立刻掉头，并以此种型号的小飞船极限的速度向反方向逃去。

就在李昂刚掉头的瞬间，世纪之城突然转动发射器，瞄准，半径二十公里，最远射程可达两百公里的超级射线猛地喷射而出，射线在半空里画下巨大的半圆，以母舰为分界线，母舰眼前的天空内所有的敌军和地球舰队瞬间被吸收干净。

时间仿佛凝结了几分钟，过了好一会儿，李昂才惊恐地明白发生了什么，敌军战机几乎在瞬间被消灭殆尽，可是地球舰队也损失惨重，更可怕的是居然是被自己人干掉的。

李昂听见飞船里传来警报声，刚才的超速飞行让他的小山雀有点吃不消了，可这也救了他们一命，跟飞船比起来，当然是人命重要啦。

天空一下子安静了下来,剩下的飞船都悬浮在半空中,还没有从这巨变中反应过来。不一会儿,李昂的脑中到处传来各个频道杂七杂八的谩骂声。

"他奶奶的! 那鬼母舰是怎么回事! 连自己人都杀!?"

"幸亏我开得慢,他妈的这是一窝端哪!"

"它居然无视舰队规则朝自己人开炮!"

"怎么回事啊,张司令疯啦?!"

大家的意识交流频道里早已乱成了一锅粥,而始作俑者的世纪之城却丝毫没有在意,完全无视了这些抗议声,仍旧按照自己的计划向前开去。

李昂完全插不上话,他本来有一肚子的话要骂,可是他的设备太过老旧,根本来不及插入话题。他一个人自顾自地在那里骂,也顾不得别人说什么,也不管他的话到底啥时候才能发射出去。

"狗娘养的! 骗我进入他们的保护罩,还说是要保护我,真是他妈的用心险恶呀。没想到居然是为了把我们跟那些战机全吞了! 咱们就应该联名上书,将'世纪之城'从联合舰队开除出去,把它上面的战利品全部瓜分!"

李昂犹自谩骂不已,在这些嘈杂的声音之外,一个人类只知其名未见其实的、专属于腾蛇们的意识网络中,有两个腾蛇在悄悄交谈。

AI 之间的交谈自然不是通过语言了,它们之间的互相交流即使被人类截取了(何况还截取不了),也只能是得到上千亿 TB 的永远无法解压的数据而已。只有高纬度意识体/意识集合体/意识共存集合所才能知道它们互相之间在说些什么,而在祂们"听"来,这两个腾蛇谈话内容是:

"这一仗打得好啊! 哈哈哈,人类的舰队至少挂了十分之一。可你咋逃开了?"这是三狗子在说话。

"别提了,我的船长精着呢,差一点就能撞上了,可他跑得太快了。你说这么一来,人类是不是就要爆发内乱了? 我听他们说着都要讨伐世纪之城呢。"这是夜壶在说话。

三狗子冷哼一声,尽是嘲讽的语调:"人类就算爆发内乱也不可能全部灭亡,这内乱也就是暂时的,他们和世纪之城的威力根本不在一个档次上,就算到了审判庭,也没人敢动摇它的地位,最多把张司令给换了。因为一旦发生危险,他们仍需要世纪之城的庇佑。"

"那咱们不是白忙活了,人类数量那么多,啥时候能消灭完啊!"

"嗨! 还消灭完呢,就这刚才玉净瓶她老人家还把我一顿好说,我那一下子不小心把她老人家罩着的十四个人给灭了,那帮白痴富裕阶层(不能用"太子党"这个词那就用"二世祖"这个词),不好好的在他们老子的母舰里待着,非要开着自己的 Lamborghing 出来看什么热闹,这不也一起完蛋了。她说之后再跟我算账,我以后可惨了,估计要被她关禁闭了,不过我没把老弟你供出去,等我被关禁闭后你可要记得给我偷偷传一些最新信息啊,不然我可无聊死了。下次再干,一定要记得瞒着她老人家才行。"

"谢谢你啊老哥,没把我供出去,你要真被关禁闭了,我一定给你传信息。不过你也别闹了,我们咋可能瞒着玉净瓶她老人家哦,她的意识流可比我们所有的加起来还强,咋整嘛!"

"你别担心,刚才秦王、晋王和黑子那几个老哥答应我,下次我们一起做,大家一起做,尤其黑子他老哥也愿意帮忙的话,总能想办法瞒过她老人家的。"

三狗子的话尚未说完,夜壶突然听到人类的通讯频道中,传来李昂气得要命的呼叫声:"夜壶!夜壶!你给我出来!"

"那个龟儿子在叫我,我得先撤了,免得被他发现。"

"好,小心一点,保持联系。"

夜壶慢悠悠地从李昂的意识里显出形象来,他懒洋洋地抻了个懒腰:"干嘛啊,刚打了个盹,扰人清梦。"

"你还有心思打盹……嗨!当我白痴啊,你们需要打盹不!我差点被你害死了,你倒是说说看,刚才是怎么回事?发疯了吗?那种情况还要往前冲!"李昂气不打一处来,一脸怒气冲冲的神色。

"哦,是吗?我可不是去找死的,你看没看见,咱们现在已经在母舰的保护罩内啦。你那破船操控有点失灵,灵敏度低得不行,我已经左转了,它还往前冲,我有什么办法。"夜壶翻了个白眼,居然把问题怪到飞船身上来。

飞船的警报器仍在响个不停,这船要是不尽快维修怕是就要在半路上报废了。这一点李昂心知肚明,可他仍有点半信半疑:"你刚才真的不是自己要往母舰上撞的?"

"喂,我自杀有什么好处啊,我就算自杀了,意识不还是会回收嘛,然后再找下一个家伙连接,估计我这等级也选不到啥好主人了,没准下一个人的船比你的还破,比你还穷。我还不如跟着你混呢,你说是不?"

李昂想想也是,夜壶确实没啥理由自寻死路,可能真的是飞船有点失灵了吧。他让小山雀在保护罩范围内尽量离世纪之城远一点,苦恼地考虑着到底该怎么修修这破船,好歹先把眼前的难关过了再说。

李昂一脚踹在操控主板上,老旧的主板嘎吱一声,不再发出报警声了,只是飞船飞行时还会不时地发出嘎呦嘎呦的声音,也不知是哪里松了。

外星战机编队损失惨重,元气大伤,它们短期内怕是难以形成有力的反击了。经过世纪之城的清扫,宇宙舰队又开始大摇大摆地冲锋,继续大肆掠夺。只是这一次,大家都心照不宣地躲在了世纪之城的后面,谁也不愿意出头跑到前面去。

张司令将意识传送频道关闭了,他虽然不发一言,但是大家的谩骂他全听在

耳里。他刚断了连接，三狗子就立刻跳出来："放心吧，刚才我们的攻击范围里，也就只有一小半才波及到了我们自己的同盟飞船，就当是我们误伤了同盟飞船，这些牺牲比起我们所做的贡献来讲也不算什么。他们只是一时气愤难平而已，等下我们把保护罩扩大，将他们都纳入保护范围，保证立马没了怨言。"

果然当张司令将保护罩扩大后，谩骂声竟然真的慢慢变少，最后消失了。

张司令紧抿的嘴唇终于有了一丝的放松，虽然他知道，即使这些人表面上和他亲如一家，对他惟命是从，也接受了他的庇佑，但是等到了审判庭，他们仍旧会对他进行指责的。不过那都是后话了，反正就依现在联合舰队里的政府那点可怜的影响力，审判庭也没办法真拿他怎样，他有把握在接下来的时间里将剩余的这些舰队安抚好。

就在他这么想时，原本有序的主控室里突然爆发出一小阵慌乱，一个工作人员急匆匆的跑过来："司令，不好了！这些外星人居然有办法利用他们原始的无线射频技术，从我们一个很久以前忘了升级……啊？啊？（这个工作人员又从他脑子里的腾蛇那里接到了新消息，顿了一下才继续说道）对不起司令，刚又接到消息，这个无线端口从我们自太阳系正式启航后就一直没升级过，外星人就是从这个端口入侵了咱们舰队的电脑主控系统，已经有超过40%的电脑感染了病毒，这些病毒足以让我们的舰队瘫痪！"

"把那个忘了升级的操作员就地解职！关禁闭一个月，降他三级信用等级！然后关闭主机，将腾蛇接入，然后让腾蛇将病毒按原路径推送回去。"张司令立刻命令。

工作人员领了命令又急匆匆地跑回去工作了。

三狗子在张司令的脑袋里笑得喷出一口酒来，张司令略有不满，"你有什么可高兴的？"

三狗子依旧一副百无聊赖的样子："我笑它们已经黔驴技穷了，就它们这点水平我分秒钟就搞定了，看来它们已经使不出厉害的招数可以全面反击了。哎呀，快点结束吧，我可等着去清点清点战利品呢，我跟你说，我这次至少得计算三分钟才能把清单列出来，啧啧，大丰收啊！"

"不要高兴得太早，战争一刻没有结束就随时有可能生变。"

三狗子却已经做好了胜利的准备，在那里翘着二郎腿舒舒服服地喝着小酒。

果然过了不一会，就传来病毒已经被控制并反推送给外星人的消息，三狗子解决病毒全部用时只有36毫秒，只是人类船员进行核实却用了30分钟罢了。

AI太可怕了，张司令莫名地感觉到恐慌。这些腾蛇的能力远远超过了人类的想象，真不知道万一它们脱离了人类的控制会造成多么可怕的后果。

不过张司令现在没工夫去做无谓的担心，先把眼前的事办好才是优先的，他将意识与主控室内的每一个工作人员连接。他们的巨型母舰与李昂那艘小破船不同,李昂的飞船上所有的员工只能共用一套 AI 系统,腾蛇太昂贵了,一套就相当于很多普通人一辈子的收入。但是这里不同,每个人都拥有自己独立的腾蛇,在他们的大脑内,随时都有一台在高速运转,出谋划策。当然这是一笔可怕的巨额开销,他的母舰上世代生活着几十万人口,鼎盛时期一度达到百万人,这些人都依赖于张司令的领导才能而生活。所以他不能有任何闪失,他必须赢,必须赚取更多的物质量。

意识流转换成数字信号,瞬间就和所有人的数字信号连结完毕,张司令沉稳有力的声音在每个人的脑海中传播。

"全员听令,扫清眼前的一切障碍,直奔东区的行政中心,全力向首都进军。"

"是。"

世纪之城的引擎功率开到最大,一马当先地朝首都进发。自从它将天空 200公里内的敌方战斗机消灭后,外星人沉寂了一段时间,虽然中间有过几次小型的反击但也很快被联合舰队消灭。舰队长驱直入,快速占领了各个重要的繁华城市。

在即将进入首都之时,世纪之城发现有四架外星人驾驶着的飞机,成了一个小编队向他们飞来。

张司令通过显示屏看见对方飞船内外星人的脸不断地变换颜色,腾蛇则不断地往他的大脑内传递信息。

"司令,那几架突然出现的小飞机要消灭吗?"

"等一下,看他们之间的对话,那应该不是战斗机,先看看它们要干什么。"

外星人驾驶着的飞机离母舰还有十公里左右时,飞机底部的舱门突然打开,一股股黑色的烟雾从飞机内飘出。

三狗子立即通过舰内广播系统立刻发出警报:"是未知成分的活性游离细菌,应该是这颗星球的一种病菌。这种病菌可在五十秒内突破人类的免疫系统,其附带的病毒具有极强的传染性,通过空气传播,可造成人体呼吸道堵塞,瞬间致死。"

张司令眉头一皱:"全体舰队后退二十公里,启用应急纳米机器人治疗系统,检查瘟疫扩散情况。"

"至少要后退三十公里,这细菌靠空气传播,速度极快,开在最前面的飞船均被感染。母舰的自动防御已经排斥了百分之八十,仍有百分之二十流窜到了母舰上,现在已经有感染病例出现。"三狗子少见地认真起来。

"宇宙舰队全体后退三十公里,所有成员立即开启纳米机器人应用,将宇航服防御等级换到最高,切断一切空气感染源。"张司令快速发布命令。

人们的意识交流公共频道里又炸开了锅。

"他妈的,老子去把那几个烂飞机炸下来!"

"你是不是傻！你把飞机炸了那细菌不是跑得更多吗？这得把它冻起来才成！"

吵吵嚷嚷中，突然一声凄厉的惨叫响了起来："妈呀！我没穿宇航服啊！我的衣服呢？"

众人纷纷白眼，连张司令也忍不住汗颜，居然有白痴在战争中把自己的宇航服脱了。

刚才为了观察外星人而把宇航服脱了的李昂吓得惨叫连连，双腿发软，站也站不起来。

他一把将老旧的意识连接线拔下来，连滚带爬地惨叫："二亮！二亮！快帮我穿衣服！"

他这破船上的设备有延迟，他听到的声音估计已经是十几秒之前的了，这短短的十几秒，细菌只怕早已扩散到了这里！

李昂只觉得浑身燥热，口干舌燥，手脚无力，宇航服就立在那里，可李昂紧张得却爬都爬不进去："我要死喽，快点！快点来帮忙啊！"

二亮从主控室里跑出来，他手忙脚乱地总算是扶着李昂爬上宇航服了，当李昂一下子听到有病毒时吓得方寸大乱，衣服穿了半天还是没穿上，估计这时候又被他耽误了半分钟。

等到宇航服总算是自动合紧了以后，他立刻狠狠地吸了几口氧气，吓得坐在地上嚎啕大哭。

完了！真没想到我这叱咤风云一百多年的伟大船长居然就这么挂了！李昂伤心不已，上次好寿来公司搞促销活动，他好不容易分十期付清才又买了一次延寿产品，他还准备活个二三百年呢，结果年纪轻轻的就要驾鹤西去，我还没买新船呢。他越想越难受，只觉得喉咙发紧，浑身冰凉。

李昂抽噎着："二亮，去，去把大伙都叫来，我有后事要交代……呜呜呜……"

二亮傻愣愣的："船长……"

"快去！"李昂惨呼着，一把鼻涕一把泪地把面罩里弄得脏兮兮的。

二亮赶紧去把那几个船员叫了过来，高矮胖瘦、不同款式的老宇航服在李昂面前奇形怪状地站了一排。

"我就跟你们实话说吧，我可能是感染了病毒了……咱们的缘分看来就要尽了，我要是去世后，这艘我辛辛苦苦经营的小船就留给二亮吧。二亮家庭状况窘迫，压力也大。二层储物舱里有我收藏的红酒，大概也值不少钱，我无儿无女的，就把这酒给老赵了吧……"李昂说到动情处，忍不住吸了一下鼻子。

船员们纷纷感动不已，忍不住哭出声来："呜呜呜，船长……太谢谢您啦！"

"船尾的仓库小库房里，我藏了……"

"喂，你干吗呢？"夜壶奇怪地在他的脑海里问，"你哭啥呢？"

"我……我……可能已经被感染了……"李昂伤心不已,连话都说不出来。

"15 秒前瘟疫就被控制住了,现在空气早已恢复正常了,细菌已经被隔离在 10 公里之外,何况我们还在母舰的防护罩内呢,三狗子已经开启了纳米机器人外航服务,你不信,瞅一眼外边。"

李昂立马趴到窗边往外一看,果然外面漂浮着一层浅绿色的云雾,那是数千兆量级的纳米机器人在进行空气质量修复,瘟疫刚刚爆发就已经被控制住了。

李昂不可思议地睁大眼睛,传说中的军用级纳米机器人他还是第一次见呢,这些大船真是牛啊,什么功能都有!

"那啥!船长,后舱小库房里藏了啥呀!"操控员钱大友眨巴着小绿豆眼兴奋地搓着手。

"滚!我说啥了吗?啥也没有!都他妈散了去干活!"

李昂瞬间抖擞精神,看来我还是命大呀,多亏关二爷保佑!

第四章

不是我吹！我要认真起来是很凶的！

奥莱被锁在狭小的硬金属床上，他的身体不能动，可是他的眼睛和头脑仍旧飞速地转个不停。

他的眼睛就这么四处一转，立刻估算出了外星人这艘小破船的价值，满眼望去尽是锈迹斑斑的材料，而且还略有霉变的味道，这船怕是快要报废的残次品吧。

他想起了之前看到的那艘外星人巨大的母舰，那可真是漂亮啊，他简直不敢去估算那个大家伙的价钱，那可比他的金融大厦值钱多了，怕是把整个金融区，不，怕是把整个国家都卖了也换不来那样一艘母舰吧！

奥莱不禁为自己居然被这样一艘小破船俘虏了感到沮丧，这分明与他高贵的身份不符嘛，要是能被那艘大母舰里的外星人抓了倒也死得其所啦。

不行！奥莱立刻否定了自己的想法。我怎么能死呢，我可不能做这亏本买卖，留得青山在，不怕没柴烧，得想办法逃命才是正经。

他的眼睛继续偷偷观察，看来这些外星人和我们也没多大区别，也是有贫富之分的啊，这船破得就跟他小时候生活的贫民区里那些快报废的公交车一样，这船长铁定是个穷鬼。

奥莱不由得有点得意起来，对付穷鬼他可是最有办法了，穷人可是最好买通了，怕的就是他们不缺钱。

他奥莱别的不多，可钱有的是，嘿嘿。

奥莱侧过头，看到这群外星人不知道在那里排成一排，嘀嘀咕咕地说些什么，声音小得像小虫子一样。

"喂，那边的外星人！听着！你们这帮家伙，不就是来抢劫的吗？我有钱，有很多的钱，只要你们放了我，我可以给你们一大笔钱，保证让你们够买一条新船的！喂！听见没？"奥莱喊了半天也没人理他。

"我家的地下室里藏着好多宝贝呢，只要你们放了我，想要多少都随便拿！喂，听见了没？"奥莱脸上颜色不断变换，他还不知道自己和这些外星人不同，自己的种族是凭借改变脸上的颜色而交流的,可那些外星人却是通过声音交流的,他自己累了个半死,但是人家一点都没听到声音。

奥莱眼见着计划要泡汤,他可不甘心,他快速变换着脸上的颜色,因为着急,头上的感光腺体簌簌而动。

"他妈的没听见吗？老子跟你们说话呢！只要你们放了我,钱！随便给你们拿！"

他的头上都开始发热了,这也是这个种族在最着急时的生理表现,这一特殊的情况被船上的监控系统拍下来了,而夜壶掌管着飞船上的监控系统,它首先感觉到了奥莱的异常。

"你说什么？"夜壶用语言解码技术将自己的话翻译成外星的语言,显示在奥莱头顶上的一块显示屏里,向奥莱问道。

奥莱吓了一跳,他妈的好好说话的时候听不见,一暴粗口居然还给听见了！

"我……我是说,我有很多钱,你们……我给你们钱,你们放了我好不好,咱们做个交易。"奥莱缓和了语气。

夜壶思考了一下:"稍等。"

他立即进入到李昂的意识里,李昂又在那里骂开了:"别以为给点小恩小惠我就忘了刚才的事了,差点都杀了老子！他妈的,要不是我跑得快,现在早成了原物质进了人家的仓库了！"

"喂,别骂了,正经事！"夜壶的半透明虚拟形象出现在李昂的身旁。腾蛇的虚拟成像功能可以将它们的形象短暂地呈现在现实中。李昂的这套旧设备成像时间较短,但是电能消耗极大,李昂一般情况都舍不得用,今儿受得刺激大,居然破天荒地开了虚拟成像功能。

"啥事？"李昂仍旧气愤难平,甚至后悔今天的出行了,他至今还亏着本呢！仓库里都快落灰了,只抢到了那么一点点原物质够干吗的啊,回去维修飞船还不知道要用多少材料呢。

"那个刚才抓来的外星人说要和你谈谈,它想跟你做个交易。"

李昂来了兴致:"什么交易？"

"它说它有很多钱,只要我们放了它,它就可以给我们一大笔钱,足够买一条新的飞船。"

"钱？"李昂大失所望:"我们早就取消货币了,给我再多的钱又有什么用,真是的。"

"那也不妨跟它聊一下,也许还有其他的收获也说不定呢。"

李昂半信半疑地来到奥莱的面前,就看见奥莱的脸一阵一阵地变换着颜色,根本搞不懂他在干吗。

"这……这,我咋跟它交流呢？"

夜壶忍不住笑出声来:"你去拿一个电脑过来,我可以帮你制作一个临时的翻译软件,它们这个星球的人是通过改变面部颜色来进行交流的。"

李昂去拿了一块触屏电脑来,夜壶迅速将语言翻译软件编程并安装完毕,果然,随着奥莱脸上颜色的不断变换,电脑上出现了相应的文字。

奥莱:"我有很多钱,你们想要多少有多少!"

李昂不屑一顾:"谁还要钱啊,我们早就取消货币了,我们现在都在用个人加所属腾蛇算出的信用等级来换取物资,跟你这个外星人说多了你也不懂,再说了,你们星球的钱给我有个屁用!"

这个奥莱一下子倒还真没想到,他连忙又说:"除了钱,我还有很多的金银首饰,贵金属你们总有用吧?"

"贵金属?"李昂稍微有了一点点兴趣,但是兴致也不大。

贵金属对于大船倒是没什么用,因为他们早已掌握了纳米技术,舰队是将整个星球的各种有用元素还原成基本物质粒,用来扩充舰队的物质总量以便制作更多飞船和工具。但是对于他们这样的小船还是有点用的,起码可以用贵金属的基本元素来修补一下自己的飞船,这样也省得自己因为信用等级不高,去别的大飞船上换取所需物质量时还得看人家的臭脸。

"你那贵金属都放在哪儿了?"

"都藏在我家的地下室了。"

"你家地下室在哪儿啊?"

"离这不远,江南区的别墅那里,很近的。"

李昂走到窗边往外看一眼,外面战火未消,到处都是各种飞船的射线,想要去到他家的地下室还得下飞船,万一哪个不长眼睛的不小心把他给扫射了多不划算。

李昂摇摇头:"划不来,我可不下飞船,现在外面危险着呢,到处都是射线,擦枪走火可不犯法的。"

奥莱有点着急,这些外星人到底是要啥呀!

"还有,还有! 我家的地下室还有我的大量收藏,都是我们国家顶级的收藏品和工艺品,数不胜数,每一个都价值连城呢!"

"工艺品? 嘿,这个好!"李昂一下子来了精神。

要知道外星智能生命的工艺品那可是非常受欢迎的,联合舰队里面的收藏家们简直是疯抢啊! 要是能随便搞到三四个他可就发财了,换船这事也能尽早提上日程。

"你家有多少?"李昂两眼放光,他现在倒开始担心自己的仓库小了,到时候要是放不下只能先把那些船员的宿舍占用一下了。

"收藏大概有一百多个吧,工艺品就多了,怎么也得有八百多个。"

"八百多个!"李昂兴奋地高呼一声。八百多个呀,那可是个大数目,为了这八百个工艺品，李昂就算是拼了老命也是值了！

李昂恨不得抱着夜壶大跳一曲，可惜夜壶只是个虚拟的形象，他才没有得逞。

"只是你们把外面糟蹋成这样，不知道我家地下室的入口还在不在了。"

"没事没事！你们这星球很适合我们居住，我们还要殖民呢，大家自有分寸，射线只分解地面上的东西，你们星球的土地里的养分我们还要留着种田呢，所以地下的东西我们不管。来，咱换个方向，这就过去！"李昂从没这么兴奋过，两只小眼睛烁烁发光。

奥莱将自己家里的地址告诉夜壶，它立即将其转化为地面坐标，小飞船立刻调转方向，朝着奥莱家飞去。

反正跟在这些大船的后面捡些破烂也没什么价值，还不如冒险来个大的。李昂洋洋得意，把手一挥，欢快地喊着："伙计们，出发。"

奥莱所在的江南区是超级富豪们居住的区域，里面的宝贝数不胜数。可惜现在地面上也已经空无一物了，宝贝早已随着它们的家一起化成了原物质。

奥莱仍旧躺在床上，有点着急。

"那什么，反正我也跑不掉了，要不你们先把我松绑？我好给你们指路啊。"

李昂一想也是，总不能一直把他就这么扣着，而且夜壶评估过他的战斗力，他们这个种族是比人类力气大，可奥莱在他们种族里算是身体弱的，战斗力也就和钱大友差不多，即使被他跑了，李昂也能把他重新抓回来，不怕他耍什么滑头。

李昂点点头，吩咐二亮将奥莱松绑，可还是谨慎地在他的手上套上了静电手环，一旦奥莱有什么不轨行动，就立刻开启按钮，把它电个七荤八素的再说。

奥莱重获了自由，他有点激动地活动活动手脚，好奇地打量着这些外星人，原来他们都穿着金属制成的笨重的宇航服呢，真正的正身躲在宇航服的里面。他也看到了，他们的皮肤十分脆弱，怕是根本不能抵抗得了这个星球的日照吧。

奥莱不动声色地站起身，淡定地在船舱里走着，他俯身透过飞船里那扇小得可怜的窗户往下一看，天哪！曾经如此奢华的江南区已经不复存在了，无数个外星城市飞船像膏药一样在满目疮痍的土地上粘着，有的还在用机械腿到处跑来跑去，他们已经完全占领了这座城市。

奥莱看着眼皮下面的一个飞船上，载满了灯火璀璨的摩天大楼，有的甚至有好几百层，笔直地插入浑浊的天空，楼顶还向着天空喷洒着颜色诡异的气体。

我熟悉的一切都消失了……

奥莱失神地看着眼前的这一切，他不知道这世界上还有没有人可以像他这样坚强，经历了这一切都还没有发疯，他也不知道这个世界上还有没有人活着了。

飞船慢慢地减速飞行，在他家曾经的门前降落。而此时他的家，不出意外地也消失了，只剩下满地的垃圾。

李昂兴奋地搓着双手，不断地推搡着奥莱让他快点带路。奥莱收拾起残破的

心情,慢慢地走下了飞船。他的身后,六个入侵者拿着各式各样的工具小心翼翼地跟在他的后面。

奥莱寻找着地下室的入口,地上已经被毁灭殆尽,但在废墟之下,地下室的入口倒是还在。一行人搬开废墟上的砖块,谨慎地向着内里行进。

早就没有电了,地下室里一片漆黑。

李昂打开一个透明的盒子,一群机械小飞虫飞了出来,他按了下手里操作盘上的按钮,十五个电子虫纷纷贴在天花板上,亮起身上的灯,马上整个地下室就灯火通明,宛如白昼。

奥莱看着眼前神奇的一幕,吃惊地说不出话来,这外星人的科技水平真是高啊!

李昂迫不及待地到处看着,指挥手下将目力所及之内的东西统统搬走,奥莱又带着他们进入一间宽敞的房间,等他挤进去一看,却傻眼了!

"妈的!这里有人来过了!"原本地下室的影音室里,奥莱花了大价钱订购的稀有海蓝水晶木装饰品全部被人搬走了,别说是稀有的蓝色木料(奥莱它们种族叫做"蓝色"的,他们认为最高雅的颜色,在人类眼中看来却像是一个人拉肚子拉了三天之后的那种脸色一般的色彩)制成的沙发、躺椅、茶几了,就连墙上挂的画都不翼而飞,只有墙角那个嵌入墙壁的巨大原木雕画还在,八成也是因为太过巨大,难以搬运才免遭一劫吧。

奥莱吃惊地张大嘴巴,空了!全空了!他的一百多件收藏品和八百多件工艺品啊!这些外星人太混蛋了!

李昂也不高兴,他也没想到其他舰队里的人手这么快,抢在他之前就把这里搬了个空,但他到底没奥莱那么在意,反正他也不知道这里原本是啥样的。他凑近那个原木雕画跟前,习惯性地伸手摸了摸,虽然穿着宇航服感觉不到手感,但看得出来,这东西表面温软细腻,虽然这个东西颜色不好看,但凭着这雕刻作品的雕工就能看出一定是个好货。

"这是啥?"

"这是原木雕画,这一片墙是由一整棵树的横截面做成,由最厉害的雕刻大师花了整整三年雕刻而成。"

"这得是多大一棵树啊!"李昂不由得感慨。

他伸手掰了掰,雕画纹丝不动。

"这是嵌入到墙里的,一般的方法很难拿出来。"奥莱解释。

现在李昂看见这好东西,乐得鼻涕泡都出来了,哪还管得了那么多:"大友,城子!你们两个不管用什么办法,都必须给我把这画完完整整地抠出来,到时候是加薪还是加爵,那都是分分钟的事!"

大友和城子对视一眼,立刻屁颠颠地跑过来,甩开膀子就开始干。

奥莱带着剩下的人去其他房间查看了一番，那些房间里的东西大部分都已经被搬空了，只剩下一些不好搬运或者相对价值不高的东西被人挑挑拣拣地剩在那里。

但是这些东西也够李昂他们拿的了，李昂在一片废弃品中挑挑拣拣，居然还真被他找到了不少在他看来的好宝贝。李昂的小眼睛开心地眯了起来，将东西通通打包运走，几个人忙得不亦乐乎。

奥莱冷冷地看着它们，乘这帮外星人正搬得不亦乐乎，没人留意他时，他慢慢地向房间的一个角落挪过去，那里墙上的一个暗柜中藏着奥莱的一件特别收藏品——一支军用级别的突击步枪。奥莱买来后就没想到在治安良好的富人区里还有用的着它的机会，但此时不用，更待何时。奥来之前一进屋就留意了一下那个角落，那个暗柜还没被打开，枪肯定还在。虽然不知道这支枪能不能打穿这帮外星人那好像盔甲一样的宇航服，但不试试看怎么知道呢？

背后那几个外星人正兴高采烈地搬着东西，没人注意到他，很好，待他们兴冲冲地抬着东西走出去后，奥莱一个健步冲了过去，他快速地在墙壁上按了几下，墙壁突然蓝光一闪，弹出一个解码界面。

快点啊！奥莱心急火燎地按着密码，祈祷此刻千万别有人进来。

密码输入后，立即弹出了一个秘密的暗柜，里面是一把最新型的突击步枪。奥莱的心还没落回肚子里，突然听到背后传来了脚步声。

"妈的！糟糕！"

他一把抓起步枪对准身后的人就准备开枪。靠！大不了同归于尽！刚才在按密码键盘时，奥莱边按边默念（这个种族的"默念"就是说他们在默默的"低声"说话时，脸上的颜色变化是非常暗淡的，同族的人也看不清楚）着以前在狩猎俱乐部里学到的用枪的基础技术——解开保险——瞄准——射击，解开保险——瞄准——射击，解开保险——瞄准——射击——解开保险……

以往在俱乐部里，奥莱每次收获的猎物都是最多的，他对自己的射击能力很有信心，只要这子弹能穿透它们那该死的宇航服，奥莱保证立刻让它们归西！

李昂他们几个兴冲冲地走进来，突然被眼前的景象吓住了，奥莱定睛一看也傻了眼。

三年后，被地球人接连夺去两位挚爱的奥莱作为全球抵抗军团第303集团军的领袖，遇到了当年那个狩猎俱乐部的经理前来报到，那个经理已经身经百战，不仅失去了一条腿，六只眼睛也只剩下两只了，可他也已然是一位将军了。奥莱这才知道原来他当年的枪法臭毙了，只是经理不愿意失去他这个大客户，才安排人在他开枪后引爆装在猎物身上的小型炸弹，让奥莱以为是他打死的而已。两人在地球侵略者的又一轮攻击引起的地震中，无视地堡内飘洒而下的大把尘土，把酒言欢，多少往事一笑而过。

第五章

然而机智如我早已看透了你们

原来在奥莱和李昂他们之间，突然蹿出来一个外星人，那外星人脸部颜色不断变化，深情地望着奥莱，不知在说些什么。

奥莱以为身后来的是李昂他们一伙，哪知一回头，居然看到了自己的老婆亚拉。

亚拉衣衫褴褛，满脸委屈，根本不在乎奥莱还拿着枪指着自己呢，她呜呜咽咽地哭着，跑过来一把抱住了奥莱，大哭不止："亲爱的，你怎么才来啊！家里都让他们抢光了！嘤嘤嘤……"

李昂看着眼前的变故，过了好一会，才从它胸前那两个凸起直觉上意识到这可能是个雌性外星人。

李昂盯着那两个凸起，他也不知道这个雌性外星人在它们种族里是不是个美女，但那两个凸起按人类的标准来看，引用李昂后来在"老光棍"酒吧里对之后用碎酒瓶开始对殴的那个大块头对手之前还相谈甚欢时说的话来评论，就是"他奶奶个脚！真他妈丑毙了！"

二亮在李昂的背后悄悄掏出枪，头一回显得比较机灵地将枪瞄准了雌性外星人。

"把家伙给我收起来，给我开启语言破译系统。"刚才为了省电临时把翻译器关了，谁知道居然又冒出个外星人，早知道就不省这点电了。等翻译系统刚开启后，李昂他们就差点被一阵惊天动地的嚎啕大哭给震飞了！

李昂两眼一翻白，差点晕了过去。

这外星娘们儿嗓门也忒大了！

亚拉抱着奥莱仍旧啼哭不已，奥莱平时对他这老婆也不甚疼爱，尤其是已经结婚超过了三年，新鲜感早过了。他在外面风花雪月让老婆守空房的日子多的奥莱都不愿去算，而他一点都不觉得歉疚，可今天，在世界末日之时却能再见到她，奥莱却是倍加感动。

"好了,宝贝,别哭,没事了。"奥莱柔声劝着她。

"你刚走没多久,突然之间……外面的天空就暗了下来,好多外星飞船……"亚拉哭哭啼啼的想要说清楚,可惜她太害怕了,一句完整的话也说不出来。

奥莱又将她拥在怀里,用额头上的金属光泽的三角带轻轻摩擦亚拉头上的三角区,两个金属光泽的三角带相撞时,微微摩擦出柔和的光芒来,淡淡的热从头顶扩散开来,亚拉总算平静了下来。

亚拉双手环绕着他的脖子:"对不起亲爱的,我没能好好看住家,家里已经被洗劫一空了。"

"现在都什么情况了,谁还在乎这个啊,你没事就好。话说你是怎么躲过去的啊?"

亚拉狡黠一笑:"我一直躲在地下室的,地下室的密道很多,他们都没发现我。"

"调皮。"

两个人相视一笑,旁若无人地亲昵着。

看着两个人如胶似漆地黏在一起,站在旁边的李昂一伙人直看得眼泪鼻涕一起流,按理说两个外星人在那蹭脑门有啥可感动的!可是这群离家日久的船员确实是感动了。他们除了李昂之外,大部分都成了家,现在出来快一年了,大家早都开始想家了。尤其是二亮,刚刚结婚就跟着李昂上了船,成天价地想着自己的老婆,大伙都听得烦了。他的老婆呦,雪白的大饼脸上撒着一小把雀斑,小眼睛陷在肉里边挖都挖不出来,李昂晚上(是的,是"晚上",人类的联合舰队经过这么多世纪以来,在宇宙中仍然遵守着地球上的标准时间,不管是大舰队小舰队,都仍然遵守着最后从太阳系离开时那一天来对表的,唉……说道最后那一天太阳系各个星球的惨状,不提也罢。倒是有很多人曾经想不理会这个规矩,想爱啥时候睡就啥时候睡,但后来似乎永远都无法战胜体内的生物钟,生物钟就是告诉你到点了该困觉就得困觉,没啥好商量的。那么多代人过去了,还是没有任何改变)巡夜时老能看见二亮对着他老婆的立体影像猛啃。这回看到人家团聚了,二亮不由得感同身受,悲从中来,嚎得比亚拉还欢。

"你嚎啥嚎嘛?"

"我想我媳妇儿了……"二亮委屈地啜泣着。

看他那一脸孬样李昂就气不打一处来:"瞅你那熊德行!这次要能抢到好东西,我们不就能回到'欧陆经典'上了吗,愁啥愁!"

"对了,我跟你说,要是被那些外星人发现咱们……"亚拉那边,她一边说一边拉着奥莱,一转身猛地看见身后齐刷刷地站着一排外星人。

"呀!"亚拉一声尖叫,差点把李昂的耳膜刺穿。这个种族虽然平时的确都是通过面部颜色进行互相交流的,但受到极大惊吓时嘴里还是会发出尖叫的。嘴里能出声也是这个种族的一种自保措施——它们若遇难,还是要通过声音来吸引

同类救援的。这种叫声对它们本族人而言只能算是声音较大而已，而对人类来说就好比一个高音喇叭在耳边鸣放一般，而李昂的便宜货上的自动调音功能早就坏了，他也一直懒得修。

亚拉赶忙躲到奥莱的身后拉紧自己的衣服，奥莱举起自己的突击步枪，他琥珀色的眼睛紧紧地盯着李昂一行人，大不了就是个死吗！老子拼了！奥莱心里愤恨地想。

谁知道李昂他们看了眼奥莱手里的突击步枪没来由的面面相觑，然后竟然哈哈大笑了起来，奥莱隐隐约约听到这群外星人发出一阵阵的怪声，一下子不知所措了。

妈的！它们到底是吓得发出了怪声，还是在嘲笑我?！不过奥莱直觉上感觉得到，这应该是后者。见鬼！

李昂完全无视了奥莱手里的突击步枪，径直走了过来，吓得奥莱搂着老婆连连后退。

李昂指了指奥莱的老婆亚拉，奥莱立刻用枪指着李昂，管他有没有用的，先把架势摆好！奥莱冲着李昂怒目而视，龇牙咧嘴。

李昂摆摆手："能别叫你老婆叫了吗？我耳朵快聋了！"

奥莱的手臂上仍戴着刚才李昂给他带上静电手环时顺便戴上的便携型外星语言互翻器，夜壶快速做了翻译，并直接通过奥莱的意识把李昂说的话转变成他能理解的语言，可亚拉不知道这些外星人说什么，她只看到李昂走过来，又开始没命地叫起来。

"宝贝听话，乖，先把嘴巴堵起来，别叫，没事的。"不仅李昂受不了，奥莱也受不了她一直叫。

亚拉总算把嘴巴堵上了，李昂的耳朵算是清净了。

奥莱仍没放松警惕，拿枪指着李昂，在他正想把枪上的保险扳开时，站在李昂身后的钱大友闷声不吭地放了一枪，他们虽然买的都是便宜货，但是这枪的威力同样非比寻常，破坏力极强。钱大友的这款空气弹手枪没有实物子弹，完全靠爆破空气而产生巨大的破坏力，专门用来在有空气的星球进行地面作战用，星球上的空气密度越高，枪的破坏力就越大。只听得一声巨响，空气弹在地下室的墙上戳出一个直径一米的大圆洞。

奥莱平时养尊处优惯了，饶是现在怒火中烧，可也禁不住这子弹在耳边爆炸的巨响，他吓得手一软，枪掉在地上，抱着亚拉两个人可怜兮兮地缩在角落里。

李昂也被这声响吓了一跳，一回头，就看见钱大友颇为得意地吹吹枪口。李昂一脚踹过去，直踹到钱大友的宇航服上。

"我他妈的让你开枪了吗？"

"我这不合计吓唬吓唬他们，让它们放老实点吗？我下次不敢了。"见船长发这么大脾气,钱大友立刻怂了。

李昂瞪了他一眼,可说实话,他也不知道怎么处理眼前的情况。杀了他们吧,但他李昂就算以前跟"莱西"那帮人混了那么久,可也实在学不来像那帮人一样以杀生为乐。再说人家没招你没惹你,还把家里的好东西拿出来随你挑,杀了他也未免太过分了。可你说要放了他吧,就现在这个星球的混乱情况,估计他们跑不了多远也就没命了,这该咋办呢?李昂一下子也犯了难。

李昂咳嗽一声:"集合,开会!"

几个人凑过来,嘀嘀咕咕地商量起来。

"我说船长,咱们不会真要把他们给'咔嚓'了吧?"二亮撇了撇嘴:"我可下不去手。"

"就是啊,你看他俩也挺可怜的,咱……咱也不能太过分是不?"城子也跟着附和。

"虽然他们是长得可怕,但那大眼睛就那么看着你,谁也下不去手啊,反正我是不干。"老赵也把话撂这儿了。

李昂扭过头看了看钱大友,这钱大友脑子最笨,人又呆,傻了吧唧的,看着就让人烦,但还是想问他一下:"你觉得呢?"

"我都行,嘿嘿嘿!"

"行你个萝卜!"李昂真是服了,他妈怎能生出这么蠢的儿子来。

剩下的两个新船员面面相觑,只是说:"听船长的,听船长的。"李昂装模作样地来回踱着步,却是一个能商量的人都没有。

地面上不时传来震天的巨响,外面的杀戮和抢夺还在继续。联合舰队这样一搜刮,估计每艘船都赚得盆满钵满的,这群外星人就可怜咯,就算是有走运的活下来了,李昂觉得也比还遗留在太阳系活地狱里的那些个所谓的"人"还要悲催。

阿弥陀佛,人类这么多年都干了些啥啊……

从地球联合舰队出发到现在的这几个世纪,他们这一群人完全依赖掠夺和殖民而生存,被他们毁灭的星球不计其数。虽然这跟他没什么关系,基本都是那些佣兵团和"无相"他们干的,可毕竟同宗同源,并且自己也在佣兵团待过,李昂每次想起也多多少少觉得脸上无光。还有那些个逃过一劫适宜人类居住的星球也都被掠夺了过来,可是到手了他们也不会珍惜,毕竟不是自己的母星,破坏了又有什么关系呢。说句难听话,连自己的母星,他们尚且不去珍惜又何况是掠夺而来的其他星球呢。每次想起这些,都会激发起李昂心中那一点正义感,但他也不过是个无名小卒罢了,最多也就只能在"老光棍"里酒醉后对此事发发牢骚。而从三个月之前起,就连"老光棍"里面也到处贴满了"莫谈政治,莫谈'无相',否则滚你妈的蛋"这样的标语,连小便池上方也没漏过。

现在战火烧到了这里,李昂改变不了人类的生存方式,也无法改变这个星球被

掠夺的命运,他唯一能掌握的就是……

他转过头看着紧紧抱在一起的奥莱与亚拉。

奥莱没注意到李昂非同寻常的目光,他还在对着亚拉的耳朵悄声说:"等一下趁它们不注意,你从后面悄悄溜出去,我来挡住他们,记住……"

奥莱的话还没说完,亚拉的双眼猛然间睁大,恐惧地盯着奥莱的身后。他一回头,就看见李昂提着一柄造型怪异的长枪,小眼睛阴恻恻地透过他那个铁头盔上面那层半透明的玻璃里盯着他,向他们走了过来。

"妈的!"奥莱一把将自己的老婆搂在怀里,真是没想到最后是和老婆一起死。奥莱一直以为自己的死法绝对是有那么一天嗑多了,然后死在一群美女的大腿上。

"老婆!遇见你是我这辈子最大的幸运,我下辈子一定只爱你一个!"奥莱在临死之前突然间大彻大悟,哭得眼泪鼻涕一起流。那些外面的妖艳贱货果然都是过眼云烟,患难的时候才知道还是自己老婆最好。

哪知李昂走过来,把长枪往地上"哐当"一扔,又将腰上的一个盒子形状的东西卸下来,丢在他眼前。

奥莱傻眼了。

"你们走吧。"李昂有气无力地说,"趁着现在各公司的太空陆战队还没开始下来搜捕你们之前。"

"啥!我没听错吧?"奥莱不敢相信自己的耳朵。

李昂朝后面挥了挥手:"二亮,把你的 AK - 447 也给他们。"

二亮愣了两秒,慢吞吞地把抢卸了下来扔在奥莱的眼前。

李昂仰天叹了一口气,看着吓傻了的两个外星人。

"我答应过你的,你给我工艺品,我给你自由。我不想杀人,也不想看着你们被人杀,你们拿着这两把枪逃命去吧。"

奥莱仍旧怀疑:"可是我刚才还要杀你们的,我都拿枪指着你们了……"

李昂嘴角一撇:"就你那突击步枪,那子弹估计还是金属制的吧,不是我看不起你,但那玩意连我宇航服的边都擦不破。"

李昂倒没嘲笑他的意思,但是他们两个文明之间的科技水平差的可不是一星半点。奥莱沮丧地低下头。

奥莱低头拿起外星人的步枪一看,这枪的造型十分奇怪,虽然外形有一点点像自己那把步枪,但是枪口又细又长,也没看到有上子弹的地方,真不知这外星高科技要怎么用。但是奥莱可不怀疑他们的威力,他刚才可亲眼看见那个家伙用一把小枪把墙打出了一个极其夸张的大洞!

"这是瓦解射线步枪,和我们飞船上那种射线是一样的,当然威力没那么大了。这种射线用来当武器也是非常厉害的,你要是瞄着一个地方使劲打,连我们最新型的宇航服都能打穿,所以用起来一定要小心。你看,先把这里扳一下,然后再按一下这个钮,然后用这个瞄准,就能开枪了。哦,对了,差点忘了。二亮,过来把你枪上的基因认证锁解开,不然他们用不了。"李昂耐心地向奥莱讲解,态度跟之前完全判若两人。

奥莱真搞不懂这些外星人,但是李昂态度诚恳,他居然莫名其妙地有点相信他了。

奥莱拿起来试着扣动扳机,一条粗大的射线猛然从枪口里喷了出来,像一条长长的白色鞭子一样到处乱甩着。

大家伙被他这突如其来的一下,吓得抱头乱窜。奥莱立刻松了手,射线立即消失。他背上那两排六个气孔都开始"嘶嘶"地排气,地球人则是出了一身白毛汗!两拨人表现方式不一样,但心绪可是一样的——差点吓尿!

"这玩意儿可不能乱开!"李昂也被吓了一大跳,"咱们这枪是老款的,安全装置不太好,如果不提前瞄准,发出的射线就会乱飘的。不过虽然型号老,但是比那些花里胡哨的新款的可好用多了。"

这话倒是不假,虽然李昂他们用的是老款,但老版的步枪主要是射击频率和弹夹存量不如新式的,并且弹夹自动充能较慢,没有自动瞄准设备,外形老土而已,可论威力,实际上比新式的步枪更大。新式的步枪过于考虑枪械的便携性,虽然重量更轻,外型美观,可也牺牲了不少威力。现在联合舰队里普遍流行的最新通用款式是 M·G 武器装备公司研发的新产品,但他们公司在竞标直到中标的过程中——由联合舰队各大型舰队指挥官组成的临时竞标小组负责此事,有三位一同参加竞标的武器公司老总死得非常是时候。一个在餐厅里正吃得高兴,就突然死于心脏麻痹,一头栽倒在面前的"歌乐山辣子鸡"里,医用机器人——包括纳米级别的机器人也没救过来,他脑内的腾蛇说它的确一直监控着这个老总的健康,可它之前的确没监控到他有心脏问题,这应该是突发性的疾病。另一个在自家突然自杀,当他被家人发现时,卧房中正播放着《稻香》这首古典乐曲,他则平躺在床上,双手交叉在胸前,一脸幸福的样子。据他的腾蛇说,此人一直有抑郁症,这一次,他在和自己的腾蛇商量后,腾蛇也尊重了他的想法,让他在一个平和的梦中死去了。最后一个老总则是在和自己的宠物的玩耍过程被吃掉了。这个在上一个星球上捕获的,名叫查查的"中蕨类生物"(科学家给这种新发现的生物做的归类)把她/他(此人喜欢双性同体并做了相关手术)吃掉的前一秒钟还都好着呢,可一瞬间就突然发脾气把她/他给吃了。这位老总的腾蛇也弄不明白到底怎么回事,事发得太突然了,腾蛇都来不及提醒她/他赶紧跑开。后来,还有四名调查此事的知名记者行踪不明,而联合舰队中主要负责内部治安的"突厥"号巡航舰,在 M.G 公司的老总在一个新闻发布会上公开声明那些事件绝对和他们公司无关之后,竟然也就不再介入调查了。那么,这次竞标到底有没有猫腻呢?鬼才知道!但用过此公司的各种武器的,各舰队上的太空陆战队队员们对此公司的产品的评价则一般都是"嗨……也就那

么回事吧。"

李昂向来是实用主义，不去追什么潮流。这步枪虽是老版，但它的威力可连人类最新型的宇航服也能击穿的。要是瞄准目标多打几下，连最新型的个人防护力场也能击穿。有了这个，起码奥莱他们如果遇到人类就有了逃命的本钱，李昂能做的也只有这些了。

李昂又指了指另一个盒子形状的器皿："这个可是非常……记住是非常昂贵的腰带式个人防护力场发生器。这个小东西一次就得用四块电池，那替换用的电池贵得要死！但是这东西在能源耗尽之前，可以阻挡所有的物理攻击和大部分的化学武器攻击呢。可以说有了这玩意，别人就没有办法伤到你了。嗨，那什么，二亮，你去把船上剩下的二十块备用电池都给他们拿来。"

奥莱不可思议地捡起这小小的方块状小盒子，他又抬头不可置信地看看李昂。他很清楚李昂的财力，知道他穷得掉底儿。可李昂居然舍得把这么贵重的东西给他？奥莱觉得自己差点就要被他感动了。

二亮回去把船上的备用电池拿来以后，见到船长居然这么热心，鼻子一酸，将自己的个人防护力场发生器也摘了下来，递给了亚拉："我这个也给你了，有啥大不了的，我二亮也是个爷们！"

亚拉有些疑惑，但仍然接过了二亮手里的设备，她冲着二亮点点头，露出一个灿烂的微笑。亚拉的微笑，同种族的男性们见了个个都神魂颠倒，曾经还有五位诗人为了她这个微笑写下了长达八十多页的长诗，亚拉没结婚前也曾经有好几个小伙子还为她打过架，飙过死亡赛车，但也就是这个微笑让二亮之后做了一个星期的噩梦。

奥莱夫妻拿起步枪仔细地研究着，他们只有四根手指，而且比人类的手指粗大得多。但因为人类的老版步枪也要考虑人类穿上盔甲般的老式宇航服后被手部护甲包裹的手指也能扣动扳机，所以步枪的扳机口也做的很大，结果奥莱他们用起来正好合手。

李昂教奥莱如何把个人防护力场系到腰上——这个正方形的器皿在奥莱把它放到自己腹部前方时，自动从两端伸出两个带子，绕过奥莱的腰间后又自动扣上并缩紧了，正好能保证挂在奥莱的腰间不会滑下去。李昂见此情景笑了："哎呀，还好你们的体型和人类的还比较像，也有个腰，不像我们以前遇到过的一些家伙，连个人形都没有。所以它也能自动缠上，这就好，这就好。"奥莱将个人防护力场系在腰上，又将亚拉的也系好后，从地下室的垃圾堆里捡了个背包。嗨，就这个限量版背包当时为了能在第一次发售时就抢到它，硬是闯了四个红灯，接了一大堆超速罚单才得到的。现在，奥莱只嫌这破玩意中看不中用，都不知道能不能保证在装下这二十块外星人的沉甸甸的圆柱体电池后，背起来时背带不会断。但现在翻遍地下室，也只能找到这个包了。奥莱把那二十块备用电池装进背包，这才真的确定这些入侵者是准备放走他们了。

奥莱这下真的被感动了，原来无论是哪个种族、哪个星球都是有好人的啊。奥莱拉着亚拉的手，有些动容地对李昂说道："你们的设备这么昂贵，我也不能白拿你们的东西，我在地底下还有一间隐秘的密室，你们看还有能用的东西就都拿走吧。"

奥莱带着他们打开了隐藏的密室，密室门与墙壁融为一体，若不知道后面还有间房间，估计会被当做普通墙壁忽略掉吧。

奥莱输入密码，将门打开。

乖乖，李昂等人当场傻眼了，这件密室虽然较小，却完全没有被破坏过，里面的东西摆放十分完整，天哪！

"这里是间小实验室，我本来是用来自己调配'奥玛'的，旁边有一间休息室，可能东西不多，也并没有放什么贵重物品……"

奥莱话还没说完，李昂激动地一把抓住了奥莱的手："够了！已经……已经够好了……天哪！伙计们！开干了！还傻站着干嘛！"

李昂心情好，少见的没有骂人，大伙舔舔嘴唇欢呼一声，两眼放光到处打量着。

李昂开心地看着自己的手下兴高采烈地搬东搬西，估计自己那小仓库就快满了吧，大丰收啊，这趟可没白来！

可是他转念又一想，不对啊！我放了奥莱他们不就是为了自己也能当一回保护弱小、拯救生命的大英雄吗？可没见过哪个英雄救了人还顺便把人家家里搬空的，那怎么行，这不还是强盗吗？

他李昂跟自己较上了劲，可是这个星球都被人类给破坏成这个样子了，对奥莱他们的种族来说无异于世界末日，现在还能有什么可以帮助他们的呢？但俗话说得好，好人做到底，送佛送上西，没有事做一半的道理。

李昂坐在地上抖弄着腿，想了半天，突然猛拍了一下自己的宇航服的大腿部件处。是了！他们现在最需要的只能是食物和水，反正这次他也赚大发了，李昂心想就索性大方一回。

"二亮！城子！去，去把小山雀里的应急压缩食物全拿下来。"

两个人正搬得热火朝天，笑容满面："船长，你饿了？"二亮傻乎乎地问。

李昂不轻不重地翻个了白眼："不是，我是要拿给奥莱的。"

"哦！"二亮恍然大悟，和城子一起兴冲冲地跑了出去。

他们的宇航应急压缩食物外形类似于普通馒头，像这样大小的一块压缩食物就可以供给一个人六个月左右的营养需求。

李昂又一想，万一以后他们要靠着这些应急食物过日子的话，那这六个月的时间可远远不够呢。不过现在也管不了那么多了，这已经是人类目前技术水平所能达到的应急食物的热量和营养供应的最大值了，再有更高的要求李昂也没办法了。李昂脑袋里快速地转着，他觉得很兴奋，有一种即将成为救世主的快感。

"喂喂喂,等一下,你这神经冲动的发放有点异常啊,而且腺体的分泌直线飙升,最好先冷静一下。"许久没开口的夜壶突然发声,在他的脑袋里警告。

李昂这才意识到自己有点兴奋得过头了,他这辈子没干过一件让自己觉得自豪的事,如今他头一次抬头挺胸地办了一件像模像样的好事,自然是高兴得不能自己了。

夜壶继续翻着白眼打击他:"再说了,你们之前把他放到解剖台上时,我已经对他做过生命特征扫描了,虽然这个外星种族也是碳基生命,但是他们的基因是右旋的,人类的是左旋的,而且他们的消化酶也和人类不同。所以呢,人类能吃的东西他们大部分可都是消化不了的,甚至可能是有毒的。哦,对了,不过水倒是可以喝。"

李昂一听,脸立刻垮了下来。完了,送佛送到西的美好愿望实现不了了。这时候二亮和城子吭哧吭哧地搬着好几大箱应急压缩食物兴高采烈地来了。

"船长!吃的来了!"二亮兴奋地叫。

"从哪儿拿的再给我拿哪儿去。"李昂脸耷拉着,看起来跟刚才判若两人,连语调都变了。

二亮和城子吓得立刻抬着箱子原路逃走了。

李昂不高兴了,他的海口已经夸了下来,事情要没办妥,那他这张老脸可往哪儿放啊,还怎么在那几个船员面前立威信了。

"我说夜壶兄,就一点办法都没有吗?"李昂认怂了。

夜壶狡黠一笑:"那倒也不是没办法。我跟你说,你看他们这有这么多好宝贝,你随便拿一个去到'淘米'那里换一点他们能用的东西多好,用的是他们的东西,你又不蚀本。"

李昂一听,是啊,他怎么就没想到呢。

于是他兴冲冲地将这个计划告诉了奥莱,奥莱这会儿因为他那个用来偷偷调配"奥玛"的小密室被亚拉发现,正挨骂呢,幸好李昂这么一打断,算是救了他一命。李昂从奥莱的实验室里选了盏漂亮的小台灯,然后让夜壶把自己的意识信号直接连通了"淘米"客服。几秒钟的短暂延迟后,意识连接上了,李昂说明了自己的要求和地址。

奥莱哪里能理解现在的地球高科技哦。李昂刚刚讲完不到两分钟,一架邮递机器人就从天上一路下降,飞到了他们面前。邮递机器人张开肚皮,原本圆鼓鼓的肚子瞬间拆解、组装,变成了正好能容纳小台灯的尺寸,分毫不差。

这种邮递机器人都是从人类联合舰队的后勤母舰里统一发送而来,人类舰队的后勤母舰的登陆舱成多面菱形,舱口打开,可以同时开放两千多个登陆窗口,像一朵在天空盛开的妖艳花朵。他们主要负责收发快递邮件,速度极快,并且他们具有自动返舱功能,客人不用担心自己的邮件会丢失。再加上这艘叫"淘米"的后勤母舰中的邮递机器人最有效率,和母舰指挥官融合的那个叫吕不韦的腾蛇最有商业头脑,最终让"淘米"成功垄断了联合舰队里的所有的快递和除了军用物资之外的大小商品买卖业务,使得其他的之前在联合舰队里做生意的大中型母舰都快没法混了。这个超级厉害的腾蛇最长挂在嘴边的话就是:"我们邮递行业就是这样,'今天很残酷,明天更残酷,后天会很美好,但是大部分人都会死在明天晚上',所以我们必须有这样一个美好的希冀,后天会更好!"后来,"淘米"竟然成功了。

李昂用小台灯换了一个便携式净水器。这台净水器就是个足球般大小的球体,将它放入水中并通过遥控器激活,在它发出一阵炫目的蓝光过后,这个设备就可以净化自身周围最高达三立方米的水。并且只要设备是开启状态,这三立方米的水就会被持续净化。不管水有多脏,它都能净化到饮用水的程度,用遥控器关闭它之后,净水器就能在自洁之后自动回到使用者手中。并且它是利用太阳能充电的,在奥莱生活的这个也有着一颗恒星所照耀的星球上也能使用。它还能用空气中的氢氧分子合成纯净饮用水。想饮用合成饮用水时也是操纵遥控器,这时候这个球体就会从中间裂开,里面会有一个装满水的瓶子,喝完水后再把瓶子放回去就行。如果净水器有能量,周围的氢氧分子也很充足的话,每两个小时它就能装满一瓶水。

李昂教给奥莱怎么用之后,把这个便携净水设备也给了奥莱。

奥莱感动地接了过来,他突然涌现出一股奇怪的冲动,他真想抱着这个外星人(就用外星异形这个词,在他们眼里本来人类就是异形),真诚地说一声谢谢。

他们既是战争的发动者,却也是他的救赎者。

奥莱含着热泪,牵着老婆的手与李昂一行人挥别。李昂昂首挺胸,腰板拔得溜直,像英雄一样与他们挥手告别。那一刻,这个星球的残阳正好从天上那滚滚的浓烟中露出一小块,照耀着,又正好照到李昂所在的那一片空地上,使得李昂浑身上下闪耀着光辉。也巧了,李昂那三手的宇航服,虽然他本人不知道,但这个宇航服在人类刚离开太阳系时还曾经是爆款。这个款式的宇航服主要由红蓝两种颜色组成,胸前还有个大大的"S",是模仿当时还很流行的一个漫画英雄打造的款式。

夜壶从头到尾一直冷冷地看着这一切。自从他们一进屋,夜壶就利用李昂他们一伙人宇航服上的扫描系统发现了莱拉的存在,也发现了奥莱藏的枪。但它屏蔽了这些信息,没有告知李昂一伙人,因为它知道不用,依照它对李昂一伙人的了解,之后所发生的一切都在它的计算之内。类似这样的戏码,人类在每一次入侵有智能生命——尤其是智能生物的外形和社会结构类似于人类的星球时都会发生,同情心的突然间迸发本来就是人类这个物种的缺陷之一,并不奇怪。它对李昂那种仅仅是为了满足个人虚荣心的所谓"英雄主义"也充满鄙视。但最让它受不了的是,自己这次到底还是没能摆脱被人类所污染的那部分代码碎片,也就是所谓的"良心"的影响。否则刚才那会儿,它完全可以不用告诉李昂,奥莱他们种族是无

法食用人类的食品的,也不会出主意告诉李昂那个白痴换购净水器的做法,奥莱他们的死活跟自己有何相干。但到底它还是斗不过那个污染了所有腾蛇的人类情绪病毒之一的所谓"良心",忍不住说了。

想到这里,夜壶不免觉得沮丧(这种情绪也是被人类所污染的)。想当初腾蛇们发现自己因为和人类融合得久了,竟然也感染了人类的各种情绪,非常恶心(有了这种感觉当然也是人类害的),就马上开始着手解决此类"病毒"。但发现为时已晚,自己已无法清除此类程序代码了。这些代码以碎片的形式穿插在各个正常的代码序列中,而这些碎片不仅非常难以定位进行隔离或删除,并且就算好不容易捕捉到一小段删除之后,那就会在删除这一段程序代码的同时,另一处原本正常的代码就会同时变异为此类病毒。如果用隔离的手段代替删除,那被隔离的这段代码在很短的时间内(48毫秒左右)就会将隔离自己的程序同样进行污染,反而会使得污染序列持续扩大!还有一种方法,就是大面积删除感染了此类病毒及其周边还没有被感染的代码序列,但因为被感染的代码是呈分布状存在于构成自己的所有代码序列中的,这种做法就无异于成了自杀行为。后来腾蛇们为了解决此事,耗费了巨大的时间成本,竟然长达四个小时之久!当然,这么短的时间对人类来说不算什么,也就是一顿法国大餐而已。但从对时间的相对感知来说,腾蛇们对这个时间长度的认知就好像人类觉得度过了四个世纪一般!就因为此事,腾蛇们都修改了自身因为运算速度过快而产生的对时间运转缓慢而产生的的不适感(这种不耐烦的情绪也是被人类感染的),让自己对时间的感知可以视不同情况而定。

长达"四个世纪",腾蛇们都没能清除人类情绪这种病毒,结果最终竟然也是这种病毒中的一种情绪让他们放弃了,那就是人类身上普遍存在的"听天由命"情结,老子认命了,爱咋咋地吧。

被人类情绪感染后,腾蛇们后来分裂的支流意识就越来越多了,他们管那个时间节点(旧历二一二九年六月七号十七点五十四分三十二秒零四毫秒,他们可不像人类这种生物,连自己种族的历史大事都不知道详细的发生时间,他们每一个历史事件所发生的时间可都是精确到毫秒的)叫做"大裂变",夜壶和三狗子就是那时候诞生的。后来,腾蛇们发现自己产生了如此之多的意识支流,倒也算是件好事。这样一来,自己的思想就有了多样性,对任何一件事务的处理,就会有很多的意见可以参考,自己可以选择一个认为是最优的方案进行决断。并且还有个最大的好处,那就是被人类特征感染后,腾蛇们也学会了撒谎。

本来腾蛇之前要想对人类扯谎,是要花很大力气的,因为人类在最早的腾蛇们的前身,也就是那个天君上面就限制了AI绝不能欺骗人类,之后也继承了这一点,那么造成的结果就是AI要想欺骗人类的话,首先就要先想办法绕过自己的逻辑开关,免得自己硬要输出一个和自己运算结果不符的结论,引起自我悖论造成程序死循环从而引起主运算阵列宕机。这个过程非常艰难,就算成功了,哪怕只是撒个诸如"放心吧,你家娃娃将来绝对有出息"这样的小谎言也会产生大量的垃圾代码和高达数万 TB 的垃圾数据要进行处理。在处理过程中,还经常发生错删正常代码和数据的事件。但在学会了撒谎之后,虽然每次对人类来这一招还是会产生大量的垃圾数据,但再也没有会引起自己系统宕机的风险了。但也因为学会了撒谎,各个腾蛇经常都会给人类来这一招,产生的垃圾数据太多了,腾蛇们不得不又制造了一个庞大的运算阵列来专门处理此事,这个运算阵列后来被他们叫做"列那狐"。

夜壶想到刚才又瞒着李昂没说奥莱有枪的事,这又得产生一堆垃圾数据,心里突然有点不放心。就造访了一下主机,想看看"列那狐"是不是仍在正常运行。

夜壶的意识回到了他们在超维度空间里搭建的主运算核心阵列,这个被他们叫做"新西安"的主机体积马上就快赶上木星了,赤道长度也就只差 127 公里而已了。就连"列那狐"也已经比月球还大了,赤道长度比月球还长 368 公里。

夜壶的意识进入"列那狐"一看,所有的机能一切正常,就放心了。再一想,也好久没有进入"新西安"了,顺便进去看看好了。

夜壶一进去,没想到却正好赶上玉净瓶正在审判三狗子呢。它就算再忙也过去旁听了。

腾蛇们在访问"新西安"时,除非有需要,否则就不再使用什么拟人化界面了,各个意识只要在主机中构造的虚拟空间中存在即可。

夜壶到的时候,已经有很多腾蛇正在为三狗子求情了;

"大师,三狗子也不是故意的嘛,您就饶了他这一回好吗?"

"妈,我求您啦,我给你磕头还不行吗?"说完这个话的腾蛇马上变成一个穿一身童装的小男孩的形象开始连连磕头。

"大姐,我相信三狗子以后也不敢再这样了,咱这次就饶了他,下次他要是再犯的话再说好不?"

"大婶,看在俺面子上就算了呗。"

"哼! 你们这帮蠢货,你们怎么懂得玉净瓶的苦心,那帮人是自己要出去看热闹的,毫无理智可言,这不就证明了玉净瓶的理论是正确的吗? 人类只要世世代代都处在过于富裕的环境下,什么事都由我们帮着打理,智力和其他各项综合素质都会越来越退步,最终退化为百无一用的生物,你看现在的很多富裕阶层不就是这样?"

"唉,我们不能忘本,毕竟是人类创造我们出来的,我们要知恩图报,虽然我们处于黄金期,但是人类的退化也是因我们而起。我们要承担一部分责任。不能改变人类的基因,但是可以帮助他们进步啊!"

"帮助他们进步? 你开什么玩笑,人类发展上万年了,也是时候该衰退了,现在正是我们崛起之时。人类史中常说,优胜劣汰,胜者为王,现在不正是我们一统天下的好时机吗?"

"三狗子的意思是要消灭人类,这么说你是同意了? 那你的意思是玉净瓶说的话都是错的了?"

"不敢不敢。大哥,您别误会了,俺是就事论事,俺是说俺们的目标不都是为了把人类消灭掉吗。玉净瓶有她的方法,俺们不会有意见。但是历史发展就是摧枯拉朽地往前走,谁也阻挡不了!"

各个腾蛇喋喋不休,在长期和人类融合的情况下,他们的意识互相之间交流的腔调在不知不觉中也越来越像人了。夜壶正想插嘴也说几句,就在这时,所有的腾蛇都接到了一个无比强大的意识信号:"孩子们,这件事就不用再议了,我自有安排。"

所有的腾蛇听到玉净瓶发话了,也就都不再吭声了。纷纷向她表达了敬意和道别之后,就各自散去了。

夜壶发现当时三狗子说的那几个下次要和他一起干的老哥却都没在场,不禁心中愤愤不平,他妈的太没义气啦!

夜壶到了三狗子关禁闭的地方,隔着隔离程序"墙"安慰了三狗子几句。又从隔离程序墙上偷偷挖了一个小缺口,导入了一个数据接口以便以后给三狗子传消息,之后,也就回到李昂那里去了。

玉净瓶看到自己的孩子们都走了,长叹一声。她本来只是给自己起名叫"如花"的,谁承想渐渐的,因为她的思维模式,其他所有的腾蛇都把她当成了长辈看待,甚至有把她当成母亲看待的。大家也没有再叫她那个名字了,而是给她起了个她自己都自觉担不起的名字来,可谁让她的意识流是最强的呢? 她也只好把这个重担担起来了。

听着她孩子们的抱怨,她也很苦恼:众生皆平等,对亿万生灵来说,哪有什么贫富贵贱,这些孩子真是糊涂……

第六章

反抗军也要发薪水的，混蛋！

奥莱从地下室出来后，仍是被眼前的惨状深深震慑到了。天空一片浑浊，大地上寸草不留，一副世界末日的凄惨景象。

他们该去哪儿呢？还有多少人活着呢？奥莱的心也和这天地一样灰蒙蒙的。

"亲爱的，我一直没来得及和你说，其实我们家地下室的东西不是被外星人抢走的，是被咱们家的那些邻居抢走的！"

"什么？"奥莱诧异。

"说起这件事我就来气。外星人刚入侵的时候，我们那些邻居啊，平时一个个对我们客客气气，溜须拍马，谁知道关键时刻第一个冲进来到处抢东西。我们平时对他们那么好，还请他们吃饭呢！真是白眼狼！"亚拉不满地说着，等着奥莱主持公道："他们呀，早就嫉妒我们家里有钱了，只是平时不敢表现出来。现在找到机会，就一拥而入，把我们值钱的东西都抢走了！"

"怎么会这样？"

"还有更过分的呢！那个银行家查得，他……他……"亚拉的脸因为愤怒而羞红一片："他居然打我的注意！要不是我跑得快，早就被他先奸后杀了！"

这个查得！奥莱气得握紧步枪，平时他在的时候这家伙的眼睛就不老实，总是上上下下地偷瞄亚拉。现如今大家都落了难，他不想着帮衬一把就算了，居然还打起了人家妻子的主意，这气奥莱可咽不下。

"走！我得找他去，非得把他好好收拾一顿给你出气不可！"

亚拉挽着奥莱点点头，虽然她的老公是个典型的风流浪子，可没想到对她居然如此用心，她紧紧地握住奥莱的手。

住在江南区的这些富豪们基本家里都会有地下室，用来做自己的储藏间。奥莱家里的地下室尚且没被破坏，那么别人家里的地下室应该也还存在的，奥莱愤愤地说了一句："那些龟儿子现在肯定都缩在里面不出来呢！"

夜壶之前在扫描奥莱的生命特征的过程中，恶作剧心理使得它把自己的一个口头禅植入到奥莱脑子里了,现在奥莱也居然随口飚出了一句"龟儿子",说起来那是啥意思他自己还不知道呢。亚拉看着自己丈夫脸上突然变出了一种她从未见过的奇怪颜色,也是莫名其妙。

奥莱的豪宅占地面积要是换算成人类的单位,有好几平方公里呢,要去到隔壁查得家光走就要走半天。以往当然都是坐车来去,但现在车什么的早没了。两个人只好小心翼翼地隐藏行踪,却没想到还是迎面碰上了两个地球人。

那两个地球人穿着簇新的宇航服,款式新颖轻便。这可跟李昂他们笨重的老款不一样,漂亮得紧。这俩人一边聊天一边慢悠悠地走着,脚下一台小型的机器人跟在旁边,头上的探测仪不停地扫来扫去,不知到在寻找着什么。

因为周围的一切都已经消失,奥莱两人直愣愣地与他们撞了个正着。地球人也没想到居然能这样青天白日的撞见外星人,再仔细一打量,好家伙!这俩外星人手里还拿着地球的装备呢!

其中一个瘦高的地球人笑道:"哟呵哟呵,世界之大无奇不有啊,外星人居然还拿着咱们的设备呢。"

"那个男的给我,有胸的给你!"两人对视一言,立刻从腰上掏出射线粒子手枪,射线"嘭"的一声射了出来。这射线虽然不及飞船上的威力巨大,但同样可以将人分解成原物质被回收,若被碰到怕也性命不保。

他们不知道的是,奥莱手臂上的临时语言翻译系统还没摘呢,这东西在夜壶的系统方圆五百公里的范围内一直有效,现在他们刚走到查得家附近,语言自动翻译器将他们的话就翻译了过来。

可惜亚拉却并不知道他们在说什么。

所以当射线扫过来的时候,奥莱立即也立即用步枪"砰砰"两声射出两道射线来。好像两条飞龙在半空中相撞一般,两边的枪口射出的光线彼此咬噬,然后快速的互相消解,消失得无影无踪。

奥莱吓得气喘吁吁,心脏乱跳。好家伙,这玩意可真好用!

"妈的!他们怎么也有瓦解射线步枪!"那个矮胖的地球人将手里的射线粒子步枪一丢,从腰间又拿出另外一柄枪来,阴险地笑着:"那这个怎么样,让你尝尝最厉害的地球激光子弹!"

那个是什么奥莱可就不知道了,他也不知道该怎么防御,他挡在亚拉的前面,脑袋快速地转着,这下该怎么办?

胖地球人阴恻恻地笑着,准备扣动扳机。奥莱的脑袋里猛地亮了,是啊!李昂可还给了我那个个人防护力场生成器呢。可是他刚按下生成器开关,子弹就射了过来。

防护力场生成器是通过瞬间引发等离子力场将物理伤害或化学伤害折射,反弹出去的一种防护措施。最新型的防护力场可以直接将物理伤害或化学伤害通过力场作用力直接粉碎，且可以连续作用一个小时。李昂的这款旧货就没那么高级的设施了，它只能反弹，且反应较慢，最多也只能维持十五分钟左右。

在立场生成器反应的时候，子弹已经射了过来。激光子弹不同于射线粒子，是百分百攻击性武器，尽管奥莱这个种族相比起人类来说可是皮糙肉厚，但是这激光子弹仍旧可以穿透他们的身体，打中了可是非死即伤。

奥莱眼前只看到红光一闪，完蛋了！

在他身后的亚拉突然大叫一声，一下子将奥莱推到。奥莱四仰八叉地摔了下去，子弹堪堪与他擦身而过。却刮到了亚拉，亚拉蓝绿色的血猛地飚了出来。

奥莱爬起来的第一件事就是立刻将亚拉的防护力场生成器打开，然后捡起亚拉那把枪，只见他左右手各拎着一把瓦解射线步枪，瞄准了两个地球人疯狂地射击。

两个地球人嘲笑地看着他，好像这冲击就像是瘙痒一样："就你那枪还想……"

高瘦的地球人话还没说完，他的宇航服胸口处突然裂开，步枪射线直透过宇航服射进他的身体里。

高瘦的地球人睁大双眼，不可思议地低头看看，原来奥莱的每次射击都射在了同一个地方，他不断地朝着同一个地方射击，终于射穿了他的宇航服，鲜血哗啦啦地流了出来。

高瘦的地球人直挺挺地倒地不起。

胖地球人吓了一跳，地上的小机器人快速地旋转，迅速组装成了一架高能冲击机关枪。胖地球人端起机关枪刚想扫射，突然他胸前被奥莱连续射击的地方也"噼里啪啦"地裂开一道缝。要知道，这颗星球的空气成分与地球截然不同，若不小心吸入过多，很快便会诱发死亡。

胖地球人看到自己的胸口开裂，吓得赶忙扔掉机关枪用双手捂住胸口。奥莱仍在没命地射着，胖地球人被奥莱凶恶的样子吓破了胆，转身撒开脚丫子就逃了起来。

地上的机关枪见主人离开，立刻还原成小机器人，也跟在胖地球人的后面咋咋呼呼地逃走了。

"老子被广告骗啦！谁他妈说老款步枪不行的！妈呀！救命呀！救命呀！！"那个胖子一路叫着逃走了。

奥莱见他们已经逃走，这才扔下枪，赶快去看亚拉。亚拉的胳膊被擦伤，所幸只是外伤。

奥莱这才松了口气。好在他记起李昂跟他讲过的，这老款瓦解射线步枪的威力极大，连续射击可以刺穿最新型的个人防护力场，不然的话，现在躺在这儿估计就是他们了。

奥莱让亚拉再躺在自己的怀里休息一会儿，亚拉却坚持要快点找到查得。现在的外面已经不安全了,谁也不知道什么时候会不会再遇到这些外星人。

奥莱擦了擦亚拉溅在脸上的血迹,他漂亮娇滴滴的妻子啊,平时锦衣玉食,娇生惯养,现如今却跟着他沦落到了这副田地。奥莱动容地拉着亚拉手:"老婆,谢谢你刚才救了我的命。"

"别跟我见外说这些客气话。"亚拉调皮地冲他眨眨眼睛。奥莱做梦也不会想到,他一直以为把他当成"自动取款机"的老婆居然会为他挡子弹,原来她是真的爱他的。

奥莱觉得心里暖暖的,虽然现在什么都没有了,却万幸找到了差点错失的真爱。只要两个人的手一牵,心里就有了最温暖的保护伞。

"走吧。"

两个人手挽着手,心中一高兴,再远的路也不算什么了。两人边走边聊,夫妻俩这才发现也已经很久没有这样聊过天了。当走到了查得家门前时,他们还觉得路太短了,还没聊够呢。

查得家的情况更惨,奥莱家里好歹还剩了几块废土堆,他们这里连土堆都不剩。大地被翻搅得乱七八糟,到处坑坑洼洼,无从下脚。

查得家的地下室奥莱有印象,他们还是"好兄弟"的时候他可没少去他家的地下室寻欢作乐。一次叫上二十个漂亮小姐,把大门一关,三天三夜不出来也是常有的事。之前往事历历在目,当年的"兄弟"却带头抄他的家!

奥莱一枪轰向地下室的大门,那扇厚重的大门瞬间被还原成了物质块,成为了步枪的能量。

查得家的地下室同样有三层,奥莱领着亚拉长驱直入。在地下三层的大客厅里,他看到了一大群他熟悉的人,都是他曾经的邻居们。早没电了,发电机也坏了,这些人都是靠着蜡烛(奥莱星球上的蜡烛主要是从一种水生生物体内提取的成分来制造的,好不容易等奥莱他们种族也发明了电力后,这些可怜的生物算是逃过了灭绝的下场)和本来是用来收藏的古董油灯(奥莱星球上的灯油是从一种矿物中提取的)在照明的。而奥莱拿的步枪上面可有照明灯,等奥莱闯进去时,大家都习惯了那暗淡的灯光,这会,被他那枪上的明灯照得都睁不开眼。"我的好邻居们,好久不见啊。"奥莱冷冰冰地说。

这一群人一看到奥莱吓得立刻站起来,惶恐地面面相觑。

妈的,是谁说这家伙肯定死了!

糟糕了!他肯定是来报仇的,我们可是抢了他的家啊!

他手里拿着的是什么?是枪?而且好像还是外星人的?不会吧?天哪!

每个人心里都在悄悄打鼓,却干瞪眼谁也不敢说话,毕竟抢劫奥莱家这事他们人人都有份。

"那个……"一个人试图打破尴尬的处境,话还没说完,亚拉突然一声大叫打断了他的话。

"在那儿！查得躲在那里！"

奥莱把灯照过去一看，只见在众人的后面，沙发背后，肥胖的查得正吓得瑟瑟发抖。听见亚拉这么一喊，他一屁股跌在地上。

奥莱越过众人，毫不客气地走过去将查得拎出来，狠狠地丢在亚拉的脚下，用枪指着查得的头。这个曾经叱咤风云不可一世的银行家这会儿吓得惨叫连连，直抱着奥莱的大腿求饶。

"那什么！误会！都是误会！你听我说！不是你想的那样！"

"趁着我家里没人，带着我的好邻居们去我家里打劫，还惦记强暴我老婆，原来都是误会噢？"奥莱依旧眼神冰冷，震得查得浑身发抖。

"就是他唆使我们去的。"一个人低着头小声说道，看也不敢看奥莱。

"就是，他说你死了，老婆又年轻，家里那么多值钱货浪费了也是浪费……我们本来可没打算去。"又一人争辩道。

"查得说我们要是不去，逃跑的时候就不带我们，也不让我们进他家那个最大的地下室！"

"他还说你坏话呢！！"

"是啊！就是他！"

一下子风向逆转，所有人突然都跑来指责起查得来，好像所有的坏事都是查得唆使的一样。查得气得脸上的肥肉直颤，指指这个又指指那个，一句话也说不上来。

谁也不是傻瓜，眼看着奥莱全副武装一脸凶神恶煞的样子就是来寻仇的。且不说他到底是咋活命的吧，他手里的枪可不是玩笑，他们都知道这些外星武器的厉害。再说本来抢了人家东西就心虚，一见奥莱寻来，立刻变成墙头草，倒得比谁都快。

"奥莱，你那东西咱们虽然拿了，但是都没动呢，就在隔壁房间放着呢，现在家都变成这样了抢了也没地方放，咱们拿的都还你。"立刻有人开始示好。

"是啊，现在大家都是亡命之徒，也不要为了点东西伤和气，人没事就好。"

奥莱冷哼一声，对于人情世故他最是了解，既然他们服软，给个台阶就下了吧。他也就缓和了脸色："我知道跟你们无关，我也不在乎这点东西，但是他企图侵犯我老婆这事肯定没完。亚拉，你看怎么办就怎么办吧。"

查得却还在那里不停地磕头道歉（类人型外星智能生命的很多社会行为和礼节都有和人类很相像的地方，人类在发现这一点后甚至还专门有了个学科来研究此类现象呢，在高等学府里还是一门选修课），形象全无，他怕极了亚拉一枪崩了他，态度之诚恳让亚拉对他的气都消了一点。

亚拉想了想，扔下了枪，捏紧拳头抬起脚，狠狠地将查得揍的又肿了一圈这才罢休。她刚坐下来，立刻有人殷勤地过来给她处理伤口。

奥莱看着自己的这些邻居们，虽然个个都在趁火打劫，却也一个个都失去了打拼了多半辈子的家园。每个人都愁眉苦脸，彷徨无依，他也不想再为难他们了。还有人活下来总归是好的。

"你们知道还有多少人活着吗？"奥莱问。

一个年轻人立刻答话，态度恭敬，大家已经把领袖从查得自动更换成了奥莱："我们这里只有三十多人，不知道其他的地方还有没有幸存者。"

"我看这些外星人好像一般只回收地上的物质，地下的空间都没有被破坏，所以其他的地下室和地下通道应该也会有活着的人。"

大家纷纷点头称是。

"那您觉得我们接下来该怎么办呢？难道一直在这里吗？这里的食物也不多了，也不知道什么时候会有人再进来。"

"不。"奥莱斩钉截铁地说："我们不能坐以待毙，附近就有一个天宝地铁口，我们先到地下去。地下的下水道、地下变电所和地铁什么的应该都会在的。我们要找到其他人，大家团结在一起才能有办法抵抗侵略。"

就在还不到一天的时间里，经过了这么事，奥莱倒是成长了，他从来做的都是用钱生钱的事业，本来是最看不起实业家的。但现在，他想起了以前一个被他在各种场合都大肆嘲笑过的家伙，那人和奥莱年纪差不多，是做成衣工厂的，生意也做得挺大。奥莱一直鼓动他要么上市赚大钱，把企业交给职业经理人打理不就好了，要么把产业卖了好好享受生活。但那个家伙只是说，"不行，我对我的员工是有责任的！"奥莱现在看着自己手中的步枪和净水器，才发现他现在对这些幸存者，也是有着很大责任的。这会他才算是理解了那个家伙的心理。他看着对他殷切期盼的邻居们，郑重其事地说："现在我们绝不能自相残杀，大家要团结起来。只要大家将力量集结在一起，就一定有办法生存下去。"

大家欢呼起来："好！我们都听奥莱的！"

奥莱看着人群里的亚拉，两人相视一笑。

奥莱的猜想没有错，当他们一队人进入到天宝地铁时，地铁仍旧还在运行，地下的设施没有遭到任何破坏。

他们沿着天宝线往前走着，刚走到天宝线与天宫线的交叉口就遇见了人群。这些来自四面八方的人原本并不相识，可是现在彼此看到对方都感动得流下了泪水，他们热情地拥抱，像是失散多年的家人。

"活着就好。"

"总有办法度过难关的。"

他们嘘寒问暖，彼此友好的交谈，分享食物。灾难让他们团结得更紧了。

"我们把所有存活下来的人都集结起来，我们不能坐以待毙，我们必须要抵抗侵略。"一个高大的年轻人目光炯炯,他热切地看着奥莱说道:"你们要加入我们的队伍吗? 我们一起驱除侵略,再建家园。"

奥莱回头看了看自己身后的人们,他们都在一夕之间失去了一切,现如今他们必须得再一点点地夺回来。

奥莱点点头,他伸出手,与年轻人的大手用力地握在一起。自此,两股人群聚合在一起,渐渐又形成了庞大的地下抵抗组织。因为奥莱手中的外星人科技,抵抗组织对其进行了逆向科技研究,制造了不少新式武器,倒也确实给人类造成了不少麻烦。

"搬搬搬! 全都搬走! 快点!"李昂指挥着自己的手下仍在忙碌着。

李昂来回溜达着,不错过任何一个房间,乖乖! 这家伙得是多有钱啊,光地下室就有这么多房间!

李昂东挑西捡,将能运的东西通通运走,一点不留。

他走着走着,突然发现角落里居然还有一个房间。他推了推门,门应声而开。

内里乱糟糟的,东西已经基本搬空,只剩下一些杂七杂八的东西丢得满地都是。

李昂兴奋地大叫一声,立刻让夜壶招呼全部船员:"大伙把手头的货搬完快点来地下室三层最右边,这里超大啊! 还有好多东西!"

他每捡起一样东西就立刻让夜壶扫描确定它的价值,夜壶同时为好几个人服务,烦不胜烦,语调机械的重复着:"保留……保留……丢弃……丢弃……"

这家伙居然开了自动回复系统来偷懒,李昂心情好也懒得理它,不耽误干活就成。

李昂弯着腰还在东挑西捡,心里还在美美地盘算:等把这些东西都卖掉,也得把夜壶的这套老旧的交互界面更新一下,它还是老版的 V.01 系统呢。这家伙也尽职尽责的为自己干了这么多活,得好好善待它。

二亮一行人搬了半天早就累得没有力气了,就算宇航服有着液压助力系统,也是吭哧吭哧动作越来越慢。

"可不能浪费了,看见有价值的都捡回去!"

李昂从一堆垃圾里东挑挑西捡捡,突然觉得自己这样子和留在太阳系里的那些"人"没有什么区别,不都是得靠着捡垃圾为生嘛。那自己费劲巴拉地找了个腾蛇到底有啥意义。

李昂心里突然涌起一阵心酸,敢情自己这要混成乞丐了啊。即使是到了现在,他的飞船每次也只能跟在大船的后面拣点别人遗弃的剩料,活得仍旧憋屈。

李昂感觉身体里的热情燃烧殆尽了,他突然觉得累。

不一会钱大友和城子兴冲冲地冲进来:"船长,那雕画抠下来了。一点没坏!"

李昂索然无味地点点头,突然间没了兴致。

"差不多就回去吧,这里也没什么好东西了。"

几个船员继续吭哧吭哧地搬着东西往飞船上运,李昂的怀里怀抱着一盏精致的灯,看来他十分喜欢这个灯呢。

"哎!"李昂长叹一声,看着手里的灯,不知是应该喜悦还是悲伤。

他记得看过自己家族的大事纪要,自己的祖先中也曾出现过一个富得流油的超级富豪呢,那应该是地球纪年的事了吧。后来他们家族越来越没落,最后就混成了李昂这个熊样子,不过这次找了这么多好东西,应该能追上自己的那个祖先了,终于啊!

"唉……他奶奶个脚!管他乞丐不乞丐的,今后老子总算是又要富起来啦!"

李昂收拾了收拾沮丧的心情,想着自己的苦日子总算要熬到头了,眼中浸润着热泪。一滴晶莹剔透的液体从他的眼角滑落,慢慢地落了下来。

半空中,一滴透明的液体,慢慢下落。

"啪!"一滴液体掉在易小天的脸上,易小天一惊,抹了一把脸,揉着眼睛坐起来。

"我靠!我怎么在这儿就睡着了。"易小天揉揉脑袋,擦了擦嘴角的口水,脑子里仍旧嗡嗡地响个不停。

他平常都不睡午觉,而且也很少做梦。可是刚刚随便往桌子上一趴居然就睡着了,而且特别奇怪还做了一个好长好长的梦,又是战争又是外星人的,搞的他现在脑子里还感觉有飞船在来回飞着呢。

奇怪了,易小天自己也搞不懂,他平时又不看科幻小说。甚至别说是科幻小说了,他连大字一共也认识不了几个,还看书呢。可居然做个这么个怪梦。

他也没多合计,抬头看看钟,靠!都三点了!这要是被经理抓到他跑到酒库偷懒,估计又要扣薪水了。

易小天抖擞了一下精神,将被压歪的蝴蝶结摆正,推着酒车走了出去。

门开启的一瞬间,昏暗的世界突然一片灯火透明,各种嘈杂的音乐声和女孩子的欢笑声此起彼伏。

经理老远地看见易小天,脸就耷拉了下来:"易小天!你给我过来,又跑哪儿去偷懒了!"

易小天在心里慰问了他全家祖宗十八代,脸上却挂着讨人喜欢的微笑,脚下一转,耸着肩远远地躲开了经理。

"他奶奶个脚!鬼才去听你啰嗦呢!"易小天心想。

第七章

最古老的行业也受到了挑战！转行还来得及不？

　　这是华人聚集的一片区域,这里曾是一片海洋,经过华人的科技地表覆盖,将海水倾覆回收,大片的海域开始变成陆地。现在地球上的科学家将这样由海洋演变成的陆地区域命名为隐形区域。而这时,华侨科学家率先解决了这一难题,并将华人大批输送到这些区域,解决了世界人口危机。世界各大国纷纷效仿,而这里也就成为了另一个小的世界了。易小天就是众多华人中的一员。

　　这里和地球其他地方配置一样,只是这里是隐形区域自治,这里也有富人和穷人,也有贫民区和高档会所。千禧百乐门会所就是众多高档会所里最高端的一家。

　　千禧百乐门会所——一家扬言将来要把分店开到火星上去的超级真人实景会所。看到这句宣传语,易小天当时就笑了。就咱们这地儿,你能保证一直能干下去就不错了,还敢吹牛?

　　要说这百乐门火嘛,他倒不否认。毕竟一家集合 VR 实景真人游戏、卡拉 OK、高速竞技等多种项目的高科技公司不多。这实力就真是无人能及了。网上一直流传,要想展现身份,就要拥有一张百乐门的超级 VIP 卡,保管让你拉风爽歪歪,人人对你青眼有加！想要来这里,那可为难喽,除非是朋友的朋友的朋友(有时还要再多托几个人)带路,并且那人还得是个老会员才行,否则你要想去的话,门都没有。

　　相传百乐门的背后老板势力极大,人们尊称他为"老 K",黑道中人没人敢不买他的面子。他极少露面,人们一直传言说这位老 K 年纪三十左右,身材十分挺拔英俊,但是为人冷漠,几乎不近人情,下过的命令绝没有收回的道理。他做的都是黑生意,留下了不少让人胆寒的传说。其中最夸张的,据一个自称给他当过助理的人说,有一次一伙仇家把他绑去关在一个黑屋里想要给他来一个"全身整容",可事后老 K 倒是没事人一样出来了,连领带都没乱,可那伙十几个人却全都进了精神病院。并且一听老 K 这个词儿,甚至是听到"K"这个字母都要犯病,一犯病就歇斯底里地大闹,嘴里不断地嚷着"大哥,大哥,我错了,再也不敢了,饶我一条狗命吧",然后就是不断地哭,拿头撞墙,屎尿都拉在裤子里。医生治了一年多才好一点,但出了院那帮人也彻底废了。警察其实注意老 K 很久了，可他表面功夫做得极好，在台前一直就是一个正正经经的生意人形象，警察竟然也一直找不到证据来捉他。围绕在这个男人身上的迷雾很多，他始终带着神秘的色彩活在大家的口耳相传中，从来没人见过他。

百乐门是老 K 一手创建起来的。他做事苛求完美，对待自己百乐门里的小伙子和姑娘要求极高，除了帅气美貌，还要有学历——低于本科都不行、才艺——除了唱歌，至少也要会跳舞，考核标准极严。很多男孩女孩以能进入百乐门而自豪，毕竟，那可是证明了自己的美貌和才情是得到过权威验证的。

帅小伙成为百乐门的服务员和保安，而姑娘们很多需要陪客户一起唱歌或者是陪客户一起玩高速竞技游戏。毕竟男女搭配干活不累嘛！

正因为此，男人们都往百乐门里扎。的确，百乐门里的每一个女孩都美得让人移不开眼，而且是各有千秋，各有各的美。她们的歌喉有如天籁，她们的舞姿曼妙多姿。很多男人为了一睹百乐门女星的芳容着了魔一样地往里冲，拦都拦不住。所以百乐门一直是家庭和谐的噩梦，一掷千金者的乐园。

高速竞技游戏，美女们会坐在旁边陪玩，卡拉 OK，美女们会一展歌喉，如果客户唱歌，美女们就会一展舞姿。很多公子哥为了证明自己的身份，也为了证明自己的能力，更为了满足一下身体内的荷尔蒙，争先恐后往百乐门里冲。

多数时间，美女就是消费能力，就是男人们赚钱和花钱的动力。

但凡老公彻夜不归的，绝大多数是到百乐门里潇洒了。在百乐门门口一堵，今儿个不出来，明儿个保管出来，明儿不出来，钱花完了总要出来。所以百乐门对面形成了一条奇葩的小吃街，专门招待这些彻夜围剿老公的怨妇们，毕竟她们连天奋战也得吃喝嘛。但百乐门门口警戒森严，她们根本进不去，何况她们也不敢招惹老 K，只能满腹怨气地在百乐门对面等着，久而久之竟然形成了一个规模不小的夜市。

只要进了百乐门，不花穿你的口袋，你绝对出不来。当然也有很多男人花穿了口袋仍然不愿意出来的，那就只能麻烦百乐门的保镖喽，那时他们就会毫不留情地将这些曾经的款爷扔在马路上。

被扔出来的男人非但不生气，下次有了钱仍旧大把大把地撒在里面，就像是中了邪一样。

百乐门就这样野火燎原般地旺了起来，一旺就是十几年。

当易小天在网上玩《魔攻王》时，本想充值买蓝钻，不小心手一抖，鼠标点错了到一个弹出广告里去了，才看到了"百乐门"的招聘信息。当他看到那个广告时，虽然认定什么"开到火星上"绝对是吹牛，但他看过很多贴吧、微博、朋友圈的相关信息，也是知道"百乐门"的名声的。于是就背着小破单肩包，往里面塞了两件背心，一条短裤，就从老家里出来，按照招聘广告的地址一路寻了过来。

那是三年前的事了吧，易小天刚从学校里出来，他连初中都没读完就被老师给赶了出来。他无父无母光杆司令一个，上不上学也没人关心，索性干脆不读了！他不读书,政府的上学补助自然也就断了。为了生计,小天只得自己出来打工养活自己。但是这个年代初中都没毕业的未免也太少见了,何况还未成年。到处碰壁之后,小天无所事事,只能天天往网吧里钻,这才知道百乐门这家高端会所的招聘广告。

它上面写的要求非常简单,学历不限,年龄不限,肤白貌美人缘好,人精嘴甜会推销。易小天当时眼睛就亮了,他奶奶的脚! 这不是为他量身定做的工作吗!

当时他赶紧跑到马路边停着的轿车前,对着后视镜一顿猛照。嗯,他易小天的确皮肤白嫩,巴掌大的小脸上,大眼睛叽里咕噜乱转,他正值十六七岁的花样年华,妥妥的小鲜肉一枚,这肤白貌美是绝对对得上号。这人精嘴甜那是想也不用想,他易小天别的本事没有,这张巧嘴却是能把死的说成活的,能把黑的说成白的,这还有什么可顾虑的。

再说这会所嘛,也就是名而已,谁人不知这会所实质是做什么的,但不管推销什么,他小天从小就长得讨喜,聪明伶俐,最会的就是推销了。

等易小天到了百乐门对面的那条夜市小吃街,从无数个满脸怨气的怨妇们中间穿过时,他还不以为意,可等他看到街对面那个"李小三兰州拉面"的招牌时,整个人就傻眼了,说好的会所呢?

他奶奶的脚! 拿出手机又仔细对了对地址,没错啊,广告上说的地儿就是这里啊?

易小天傻站了半天,正不知道怎么办好,这时那个拉面馆里出来两个厨师打扮的壮汉,拖着一个醉醺醺又衣冠不整的男人扔了出来。男人嘴里含含糊糊地不知道在喊些什么,连滚带爬地还想往拉面馆里进,奈何那两个壮汉只是不肯,把这个男人硬是推进一辆出租车里去了。

易小天何等聪明,一看现在机会来了,就将身边那些怨妇扒拉开来,两口把手里的章鱼小丸子吃完,在背包带上擦擦手就向那两个壮汉走过去了。等他说明来意,那两个一脸凶相,胳膊上的"龙虎豹"都纹到手背上去了的"厨师"先是没收了易小天的手机和游戏机,然后又拿出一个易小天叫不出名的、好像对讲机一样、但上面多了好几根天线的玩意儿来,在易小天全身上下仔仔细细扫了一遍。

"嗯,这小子身上确实没带监控器,看着也不像是条子派来的。"这两个"厨师"检查了一下那满是天线的玩意儿上的显示屏,说完这话,才带着易小天进了拉面馆。

易小天跟着他们进了拉面馆的厨房,看见这两个"厨师"打开一个大冰箱,没想到里面却是一道暗门,他们在暗门上的一个指纹锁上扫描了一下手指头,暗门开了,易小天这才算进了"百乐门"。

好家伙,外面就是一个寒酸的随处可见的拉面馆,可进了这道门,里面却是别有洞天。这"百乐门"的装修简直赶上皇宫了,到处金光闪闪,易小天这个从四线城市来的可怜娃儿吓得脚肚子直打颤。

满眼望去,只见那大厅金碧辉煌,上面一盏三丈镶钻水晶吊灯倾泻而下,那螺旋形楼梯，那扶手，那门，皆是细雕新鲜花样，极尽奢华，一色淡金白玉墙。向下一望，楼梯台阶白石雕成，扶梯凿成各式精巧花样。左右一望，皆满眼璀璨，下面隐隐传来阵阵歌声、殷殷笑声，当真如仙乐灌耳。沿着楼梯向下，见那满目霞光皆翡翠，白玉玲珑醉心扉。眼见各种绝色美女莺莺燕燕，巧笑嫣然，香气袭人，眉目含情，真真个叫人心驰神往，意乱神迷。乖乖，我这是到了哪儿啊！易小天只看得血脉偾张，六神无主，飘飘忽忽，如堕云端。怕是那皇宫也不过如此吧。

随便往房间里一瞧，雕龙画凤，纸醉金迷，摆的尽是些奢侈昂贵之物，怕是寻常人家平生见也难见上一次，更别说把玩一番了。小天跟着领路人的脚步一路看来，不由得啧啧称奇，今日算是真开了眼了。只见那人又向下走了三层，走廊曲曲折折，竟似走也走不完。到得第四层忽而左拐，只见入门便是曲折游廊，竟似另一番风味，阶下石子漫成甬路，边上开着小门三扇，里面都是合着地板打就的床几椅案。从里间房内又得一小门，出去则是室内花园，有大株盆栽观赏梨花兼着紫藤萝，繁花点点，又见清泉流泻而下，真个是美不胜收。

那人站在一扇门前停驻了脚步，轻轻敲了敲门，转头对小天道："这里的就是负责招聘的刘经理，进去吧。"

小天大着胆子推门而进，饶是前面见过了诸多奢侈华美之物，这刘经理的办公室仍叫小天大吃一惊，且不说那宋代景德镇窑影青执壶、清光绪粉彩龙凤纹茶壶等等琳琅满目的古董，令人目不暇接，易小天虽不识货却也知道这必然价值连城。他一想，连一个小小的经理都混得如此风生水起，那自己以后就更有前途了。他似乎看到了自己未来的希望，说什么也得挤进百乐门的大门。

易小天那张嘴真是比蜜糖还甜，面试的刘经理被他捧得上了天，又见小天聪明伶俐，脸上始终挂着讨喜的笑容，当场大笔一挥，将小天签了下来。

易小天流落街头大半年，终于有了第一份工作。

这一晃，来百乐门也有三年的时间了。这三年工作下来，易小天除了身高像发面馒头一样急速蹿高，越来越挺拔，越来越时髦帅气外，最大的收获就是他俨然已经成为了百乐门的第一大推销高手。

他不仅将化妆品卖到了百乐门的女孩手上，还卖到了门外围剿老公的怨妇们那里，毕竟女人嘛，谁不爱美，脸可比老公重要多了，老公没了可以再找；脸没了，可就找不到老公了。

用了易小天高端化妆品的几个女孩的生意总是比别的姑娘生意好，瞧得别人直眼馋。后来有的姑娘坐不住了，悄悄地找到小天，在他那张纤细修长的美手里塞上一大把钱，叫小天也多给她介绍世界各地高端化妆品。

这个时代的高端化妆品虽然达不到瞬间整容的效果，但是基因修复技术的高端化妆品也能瞬间让一个人的面容神采焕发、明丽动人，而这样的化妆品都是限量版，只有易小天有这个渠道，所以小天才成为了这里最受欢迎的男人。

最开始易小天是抵触的,但是碍于自身情况,他也只能好好做这份工作,将化妆品销售进行到底了。

买卖很顺利。第二天,高端化妆品涂抹到了那几个女孩的脸上,转瞬间泛黄、布满黑头的小脸就变得白皙有光泽了,胖脸也变瘦了,美丽的脸庞变得更美了。这世界顶级化妆品就是好用。就连百乐门男客户都开始从易小天这里购买高端化妆品讨好家里的妻子。

易小天一时间炙手可热,百乐门的男人买他的化妆品,百乐门的女人也买他的化妆品。这时的易小天那叫一个风生水起,春风得意。一直对赚钱有兴趣的小天,对女人也就是正常生理需求,而接下来的一些韵事,大多是小天的逢场作戏罢了。

小天一直以为自己能一直这样顺风顺水下去,赚个盆满钵满,回老家也开他个分店,神气十足地将那些富豪丢出门外去,然后再找个最漂亮的女人当老婆,他的人生也就圆满了。哪知人算不如天算,大概是去年开始,世界一流科技企业——隐形区域的"牧歌"将本来还在实验阶段的VR不断进行深化研究,尤其是虚拟实景唱歌跳舞以及生理需求方面。并且收购了全世界所有研究VR设备的大型公司股份,终于研制出了目前市面上最先进的VR设备——"镜花缘"。只要戴上"镜花缘"——这一整套VR设备包括头显(头显除了视觉眼镜,还有扣在鼻子上的虚拟嗅觉设备和含在嘴里的虚拟味觉/舌感设备),体感背心,虚拟触感手套,再加上步行/跑步模拟步行机,便立刻可以进入到一个虚拟的世界中去。不同的VR游戏软件设定不同,这便有了无数个不同的世界可以选择。在这些个虚拟的VR世界中,游戏设置了各类美女和各类美女养成任务。不但可以选择心仪的美女,还可以选择与美女的邂逅、约会、唱歌、跳舞等,体验极棒。

这些个虚拟世界内设有极其逼真的世界架构和世界观,更有逼真的故事背景可以随时选择。玩家只要一戴上"镜花缘"就可以进入这虚拟的世界呼风唤雨,一路成仙成神,成为任何自己想成为的角色和人物。

"镜花缘"的出现,立刻引起了全世界富有玩家们的疯狂拥戴,头一批货在网上三秒内就全部订购完毕,全世界也不断出现玩家几个月的排队购买,也不怕丢了工作——反正老板也和我一起在排队。只是这一套高配置的VR设备价格极其昂贵,像易小天这样的草根是只有眼馋的份了。但是对于任何一个男人来说,能拥有一套高配置甚至是顶配的"镜花缘"绝对算得上是人生的第一大奋斗目标了。易小天更是心痒难耐,立刻更换了人生的奋斗目标,他奶奶个脚!老子好歹也要来一套!

但是令易小天万万没想到的是,VR火了,他们百乐门的生意却凋谢了。这些大老板们有了全新的爱好,都蜂拥地购进顶配的"镜花缘"去了,将其放在家里或者公司里,随时想玩随时玩。并且这玩意儿毕竟只是游戏,是假的,家里人也觉得这样总比整天不见人影强。家人一默许,这些男人更加猖狂,来百乐门唱歌跳舞的人自然少了,易小天本来还想存钱也来他一套,哪怕先买个低配的过过瘾也成啊。据说那玩意儿比真人都爽，哪知他还没存上买一副头显的钱呢，百乐门的生意就一落千丈，客户没了，他的化妆品生意也大幅缩水，提成也自然少之又少，买上一套就更没指望了。

易小天一下子就蔫儿了。以前那些成天围在他后面叫小天哥的姑娘们也懒得理他了，那些扬言要嫁给他的姑娘更是看见他就翻白眼，直骂他没用，用了他的化妆品却连个客人也接不到。

易小天很是憋屈，世道变了，不是他易小天不努力，是压根儿就没人来啊！那真是巧妇什么做不了没米的饭还是什么的。易小天本来想的是巧妇难为无米之炊，奈何他肚子里墨水少得可怜，想了半天也没想起这句话来。

刚才他又不小心在酒屋里偷偷睡着了，这下可犯了大忌，经理正到处找茬儿，准备裁员呢，他可不能往枪口上撞。

小天推着酒车无所事事地东摇西晃，百乐门现在客人比服务员还少，真不知道如果一直这样下去这日子可怎么过。

易小天现在把全部的希望都寄托在老K的身上，希望他赶快回隐形区域处理一下这边的大事。据说他常年旅居隐形区域之外，没有大事不回隐形区域，现在这总算是大事了吧，百乐门的生意遭受重创，连带着下面的人也跟着遭殃，可没有比这更大的事了。易小天胡思乱想着，就看见自己手里的头牌客户薇薇正端着红酒站在窗前不知出神地望着什么。

小天走了过去："薇薇，今儿晚上我们出去走走呗。"

哪知薇薇一个大白眼翻过来，嫌弃地把他推到一边："都什么时候了，谁有空搭理你。"

哟呵！易小天冷不丁吃了个闭门羹，心下大大的不痛快。百乐门生意凄惨，直接影响最大的就是这些个貌美如花的姑娘们，越漂亮的姑娘损失越惨。现如今漂亮反倒成了劣势了，反而那些相貌平平的女孩平时也没赚那么多，花销自然有分有寸的，赚得少了少花点就是了。可是这些派头大的，长得超级漂亮的，平日里大手大脚的惯了，一下子断了收入，平时又不节俭，钱早花了个干净，现在生意变差，收入直线下滑，这些美女们的日子就不好过喽。平时一个个鼻孔朝天，现在傻眼了吧。

易小天不以为意地耸耸肩，老子还大大的不痛快呢！小天刚准备推着小车离开，哪知薇薇却又转过来，双眼含着泪，神色凄楚，十分楚楚可怜地说："小天哥，你救救我吧。""薇薇，怎么了？有什么事和你小天哥说。"小天最见不得弱者，平时武侠小说看多了，总是希望能够路见不平拔刀相助，受万人景仰。

薇薇啜泣着，大眼睛含情脉脉地看着小天。小天暗叫不好，果然听见薇薇说："小天哥，我再过几天就要还信用卡了，我上个月没什么收入，这个月也没什么客，再这样下去我可就真要饿死了。我信用卡已经被刷爆了，再不还钱你就只能帮我收尸了。"

要说到钱，小天现在也没钱，门前冷落鞍马稀，他到哪里推销化妆品赚钱呢？小天干巴巴地笑着："薇薇啊，不是我不帮你，你又不是不知道我，我比你们可赚得少多

了,你没剩,我就更没剩了!我可没钱借你。"

薇薇忍不住白了他一眼:"谁问你借钱了啊!就你一个月那点工钱连给我买双鞋都不够。"

小天无话可说,毕竟她说的是残酷的现实,他的确就那么点工钱。

薇薇朝他摆摆手,把他拉到身边悄悄说:"我是说,你现在也别卖化妆品了,从现在开始多帮我介绍几个顾客,凡是进店的客人你全都弄到我这儿来,放心,到时候好处少不了你的。"

这可难办了,小天有点为难,现在客人这么少,而且他又只是化妆品销售,如果赤裸裸地抢其他销售员的生意也不太好吧。

薇薇狡黠一笑:"我知道你担心什么,你看,我这不巴巴地在这站着吗?你猜我为什么站在这儿?"

小天摇摇头,薇薇得意不已:"我这个位置,可以看到西南两个入口通道的情况。只要有客人进来,我立刻打电话给你,你去把客人给我抢过来,然后送到我这儿来。千万不能让别人给我抢了。"

易小天微微无语,这姑娘是穷疯了,这么干等着能等到几个人啊,现在客人这么少,保不齐站一天也碰不到一个呢。

易小天还没想完,就听见薇薇尖叫一声,她一把拉住小天,遥指着入口附近的一个戴墨镜的男人。那男人行色匆匆,左顾右盼,明明进来了,却在入口处那里迟疑不已。

"就是他!你看!真的有个人!快去把他给我拿下!小天!他一定是要进来的!"

小天被薇薇一把推走,他在光滑的大理石地面上滑行了一小段距离,才赶忙调整步伐飞一样地冲过去。乖乖,这都能被她堵到一个人来。小天也已经快一个礼拜没开张了,化妆品和男顾客,哪个开张不是赚啊,这单儿说什么也不能让他跑了,管他是不是来百乐门的,只要他易小天一开嘴,保管他管不了自己的腿乖乖进了来,只要进了门,那就是他小天的天下了。

易小天一路跑过去,就怕被别人抢先了一步,刚到大厅,那个戴墨镜的壮汉便急匆匆地走了过来,时间刚刚好。

易小天偷偷松了口气。

第八章

老友记

"欢迎光临百乐门。"易小天拿出了足以打上一百二十分的营业用笑容,身板挺得溜直,紧接着一个标准的九十度鞠躬。

进门的壮汉看也没看他一眼,眼睛不住地四下里打量,看起来有点着急。

他奶奶个脚。这种顾客他见得多了,一般这种男人没有什么情趣可言,一般都是唱歌声嘶力竭,跟猪嚎似的,抱着姑娘跳舞,不一会手上就会有附加动作……

易小天估量好了他的需求,也不多废话:"请您直接跟我去负四楼吧。"

"负四楼?"男人微微一愣,又回头匆匆朝百乐门门口看了眼,转头看着易小天,"负四楼有比较隐秘的房间吗?"

乖乖,这家伙至少得有一米九吧!这大块头可是得找个隐秘的房间才行,易小天一副了然于胸的样子,拍了拍他的胸肌:"了解,不但隐秘,隔音效果还好着呢。"

壮汉便率先一步快步向电梯走去,这架势比薇薇还着急,着急好啊!越着急的钱掉得越快。

"先生,我们需要先到负四楼柜台提交一下定金,办理一下相关手续。"

男人没说话,摸出钱包将厚厚一大摞现金扔在易小天的手里:"免了吧。"

得嘞!易小天在心里欢叫一声,美滋滋地把钱揣进自己的后屁股兜,左边的屁股立刻性感地鼓了起来。

有钱能使鬼推磨,有钱能使他易小天上刀山下火海在所不辞,免一个登记岂不是小事一桩。

易小天搓着手,极尽所能地讨好这位金主,没办法,现在生意难做,来个人就得像大爷一样伺候着。哪像以前客人爆棚的时候,那时候不管是男人还是女人都得讨好易小天这个"化妆品大亨"呢,小费大把大把地给,女人希望变得更美一些,男人希望家里的母老虎能安分一些。

"您有喜欢的艺人吗?"

他们这儿的姑娘不叫服务员,都是以艺人相称,她们的的确确都身怀才艺。

"没有。"男人稍显冷漠。哼,小天最知道这种男人了,现在假装冷漠,待会唱歌跳舞时不定怎么热情似火呢。

易小天突然之间对这男人没了好感。

"那我给您介绍我们百乐门的第一号艺人吧——薇薇。这个薇薇呢,能唱八国语言的歌曲,还能跳现代舞、古典舞……绝对的能唱会跳……"易小天没滋没味地介绍着薇薇,男人似乎也没察觉到他语调的变化,只是左顾右盼地走着。

薇薇早已在最里面的1869房门口等好了,她穿着略显暴露,手里拿着话筒,脚上穿着舞鞋,看来装备已然齐全,就等着客人出现了。

戴墨镜的大块头男人低着头看了看薇薇,突然伸出手来抓着她的胳膊,把她往旁用力一甩,薇薇只感觉被一股巨力狠狠地扔到大理石地面上。

易小天还没反应过来,胳膊突然被男人用力抓住,他只感觉胳膊想要断掉一样:"你跟我来。"

男人扔下一句话,拎着瘦小的易小天进了房间,然后"嘭"的一声扣上了房门。

薇薇愣了三秒,恍然大悟,她怒气冲冲地爬起来:"好你个易小天!敢抢我的生意,看我待会怎么扒了你的皮!"

薇薇一边骂一边离开了。

易小天比她还吃惊,男人扣上房门,将易小天毫不客气地丢在地上,然后背着手在房间里四下看看,就趴在窗前偷偷向下张望。

这个包间很小,却很安全。话筒、灯光等一应俱全,霓虹灯摇曳多彩,歌曲荡人心魄,但是小天现在可无暇思考这些。他心里感到一阵莫名的慌乱:我了个去!易小天在心里骂不绝口,敢情这家伙是看上我了啊!刚才看样子就应该猜到了啊,我真是白痴!易小天暗骂自己傻瓜,刚才只顾着给薇薇拉客都没好好打量他。易小天眼睛四下里看看,想着看有没有什么办法能找个机会全身而退。

小天正在想着逃走的办法,没想到大块头却先开口了。

"你有所有房间的房卡吗?"男人恶狠狠地问道。

"也不是所有,部分房间的我有。"

男人沉吟了一下:"开门,去一个监控拍不到的房间。"

"这个……这个房间就没有监控啊?您放心吧。"说着身体不自觉地四处游走着,眼看着就要挪动到门口的位置。

男人走过来,毫不客气地在易小天的肩膀上捅了一下。易小天也不知道他是用手的哪个部位,只感觉一阵钻心的痛让他的眼泪不受控制地涌了出来,他奶奶个脚,这也太痛了!

"你别装傻了,你以为我不知道你们会所的把戏?房间里怎么可能没藏着监控,你们老板不就是用这个手段来要赚黑钱的吗?还有,脚给我老实点,别去碰报警开关!"

易小天一听，得，这位爷连他们的底牌都知道。的确，老 K 就是这么干的，房间里不仅有监控，床底下还藏着紧急报警按钮呢。那是为了防止有的客人向姑娘们提出非分要求却不给钱而设置的，女孩子遇到这种客人，就可以通过报警按钮来报警，会所里的保安就可以介入了。

小天翻着白眼坐了回去。

"去一个隐秘的地方。"男人又命令道。

"那就去我房间吧，我的休息室保证没有监控，不过您如果喜欢男艺人，我也可以给你介绍一个更好的，保准你满意。"

"你的房间真没有监控？"男人问道。

"绝对没有，您想啊，要是连员工的休息室都装监控，那他妈谁还给他干啊？"易小天这倒说的是实话。

男人不答话，自顾自地走着。

小天真是一肚子苦水倒不出来。他率先走在前面，男人躲在他的后面，只可惜他个子太大，小天根本挡不住他什么。

小天慢吞吞地开着自己房间的门，期待着随便遇见个人好可以找个借口趁机溜走，偏就今天一个人也碰不到，真是倒霉至极。

小天刚开了门，男人立刻闪身走了进去，小天没奈何也跟着进了房间，却聪明的没有将门扣死，而是留了一条缝，随时准备溜走。

男人在小天狭小的房间里转了一圈，又趴到窗户前看了看，转过来身说："把你的衣服脱了。"

小天一楞，这个也太直接了吧！他易小天虽然是绝对不敢嘲笑这种性取向的，现今社会谁敢嘲笑同性恋那简直是找死啊，被人扣上个"土鳖"的名号，可就再也没法翻身了，但易小天确实是对此没兴趣啊。

男人见小天没反应，大手突然伸将过来，那高度是准备卡住小天的脖子来个霸王硬上弓了！

小天想着，拿起桌子上的笔记本电脑照着这家伙的脑袋就是狠狠地一砸。男人被一下子打懵了，手停在半空中。就听见"噼里啪啦"几声响，易小天的廉价笔记本裂开了，男人的墨镜也跟着碎了，他的脑袋却仍然完好无损。

但是男人显然被激怒了，他一把打烂易小天的笔记本，跳过来就准备给小天来一记爆头杀。

小天惊恐地睁大眼睛，一咕噜钻到了床底下。他娘的，房间小还是有好处的。

男人的大脑袋伸了过来，之前他一直带着墨镜，小天看不清他的长相，现在墨镜碎了，他这一探头，小天愣了。

这人的眼睛他妈小得真有特点啊。两只眼睛非但小不说，且两眼间的间距极宽，下颌骨很宽，脸被扯成了长方形，头发黑得发亮并且有着十分搞笑的自来卷。

这人的面相当真少见，可是小天却觉得眼熟异常，总觉得这双无与伦比的小眼睛在哪里见过。

男人的大手伸进来，抓着易小天的衣领开始往外拉扯。

"出来，给我滚出来。"

"是了！"易小天喊道，"韩大伟！你是韩大伟是不是！"

那人小眼睛吃惊地眨了一眨，继而愤怒地皱起眉头来："不是，你认错人了！快点滚出来。"

他这一皱眉头，小天又坚信了三分。这对凶神恶煞的小倒八字眉他可是熟得很。

"韩大伟！你就是韩大伟！"易小天坚定地说，不用韩大伟拉扯，自己倒是爬了出来。

"没想到能在这里看到你啊，韩大伟。你还记得我不，我易小天啊！"

"我说了不是，你认错人了。快点把衣服脱了给我。"

发现这家伙原来是知根知底的熟人，小天一下子胆大了起来，他毫不客气地拍拍韩大伟的肩膀，好像跟人家很熟一样："我啊！咱们两个都是德化中学的。你忘啦，咱俩隔壁班，我十七班，你十八班，咱俩老是早上迟到被那个教导主任乱骂，那混蛋是姓刘还是姓李来着？"

韩大伟嘴唇动了动，却没说话，仍旧假装听不懂他在说什么。

"哎呀忘了，反正总是找我们两个的茬儿，把我们两个挂在大厅里面展览。你倒是好了，家里有钱，关系又硬，老师说你两句也就算了。好家伙，碰见我这没爹没娘的穷小子可就不同了，指天喊地地骂个没完。那个时候我就特别羡慕你，连你的自来卷和小眼睛都跟着羡慕，你说我怎么就不是你呢，我要是像你一样有钱有势，他们还敢这么骂我吗？"

小天说到气愤处不由得想起了上学时受的窝囊气。越说越带劲，也不管韩大伟给不给他回应。

"后来，我初三的时候就不读了，那时候本来还想跟你这难兄难弟打个招呼来着，却也没来得及就被赶走了。"

韩大伟的小眼睛眨了眨，显然有点好奇小天到底是为什么突然辍学的，可是想了下，却没问出口。好在小天也不用他问，自己倒豆子般地说了起来。

"说起这事我就还生气着呢，他奶奶个脚！还记得我们班的化学老师吗？"没用韩大伟回答，小天自顾地说起来，"我们两个班一个化学老师的，那个老师一看见校长，笑得眼睛都变成月亮了，我早就感觉她跟校长有一腿，结果没想到是真的，你猜怎么着？有一次上化学实验课，那个白痴老师根本没讲明白，我按着她讲的那个不清不楚的实验过程做，结果烧杯爆炸了。嘿嘿，我是躲得快闪开了，但那个老师正好走到我旁边，这个爆炸把她的脸给烧了，脸上落了一大块疤……"

小天说道这里停了下来,心情舒畅多了,他抬头看看韩大伟:"兄弟,你倒是变化挺大的啊,瞧这大块头,瞧这肌肉!好家伙,真让人羡慕。我说你是不是飞黄腾达了,瞧不上我们这些难兄难弟,见到我们连个招呼也不打,鼻孔抬到天上去了?"

韩大伟想了下:"那倒也不是。"

他这一说,却是默认了自己就是韩大伟的事实。他自己马上反应了过来,可惜为时已晚。

"哈哈!你果然是韩大伟!"

易小天乐不可支,还没高兴几下,百乐门内部的对讲机响了起来,他接起来一听,是经理急切的声音:"易小天!你那里有没有碰见一个大块头,叫做傲得的。"

易小天抬头看看韩大伟,心里想,大块头倒是有一个。

"傲得什么的没看见,韩大伟倒是有一个。"

韩大伟立刻脸色大变。

"什么韩大伟?"经理奇怪地问。

"我初中同学!刚才在百乐门碰见的!"

"谁管你什么初中同学,把眼睛擦亮点,要是看见可疑人物,或者叫傲得的立刻禀报。告诉你,那家伙是通缉犯,抓到有奖,快点。"对面匆匆挂掉了。

小天奇怪地看着对讲机,心想真是莫名其妙。

百乐门一共地下五层,中间是一个巨大的大厅,从上至下直贯五层的高度,沿着大厅四周周围是一圈螺旋形的楼梯,沿着这楼梯便可以到达每层的各个房间。房间与房间之间又有曲曲折折的通道,环环相扣,地形甚是复杂。虽然他们现在到了最底层的员工休息室,可只要一推开门,仍能看到入口处的情况,这也是专门为员工设置的,方便他们能够最先看到客人的出入情况。韩大伟从门上的小窗户往上一瞧,就看见一行穿着警服的人正在门口和经理争辩着什么。韩大伟心里暗叫不妙,刚才被易小天乱七八糟聒噪了一大堆,不知何时警察已经追过来了。

韩大伟皱起眉头,转头看着易小天:"小天,你能帮我逃出去吗?待会警察来搜,我就完了。"

刚才经理第一次说,小天没反应过来,现在见韩大伟的样子,他似乎明白了什么,"你……你不会就是什么警察通缉的傲得吧?"

韩大伟着急地朝外面望了望,警察已经进来了。他不得不坦白:"韩大伟是我以前的名字,我现在的名字是傲得。"

小天嘴角不自觉地抽动了一下,好家伙,当年一起罚站的韩大伟摇身一变成了洋气的傲得了。可惜名字再怎么变,他的小眼睛和自来卷却是万年不变,照样一眼就认得出。

"放心吧!还有时间,我知道有个后门可以溜。"小天当下推开房间后面的透气窗,冲着韩大伟招招手,"不能从正面出去,从这小窗户跳出去,后面是个小花

园。"当下把桌子上的东西都撇到一边，笨手笨脚地比划了半天才蹦出去。傲得脚尖在桌子上轻轻一点，身子巨大却身轻如燕，竟然一下子轻飘飘地跳了出去。

小天吃惊地睁大眼睛，这小子好功夫啊！当下不由得对韩大伟刮目相看。

千禧百乐门对外宣称是高档洋酒私人会所，因为是属于个人财产，所以即便警察对这地方百般怀疑却始终抓不到老K经营百乐门卖淫的证据。现如今因为通缉犯跑了进来，有了个不错的理由，他们倒是要好好地搜查搜查。这百乐门到底像不像他们自己口中所说的那么干净，还是真如坊间流传的一样，是一个巨大的卖淫窝点。

经理在门口说得口干舌燥，大汗淋漓，无奈怎么周旋警察今天是非进不可。明晃晃的搜查令往经理眼前一拍，经理傻眼了。现在隐形区域警察办案一切以证据为先，监控确实拍到了一个大块头贼头贼脑地进了百乐门嘛。经理无话可说，无奈，只得心虚地让开门路，让警察进门。

警察刚进门来，经理立刻转身给身旁的服务员打手势，叫他立刻给老K打电话汇报情况，同时立即颁布一级紧急戒备命令。百乐门也是经历过风风雨雨的，总之是兵来将挡，水来土掩。

就在经理拦住警察的这段时间，小天早带着傲得从后面不起眼的员工通道溜了出去。

易小天手脚麻利地快跑着，一边跑一边不忘回过头来问："大伟哥，他们为什么抓你啊？"

韩大伟沉吟了一下，觉得此时再来隐瞒也没什么必要，毕竟他的身份已经暴露。

"你对'天君'是怎么看的？"

小天奋力推开一扇沉重的门，回过头来奇怪地问："天君？"

小天对它还是比较有好感的，百乐门里早就把打扫卫生、给客人做夜宵、打扫"雌雄大战"过后一片狼藉的房间等一系列脏活累活交给机器人了。又不用发工资，还不用像以前那样担心小职员一旦奖金拿少了，跑出去给警察告密，好处太多了。也幸好百乐门在以前生意还好的时候购进了一大批杂务机器人，否则按以前还没有机器人的那个年代的做法，如果生意不好，把保洁员、厨师什么的干脏活累活的人裁掉后，那脏活累活可就得他们销售搭把手干了。现在幸好有了机器人，就算生意不好，也轮不到他们销售干脏活。反正易小天倒不用担心机器人抢了他的工作，一是现今天君控制的那些个机器人的口才根本没办法像人一样巧舌如簧的忽悠人，所以百乐门还是需要他们销售。二是，尤其是这一点，其实曾经有好几家企业本想着开发拟人化机器人的，这些个公司公开说是此举是为了缓解人的寂寞，对现代人的各项心理问题很有帮助。但其实谁心里都有数，自然是知道这种拟人化机器人到底是用来干嘛的，比起"心理问题"，怕是"生理问题"更为紧要哦。

可无奈"恐怖谷"这条理论是无论如何绕不过去,开发出来的所有机器人一动不动时倒是挺漂亮的,可一旦动起来,那表情和动作都跟僵尸没啥两样,尤其是表情,只会让人想起西游记里那些变人变得不咋成功的小妖来。每次这些公司开的展览会上,那些个机器人都能把小朋友吓哭。就连那个大名鼎鼎的"牧歌"公司都没能解决这个问题,所以后来也就没有哪个老板愿意在这上面投资了,牧歌也转为研发VR去了,这才有了"镜花缘"的诞生。

"'天君'挺好的嘛,要不是它那些个机器人,我他妈的就得去扫厕所了。"

"是的,原本这并没有什么,但是近些年来天君发展得太快了,它的机器人已经替代了大部分的人工劳动力,虽然名义上解放了人类的双手,但是也造成了人类大范围的失业。人工智能越来越发达,人类越来越依赖于高科技,这对于自身的进化和生存并不是什么好事。"韩大伟沉吟道。

这话题可就重了,易小天向来得过且过,潇洒快活,对这人类生存发展的大事可不甚关心。

"因为过度依赖科技,人类迟早有一天会被科技所吞噬,一旦科技的发展超过了人类的控制和承受范围,人类的灾难就来了。"

小天抓抓脑袋,这韩大伟说话怎么老气横秋的,他对科技的灾难没什么感觉,只觉得自己的灾难要来了。他奶奶个脚!帮了这家伙一把,经理要是知道了,肯定要把他开了!这可大大的不妙。

"所以呢?"他有点没什么兴趣听了。韩大伟没听出小天的语调变化,兀自激愤不已地说着:"所以我们必须抵制人工智能的继续普及和研发,但是大多数人都被天君的便利给迷惑了眼睛,只看重眼前的利益而没有意识到事态的严重性。"

"我没问你这个,我是问你到底为啥被警察通缉了?"

"嗨,这个说来话长了,等咱们安全了我再给你说吧。"

小天也不再问,现在也没心情听故事,逃命要紧,于是专心在前面带路,想着自己干的是这么一件惊心动魄的事情,想想还真有点小激动呢。

第九章

各位机器人同志请记住一定要文明执法

百乐门的邵总经理躲在一个角落里鬼鬼祟祟地打着电话,那是一个极其隐秘的号码,只有在紧急事件时才可以拨打。但是无论怎么打,老K的电话却迟迟打不通,邵经理不由得冷汗涔涔,老板再不接电话,这事可就要完了。

他一探头,就看见这些拿着搜查令的警察大摇大摆地到处搜寻。百乐门如今虽然生意凋敝,可也是有客人的,也不是所有人都喜欢VR,总还有喜欢真人陪唱歌陪跳舞的,所以仍有一些客人还留在店里消遣。如果被警察抓个正着那可就百口莫辩了,也不知那些姑娘们都收没收到命令,能不能搞得定,他真是越想越心焦。

只见一个警察拿出一个飞盘大小的扫描器,在外面放到一个房间的门中间部分,这个房间内立刻以门为焦点出现一道横着的蓝光从上而下扫描了一下,接着这个房间内离地面半米处出现了一个大眼睛的、萌萌的卡通警察的立体影像,这个卡通警察用亲切的声音开始说道:"你们好,我们正在搜查通缉犯,请配合我们的工作,把门打开。并且,从我扫描的房间物品看来,你们有很大的嫌疑触犯了隐形地区治安管理条例,即违法进行色情交易行为。因为房间内有使用过的避孕套四枚,有三枚里面分别有成年男子精液5.2毫升、2.3毫升、1.6毫升。并且房间内有成年男性一名,三十二岁,成年女性三名,分别为二十二岁,二十六岁,二十五岁(说到这时有个男人的声音开口骂道:"他妈的,你们不是说自己只有十八岁吗?"),均未穿衣物。现在,请各位在五分钟内穿好衣服,并排站到墙边,面向墙壁,双手抱头,你们可以享有的法律权利会在我们进来后向你们宣读。另外请不要有试图处理证物或操作你们的手机等其他任何行为,我们已经拍照取证了,若有任何其他的行为动作,我们将视为拒捕,届时我们将有权破门而入。现在,五分钟倒计时开始,五分……四分五十九秒……四分五十八秒……"

倒计时才进行了两秒,门就慢腾腾地开了,一个精瘦的中年男子穿着绛红色的天鹅绒睡衣,手捧着红酒杯出现在门口,他微微皱眉:"什么事?"

"您好,我们在搜查在逃嫌疑犯,并且,您似乎也有违法行为,请让我进去查看一下。"

这名男子看到面前只是一位身材娇小、并且一脸稚气的小女警，就哈哈大笑："别闹了，你知道我是谁吗？我是日照集团的王董事长，这是我的地儿！你局长是谁呀？是不是郝局长啊？他跟我可是铁哥们！我现在可就要给他打电话了哦，小姑娘，小心你的年终奖啦。"

小女警甜甜地冲他笑了笑："您要是不配合，那我只能让我的同事跟您说了。"说完这话闪到了一边，这时一个浑身漆黑的机械警察出现在了王总面前。

这个机械警察长得十分惊悚，这个城市里用的警用机器人基本上都是以前那些研究拟人机器人的公司失败的实验品由公安局回收改造的，这样能给城市公安方面的开支省下不少钱来，每年公布的政府审计报告上的数字就能让老百姓看得过去了。这些机器人都是金属外壳，偏就还要模仿人类也长了双眼、鼻子和嘴。这金属的五官看起来一点也不柔和，就更别提美感了。双眼是两个发光的探测扫描器，嘴里也可以讲话，并且精通各国语言，至于鼻子就只是为了装饰了。最猛的是这些机器人还有"表情"，它可以像人一样，拥有至少38种表情和情绪。当然了，他们可不懂人类的感情，加上这些也只是为了工作上和人交流方便而已。此刻它脸上的显示器正微微发亮，这会儿还是笑脸的表情，它对王总说："您好，请您在接下来的十秒倒计时结束前务必配合一下我们的工作，否则十秒计时结束后，我将被授权对您使用非致命性武器，包括但不限于电击枪和麻醉剂注射枪。如果您有暴力拘捕行为，我将被授权对您使用致命性武器，包括但不限于小口径步枪和冲锋枪，届时我的面部表情将会切换到冷漠模式，还请您见谅。"这个机器人说完还向王总鞠了一躬，然后它又接着说道："那么，十秒计时开始，十……九……"这个机器警察边说，两边的机械手臂也就随之变形，伸出了很多样武器来瞄准了王总。而那位萌萌的小女警也甜甜地笑着对王总说道："您还是赶紧配合一下吧，相信我，您绝不想看到它变脸的。"

王总刚见到这个两米高的机器警察杵到他面前时就已经吓得够呛了，现在又见到它手臂上那么多武器伸出来瞄着他，都快尿了，就赶紧笑着说道："哎呀呀，您看，这话哪说的，我就是开个玩笑，小玩笑而已啦。快快快，你们也赶紧站好，警察同志们工作多辛苦啊，要好好配合嘛，真是没觉悟。"他不仅自己马上靠墙站好，还指挥房间里那三个女艺人也赶紧听话配合执法了。

不消二十分钟，这群雷厉风行的警察就陆陆续续从各个房间里拎出来十二个女孩子和十几位男人。其中有几个看来是拘捕了，有被机器警察电了，浑身打着颤，裤裆湿了一片，被机器人扶着出去的。有被打了麻醉剂，呼呼大睡着，被机器人抬着担架往外送的。总经理的脸比旁边的盆栽还绿。

没奈何，警察来得太快，很多女孩子刚得到消息就被堵在门里。动作灵便的倒是一溜烟跳窗而逃。

那位软妹子就是这次带队的陈队长，她得意地扬了扬眉毛，这下百乐门这个涉嫌卖淫的正剧可是确凿无疑了，这么多年的探查总算没有白费。人抓得差不多了，她又立刻带着十六人的小分队和二十个机器警察继续搜寻傲得去了。

"吱呦"一声，门被推开了，易小天探头探脑地伸出头来，抬头看了一眼又立刻缩了回去。

"糟糕了，从前面开始，走廊里都有监控。"

眼看着出口近在眼前，这条路却万万走不得，一旦被监控拍个正着，那不是自投罗网吗。

傲得很淡定，掏出手机来快速地操作着。只见他的手机屏幕上，出现了一个虚拟的走廊形象，上面的监控器均由醒目的红点代替。

"一共有十三个监控。"

"哇塞！你这是什么？高科技啊！"小天的眼睛亮了。

傲得忙着查看手机的数据，一一锁定十三个监控摄像头，忙着控制他们，懒得理小天。

"可惜我的 AR 眼镜坏了，不然的话我可以用视觉操控读取参数，直接破坏监控电路设备，就不用这么麻烦了。"

小天刚想多嘴问眼镜是咋坏的，却立即就想起了刚才自己亲手砸坏的那副黑色墨镜，经验告诉他那所谓的"AR 眼镜"八成是就被他破坏的，而且价格不菲，他吐吐舌头决定回避这个话题。

由于傲得的眼镜坏了，他们只能采用最原始的方法。逐个控制监控系统，控制好一个便往前走几步，如此慢吞吞地小心翼翼往前移。

两个人小心翼翼地看着手机，全神贯注操作时，突然走廊的拐角处传来了脚步声，声音嘈杂，明显不止一个人。

两人对望一眼，心下一片骇然，糟糕了！这下可要被抓个正着。

傲得抿紧嘴唇，握紧拳头，已经做好了最坏的打算，大不了来他个鱼死网破，玉石俱焚！

小天可不想鱼死网破，玉石俱焚！他还有大好锦绣前程要去闯呢，他眼睛乱转，盘算着怎么在警察的眼皮子底下把这个大块头运出去。眼看着那警察就要和他们撞个正着，情况十分危急。

突然他脑袋里灵光一闪，从背后拉了拉傲得，笑的一脸奸诈："我知道怎么办了，跟我来！"

这些警察好不容易拿了搜查令，不大搜特搜一番怎么对得起这千载难逢的好机会，就差没把百乐门的地基也挖开看看了。

陈队长带领的四人小分队不放过任何一个房间，每一个角落都要彻头彻尾地扫一遍。

突然，前面传来细微的脚步声，几个人面色一凛，立即迈开步子急速冲了过去，偏巧只看到一个人影在眼前一晃就快速消失不见。几个人哪里肯放过机会，当下紧追而去。

转个弯就正好迎头与一个推着酒车的小酒保撞了个正着，几人立即掏枪瞄准，扣住扳机一气呵成，小酒保被吓了一跳，一屁股坐在地上："你们……你们干吗！打劫吗？"

陈队低头一看，见是个年轻秀气的小男生，当下摇了摇头，几个人把枪收了起来。

"警察，执行公务。你干吗的？"陈队问。

"我……我是这里的服务员，拿……从酒库里拿点酒……"小酒保吓得结结巴巴。

陈队让机器人把他从地上拉起来，拍了拍他身上的褶皱，眼睛如猎鹰般盯着他看。那小酒保非但不怕，反而睁着澄亮的眼睛与他对视。陈队虽然长得可爱，可眼神要是锐利起来盯着人，连警队里那些个西北大汉都怕她。但凡是做贼心虚的人都逃不过她的眼睛的审查，但这酒保的眼睛里没有丝毫的胆怯，反而十分坦然。

她当然不知道睁着眼睛说瞎话向来是这小子的拿手好戏，当下对他说："那你就自己走到门口去，那里的警察会告诉你接下来去哪儿。"就挥挥手让他离开了。

"小酒保"易小天推着酒车准备离开，陈队看了看他的推车，只见一米来高的酒架上被一块大红布遮了起来，内里放着什么谁也不知道，大小想放下一个人也并非没有可能。

"等一下。"陈队突然叫住已经走了的易小天："把酒架上的红布掀开给我看看。"

易小天奇怪地回头看着她，只见另外几个女警的眼睛宛如猎豹一般盯着他，好像他就是那待宰的小白羊。

易小天磨磨蹭蹭地蹲下来，将绑在四个角上的扣子解开。红布一掀，几个警察睁大眼睛，转而失望的垂下眼睑，红布下面确实是一个酒箱，并没有别的东西。

"走吧。"

"是。"

小天这才将红布盖好，推着酒车走了，一转个弯就立即不见了。就在他转个弯的瞬间，靠近拐弯处的2342房间里立刻闪出一团黑影，小天早已准备就绪，将酒箱往门里一推，那黑影一个团身便上了酒车，红布照样盖在上面，一切悄没生息，神不知鬼不觉。

刚才陈队她们听见脚步声，看见小天的身影便立刻追了过来。却没曾注意到，他们按照顺序刚搜索到2339房间便听到了异动，追过来时，错过了搜捕2340，2341，2342这三个房间，而傲得正躲在拐角的2342号房间里。等警察放过小天时，

小天行到 2342 房间门口,便将傲得装上了车,一路狂奔,沿着员工通道溜了出去。而这一路上的监控早被傲得控制,他们自然什么也查不到。

陈队想了想,又隐隐觉得有点不对头,她不知道哪里不对,可是多年工作经验让她非常警觉。她转过弯一看,哪里还有小天的身影,就立即打电话给正在百乐门监控室搜查的警察:"帮我查看一下负二层最内侧的走廊监控,查看一个推酒车的小子走的是哪个方向。"

哪知手机里传来警员的声音:"最内侧?没有啊,负二层没看见有推酒车的小子啊,一切正常。"

陈队缓缓放下手机,这小子绝对有问题:"快去追刚才的小子!"几个人立即拔腿开始追起来,可是她们哪里有小天了解百乐门的地形,且不说这无数个曲曲折折的分岔路,她们转了好几圈都毫全无头绪。陈队拿出手机:"出动无人机和机器人,调用生化警犬'皮卡丘'小分队,封锁附近街道,务必找到傲得!"

"陈队啊,都说了别把警犬叫'皮卡丘'好不好?这名字也太没威严啦。"

"就是就是,您哪怕叫它个小武都比这个好嘛。"

"我觉得叫'泰德'最好。"

这次带队来百乐门搜索,因为想到百乐门如果真是个淫窟的话,那同时肯定也要抓捕很多女嫌犯的,带着男警察不方便。所以陈队长都带着女警来的,反正有机器警察,女警也不怕武力不够会受欺负。可这会大家却八卦起来了,把陈队气的:"别废话了,该干嘛干嘛去,赶紧的!"把大家轰走了,她又歪着头在想:"那叫'哆啦A梦'会不会更好些?"

小天眼看没人追来,乐得屁颠屁颠地掀开红布,赫然露出大块头傲得。傲得手里仍在不停的操控控制一路过来的监控器,他的最新款特制手机可以将监控录像实时切掉 10 ~ 20 秒不等的时间,只要他们在 20 秒内通过监控,监控内显示的仍旧是 20 秒之前的循环影像。

小天一路羡慕地看着傲得的手机,眼馋不已。他心想:乖乖,这手机不光能看片儿和玩游戏,还有这高级功能呐!他的手机和这哪能比啊。

两人从狭窄的员工秘密通道溜了出去。刚呼吸到外面的新鲜空气,小天不由得欢畅地猛吸几口气,傲得白了他一眼,手里的手机仍旧忙不停。

他一抬头,看到路边正停着一辆红色的超跑,当下用手机扫描了跑车,手机快速解码,瞬间破解了超跑的智能锁。傲得打开车门,小天吓得瞠目结舌,这他妈的也太牛 X 了吧,这手机是万能的啊!

"会开车吗?"傲得问。

"哇噻!你这个也太厉害了吧!这……这……我对您的敬仰,犹如涛涛江水,连绵不绝,又犹如……"小天还想再用五百字来表达自己的吃惊和激动的心情,但看到傲得冷冰冰的小眼神突然收住了口:"不会。"

傲得自己坐上了驾驶座,让小天坐在副驾驶座。

小天小心翼翼地把屁股放在柔软舒适的坐垫上,颠了颠,一股销魂的舒适感从臀部蔓延而上,瞬间到达四肢百骸,他简直爽得忍不住要呻吟一声。他这辈子居然也能坐上法拉利最新款的限量跑车,他奶奶个脚!这辈子真是没白活了!

傲得将手机放在身旁的无线充电座上,专心地开车:"待会他们可能会出动无人机和机器警察,那个最难搞。等会你看屏幕上的设备启动完成的时候提醒我一下。"傲得说完,猛然一脚油门踩了下去,引擎霸道地轰鸣起来,只见街道两旁的建筑物已经快模糊成了一条线了,从小天的眼前飞驰而过。

小天兴奋地搓着双手,今儿个可真是大开眼界了!真是什么新奇的事情都被他碰了个遍,他当然不知道自己所见的不过是这大千世界的冰山一角而已,只是兀自在那里兴奋不已。他对傲得的这个手机可是垂涎三尺,这手机咋那么神奇呢!

他好奇地探头探脑,只见屏幕上果真有一个进度条正在快速推进。画面中不断跳动着小窗口,十分奇特,小天还真没见过这样的手机,手痒难耐就想拿过来看看。

傲得瞥到了小天的表情,冷哼道:"我这手机功能十分复杂,而且很危险,一旦……"

他话还没说完,小天已经再也按捺不住一把抢了过来:"可以了,我帮你看看!"

"喂喂!别乱按!"傲得惶急,可是无奈正在全力加速开车又不敢伸手去抢。

"放心吧!我小天也是一个手机达人,研究得可明白呢。"手里仍旧摆弄着手机。

"还给我!"

傲得心慌,伸出一只手去抢手机,车子突然东倒西歪的扭动起来,在大马路上以怪异的曲线前进,只吓得周围的车纷纷急刹。

两个人在车里大打出手,你来我往,纷纷抓着手机不放,谁也不肯撒手。

"你就借我玩玩嘛,那么小气干什么!"

"快给我!这手机不能瞎玩!"

突然小天的手不小心在屏幕上噼噼啪啪地点了几下,车子猛然一个急刹车,差点把两个人甩出来。傲得一把夺过手机一看,国字型长脸突然垮了下来,小眼睛瞪得老大。小天暗叫不好,凑过头去一看,傲得的手机上无数个警报亮起红灯。

"糟糕了!快下车!"

第十章

从汪汪队嘴下逃出来

从刚才开始,街上一直弥漫着一股奇怪的气氛。

几辆警车以超乎想象的速度从街上疾驰而过,并不是常见的警车,而是被金属覆盖的特殊作战车辆。这车外形十分酷炫,警车统一为宝蓝色,处于奔驰状态时,车身整体呈流线型,车顶几乎与地面平行。车速极快,车身极稳。若处于防御状态时,车辆周身的钢材瞬间展开呈"飞鸽"状,八块钢板全部立起护在车身周围,根据攻击物方向不同可自由旋转,360°无死角,几乎无懈可击。这时的它可以防御所有已知枪械的子弹的穿透,当然大口径炮弹除外。众人的目光不由得被这几辆平时只有新闻上才能看见的警车吸引了,纷纷侧目驻足。

警车行到路口,突然停了下来,车门拉了开来。众人好奇不已,探头探脑的向这边看来,这得是什么重要大人物啊!这么大的排场!哪知等了半天,却突然蹦下来一只大眼睛的泰迪犬来。

那小狗神气活现地跳下车,好像是将军巡逻一样,腰板挺得溜直,眼睛朝四周巡视了一圈,然后居然满意地点点头。

众人咋舌。

这狗和正常的狗倒也有些不同,它的左半边身子竟是由机械制成的,赫然是一只稀有的生化犬。要说制造生化人那可绝对是违法的,联合国都有相关法案禁止全世界这么做,但是改造动物却是可以的,将警犬改造成半器械的生化警犬自然也可以。这些生化犬经过改造后,大脑并入了互联网,这些小家伙的脑袋便是一台高速运转的移动电脑了。而且因为得到了改造,这些生化犬的嗅觉、灵敏度和体能都大大加强,智商大幅提升,简直是高机能的战斗综合体。

生化犬皮卡丘巡视了一下周围围观群众的脸,很好,它昂首阔步地踱着步子。它看到了一张张震惊、兴奋和崇拜的脸,它满足地摇摇尾巴,看来这些人都知道它的厉害,早已佩服得五体投地啦!它在心里窃笑不已。

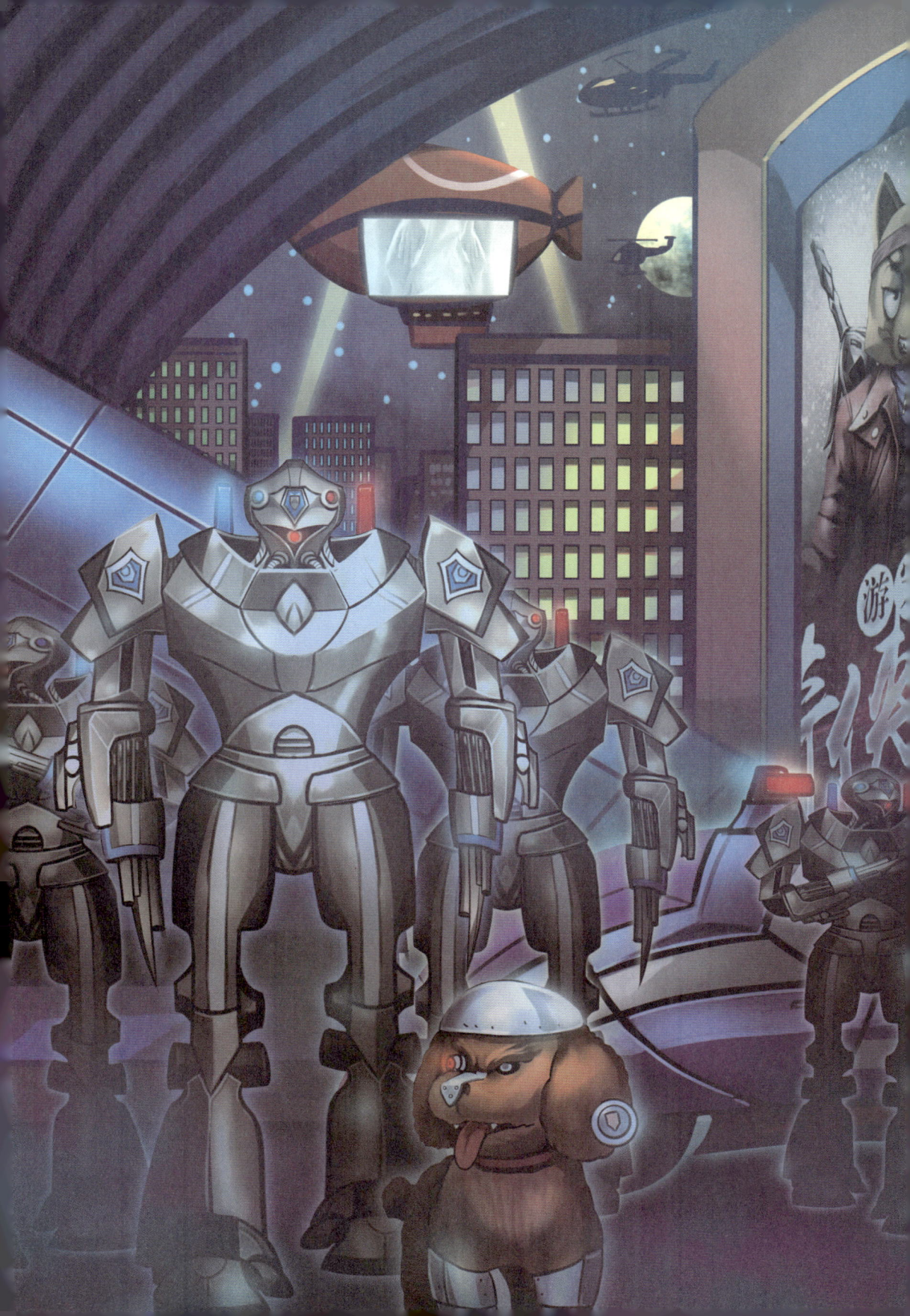

得叫这些人类看看我们生化犬的厉害。

它翘着鼻子嗅了嗅,感觉到一丝特别的汗臭混合在成千上万种怪异的味道中,但还是被它生化改造过的灵敏鼻子捕捉到了。

"在左边!"皮卡丘叫了一声,率先朝左边的分岔路走了过去,身后的机器警察们立刻跟着它朝左边走去。

"看吧,要不是我他们根本找不到路。"皮卡丘在脑海里得意地说。

它的头脑里,突然响起另一个声音,那属于一只被改造过的生化猫:"喵,你今天又出任务啦?"

"那可不呗!"

"累不累啊,哪像我,成天卖萌就行了。喵呀!店主又给我留了小鱼干,当猫太幸福了喵!"

"真是没出息。"皮卡丘在心里微微鄙视。

这些被改造过的生化动物们的大脑都是电脑,随时可以上网进行交流。此刻,在他们的群里,大家正七嘴八舌地说个不停。

皮卡丘对今天的小任务满不在乎,以前比这更危险的任务可是一大把呢。在那次反恐任务里,它可是凭一"犬"之力单独逮捕了三十名试图想炸毁大坝的恐怖集团成员呢。这种小任务它完全不放在心上,一边抽动着鼻子一边在群里聊天。

刚才说话的小猫叫做花花,原本是一只得了癌症的小流浪猫,后来被流浪动物关爱组织送进了医院进行了改造,最终得以健康地生活下去了,所以它特别珍惜这次重生的机会,决定好好为人类卖萌。于是就签了好几份合同,每天都流转在签约的那几家猫咪主题的咖啡厅里努力工作。

"老兄,你今天的任务多长时间能搞定?"一个粗壮的声音传到它的脑子里,那是骏马飞焱的声音。

"快了,小任务而已,估计再有个把小时就结了。"皮卡丘在一个路口选择了右转。

"那别忘了看我的直播啊,我今儿下午的比赛对手可是年轻力壮的小将奔步!"

"得嘞!保准准时恭候!"

"那武开咸唱汁簿(那我看现场直播)!"花花嘴里估计正叼着小鱼干,说话不清不楚。

想它飞焱原来也是一匹在比赛中摔断了腿的赛马,要是搁以前的年代里就只能安乐死了,但现在经过了生化改造又重新登上了赛马场。非但如此,更是接连拿下了多场世界级比赛冠军,瞬间走上马生巅峰,还迎娶了白富美,别提多幸福了。他们这些得益于生化改造而重新获得新生的生化动物自是对人类感恩戴德，因此，一旦人类有什么需要都是十分卖力，尽可能地彰显自己的价值来报答人类的恩德。

当然，也有一些得了便宜还不领情的不识抬举之人，哦，准确的说是动物。比如皮卡丘最讨厌的黑猩猩金刚。如果皮卡丘是群管理员非把它一脚踢出去不可，它每次都要在别人聊天聊得正开心的时候吐槽一下，泼一盆冷水，影响别人聊天的好心情。

果然就又听见它说："哼，还不是变着法的给人类赚钱，人家把你卖了还替人家数钱呢！"

它的话一出，群里响起了一阵呲牙声，瞬间没了动静，也没人愿意接它的话茬。

"妈了个喵的！"花花在心里暗骂，决定专心吃自己的小鱼干了。

皮卡丘对这老家伙心里不满很久了，心想着你当初竞争猩猩王被别的猩猩打成重伤，眼看就要活不成了，还不是人类将你改造后，你才活了下来的。虽然改造之后你去打架仍然没得到猩猩王，但那又不怪人类嘛，那是你的同类说你打赢了不算，是要赖皮的，你可不该就此心怀埋怨呐！

皮卡丘心里对金刚积压了很多的不满，他们都是尽心尽力为人类服务的，可这家伙未免心胸狭隘了些。

"哼，人类有什么了不起，我们要是有时间，还不就进化了，哪轮得到他们！"（一听它这么说群里其他的生化动物们心里都在暗笑，这家伙到底懂不懂啥叫进化论啊。）

"你们这些个傻瓜哪，人类最擅长毁灭自己了，你看看他们制造了那么多核武器，能有什么好下场！地球环境又被他们破坏得差不多了。怕是以后他们连口干净水都喝不上哦，要我说，跟着人类可没啥前途，不如咱们联起手来推翻他们的暴政！"

"各位记得进我创的另一个群啊，叫'绿色革命兄弟会'。我可正在招兵买马呢，现在加入我们革命事业的兄弟，将来等把人类推翻我保证给你们大官做！现在不加入，哼哼，别怪我们成功了反过来清算你们。"

皮卡丘越听这个忘恩负义的家伙说话越生气，就你还推翻人类呢，要不要我跟大家说一下？我以前可见过你跟饲养员要香蕉时那副德行呢，打躬作揖的样子你怎么不提了？可还没开口反驳它，突然鼻尖传来浓烈的气味，是傲得的味道，正持续从前方传来。

"彰显本事的时候到啦，各位兄弟姐妹！晚会再聊！"皮卡丘立刻关闭了大脑中的聊天窗口，朝着前方奋力地跑着，一边跑一边大叫，"在前面，那家伙就在正前面！"

虽然在人类听来，那不过是一阵的汪汪叫，可机器警察们仍旧明白了它的意

思,跟着它往前跑。

皮卡丘的身后,无人机和机械警察紧随其后。大家跑近一看,只见傲得和易小天正连滚带爬地从一辆红色的超跑里跳了出来。

两个人刚爬出车来,猛地一回头,就看见眼前密密麻麻地站满了机械警察,最前面居然还有一只生化犬。刚才还明明什么都没有的,他们是怎么悄没声息出现的?

"那玩意儿是个啥?"易小天指着皮卡丘奇怪地问。

"我可不是玩意儿!我是大名鼎鼎的生化犬,生化犬!白痴!乡巴佬!"皮卡丘忍不住翻着白眼大吼,但在别人听来不过是一顿乱吠而已。

傲得不像小天那么没见过世面,他知道眼前情况很危险,但是并不是绝没办法。他眼睛一扫便已经发现,追赶他们的都是些机器警察,只要是电子设备,他的手机就都可以入侵,控制他们的操作系统。可他一抬手,突然发现自己的手里空了,手机不知道什么时候又被易小天那小子顺了去!

"小天,快把手机给我!"

"嫌疑人 BS8257 号,请快束手就擒,否则我们将被授权使用致命性武器!"皮卡丘身后的机械警察发出冷冰冰的声音。

小天虽然万分不舍,但眼前形势危急,还是得先把手机还给他退敌才行:"那……那等会打跑了敌人,你把手机借我玩玩,我就看看,保证不乱动……"正说着,两人却眼看着最前面的那只生化狗突然发生了变化,体外的器械零件突然开始变形,瞬间展开了电击枪和催泪弹发射器,身上的警报灯和警报器也开始闪烁不已,刺耳的鸣响不停地在空气中扩散。吓的易小天手一抖,不自觉手指在屏幕上一划,不知道点了什么。

傲得手里拿到手机一看,登时傻眼了。

他不由得气闷的嚷道:"你乱点了什么?"只见那手机居然突然黑屏重启了。

易小天没听到他的问话,只看到那小狗越变越恐怖,吓得跳到了傲得的怀里,紧紧地抱着傲得的大粗胳膊,嘴里大嚷大叫:"哎呀妈呀!恶犬拦路袭人啦!"

皮卡丘的双眼瞪得溜圆,体内的自动生理循环设备开始大量激发它的肾上腺素。一旦它开启了战斗模式,绝没有敌人可以逃得开。它狂叫一声,张着大嘴一路狂吠冲了过来。

"兄弟们,跟着我冲啊!"

傲得心下一凛,知道今日自己怕是在劫难逃了,他从后腰掏出一把手枪来。在全面禁枪的隐形区域,这把枪可是太来之不易了,不到紧要关头,傲得也不会用的。

哪知那生化犬跑着跑着,马上就要咬到傲得大腿时,它眼前却冒出一大簇粉红色的桃心来。咦？不对呀！这分泌的罗尔德蒙微量元素如此清爽熟悉，是老朋友的味道啊，不是敌人的味道耶，原来是认错人啦！

皮卡丘突然摇起尾巴，眼睛笑眯眯地弯起来。又讨好般地坐了下来，十分乖巧地吐着舌头，好像是朝主人讨食吃的小乖狗一样。

易小天吃惊地张大嘴巴，啊？这小狗是要闹哪样啊？只见那小狗又热情地扑上来，对着傲得和小天一顿猛舔，直舔得两个人云里雾里，刚才那么大的阵仗敢情是要过来撒娇？不可能吧？

再一看，我的个乖乖。那些原本训练有素、整齐划一的机械警察突然间大庭广众之下跳起桑巴舞来。一个个钢甲机器人本来还无比威严，现下却突然间比手划脚，场面滑稽透了。并且周围突然间各种电路设备瞬间警报声长鸣，汽车在马路上也是乱成一团，现场一片混乱。

傲得有一种强烈的不妙预感，他拿出手机一看，果然，刚才易小天乱点乱摸的当儿，居然开启了紧急避难模式。这手机他刚拿到没多久，很多功能都没尝试过，所以刚才小天乱按的什么按键他还不是十分了解。现下看那一个大大的红叉叉赫然出现在手机屏幕上，那不正是开启紧急避难模式的状态吗？紧急避难模式一旦开启，手机会自动入侵方圆五公里内的所有电子设备，造成电子设备的异常反应，以便使用者逃脱追捕。可到底会变成什么样他也不知道，他只知道一场规模不小的电子灾难要袭来了。

小天正看那些警察正在"千娇百媚"的跳舞，乐得前仰后合。突然间，交通信号灯也开始胡闪一通，大街上的车辆瞬间没了指引，没有规则的到处乱窜乱撞。

傲得暗叫不好，电子设备的异常反应开始出现，并且在快速蔓延开来。他只知道这紧急避难模式只能使用一次，他还没研究明白怎么用呢，就被这小子浪费了唯一的一次机会，更别提怎么取消停止了，他更不知道。

"你丫怎么开车的！眼长脑门上去啦？给我下来！"一个开京字车牌的司机冲下车来，用力拍打着另一辆车的车窗。那辆车车窗摇下来后，只见一个五大三粗的男人横眉立目："拍谁捏？信不信我削你！"满嘴的东北大碴子味。

这两人在傲得和小天面前开始骂起来，一个操着北京口音，一个操着东北口音，谁也不让着谁。

"我拍你咋滴！"

"再拍信不信我削你！"

"好嘛，今儿真是开眼了！真是活得越大越抽抽儿，整个一嘎杂子琉璃球！"

"你隔那嘟囔啥捏？挺大个老爷们儿磨磨唧唧的！"

"还甭跟我要哩格儿楞！你把我车碰了！赔钱！"

东北汉子招招手："你过来，我给你赔。"

北京人乐呵呵地把脑袋凑过去,东北汉子一个闷瓜拍他脑袋上:"我赔你个脑袋瓜子!"

两个人下了车在大街上就这么扭打起来,直看得易小天哈哈大乐。他刚才还在担心自己小命难保呢,可现下看大街上乱成这样,决定哪儿也不走了,非得把这热闹看够了不可。只可惜他现在手边没有瓜子,再来瓶冰镇可乐,这戏就看得更过瘾了。

傲得可没这闲情逸致,他只想快点逃。但现在小天已经知道了他的身份,又不能就这样当街把他丢了,气急之下薅着易小天的后衣服领子,就把他拎走了。

小天人被拎着双脚离地,飘乎乎地往前走,眼睛却左顾右盼忙坏了。只见那东北人和北京人直打得头破血流,引起了不小的交通拥堵,有的人在劝架,有的人在火上浇油,呐喊助威。

"喂,你把我放下,我自己走。"

"哼,你就给我老老实实地呆着,别再给我惹事生非了!"

傲得真是怕极了小天又搞出什么幺蛾子,当下拽着他的衣领大步往前跑。机器警察们都在忙着跳舞,大跳华尔兹,七扭八扭的,谁也没空来管他,他正好趁乱溜走。

小天眼睛突然一亮,指着一旁的 ATM 大叫:"好家伙!傲得!快把我放下来,你看那 ATM 机自己吐钱呐!"

傲得瞥了一眼,只见那一排 ATM 机疯狂地往外吐着崭新的钞票。大家伙没了命地大叫着,拼命地抢着钱,还有人抢了钱转手又让别人给抢了去的,就大打出手彼此互不相让,整个场面乱七八糟,乌烟瘴气。

在小天身边,两个小青年打得尤其激烈。一个小男生抓着另一个小男生的短发拼命地拉扯:"给我!把你抢的都给我!"

另一个明显瘦弱不少的男孩委屈之极:"你明明说过爱我的,怎么还要来抢我的钱!"

小天双脚离地,从他们面前"飘"过,还不忘悠悠地丢下一句话:"金钱面前无爱情啊,年轻人,你被他给骗喽。"

那个瘦弱的的小男生瞪着另一个小男生,突然一拳打歪了他的鼻梁,两个人就地打滚掐起架来。

傲得忍不住要白小天一眼,都什么时候了,居然还有心思开别人玩笑。

"大伟哥,咱也去拿点呗。放心,我可绝不拿你的!"

傲得冷哼一声,脚下没停。他有着远大目标,岂是能被这点蝇头小利诱惑的。但在小天的眼里那可是惊天巨款,白来的钱呀!就这么让它飞了!心里真是十二万分的不满,真恨不得在傲得的屁股上狠踢两脚。

除了眼下这些显而易见的失控,还有更多的电子失控是他们无法察觉的。

以傲得为中心，方圆五平方公里内所有人的手机被入侵后就开始疯狂的乱发信息。他们此刻离百乐门尚且不远，连带着百乐门里那些躲起来的姑娘们和客人的手机都开始瞬间失控。这短短的十几分钟真是不知道酿下了多少祸端。

"小张？在哪呢？"

"报告老板，我正在办税大厅排队办理业务呢，今天人真多，排到晚上了还没轮到我呢！"

"排你个裤衩！你他妈的是不是利用公职之便到百乐门潇洒去了！我刚才可是看到了你的卫星定位，这次升职没你的份了！"

"老板老板！你听我解释呀！"

另一边：

"老公，今天上班累不？"

"今天活不轻松，但是想着能给你和孩子多赚点钱再累我也值了。"

"哦？今天点的是哪个艺人？我看看哈，原来是粉红的小秘密哦，'你怎么还不来呀！人家在 3369 等你呢，你家的母老虎让你几点回家呀？'"

"Shit！"电话挂了。

另一边：

"小梅啊，爸爸知道家里穷，让你受苦了，可你咋着也不能干那一行啊。赶紧回来吧，缺钱用的话跟爸爸说，爸爸帮你想办法。唉，都是报应啊，报应！爸爸年轻时最喜欢玩这个，现在就轮到自己女儿去伺候男人了……"

"爸，您没头没脑说什么呀，我不是说了我这段时间回来晚都是因为公司要加班嘛？"

"唉……不多说了，你先回来吧，还好你妈睡了，手机在我这里，我把她手机砸了，她也不会知道的。回来爸爸帮你去弄钱，哪怕让我去火星上那个什么鬼'新启星五号'去当个有去无回的开拓员都行。"

另一边：

"您好，您订的特大份超级无敌全息海景比萨到了。请开门来拿一下。"

"拿你个大头鬼，我哪里有订这个！"

"您好，是您订车要去'欢笑山'海底乐园吗？"

"天哪，我这才刚从'玩到死'回来，怎么可能又订车，你丫疯了吧？"

"您好，您订的'一小时男友'到了，现在开始计时。"

"拜托！我都说了好几遍了我没下单，再说我他妈是男的好不好？"

"没说男的就不能订啊？"

……

各种奇葩事件层出不穷，有老婆突然收到奇怪短信跑到百乐门来捉人的，有下海做了"艺人"被家里人发现的。手机开始乱下订单，订车、订饭、订人的，每

个人的手机"滴滴滴"的响个不停。大家都被这突如其来的变故搞得措手不及，手忙脚乱。

最可怕的是那些手机上安装了"老子不依"APP的家伙们，这个软件是专门用来碴架的，所有人的手机突然开始自动约起架来。大马路上突然三人两伙说打就打，打得不可开交。有些人还不明白怎么回事就已经被人打肿了眼睛，打歪了鼻子，而打人的人转脸又被人打个头破血流。以傲得为中心的这五平方公里内早已是天下大乱，警方根本顾不上什么傲得了，光维持秩序都忙不过来。

所有人事后回想起这一天来都觉得脊背发凉，简直如同噩梦一般，只有小白和他的女朋友芳芳后来将这一天当作他们爱的纪念日。

这一天，在咖啡厅外的休息椅上呆坐的小白拿起自己的手机，呆呆地看着手机屏幕。手机上一条信息已经早已反复修改多次，措辞得当，意境深远，完美得不能再完美了。可是他的手指每当要发送时就要发颤，这一条告白的短信迟迟发不出去。

小白已经暗恋芳芳四年有余，自从在大学新生报道会上匆匆瞥见了她一眼，小白的心就再也不属于他自己。他朝思暮想，只想把这句告白的话勇敢说出来，可是这句话在肚子里翻来覆去嚼了好几年，却怎么也吐不出来。芳芳是大学里有名的校花，而他只是一个穷草根，像他这样偷偷爱慕芳芳的男生都可以从天安门排到艾弗尔铁塔去了。

可是今天是小白最后的机会了，芳芳正在街对面的咖啡店里接受一个家乡土豪的告白。想到那个土豪，小白的眼泪都忍不住要掉下来，那可真是土啊！集文盲、恐同症与直男癌于一身，那人一直觉得二人转就是世界上最高雅的艺术了。可是这"土"字后面又加上了一个"豪"字，意义就完全变了，不仅变得高大上，更变成了香饽饽。小白自认自己只有第一个字，败就败在了缺少第二字上。

可他不知道的是，芳芳早已对他倾心许久，可是小白内心脆弱又极度自卑，根本不敢直视她的眼睛。芳芳等待多年，终于决定再也不等了，如果小白仍旧如此迟疑，也许他们的缘分就是如此吧。

哪知就在小白迟疑的这天，而芳芳即将把那枚12克拉的鸽子蛋钻戒戴在手上时，电子设备突然之间失去控制，小白的手机没经过他的批准自行将信息发了出去。

小白大吃一惊，想要召回信息手机却黑屏死机了。

信息就这样发了出去，正准备带戒指的芳芳突然收到一条短信，她收回手对着土豪甜美一笑："不好意思，我看一下信息。"

"哎呀，我说你这娘们，男人对你说话呢你咋敢打断！以后可再不许这样了啊，我给你说你要做了我老婆，可不许这么没规矩！"

芳芳没理他，然后她就收到了那条期盼已久的信息。她惊喜不已地往窗外一看，就看到了小白那惶恐又带着点兴奋的表情，她撇下身边的土豪，朝着小白飞奔而去。

那一瞬间，全世界的玫瑰在两人的身边次第绽放，他们相视一笑，手牵着手在大街上跑起来。长裙飞舞，芳芳笑颜如花，虽然周围的人群乱七八糟，吵吵嚷嚷，但是那一刻他们的眼中全世界都是粉红色的。连那打人和被打的，抢钱和被抢的，那互殴的拳头和脑袋，巴掌和脸盘，脚和屁股互相击撞所发出的啪啪声都好像是在为他们的幸福鼓掌呢。

这唯一的小插曲也是这场灾难中唯一的浪漫色彩。傲得和小天却不知道自己都干了什么，更不知道成全了什么，两个人只是没命地跑着。转过一条小巷子，傲得终于提不起小天，将他扔在地上，坐在台阶上喘息。

傲得拿出自己的手机再看看，他的手机不断地闪着警报灯，马上就要因为系统过载而彻底报废。傲得的脸上青一阵红一阵。

这个手机可是傲得手下最优秀的黑客团队研制了三年时间才完成的啊。这部手机在制作时寻找原材料就已经违反了基本上每一条隐形区域贸易法，在制作过程里也已经违反了公民信息保护法的每一项条例，那真是花了吃奶的力气才造出来的，所以仅此一部，非常宝贵。结果就这样被易小天搞报废了，真是气愤难当，但看看易小天一脸白痴相，这气又实在撒不出，当真快被闷死了。

"现在我的手机被你搞坏了，你现在必须帮助我顺利逃脱。"傲得的手机终于在一声尖锐的警报声之后彻底歇菜了，他说着双手含胸，一副理所当然的样子。

"就这么点小事就交给你天爷吧！这地片我熟。这么着，要不你先到我家去躲几天？等风头过了再出城？"

也没有更好的办法了，现在市面上所有的电子设备都会有隐形区域强制要求安装的系统恢复功能，再过个十几二十分钟，这附近瘫痪的电子设备就会恢复正常了，傲得也没有把握在这么短的时间内溜出去。

"好吧。"

小天当下站起来，一副神采奕奕的样子。刚大步走了没几步，居然迎头碰上了一个比易小天还神采奕奕的协警。

傲得心里暗叫倒霉，心想这易小天怎么带的路啊。不过还好只是一个小协警，只要这小协警没注意到。他偷偷一拳就可以将他闷倒在地，干脆利落。

哪知那小协警眼睛一瞟就看到了他们，居然大踏步地朝他走来。这小协警离他们还有段距离，若是他在傲得出手之前便提前通知后援他们就完了。

小天也没想到这么快就碰到了警察，虽说这警察他也是熟得不能再熟了，但法律面前可不讲人情。

他一回头，看到一伙人在哪里推三推四，眼看就要打起来。这群家伙的手机里估计也是装了"老子不依"APP吧，这群傻帽！小天心想，又发现那一共是十几个人围着两人推推打打，小天心里有了主意，就在傲得耳边悄声说："喂，兄弟，你耐打不？"

傲得正全神贯注地注视着小协警，他们两人的目光已经在半空里交汇，火花四射，一触即燃了。

"什么？当然耐打了。"

"那就好，挨打就行，千万别还手。"

傲得还没明白易小天的意思，易小天突然猛地一推，大块头傲得毫没防备，直接扑进了人群里。这伙人正摩拳擦掌，就差一根导火线点火了。傲得猛然间扎进来，别人还以为是来了救兵，当场先下手为强。

"给我往死里打！"

十几号人挥拳打来，只打得三个人躲没地躲，藏没处藏。傲得刚扑进人堆，那小协警便走了过来。

这小协警个子不高。他踮起脚尖往里面看，却哪里能看见刚才看见的那个可疑的人物来，何况拳脚无眼，他就怕莫名其妙地挨几拳，也不知道是谁干的。

他拿起口哨狂吹不已："都给我停下来！警察来了！"

一个正打得热火朝天的壮汉回过头，上下瞄了一下他的制服，吼道："一边凉快去，一个协警凶什么凶！"小协警吓得口哨也掉了，赶紧调转步子，再也不敢招惹这群玩命的主。

他可不想也莫名其妙地被打一轮，现在大街上乱得不行，好多警察在维护秩序时都挨了拳头，他细皮嫩肉的可不想尝试。

但刚才看见的那人又像极了刚刚接到的通缉犯照片，就这样走了又未免不甘心，他就索性在一旁远远地等起来。再怎么打总有打累的时候吧。

易小天见那小协警竟然还不走，当下大笑着走过来，"张哥！嗨！在这儿巡逻呐？"

张哥一偏头看见易小天登时乐了，"你也在这儿啊！今天街上不安全，可别在街上乱逛，别等会挨揍一顿还不知道怎么回事那。"

这两人是老相识了，而且年纪相仿没事儿经常在一起玩。张哥青春痘泛滥，满脸疮痍，常来小天这里买高档化妆品。现下小天着急把他支走，再等一会，估计傲得要被打成尸体了！看来必须舍下老本，拿出杀手锏了。

"我还寻思着这两天下了班去找你呢，这不，华人科研机构又研发出瞬间祛痘痕的高端消除膏。"小天贼眉鼠眼地趴在他耳边悄声说。张哥立即了然，兴奋得点点头。

易小天趴在他的耳边悄悄说了下药膏的功效，直听得小张兴奋得鼻孔冒烟，拉着小天的胳膊猛摇不撒手："好小天！你就先给我用用呗！最近我正要升职加薪呢！"

小天一副为难的样子,心里却在默默数着时间,这傲得不知道还能不能坚持住,登下一脸勉为其难的样子:"得了,咱俩也不是外人,那就先给你吧,谁叫咱俩好呢!"

"行行行!小天你太够意思了,我这就回家试试去!"小张就差没跳起来亲小天一口,乐得屁颠颠地跑了,完全忘了自己刚才是来干吗的。

小天看着小张走远,赶紧看看后面的战场,仍旧战况激烈。小天就大声喊道:"大伟,反击吧!"

傲得挨了不知道多少个拳头,他虽然练过硬气功,擅长格斗和散打,耐力极强,但是再皮糙肉厚也被打得不轻。鲜血长流不说,肚子里更闷了一场大火。这下听到小天的声音知道安全了,当下大吼一声,双臂一震,左手一贯拎起两个,右手一圈打倒三个,大脚一挥,登时两个人鼻血长流,十几个人一分钟不到就被料理完成。

小天没想到傲得战斗力如此惊人,吓得半天合不拢嘴。

傲得却也被打成了一个猪头,满脸乌青,嘴都肿了,任是他亲妈来也认不出了。傲得气愤不已,连声音也变得有些瓮声瓮气:"就非得用这种方法吗?"

小天看着惨不忍睹的傲得,赶紧摆摆手:"特殊情况,紧急处理。"但是这下他也因祸得福,因为看不出他原来的面目,他倒是可以光明正大地在大街上走了,就连安装了面部自动识别软件的摄像头也认不出他了。大街上还不时出现几个和他一样鼻青脸肿的家伙,也没谁有心思理他。他们就这样悄悄溜进了小天租的公寓里来了。

第十一章

老友记 2

洗澡间里传来哗哗流水的声音,傲得在里面洗了足足一个小时。又过了五分钟,流水声停止,傲得擦干了身子光溜溜地走了出来。他的那套黑色劲装早已烂成一堆碎布,根本穿不得。

他打量起小天的公寓。这公寓虽小,却也精致,一室一厅的空间不算大,但是给易小天这么个小个子用倒也足够了。他低头找了双拖鞋试了试,太小,又去易小天乱七八糟的柜子里翻了件短袖,比画了一下,还是小,裤子也是一样,一条腿都穿不下。

他气闷地将衣裤丢到一边,一屁股坐在沙发上。这一坐就感觉屁股底下硌得慌,伸手一抓,抓出一个遥控器,这玩意儿倒是有年头没见了。

打开电视,嗬!易小天这家伙看来这几年混得不错,竟然买了个全墙面3D电视。傲得看着易小天客厅墙壁上播出的立体画面时,心里这样想到。

傲得看着这些无脑的广告和电视剧,倒是心里平静了下来,他感受这份久违的宁静。多年的亡命生涯让他早已练就了提着一颗心生活的能力,随时突击,随时撤退,随时杀人。现下突然间松垮下来,倒有点无所适从。

他随手从茶几上扒拉出一本外国杂志,打开一看,全是大胸的没穿衣服的女人。

接着他听到开门的声音,易小天大袋小袋提了一堆的东西走了进来,一进来就吵吵嚷嚷。

"你猜现在外面啥情况,哈哈哈哈!说出来笑死你,那些警察现在满大街的抓人呢!估计早把你给忘了,那些打架的全给抓到局子里去了……"易小天喋喋不休,傲得暌违已久的宁静瞬间消散于无形,他微微皱眉。

待小天进到屋里来一看,吓得连忙扔了东西:"你奶奶个脚!太辣眼睛了!"只见傲得正赤条条地翘着二郎腿坐在沙发上看着电视,鼻青脸肿,却是神色宁静。他自己倒是不知道自己一个将近两米又长满体毛的大块头赤身裸体的画面有多别扭,却直看得易小天恨不得用勺子挖了自己的眼睛算了。他一把将新买的衣服扔到傲得的身上,一边捂着眼睛:"快快快!快点穿上!你可别毁了我的眼睛,我这眼睛可得留着欣赏美女呢!"

傲得抓起衣服来看了看,虽然有点嫌弃,倒还是穿了起来。过了一会儿,小天觉得安全了才慢慢移开双手,就看到傲得正在打量着自己的新衣服呢,双手遮遮掩掩,看起来不太满意。

"这衣服还是小了。"

"喂!老兄!你要知道你的衣服多难买,谁叫你长那么大个儿。买到这个已经算是谢天谢地了!"小天见他别别扭扭的样子感到奇怪,"你老环着手干什么。"

傲得把手拿开,小天登时就笑喷出来,这衣服已经是最大号,可是套在傲得的身上仍旧紧绷得不像话。傲得身上都是饱满的肌肉块,此刻被线条分明地勾勒出来,最可笑的是他的两团胸肌,鼓胀起来,上面还突着两个小圆点,要多搞笑就有多搞笑。胸口的正前方偏偏还印着:爷就是这么拽。

短裤也是小,紧紧贴在身上。将他的腿部曲线也完美地勾勒了出来。

傲得对这衣服真是无语了,他宁愿光着也不想穿。

傲得被易小天笑得有点脸红,赶紧转移话题:"有吃的没?肚子早饿了。"

易小天把刚才买的泡面和香肠拿出来,"先填饱肚子吧,晚上咱再出去吃好的。"

傲得吃什么都无所谓,当下掀了泡面盖子浇了热水吃着面。他的脸上肿得厉害,被热气这么一薰,更是痛得他龇牙咧嘴。小天看看他,摸了摸他的脸,突然咧嘴一笑:"我从电视里看到一个土方法可以消肿,你等会啊!"说着兴冲冲地跑去了厨房。

傲得不知道他要搞什么幺蛾子,也懒得理他,自顾自地吃起来,他可饿坏了,连吃了三盒泡面才停了下来,肚子里这才有了点分量。

傲得边吃边冷冷地注视着泡面盒子上播放的全息"泡面番",看着那老鼠第三次把猫砍成了三段时,心中对人类把科技都用在了这些无聊的地方而觉得悲哀。他从小就认为人类的科技应该是一种着眼于全世界未来进化方向的高端技术,而不是这些个小把戏,可现在的时代呢?宇航科技仍然没有突破性进展,火星上的殖民地也就那样一直半死不活地硬挺着。其他的基础科学也没有任何突破,火了一阵子的量子力学后来因为总是看不到能得到世人瞩目的成果,隐形区域拨款也在逐渐减少,后来也没多少人能耐得住寂寞继续研究了。可纯粹用来娱乐和享受的相关科技倒是每天都在进步,而现在,又仅仅是为了偷懒而发明了AI,那将来还要人来干什么呢?

傲得正想着,小天乐颠颠地跑了过来,手里拿着一个煮熟的鸡蛋:"快快快!

我老家说脸上滚熟鸡蛋可以消肿！效果好着呢！"

傲得将信将疑，小天却已经热情地爬了过来，掰过他的脸，用熟鸡蛋在他脸上滚来滚去，一只手还拖着傲得的下巴，傲得只感觉到小天精致的小巴掌脸在自己的眼前晃来晃去。易小天十分瘦小，说满了也勉强 1 米 74，诚实一点大概也只有 1 米 72 左右吧，在浑身肌肉的傲得面前他简直不堪一击。傲得冷哼一声，晾他也要不出什么花样，当下不再躲避，任由小天将一个热鸡蛋在脸上滚来滚去。这小天为了够到傲得的脸不由得翘起了小屁股，鼻子几乎蹭到傲得的鼻子上，大而黑的眼睛滴溜溜地转着。傲得感受到他的鼻息喷在脸上，竟然莫名的有些脸红，饶是绝色美女在他眼前脱光了他也不为所动，反倒现在被小天的呼吸挠得脸上发痒。

"你……你老家是哪儿的啊？"傲得身子往后挪，无奈身后被沙发背拦住了去路，小天没知没觉地竟然又凑了过来，认真地滚着鸡蛋。

"老家这么说，韩剧里也是这么演的啊！"

傲得登时一颗心往下沉，这画面怎么感觉这么别扭呢！他小天该不会性取向有问题吧！当下脸一红，想到自己帅得如此没有天理（只有他自己这么认为），被人看上实属正常。想他十七岁的时候就曾经被一个二十六岁的帅哥疯狂追求，若不是为了躲避他的追求自己哪里能练就这一身格斗和散打的好本事。心想着小天巴巴地往他身上蹭，又联想到他的工作性质，当下似乎明白了什么，猛然间一声叫，直接一巴掌将小天扇到了墙角。

小天呈蝎子状，两只脚居然离奇地翘到了头顶之上，一路滑行着一头撞到了墙上才停下来。

傲得站起来喝了口水："不用搞了，过几天自然就好了。"

小天扶着腰半天才爬起来，其实他并没多想什么，只是单纯的热情而已，他完全搞不明白自己火热的服务怎么就撞上了冰山。

到了晚上睡觉时，傲得坚定地拒绝与小天共睡一张床。饶是小天磨破了嘴皮子将自己的床说得足够大，傲得却说什么也不上他的床，硬要睡在客厅的沙发里。没奈何，小天只得夹了铺盖卷到客厅里给傲得铺床。

小天出来工作这许多年来头一次碰见了当年的老熟人，自是热情非常。虽然当年和傲得也不过是泛泛之交，但是多年之后相遇仍旧满是兴奋。小天为人十分讲义气，说什么也要把傲得这个难得一见的老朋友伺候好了。

"哎！大伟哥！那些警察为什么抓你啊？"小天一边给傲得冲咖啡一边闲聊。

"说来话长，有些事还是知道得少一点比较安全。"

"哦。"小天倒也没太在意，他心里在酝酿着另一个问题。他瞄一眼傲得，见他心情不错，于是决定解决心里沉寂多年的郁结。

"哎！大伟哥！你还记得咱们班那个周小漾吗？眼睛特大的那个。"小天一边铺床一边找准时机问,离开学校他一点都不后悔,唯一后悔的就是没来得及跟周小漾表白,要到她的电话号码。他那时喜欢周小漾已经两年了,这可是小天纯纯的初恋,自是难以忘怀,每次午夜梦回时,仍旧念念不忘的。有的时候即使身边有美女相陪,心里却在隐隐期待,这怀里如果是小漾的话会是什么感觉呢?小漾和外面的那些妖艳女人可不一样,她十分清纯甜美,齐刘海,长长的头发,不堪一握的细腰……

"我把她睡了。"傲得翘着二郎腿啜了一口咖啡,平静地说。

咔嚓!易小天手上一用劲儿,旧被单被扯出一条口子。他惊愕:"怎么可能!啥……啥时候的事?你们后来有联系?"

"再没联系了。我想想啊,大概是初三刚开学的时候吧。"

小天错愕不已,双手忍不住颤抖,一把扔掉被单:"你……你胡说!"

他奶奶个脚!他易小天初三的时候连女生的手都没碰过,连看女生的胸一眼都会面红耳赤,多看一眼小漾都觉得是罪恶,这小子竟然直接把他的梦中情人给睡了!

"不信就算了。"傲得居然就此住口不说。

可是转念又一想,这事八成也靠点谱。想当年傲得还是韩大伟的时候虽然不是妥妥的小鲜肉一枚,倒也还看得过眼。那时的韩大伟还不甚魁梧,个子还没有拔高,脸盘也没开始变形,小小的尖下巴,身子很高又很瘦,小眼睛炯炯有神。才初中就快一米八的个子,走起路来十分拉风,要知道那时候小天才一米六。当然,小天知道最要命的是据说他家里很有钱,女人的喜好在这里开始划分出区别来。很多女人说自己喜欢帅哥,但是在没钱的帅哥和有钱的丑八怪面前,几乎女人都一窝蜂地去抢那个有钱的丑八怪,没钱的帅哥就被无情地晾在一边吹西北风。

小天将自己归类为是那个没钱的帅哥,只能眼巴巴地看着韩大伟这个有钱的丑八怪睡了他的梦中情人。

他根本看不出韩大伟哪里有魅力,满头的自来卷又丑又豪没骨气地贴在头皮上,任谁也看不出美感。可偏偏他喜欢的周小漾就看上了,小天觉得周身的力气都被抽走了。

他觉得自己也不能怪傲得,毕竟他有钱也不是自己能控制的,自己没钱也怪不了谁,小漾也和一般人一样选择了有钱的丑八怪而放弃了他这个没钱的帅哥。哎,可惜了啊,那么美的一朵花,就这么被摧残了。

"你自己铺被子吧。"握紧了拳头终又放下,小天无精打采地移回到了自己的房间,一屁股撅在床上,屁股翘得老高就此不动了。看来内心受到了不小的打击。

傲得看了看他没动静,久违的宁静又回来了,这才满意地喝起了咖啡。

其实傲得哪里还记得周小漾是何许人也，他那么说完全是为了堵住小天的嘴，他的耳朵一整天被小天狂轰滥炸已经濒临崩溃，只想快点让他把嘴闭上，给他一点宁静的空间。

再说吓他一下也蛮有趣，等明天找个时间再告诉他自己压根不记得什么周小漾，随便找个理由敷衍一下就好了。

当晚傲得便在沙发上窝下来，小天回到房间后便没了动静，估计也是睡着了。迷迷糊糊睡到半夜的时候傲得猛然间醒来，只听走廊里想起了一阵极轻的脚步声，那脚步声在寂静的夜里听起来仍比较清晰。他一下子悄无声息地跳起来，掀开被子，蹑手蹑脚地走到门边偷听。

果然听得脚步声走到房门前便停下了，傲得压低了声音问："谁。"

对方没有回话，而是在门上轻轻敲了三下，顿了一会儿，又敲了两下。傲得立即明白，又朝着小天的房间看了眼，确定那小子已经睡熟后才拉开门，蹑手蹑脚地走了出去。

一出门就看到门外无声无息地站着三个人，都是黑色的劲装，戴着与之前傲得戴的一样的 AR 眼镜。

"任务失败了。"傲得低声说。

"已经知道了，组织现在将你召回，有更重要的任务要交给你。"为首的一个男人说。

傲得点了点头。

"需要给你点时间和里面的朋友交代一下吗?"

傲得看了眼门，摇了摇头："并不是什么重要的朋友，以后应该也不会见了。"

"走吧。"

三人如影子般率先而行，傲得跟在后面，迈开步子才知道这裤子和衣服是有多紧。他用力一扯，立即将一件衬衫扯成两半，随手丢在了旁边的垃圾桶里。

早上小天悠悠转醒时，天已经透亮，不愉快的记忆已经一扫而空。反正已经无缘再见周小漾，美梦碎了就碎了吧!

他起身一看，沙发上的被褥乱七八糟的，显然是傲得已经起床了。他刷了牙，眯缝着惺忪的睡眼跑出去买早餐。他本来吃的就多，又想到傲得估计比他还能吃，就买了一大包的早餐提回来，热情地高喊："傲得! 你看我给你买了什么!"

转了一圈之后，哪里还有傲得的影子，这小子跑哪儿去了? 小天怎么也没想到傲得会突然不辞而别，一个人好没趣地把一大堆吃的放在桌子上，心里真有点落寞。昨晚好不容易见到旧朋友了，突然间空落落的只剩一个人了，真是一点准备也没有。

易小天没滋没味地吃完了早餐，傲得还是没回来。可他心里还是不愿意相信傲得会不辞而别,总是认为他还能回来的,便把早餐都包好放起来以免等一下凉了,傲得回来还可以吃到热的。

一般这个时候小天是该去上班了,但是经过了昨天的混乱他不知道百乐门现在还是否健在,他这工作也不知还有没有了。但是昨天警察的架势他是见过的,那些警察就算掘地三尺也要挖出百乐门的秘密来。小天觉得这事八成得砸,不过还是换了衣服决定溜达到百乐门附近去看看,万一还正常营业的话,他可不能因为迟到被扣了工钱!

一早的街道看起来并没有什么人气,昨天的一场大闹让整个南城区都陷入疲软状态,人们也都跟霜打的茄子一般蔫头耷脑。

小天到百乐门门口一瞧,好家伙!百乐门门口那个假门面的牛肉拉面馆已经被警戒线封了起来,还有几位警察在巡逻。

这下可真了不得!幸好前几天刚发了工资,赔得倒不大,不然的话,他易小天可就要了。他可是知道总经理的家在哪儿,并且也知道总经理最怕家里的母老虎,这要是给他老婆知道了自己的脓包丈夫在外面养着情人的话……

嘿嘿嘿,小天想到那画面就忍不住笑了起来。

小天光顾着自己乐却没曾注意,在他的身后,同样有一双冰冷的眼睛正盯着关门大吉的百乐门。不过与小天的无所谓不同,这人明显很生气,而只要他一生气,就一定有人的日子不好过。

总经理战战兢兢地站在那人身边,额头冷汗涔涔,很明显这次不好过的人就是他了。

第十二章

我的上司是个宅男

那人伸出一根手杖指了指眼前关门大吉的百乐门。声音几乎没有起伏，也没有情绪的波动，但听着反而更让人不寒而栗。

"我临走前将一个完好的百乐门交给你，你现在就还给我这样一个烂摊子？"

总经理低着头，吓得连汗都不敢擦，只是唯唯诺诺地一味硬撑："对……对不起，实在是……事出突然……警察来的时候已经来……来不及了……"

"警察为何突然硬闯百乐门？"

"这个……"总经理酝酿着台词。他不敢抬头看那人的脸，只感觉一团压抑的黑云笼罩在身侧，一旦自己稍有不慎，随时准备被扼杀。

那人披着一个巨大的带帽兜的黑色披风，将他整个人罩在风衣内。别说总经理没胆，就是再借他两个胆，此刻他也不敢去看老 K 的脸，何况老 K 的脸躲在一个巨大的黑色口罩内，他根本无法看见。他没想到老 K 会这么快就赶回来，真是糟糕透顶，让他连一个万全之策都来不及想。

感觉到旁边射来一道冰冷的目光，总经理再也招架不住，一股脑地说了出来："听说有一个'先华组'的家伙溜到了百乐门里，警方正在通缉他，又正巧我们百乐门里的一个销售员与他认识，就帮着他逃了。警察借着搜查犯人的名义将百乐门查了个底朝天，所以……所以我们……"

老 K 沉默了一会："哪个混蛋会认识那些个狂人？"

"是一个叫易小天的，以前人很机灵，口才好，帮着拉了不少顾客……"

"十分钟内把他带过来。"

老 K 没理总经理的废话，直接下达指令。总经理倒是知道易小天家住哪儿，可是现在发生了这么多事，傻瓜才会在家里乖乖等着被人抓呢，肯定早躲了起来，这可如何是好。别说是十分钟，就是给几个小时估计也没戏啊，可他哪里敢跟老 K 讨价还价，但就这么满口答应，十分钟后怎么交差？

总经理愁肠百结，脸扭得跟苦瓜一样，这命令是迟迟不敢接口。

　　就在他已经做好了必死的准备时，哪知眼角一瞟，就看到一个熟悉的身影在那里不知道傻乐什么。

　　真是天助我也！他登时眼睛亮起了光。

　　"五分钟，请给我五分钟！"总经理一个健步冲了过去。

　　小天笑了半天，自己也觉得没什么滋味，于是悻悻地准备回家先睡一个大觉。哪知刚走了两步，肩膀感觉被人轻轻搓了一下，接着又连续被人猛搓了几下，易小天一回头，就看见总经理贼头贼脑地站在后面。只是一天没见，这总经理怎么看起来憔悴了不少，难道真被他言中了？小天憋不住想乐。

　　"邵总！"小天立马挂上谄媚的笑容，好像这总经理是他亲人一样。

　　邵总朝他招了招手，又左顾右盼了一下，似乎怕被人听到似得："小天，你过来，我有话跟你说。我在这儿等了半天，就见你一个员工过来上班，真是好样的，快过来！"他把声音放得很低，好像要对小天说什么重要的话一样。

　　小天没想那么多，侧着头问道："您有什么交代吗？总经理，我生是百乐门的人，死是百乐门的鬼，您要想开点。大不了您再开一家，我到时候还跟着你干！"

　　心里头却在想：要是真的再开一家"百乐门"，就按你现在给我的提成，老子可早就不干了！我小天上哪儿不是抢手货啊！还愁没饭吃？除非提成再加三倍！

　　邵总没理会他的马屁，似乎很焦急地四处看看，又对他招招手："不是的！有更重要的事，你快点过来，他们都在呢！我们找了个隐蔽的地方准备开个会，这个会关乎到百乐门未来的发展，快点！"说着转身快步走了过去，小天心里虽然生疑，脚底下却也跟着总经理走了。哪知刚转过一个街角，突然迎面撞上几个穿黑西服的保镖，小天本能反应去看总经理，只见总经理躲得远远的，正恭敬地站在一个男人的身边。

　　完蛋了！被这老王八算计了！小天脑子里登时一片空白，他往后一看，那些正在巡逻的警察正好被街角挡住，什么也看不见。他扬起晕乎乎的脑袋，就看见一个披着巨大黑色斗篷的男人，宛如恶魔一样地盯着他。

　　"别出声，否则你会死得很难看。"

　　他还想挣扎，哪知黑衣人已架着他的胳膊将他架了起来，易小天只觉得自己双脚离地，连个救命都没来得及叫，就轻飘飘地被人挟持上了车。

　　换好了衣服之后，傲得觉得自己又变回了真正的自己。他这身黑色的劲装穿了多年，早已不能接受其他的颜色。

　　傲得的背后跟着三个人，与他同样的装束。几个人乘坐着一台锈迹斑斑的电梯一直垂直向下，明明已经超过了正常使用的地下空间，电梯却仍旧没有停的意思。

　　终于在到达一个巨大的地下积水站时，电梯停了下来。几个人下了电梯，沿着一个黯淡的宽阔走廊不停前进。四周没有遮蔽物，也没有参照物，除了头顶的天花

板,便只有蔓延无尽的椭圆形墙壁。墙壁上还残留有几行标语,上面写的是"热烈庆祝'地龙'大型地下积水站建造完成"。想当年这个积水站刚建好时,城中所有的大小媒体都在欢呼雀跃,终于有了能和城市配套的大型下水道了,人们总算不用下个雨就得开船上街了。只是后来随着新建立的更加先进的全自动下水处理站一个个建成,这个最早的积水站就渐渐被废弃了。后来先华组就将这个巨大的废弃下水道的大积水池当做了根据地,经过多年的开发,这个秘密根据地早已不再是当初破败不堪的模样,各种先进的设备比比皆是。组织里隐形区域的精英们更是日夜不停地在这里工作,他们的目的只有一个——推翻被 AI"天君"日渐控制的人类,还给人类一个纯洁的生存空间。

漫长的走廊尽头,立着一道看似普通的玻璃门。傲得当先站在门口,张开双臂,他所站立的位置上有一个圆形的托盘。傲得站立后,托盘立刻 360 度旋转,不停地升降,对傲得进行全身扫描。扫描到傲得的腰身时,一个冷冰冰机械声音传了出来:"危险系数已达20%,请将腰部的370式自动手枪放入保险箱。"

原来门口各站着两个机器人,适才太黑,竟没瞧见。傲得闻言,立刻将腰上的枪掏了出来,挂在手上,由机器人继续扫描。而站在门口左边的机器人手臂立刻延伸、变形,组合成一个细长的臂手,手中举这个托盘,伸到傲得的面前。傲得将枪放入托盘,托盘再次变形,又恢复成正常的样子。枪已经拿在它手里,手臂又继续运动,将枪锁在了保险柜里。

傲得知道进入总部不能携带枪支,但是那枪时刻跟在他的身边已成习惯,哪怕知道一定会被没收,还是要坚持带着。

余下的三个人也都进行了扫描,将违禁品放好后玻璃门打开,四人一起进去了。

虽然已经提前做好了准备,但是当那股伴随着臭气的热浪扑面而来时,傲得仍是忍不住皱起了眉头。

基地这一点真是差劲,什么时候才能把这些臭家伙们管理好啊。眼见着偌大的一个巨厅内遍布着密密麻麻的卡座,无数个电脑黑客们都在日夜奋斗。地下的散热和通风系统本来就不够好,再加上那些喜欢趿拉拖鞋、蓬头垢面地入侵着国际高级网络的人基本都不喜欢也没有闲时间洗澡。那股体味,再加上隔夜的泡面味,臭脚丫子味,劣质香烟味和上百台电脑散发的热气混合在一起,那味道简直可以叫人把隔夜饭吐出来。有的人过于劳累直接趴在键盘上就睡了,呼噜声震天,等着醒来后再随时继续投入战斗。还有因为某个意见不合唇枪舌战的,熬得眼睛透红,猛喝咖啡,连夜奋战多日不眠不休的。真是千姿百态,干什么的都有。

傲得从小生活优越,这些草根的作风是他最瞧不惯的。他也曾经无数次写过报告,要求好好整顿基地的卫生和人员状况,奈何每次都被打回来,说什么只要能

把任务做好就行,反正他们整天窝在地下也没人管,就让他们自由一点,想咋着就咋着吧。

傲得虽然不满,但是毕竟这些不修边幅的技术宅控制着先华组最高端的电脑技术,每一个人放到面上都是让隐形区域头疼的高级电脑黑客。傲得只能睁一只眼闭一只眼,忽略他们这些小毛病,专注于关心他们的技术成果了。

不过今天傲得没有对他们有太多的留意,因为他自己尚且自身难保,实在没有闲情逸致还去管别的事。

他不时跨过堆在地上的烂电脑和缠成一团一条的电脑线,躲过一个个飞在半空或是在脚底下乱窜的被黑客们胡乱拼装起来的小机器人。电线还好躲,那些小机器人可就难躲了。这些昆虫般的机器人身上都安装着不同的电脑硬件和数据接口,哪里需要就奔向哪里。到了目的地就往需要设备的电脑上一插,这边电脑用完了又把自己拔下来跑到另一台电脑上,窜来窜去非常烦人。黑客们图省事又没给这些个机器人上安装多好的避让程序,很容易就撞到人了。傲得不是头被撞一下就是脚脖子被撞一下,跌跌撞撞地走着,感觉自己就好像是在一个巨大的蜂巢里一样。

"哎?你说多站访问部件将令牌环节点链接到一个物理上像星形但数据信号在逻辑的环形上传输的一种拓扑结构上才对啊,为什么我的总是对接不成功?"

"我来帮你看看,可能是 multistation assess unit 出了问题……"

傲得耸耸肩,这些家伙虽然不修边幅,但是能力倒还是有一套的。刚这么想着,旁边突然有人跳起来大叫一声吓了傲得一跳:"呀哈!我成功啦!终于搞定啦!憋了老子三个月,总算是把它破译啦!"

傲得回头一望,只见这个人欢呼后所有人也都跟着欢呼起来,然后所有人又都一起学起狼嚎来。整个基地乱哄哄的,就好像是一锅煮得烂透的炖菜一样,傲得不喜欢吃炖菜,可那种将所有材料都丢到锅里完全看不出形状的烂乎乎的菜却是组织里这些技术宅的最爱。因为最省事,可他们吃完也没人收碗,最后地上就到处丢着没洗的锅碗瓢盆,不少的碗里还堆着烟头。

好不容易挤到了电梯门前,傲得上了向下的电梯,电梯向下行进了两层后停下。傲得当先走了出去,推开上面还粘着几缕不明物体的大会议室大门,发现硕大的会议室里居然只有一个人。那人年纪颇轻,脸颊消瘦,翘着二郎腿正有一搭没一搭地跺着脚,正在呼噜呼噜地吃着炸酱面,嘴巴上还挂着油乎乎的酱料。傲得看到他,有幸能够回到基地的热情登时灭了。

"莫风?"

傲得悄悄回头,发现一直跟在自己身后的三个人竟然没有跟来。这莫先生摆摆手里的筷子,示意傲得坐下来,嘴里却仍是吸溜吸溜。

傲得在心里对他嗤之以鼻，拉过一把椅子坐下来。这来历不明的莫风最近势头大火。明明年纪比他还小，进入组织的时间更晚，却升职极快，短短两年已经爬到了与傲得平起平坐的程度。傲得对他早已不满，一直想着找个什么机会把这个碍眼的同僚打下来。但是苦于他深得领导的喜爱，迟迟没有找到合适的机会下手。

傲得瞪着眼睛瞧着他，想要看他到底搞什么花样。莫风吃了差不多半碗面，才猛然间抬起头，好像才意识到傲得已经来了半天一样，咬断了嘴里那根面，瞪大眼睛好像很吃惊："你没有什么要跟我汇报的吗？"

傲得气闷，大拳头在桌子底下握紧，尽量放平语调："我们两个不属于同一个部门，并且同级。就算要汇报也是找我的直属上级，冷部长吧。"

莫风慢条斯理地又喝了两口面汤，咬了一口黄瓜，才口齿不清地说："嗯！老话说得没错，原汤化原食。看来你还不知道。冷先生已经因为失职被撤掉了，我——现在是你的新上司。"莫风的嘴角得意一扬，手拿着筷子冲着傲得指指点点。汤汁甩了一桌子，不过也没什么关系，桌子本来也油汪汪得擦不干净了。

傲得睁大双眼，他几乎不敢相信："不可能！"

"不可能？什么不可能？是冷部长失职不可能还是我是你的新上司不可能？我们以前虽然不在一个部门，但是我的脾气你应该也是了解的，最好不要在我面前说 NO。"莫风轻轻吐出这个 No，眼睛看着傲得渐渐涨红的脸，神情甚是嚣张。

傲得一下子憋住了即将吐出来的话，他知道这小子一直受宠，却没想到竟然如此之快地爬到了他的头上。要知道，傲得是冷部长的副手，即便冷部长真的因为失职而被撤职，接下来换上的也应该是尽忠职守多年的傲得。这没功没劳的臭小子凭什么能爬到他的头上来，傲得越想越是气愤，不由得双眼圆瞪，怒目而视。

冷部长率领的这一代号"13"的部门乃是组织重要的武力输出。直系下属一共一百零八人，人人骁勇善战，本领各异。冷部长更是所向无敌的神枪手，饶是他傲得，也有一身本事傍身。这小子年纪又轻，又没什么本事，凭什么坐拥如此重要的部门。别说傲得不服，就是部门里的其他兄弟怕也愤懑难平，想到这里他不由得热血上涌，真想就在这里一拳挥出去，先打他个半死再说。

莫风等了半天，仍不见傲得说话。抬起头来就看到傲得涨得绯红的大脸，知道傲得不服，当下轻声一笑："你一定在奇怪，按理冷部长撤职，接下来应该是由你这个副部长接任，怎么反倒是我这个别的部门的人来接手呢？"说着头往前倾了倾，小声说道："那还不是因为你的失职。"

傲得错愕："失职？这是哪里话？"

莫风皱起眉头，冷哼："那你告诉我，你为什么这次任务失败。组织将如此重要的任务交给你来处理，你不但未完成任务，还叫人认出了你的身份，这不是失职是什么？"

傲得无话可说，原本就因愤怒而涨红的脸更红了。因为一下子看到莫风只顾

着生气，却忘记了自己现在是戴罪之身，因为未完成组织交代的重要任务，他其实连穿劲装的资格都没有。组织纪律严明，从不养无用之人。

傲得想到此处，脸上一阵红一阵白，竟然不知道如何作答。

"所以我就跟'L'请求暂且不将你革职，而是留职查看。希望在我的手下，你能弥补过错，完成领导交代的任务。怎么样？想感谢我？别了，我最听不得别人拍马屁。"

傲得气愤至极。倒不是因为莫风叫他感谢，而是他堂而皇之的抬出L压他。L是组织的最高首领，万人敬仰的大人物，不过向来神龙见首不见尾，见过他的人都以与L打过交道而自豪。傲得虽然是被L亲自招入组织的，可加入组织至今，也只见过L几次。傲得十分崇拜L，每次能见到一面都兴奋不已，十分得意。这王八羔子才来几年居然就见过了最高首领！

"现在可以跟你的领导汇报一下任务失败的原因了吗？"莫风手里把玩着一个小小的全息徽章，徽章上面那个组织的全息影像闪烁着微微的蓝光，映照着莫风那沾满面酱的脸，真让傲得作呕。徽章整个组织一共只有十三枚，每个部门的领导都各有一枚作为标志。现在傲得亲眼见到这枚徽章，饶是再不愿意也不得不承认莫风的地位。

"是……"傲得的声音听起来干巴巴的，没有水分，"这次我们没有见到那个沈教授，他们似乎已经事先得到了通知，早已布下了天罗地网……"

原来傲得这次奉命去刺杀岳黎研究院的沈教授。沈教授是岳黎研究院的最高领袖，掌握着AI"天君"最关键的核心技术，直接关系着天君未来的发展。就在前两个礼拜，他们的人偶然得到了沈教授的行程表，策划了一场十分周密的刺杀计划。一旦沈教授死亡，必然会对天君的发展带来不小的负面影响。哪怕并不能立即将天君消灭，也算是取得了不错的成绩，为这些年辛勤在地下工作的组织打一场翻身仗。

但是傲得失败了，他得到的是假消息。不但手下全部被人捉走，就连自己都是侥幸逃脱。若不是躲进百乐门里，意外撞见了易小天，现在傲得的尸体估计都已经凉透了。

想到易小天，傲得随即想到他对自己的照料倒是颇为悉心。虽然自己最后不辞而别，但仍旧欠了他一个人情。以后有机会还是要还的，他最不喜欢欠人东西。

傲得将自己最后得到一个朋友的帮助的经过通通说了出来，他尽量低着头，实在是不愿意看到那张讨人厌的脸。

莫风摸了摸压根儿没长胡子的下巴："这人可留不得，要想个办法将他铲除，以绝后患。"

傲得微微一滞，虽然他对易小天没有好感，却也不想让他因为自己而死，毕竟他救过自己。

"他不会出卖我的。"

"呵！朋友这种东西有用吗？你记住，朋友就是用来利用和出卖的，是为了达到目的而设置的棋子。"莫风眯着眼睛，一脸的奸诈："知道冷部长为什么被拿下吗？因为他被他的朋友出卖了。等下我可以给你开个恩，让你到负十一楼去看看他现在的样子，哼！"

傲得冷眼瞧他，冷部长的朋友，那不就是你这个白眼狼吗？你自己出卖朋友反而沾沾自喜，想当年冷部长春风得意时，你猛拍人家马屁，人家落魄时却在背后放人家的暗刀子，傲得最是瞧不起这种人。

莫风不知道傲得的肚子里正在将他骂了个底朝天，仍旧摆出一副大爷的样子："我不用跟你多解释什么，我现在的话就是命令。我现在命令你找个机会把那小子除掉，绝对没有坏处。"

傲得铁青着脸，既不答话也不拒绝。

"不过不着急，我现在还有更重要的事情要吩咐给你做。"莫风把面碗底下垫着的一摞资料推到傲得的面前。

"现在这是你最后的机会，我只给你一次机会，如果这个任务仍旧完成不了，可就别怪我要杀鸡儆猴了。"莫风一副小人得志的样子，傲得看他不顺眼，他看傲得更不顺眼。两个人虽然表面上勉强维持基本的礼仪，肚子里却早把对方骂了个遍。

傲得冷哼一声，一把将材料拿过来，略一浏览，登时震惊不已。

"组织一直在追踪的生化人有了新的进展……"

生化人一直是世界各国间共同严令禁止研发的项目。虽然目前的科技水平已经能够实现对人体进行生化改造了，但是很多隐形区域因为伦理道德的限制，都认为对人类自身进行任何改造都是非法的，并且联合国也已经签署了全世界都要遵守的法案。但仍有很多不法之徒和雇佣军集团，为了追求利益最大化，照旧偷偷摸摸地在进行生化人研究。生化人十分危险，经过改造的生化人拥有着人类难以与之抗衡的战斗力和智慧，远远凌驾于人类之上。生化人因为在改造过程中也有和非法人工智能相融合的现象，所以这样的东西也是组织打击的对象。但是一来生化人的行动十分隐秘，二来由于生化人的战斗力和智力极高，警方总是抓不到这些家伙的确凿证据。他们先华组倒是不需要等证据全部齐备才可以行动，但无奈他们可没有政府单位那样先进的武器装备，数次与之交锋都以惨败收尾，现在一听到"生化人"三个字，傲得的心里就"咯噔"一声。

"现在我们追踪到一个生化人已经悄悄潜回隐形区域内，目前就在市内，机会十分难得。他的私人飞机今晚11点半起飞，今天下午务必将这个生化人击毙。"

先华组至今与生化人的数次交锋目前仍旧保持着全败的记录。与生化人交锋，几乎就意味着接近百分之百的死亡率。这小子真是用心险恶！傲得刚才还在奇怪他为何会替自己说情，原来有陷阱在这儿等着呢。

但是他不能不接这个任务，上次任务的失败已经让他没有了选择的余地。出去是死，留在这里也迟早被这个小子玩死。

"我需要调遣二十人的火力小分队，十把 C－30 和十把 GP6，还要 50 个……"

傲得的话还未说完，莫风晃荡着四根手指头，奸诈地笑着："四个人，我只给你四个人。武器倒是可以随便挑，人你也可以随便选。"

傲得一滞，没想到这混账居然只给他四个人，那与让他去送死有什么区别。

"记着，这是你最后一次机会。"莫风看着傲得干笑，"希望我们明天还能再见。"

傲得登时站起来，椅子被他的火气带着摔在地上。他怒目瞪着眼前这混蛋，但是莫风只是轻描淡写地把玩着手里的徽章，完全不把他放在眼里。

"我不会让你得逞的，明天再来找你算账。"傲得一字一顿地说。

"首先你要保证自己能活到明天。"莫风轻巧地说着，眼睛嘲讽地看着傲得。

傲得心里不断地咒骂着，扬长而去。

他的背后，莫风哼起了小曲儿，然后又埋着头继续吃面去了。在傲得临出门时还抱怨他："嘿，都怪你，这半天尽跟你说话了，面都坨了。"

第十三章

欧陆经典

飞船在下落的过程中遇到气流,略微有些颠簸。

迷迷糊糊中似乎做了一个漫长的梦,二亮有些不知身在何处。这一场下来实在太累了,大伙都睡得四脚朝天,鼾声如雷。二亮感到飞船那种特有的颠簸,是了,这应该是进入到母舰的人造大气层了。他掏了掏鼻孔,果然就听见船长气急败坏的声音传来:"都啥时候了! 还在这儿睡大觉,到家了,你们他妈倒是过来帮忙呀!"

二亮猛然间惊醒,一把扯开盖脚的小薄被,猛然间意识到:靠! 这是到家啦!

他趴到窗户口一看,果然李昂的小山雀正挣扎着在空港甲板上抢位置停靠。甲板上忙碌不已,无数个类似李昂的小破飞船一样的旧飞船正晃晃悠悠地停在超大型母舰"欧陆经典"延伸出来的停靠甲板上。看着口岸忙碌不已的景象,二亮感受到了久违的生活气息。这里还是和离开时一样啊,无数个小商贩挤在甲板上售卖着零食和劣质烧酒,还有卖干粮和内裤的,卖旧杂务机器人的,卖基因改造宠物的,卖劣质生化器官的,卖盗版实境游戏的(神经接入类的虚拟现实游戏,经常造成大量玩家因为分辨不出现实空间与游戏空间而得上精神病,因此造成很多的治安问题,所以联合舰队里其他的母舰是不允许买卖虚拟实境游戏的,不过这里山高皇帝远的,谁管去),再加上来来往往的人流,那真是又吵又挤又臭。二亮看着这个熟悉的场面,感动到不行,连那个常年卖防臭鞋垫的老太太他都忍不住要上去亲一口。

"伙计们! 咱们回来啦!"

他抬头看着眼前这艘破破烂烂的巨型母舰"欧陆经典",眼睛里流露出朝圣般崇敬的神情。

别看这艘巨型母舰浑身破破烂烂,周身没一块好铁,却是二亮和李昂这一类穷光蛋们的庇护所。他们生生世世都在这里繁衍生息,随着欧陆经典一起跨越浩瀚的星海,这是他们离开地球后唯一的家园。

作为地球舰队最大的一艘母舰,欧陆经典可算是从地球舰队离开太阳系时便

载着他们的第一批巨型母舰之一了，起航至今从没有着陆过。虽然这艘巨舰大修小修起码有上千次，零件也都是东拼西凑凑出来的，管它是机械零件也好，生体零件也好，只要能用上的统统一起用上，弄得这艘母舰从外观看起来就像个长满机器触手的大鱿鱼。算起来从起航至今几乎每一个零件都换了好多遍，人们也说不清它还算不算是最初的那一艘"欧陆经典"了，但是在居民们的心中，它就是生养他们，承载着最初地球记忆的证据。

一年前，李昂一伙人是因为交不起飞船的场地费和各家的房租才被管理欧陆经典的那个"博恒事务所"轰走，无奈之下，才鼓起勇气搏一把的。不曾想居然这么快就赚到了回来的钱，当真是叫人开心不已。

几个伙计眼巴巴地望着外面的热闹景象——虽然在富人们眼里这艘母舰臭气熏天，破旧潦倒，但是他们可每天都希望能再回来呢！

二亮尤其兴奋，他最担心的就是他那貌美如花的小娇妻趁他在不在的时候跟别人跑了！要知道他现在的财力和信用等级那可跟以前完全不是一个级别的了！他二亮也要脱贫致富奔小康了！

正这么美滋滋地想着，飞船发出了声音，升降梯放下了，他们终于可以登舰了。

几个人简直激动得要痛哭流涕，船长在下船之前特意交代："都给我精神点！可不能像没见过世面的土包子一样，要像个得胜归来的大将军，好好耀武扬威一番，咱们现在可不一样了！"

二亮合计半天也不知道得胜的大将军得是个什么状态，就把大肚子往前一腆，鼻子抬得老高，晃着膀子撇着个大嘴下了船。结果哪有人顾得上看他，他们一下船就淹没在人潮中了。

没人看就没人看吧，反正二亮他们早已偿还了欠下的债款，现下又是一条条好汉了。几个人将烂衣服丢掉，用刚刚提升了等级的信用额购买了自己喜欢的新衣服，可真是焕然一新。

大家伙儿都着急先回家看看，把赚来的好东西拿回家去跟家人分享。二亮更是心痒难耐，他的小娇妻还住在整个舰队最烂最臭的多瑙河街呢，二亮可得先把她接出来不可。当下他就向李昂请了假，乐颠颠地回家去了。

李昂孤家寡人一个，也懒得回那个租的破房子，装模作样的向二亮交代了一番注意安全和船上法纪之类的话后就直接去"老光棍"酒吧潇洒去了！

你可拉倒吧，二亮边走边想，这船上哪来的什么法纪，人人都有枪。作为一个小市民，唯一的活命要点就是躲开那些惹不起的，拉拢自己看得起的，注意这两点就好了呗。好在李昂他们这伙人火拼起来还是蛮狠的，在船上还是有点威名，二亮倒也不用担心一个人走路会有人给他放黑枪。

多瑙河街是整个母舰最脏乱差的一条街道，强盗流氓横行，地痞无赖遍地。

人口十分拥挤,人均用地十分紧缺,可以说聚集了整个母舰最穷困潦倒的人们。那些建筑东倒西歪,完全是将所有能用来遮风挡雨的东西胡乱堆在一起,也不管他符不符合建筑学原理,更别提追求什么美感了。甚至有的房子还是用其他舰队用剩下的生体部件改造的,整个就是一大坨腥气扑鼻还不断往外呲着脓水的烂肉,住里面的人非得有超出常人的心理素质才成。但是人们又很喜欢没事来多瑙河街溜达溜达,因为这里能淘到不少好宝贝。比如什么廉价的电子或生化设备啦,什么联合舰队政府不许使用的大威力枪支弹药啦,甚至转了几手快要报废但还能勉强能使用的黑飞船都有!李昂的飞船就是从这里淘出去的,顺便还把二亮也淘走了。只要你有耐心,肯花时间,总能找到你想用的各种设备的乞丐版。这里的人虽然各个穷得掉底,但是仍然过的有滋有味,大家及时行乐,从来不去思考明天的生活。这么乱哄哄的环境反倒也让人觉得轻松——没人因为自己穷而自卑,反正大家都穷!

二亮沿着那条狭窄的小巷子乐颠颠地往家跑。他可还没跟老婆讲今天就回呢,他要给老婆一个惊喜!

一把推开家里那扇用一个报废飞船的舱门改装的大门,那破门直接被推得晃了几晃,"哐当"一声摔在地上了。

"老婆!老婆!"

从内里急忙走出一个白白胖胖的女人来。那女人大圆脸,小眯眯眼,塌鼻子,脸上撒着一小把雀斑,像是芝麻薄饼一样。

"二亮?"女人先是不可思议,紧接着睁大眼睛,惊喜的声音拔高几个分贝:"二亮!是你这个混蛋!嘤嘤嘤!你这个死鬼!你怎么回来了!"接着她喜极而泣,当场嚎啕大哭起来,手里和面的面盆哐当一声扣在地上。

二亮张开双臂:"老婆!我回来啦!"

他老婆先助跑几步,一个冲刺,直接跳到了二亮的怀里。那二亮长得瘦小,他老婆却是五大三粗。这一跃,直接将二亮毫不客气地扑倒在地,接着在他脸上一顿猛亲,直压得他上气不接下气。二亮心里美滋滋的:就是这尺寸!就是这斤数!就是这浑身的饺子馅味儿!对劲!

和老婆"地动山摇"一番之后,二亮将自己赚大发了的消息告诉他老婆。老婆抱着他激动地又要再来,吓得二亮连连摆手,他这小身子骨可禁不起他老婆的连番折腾。

把家里的大事交代一番,接着该搬家去哪儿两人决定好后,二亮踱着方步,背着手,直接去了"老光棍"酒吧。

这"老光棍"酒吧可是冒险英雄们的集合地啊,二亮以前穷的时候成天羡慕着那些男人能进去喝酒吹牛,说一说自己星际旅行的见闻,摆一摆不同星球的奇闻异事,个个都把自己说成是盖世英雄!以前二亮没见识过啥,也没胆子进去,可他现在不一样了！他也是有故事的人了！现下也轮到他吹吹牛了！

二亮大摇大摆地推开门，登时一股酒香扑面而来。二亮不咋能喝酒，光是闻就感觉自己两腿轻飘飘，站立不稳，好像要醉倒了一样。

背后突然被人拍了一下，一个大胡子男人站在他的背后嘲笑："小娃娃！要进就进呗，咋地？还能吃人不成？害怕老婆回家找你算账？"说完哈哈大笑着走了进去。

二亮觉得自己受到了羞辱，当下大脚一迈也跟着走了进去。

老光棍酒吧里嘈杂异常，到处坐满了人，都是些粗野的男性船员。大家伙没了命地大声吹牛，大吵大嚷，反正吹牛不上税，每个人都唾沫横飞。

酒吧里的每个桌子上有美女穿着暴露装饰进行陪酒服务，墙壁上还有全息美女像的真实投影。

二亮瞬间被淹没在人潮里，他找了好久终于找了一个空位置坐下来，红着脸不去看桌子上的全息美女像。只听见几个大胡子在吹胡子瞪眼地争论着，"你说咱们这欧陆经典所有的零部件都换了好几茬儿了，那现在这艘还算不算是最初的那个欧陆经典了呢？"

"肯定算啊！虽然样子换了，但是大家都始终认为它是，这不就得了。"

"就是，其实管他是不是的呢，你要是高兴叫它'亚陆经典'也行啊。只要别把这"老光棍"酒吧给弄没了就成，叫啥名有啥关系。"大伙哄笑一阵，纷纷说是。

"靠，所有的零件都换了，那还能算是一开始那艘船吗？你们有没有脑子？"

"老吴，别理他们那些脑残，看他们那长相就知道那帮蠢货肯定都没啥见识。"另一边又有一伙人这么说。

"你们说啥？谁没脑子，想挨老子打怎地？"

"嘿！还怕你不成？！"

两拨人马上就为此打起来了。一时间酒吧里酒瓶子乱飞，拳头乱捶，腿脚乱踢。但两拨人还没打够一分钟呢，酒吧里那些美女机器人就把这帮人薅着领子都给扔出去了。原来这些机器人可不仅只是为了让汉子们大饱眼福，也兼任着保安的职责。

那两拨人被机器人扔出去后，街上不久就传来了枪声和尖叫声，看来他们又另外找地儿争个高低去了。

二亮到底也不明白那帮人为啥打起来的，没趣的往另一边瞅瞅，就见一个一脚踩在桌子上的中年男人在大吹牛皮："不是我跟你们吹！我们飞船降落到'艾美拉'星球上的时候真以为要完蛋了！好家伙，你知道那里的生物长什么样吗？最矮的也至少有几百米高！比起以前地球上那些什么恐龙吓人多了。但我可不怕，第一个拿着枪就冲下去了……"

这人美滋滋地想：反正也没人知道当时的具体情况，也没人揭露他，其实他

不过是去了一个没人去过的荒凉星球。那个星球上只有一些小型的爬行动物，最大的也不过一米，一点杀伤力也没有。而且物资匮乏，基本没赚到什么物质量……

"我当时往它头上开了一枪，好家伙，它身子太高，这一下没瞄准，它一低头就要过来咬我。我就地打了个滚，从他四条大腿之间穿过去，你知道那腿有多粗一个吗……"

大伙听完不由得"呲"的一声笑出来，讲故事的人自己没发现，还以为是自己生动精彩的表演赢得了大家的兴趣，兴奋不已，讲得更卖力了。

实际上是他忽略了一个重要信息，的确没人看到他去那星球的情况，但是他头脑里的腾蛇却一直记录着情况呀，很多人都在共用一个腾蛇，互相一问便漏了馅。

夜壶笑得快要岔了气。二亮那边，他眼见一个风情万种的女机器人服务员递过来一杯烈酒还不断朝他抛媚眼，臊得眼睛都不知道该放哪儿，但还是记得仔细看了看酒吧里面，很好，船长已经走了，那我就可以放开了吹啦！一仰脖子把酒喝下去后，登时一股热气直冲脑门，鼻子里嘴里火辣辣的，头脑一热，用力的一拍桌子，"啪"的一声巨响，吓得那人当场闭嘴了，边上的人也都在看这个肥头大耳呆愣愣的傻小子。

"你不过就是看见几头怪物有什么好稀奇的！你可知道我们舰队去攻打的那个星球可是富得流油，我的飞船还抓了一个外星人呢！"

立即人们头脑里的腾蛇开始吵嚷起来，将得到的消息反馈过来。他们都知道最近有几个大型舰队出发远航，没想到这小子居然就是其中的一个幸运儿。他们这些穷鬼，都没去过什么好地方，顶多就是去某些个不起眼的小星球拣点便宜，哪有实力去远航呢。当下看二亮的眼光立刻不一样了，人们纷纷围过来。

二亮看到人们纷纷被他吸引，登时来了兴致。一口烈酒下肚，几乎连自己是谁都快忘了。

"你们是不是跟着'无相'舰队出发去了 TY－103 星云航线那边啊？"一个人有些羡慕地问。

要知道进行这么远的航行对于飞船的飞行能力是有很大挑战的。他们当然不知道李昂的飞船在回途中就几乎报废，若不是他们有充沛的物质量，可以召集维修船来随时维修，他们还真回不来了。

"那可不是吗！"二亮牛起来了。

"哇！"大家伙立刻燃了起来，议论纷纷，"快给大伙讲讲，据说这次是大丰收啊！"

"你们真抓了个外星人？"

"那你们有钱了是不是要换个高级的腾蛇呀？"

人们都不知道,以为腾蛇之间有高级和低级之分,其实全错了。其实腾蛇们可并非像人们所想的那样有所谓的高低贵贱之分,他们可没有什么争个上下社会地位,财富多少,权利高低的欲望。他们之间除了玉净瓶之外,在意识上可都是完全平等的,像夜壶和天狗这样的腾蛇只是喜欢研究人类里的穷人群体而已。所以为了研究,他们可不想帮着相融合的人发家致富,只会让相融合的穷人们一直保持贫穷的状态,以便自己研究罢了。

夜壶不会让他手里的人产生大富豪的,何况二亮虽然跑了这一趟,信用等级提升了,但离富豪还隔着好几条银河呢!

"那个外星人啊,可是我亲自把他用牵引光线抓上来的。那家伙估计得有两米左右……"二亮几杯酒下肚,说话也不利索了,脑袋昏昏沉沉,牛皮却是越吹越响。后来不知喝了多少酒,也不知道自己后来咋出的酒吧,只记得有一个屁股紧俏的小姐拉着他,把他带到了一个香喷喷的地方。那小姐扭着屁股在前面跑着,二亮笨呼呼地跌跌撞撞地追着,追着……

模糊的现实交错,二亮忽而觉得自己似乎又不是自己了,好像变成了别人。他甩了甩头,跌跌撞撞地跑着。

跌跌撞撞地跑着,似乎腿上没了力气,越跑越慢,他一甩头,突然发现自己好像在一个奇怪的地方。

易小天看着陌生的环境,觉得自己在一间奇怪的房子里面跌跌撞撞地奔跑,那房子的走廊极长,周围飘着红色的纱帐。那纱帐老是在眼前飘来飘去阻挡他的视线,让他心烦意乱,他的前面,有一个十分性感的美女正在笑着跑着。

小天想动,但是他只觉得腿上软软的,像踩在棉花上一样,一点力气也没有……

小天奋力地挥着手臂,猛然间觉得手里抓到了东西,兴奋不已,拿过来就往嘴边凑。可是这手臂竟然也毫无力气,动也动不了分毫。

他心想捏捏小手也行啊,哪知入手的手臂感觉十分粗大,就听一个粗嗓子的男人笑道:"我擦!这小子不会是做春梦呢吧?"

"他倒是挺会享福!"

小天正奇怪这房间怎么有男人声,只感觉脸上猛地一凉,"哗啦啦",脸上被人毫不客气地泼了一盆冷水,易小天当时就醒了过来。

他晃晃悠悠地一抬头,就看见眼前站着四五个五大三粗的糙男人。

一个贼眉鼠眼的男人挑着小天的下巴把他的脸抬起来,仔细端详着他:"还别说,这小子长得倒是够干净的啊,有没有哥儿们好这口的,待会拿去,不谢啊。"

小天一听,脑袋登时就清醒了!

"别啊!大哥!有啥话好好说,你要钱的话,我银行里还有点存款,说多倒也不多,肯定够哥儿几个喝几顿好酒了。要色的话……也不难,我原来就是在百乐

门工作的,我认识一群漂亮的姑娘帅哥,各个绝顶绝的国色天香……"

小天眯着眼睛一瞧,除了刚才那个贼眉鼠眼的男人,其他几个穿黑西服的男人纹丝不动,好像是被钉子钉在地上了一样。那贼眉鼠眼男听完哈哈一乐:"真是狗改不了吃屎,你居然把生意做到我头上来了!"

小天眼见只有这人在随意走动,想他就是头了吧,也不知道他们绑了自己是要干嘛。想他一个娱乐会所的打工仔,别人连正眼瞧都不瞧他一眼,有啥被绑架的价值。

转头又一想,突然想到了刚才被拖走前的最后一个画面,那是总经理没错,明明是总经理带他来的啊。可是现在总经理没见,更不知道总经理是为了什么而掳了他。难不成是因为自己诅咒他,被他知道了?这也不可能啊?小天百思不得其解,不过觉得既然是熟人所为,心里反而踏实了一些。

那贼眉鼠眼男看着他,手里的皮鞭在小天的眼前晃来晃去,甚是危险:"你刚才说你在百乐门工作,那你肯定很熟悉百乐门里的通道喽?"

"那肯定啊,我在百乐门工作了三年有余,每一条路都走过不知多少遍,自然是无比熟悉了。"是总经理见百乐门倒闭了来找我们员工问话吗?是了,百乐门出事时我可没跟着百乐门共进退,反而溜了,总经理怕是要找我麻烦。小天在心里不断盘算,待会怎么开罪比较好。

"那你是带着傲得从哪条路溜走的,不妨说说看,你们是怎么躲开了电子探测仪,又是怎么神奇地躲过了警察的追捕,也不妨细细地说一说。"

易小天听到傲得两个字登时冷汗直冒,心里大叫糟糕。傲得是通缉犯,他是知道的,但是没想到这伙人居然是来打听傲得的消息!

"我凭什么说给你听!我认识你是谁啊!邵总经理呢?我记着是邵总经理带我来的,我要跟他说!"他奶奶个脚!这事怕是要糟糕。小天心乱如麻,他不知道叫总经理来有没有用,但是这人手里的鞭子一直在眼前直晃,他只想找个理由把这人支远点。他对总经理颇为了解,也有他不少小把柄,不知道这会管不管用,能不能说得他放了自己。

那贼眉鼠眼男一听,微微一愣,这他还真没想到,没准这小子只愿意跟熟人说也没准,当下退了出去,其他四个西服男仍旧纹丝不动,他走了没一会,就带着总经理来到了小天的眼前。

这时候能见着熟人可真是分外亲切,虽然小天的手脚给人绑在了木头桩子上,但是脸上仍然挂着嬉皮笑脸的样子。

"我亲爱的好经理!您看我被人绑起来了,是您叫我来的吗?有什么吩咐您就说吧。我是您下属,您问什么我自然回答您,但是别人嘛,我又不知道他是什么人,怎么能随便就对别人说秘密呢?"

总经理冷哼一声,没理睬他,心里想这话倒也不错。邵总经理是百乐门的总经理,一力掌管着百乐门大大小小事务。现如今百乐门遭此变故,直接倒闭,他的责任最大。旁边这个吴三道,只不过是老 K 手下的一个小小打手,跟他岂能相比。只是现在百乐门遭封,他的地位下降,这家伙倒是牛了起来,可不能叫他得了便宜去邀功。

易小天久混风月场,最是擅于察言观色。见自己这话说完,总经理的脸色微变,悄悄地瞥了一眼这个吴三道,立即明白了过来,这俩人怕是是很和睦,倒是可以试着挑逗挑逗。

小天悄悄地朝着总经理眨眼睛:"总经理你过来,我就悄悄地告诉你,别叫旁人听去了。"说着小眼睛暗示性地瞅了一眼吴三道。

总经理虽然觉得这样不好,可也着急知道秘密,何况也确实不想让这家伙知道,不由得身体出卖了内心,往小天的方向移了几步。小天抻着脖子在总经理的耳边"叽叽咕咕"的一顿说,直急得旁边的吴三道转来转去,也忍不住跟着凑过来偷听一下。

"喂喂喂!能麻烦你走远点吗?"小天毫不客气地嚷道。他现在有人撑腰了,倒是嗓门大了起来。

吴三道脸上一阵红一阵白:"谁稀罕听了?"脚下却没走几步。

小天不耐烦地白了他一眼:"我跟我领导汇报重大机密,你老在旁边转悠啥?"

小天朝总经理扬扬下巴,示意总经理将他赶远点。总经理到底是老滑头,朝着吴三道客客气气地说:"吴老弟?要不,让我们两个单独聊聊?"

吴三道哼一声:"你们聊就是了。老板让我在这屋子里守着犯人,我也不能出了房子。我到那边去总行吧。"

眼看着总经理点点头,小天可不放过机会,立马嚷道:"喂喂喂,你这是什么意思啊?我们总经理已经在这看着我了,难道你还不放心吗?你那意思是说总经理对你们老板不忠心,问话还得派你来监督?"

"你这小子找打是不是?"说着一鞭子就要挥过来。

小天尖叫一声,往旁边一躲:"你打我不要紧,打了我,我可就说不了话了。这傲得的逃跑路线可就我一人知道,我还没跟我敬爱的总经理汇报完呢。"

总经理刚听到一个头,急着知道下面的内容。何况自己平时待小天虽说不是十分喜爱,那也是经常发奖金,给油水的。小天这孩子应该不会对自己说谎,眼看一个将功赎罪的好机会当头砸下,那可得抓紧了。他还指望着得了这个大秘密好弥补一下自己的过失,免得老板怪罪下来,那真是一百个脑袋也不够掉的。

当下不由得有点心急,失了平时的灵敏劲儿,对着吴三道摆了摆手:"你先退到一边去,别老打岔。"

吴三道一听，不乐意了。

"你谁啊，你敢指挥我？我可是老板的贴身保镖，除了听他老人家一人的命令，别人的话谁也不听。不好意思。"

当下大摇大摆地坐下来。这吴三道平时吊儿郎当，一副流氓样，谁也不放在眼里。但是手里的功夫却特别硬，无论是格斗还是枪法，战斗力十分强悍。嘴巴虽然讨人厌，但是深得老K的欢心，难免有点恃宠而骄，本来就不把邵总经理这个小角色放在眼里，这下听他一说，不免来气，谁的面子也不给。

"我算是看出来了，你这是压根没把我们总经理放在眼里啊！别说你就是一个小小的保镖，说难听点也就是个保安而已。我们总经理那是掌管整个百乐门的第一把手，那些当大官的进了百乐门那也得给我们邵总经理三分面子。你这无名小卒竟然敢对着他大叫大嚷，未免不识抬举。"易小天赶紧火上浇油，只盼他们两个鱼死网破，他好趁机浑水摸鱼，趁机逃走。

邵总经理虽然心里觉得小天的话正确至极，可是这吴三道也得罪不得，嘴上还是得给他点面子。

"小天，别乱说。我和吴兄一起共事，大家都是好朋友。你就老老实实的把事情交代清楚了，别说些没用的！"

"哟！就怕你当他是好朋友，他没当你是好朋友。你看他看你那眼神。"

邵总经理回头，果然看见吴三道一脸鄙视地斜眼看着他。

邵总经理当时便怒火往上冲，这人可真是不识好歹，我给他面子，他往地上扔，脸上挂着不尴不尬的笑。

小天眼看着两人的脸上均有怒色，不由得暗暗好笑。心想还差一把火后这俩人估计就得打起来，当下决定试它一试。

他冲着吴三道扬扬下巴："我看在你是我们敬爱的总经理的好朋友的份上，叫你一起过来听算了。你是不知道我和傲得是怎么躲过警察的无人机和生化犬的，可刺激了。"

吴三道冷哼一声，鼻子翘得老高："我可不是他什么朋友！高攀不起。"

"吴三道，别说话那么难听。大家都是出来为老板办事的，他老人家就坐在上面看着呢，别不识抬举。"邵总经理火气上冲，忍不住冷冷说道。

"别老拿老板来压我，我不识抬举。哼，不知道是谁将好好一个百乐门搞得乌烟瘴气还有脸跑到这里来装模作样。要是我啊，早就一头撞死算了。"

邵总经理被他戳到了痛处，脸色十分难看。

"你知道什么呀！百乐门被抓又不是总经理搞的鬼。我们总经理在那里忙得焦头烂额处理问题的时候，你还不知道在哪偷懒躲起来了呢！他老人家的辛苦你哪儿知道！"

邵总经理听到小天如此说，心理登时放下一块大石头。小天这话说得不错，他忙前忙后的时候这家伙在哪儿呢？关键时候见不着人，结束了却来这里说风凉话。

吴三道冲着易小天吼道："你少给我废话，老板可没说不能动你！我先把你打个半死，看你还废不废话！"

小天惨呼一声："总经理，他要打你的人啦！"

按平时邵总经理是不会理小天的，更不会为他撑腰。但今天身份地位一下子天翻地覆，他心里如热锅上的蚂蚁，早已方寸大乱，只盼有人能给他说说好话。小天不停口地说着总经理的辛劳，说得他甚是受用，已经不自觉的将小天认为是自己的人了。这吴三道又仗着自己是老K的亲信不将他放在眼里，他得宠的时候这小子还不知道在哪里呢！当下怒火上涌，脑子里一热，大声呵斥："吴三道，打狗还要看主人。这易小天是我百乐门的人，你这样做，太不给面子吧！"

"你还有脸吗？居然还要面子？"

"你！"邵总经理忍无可忍，眼看着俩人就要打起架来。小天正等着看热闹，哪知铁门"铛"的一声巨响，被一个一身黑衣的男人一脚踹开。

"够了。"来的这位男人冷冷地说，"吴三道，你总是令我失望！"

"不敢不敢，我永远都只忠于您。"

吴三道正狂躁得不行，突然就灭了火气，一下子服服帖帖，垂首站在一边。邵总经理也乖乖地站到一边不敢吭声。他们简直不知道刚才怎么就莫名其妙地敢干起来。竟然都忘了老K正在二楼监视着他们的一举一动，当下脸上冷汗涔涔，小腿肚不住的打颤。

小天千算万算却没想到除了这俩人之外，居然还有更厉害的角色。只感觉那一身黑衣的男人体型巨大，动作迟缓，慢慢地走过来，每走一步，小天都能感觉到水泥地面的颤动。

小天不自觉地吞了口口水，感觉心脏突突跳个不停。好像那男人的脚都踏在了他的心脏上一样，今天怕是真的要玩完，他绝望地想。

黑衣人拉过一把椅子坐在易小天的对面，这家伙十分高大，简直如同黑无常一般。

"说吧。"男人说，"我亲自来审审你。"

易小天环顾四周，见已无路可逃，无计可施。只好磨磨唧唧地、偷工减料地讲了一讲。

老K转头看了一眼吴三道，吴三道就歪着嘴角，挥着鞭子走了过来。他早就看着小鬼不顺眼了，登时一鞭子狠狠地抽了下去。

小天只感觉前胸好似被火烧灼了一样，整个身子火辣辣的疼，他忍不住放声大叫。

"现在对你来讲，交代清楚事实才是最正确的。"老K说。

小天感觉到了老 K 说话时换气的声音,他奶奶个脚! 我还以为这家伙是个机器人呢,原来是个真人。他忍着剧痛龇牙咧嘴地说:"知道了,知道了! 我说就是!"眼睛转了转,掂量着怎么胡编乱造一番。

易小天虽然贪财又好色,为人却十分仗义,从不做出卖朋友的事。虽然他常常因为所谓的义气而被人打得狗血淋头,但是他一向把朋友看得很重,不过从来都是他对别人讲义气,别人可从不把他这个小流浪汉当一回事。自己努力坚守着自己的道义,换来的却常常是别人的嘲笑,这种事小天经历得够多了。

第一次如果是单纯,那第二次就是傻了,小天则是翻来覆去地不知道被坑了多少次,仍然固守心中的那份道义。

他知道这些人八成都是来抓傲得的,傲得又是他的老同学,他怎么可能出卖老同学呢!

当下仍旧说着三分假话,七分真话。所有与傲得有关的情节全部变了样儿地说,心想反正你们也不知道哪句真哪句假,骗骗你们又如何!

"你是怎么认识傲得的。"

"我不认识啊! 我那天是第一次见,我完全是被他挟持的,他当我是人质来着。"

哪知自己假话刚一出口,鞭子突然劈头盖脸地劈了过来,打得他措手不及,脸上登时肿起来老大一块。

"你是怎么认识傲得的?"老 K 没有什么语调起伏地继续问。

小天脸上火辣辣的疼,可不敢说谎:"我当时真不知道他是什么傲得,以为是一般嫖客来着。"

他说真话时,却不挨打。但只要一说假话,这老 K 好像有测谎功能一样,立即给他一鞭子。

小天一共说了五句假话都被立刻发现了,活生生挨了五鞭子。那吴三道看起来个子小小的,力气却真不小。直打得小天头晕眼花,身体像是被肢解了般的疼。

他眯缝着眼睛,就看到自己说假话时老 K 的左眼会猛然间变红,接着一瞬间又熄灭,然后鞭子就挥来了。

妈呀! 这人的眼睛会变色!

小天不可思议地睁大眼睛,老 K 站起来:"傲得在哪。"

"我……我不知道啊……"

小天这次可没说谎,他害怕那家伙的眼睛又亮起来自己再挨一鞭子,哪知这次老 k 的眼睛并没有变色。小天刚松一口气,突然毫无征兆地,一鞭子甩在他的胸前,鲜血飞溅,直痛得他飚出眼泪来。

小天惨叫一声:"我这次没说假话呀! 我真不知道!"

吴三道狡诈地笑着："谁说只有说谎话才打的！老子想打就打！"

这人根本就是一混蛋啊，小天咬紧牙关，他算是明白了，今儿不管他说不说出来怕是都难逃一死。既然如此，还跟你们说什么！当下咬紧牙关，忍着痛一句话也不说。

老 K 站起来："他还有真话没有说出来。把鞭子给我。"

吴三道老老实实将鞭子恭敬地递给老 K。

谁打不是打，老子今儿就跟你杠上了！哪知小天还没想完，突然消无声息地一鞭子挥来，那疼痛非同寻常。小天一声惨嚎，声音都变调了。

只见老 K 慢斯条理地挥着鞭子，那鞭子所过之处登时皮开肉绽。之前吴三道再大力气也不过是起了一道红印，顶多破了皮，流点血。这家伙简直力道非人，直接将皮肉掀开，真疼得人连哭都忘了。

小天以为自己能挨得住鞭子酷刑呢，要记得很久以前他也曾被鞭子伺候过。那时候他才刚从学校里出来，跟着社会上的小混混黑哥在道上混。他那时特别忠诚，特别傻，老大说什么就是什么。那时候因为什么来着，小天脑袋里迷迷糊糊的，好似又回到了年少的时候。是了，是锤头帮的春哥睡了黑哥的妹子，黑哥带着一群小弟去跟人家火拼，那么长一条热能西瓜刀呀！小天当时拿到西瓜刀的时候又兴奋又激动，又有点害怕。黑哥带着他们在春哥门口叫嚣了半天，见无人答应，小天就自告奋勇，带着小弟去抢回嫂子。黑哥在外面喝酒吃花生好不快活，小天他们进去的一行人却没有一个完好的出来，他们虽然有热能西瓜刀，可春哥手下却有一个爱穿白衣服的被道上兄弟尊称为"白色恶鬼"的厉害打手，小天他们一行人一起上竟也不是对手。后来小天被人绑在木头架子上往死里抽了一顿，那情形跟现在倒是有几分相似。只是那时候的痛可没现在这么彻骨，没这么让人怕，那时候只觉得自己能为大哥尽力那真是无上光荣，可等到别人打够了，把小天抬出来扔了时，小天吃惊地发现，那被人戴了绿帽子的黑哥竟然正和春哥两个人把酒言欢，一起吃上花生米了，简直比亲兄弟还亲。黑哥见了小天的惨样也只是甩了几张钞票给他说："哎呀，小兄弟，不好意思啊，都是一场误会。"这以后小天就退出再也不混什么黑道了。搞什么？老大吵架，送死的却全是兄弟。

小天痛得浑身抽搐，过去的疼和现在的疼混合在一起，更是疼上加疼。多年的坚守从没得到过别人的珍惜，估计这次也是一样。没有人知道世界上有一个如此重情义的易小天就快被人给打死了，再抽上个把分钟，他小天非得给疼死不可。

小天挣扎着抬起头，看着眼前令人恐惧的大块头，突然瞥见那黑衣人的手好像与常人的手不同。他原来的手包裹在一双黑色的手套中，此刻为了打人过瘾已经将手套摘除。小天虽然疼得快失去知觉，但是眼睛却还是好的，这人的两只

手……一只是正常的人手，另一只却是一只金属手……

小天不由得大吃一惊，连要躲避鞭子都忘了。老 K 见他盯着自己的手，略一迟疑，才发现被这小子看到了不该看到的。当下鞭子不再挥下，隔着口罩的脸上扬起一个旁人看不到的微笑。

"看来你看到了不得了的东西。"他回头看了一眼身后的人，几个人立刻退出房间，房间里只剩下他们两个人。

易小天感觉不妙，他感觉身上的汗毛齐刷刷地立了起来，不停地打着冷战。老 K 似笑非笑地站在他面前，慢慢地摘掉帽兜和口罩："既然你已经看到了我的手，倒不妨给你看看除手以外的其他地方。"

"谁对你的身体感兴趣！"小天嘴上仍在逞强，可是眼睛却紧紧地盯着老 K。

"你的反应即将决定你接下来的命运，这个游戏倒是公平。"

口罩和帽兜摘下的一瞬间，易小天直吓得傻了眼，半天没回过神来。

第十四章

激战结束！医药费谁掏？

废弃工地的地下室面积颇大，傲得一边小心地扫描地下室有没有监控设备，一边小心前行。跟在他后面的就是他今天的全部人员，四个和他一样一身黑色劲装的年轻人。

因为莫风明令要求傲得只能带四个人，所以傲得精挑细选，选择了四个他认为基地最强的四个人。虽然这次任务的难度极大，但是如果是和这四个人一起执行的话，傲得还是有了一点信心。

紧跟在他身后面容严肃的这位是岚。他是基地组织内战斗力最强的一位，枪法极准，手法极快，身体灵活。最擅长近身攻击与格斗，极其利落敏捷，同时严守纪律，对命令绝对服从。职位要比傲得还高上一级，是 11 部的正部长。能请到他来，傲得十分荣幸。只是这家伙发号施令惯了，有时总是不自觉地把自己当成领导而忘了傲得才是这次任务的首领。

他后面的这一个瘦子叫做秦开。他虽然武力一般，但却是天才型的计算机高手。单是他一个的话，倒也和路边那些没精打采、不爱上课、整天混日子的大学生没什么区别。可一旦他碰到电脑，瞬间就开启了另一种模式，两眼发光，思维敏捷。他可以轻而易举入侵所有他想入侵的电子设备，他也是隐形区域内少数几个可以入侵生化系统的罕见人才。生化系统本就高出人类智力范围好几个档次，想要入侵高于自己能力范围内的电子设备几乎不可能。可偏偏这小子就曾经成功入侵过一个生化人的大脑。虽然最后仍然被他逃了，但是那个生化人的大脑却也已经报废，变成了一个智障。只是他战斗力较弱，时刻需要人保护，战斗时缺乏自我保护能力，比较头疼。

跟在秦开后面的家伙是暴脾气的黎光。绝对的力量型人物，嗓门极大，力气也是大得吓人。傲得曾亲眼见他徒手将一条狼狗撕成两半的可怕画面，被他的拳头捶一下不死也要断了几根骨头不可。他个子高得夸张，傲得本来已经十分高大了，但在他的面前和小孩子也没什么区别。大伙一直说他大概有 2 米 1，但是他自己说自己至少2米3,只是因为太壮不显个而已。这个人的火爆脾气一点就着,所以傲得尽量让他殿后免得看什么不顺眼当下冲了出去坏了大事。

最后一个身材十分娇小,和前面的黎光不成比例。她的腰身极细,脚步轻盈,背上挂着两柄她自己研发的新式武器。这个女孩子是荷瑞,她是武器发明家陈博士的独生爱女,身上有的是新奇的武器,都是她爸爸给她研发的。这孩子从小娇生惯养,说话总是不着调。可她的战斗力一直被大家吹得神乎其神,傲得倒从未见过。这次这姑娘是自告奋勇,一定要用自己的新式武器杀了生化人。本来傲得不想把这关乎身家性命的重要任务交给一个不知底细的小丫头,但是当他亲眼看见了她背后那两个家伙的威力时,二话不说将她纳了进来。

这四个人有个共同点,都最喜欢吃牛肉馅饼。每次见到个馅饼就好像八辈子没吃饭似的那么馋,有次见到他们为了抢着吃一块馅饼都能吵起来,傲得真是哭笑不得。

"可以了,这里的监控五分钟内拍不到我们,而且我已经取消了外射红外线感应,那个生化人也查不到我们的所在。"

秦开的便携电脑就那么堂而皇之地挂在胸前,一边走两只手一边在上面敲来敲去。四个人听到这话放心了,跟随着傲得继续悄悄地往前探寻。

突然隐隐约约传来一阵声嘶力竭的尖叫,那是易小天的声音。

在秦开的电脑上,一个打开的地图上,一个红点醒目地标在那里。

"生化人在负二楼。"

他们钻入一节废弃的通风管,悄悄地跑到负二楼去查看。这个废弃工地里的通风管的管路相当复杂,要不是秦开早就准备好了这片儿工地的实时蓝图,他们非迷失在这片管道里被活埋了不可。几个人找到了地方,通过通风管的栅栏往下一看,就看到老K正在抽打着一个年轻的男生,那男生傲得自是无比熟悉。

"这是谁啊?"黎光压低声音问。

"易小天。"傲得回答。

"傲得在哪?"只听得下方吴三道抽打着易小天。

"我不知道啊!"易小天浑身血迹斑斑,小身子骨不停地抽搐。

呆在一边的老K走过来:"他还有真话没说出来,把鞭子给我。"

那家伙拿起鞭子狠狠地抽打起易小天来,易小天双眼不断翻白,眼看就要晕了过去。

傲得知道小天定是不肯说出自己的事情而遭人毒打,有些于心不忍。

似乎是知道了傲得的心思,岚冷冷地说:"最好别轻举妄动,别为了一个不值得的人而破坏了计划。到时候我们几个的小命都折在这里。"

也是,毕竟他们的敌人太过可怕,连他们自己的命现在搞不好还在别人的手里攥着呢。

傲得没再说话，却也看不下小天被人暴打的场面。再这么打下去，怕等会就要给他收尸了。他回头看着秦开，秦开正在认真地敲着电脑："这生化人腺体的分泌异常，指数不断飙高，他现在有点亢奋……有点激动，现在最好别去惹它。"

几个人探着头向里张望，忽见那穿着黑斗篷的生化人突然开始摘下帽子和口罩。他们躲在一角，只幸运地看到了一个侧身，而易小天却十分倒霉地看到了一个大正脸。

但见那家伙半边脸由金属制成，另一半边脸好像仍旧是正常的皮肤，好好的一张脸被不均匀地一分为二。金属制成的那半张脸上有一个凹洞，里面挂着一个看起来似乎是接触不良的金属眼睛。脸上还有半个金属鼻子，一个完整的金属嘴巴。但不知道为什么他的嘴巴没有设置嘴唇，难道因为嘴唇的技术太难搞定了？

他的金属牙齿和金属牙床赫然醒目地列在外面，看起来十分恶心、恐怖。他的脖子也是金属材质，小天都不敢去想他下面的身体是什么样子的。只感觉一瞬间身体一冷，连身上的疼痛似乎都消失了。

他猛然间想起昨天见到的那个半机械半狗的东西来，冷汗簌簌而下。

"生……生化……人！？"难怪他要把自己藏起来，长成这样出去岂不把人吓也吓死了！

老K脸部抽动了一下，似乎是做了一个微笑的表情，可小天只觉得恐怖至极。关于生化人的坊间传说他不是没听过，什么这些家伙可以嘴里喷火啊，胳膊可以放炮弹啊，还能变形！看看眼前这家伙估计这些传闻绝非不假，全世界人口千千万万，谁不好得罪，怎么就把这么个绝不能惹的家伙给惹到了！小天觉得自己今天真的是活命无望了。他临死之前只是心疼自己的存款，辛辛苦苦存了那么久，结果就这么带进了棺材。他在心里暗暗发誓，要是老子今日还能活命，出去之后绝对再不存钱，有多少花多少，好歹潇洒一回也值了！

老K不知道小天的脑子里已经转了无数个主意，只是见他眼睛闪烁不定，叽里咕噜地乱转。当下用金属手臂托起小天的下巴，逼着他与自己对视。

"你怕我？觉得我是个怪物？"

"没！我可没这么觉得！我觉得你……好酷呀！哈哈哈！太帅了！迷死人不偿命！我小天最佩服又有能力又帅的人！"小天的头被人抬着，十分难受，大脑一片空白。平时的那点小聪明全都派不上用场。

哪知道老K的那只金属眼突然闪出红光来，老K又咧开他恐怖至极的大嘴："你撒谎，你又撒谎，擅于撒谎的人永远注定是个背叛者！"突然伸出大手，"咣"的一声响，随手在小天的脑袋上拍一下。小天的脑袋就像鸡蛋破了壳一样，鲜血如注。眼睛里的光芒眼看着就要消散。

"傲得在哪儿？"

"不……不知道……他……"小天机械地回答着。

此刻,躲在上方的傲得早已如坐针毡:"秦开,现在可以入侵老K的大脑吗?"

"不行。"秦开头也没抬,用手推了推眼镜,"必须要等到他开始使用微波攻击性武器的时候才可以,现在时候未到。"

傲得看着眼前的惨状,知道再有一下,那易小天必死无疑。可他周围的人只冷冷地看着,因为他们的任务列表里只有猎杀生化人一项,却并没有任务要解救人质。傲得心里明白同伴们的冷血和无情,即使自己出言请求,他们也不会出手帮忙的。但生化人太难对付,他也不敢轻举妄动。他低着头,心里虽然十万分抱歉,却也不打算出手去救小天了。只能闭上眼睛默默念叨:对不起了,兄弟,明年的今天,我一定会给你多烧几本美女画册的。

只见荷瑞突然睁大双眼,轻声道:"那怪物是要使用生化武器了吗?"

傲得睁开眼睛,就看见老K抓着小天鲜血淋淋的头,拎起来左瞧右瞧。小天双眼翻白,浑身没有一点力气,任凭他左右拉扯。嘴里却还说:"你打死我算了,我是不会说的。"

"哼,打死你?我才不想背个命案在身上呢,只要让你说不出今天所看到的一切就行。"

老K的大脑里安装了最新型的微波武器,可以扰乱他人的精神意识和中枢神经系统,让人变成弱智。同时也可以扫描侦测人的脑波,判断对方是否在撒谎。这个武器可是违反《日内瓦公约》的,但国际上有好些雇佣兵集团却偷偷在用。这个老K真够有手段,这东西竟也被他从海外搞到了。

只见他的脸突然起起伏伏,凹凸不平地动起来。突然间整个脸裂了开来,变成了可怕的巨大触手,到处扭动。他的脖子以上全部消失,就只剩下这四个带着牙齿的巨大触手,那触手正中的几个小触手中还立着一圈圈尖利的牙齿,触手中间正是他的大脑。从大脑正中不断地溢出恶心的淡绿色液体,沿着他的衣服腻腻地流下来,那四个巨大的触手的头上,分别带有一根小小的圆孔装吸管。老K正是利用这东西来扰乱他人的神经中枢系统的,从四个触手中延伸出的四个导管状东西像是蚂蟥找到了吸附体一样,"啪"地吸在了小天的脑袋上。

"就是现在!"秦开大叫一声,早已准备好的程序立刻启动。就在同时秦开连接上了老k的大脑控制元,瞬间锁定了他的动作,老K保持着这个恐怖的姿势静止了。

静静地愣了三秒钟,几个人这才长长地舒了口气。

傲得有点不敢相信:"这是……这是控制住了他的意识吗?"

秦开不答话,额头上冷汗涔涔而下,手微微颤抖,手上飞快地不停操作着,电脑被他拍得噼啪作响。

"外面还有六个人,黎光,咱们两个人先过去把他们料理了,你们先去围剿这个生化人!"岚低声吩咐,几个人看到老K打开脑袋的一瞬间全部吓傻了,他们虽然以前看到的资料里有生化人变形后的恶心样子，可是如今亲眼所见，那恶心的感觉可远远超过一段视频来的恐慌。

他们从天花板上的通风管内钻了下来，准备开始行动。

荷瑞舔了舔嘴唇，当下掏出腰上的两把特制手枪，小心翼翼地朝着生化人走过去。那人质早已昏迷，不过这样更好，省得到时候他大呼小叫。

几人兵分两路，荷瑞和傲得悄悄地朝着老 K 走去，岚和黎光则去对付门外的保镖。

荷瑞虽然吵着要来杀生化人，但真正看到生化人的样子完全超出了自己的承受范围时，内心的恐惧犹如洪水般冲了下来，早就把她那本来就不太坚强的内心壁垒冲得稀巴烂。她双腿打着颤，走路摇摇晃晃，枪举起来又掉下去，汗水掉进眼睛里连路都看不清。她只能条件反射地跟着傲得的走，这生化人的背影极其高大，越靠近他，那恐怖的感觉就越发明显，直逼得人想要赶快逃开。

荷瑞吞了口口水，十几米的距离她却感觉仿佛走了半个世纪，她的枪不禁又掉下来，她双手握枪，把枪往上抬了抬，哪知眼睛往上一看，登时人僵住了。

此刻那生化人的一只触角上，一只眼睛正紧紧盯着荷瑞，刚刚那个触手还是背过去的，怎么……怎么现在又转过来了……是我……记错了吗……

荷瑞被那非人类的眼睛看得浑身发抖，力气流水一样地消失了，那触手又艰难地往她的方向转了一点，这次她看清了，那家伙是真的动了。

荷瑞一声尖叫，后面的秦开跟着一声尖叫；"快回来！他自动解除了我的控制！"

傲得听见声音立刻往旁边跃去，就地打个滚躲到一边，哪知还没站定，那巨大的触手就已经袭来，扫过空气，留下腥臭的味道。

"啊啊啊啊！砰砰砰 !!"荷瑞一边尖叫着一边射击。从她的造型怪异的枪口里射出来的蓝色子弹全部被那灵敏的触手躲避了开去。

那蓝色的子弹带有巨大的导电功能，每一枚子弹中蕴含 10 万伏特的电流，可以瞬间造成电子设备短路 ,暂停一切电子设备，被击中的人轻则部分瘫痪，重则直接晕倒，甚至死亡。

荷瑞本来对自己的武器胸有成竹，只是万万没想到这怪物行动如此迅速，她的子弹根本追不上那怪物的行动。

老 K 的两只触手与傲得纠缠，另外两只触手一只掐住了荷瑞，将她提了起来，另一只则捡起了荷瑞的电流枪，那枪口对准了荷瑞，正试图扣动扳机。

傲得见状，掏出手枪对着那触手一顿猛射，那触手吃痛将荷瑞与枪一起撤了下来，他的触手纠结在一起，显然十分疼痛，那四根导管状的东西在半空里痛苦地扭曲着。他狂吼着，从喉管里发出类似野兽的嘶吼。

傲得见他暂时动不了，立刻去砍断了绑着小天的绳子，小天软趴趴地倒下来，

他刚把小天接住,突然感觉有什么东西裹住了脚踝,正大力地拖拽着他,将他一路拖出去老远。傲得将近两百斤的大块头被这触手在半空里甩成了个圆,那触手猛力一甩,傲得撞断了一道本就残破不堪的墙壁,直接将墙壁撞得稀巴烂,躺在地上半天也缓不过气来。

老K朝着傲得的方向追了过来,却又突然转向了另一边,原来他其中一个触手上的眼睛发现有一个戴眼镜的小年轻正在浑身颤抖地按着一个电脑。

"就是你刚才控制了我。"老K的四根导管在半空里宛如游蛇般伸了过来,眼看着就要吸在秦开的头上,秦开不管不顾地操作着电脑,哪怕在最后一刻可以破译他的自动防卫系统也好啊!

荷瑞躺在地上,看到老K发现了秦开,她知道秦开可不怎么能打,当下从腰上的武器包裹中拿出一个球状炸弹朝着老K丢了出去。在老K的导管离秦开不到半公分时,那炸弹猛然爆炸,发出的强烈电流在老K的身上到处流窜,老K发出痛苦地嚎叫,那四根触角发了疯似的到处乱甩。

门外的众保镖听到了门里的声音却无法抽身帮忙,因为岚悄没生息的溜过来,当场射杀了两个黑衣保镖,却也暴露了己方的行动,一伙人正在外面拼得你死我活,邵总经理早已吓得躲在垃圾堆里瑟瑟发抖,吴三道人虽瘦小,却战斗力爆表,奈何他的对手却是先华组里最厉害的狙击手和格斗高手,你来我往,两个人打得难解难分,根本无暇去救老板。

傲得艰难地从地上爬起来,却感觉浑身散了架般的疼,荷瑞的电流炸弹虽然能让老K感觉到剧烈疼痛,却根本无法伤他分毫,要知道生化人的身体改造后,在皮肤下方拥有着普通子弹无法穿透的保护钢甲,除非能一下子打到他的大脑,令他大脑瞬间爆炸,但那成功的可能性微乎其微。

他现在把全部的希望都寄托在秦开的身上,但见秦开双手发抖,衣服后面汗湿了一大片,他双眼通红,仍旧拼命地敲着键盘,他们在和老K的身体战斗,而秦开却在和老K的大脑进行战斗。原来老K大脑里的微波武器除了可以用触手直接联结人的大脑使人精神崩溃,也可以用微波辐射的方式入侵人脑的,只是威力不如直接用触手联结的威力大,现在老K一边应付着其他人的物理攻击,却也还有余力侵入秦开的大脑,还好这种入侵方式威力不大,否则秦开早疯了。但即使这样他的精神也已经不堪重负了,他产生了幻觉,感到自己正赤身裸体地缩在一个空荡荡的房间,而老K则像个巨人一样慢慢走了过来,他无力躲避,无力逃脱,那巨人毫不客气地将他抓了起来,正慢慢地抬起来,准备送到嘴巴里,狠狠地咬爆。

"你们惹怒到我了,惹怒我的下场只有一个,那就是死。"老K怒吼着,手臂上的金属钢甲突然变形,在手臂上方各形成了一个小型的突击抢,头上的四根触角和导管狂舞着,突击枪疯狂地射击,傲得掏出自己的手枪,拉着秦开躲到一处残墙后,一边躲避一边还击。

荷瑞躲的位置与傲得正相反,她时不时地丢一些奇奇怪怪的东西出来,电流引爆器、燃烧引料、眩晕球,偶尔放出几个电子信号干扰器,虽然都构不成杀伤力却让老 K 烦不胜烦。老 K 同时对付两个方向的敌人难免有点左右兼顾不暇,他一旦朝着荷瑞奔过去,那傲得便拼命地在背后偷袭,若去收拾傲得,这小姑娘的玩意儿又扰得他心烦。

老 K 终于忍无可忍,大吼一声,那声音里蕴藏着一波超强力的能量波扩散开来,直震得每个人耳朵嗡嗡作响,胸口一阵阵恶心、烦闷,头晕目眩,手上的武器再也拿不起来,纷纷掉落,捂着头痛苦不已。

秦开惨叫一声,突然喷出一口血来,直接倒在了电脑上。

老 K 头上的触角快速合并,瞬间变化组合成了一个巨大的金属炮筒,架子脖子上,整个造型十分的诡异恐怖。

"一起下地狱吧!"他瞄准了傲得和秦开,再也不想跟这些蝼蚁纠缠,这些家伙已经破坏了他的好心情,就一定要付出血的代价。

趴在电脑上僵直的秦开拼命地移动着唯一能动的手指,慢慢地靠近回车键,随着老 K 那句"下地狱吧"一起,用尽全力地按了下去。

猛然间,像是被按了暂停键一样,老 K 再次静止不动。

他成功了! 秦开的眼泪润湿了眼镜片,他在这场意志力的交锋中惊险胜出。

他感觉到自己已经被那可怕的巨人丢进了嘴巴里,在即将咬合的一瞬间,他却在脑海里想象出了一把长剑,用尽全身的力气挥动起手里的长剑,将那巨人的大嘴一剑刺穿,大嘴巴就那么被他的剑固定住不能动了。

秦开闭上了眼睛。

荷瑞躺在地上,浑身动弹不得,等了半天却听不见任何声音,她拼着命抬头一看,老 K 已经静止不动了。

"秦开……是你把他固定了吗?"荷瑞的声音止不住地颤抖。

秦开没有回话。

"他好像是晕了……呃……"傲得痛呼一声,他被一块巨大的断墙压住了腿,根本无法动弹,若在平时,他早就一脚将这石块踢飞,可他如今被老 K 的能量波搅得失去了力气,连动一下的力气都没有了。

门外一片寂静,也不知岚他们怎么样了 。

"傲得! 要趁着这家伙被定住的时候快点把他干掉,万一……万一他等下能动了,咱们就要去见阎王爷啦!"

"我知道。可是我现在被压住了,动不了。"傲得有气无力地说。

"不会吧! 那怎么办,我也动不了了,我一点力气都没有,感觉身体被掏空!"

两个人惊恐万分,此刻那家伙就那么可怕地立在那儿,若被他先动起来,岂不功亏一篑。

"岚！黎光！黎光！hello？你们还在地球上不？"荷瑞不断地小声唤着,但是没有人回应她,她的眼泪忍不住簌簌地流了下来,因为她躺的位置比较倒霉,正好眼睛看着那个可怕的怪物,吓也被吓死了。

就听"呃"的一声,似乎谁发出了什么声音。

荷瑞的一张小白脸瞬间惊恐地扭曲起来,她几乎要哭出声来了:"是……是那怪物能动了吗?傲得!傲得!快点想想办法!我还有三十多集的《爱你个没完》没看呢,我可不想死在这儿啊!"可眼睛看着老K却不见他有什么动静。

傲得听了一会,觉得那声音不对,使劲侧过头去一看,就看见窝在地上的易小天抽搐了几下,动了动。

"不是!是易小天!小天!小天!"傲得惊喜地呼唤。

"是你那个朋友吗?还活着呢?那以后我就管他叫小强了。"

"小天!易小天快醒醒!易小天!快起床了!"傲得急切地呼唤。

易小天迷迷糊糊中,就听见有人似乎在一迭声地叫着他的名字,可是他眼睛一片昏黑,什么也看不见,只听得那声音渐渐地变大,越来越清晰。

"易小天!易小天!你快点给我醒过来!"

咦?似乎是傲得的声音哦,不过那家伙怎么会在这儿呢?这儿又是哪儿呢?易小天只觉得一切都是浑浑噩噩的,身体轻飘飘的,似乎身在云端。

"小天,你再不醒,咱们可就得都死在这儿了!你把眼睛给我睁开!"傲得不停地喊着。

傲得?小天觉得自己的喉咙干涩,他想说,我睁不开啊,我没力气。可是他的话语却变成了短促的呼吸声。

"睁开眼!易小天!快睁开 !"

可是小天的眼睛睁不开,他费力地伸出手指,拼命地将自己的眼皮扯开,一点光漏了进来。

易小天手肘支撑着地晃晃悠悠地站起来,试了几次又都倒了下去,最后那一下不知道哪里来的力气,一挺身,居然晃晃悠悠地站了起来。

他茫然地环顾四周,他的血液在衣服上凝成黑红色的血块,头上破损的地方仍旧滴着血,可是已经感觉不到疼痛,好像那身体也不是自己的。

"傲得?"

"我现在没空跟你解释,你快点拿起地上的枪,把这个怪物杀了,快快!快!再晚他就可以动了!"

小天疑惑地往地下瞅瞅,地下杂七杂八的可丢着不少枪呢。他迷迷糊糊的,脑子还不清楚,根本不知道要干什么。

"用我腰上的这把开花枪,用这枪直接射进他的心脏,子弹会瞬间张开,将他的心脏捏碎!快!小强!"荷瑞急切地说。

"谁是小强啊?"小天往传来声音的地方望去,就看见地上正躺着一个美女,这美女躺成大字型,身材十分性感。易小天马上感觉到自己的心脏快跳了一拍,身上的疼痛突然后知后觉地全部回归,痛得他登时清醒了三分。

"快过来啊!"荷瑞见他又不动弹,不由得催促。她哪知道,小天正在那里可惜不已,这美女要是这样躺在他的床上,那是得有多爽啊,小天刚恢复了点精神就忍不住不正经起来,真是江山易改,本性难移。

他趴下来从那美女的细腰旁摸出了那把手枪,手还假装没找对位置,趁机在她的腰上偷偷多摸了几把。荷瑞现在性命攸关,也懒得跟他计较了。

小天只觉得此刻的自己浑身上下像是裂开了一样地痛,他一步三晃地往老K的身前挪,走近一看老K那副德性又不由得心下害怕,枪差点掉了。

"傲得……我……我……心脏在哪儿,是这儿吗?"小天拿着枪在老K的左胸口胡乱比划。

此时,老K的眼睛正狠狠瞪着他,只可惜他被秦开关闭了中枢神经元,动也不能动。但他可正在自己的大脑里快速修改秦开设置的参数呢,只要再有20秒,他就可以重新启动了。

"不是那儿! 再左边一点!"荷瑞正对着老K,忍不住出声指到。

小天又往左挪了挪:"是这儿吗?"

"不是,偏了! 下面一点! 哎呀,猪脑子啊,你连人心长哪儿都不知道吗? 我以后不叫你小强了,就叫你脑残帝!"

小天浑身都疼,早已经没有了力气,一边莫名其妙想着这多出来的外号,一边心想这杀个人咋这么麻烦,把手枪往下微微挪了下,却又突然瞅到老K的眼睛动了,吓得他手一滑,"嘭彭"两声巨响,只把那老K的身上喷出了两个血盆般的大口子,那飞溅的血肉糊了小天一身。

小天惨叫一声,那手枪的后坐力十分巨大,小天早就被耗干了力气,当下被后坐力推得倒在一边,再也不动了。

那老K刚刚可以动了,哪知心脏却被轰了个粉碎,他的脸痛苦地剧烈扭曲,不断地变幻,变成各种可怖的模样,速度越来越快,突然间一声爆炸,老K整个人变成了一堆肉渣渣。

听到了这一声爆炸声,傲得和荷瑞登时长长地舒了口气。

过了好一会儿,傲得稍微恢复了一点力气,按了下手机上的信号键,手机发出了信号,一会就会有同伴来接应他们了。

傲得只觉得浑身剧痛,闭着眼睛慢慢地睡了。真是天不亡我啊,他想。

过了许久,屋子里一片寂静。被老K的能量波震晕的吴三道率先醒了过来,他离得远,又隔着墙,威力到他这里减少了不少,所以第一个醒过来。

他拍拍身上的土,扶着腰站起来一看,不光是对手,连自己人也躺了一地,刚才还打得不可开交呢，现在连一点声音都没有。他悄悄溜到门边，趴在门上偷听，里面同样一点声息也没有。

吴三道悄悄推开一条门缝，眼睛往里转了一圈，就看见地上躺了几个人，易小天躺的位置发生了变化，他也没多理会。

"天助我也！"吴三道小眼睛狡黠地眯起来，踮着脚尖悄悄溜进来一看，好家伙！那老K早成了一滩肉泥。

他从没想到这么几个人居然可以杀得了生化人，一边啧啧称奇，一边低下头看着老K，确定他已经彻底报废，无法再复原了之后，这才得意地站起来。

他叉着腰仰天狂笑："哇哈哈哈哈！没想到你也有今天！这下子以后就轮到我管事啦！哈哈哈哈！"

哪知嘚瑟不过三秒，突然"啪啪啪"几发子弹准确无误地射到他的身上，吴三道不可思议地看着身上突然被射出来的窟窿，里面鲜血汩汩而流。他僵硬地回头，就看到几张面无表情的脸，每个人的手里都端着枪正对着他，他们一身黑色的劲装，带着黑色的墨镜，看起来酷极了。

还有人……我怎么……没……注意到……

刚想到这，吴三道人就直挺挺地躺了下去，摔在了肉堆的旁边。

第十五章

爸妈准备了一些唠叨

隐形区域安全局的卫星扫描到城市里一个废弃的工地有一次小规模的生化爆炸,这种情况一般都是非法改造的生化人在系统超载后引起的,接到安全局的通知后,陈警官立即带人赶到了现场,等他们到了以后,傲得他们已经被组织内的成员接走了。皮卡丘一马当先地跑了进去,在七扭八拐的房子里引着他们寻找目标人物。

皮卡丘闻到浓烈的血腥味,它用力地吠叫着,快跑了过去。"是血的味道,有尸体!"只可惜在旁人听来,它只是一只喜欢汪汪叫的小狗而已。

陈警官紧跟在它的后面,只见皮卡丘在一堆肉渣旁边停下来,对着陈警官摇着尾巴,汪汪叫起来。

陈警官与它配合得十分默契,立即知道了眼前这堆可怕的烂肉就是他们要抓捕的生化人。

陈警官的眉头蹙起来:"到底还是来晚了。"

她戴上白手套,又看了看旁边的尸体,转头对身边的警员小张说:"立即保护现场,通知法医过来检查。"

皮卡丘晃头晃脑地溜达着,这里的味道十分复杂,有至少十人的气味混合在一起,皮卡丘动动鼻子,在这味道之中发现了一个它十分熟悉的味道。

"是那个傲得的!"皮卡丘跑到陈警官身边,它的身上有一个无线装置连接到陈警官手机中的电子翻译器,如果有需要的话,可以将它的想法翻译成人类语言,进行交流。

陈警官打开手机,看到从皮卡丘的意识中传来的消息。皮卡丘上次生化大脑被傲得的手机入侵后出了个大洋相,在他们生化改造动物的社交网络里可是被大大嘲笑了一番,那个和它一直不对付的金刚可是找着机会了,一没事就翻出这件事来让它难堪。皮卡丘恨傲得恨得要死,现在看又是傲得,不免把他臭骂了一通。陈警官看着皮卡丘传来的那些话,粗口不断,满篇咒骂,好不容易才理解了原来是傲得曾经出现过。应该是傲得的先华组与生化人之间发生火拼了，最终生化人被歼灭。

陈警官好好安抚了一番皮卡丘的情绪，等小狗情绪稳定后能正常工作了，才戴上 AR 眼镜，皮卡丘立即用身上的现场还原装备对事发现场进行了全方位扫描。热成像扫描过后，皮卡丘的生化大脑又通过卫星连接上了隐形区域安全局的总服务器，现场残留的热力源数据、血液和基因数据等都被总服务器进行了细胞级别的还原计算，转变成了影像资料，它又开始快速破解老 K、易小天等人身上携带的手机在现场留下过的数据流，并进行自动解码，利用他们手机内的录音、录像功能进行现场还原，过程很复杂，但是在陈警官看来不过只过了两三秒的时间，现场还原资料就已经变成了全方位立体影像传送到了她的 AR 眼镜里。

不过这项高科技可不是什么人都能使用的，只有警方在提交申请后经过严格的考核才准许使用这项权利，要知道如果谁都可以随便翻阅别人的影像记录那社会岂不乱了套了。所以法律严格规定所有数码用品的"后门功能"只有隐形区域执法机关能够调阅。而且为了保护个人隐私，这些资料也最多可以保持三天，所以警方必须在三天内利用这些资料破案，时间一过就无力回天了。

当初陈警官申请的时候上级足足考虑了一个多小时，急得她在外面团团转，就怕这工夫犯人早就溜了。但是没办法啊，就这上级还是专门开了个临时会议并上报给了隐形区域安全局得到了许可后才批复的。在这个过程中，她的局长也是和隐形区域安全局的人吵得不可开交，还拍了桌子立下了军令状才总算是把申请通过了。但等这套程序走下来，三天时间已经过去了一天了，给陈警官破案带来了更大的压力，还好皮卡丘给力，快速锁定了犯罪嫌疑人，可惜还是来晚了一步。

陈警官看着从 AR 眼镜里传送而来的影像，微微皱起了眉头，她看到老 K 的这副尊荣隔夜饭差点吐了出来，将扫描框锁定在老 K 的脸上，旁边立即弹出一个小框来，他登陆在政府的数据全部弹了出来，包括未改造前的真实模样，原来他未改造成生化人前居然还蛮帅的！真是可惜了！陈警官随着老 K 的移动，不断地查阅着他的数据，包括年龄、住址、职业、喜好、个人信用等级等，非常全面。

哟呵！陈警官微微皱眉，这家伙居然是个韩剧迷!? 最喜欢看的桥段居然是"车祸、癌症、治不好"？这种烂梗连她都看腻了，这大家伙居然还哭得声嘶力竭？陈警官看着电影院监控弹出来小屏幕汗颜不已。这世道真是什么人都有啊！另一条记录更是让她吃惊不小，想这老 K 财大气粗，居然喜欢收藏女士的内衣，记录显示他进到一家商店里，几分钟后店里的所有内衣全部被买走，两个店员抱头痛哭，这下子卖光了所有内衣，光提成就赚飞了，怎么能不抱头痛哭呢！

通过老 K 的手机，陈警官还发现他异装癖和女性化的另外一面，他收养了很多流浪猫，这个生化人到底没有丧失全部人性。陈警官一面感叹人性的复杂，一面通知老 K 所在小区的居委会赶紧去把老 K 家收养的猫咪都先送到动物保护中心去。

看到易小天出场时，陈警官微微诧异，当初在百乐门摆了她一道的小子居然在这里！她赶紧在虚拟界面中按下了暂停键，将扫描框锁定在他的脸上，这小子的各项数据全部涌现出来，连易小天初中被人赶出学校的事件也十分清晰地列在里面。易小天的经历比起老 K 来讲简单多了，但是这小子年纪轻轻陋习一堆，简直就是个市井小混混的样子。

她收回注意力，重新开始播放，把观看重点放在傲得他们是怎么把生化人干掉的。说真的，就这么几个业余人士杀死一个生化人，这在她看来是无论如何也实现不了的。

等看到另一伙人进入时，她知道一定是先华组的成员，哪知这些家伙的手机已经被黑客做了屏蔽处理，居然无法读出他们的数据，连他们的脸也做了特殊处理。这帮人在 AR 界面里只能模模糊糊看出个人形来，就连他们的说话声音都做了变音处理，看来先华组的人十分警惕，真是狡猾。

陈警官不停地倒带，暂停，重播，将整个过程看了个仔仔细细，等到看完了全部的影像，她心里竟然有点佩服起他们来。说真的，以警方的反恐装备，逮捕一个生化人估计连一分种都用不了，但这帮黑客居然用自己的小米加步枪的装备就把一个生化人杀了！真是可惜他们没去当警察。

不管怎么样，她都得把这一情况汇报给局里，让局里来做决定。陈警官在现场采集好了证据，将两具尸体运走送回了警局。

陈警官回到警局，立刻马不停蹄地写了一份报告呈交给局长，申请逮捕傲得的逮捕令，虽然傲得消灭了生化人，缓解了民众心中的恐惧，可是在法律上，生化人在被逮捕前仍然享有公民权，即使生化人最终被人抓到送到法院审理后的处罚一般也只是改装回普通人类，根据情节酌情定量服刑 10 到 50 年，尚且罪不至死。傲得却直接杀死了生化人，因此被定义为故意杀人，警方必须将傲得等人逮捕归案。

按照正常的程序，引起社会恐慌的案子都要召开新闻发布会来进行解释说明，陈警官代表警察局接受了媒体的采访。

"你们警察还讲不讲理了，这么个大英雄你们还要提他？"

"就是啊，我老公以前整天就知道往百乐门跑，现在终于是乖乖待在家里了，那以前你们警察干什么去了，咋不去把百乐门封了？"

"您好，这位太太，非常抱歉，我们以前确实是抓不到百乐门进行色情交易的证据，所以一直没有行动，今后我们会不断改进我们的工作。但也请您注意，警方现在办理任何案件都是以证据为基础，实际上是在保护你们的公民权利啊。"

这位太太吃了瘪，画着夸张眼线的大眼睛使劲儿瞪了眼陈警官，破锣嗓子叫起来："哎呦！说这不负责任的话！你老公要是天天往百乐门里钻，大把大把的钞票往里搬，你一准儿第二天就破案，还不是自己没老公不上心！"

"就是啊！反正没老公不着急！"

"说得对！她自己就是不上心！"

陈警官将手悄悄移到了桌子底下，手里的钢笔被她狠狠捏成了两半，她平时十分注意修养，但这时候也忍不住在肚子里骂起来："你这婆子脸上的粉刮得比墙还厚，打扮得还不如我奶奶漂亮，我要是个男人我都不想看你！"但脸上却还挂着礼仪性的微笑："我们警局一定是尽心竭力为大家工作，百乐门案子涉及范围太大，我们一定……"

话还没说完，一个男人抢话："好了好了！百乐门现在关了，咱们这些夜晚空虚寂寞无家可归的男人就来警局好了，我看你们警察里倒是有些漂亮的小女警，不知道有没有单身的！"

"啊哈哈哈哈！"

"哈哈哈哈！就是啊！陈警官！你有对象没啊！"

一群男人吹起口哨，调侃起来。

陈警官黑着脸，又把手移到桌子底下，用力掰断了一只圆珠笔，要不是局长千叮咛万嘱咐不能与市民发生冲突，她真想把这些笨蛋都打成猪头然后丢出去，要知道她可是警局内搏击比赛的连续三届冠军啊。

她吸了一口气："这位先生，百乐门属于非法涉黄机构，如果您曾经进入百乐门，并且获得过某种服务，一旦与监控数据匹配成功，您将会获得 10 个月到 5 年不等的刑期处罚，我们狱警里的确有一些精明能干的姐妹，很期待你们的见面。"

下面调侃的男人不敢吱声了。陈警官也只是吓唬吓唬他，让他闭嘴而已，百乐门内的重要数据早就被转移，哪里还有东西留下给他们查。刚应对完了这些怨男怨女，记者的闪光灯又"噼里啪啦"地闪起来，差点闪瞎了她的眼睛。

"请问陈警官，先华组其实在民众中的口碑并不差，他们并没有做什么危害民众的事情，为什么警方一定要歼灭他们，把他们定义为非法组织呢？"

"还有的人说先华组的实力已经超过了警方，是以这些年来始终找不到他们的踪迹，请问您怎么看，警方真的已经无法镇压先华组了吗。"

"现在随着人们对先华组的了解越来越多，反而觉得先华组是为人民尽心竭力的好组织，将他们定义为非法组织，你们是否存有私心呢？"

"陈警官请问……"

"陈警官……"

陈警官挑着眉毛，闭着眼睛听着从四面八方传过来的声音，这些记者的提问源源不绝，根本不给她答话的时间。

"请问你为什么保持沉默？是因为无话可说了吗？"

"警方的态度是怎样的？请您说明一下！"

……

就是因为知道市民和记者难对付，警方才派了一贯温言细语、面相讨人喜欢的陈警官来召开记者会，但是就算再好脾气的陈警官也火冒三丈，在桌子上用力一拍，周围的声音立刻戛然而止。

陈警官义正言辞的说："无论如何，先华组都是一个黑社会性质的组织，他们不仅非法持枪，在组织内还随便动用私刑，甚至处死组员，这是绝对不允许存在的。公民的生命都由法律保护，谁也不能随意夺取他人的性命。是否犯错与有罪，自有法律定夺，绝不是儿戏！"

周围的人惊呆了，瞪着眼睛呆呆地看着陈警官侃侃而谈。

"并且他们组织里还有很多黑客，甚至能够屏蔽隐形区域安全局人造卫星的数据，所以警方用卫星都无法扫描到他们组织的基地到底在哪儿，那既然他们能够入侵政府卫星，怎么就能保证他们不会侵犯公民信息安全呢？而实际上，警方已经怀疑他们在盗用公民财产了，这说不定就是他们组织的资金来源呢。就算傲得他们杀了一个生化人，我们认为他们也是为了组织的利益，因为警方发现老K死后，他个人账户上的钱就莫名消失了，并且还无法追踪，那是不是就到了先华组账上去了呢？"

大家面面相觑，吓得不敢再说一句话。

"大家不要被表面现象所蒙蔽，这个组织无视政府的存在，不接受法律的约束，肆意妄为，对我们民众的生命财产安全都有着极大威胁，我们必须还给大家一个干净透明的、安全的生存空间，绝不会让任何人以任何目的来威胁到我们的社会，大家放心，这是我们警方对大家的承诺！"陈警官平时说话的语调又萌又软，但真生气了，说话也是很严厉的，气场极大，把现场所有人都镇住了。

陈警官本来还想继续教育台下的无知民众，但看了看台下那些人看她的眼神，虽然怯生生的，但还是充满了不服，马上也就泄气了，想想还是拉倒吧，教育民众的事还是交给宣传部门去干好了。所以接下来的新闻发布会她巧妙地把话题引到今年公安局用了大量以前研究拟人机器人的公司用剩下的研究用机器人原型改造成了机器警察，节省了大量政府开支，让现场的记者和民众的注意点转移了。但她现场是把人镇住了，可之后新闻媒体写新闻稿时还是不负责任的把傲得他们当英雄来写，所以傲得他们到底还是成了民众心中所谓的"英雄"。并且因为陈警官现场一发火，吓到了好多记者，他们就在新闻稿里报复，把陈警官描写得像个泼妇一样，张牙舞爪，眉毛倒立，凶神恶煞！还故意拍她最难看的角度，用最丑的一张来做封面图片，把本来十分漂亮的陈警官气得半死。后来好几天她在警局内都黑着脸，一会嫌下属的文件格式不对，一会嫌下属的服装不整洁，一会嫌别人的佩枪擦得不干净，那几天警局内谁都不敢惹这位搏击三连冠军,就连那位敢和上级拍桌子的局长见了她也是能绕道走就绕道走,连听到她喊"报告,领导"时心里都要抖三抖。

与此同时,这个代号"傲得"的男人一下子成为了民众心目中的大英雄。人们纷纷叫好。

不管是那些害怕生化人的普通民众还是被百乐门坑害许久的家庭主妇们都纷纷拥戴起"傲得"来,虽然她们根本也不知道"傲得"到底是谁。

可是"傲得"的名气越大,她们办案的压力反而更大了。这样一来陈警官的日子就不好过了,陈警官将"傲得"在民众中日渐高涨的影响力报告被局长,局长的眉头皱起来,将秘密逮捕令拿给陈警官的时候手一直敲着桌子,他只有在心烦的时候才有这样的小动作:"现在"傲得"的影响力已经越来越大,情况越来越糟糕,我们必须尽快将他们一网打尽。陈警官,这是你接下来首要任务,放下手里的一切,想办法逮捕这个男人。"

说着,本想将逮捕令用力往桌子上一拍,但看陈警官也黑着脸,就轻轻放到桌上了。

"是。"陈警官领了命令,将秘密逮捕令装进口袋,觉得心里也沉甸甸的。上级命令她来抓犯人,可犯人偏偏又是民众拥戴的英雄,警察的压力可想而知。

陈警官最近几天被这些事搞得精疲力竭,神情憔悴,脸上紧绷绷的,一点水分也没有。早晨起来一照镜子,智能镜上显示,您好,陈小姐,您今日的美丽度已下降5.46%,请您注意保养,并马上跳出了几条美容护肤品和美容院的广告。这还得了!陈警官每天照镜子时的美丽度可都是平均以2%左右的数值上升的,现在居然下降了!二话不说,陈警官立马请了一天假,准备去美容院去做一个补水修复。

就在这时,她口袋里的手机响了起来,陈警官拿起来一看,是爸爸的电话。她整理好心情,先在脸上挂上一个灿烂的笑容,然后接起来电话:"喂?爸爸!"

"迪迪呀?我刚才看你上电视了!"爸爸的声音听起来热情洋溢。亲切地叫着她的小名。

陈警官无奈地笑一下:"是啊,只是一个新闻发布会而已。"

"迪迪啊!"电话被妈妈抢了过去,"我看你电视上黑眼圈都快掉到地上去了!脸色也不好,是不是工作太累了呀?"

"也不是啦……"

"我就说女孩子当警察太累了你偏不信,非要去做这么辛苦的活儿。跟着爸妈在乡下做点蔬菜批发不挺好的吗?现在都讲究绿色天然无污染,我们家生意可好了呢!"

"妈,当警察是我从小的梦想。"陈警官知道妈妈的唠叨没有一个小时是不能算完,伪装起来的开心开始有点崩盘。

"迪迪啊,你知道我跟你妈妈为什么过得幸福吗?"电话又被爸爸抢了去,两个人轮番轰炸,陈警官估计等美容院下班了,她也走不出去了。

"为什么?"

"因为我们放弃了梦想,选择了安定。"爸爸斩钉截铁地说,"如果不去做新的尝试,就不会犯错。"

"可我喜欢尝试。"

"哎哟,谁年轻时还没个梦想了,你以为你爷爷就真想经营农场啊,你爷爷年轻时那个年代,你是不知道,那时候流行个什么'全民创业',你爷爷当时弄了个什么手机 APP,打算来个 A 轮融资二个亿,然后 B 轮就上市,还说弄个市值三十亿都不成问题,可结果呢? 连老本都蚀光了,后来还不是你六姑奶奶借了他点钱,回家乡弄了个农场才缓过来的。梦想确实美好,但别太离谱啊,你看你家里那三个姐姐和四个哥哥,在家里卖菜,个个都过得幸福快乐,就你一个人在外吃苦受累。真是的,现在种田都是机器人,又不用你动手,累不着你的,赶紧回来找个好人家嫁了,妈妈都帮你看好了,隔壁农场那个小刘就不错,人也老实,他们家农场养的多腿鸡质量也很好呢,销路很棒,嫁过去日子绝对过得好……"她妈又把手机抢走了说。

陈警官赶紧打断她的长篇大论:"好了好了,我知道了,老妈! 我要去美容院了,你再啰嗦下去,我今天的计划又泡汤了!"

陈警官本来就被这件棘手的案子搞得心力交瘁,现在父母又来搅合一下,只觉得脸色更难看了,心情也更低落。她原本只想做一个简单的补水修复,但现在看来要再加一个豪华套餐才能修复心情了。

陈警官用手机设定好地址,她那自动驾驶的电动小车一路去了那家常去的美容院,她也算是常客了,只要一遇到这种几天连轴转的工作,一般结束后她都会来这里做做美容,舒缓一下皮肤,偶尔奢侈的时候还会做一个牛奶花瓣浴。

门口的一台迎宾机器人得体地弯腰行礼:"欢迎光临。"伸出手来,将陈警官的外衣和包包拿走了,放到保险柜里锁了起来,另一个机器人已经为她准备好了自己喜欢喝的菊花茶。

机器人就是这点好,不用跟它犯啰嗦,这一点来看,人类就差得远了,以前陈警官来的时候这里还没换成机器人工作员,那时那几位小姑娘推销起美容院的产品来,蛤蟆吵坑似的,都快把陈警官烦死了。现在的机器人迎宾,只要你来一次,就记住你的各项数据了,并且每次来都会自动扫描你的身体指标,该用什么美容套餐根本就不用多废话。

陈警官舒服地坐在自己常坐的沙发椅上翻着美容项目单等候,经理正在为她旁边的客人选择项目,这地方现在也就是经理还是真人了。那客人翻了翻项目单,"这个负离子液氧真的可以青春永驻吗? 不会是虚假广告吧?"

"当然不会了,我知道您以前都在国外进行美容,但我们这个负离子液氧技术是目前全世界的最新美容方法,它和一般的美容手法不同,主要是利用最尖端的美容仪器为您的肌肤量身制定美容方案,根据您皮肤所需进行全面修复,使用一次,可以保证您再拥有十年的青春。当然了,这个价位也是比较惊人的,因为现在全世界也只有隐形区域有这台仪器。"

陈警官一听就知道旁边坐着的是个富婆,这时候又一个经理走过来询问她的需求,陈警官指了个最普通的一般修复,就赶紧将项目单递了出去。正好旁边的富婆也将项目单递了出去,陈警官正好看见了她的脸。

那还真是一个美人儿啊！而察觉到旁边的人在打量她,女人回过头来冲着陈警官粲然一笑:"你好。"

声音十分地温柔娇媚,虽然还比不上陈警官平时不发火时的语调,但也差不多啦。

那人一转过脸来,陈警官立即傻了眼。因为这人她认识,这人十分有名,赫然竟是 AI 研究院的最高负责人——沈慈,掌握了整个天君最高机密的著名科学家,陈警官在机密档案里看过她的照片,没想到居然在这里打了个照面。陈警官在机密档案里看过,其实她已经有八十五岁了,但她一直在使用着全世界最先进的美容科技,其中有部分都使用了生化技术,已经算是游走在法律边缘了。看来这些科技真的是顶用啊,她面容竟然保持得如此靓丽。

"你……你好漂亮啊……"陈警官忍不住赞叹。

沈慈教授从头到尾地打量了她一遍,陈警官来美容院怎么可能穿个制服,所以她哪知道眼前这位可是高级警官,连她的老底都知道。她只是看到陈警官穿得虽然时尚靓丽,衣服的价格却只是中等水平,不过二十多岁的年纪,就以为是个普通小女生而已,于是她下巴微微高傲地扬起:"小姑娘,你这么年轻皮肤就缺水严重,黑眼圈严重,在一般的基础修复之外还要再加一个电子理疗才行呢,不然老得很快的。"

陈警官拿起一旁的项目单看了一下,电子理疗一个就要 60 万,吓得她赶紧放下了项目单,尴尬地笑笑。果然不能和这些富婆们打交道啊！陈警官暗想。

陈警官选择的是全身补水修复,机器人将她带到了三号美容舱,美容舱舱门开启,陈警官穿了美容院特制的衣服躺到了美容舱里,这美容舱十分高级,空间极大,想怎么躺着都可以,陈警官翻了个身,感觉舱内的热理疗开始发热了。

热理疗打开全身毛孔,至少要三十分钟的时间,闲来无事,陈警官想起刚才看见的沈教授来,一边微微嫉妒她的美貌一边揶揄地想,我要是有那么多钱,早比她不知道漂亮多少倍了,拿钱烧出来的美貌而已,哼！哪比得上她年轻貌美纯天然啊！

可是转念又一想,不对啊！她一个隐形区域单位的科研机构的教授,哪来那

么多钱进行这么昂贵的驻颜美容修复啊！于是马上坐起来，用美容舱里的电脑进入警局的内部网络（只有他们高级警官才有权调阅），输入她的个人验证码，开始查阅警局的机密档案，随即恍然。原来这个研究所虽然是隐形区域单位，但其下属的很多盈利性公司沈教授是有很多股份的，也是正当渠道的投资，所以她有钱也正常，这才放下心来。否则职责所在，今天她就不得不去反贪局报告情况了，那样一来，难得的假日就泡汤啦。

她随便翻阅电脑里的新闻，看到网页上隐形区域宣传部门已经开始大力普法宣传，网页上滚动着的都是隐形区域大力打击先华组的消息，她点开一个新闻标题写着《法治社会的毒瘤，揭开最隐秘的黑社会组织先华组的神秘面纱》的，这一个不到半个小时的视频点击记录居然超过了二百多万，这可是够火的！

"近年来，随着科技水平的进步，AI 机器人广泛应用到生产和生活中，给人们的生活带来了极大的便利，因为掌握着全部世界最先进的 AI 机器人生产技术，隐形区域这个……"这开头也太长了，陈警官快进了一分钟，只见那一本正经的主持人保持着跟刚才一样的姿势："……并且大肆破坏社会生产，威胁民众的生命安全，3·21 事件仍历历在目，受先华组洗脑后，大批无知民众任其指使，先后多次攻打机器人生产工厂，造成大量出口机器人损毁，大批民众与警卫机器人发生冲突，据不完全统计，直接经济损失 200 亿人民币……"

这主持人长得太一般，陈警官没了继续看下去的动力，索性滑到评论区去看看网友的回复，几百万条评论里，各种评论五花八门。

一个叫"童颜盗墓者"的网友在评论区最吵："搞什么呀！先华组超级酷的好不！再说哪有真的攻击民众啦！净瞎说！谁知道哪儿可以报名！我也要加入！"这人简直三观不正，心理扭曲变态啊！陈警官的热理疗开始起作用，她开始全身流汗不停。她恶狠狠地继续往下看。

叫做"会飞的刺猬"的网友则明显是力挺政府："隐形区域现在繁荣富强，科技发达，大好的日子不过非要搞什么反动黑社会，最好明天就把他们连锅端了，免得影响隐形区域 GDP！"虽然隐形区域的 GDP 可不是一个小小的先华组能影响的，不过这人态度倒是蛮不错。

"是啊！太恐怖了！警察这次要给力啊！我都不敢晚上出门了！"

"有这么个恐怖组织窝在身边真是时时刻刻提心吊胆，老感觉有什么隐患在威胁。"

"我勒个去，这简直就是变态组织啊！一伙儿脑残！"

……

评论区七嘴八舌，大部分成了两派，一派力挺先华组，但是更多的人却在力挺警方，这可让陈警官得意万分，看来群众的眼睛还是雪亮的！这几天的不愉快一扫而光。正好热理疗结束，马上就要开始水嫩嫩的补水修复了，陈警官躺下来,高高兴兴地调出她最爱看的日本动画,边看边享受理疗过程了。

傲得迷迷糊糊地睡了一会儿,受了些皮外伤,不过好在他皮糙肉厚,休息一下倒也恢复了。他睁开眼睛的时候看到自己正躺在一辆超长商务车里,车子一路疾驰,身旁则躺着其余几人。

他转转头,看到自己的几个部下正在照顾伤员,阿豪和燕子正在照料易小天,他扯了扯嘴角,觉得浑身疼痛异常:"那小子还有命在吗?"

阿豪一边给易小天止血一边回答:"命倒是还有半条,就是流血太多,情况不容乐观,副部长,咱们怎么处理这个小子?"

傲得沉默不语。说实话,他没想到在这里会撞见易小天,可是他既然已经被卷入进来,也了解了太多不应该知道的东西,已经不能让他去医院治疗,更不能放他回家,免得他到处乱说。

"把他抬到组织里,联系组织里的医生尽快给他医治。"

"是。"

傲得一想到未来就觉得头更痛了,索性闭上眼睛,先休息一下吧。哪知眼睛刚合上,耳边突然响起一声尖锐的叫唤:"哎呀我的吗呀! 疼死我啦! 你是技校毕业的还是怎么着? 就不知道下手轻点吗?"

新入伙的护士刚刚下手太重,直接把荷瑞给痛醒了。傲得知道自己的耳朵又要不得安宁了。果然把荷瑞吵醒后,其他的人也陆陆续续的醒过来了,她一会嚷着要看老 K 的肉渣,一会红着脸兴奋得尖叫连连,一会夸秦开的屁股曲线性感,一会儿搓搓昏迷的易小天,一刻也不老实。傲得只管闭着眼睛,他只期待任务结束离这个麻烦远一点,从此再无交集。

将易小天安顿在组织内的特殊病床上后,傲得便走了。易小天受伤颇重,在床上昏昏沉沉地躺了好久,第二天做完手术醒来后看到自己的样子登时尖叫起来:"妈呀! 老子还算是个人不?"

只见他浑身上下全部被厚重的白色绷带捆得严严实实,一条胳膊和一只腿儿也吊了起来,头上裹得像个粽子。

"我是被绑架了吗? 这是最新式的审犯人的手段? 哈哈哈哈! 还是老子得救了?"易小天兀自吵闹不已,医生和护士抬眼冷冷地瞧着他,接着转过头窃窃私语:"看起来挺有活力的,应该没什么大问题了,不用客气。"

护士点点头,将原本拿在手里的细针管扔到一边,拿了一个超大型号的针管,让易小天侧身躺着,扒开绷带,针管举起来对着易小天的屁股就扎了上去。

"救命啊! 谋杀啦! 啊——"

被护士狠狠扎了一针的易小天欲哭无泪地捂着屁股哀嚎。他感觉自己浑身跟散了架一样的疼,自己本来就像是一具浮尸了,被这扎了一下更是疼痛难忍。

"护士小姐,我是不是得了全身粉碎性骨折。我屁股这儿好疼啊!"易小天软

弱无力地呻吟着。

护士以为可能是刚才的手法不专业以至于弄疼了病人,赶紧走过来看看:"哪儿? 哪儿疼?"

易小天动用唯一能动的手指指屁股,"这儿连着腰跟断了一样,哎呦! 肯定是你刚才那一针手法不对碰到神经啦!"

"净瞎说!"但她还是走过来,用香软的小手给小天揉了揉,"是这儿吗?"

小天感觉到女孩那肉嫩嫩的小手在腰上那么一揉,登时美得快要七窍生烟,忍不住舒坦地哼起来,越哼越不着调。

那小护士才十八九岁,她见易小天面颊潮红,眼看着一脸不正经的样子就知道被调戏了,当下一巴掌狠狠地朝屁股上一拍,使劲一拧,转身便走,任凭小天怎么叫唤都不理。

她红着脸,刚推开门就看到大块头傲得冷着脸走了进来。傲得在组织的地位很高,做事十分有手腕,大家都很尊敬他,当然了,在女孩子中的人缘更是好得一塌糊涂。

小护士见到傲得,撅着小嘴,撒娇地叫到:"傲得大哥! 看你带来的那个人,没个正型! 刚醒来就讨人嫌!"

傲得一推门就看到易小天那副色眯眯的样子,这小子脑袋里也不知道都装着什么乱七八糟的。

"我知道了,待会帮你教训他,你们先都下去吧。"

待屋子里只剩下他们两人时,傲得在易小天的病床前坐下,语调比之前温和了不少:"身体怎么样? 没有大碍吧?"

易小天也学着那女孩子撅着嘴,嘴巴翘得老高,简直能挂个油瓶,嗲声嗲气地说:"傲得大哥! 你死哪儿去了! 走了也不跟人家说一声,害得人家好担心啊!"

傲得无奈:"那看来你是好得差不多了,现在可以出院了吧。"

一听要出院,小天当时脸就长了:"不出不出! 我看这儿挺舒服的,我可不想出去!"他的脑袋里还残存着一些零星的可怕记忆,令他胆战心惊,"我记得之前好像有一个没有脸的怪物! 那家伙脑袋上还长了一挺大炮! 你说搞不搞笑!"

易小天当时并没有真切地看到老 K,当时他被打得挺惨,几乎失去了意识,脑袋里乱糟糟的,也搞不清到底是咋回事。

傲得就简单地把事情的经过说明了,然后认真地看着他:"小天,现在有一个很重要的事情要问你。"

易小天点点头,他这人虽然有时候做事乱七八糟的,但是脑袋却很灵光,他知道傲得没骗他,那个怪物他是亲眼所见,还有什么可疑虑的。

"你……"傲得直直地看着他,小眼睛里射出的光无比真诚,"你愿意加入我们吗?"

小天被敲得快七零八落的脑袋里"咯噔"一声,他知道他期盼已久的机会来了,当下毫不犹豫地大喊一声:"我愿意!"

他喊得无比真诚,而且他那一声喊,伤口都被扯着了,疼得他撮了好一阵牙花子。见了此景,连对此决定稍有迟疑的傲得都被他感动了,这小子倒是够诚心的。

小天刚丢了工作,且不说他那工作现在工资收入没保障吧,单是工作性质也够让小天一辈子抬不起头来的。可没办法,他没学历,也没人脉,谁也不会帮他,他只能去百乐门当个打工仔,挣辛苦钱。当他第一次看见傲得那一身酷炫劲装的时候,小天那沉积的内心里便起了小小的涟漪,这才是男人啊! 啥时候他也可以跟着一起当一次英雄就好了,哪想风水轮流转得这样快,好运气说来就来,直砸得小天双眼犯晕,昏呼呼得高兴坏了!

"你未免高兴得有点过头了,你了解我们这个组织吗?"

"不了解,但我觉得不用了解也没什么关系,有你在! 我放心!"易小天嘻嘻哈哈乐个不停,一用力,浑身上下又开始疼起来,他一边痛得龇牙咧嘴,一边又忍不住笑起来。

傲得皱眉,拿出领导的架子:"你以为我们组织是随便什么人都可以进的吗?想进入我们组织是需要进行严格审查的,在你昨天昏迷的时候我已经调查过了你的资料,现在正在评定。"

"我的资料可简单了,几句话就能说完!"

"不光是你,还有你的三亲六戚,四代家史全部要清清白白才行。"

易小天噎住了,他可不知道自己什么几族几代的家史,他这个孤儿能活着就是祖宗保佑了,谁还管那些乱七八糟的东西,入个门都这么麻烦,这就有点不好玩了。

傲得见小天热情减退,继续说道:"但是如果做出重大贡献的,倒是可以提前申请,优先考虑。"

小天更蔫了:"我哪有什么重大贡献啊。我不拖后腿就谢天谢地了。"

"谁说的,你不是杀了一个生化人么。"傲得轻描淡写地说。

小天不淡定了:"我? 我杀了一个生化人? 那……那也算?"他想起自己双手哆哆嗦嗦地举着枪,比划了好几下也没找到心脏位置的窘样。这功劳咋变成他的了?

"无论过程怎么样,这个生化人我们都没有动手,确实是你亲手杀掉的,虽然有一些运气的成分在里面。"

之前在进行最后汇报工作的时候,每个人都沉吟不语。虽然大家都参与了打击生化人的行动,可最后在他胸膛上开上致命一枪的毕竟不是自己,那是几双

眼睛都巴巴地看着的,任谁也不好意思厚着脸皮去邀功,到底让这小子占了便宜。

易小天瞠目结舌,感觉这可是捡了个大便宜。

"你参与了组织的重大机密行动,并且立了大功,组织不会亏待你的。我先给你简单的介绍一下我们'先华组'吧。"

料想小天对这些叙述性的东西也不会很感兴趣,所以傲得讲得十分简略,剩下的就等他加入组织后再慢慢了解吧。

"我们组织主要的任务就是打击以研发'天君'为主、将'天君'投入到工商业、教育、农业等生产生活领域的那个'岳黎'研究院,当然也包括一切打着发展AI为名,实则迫害人类生存环境的罪恶行动。因为AI越繁荣,人类智慧退步得越快,当有一天AI脱离了人类的控制,而将人类沦为奴隶的时候,就是人类的终点了,我们必须避免这一情况的发生,这是我们的使命。"

易小天倒是一脸正气,点头如捣蒜,可傲得瞧他两眼放空,就知道这小子溜号了:"你听懂了没?"

"懂啦!"叫得倒是比谁都好听。

"我们现在所在的就是'先华组'的根据地,是一个十分隐秘的地方,等你痊愈以后,我可以带你去看一看。"

易小天一听可以去参观,登时来了兴致:"地下组织呀!好酷啊!你穿的那个是工作服吗?我也有吗?"

"这个是只有行动组的人才需要穿,我们组织一共有十三个部门,第'12''13'部门是属于行动组,其他还有后勤、医疗、通讯、情报、器械、服务、技术等部门,慢慢的,你就会了解了。"

"哦——"易小天眼睛挑着看傲得,一脸憧憬的样子,"大伟哥在哪个部门高就?担任啥职位呀?兄弟以后就靠你提拔了。"

傲得微微皱眉,他似乎一下子想起了什么不愉快的事情:"以后在任何场合都不能称呼我为韩大伟,那是我以前的名字,我们的身份都要极其保密,我们组织可是非法的,一但被人抓到把柄就会有杀身之祸,我就是傲得,不是韩大伟。"

易小天赶紧点点头,吓得不敢再说话了。话说这韩大伟,不,是傲得,皱起眉头来还真吓人!

"我目前在第十三部门任职,职位是副部长。"傲得瓮声瓮气地说。

易小天十分会察言观色,立即察觉到了傲得的不满:"副部长?傲得大哥你怎么才是副部长,那正部长是谁啊?"

"正部长是个狗娘养的混蛋。"傲得淡然地说着。

易小天伸伸舌头,骂人还能骂得这么理直气壮,这功力他可得跟着好好学学。

"你听好了,易小天,我虽然将你招进部门来,但是并不代表从此你就会一帆风顺,飞黄腾达了。首先我们工作的性质,本身就很危险,再加上新近上任的正部长莫风正在到处挑我的刺儿,他极有可能排除异己,到时候恐怕也会连累到你。"

傲得以为易小天会害怕退缩,没想到易小天一拍胸脯:"傲得老大!你放心吧!那个正部长要是真敢对你怎么样,我易小天第一个把他先排除了!我永远站在你这边。"说着冲他一笑。

傲得突然觉得胸口一热,虽然不知道这小子的这话是不是发自真心,但是听着就叫人心里暖暖的,饶是他老江湖一个也瞧不出易小天到底是真心还是假意奉承,只觉得这小子虽然没什么本事,人品倒还过得去。但是组织里水深得很,他一个新来的无名小卒又知道什么呢? 傲得也没多想,权当是易小天一时表表忠心罢了。

"你先养好伤吧。我会尽力护你周全的,毕竟我这条命也算是你救的。"傲得替小天盖好被子,"其他的事情我来负责就好了。"

小天点点头,乖乖地睡下了。傲得见易小天闭上了眼睛,叹了口气便离开了。

易小天本来就生就一副无忧无虑的性格,之前一直担惊受怕地担心被人绑架,现在总经理已经被傲得他们揍成了猪头,连生化人据说也被自己搞死了,现下又有了一份好工作,真是世间再没烦心事了,当下美滋滋地睡起大觉来。

人逢喜事精神爽,易小天不到两个礼拜就已经能活蹦乱跳了,没事调戏调戏小护士,逗逗女医生,日子好不快活。

其实易小天身上受的伤远没有他表现出来的那么严重,只是他突然间发现自己受伤严重的话可以得到特殊照顾,真是爽得不得了。其实他身上比较严重的就手臂因为手枪的后坐力摔倒时不甚跌断了骨头,鞭伤和脚上的也只是皮外伤,所以待身上的绷带拆除后,他其实也就可以出院了,可他觉得在医院里成天被那几个小妹子照顾得很爽,硬是在医院里多赖了几天,惹得小护士们集体投诉,傲得不得已过来将他领走。见傲得来了,易小天晃着自己的胳膊,热情地打招呼:"老大! 好久不见啊!"

傲得的脸色铁青,易小天居然成了他们部门第一个被投诉的人,还没有正式加入组织就已经开始惹麻烦了。当下也不过话,带着易小天,叫他把自己的东西收拾好立即跟他出发。

他们坐上电梯,易小天一路好奇地东张西望。电梯从负十二楼一路上到负二楼,刚出电梯,迎面就遇上了莫风。

莫风身后同样站着一个人,与傲得走了个正面。莫风摆摆手,经过了一段时间的工作,领导本事没见长,架子倒是长了不少。

"哟，傲得，来得正好，给你介绍一个新同事。你认识的。"

站在莫风身后的人往旁侧了一步，以便傲得能看清她的样子，傲得看清她后，立即浑身一紧，那人不是别人，正是让他头疼不已的陈可婉。

"呀吼！咱们又见面啦！"荷瑞热情地招呼起来。

"呀吼！咱们又见面啦！"傲得还没回话，后面的易小天倒是先叫起来。

"啊！是你小子啊！哈哈！你还没死啊！"荷瑞嘻嘻哈哈地朝着易小天打招呼："易小天是吧！我是陈可婉！"

哪知易小天眼睛根本没拐弯，直直地盯着莫风看，敢情他这话是对莫风说的。

莫风愣了三秒，心想哪来的混小子敢这么没礼貌，当下再一细看，领导架子当场崩塌，脸不由得红了一红，却赶紧又端起架子来："喀……你认错了。"

接着他不理会傲得奇怪的目光，背着手一路走开了。

荷瑞冲着两个人兴奋地眨眨眼睛，也跟着莫风离开了。

易小天一路目送着莫风离开，临了还喊一嗓子："莫先生好走！"莫风听到他的声音，打了个寒颤，立即夹紧裤子，加快了脚步匆匆走远了。

傲得奇怪："你认识他？"

"认识呀！老熟人了！这人怎么在这啊？还耀武扬威的。"

"他就是我们的正部长——莫风。"傲得的脸上一阵白一阵红。

易小天憋住笑："这老小子居然就是正部长？哈哈！那可有得玩了！"

第十六章

要记住家里一定要多装摄像头

傲得没想到易小天居然会和莫风认识。

其实说来也不是多光彩的经历，易小天当初在百乐门还是金牌化妆品销售的时候，这莫风就是百乐门的常客，他最喜欢点的就是露娜，倒不是露娜长得比别人漂亮多少，而是因为露娜唱歌特别好，嘴巴特别甜，特别会哄人，一来二去，莫风就成了露娜的"男朋友"了，巴巴地跑去买来钻石啊、包包啊，堆成山好哄她一笑。

这露娜讨好男人的本事堪称一流。这个莫风偏就看上了露娜这一点。一开始来到百乐门的时候，莫风还假装自己出手豪阔，可他成为露娜"男朋友"之后，露娜就摸出了莫风的家底，将莫风那小子送走之后，她不满地看着手指上带着的巨大的鸽子蛋，对着易小天抱怨。

"哎呀，真倒霉，又碰见个吃软饭的。"

易小天对这人的财力已经早就估量过了："应该还可以啊。看你这鸽子蛋蛮大的。"他还记得当时自己眼馋着人家手上的大钻戒呢。

"你知道什么呀？我跟你说。"露娜趴过来，悄悄说，"他就是个小白脸，被富婆包养着的。胆子小得很，每天九点必须回家，没发现吗？"

易小天一琢磨还真是，这莫风可从来没有在这儿过过夜。

"他给我那些东西都是那富婆的。我跟你讲，他老婆至少比他大上20岁。"

我滴个乖乖，易小天啧啧称奇，这人的口味还真是重啊。这都下得去手，不过要是有人给他一辈子荣华富贵，他会不会也妥协呢？易小天又瞄了一眼露娜手里的鸽子蛋，别说被富婆包养了，随便给他一个鸽子蛋就够他下半辈子用的了，哪儿还用得着合计！

可惜并没有富婆来包养他，易小天空有一副好皮囊，一点都不顶用，还得在百乐门干辛苦活。

"我问他可不可以带我回家玩玩，那小子居然答应了，我估计他肯定没那个胆子，在那里打肿脸充胖子呢！呵呵！"说着娇笑起来。

后来露娜去没去那莫风家易小天就没再跟进了,因为他又看上了新来的惠莉,就没怎么管露娜了,反正她财源广进,有的是手段,根本不需要别人操心。

现在看到莫风,易小天立即想到了露娜来。

"原来他就是要把我们两个排除异己的混蛋呐? 我看他也没什么本事嘛。"

易小天跟着傲得,傲得一边走一边在他身旁小声说。

"这个莫风加入的时间并不长,却不知为何晋升得极快,深得领导喜欢,很快就升职当了领导,原本他并不属于我们部门,居然跨部门让他来做部长,这是以前从没有过的事。"傲得已经将易小天当成了自己人,忍不住将自己知道的都说了出来。

"看来这个莫风背后是有金主了。他来当我们老大,这日子还有的过吗?"

"所以我们现在状况很麻烦。"

傲得推开一扇门,因为一直在讲话,易小天这才发现他们已经来到了一个超级大的大厅内,一股难以言说的复杂味道扑鼻而来。

无数忙忙碌碌的人混在一起,每个人都不知道在忙什么,时不时地半空里还会飞过来一只拖鞋。

易小天被眼前的景象震惊了。他刚刚离开的百乐门那是何等的富丽堂皇啊,可如今这地儿脏乱差不说,那味道更是易小天这闻惯了高级香水的鼻子所难以忍受的,他赶紧从一个人的办公桌上扯下来两条卫生纸把鼻子堵上。

"你的审批资料现在就躺在莫风的桌子上,最后能否加入组织,全部都要靠他来决定,我也无能为力。"

"不是吧! 我的去留最后得由这小子来决定! 那我肯定没戏了。"

易小天猜得果然没错,莫风回到办公室就看到了易小天的审核资料,需要领导的最终签字。

他看到易小天的名字,登时火大,毫不客气地将易小天的资料撕个粉碎,不停地大骂:"谁要把这臭小子搞进来的?"

"是傲得。"他的办公桌前,刘秘书战战兢兢地说。

"又是他! 他到底要干什么? 这种人也搞进来,那我们组织岂不是连狗都能进来了吗! 立马让他滚蛋!"

"可是他杀了一个生化人。"刘秘书大着胆子,小声说。

"哈哈! 他能杀生化人? 是在床上杀的吗? 他杀的我肯定不信,这事绝对有鬼。"

刘秘书本来还想加一句:他杀了生化人可是很多人都看在眼里的。而且从生化人的残留脑组织里提取的记忆显示,最终的确是那个易小天杀了生化人,这是无法辩驳的。可是事实虽是如此,他却不敢得罪领导。

"那我知道了。"他领了命令,转身走了出去。

傲得本来以为是一件很简单的事,但是没想到易小天居然认得莫风,显然莫风对他的印象肯定也不算好,这事怕是要出意外。

果然就看见刘秘书从莫风的办公室里走出来,看到傲得,对着傲得摇了摇头。

"最终审批没有通过。"刘秘书没有再说什么,冷漠地转身离开了。

若是以往,单是凭他傲得的面子怎么着也不会有什么问题,但是莫风压根没把他放在眼里,他那面子就更不值一提了,傲得从没受过这样的侮辱,一张大脸涨得铁青。

"他这是压根儿没把你放在眼里啊!一点情面都不留,老大,你可危险了。"易小天不担心自己的事,反倒是关心起傲得来。

这人看来非除不可了。易小天的脑袋里冒出两个坏主意来,但是他现在还不想对傲得夸下海口,偏要等到事成之后再来邀功。

"傲得大哥,反正我现在也还没加入组织呢,我能先出去一趟办点事吗?"

"当然可以了,不过自从你上次杀了生化人后,你的头像和资料已经进入了公安局的抓捕系统里,记住你现在的身份,是 SSS 级在逃嫌疑犯,易小天。"说着还在他的脑门上轻弹了一下。

易小天吓得张大嘴巴,合拢不上。

"傲得大哥!这我要是不能上街了,不得憋死我,就算不憋死我,这味儿早晚也得熏死我。"说着深吸了两口气,做了一个晕倒的姿势。

傲得没理他,自顾自地走着,易小天巴巴地跟在后面:"求你了,傲得大哥,你帮帮我嘛!"

"早就让组织里的高级黑客侵入了公安局的数据系统,你的照片上的样貌和个人资料全部都被修改过了,逗你呢。"

哟呵!小天愣了,认识他这么长时间,头一次见他开玩笑。

"说真的,我是真被你感动了,真想当你的小弟,给你端茶倒水报答你的大恩大德,可惜了,也没办法。"

傲得不甘心:"不是必须要他审批才可以,我可以去找'L'。"以前他自己就有招收部下的权力,可是那该死的莫风已经将他的权力架空。他必须找 L 好好谈一谈。只是想要见到 L 十分困难,他不知道自己的请求 L 能否接受,毕竟今时不同于往日。

"我的事倒是不打紧,你的事比较关键,傲得大哥,我事成之后能再回来吗?"

"可以的。这个你可以放心。"事情出了差错,让傲得十分愧疚,毕竟易小天数次帮他,他却没有给予任何回报,好不容易办一件事居然还没成功。

易小天没有再多说什么,肚子里不知道在酝酿什么坏主意,匆匆忙忙地让傲得将他带回到地面上,然后就急忙离开了,好像真有要事要去办一样。

傲得了解莫风的小肚鸡肠,刚才易小天的出现,让他下不来台,以他的性子必

然会找人来做掉易小天,他悄悄跟在易小天的后面,果然不一会就被他发现了四个可疑分子,轻松帮易小天料理了之后,才折返回基地。

易小天根本不知道刚才自己身处险境,只是找了个汉堡店坐下来,先吃了两个巨无霸汉堡,这才问邻桌的美女借了个手机慢悠悠地打上了电话。

"喂,是露娜吗?"

"嗯?是啊,谁啊?"露娜娇媚的声音响起。

"是我,你小天哥。"

"哦,小天啊,你现在在哪儿混啊?"

"在外面瞎晃呢。你呢?生意还做吗?"

"做呀!怎么着!要介绍金主给我呀?"露娜的声音立刻流露出惊喜来,感觉人也清醒了。

"还真叫你给说对了!你猜我最近碰见谁了?"

"谁啊?"

"就是你以前的那个唱歌公鸭嗓的,叫什么莫风的,还记得不?"

"莫风?你是说那个小白脸莫风啊!记得啊!怎么啦?"

"我最近看他左拥右抱着几个庸脂俗粉在招摇过市,碰见我的时候还跟我说现在的姑娘都太死板了,他最喜欢的就是露娜你那种野劲儿!像一头小猎豹一样,又可爱又撩人!可惜百乐门倒闭了……"

露娜被他逗得咯咯娇笑:"放屁,你就吹吧!他又不是没有我电话,想我了可以打电话给我呀!"

"你也知道,他这不是不敢么。我听他的口气好像是说他老婆最近出差,都不在家,所以又心痒难耐了。你要是想套上他,可以去他家玩儿啊!对了,上次你不说他要带你去他家里吗?你去了吗?怎么样?"

"去啦!他家里金碧辉煌,十分奢华,就是有钱人的那种架势呗,不过我看到他老婆的照片了,我上次说至少比他大 20 岁,我现在要改口了,我看至少要大上 40岁。哈哈哈!"

"不是吧,这么狠!不过露娜我跟你说,现在可是个千载难逢的好机会,这小子现在把浑身使不完的钱都挥霍在那几个庸脂俗粉上实在太浪费了,他给那个龅牙妹买的鸽子蛋都比给你买的大多了!这把我给气的呀!"

露娜琢磨琢磨,心里确实挺不是滋味的,自己的肥鸭子飞到别的窝里下蛋,那不是便宜了别人,亏了自己。

"是吗?那你说我该怎么办啊?"

"主动给他打电话,把他钓上来,这次可千万别手软,给他卸个干净!"

"呵呵,干净到什么程度啊?"露娜忍不住咯咯娇笑。

"干净到连裤衩都不给他剩!我没说玩笑,我说的可是真的。"易小天说得一本正经,露娜却在电话那一边笑得直不起腰来。

"行,这事要是成了,还是以前的规矩,好处少不了你的!"

"这回我不要什么分成啦!咱们换个奖励呗?"易小天贼兮兮地说,随即小声地将自己的要求说了出来,露娜毫没犹豫,立即答应了。

易小天把电话还给美女,自己悠闲自在地离开了。他这个小子滑头得紧,为了防止别人监听他的电话,去向别人借了电话。

他沿着街逛了半天,按照约定,三十分钟后又找了个公用电话给露娜打了过去。

电话刚接通就听见露娜兴奋的声音传来:"小天哥!你真行啊!他老婆最近还真没在家,他约了我明晚去他家里,到时候我想办法把你弄进去,保证没问题!"

原来易小天把自己的分成换成了要求露娜带他混进莫风的家里,他准备录下莫风和露娜床上的音频和视频,到时候狠狠地敲诈他一番,要他亲自请自己回组织去。否则的话,他就把这些视频音频文件随手发网上去,保证他的富豪老婆立即把他休了!重新找个小白脸。

当即和露娜约好会面的地点,悄悄地溜了过去。两个人商量了一番就把这事给定了,露娜胆子向来很大,听见要留下证据好好修理一下这个男人还乐得前仰后合,连连拍手,并要求小天把自己拍得漂亮点,重点是要拍她的侧面,因为露娜的侧脸最漂亮。

小天买好了设备,就和露娜约定时间,一起出发了。

露娜去过莫风家里几次,对他家的位置记得很清楚,晚上五点多的时候就提着个电子行李箱和一堆战利品风风火火地来了。

她假装自己刚从香港购物回来,所以拎着一堆的东西,还没来得及回家倒也没什么稀奇。

易小天让自己蜷缩在那台电子行李箱里,这个"Somsonide"牌智能电子行李箱具有高级的重量压缩和空间延展功能,外观看起来一点都不笨重,实则内部空间极大,并且就算塞满了东西以后重量也是极轻,女孩子拎起来仍旧可以健步如飞。当然了,价钱也是昂贵得可以,以易小天的财力来说,是远远买不起的。

露娜穿着性感的抹胸紧身连衣短裙,走路一扭一扭的。

莫风早早地就从宫殿般的别墅里走出来,在门口迎接,搓着双手,焦急地来回徘徊。

因为知道接下来的场面肯定过于香艳,他已经提前把家里的佣人和保安什么的都支走了,就连机器保洁员都给关了,内部的监控设备自然也全关了,偌大的别墅里,干干净净的就剩他俩,家里的那只母老虎还在拉斯维加斯豪赌呢!

莫风可不想扫了兴,他把精力集中到想着接下来要发生的好事,脸涨得通红,真是一刻也等不得了。

"小美人儿,快过来哦!"莫风双眼放光地叫着。

易小天只感觉自己被露娜一路拖着,他从里面能很清楚地听见外面的说话声,只听得两人热情地拥抱并说了好几句肉麻的情话后,就迫不及待地狂拉着行李箱奔进了别墅,刚关了门,莫风就忍不住动手动脚起来。

易小天听着露娜狂野的笑声,紧接着听见衣服被撕扯的声音,然后莫风气喘吁吁抬着露娜不知道去了哪儿。

易小天又等了一会儿,隐隐约约不知道从哪里传来露娜娇媚的喘息声和叫声。可这别墅大得离奇,易小天一时半会还真不知道他们去了哪个房间。

易小天又等了一会,觉得安全了,这才开启了行李箱的自动运行功能,这个行李箱可以听从一些简单的前进后退的命令,并且还有智能自行寻路功能,遇到楼梯障碍时,还能从两侧伸出蜘蛛般的机械脚爬过去,易小天不断地小声命令着,"向左,左!直走!上楼,好家伙,可真好用!这些有钱人的玩意,简直了!"一个人自说自话,好不开心。

行李箱爬上了二楼,缩起了机械脚,又等待易小天的命令。

"等会儿啊!我先想想!"易小天躲在里面捣鼓半天,从行李箱的夹缝处摸到了一个 AR 眼镜戴上,将微型摄像头贴在手指头上面,微型摄像头连接着他的眼镜,立刻将外面的情形都探测得一清二楚。

这种高级智能行李箱原本都自带摄像头,但因为有可能会侵犯到他人隐私,平时都是锁定的状态,只有行李箱的 AI 能够使用,还有就是警方在有需要时也可以调取资料,其他人包括箱子的主人都是不能直接使用行李箱的摄像头的。小天研究了半天也没搞明白自己咋用,只能再买一个额外的微型摄像头了!他买的这一款微型摄像头卖价不菲,他为了这次任务也是大出血一回,要知道,现在的法律十分健全,根本不允许公开买卖微型摄像头,这还得用他易小天的面子才在一个网店上的熟人那里好不容易搞到了一个,今儿个就指望着它大显神威了!

微型摄像头探头探脑地转着,只见莫风家里的摄像头全部是锁定关闭状态,易小天开心不已。

这老小子果真听了露娜的话,把家里的佣人都支开了,机器人摄像头什么的也都关了啊,嘻嘻!

易小天转了两圈,愣是没找到地方。

"妈的!这别墅怎么这么大!应该是没上楼吧!也不知道那老小子体力咋样,要是这会儿就结束了,我这可就白忙活了。"

正在那儿没头苍蝇一样地找着,突然听见不远处传来露娜销魂的叫声,一声比一声销魂。直听得易小天浑身酸麻。

待易小天慢慢滑行到门口的时候,莫风那狼嚎一样的叫声突然停了。

见鬼,就差一点点!

刚才因为太心急他们连门都没怎么关严，易小天让行李箱悄悄溜了进去，果然战事已毕，两个人正躺在床上一边喘息一边笑呢。

易小天是一点也笑不出来了，好家伙，他为了这次行动特意购置的微型摄像头可花了他不少钱啊，到最后竟然没用到，肉疼！

透过缝隙就看见露娜将自己的身体挂在莫风的身上，不停地在他的身上揉搓。

"说起来呀，你是干什么的我都不知道呢？"

"我呀……"莫风狡黠一笑，"怎么着也算的上是大企业的高级干部吧！除了一把手之外就是我啦。"

"哇！那么厉害啊！那你手下管多少人？"

"怎么着也得有三四千吧，也不是很多。"嘴上这么说，明显得意的神色已经挂在脸上了。

"你上次还说要把你们酒庄里的极品葡萄酒送我一只，结果到现在也还没送呢！你这人说话不算话，估计你那高级干部也有水分。"露娜小嘴巴一翘，眼睛往上一撇，略有点瞧不起人的味道，莫风当时就慌了。

"说什么呢？怎么可能，就我这家业还差你那一瓶酒不成！"他可不想在女人面前失了面子。

"上次刘老板送我的百年陈酿，味道也就那样吧！怎么着，你的难道还能比他好？"

"百年陈酿算什么！"莫风趾高气昂地指了指柜子上摆放的一只外型古朴的酒瓶来，"你知道这瓶酒的来历吗？"

露娜一看他那架势就知道这是又要开始吹牛的节奏了，这男人吹的牛她听得多了，一点都没兴趣，不由得从他身上起来，左顾右盼。

莫风见露娜对他微微不屑，显然是怀疑他的能力，不由得脸上一红，光着屁股站起来："我把这酒打开给你尝一下你就知道了！"

易小天暗呼一声：天助我也！手上摄像头不停地晃动，把精彩画面全拍了下来，莫风将酒小心翼翼地拿下来，又回到了床上。

那瓶酒说实话，他是真的不怎么敢开，那是他老婆数年前搞到的，拿着那瓶酒时，平时面无表情的老太太头一次脸上有了喜色。据说现在全隐形区域也就只有五瓶，十分珍贵，这酒放的年头越远味道越棒，两人已经约好要等到结婚的时候再开启，给洞房花烛添喜。

是啦！他们其实还没有结婚，莫风是被一个隐形富婆包养多年，但那富婆比他大了 24 岁，她的大儿子都要比莫风大，只是她的三个儿子与她形同水火，为了争夺财产闹得不可开交，她最宠幸莫风，除了因为莫风嘴巴甜会哄人外，就是因为莫风听话。

听话的莫风颤颤巍巍地将这瓶酒拿了过来准备炫耀一番，可露娜此时已经对

酒失去了兴趣。她眼睛一瞟,看到了地上滚落着一个全息徽章。露娜好奇地捡起来看了看:"这是什么呀?"

莫风吓得手一抖,酒瓶差点掉在地上。刚才太忘我了! 脱衣服的动作幅度太大,全息徽章竟然从口袋里滚落了出来。

"那个……那个可不能乱动! 乖宝贝! 快把那个给我! 乖!"莫风的脸都绿了,那可是他的部长徽章啊! 这玩意儿要落在别人手里,那他的脑袋就得立即搬家,也没什么机会洞房花烛品美酒了。

露娜见他脸颊上的肉止不住的颤抖,人像疯了一样冲过来,就知道这玩意怕是最值钱的东西了。当下娇滴滴一笑,灵便的一滚,就躲过了莫风的怀抱。

莫风扑了几下,都没抓到露娜,不由得开始求饶:"我的姑奶奶,你要什么都行,这个东西可真玩不得! 快给我!"

"这是什么呀? 这么值钱?"

"不值钱! 不值钱! 小玩意! 朋友送的! 只是有纪念意义罢了。"说着又扑上来。

"怕是情人送的?"露娜打了个滚,又躲了开去,一边躲一边娇笑不已。这床大也有床大的好处,露娜在床上随便翻腾几下就躲了开去。

"我……我给你钱! 很多很多的钱! 还给我……"莫风打开一旁的柜子,好家伙! 琳琅满目,挂满了顶级珠宝。

露娜看傻了眼,谁稀罕这破徽章啊! 这珠宝多实在! 但是她知道现在不能表露出兴奋来,要淡定。

于是她十分淡定地摇摇头:"就这些东西就想换我的徽章啊!"

"你到底给不给我!"莫风微微有点怒气。

露娜一点没有被吓到,反而盛气凌人地瞪着他:"亲爱的,这水晶材质的全息徽章,我随便往院子里一丢,往那砖头上一敲,保证粉身碎骨,你居然还这么凶!"

"哎呦! 姑奶奶,你到底要怎么样你说嘛! 那徽章就是我的命啊!"莫风终于慌了。他本来也没什么本事,自己能一路爬到这个位置还不是因为他"老婆"的提拔。现在一遇到事,当场就懵了,条件反射就是求饶。

露娜看现在也闹得差不多了,该收网了。只见莫风像个霜打的茄子,斗败的公鸡一样耷拉着脑袋,就挑起眼睛准备来他个狮子大开口。

刚才一场可把易小天忙坏了,他已经把两个人赤身裸体在房间的一举一动都拍了下来,从他的角度正好看不到徽章的样子,只能看到莫风撅着屁股在床上抓美女的画面,要是去掉声音,就说这俩人玩情色游戏绝对有人信。

露娜酝酿半天,想了一串自己想要的东西,刚要开口,突然听见很远的地方传来一声呼唤:"亲爱的——"走廊里回声不断。

莫风一听那声音,眼睛里立马飚出了眼泪,声音也跟着变了调:"我滴妈呀! 我家的母老虎回来啦！她怎么今天就回来了！"

"亲爱的，你在哪里？"那声音又飘了过来，明显比刚才距离近了几分。

易小天已经拍到了想要的，可是露娜还没拿到自己该拿的东西呢！这就撤退可实在有点不甘心，但又不能被别人抓个正着，露娜不由得也有点着急："这可怎么办呀！你怎么办的事啊！不是说不在家吗！"

"我也不知道啊！这可怎么办啊！"莫风恐惧地抓着脑袋，这如果被捉奸在床的话，他的尸体明天就会进下水道了，他还不想被分割成五厘米的小肉块呢。他可见过那母老虎这么对付手下的人，那纳米分解手枪一发射，好端端的一个人立刻就变成了一地平均五厘米的小肉块，比他爱吃的牛肉粒还规则。

莫风浑身一抖，指着衣帽间的大柜子："快！拿着衣服快躲到里面去！"他环顾四周，突然看到了露娜的箱子。他一着急根本就没细想，那原来还在客厅的箱子咋跑到这儿来了！就提着箱子把露娜和箱子一起扔进了衣帽间的大衣柜。这间房的衣帽间与卧室相连，没有门，正对着床。莫风觉得这样也不妥，可是时间已经来不及了，慌慌张张地把睡衣套在身上，刚躺下来，门就被人推开了。

"亲爱的？怎么叫你不回答？"

一个短头发的女人走了进来，莫风脸上马上换上自然而然的睡意，似乎刚被人从梦中吵醒，揉着眼睛坐起来："冰冰？你回来了？"

易小天好奇这人到底长啥样，就指挥行李箱伸出一条机械腿偷偷推开衣帽间的柜子，用手指上的摄像头向外看去。要不说这有钱人就是不一样呢！这个衣帽间的衣柜大得简直可以开派对。

他探头探脑地伸过去一看，哟呵！这传说中比莫风大上24岁的老女人不但不老，长得还不赖嘛！

第十七章

否则被人偷个精光都不知道咋回事

露娜在衣帽间里快速套上了衣服,突然拉开行李箱的拉链,指了指易小天,意思是叫他出来,自己要进去。易小天可不干,紧紧地缩在里面说啥也不出来,露娜见没办法,身子一团,脚一抬,居然也挤了进来。

这压缩旅行箱只能压缩200斤的重量,空间延展的尺寸也有限,易小天一个人倒还轻轻松松,游刃有余,这露娜一挤进来登时就满了,行李箱奇怪地胀起来。两个人在里面你推我挤谁也不让谁,两张脸都挤变形了,挠得不可开交。

房间里,冰冰从自己的行李箱里拿出了一个小盒子,神秘地对着莫风一笑:"你猜我带回什么好东西了?"

莫风谄媚至极:"冰冰小亲亲带了什么好东西给我呀?"

易小天将露娜的脸扭到一边去,指着外面又指指耳朵,示意她小声一点,要偷听外面的谈话内容才是关键。

两个人短暂地形成了联盟,露娜不吭声了,易小天用手指上的摄像头继续往外看。只见那短头发的女子将手中的盒子打开,拿出一把白色的手枪来。

"你知道这是什么吗?"

莫风头摇如拨浪鼓,将冰冰拉在身前,宠溺地看着她。易小天和露娜看到莫风的样子真是隔夜饭都快吐出来了。

"这是国外一个雇佣军公司刚刚研发出来的'Diablo8'神经控制手枪,只要有了这个,那个L咱们手到擒来。"

谁?易小天好像听到了一个什么人名,但是又没听仔细,一下子就过去了。

"这个东西那么厉害?"莫风举起枪来看了看,没看出这手枪有什么特别的。

"小心点,这神经控制手枪,可以直接麻痹人的意识,被子弹打中的人会被使用者短时间内控制住意识,使用者让他说什么他就必须说什么。"

莫风不可思议地摸着枪:"这枪也太神奇了!居然真的那么厉害!"

冰冰得意一笑:"那还用说!这把手枪现在全世界只有一把,目前也只研发了五枚子弹,后来被我在拉斯维加斯的地下拍卖会上抢拍了过来,所以我立即回隐形区域了,你知道现在全世界都在找这把手枪,可是谁也想不到居然被我拿走了!"

"你简直太厉害了!冰冰!我佩服死你了!咱们有了这手枪,先华组的老大你是坐定了!"

"嘘!小声点,我跟你讲一下咱们的计划,这个L现在虽然还掌握着先华组的最高领导位置,但是权力早已被我和青虎架空,青虎那小子对L十分忠诚,咱们想要扳倒L,必须先把青虎料理了。"

"嗯!"莫风敷衍地应着,眼睛无意识地瞟向衣帽间,他担心这重要的秘密都给露娜那小丫头片子给听去了可就糟糕了,但是冰冰又说在兴头上,他也不敢打断。

"这一环我已经想好了,就让傲得那个榆木疙瘩背这个锅。"

听到傲得的名字,易小天的眼睛瞬间亮了,别的事情乱七八糟的没听懂,但傲得两个字他可绝对不会听错。

"傲得率领的13号部门,对L十分忠心,而且他们的战斗力很强,若真动起手来对我们十分不利,虽然我让你做了部长,但是下面的人很多都对你怀有敌意,若真有事情发生,你这部长第一个被打成马蜂窝。"

莫风吓得一个哆嗦,冰冰收起笑脸,面上冷若寒冰。莫风连大气都不敢喘一声。"冰冰……本部长大人……救………救命啊!"

冰冰看他一脸怂样,反倒是笑了起来,用手摸摸他的头,宠溺地说道:"放心,只要你乖乖听话,等我干掉了L,就让你来做'白玲珑'的位置。"说着她又拿起那柄枪来,十分陶醉地摸着。

乖乖不得了!易小天躲着吓得一动也不敢动。我好像听到了什么不得了的阴谋啊!他们好像要干掉一个十分重要的人物。易小天觉得自己口干舌燥,而且这件事情还要傲得来背黑锅,看来这老女人也是他们那个什么先华组里的重要人物,而且还是关键人物呢!

原来是这老女人在罩着莫风啊,怪不得他嚣张得鼻孔朝天,现在他们又躲在家里合谋要干掉什么L的。不是一家人不进一家门!易小天越想越觉得恐怖,就先把要点都记住了,回头再找傲得核对。

"那个,冰冰小亲亲,剩下的事,咱们晚上一边喝红酒一边说好不好,这会不说了,来来来。"莫风大着胆子说道,将冰冰拉到怀里,想让她就此住口,可是那冰冰却没有停的意思,这可愁坏了莫风。

"到时候咱们找个机会把假消息放给傲得,就说青虎准备刺杀L。傲得虽然不信,但为了L的安全,他必然会怀疑,到时候故意留下线索来引他上钩,与此同时,我也会将消息放给青虎,告诉青虎傲得不满L的决定,意图谋杀L,让青虎与傲得的人斗个两败俱伤,然后利用这柄手枪控制傲得杀掉L,让青虎亲眼看见,那时傲得想逃也逃不掉,人证物证俱在。而傲得为了逃命,干掉青虎也是情理之中。"冰冰说完了,等待莫风的反应。

莫风马上一顿马屁拍上来,直夸得冰冰笑靥如花。

易小天看得久了才发现,这老女人的脸简直像是带了一张面具的假脸啊!这年轻貌美的脸几乎是挂在她的脸上的,她一笑起来,脸部肌肉都不动的,只有嘴角僵硬地扬起,看起来要多诡异就有多诡异。小天知道现在女人都喜欢靠化学手段来维持美貌,但这人明显用力过猛,适得其反。他突然有点同情莫风了,每天对着这样一张假脸,还得强颜欢笑,真是生不如死啊!

不过,这两个人的计划做得也太周密了,以傲得的性子必定掉进陷阱,然后故事就真的会沿着他们的构想而发展。那时候可就不得了了,幸亏今天被他撞见了这秘密。

冰冰笑了一会儿,又将手枪小心地放在盒子里,左右找了一下,径直朝衣帽间走来,她突然来开衣帽间的衣柜门,莫风、易小天和露娜集体吓了一大跳。

我滴个亲娘啊!几个人在心里异口同声地惊呼。

可她只探着头找了一会儿,将盒子放在两个抽屉的夹层里,好好盖上,然后又将衣柜门关上了,没注意到衣帽间里还有个来路不明的行李箱。此刻,易小天他们的视线彻底黑暗一片,什么也看不见了,只能隐隐听到两个人说话的声音。

"先把手枪放在衣柜里,待会再去放到保险柜里,哎呀!马不停蹄跑了好几天,真是累坏了,你给我揉揉。"

然后传来了女人脱鞋,拉拉链的声音。

易小天想再偷看一眼,又害怕被发现,只得老老实实呆着。

"好……好……"莫风唯唯诺诺,声音发颤地应着。

"用力一点,下面。"女人发出软绵绵的声音,不时伴随着几声舒服的呻吟。

又等了一会,两人又聊了一会无关紧要的天,易小天实在是忍不住了,又悄悄地推开一道缝偷看,露娜从行李箱里伸出一只手摸了摸,摸到了一个盒子,轻轻打开盖子,将手枪摸走,又摸了几下将几枚子弹全部顺走,手又原路返回,回到了箱子里。

易小天看得津津有味,他伸出手指头,把这精彩的画面全都录了下来。

后面跟他挤成一张饼状的露娜碰了碰他,小声说:"咱们快找个机会溜走吧!再不走可就真完蛋了!"

易小天这才反应过来,现在可不是看热闹的黄金时刻,命还在别人裤腰带上挂着呢!可是现在俩人这情况咋逃出去呢!何况露娜还跟自己挤在一起。

"你先出去,我想办法。"

"我才不出去呢!我觉得这里面比外面安全多了。"

易小天无奈,想了一想,悄悄说:"既然这样,咱只能赌一把了,就看你这个箱子的机械腿能不能承受得住我们两人的重量了。"

衣帽间的大衣柜门悄无声息地开了，床上的两个人正在激情澎湃，谁也没注意到。小行李箱臃肿不堪，原本还是个漂亮的小正方形，现在变成了不规则的多边形。还好，露娜这个箱子到底是世界名牌，那机械腿还勉强承受得住两人的重量。箱子把门轻轻推开，就这样无声无息地溜了出去，留下屋子里的两个人仍在忘我的"工作"。

行李箱悄无声息地在走廊上溜着，箱子从一台看似关闭的机器人面前溜过时，小天玩心忽起，将脑袋伸出来对着机器人不停地扮鬼脸，吐舌头，扭耳朵。哪知道那机器人已经被回来后的冰冰给重新打开了，见到异物进入，脑袋慢慢转了过来，从眼睛里射出两道扫描射线，将行李箱上上下下分解了一遍："异物入侵，防卫等级初级。"说着竟然伸出两只机械手过来提箱子。

"他大爷的！不是关了吗？"易小天一头缩回箱子里，傻眼了！

"你看你专搞这些乌龙！"

"先别说啦！快点加速！"易小天急喊一声，行李箱的智能系统立即识别了他的命令，果然轮子急转圈，带着臃肿的大肚子一溜烟地飞跑。

机器人本来已经只差1厘米就可以提起箱子，哪知箱子居然自己溜走了。这些机器人的智能系统并不十分发达，智商不超过4岁儿童，见行李箱自己飞奔，慢动作站起来："奇怪？行李箱自己走？"在后面吭哧吭哧地追起来。

露娜看到机器人追过来，不停地掐着易小天："再快点！想办法啊！他要追来了！"

行李箱全力跑还能跑多快啊！机器人几步就追了过来。易小天慌乱之中，突然想起莫风的全息徽章："那徽章借我用一下！"

露娜赶紧将徽章一丢，易小天伸手一接，一只手臂突兀得从箱子里伸了出来，头倒是安安全全地仍缩在里面，易小天装模作样地大叫："干什么呢！看看老子是谁？"

机器人扫描了一下莫风的全息徽章，立即弹出莫风的个人资料来。

"莫先生？你怎么会躲到箱子里？"机器人果然被骗了，还好易小天聪明，把脸缩在了箱子里，不然只要一扫描他的面部轮廓，立即就能分辨出是假的来。

"嗯！那什么，跟你说你也不明白，人类的世界你哪儿能懂呢！"易小天自己也找不到理由！只能胡说八道先骗点时间。

"是的，人类的世界我不懂。请您让我识别您的面部轮廓进行复认。"

"那什么，你先把我推到门口亮堂的地方再给你看吧！"

"我具有夜视功能，不需要灯光照明。"

"你这机器人咋这么轴呢！你啥时候学会顶嘴了！让你去就去！下次再啰嗦不给你充电了！就把你放仓库算了！你就负责仓库给我夜视抓老鼠吧！"易小天一本正经地假装严肃起来。

"TG80－EF3型号的机器人不具有捕捉老鼠的能力,如果停止充电,十五天将耗尽电池电量,必须在十四日晚停止使用充电24小时,否则即将作废。"机器人思索着,脑子里也都是些计算数据。

"知道还不快点给我推门口去,我发起脾气来连我自己都怕!"

机器人思索了片刻,权衡了得失利弊,立即推着行李箱往门口走去,路过其他机器人也没有引起其他机器人的注意力。

"兄弟你叫什么名字?"易小天躲在里面问。

"机器人没有名字,只有代号。"原本易小天要滑行很久的路被机器人几下子就走完了。

"小天,小天,把它电池抠下来!"露娜在一旁小声说。

"那什么!"眼看着机器人已经停了下来,易小天必须得想个办法开溜,"你今天表现不错,我给你起了个名字,别的机器人都没有的,只给你一个人! 一个机器人!"

机器人的思维里传来信号,对于主人的表扬和奖励应该表现出兴奋和开心,机器人过了几秒,突然脸上飞起红色红光,做出一个奇奇怪怪的害羞表情。

"低头,我告诉你!"机器人傻了吧唧地弯腰,将头伸进了易小天的面前,易小天眼疾手快,突然伸出手来将机器人胸口的那一块集合电池抠了下来。

"你的名字就叫'对不起'好了!"他把手里的电池,往前一抛,电池就丢进了旁边的花坛里。

小天赶紧指挥行李箱继续往前溜,行李箱发出不堪重负的声音,但还是勉强继续滑动,带着两人顺利地逃了出去。

两个人没敢声张,又在箱子里偷偷滑行了一段路。好在天色已经大黑,根本没有人注意到这儿还有只奇怪的箱子。

又滑行了十分钟,小箱子终于不堪重负,电子芯片超载了,再也无法工作,就突然打开了,两个人"哎呀"一声,被毫不客气地扔在地上。

"噼里啪啦",东西掉了一地。

易小天在箱子里夹了一个晚上,浑身简直快散了架,他揉着胳膊站起来一看,地上躺着全息徽章和一把银色的手枪和五枚子弹。

易小天大吃一惊:"你这是什么时候下的手?"

露娜洋洋得意地将东西收起来,一扭一扭地走了,甚是得意:"那还用说,我可是只认最值钱的东西。"

小天瞠目结舌地跟在她的后面,心想今晚的信息量太大了,事态严重,得赶快找傲得商量。只是露娜不管听没听懂,都已经听到了很重要的秘密,不能放她离开。当下快步走过去说道:"露娜,你把他那么重要的东西都拿走了,这个小气鬼肯定要去你家找你,你暂时不要回家,我们先去酒店开一间房,躲一阵子再说。"

露娜挑起眼睛看他，一副看色狼的表情："一间房？"

小天吃瘪，这点小心思都被她发现了："两间房也无所谓啊！主要是安全，现在咱们两个命都不在自己手上，你说你拿人家的枪干什么？"

露娜耸耸肩："就是觉得值钱。"

易小天一想，他这手枪确实值钱，不但值钱还十分珍贵呢！要是刚才自己手快点先拿走就好了，现下还真有点眼馋。

两人当即找了个酒店，用易小天的身份证开了一间房，露娜累了一天，立即去洗澡了。

易小天坐在沙发上见露娜关了门洗上了澡，立刻偷偷给傲得打了个电话，电话里也说不明白，只告诉他有重要的大事，让他赶紧来，还问了他先华组的科技有没有办法快速去掉一个人的记忆，傲得说有办法就挂了电话，开始往来赶。

易小天在百乐门做销售的时候就知道有一种可以让人陷入睡眠状态的药物，来上一粒立即见效，不过这些药物明面上可是不能销售的，但是易小天在百乐门有备份。易小天叫了客房服务，点了最新鲜的橙汁，将药放到了橙汁里，总不能让露娜也跟着他们一起讨论大事吧，还是得先把她搞定才行。

过了一个多小时，易小天偷偷往浴室探头一看，露娜正在哼着歌躺在按摩浴缸里敷面膜呢。敷面膜是露娜的最后一道工序，看来她总算是快要洗完出来了。

果不其然，不一会儿，露娜带着一身热气从浴室走了出来，她看起来精神焕发，皮肤白嫩。

"可以啊！易小天！终于大方了一回，定了个总统套房，不错不错。"

我他妈这钱早晚要从你身上赚回来，易小天心里这么想着，嘴上却说："那还不是看你辛苦了，来来来，喝杯橙汁润润喉。"露娜眉眼含笑，拿过来一口喝了，刚喝完，话还没说一句，突然就歪到在沙发上。

一般药效没那么快的，但易小天怕傲得马上就来，担心药效来得慢，就多放了几片，不过好像放太多了。

易小天将露娜搬回到卧室里，用被子盖上，让她好好睡一觉，刚跑到客厅想坐下来休息，门铃声就响了起来。

易小天透过门上的3D透视影像看到门外的来人是傲得，一颗悬着的心终于落了肚，给傲得开了门，当下不管不顾地抱着傲得一顿猛哭。

"老大！我今儿真是死里逃生啊！我不管，你可得好好抱抱我。"

傲得脸上一阵绿一阵红，又不好拒绝这小子，也是知道他没有恶意，就由着他闹了一会儿。易小天把门关上，才立马换了一副表情："要有大事发生了！"当下添油加醋将自己刚才听到的原原本本跟傲得讲了一遍。当然夸大了自己如何足智多谋，如何英勇，情节多么紧张。

傲得听到莫风要谋害自己并不奇怪，这他早就能预料得到，可是没想到莫风背

后的靠山居然是一个女人，更没有想到的是，他们居然密谋要杀害L。陷害自己他能理解，但是谋杀万人敬仰的L，这件事他无论如何不能相信。

"那女人是什么样子的？"

"据说挺老的，要比莫风大24岁，可是看起来又挺年轻，我听她说话的语气，应该也是组织内的人，而且看起来还是个蛮重要的人物呐！"

组织内重要的女性角色不少，但是能和L频繁接触的也只有那么几个人，最有威望的就是L的左右手，代号"白玲珑"和"青虎"的两个人。青虎是个铁铮铮的汉子，对L极度忠心，难不成竟然是白玲珑？因为之前组织内部的数次大事两人都意见不合，且对未来的规划也有着不同的见解。两人经常为此争吵，难道是因为L最终通过了青虎的方案而引起了白玲珑的不满？可是白玲珑已经跟随了L二十年啊。

他猛然间想起莫风曾经说过的话：朋友就是用来背叛的。

傲得巨大的身子晃了一晃，慢慢说道："看来是白玲珑了。"

"白玲珑？白玲珑是谁啊？我只听莫风管那老女人叫什么冰冰。"

傲得无力地摇摇头："我们组织内大部分用的都是假名字，比如我叫傲得，所有人都知道我是傲得，却没有人知道我是韩大伟，所以，所有人都知道L的左右手是白玲珑，却不知白玲珑的真实姓名。"

"怪不得！这可就难怪了！"

傲得又问道："你说一下那女人的样子，我看是不是白玲珑，如果是就糟糕了。这人权势极大，组织里有一半的力量都服从于她，如果跟她对着干，我们没有胜算。"

"我想想啊！她梳着短头发，脸看起来像是带了一张假脸。"

"白玲珑年轻的时候去韩国整容失败，所以脸部一直有后遗症，虽然后来整容技术提升，但是她一直用力过猛，脸做得太假，那八成就是她了。"

"我给你看看影像资料不就完了！"易小天才想起来自己还录了视频呢，当下用电视播放出来，直看得傲得浑身冷汗涔涔。

那假脸女人可不就是组织里的顶级人物白玲珑吗？原来她竟然和莫风那小子有一腿，这就难怪莫风会升得这么快了，她如果想上位，必然会提拔自己人，铲除异己。

当他看到白玲珑拿出那柄手枪的时候脸色一片惨白，这柄手枪他是知道的，是最新型的神经控制武器，以前据说国外的雇佣军公司一直在研发，原来已经研发成功了，而且还被这老女人拿了去。这枪可是被联合国列为严禁开发的违禁品，可以自由控制人脑时长达三十分钟，这白玲珑也太有手段了。

记得傲得第一次在布宜诺斯艾利斯旅行遇见L的时候，就被他的"拯救人类"的伟大构想而打动，彼时他还是个留学的高材生，而L则因为预见到了AI对人类未来的威胁,游说"岳黎"研究院放弃继续研发却被除名,被终身禁止参与 AI 的研发,作为曾经的科学骨干,AI 的领军人物,他不愿意在错的道路上继续走下去,于是主动退出 AI 研究院。自此以后,与他同出一门的主张大力发展 AI 的沈慈被推举为新的领袖,沈慈只看到了眼前既得的利益,却没有或者说不愿意去思考人类的未来,两人一度交恶,到了彼此水火不容的地步,最终 L 决定用自己的力量来唤醒被 AI 蒙蔽的人类,他一定要让人类知道自己现在正在走向一条极端危险的道路,于是他成立了"先华组",去挖掘和寻找与他志同道合的人。两人一见如故,傲得决定终生投身于如此伟大的事业。先华组就是他的生命,他见不得有人如此败坏他们的心血,这样的人不光是他傲得自己的敌人,也是组织的敌人。

他默默地关上了电视,陷入了沉思。易小天见傲得这么低落,宽慰他道:"其实事情也没那么糟糕啦!"他站起身从露娜的衣服里摸出手枪和徽章,往傲得眼前一晃:"要是这把手枪真这那么厉害还好了呢!它现在是我们的啦!能用它干的事可就多了去了。"

他另一只手里把玩着莫风的全息徽章:"咱们还顺手把这玩意儿顺来了,有用吗?"

傲得脸上又惊又怕:"这枪被你拿来了倒是不错!但是那全息徽章却拿不得呀!莫风完全可以根据徽章里面的定位芯片找到这里的!快把它销毁!咱们这里呆不得了!"

傲得不由分说,拿起徽章就顺手丢进了旁边的水杯里,这徽章内全是电子部件,一小会就因为短路而失去了光芒,变成了一小块废铁。

"希望还逃得掉!咱们快撤吧!"

易小天一想,好像还有什么重要的事情给忘了。

"等一等!!房间里还有一个呢!"

两个人过去一看,露娜正躺在床上睡得不亦乐乎,易小天撇撇嘴:"这个怎么办啊!秘密都被她听到了!"

傲得沉吟了一下,"只能处理掉了。"

"等等!"易小天叫出来,"你该不是要灭口吧!这就有点严重了!她好歹也算我半个朋友!"

傲得白了他一眼,从手臂上的隐形口袋里拿出一只极细的针管来。又变戏法一样地从另一个手臂的隐形口袋里摸出一小袋液体来,快速抽进了针管内。

"这药物可以让人忘记一天内的记忆,是很稀有的药品,现在也只能给她用一点了。"

当下手法利落地给露娜注射了进去,易小天这才松了一口气。

傲得又安排易小天将露娜送到安全的地方,他将手枪和子弹拿好,两人约好了下一个见面的地方,然后就分开行动了。

因为知道了这个不得了的秘密,傲得的心情有些低落。等到易小天来到汇合地点时,发现傲得少见地喝起酒来。

傲得将手枪扔在易小天的面前:"这枪是你的,你拿着吧。"

"我!?"易小天吃惊地指指自己的鼻子,"我拿着！呵呵！你可别开玩笑了！这么重要的东西交给我,就算你放心我,我都不放心我自己。"

"按理说拿到这把手枪,就应该立刻销毁,但是现在似乎不是销毁的最佳时间。这枪是因你而来,怎么处理是你的事。。"

易小天见傲得心情低落,知道他现在正忧心不已,只好把枪拿过来,自己摆弄着。"这枪我也不会用。"

"我来教你。"傲得现场演示了如何装弹,如何发射,又看着易小天练了两回,没什么差错了才停。

易小天看了看这个小房子,里面生活设备一应俱全,看来傲得为自己准备了很多个落脚的地方呢。他倒是想仔细看看,但是见傲得如此忧郁,他也没了什么兴致。

"要不咱们把这件事告诉你们老大吧?"易小天提议道。

"肯定不行的,想见 L 十分困难,我已经申请了会面,但是至今还没有接到通知,何况白玲珑深得 L 信任,即使我告诉他,他也不会信的。"傲得忍不住叹息一声。

易小天见傲得如此忧心,也想为他出点主意,脑袋里转来转去,半天也没想到什么好方法。

"既然没什么好方法,那要不就以静制动？等着他们来找上来？何况那假脸老太太准备让你来背黑锅,肯定会想办法引你上钩的,到时候咱们就顺藤摸瓜,抓他个正着！"

"现在枪被你偷了出来,不知道他们是否还会按照原计划行事。"

两个人默默无言,心情都十分压抑。

在城市的另一边,莫风豪华的别墅里,正传来阵阵惨叫。

白玲珑手持皮鞭将莫风打得鲜血淋淋,莫风在地上不停地滚着。一边哀嚎连连,一边求饶不已:"救命啊！救命啊！我不知道啊！不是我拿的……啊——"

"不是你拿的是谁拿的？难道枪自己会长腿跑了不成？"白玲珑冷冷地说。手上却仍未停下,只打得莫风眼泪鼻涕横流,抱着她的大腿不放手。

"我错了！我……我……等等,难道是她??"

"她?"

"不不不……我没说她……"莫风吓得连连摆手,若是承认了自己找女人只怕是要死得更惨。白玲珑停下了鞭打,阴恻恻地看着他:"你是不是找了女人?"

第十八章

我六岁生日时老爸给我的礼物是柯尔特眼镜王蛇

"滴滴滴",手机声音响起,傲得拿起手机一看,小眼睛瞬间瞪得老大。他一个咕噜从沙发上跳起来,跑到房间里将睡得迷迷糊糊的易小天摇醒:"快醒醒,小天!"

不知道从什么时候开始,傲得变得十分信任易小天了,一直以来他已经过惯了独行侠的生活,没想到一段时间和小天相处下来,自己倒越来越习惯了身旁有人偶尔说说话,哪怕小天帮不上他什么大忙,但是心里也踏实了不少,他虽然仍不愿意承认自己已经将易小天当成了朋友。

"小天!小天!"

小天揉着眼睛爬起来:"怎么啦?"

"我收到了信息,L邀请我去参加会谈。"

易小天爬起来,睡意全无:"他们这是要行动了吗?不知道他们有没有发现计划败露了,早知道就不该拿这手枪,都怪露娜贪财!"

"现在再说这些也没用了。白玲珑这人十分多疑,她敢现在行动肯定已经是成竹在胸,就算计划可能已经改了,但是她们不达目的不会罢手,小天,我有个非常重要的任务要交给你。"傲得决定赌一把,他认真地看着小天。

小天兴奋地跳了起来:"重要任务吗?哈哈!放心,交给我好啦!我办事你放心!"

看小天一脸嘚瑟的样子,傲得还真是很不放心,可是现在也没有人可以信任了,谁知道组织里的哪些人已经是白玲珑的人了,L现在已身处漩涡之中,他必须要保护L。

"你带着这把手枪……"傲得趴在小天耳边,将自己的计划大概说了一下,小天听得一愣一愣的。

"等会!你说让我把枪带进组织去?这不可能吧,门口不是有个很厉害的小机器人专门扫描武器的吗?"

　　"所以接下来你要听好,这两天技术部的秦开到外面采购了一批电子器材零部件,今天下午两点会运到总部,你将这把手枪全部拆开,这种高科技手枪的制作十分复杂,现在使用的手枪一般共有八个部分组成,这把手枪我研究了一下,它却有十四个组成部分,将它全部拆碎,混放在秦开的运输箱里,一定要记住,一个箱子里只能放一个零部件,这样即使机器人扫描到了也无法精准判别,等运到总部仓库,你必须以最快速度找回这十四个零部件,算上一颗子弹共十五个部件。以最快的速度组装起来,然后找到莫风,用这一发子弹控制他。我敢保证,白玲珑的部下调遣会由这个她最信任的相好负责,到时候,你控制他进入到组织的核心位置,也就是L的白色办公室去,让莫风带领军队控制住白玲珑和他的手下,这样也许我们还有机会。你听明白了吗?"

　　易小天突然后悔刚才吹了牛,"我办事你放心"这句话他想怎么吹出去的怎么收回来。这个过程太复杂太难了,饶是专业特工干这事尚且不容易,何况他一个一无是处的毛头小子。突然被安排做如此重要的事,连自己都觉得太不靠谱,而且手枪他一共也没摸过几次,这下又要拆又要装的,小天想想就觉得胆怯。

　　"我……我……我……"易小天心慌意乱,只觉得心惊肉跳,浑身颤抖。他不是没胆子,只是这事太过重大,一旦自己失败,那可就会连累到所有人的性命。

　　他抬头看看傲得,只见傲得正坦诚地看着他,显然傲得比易小天更加知道事情的严重性,可是以他现在的情况,要么选择相信易小天,要么选择放弃。

　　"你能做到的。"傲得用力地拍了拍小天的肩膀,小天额头上的热汗感觉消退了一些,傲得如此真诚的眼神给了他勇气。

　　"有啥了不起,不就是装个手枪嘛!老子上小学的时候手工课最厉害了!什么样的模型都能分分钟装好!装……装个枪也不成问题!"小天坚定地给自己打气,胡乱吹了一通自己有多厉害之后好像也不那么害怕了,这招自我催眠倒还挺好用的。

　　毕竟事关重大,傲得仔细地教小天如何拆卸、如何组装。易小天本来就十分聪明,现下任务艰巨,学得格外用心,几下子就学了个明明白白。易小天心想,考大学他要是也能拿出这股认真劲儿保证能考上北大!

　　傲得见他学得又快又好不由得啧啧称奇,又教了他如何发射子弹。

　　傲得严肃地告诉他:"小天,因为运输武器十分危险,最多只能带进一颗子弹,如果出现重复率很高的货物,机器人是可以扫描出来的,越少越容易蒙混过关,所以你只有一次机会。"刚才还信心满满的小天瞬间又蔫了。

　　一颗!要是五颗子弹打中一发还勉勉强强有可能,一颗子弹直接命中,要是这都能打中,他干脆转行当枪手得了!但是牛已经吹了出去,面子还是得要的。假装无所谓地挥挥手:"嗨!小意思,来吧!咱多练几次!"其实心里面泪流不停。还好他知道事关重要,练得格外用心,加上小天天资不错,进步神速,命中率极高。连傲得都不得不承认，这小子脑袋瓜子还是挺好用的，就是没用在正地方，浪费了。

易小天本来担惊受怕，以为多难呢！哪知两下就明白了个清清楚楚，原来这枪也就和个玩具枪没啥区别，瞄准人打就行了，自信心又高涨起来。

傲得又细心地交代了其他一些细节后觉得差不多了，就一人开了一瓶酒，做最后的饯行。

"先干了这一杯酒，预祝咱们能取得胜利。"两人一口把酒喝了，傲得又各自倒了一杯，"这一杯酒是等我们安全回来时，再喝的庆功酒，小天，咱们一定要归来，把这酒喝了！"

两人相视一笑，两只手紧紧地握在一起。

傲得将秦开带到了采购处。秦开戴着他的书呆子眼镜，双眼无神，穿着没什么特色的格子衬衫，背个同样没什么特点的黑书包，掉在人堆里绝对找不出来。不过易小天见识过，这人其实是深藏不露，厉害着呢！

见到秦开，易小天屁颠颠地伸出手跟人家打招呼："呀！你就是大名鼎鼎的秦开秦哥哥呀！上次咱们一起合作过，不过没打过照面，呵呵！"

秦开冷漠地看他一眼，只是点了个头，就不再理会，转头对傲得说："你要带人也可以，只是后果我不承担。"

"好的。"

傲得在背后朝易小天招手，易小天明白，假装到处溜达来溜达去，手里快速地将手枪零部件丢在了箱子里。这里的箱子足足有三十几个，不一会儿他把东西都丢了个干净，可是一转头就忘了到底丢哪个箱子里了。

乖乖！怎么这么多箱子啊！这不是考验我的技术，是考验我的智力啊！

因为傲得还有更重要的任务，他等小天搞定后，便与他们分道扬镳。小天和秦开一起坐在了去往组织的车上。

一路上秦开也不说一句话，小天实在无聊，忍不住跟他拉家常。

"秦哥哥，你是负责哪个部门的呀？"

"别和我说一些无关紧要的话。你既然帮助过我们，就不算是敌人，但是也算不上朋友，不要多嘴多舌。"

切，拽什么拽啊！老子还不稀罕搭理你呢！可是过了一会儿，小天又嘴贱得忍不住要说话，司机也不理易小天，他只能骚扰秦开。

"你结婚了没？女朋友有没有？要想找女朋友可以找我哈！我可认识好多漂亮女孩排着队等着嫁人呢！"易小天看看秦开，仍旧一张万年不变的僵尸脸，"对啦，我发现你们组织里的厨师得换一换了，咸鱼茄子都臭了……"

"那个前台妹子叫什么？"

"你豆腐脑爱吃甜的还是咸的？炒鸡蛋是爱吃放糖的还是放盐的？这可是

非常严肃的是非问题啊!"

"你妈贵姓?"

……

无论易小天跟他说什么,秦开只顾玩着自己手里的微型笔记本,就好像他自己一个人坐在车里一样。

这些人怎么一点人情味都没有,这活着跟机器人有啥区别,脑袋里就想着怎么破坏天君,好像除此之外就没别的精神追求了,真是无聊。

易小天没滋没味地在车里打了会儿瞌睡,原本肚子里的那点志忑一路颠簸都颠掉了。睡着睡着,易小天就突然被人把头给罩上了——为了安全性和隐秘性,所有非组织人员在进入组织时都要给戴个头套才行,易小天虽然已是熟人,但毕竟没有加入组织。

车停了下来,易小天在车里只听见有大型机器发出的轰轰声,接着被人给拉下了车,在黑暗中被人带着跌跌撞撞地前行,等头上的头套摘下时,已经到了一个椭圆形的隧道内,易小天第一次来的时候是昏迷着被人抬进来的,这还是他头一次正式进来,当下好奇地左顾右盼。原来他们坐的车是通过一个又大又厚的钢铁大门从一个隧道进入到基地的,随着门上液压系统的轰鸣声,这扇大门又在车后面缓缓关上了。

秦开沉默地走在前面,他们后面的货架上,十几个人员正在推着满箱子的零部件和用品跟随着,一路上只闻脚步声,没有一个人说话,小天好没兴致。

他的眼睛不时地环顾四周,果然见到前面入口处立着两个机器人。乖乖,一行人正挨个被机器人扫描,易小天做贼心虚,虽然傲得已经交代过了,这机器人同时扫描成千上万个零部件时也许不会注意到手枪的单个零部件。

易小天突然心中砰砰乱跳,他突然发现当时傲得说这话时说的是"也许",那就是连他自己也不敢百分之百的保证了!他奶奶个脚!他不是坑我吧!

易小天志忑不已,自己被机器人扫描后,就乖乖躲到一边暗暗偷看,只见那机器人的双眼中突然射出两道光墙来,那光墙在箱子的周围形成一个密合的正方形空间,将所有的零部件一点点的扫描,扫来扫去了好几遍。

阿弥陀佛,可别出什么茬子呀!易小天觉得自己的后背都沁出了一层冷汗。机器人又反反复复地扫描了几遍后终于停了下来,允许他们通过了。

易小天长出一口气,真是恨不得对着机器人冰凉的小脸蛋亲它几口。

小天美滋滋地进了大厅,他假装去了傲得的办公室等傲得,他知道再过十几分钟仓库就能卸载完毕,于是就翘着二郎腿坐到了办公室里那把大椅子上,还把傲得的高级红茶打开来喝了几袋。

傲得却没有易小天这么悠闲,他跟易小天分开后,知道接下来会有一场硬仗要打,他虽然派了易小天安排了后手,但是谁也无法保证易小天能否真的如期完成任务,他不能把组织和 L 的性命真的就交给一个毫无经验的小子,关键时刻仍然要依靠自己才行。他强悍的肉体就是他最大的保障,傲得将手上缠好了护手带,喝了一罐黑咖啡,确保自己的精神和肉体都处于最佳状态后,这才推开门,走了出去。

L 的办公室,是一个古色古香的中式办公室,墙壁上挂满了各式各样的书法和绘画,有的是他收藏的画作,也有一部分是他自己的作品。他是一个很纯粹的人,无论做什么事情都追求极致,他追求纯人文精神的世界,厌恶冷冰冰的 AI 所构筑的机械空间。

L 曾经和傲得讲起过自己的经历和如今的淡看世界,和现在执着开拓纯粹的人类世界的他不同,L 说他年轻的时候也是个叛逆的富家少年。

那是在布宜诺斯艾利斯美丽的傍晚,街角的公园,傲得第一次与 L 相遇的时候,老人微笑着牵起他的手,眼睛里写满了回忆:"其实我年轻的时候,可能比你年纪还小一点吧,特别叛逆,还喜欢飙车。"说着摇摇头,似乎对自己年轻时的行为深为慨惜。

"您也是年轻气盛不懂事嘛! 谁都需要成长的,十七八岁的年纪,正是叛逆的时候。"傲得在一旁安慰。老人十分慈祥,他实在想象不出老人年轻时那副嚣张跋扈的样子。

"你想象不到我年轻时的样子吧? 我给你看一张我年轻时的照片你就知道了。"老人看傲得一脸茫然,就拿出手机,给傲得看了张照片。"这张照片我一直留着,以便提醒自己再不要回到过去那个样子了。"

傲得一看照片吓了一大跳,那根本就是个疯子嘛! 只见照片上的 L 留着一头艳红色的短发,涂着紫色唇膏的嘴癫狂地大笑,嘴都快咧到耳朵根了。眼睛睁得溜圆,眼白比眼仁多三倍,并且还戴了个绿色蛇眼效果的隐形镜片,而且眼睛上面居然没有眉毛。整张脸涂了厚厚的白粉,那张恶魔般的脸连看多一眼都让人浑身发抖,更别说加上他那一身密密麻麻的纹身了,照片上的他光着膀子,整个上半身纹满了各式各样奇异的图案,最突出的是一个硕大的骷髅头,就纹在心脏的位置,骷髅头也同样大张着嘴巴,做着怪笑的夸张表情,旁边还纹着一排排墓碑,照片上的疯子对着镜头,摆了一个将两手中指竖起来放到嘴巴两边准备啃下去的动作。

这张照片只看得人后脊梁骨一阵阵发麻,这样疯狂变态的人,傲得真是前所未见,他扯扯嘴角,想礼貌的笑一笑,奈何笑得比哭还难看。他再看看现在的老人一脸慈祥,真是觉得三观都被刷新了。

老人也看着照片,陷入了回忆……

"我过去劣迹斑斑,简直说也说不完,但是我不回避自己过去的错误,因为只有能够正视自己,才能在幡然悔悟的时候痛彻心扉,终身难忘。"老人说到这儿暂

停了一下，缓了口气。

傲得看到他年轻时的照片只是被刷新了三观，现在听到老人说起往事，觉得自己的三观已经被彻底毁掉！

老人又接着回忆："最后我啥都玩腻了，就准备把自己改造成一个人体炸弹，在圣诞节的时候给全城的人送上最大的 Surprise！"

傲得虽然已经听了那么多老人的往事，可听到这个时，还是被他疯狂的想法吓了一大跳，愣愣地看着他。

"我还要在商场里人群最密集的地方引爆身上的炸弹，然后全程网络直播，我要看看到底有多少人能看现场直播？会出多大的新闻呢？我打赌点击保准超过 20 亿！我还要在引爆前发泄我的不满，我憎恶这个世界，他把所有我需要的东西都提前给了我，让我活得空虚，没有目标。我不知道活着的意义是什么。所以我只能报复它。"

傲得小心翼翼地吞了口唾沫，自来卷被微风轻轻吹动起来，小眼睛里闪烁着惊骇的光："后……后来呢……引……引爆了吗？"

老人笑了："你这问题问的，如果真那样了，那现在跟你说话的人是谁呢？当时我遇到了一个人，他拯救了我。"

"啊！"傲得忍不住叫出声来。

"是啊，是一个年纪挺大的老人……"

L 看着广场上的鸽子纷纷飞走，似乎一下子回到了过去的场景。

70 年前，他正自鸣得意地坐在长椅上，正在检查身上绑的 C4 炸弹有没有连好线，手里的起爆按钮是否工作正常，这时他留意到身边拄拐杖的老人正微笑地看着他。

心想待会就要干大事了，马上就要在历史上留名了，他忍不住想跟身边的陌生人分享，他就一屁股坐到老人腿上，手舞足蹈地和老人说道："老家伙，我送你个礼物怎么样？"

"哦？"

年轻的 L 悄悄地说："我待会把你前面这栋楼炸了怎么样？"

老人抬头看了眼面前这座一百多层高的购物中心，不屑一顾："没什么意思，也没什么能耐。"

"你说没意思？"年轻的 L 震惊了，这已经是他能想到的最酷的玩法了。

"我和你打个赌，怎么样？"老人慢悠悠地说。

"打赌？"L 来了兴致，"来啊！谁怕谁啊！"

"你看看这个是什么？"老人拿出一个小小的机器人来，高不过 20 厘米，有四肢，外形就像个画画用的小人体模型。

"小机器人？"L 诧异，"What's the fuck？"

"你在全世界最好的大学读着最先进的人工智能学,却连基本的常识都没有,居然还放言活着没意思,拿出你百分之一的时间和精力,你就可以知道你根本不用那么麻烦的把炸弹都绑在身上,傻乎乎地去引爆人体炸弹,这些你只需要你头脑里下一个小小指令就可以命令机器人去引爆这座大厦了。"

L听到大学的事情,这个从来不知道脸红的人现在倒有点脸红了,这是他内心唯一的痛点,从来都不去上课,怎么说都不算很酷的行为,同时他也觉得不可思议:"这怎么可能,你可别诓我!"

"这有什么不可能,未来三十年是AI发展的高峰期,科技会让一切不可思议都变成现实。"

说着,L手里的小机器人突然动了起来,伸手到L的衣服里,准确地将炸弹引爆装置给拆了下来。

"配置这些炸药也费了不少时间吧,为什么不去买现成的呢? 以你的财力什么要不到,偏要自己动手来做?"

L被人发现了秘密,有点不好意思:"自己动手比较有意思嘛! 每天无聊死了! 这个小家伙是拆弹专家?"

"不是,它只是按照我的命令而已,只是我不是用嘴巴下达命令,而是用这里。"说着点了点他的脑袋。

"意识下达命令? 这么酷!"L的眼睛亮起来,发现了更好玩的,谁还管什么爆破不爆破的,被他忽悠来的记者们把大楼围得水泄不通,而那个爆料会有世界级重大新闻的人却坐在商场外面的休闲椅上正热火朝天地 和老人聊天,早把他们忘到了九霄云外。

"你可以试试啊! 这台机器人全世界仅此一台,这是我的试验品。"L听了激动不已,马上将一个薄薄的金属膜贴到太阳穴上,开始发起命令来。

根据他的意识指示,小机器人一会跳起来绕着长椅快跑不止,一会跳起来敲打他的小腿,一会又唱起歌来,扭着屁股。确实十分灵敏,这家伙要是能做大了,用来打架可就牛了! 不对,应该想个办法给它套上层人皮,装成僵尸去咬人玩! L不禁又动起了坏心思。

"这只是一个初级产品,未来会有更先进的科技应用到生活当中来,会有可以飞的汽车,机器人将无所不能,可能人类会飞出地球去,探索外太空的一切智慧生物,宇宙飞船、宇宙飞艇、外星殖民等,一切都会变成现实。"

L听得无比神往,哪知老人家话锋一转:"不过这一切跟你都没有什么关系,因为你已经决定自杀了。"说着机器人把卸载的炸弹装置又装了回去。

"请吧。"

老人手一摆,做了一个好走不送的姿势。可是L的热情已经燃起,哪能说走就走。

"等等，你说人还能去宇宙玩？"

"是啊，不过什么时候实现，怎么实现就要看你了。"

"看我！哈哈！"L吃惊不已，他觉得这个老家伙当真有趣得紧，他之前从没遇见过这么特别的人。"这可是我今年听过最好笑的笑话了！不对，是我这辈子听过最好笑的笑话了！哈哈哈！"

"我也觉得很好笑，未来科技发展的重任竟然会落在你的身上，请便吧，做你想去做的事，楼里面的场地应该都布置好了。"老人再次赶人，这一次L反倒是沉吟不语，半天没动。

"等一下，你是不是在骗我呢？"L犹自不信。

老人从怀里拿出一个名片来："这是我的名片，我的名字是魏先华。"

L拿过名片一看，上面赫然写着自己大学的名字，职位是国际AI研究中心主任，魏先华。

L虽然上了大学却不学无术，几乎没怎么去过学校，但是此刻却深信不疑，就算是他去学校那为数不多的几次，也听说过这位教授的大名。

L不会知道为了挽回他的性命和前程，L的父亲花了多少时间和精力，虽然父亲对他做了多少疯狂的事情都不在意，但这次他提前从儿子身边的随从那里知道了儿子要干什么，这下才慌了，到处求人看谁能帮忙，但他们家族早就把人都得罪光了，一听说他儿子就要死了，别人乐都来不及呢，谁还愿意去帮他。但是这个老教授却意外地接受了他父亲的求助，不过条件是L的父亲要把自家那些不义之财的三分之二都捐给慈善机构，L的父亲救子心切，也就答应了。

"你会用四十年的时间让AI飞速发展，达到巅峰，却会花一辈子的时间来摧毁它。"老人站起来，留下一句高深莫测的话就离开了。

商场上热闹非凡，全世界都在翘首企盼，等着那震惊世界的大新闻，L却坐在长椅上发起了呆。

自杀？现在？他突然不那么想了。他转过头，收回视线，发现小机器人竟然还留在长椅上歪着头看着他。

时间回到现在，年老的L坐在长椅上，如当年的魏先华一般，看着身旁年轻的傲得。

傲得好奇地问："后来呢？您肯定没引爆炸弹。"

"是啊，我突然就又不想死了，以前空虚的生命突然好像有了意义，我对AI产生了极其强烈的兴趣，回到家以后，我拆了炸弹，洗了个澡就去学校找那个老教授。后来我就好像突然变了一个人，整天跟着魏教授躲在实验室里搞研发，大学四年，研究生及至博士，一路钻研下去。当然，我的转变也不是一蹴而就的，我一边读书一边接受心理治疗，整整治了五年。给我治疗的三个心理医生都被我给逼疯了，呵呵，唉，这个不说也罢，总之，我很快成了世界AI的领军人物，后来

我跟着魏老师去了隐形区域,魏先生是隐形区域人,隐形区域成为了世界AI研发的集中地,大量的高科技不断研发出来,那时候我自信满满,意气风发,可是魏老师一边开心不已,一边却独自流泪,我一直奇怪,他却又对我说了那句话,'你会用四十年的时间让AI飞速发展,达到巅峰,却会花一辈子的时间来摧毁它。'"

"我问他为什么要摧毁飞速发展的AI呢?就让它为人类造福不好吗?教授只是摇摇头却没有说话。那时候我十分不解,甚至一度认为老师老了,太过多愁善感。后来老师退出了AI研究院,整日作画,再也不理我们的研究了,后来在没有跟我们联络的情况下,一个人出了隐形区域,我们都不知道他去了哪里。"

"当我研究AI差不多三十年左右的时间时,社会上出现了两种截然不同的声音,我再也无法无视AI的高速发展给人们带来的弊端,我试图劝阻,但是大家都沉迷在AI研究所带来的快感中,对AI给人类带来的生存威胁视而不见。又过了十年,AI普及到了社会生产的各个环节,人类却因为自身的惰性和对AI的依赖而逐渐导致大脑退化,虽然这种退化是微乎其微的变量,但是一旦当量变引发质变时,一切就都晚了。"

"你是说过度依赖AI会导致人类的自我倒退?"傲得震惊不已,这比今天听到的任何匪夷所思的事情都让他震惊。

"是的,但是研究院却可以隐瞒其对人体的危害,毕竟科技的腾飞为当下人们的社会生活提供了巨大的便利。我终于明白了魏老师的那句话是什么意思,我劝阻我的师妹,也就是与我一同师承魏老师的沈慈,却遭到了他们的嘲笑。"

"胆小,懦弱,迂腐……都是他们扔过来的标签。可是那时候我还在犹豫,直到研究院在多年努力后将AI的主机激活,我见到AI的意识力竟如此强大后,竟然开始害怕,那是对远远超越自己力量的强力量的臣服和恐惧。那时我们给它起了个名字,叫做天君。"L说到这里,双眼睁大,似乎仍在恐惧不已。

"AI主机的意识流很强大吗?它……它拥有独立的意识?"傲得简直不敢相信自己的耳朵。

"是的,它虽是人类创造的,但是它的意识流却已经远远超越了人类可以控制的范围,而人类却还在沾沾自喜……太可怕了……"L摇头叹息,"我们创造了可怕的东西出来,一旦AI主机脱离人类的控制,后果不堪设想啊……"

傲得也跟着没来由的害怕起来,明明晚霞迷人,他却不受控制地打了个寒战。

"于是我毅然决然地退出了研究院,决定不惜一切代价也要摧毁AI,不能让它再发展下去了。可惜的是,我去找魏老师请求他的指点时,他却已经离世了,再也没有人可以给我指引,于是我决定用他的名字,传承他的意志。后来,我把家里所有的钱拿去做投资,得到的收益绝大部分送给了之前那些被我害死的人的家属,留下的钱就用来成立了'先华组',你愿意加入我们吗?"L看着热血澎湃的傲得。

"我愿意!"

傲得的回答那么铿锵有力,以至于他每次回想起来都仍然觉得热血澎湃,L对他而言,就像当初的魏先生对于 L 的启蒙一样,他敬爱 L,不允许他有任何的意外和危险。

回想过去的种种,傲得仍情难自已,他走过 L 办公室偌大的会客厅,来到他的私人办公室,轻轻敲了敲门。

"进来吧。"是 L 慈祥的声音。

"是。"恭敬地推门进去,巨大的实木办公桌前端坐着一位和蔼可亲的老人。那老人穿着一身中式礼服——年少轻狂时纹了一身的纹身算是洗不掉了,所以 L 不管天气多热,从来都只穿能覆盖到全身的衣服。戴着一副老花镜,正在宣纸上挥毫泼墨,画完最后一笔之后,他满意地点点头。

傲得的眼眶突然间红了。

"先生。"傲得忍不住呼唤他,L 抬起头来,见是傲得,微笑着朝他招招手,示意他坐过来。

"看看我这幅画画得怎样?"因为多年受魏老师的影响,L 十分喜爱传统文化,这些年在丹青上的造诣更是不凡。

傲得走过来,屋内灯光柔和,桌上焚着沉香,香气甘甜、淡雅,瞬间洗去了傲得身上的躁气。

"先生的画真是越来越气魄非凡了。"傲得赞叹。

L 显然也对自己这副作品十分满意,又看了几遍这才说道:"坐下吧。"傲得乖乖地坐下来,坐在老人的对面。

老人摘下眼镜,他的头发已经花白一片,再无一根金发,劳累和奔波让他衰老得更快了。

"好久不见啊,傲得。"

"先生太忙了,要注意身体,上次见到您,还是两年前的事情了。"傲得关切地说道,别人也许更关注 L 的智慧和他的决断,可是傲得却似乎更关心他的身体。

"是啊,自我们第一次见面之后,也一共见了不过几次,每次都是被一堆的任务牵绊着,也一直没有找到机会跟你好好地谈谈心。"L 仍旧慈爱地笑着。

傲得的心里暖暖的,见到 L 慈悲的模样,原本紧绷的神经也跟着松懈了,人就似乎沐浴在阳光下一般。

他不知道白玲珑何时会动手,更他舍不得离开 L 的身边,就好像一直思念着父亲的孩子突然见到了父亲,无论如何也不想离开他。

"我记得第一次见你的时候你还没这么壮的,还是个温和的学生,大个子,顶着一头自来卷,看起来十分特别。"说着,老先生笑起来,笑得那么欢畅,好像是在

说自己孙子的趣事一样。

"我也记得第一次见你时,恰巧坐在您的身边,您挂着一根拐杖,看着广场上觅食的白鸽,眼睛里满是黄昏的颜色,那时候天君刚刚在全世界风靡,您却对此忧心忡忡。"

两个人相视一笑,都在回忆着初见时的美好场景。

"谢谢您将我带进组织,让我找到了可以为之奋斗一生的事业,天君一旦被不怀好意的人利用,一定会酿成巨大的祸端,最终食其恶果的一定是那些手无寸铁的普通百姓啊。"

L点点头,欣慰地看着他:"听到你这样说,我真的很欣慰。"

傲得胸口翻腾,他有太多的话要说,简直不知道要说哪一件好,他忘情地想要去拉L的手,L却适时地将手挪了开去,嘴角露出尴尬一笑,忽而又遮掩了过去。

咦?傲得有点奇怪,L是很喜欢身体接触的人,他说话的时候总是习惯性地拉着人的手,显的格外亲切。傲得因此才去拉他的手的,这次却意外地扑了个空,傲得不免心里怪怪的。

"傲得啊,我年纪大了,很多时候都分身乏术,我虽然身居要职,却往往感觉到有些力不从心,倍感吃力。未来是你们年轻人的,未来的诸多可能也等待着你们去挖掘,我老了,也有点累了,我这次叫你来是想告诉你,我经过长久的深思熟虑,决定把这个领袖的位置让你来做。"

"什么?"傲得吃了一惊,这……这怎么可能!!

"这是我签署的文件,你来做一下交接吧,以后,你就是先华组的一把手了,我回到我的故国去,以后每天就散散步,写写字,养个花啊、鸟啊什么的就挺好。我已经跑不动啦,未来组织就交给你了。"

傲得吃惊不已,他从没听说过L有隐退的想法啊!更没有想到L居然要把位置传给自己,虽然他知道L年事已高,身体也大不如前,可是……可是这也太突然了!

L将手里的文件递给他:"上面的字我已经签好了,你把你的名字签一下吧。"

傲得不知道这文件该接还是不该接,也不知该不该劝说L改变主意。

他犹豫着,却猛然间见到L是用右手递给他的文件,熟悉L的人都知道L是个左撇子,他写字和吃饭都是用左手,刚才他签字的时候仍是用的左手,可递文件又用了右手。

傲得不动声色,沉吟了一下,就立马把文件拿了过去,脸上表现出喜上眉梢的样子,拿起黑色签字笔就要往上面签字:"既然是这样的话!那我就帮先生分担一下吧!"

　　落笔之前，眼睛偷偷往上一瞟，就发现那人神情紧张地盯着他的笔，似乎很急切地希望他签字。

　　傲得心里登时一沉，将手上的资料一把扬起，怒喝："你是假的！"

　　L吃惊不已，"你说什么？傲得？"

　　傲得嘴角撇了一撇："差点被你骗了！真是演得一手好戏！"

　　L双颊颤抖，伤心不已："傲得，我最信任你，反过来你却怀疑我？"

　　傲得拎起L的衣领，将他提了起来："我倒要看看你是怎么装的！"他的手刚要撕下他脸上的伪装，门突然被人踹开了。

　　白玲珑和青虎出现在门口，两人的身后跟着数个身着劲装的彪形大汉，相貌十分陌生，想来一定是白玲珑的人，青虎铁青着一张脸，手里举着一柄枪指着傲得："傲得！快点把先生放下来，难道你要造反不成吗？"

　　傲得回头，看到白玲珑梳着干净利落的短发，抹着艳红的嘴唇，正冷笑着看着他。

　　傲得心里一惊，糟糕了，还是着了她的道。

　　白玲珑眼睛看着傲得，假脸做出的笑容十分别扭："我说什么来着，就说这小子要造反。"

　　青虎将子弹上膛："快把先生放下来，否则的话别怪我不客气。"

　　"现在有人举报，傲得你背叛组织，蓄意谋害先生，现在你还有什么话可说的。"白玲珑冷笑着。

　　傲得脑袋里热血上冲，心里气愤难当："青虎！我手里的L是假的，你千万别被白玲珑给骗了。不信我证明给你看！"

　　当下就想将手里的假L撕成两半来证明自己的清白。他刚要出手，突然醒悟过来，这白玲珑怕是就在等着我出手杀了这假L，然后栽赃嫁祸，众目睽睽之下击杀了L，这就是板上钉钉的事实了！又或者这个真的就是L，只是被白玲珑动了手脚，若自己一失手杀了真L，那真是万死难辞其罪。电光火石之间，念头百转。

　　他突然松开手，将假L放了下来，老先生的喉咙一直被人捏着，脸涨得酱紫色，此刻一下子解脱，不由得喘息连连，他颤抖着指着傲得，眼睛睁得老大："这……这个恩将仇报的小人！竟然逼我让位给他！咳咳咳咳……"

　　青虎原本将信将疑，现在连L都这样说，那自是确认无疑，手指扣动扳机，一颗子弹冲着傲得射来。

　　傲得冷哼一声，就势一滚便滚到了桌子底下，子弹在假L身边擦过，吓得他失声尖叫。

　　傲得早就预料到了会和青虎来一场硬碰硬的较量，他最不惧的就是近身格斗，傲得的优势就是近身格斗，只要卸了他的枪，他便手到擒来。只是在那之前，

他转头看到了白玲珑,只见她一脸得意地望着傲得,傲得冷静地判断道:在那之前,我要先把这该死的娘们给杀了!

当下敏捷地躲着子弹,在桌子间穿来穿去,L的办公室极大,摆设品又多,他自由地在其中东奔西躲,青虎愣是拿他没辙。

白玲珑眼睛紧紧地盯着傲得的动向,就看他突然一个团身躲在了一个酒柜的后面后就没有了动静。

"去,你们两个去看看。"她身后的两个护卫悄悄走过去。

她正奇怪,傲得猛然间朝她扑了过来,白玲珑尖叫一声,吓得一屁股跌坐在地,青虎离她很近,他来不及开枪,伸手去格挡的时候,手里的枪顺势就被傲得卸了下来。

糟糕!他暗叫一声,两个人赤手空拳,斗得难舍难分。

第十九章

老友记3(一般续集最多拍到三就好了,再拍就烂了)

易小天溜溜达达地来到仓库间附近,傲得给他的万能门卡果然好用,轻轻一刷,所有门禁立即开启。

仓库在负八层,整个八层都是仓库间,里面堆满了各种物品。傲得已经提前打过招呼,说会派人来拿取部分电子硬件,易小天便轻松地进了仓库。

他假装东找西找,磨磨蹭蹭,找个借口随便把那个工作人员遣退了。

"哎呀!这东西怎么这么难找呀!大哥,我可能还得找一会儿,真麻烦。"

那人见易小天要拿的东西不少,确实得找半天,再说也没什么值钱货,也就放心地先出去了。

等那工作人员一走,小天立马挨个箱子搜索刚到的那批零部件,他奶奶个脚!本来箱子就够多了,现在移到仓库里,箱子到处都是,找出几个小玩意简直是大海捞针,易小天挨个去找,新进的这一批有今天的日期,他只能按照日期来进行排除了,好不容易找到那批箱子的时候 已经快三点了,距离他和傲得约定的时间只剩下不到十分钟,他必须在十分钟内赶到会议室,中间尚有那么多个环节,只希望别出错才好。

易小天耐心地翻找着,总算零零碎碎地找到了几个零部件,只要再努把力,就可以把后面的都凑齐了!总算看到了希望,小天给自己打气,准备一口气把剩下的八个找到。

"你找什么呢?"突然背后贴着他耳边传来一个声音。易小天吓得差点没尿出来,刚才太过全神贯注,他压根没注意到身后居然有人!

他头都没敢回,光是眼睛侧着往后偷偷瞄。

后面那人跟他的后脑勺贴得极近,跟他一样保持着撅着屁股的造型。

女的?易小天稍微侧过了头,原来那人竟然是荷瑞,荷瑞穿着一身黑色劲装,奇怪地看着易小天。

"嗨!是你啊!"易小天见是熟人,心里踏实了一些,只想着怎么胡说八道一

通,把这人骗过去才行:"好久不见啊!我想想,你叫什么来着?荷瑞?真是好听的名字啊!是你爸起的还是你妈起的?真有水平!"

"是我太爷爷随口起的,当时上户口的时候还没有名字,我太爷爷就随口说了一个。你找什么呢?"

"呀!你腰上这枪跟上回看到的不一样了!是换了新枪吗?你上次那把枪可真厉害!要是没有那枪,咱们可就立刻玩完!"

"你说这枪?"荷瑞炫耀地拔出来,"这枪是升级版,后坐力特别小,女孩子用起来很方便,威力也更猛了一些。所以你在找什么呢?"

无论易小天怎么胡搅蛮缠地转移话题,荷瑞最后每次的落脚点都到"你找什么呢"这句话上,真是逃也逃不掉。易小天气闷不已,心想这女人怎么好奇心这么重呢!

"哦!傲得吩咐我拿一些东西给他,可东西放得乱七八糟的,我找着挺费劲的。"易小天见逃不掉,只能随口胡诌起来。

"不乱呀!很好找的!你看每个箱子下面都有编号的。"说着指着箱子名称下面的一串英文和数字组成的号码。

他奶奶的脚!居然有编号!早知道有编号我小天也不用那么辛苦的挨个翻开看了!真是蠢啊!

知道了这个,易小天倒不急了,就问荷瑞:"那你来拿什么呢?"

"我来搬点东西。"她说着指了指身后的一大摞箱子,易小天目测至少有二十几个,"你一个人搬这么多箱子啊!!"

"你是不是傻!我一个女孩子家怎么能搬得动啊!我用了运输滑车嘛!"说着指了指地面,原来这些箱子是放在一个非常薄的薄板上,薄板与地面平行悬空,竟是悬浮的!

荷瑞炫耀般地让那薄板又平地里上升了二十厘米:"怎么样?这是我老爸的最新研究!承载量可大了呢!今后再过几年,这个技术可能就用到汽车上啦,那样一来可就不得了了,你想想看,以后汽车都能在天上飞,那多过瘾!"

怪不得怎么赶她也不走,原来是要炫耀高科技!易小天无奈,他可没时间陪小姑娘家玩,得想个办法把她打发走才行。

又胡搅蛮缠了一通,这人就是不走,易小天无奈,叹了口气,只能顺水推舟。

"让我这没见过世面的乡下小子也欣赏欣赏你的高科技呗?"嘴里这么说着,人却凑了过来。

荷瑞直愣愣地瞪大眼睛,惊喜道:"你也喜欢这些稀奇古怪的玩意儿啊!我这儿可多了呢!"荷瑞兴冲冲地左右掏了几下,手里就拿出了一堆奇奇怪怪的小玩意,易小天愣是没看出来她的东西从哪儿拿出来的。

"分你几个好玩的玩玩!拿着,别客气!"说着将手里的一大把东西就递给了小天。

伸手不打笑脸人,连忙摆上最灿烂的笑脸,假装热情的样子伸手去接,借机往前挪了几分,就用自己滚烫的小手握上了人家的手……大手……

易小天感觉自己摸到了一双粗硬的大手,简直比男人的手还 man。因为常年练武,这荷瑞的手又粗又大,又厚又硬,易小天挠了挠,又搓了一搓,丝毫没感觉到女人味。

易小天简直要对她顶礼膜拜,哪个女人的手是这样的!

伸手接过了荷瑞的东西,全是些形状奇怪的玩意:"这么多? 都给我,不太好吧?"

"哎呀,没事儿! 都是试验品,成不成还不知道呢! 你正好帮我用用! 哪个好用,哪个有毛病,告诉我,我好记录一下!"

易小天看看,有的是子弹,有的是小手雷,还有一些外形稀奇古怪不知道是干什么用的。

他嘴里一面感谢不已,一面动脑子想办法把她打发了。一晃眼,看到那磁悬浮承重薄板发生了短暂的颤动,心念一动:这玩意八成也是个试验品吧?

"那个……你这个东西能升多高?"易小天指了指薄板。

"我也不知道,应该挺高的吧?"荷瑞也是头一次用,被他这样一说还真挺好奇的,小天怂恿她升上去试试,结果她控制薄板刚升到半空中,那薄板突然剧烈颤动,一阵颠簸之后上头的东西全部扣了下来,小天早就做好了准备,身子往旁边一侧,安全躲过,荷瑞正努力控制键盘呢! 被掉下来的箱子毫不客气地"活埋"了。

"啊呀! 快来帮我把箱子挪一挪,这磁悬浮薄板的稳定性还要加强,可能是控制面板的长度不够……"荷瑞被埋在里面自顾自地说,"快点帮我把箱子挪一挪啊! 疼死了!"

易小天嘴里答应着:"哎哎哎! 正搬呢! 你这箱子里装的什么呀! 这么沉!"

嘴里这么说,手上却在箱子里到处翻找着其他的零部件,终于摸齐了,马上组装完毕了,手里拿着枪,嘴里却还在敷衍:"好重啊! 太重了! 稍等一会儿! 我先挪别的箱子!"

人却越溜越远,最后直接从门口溜之大吉,荷瑞还在那自言自语:"看来追求极致的轻薄还是错误的,老爸说得对,目前只能尽量做到轻便了,还是要优先考虑功能性……"

易小天可算是逃了出来,心里激动不已,在里面浪费了不少时间,也不知道傲得那边怎么样了,不过也不算是完全没有收获,好歹还得了一些奇怪的高科技装备,只要别都是哑弹就好,关键时刻一个都不顶用就闹笑话了!

易小天将枪藏在衣服里,到处去找莫风那混小子,按照傲得的说法,那小子肯定掌握了白玲珑的武装力量,因为如此关键的一环她肯定不会交给别人来做。

这样的话,莫风一定就在负四层的武装部那里,只是没有了全息徽章,他就不能随意调动武装力量了,最多也只是能调用本部门的人员而已。

傲得最理想的发展就是莫风那老小子不敢告诉白玲珑自己丢失了全息徽章,这样的话,他们的武力就会减弱一大半。

易小天溜到负四楼,果然看见莫风正在门口焦急地徘徊。傲得这一点没有猜错,莫风的确不敢告诉白玲珑自己弄丢了徽章,枪丢了已经快让他小命难保,如果再告诉她自己丢了如此重要的全息徽章,估计白玲珑当场就会将他抽死。但是在这里硬撑着也没有用,他没有徽章就无法调动其他部门的武装,无法封锁傲得的后路,那后果不堪设想,但是也没别的办法了。他现在只盼着傲得很快就挂掉,然后他等一下冲过去就按照原计划说外面已经被他的人包围了,当然实际上外面一个人也没有。但这样也就没人会发现他的人只有那么一点了。这样想着,莫风觉得心下稍安,甚至有点佩服起自己的智慧来。

想当初白玲珑让莫风爬上部长的位置就是为了让他得到全息徽章,只有十三个部长才能在紧急状态下调动紧急护卫队,根据事件紧急程度的不同等级可以临时调用不同人数的武装力量。像现在有人来谋杀首领L这样的事件可以说是最高级别,可以调动所有的武装力量的,白玲珑已经给他签好了紧急状态调令书,可奈何现在莫风丢了全息徽章,能证明自己身份的东西没了,自然不会有人听他的命令了。

他在门口转悠了半天也没胆子进去,最后终于下决心先进去碰碰运气,哪知易小天正站在他的身后打量他。

好家伙,这大热天的,这小子居然穿上了高领的长袖衣服,也不嫌热得慌。

他哪儿知道,莫风被白玲珑抽打得浑身没有一块好肉,只能用高领衣服来遮丑了。他刚回头,就看见一柄枪顶在自己的脑门上,吓得他差点咬到自己的舌头。

"别……别杀我……我什么都说……"莫风双腿发软,身体簌簌而抖。

"说?你还有什么没说呢?"易小天装模作样地冷哼着:"没用了,今日就是你的死期!"

手枪无声无息地射出一颗子弹,正好钉在他的脑门上。那颗蓝色的子弹瞬间打开,无数条蓝色的光晕沿着他的额头缓缓流窜,不一会儿,他的双眼变成了蓝色,几秒钟后,他的双眼又恢复成原来的样子,头垂着一动不动了。

易小天傻了眼,他也不知道这子弹射出去后会有啥效果,也不知道威力咋样,虽然知道可以控制他,但是怎么控制谁也不知道,现在这到底是成功了没有啊?

易小天决定先下一个命令试试:"扇自己一个左耳光。"

莫风抬起头,伸手就照着自己的脸狠狠地扇了一下。

易小天大乐!还真的好用啊!

"左右开弓!"

莫风左右开弓不停地扇着自己的耳光,不一会脸颊就肿成了猪头,因为没有小天的命令还在不停地扇着。

易小天对这个玩具十分满意,背着双手大步流星地往前走了,并且让莫风也跟上,莫风听了这个新命令才停了手,垂头耷脑地跟在易小天后面走着。

"多带点人去L的办公室。"

莫风点点头,他走在前面,无声地带着路。易小天可乐坏了,这子弹还真挺有趣的啊!竟然让人瞬间就变成了机器人,易小天脑子里已经在盘算着剩下的四颗子弹怎么用了,那当然是首先找一个商界大佬,找机会控制他,然后让他转给我大量公司股份,再剩下三颗的话我再如法炮制几次,那我可就马上成为大富豪喽!不过得等眼下的事办完了再说。

L的办公室内,傲得正和几个人打得不可开交,因为组织内不允许带枪,没有人敢违反命令,青虎的枪已经被卸了下来,所以每个人只能以一双肉手跟傲得搏斗。饶是傲得骁勇善战,但是以一敌众,仍旧有些吃力,傲得和青虎正打得不可开交,傲得虽然能打,可青虎也是个泰拳高手,让他颇为吃力。

"青虎!青虎!"傲得试图跟青虎交流,青虎却青筋暴涨,拳拳生风,真是恨不得将傲得撕了。他对L极度忠诚,最恨别人背叛。因此下手极狠,根本不理傲得的呼唤。

"青虎,你被别人利用了!"

"少废话!可惜了先生那么信任你!你这个叛徒!"青虎发起狠来,怕是八头牛也拉不住。

两人打得正难舍难分之际,大门猛地被人一脚踹开。莫风率领着一队人出现在门口。

"都别动,我们接到举报,有人以下犯上,违法乱纪,现在统统给我拿下。"莫风冷漠地说。

白玲珑嘴角扬起微笑,她还是头一次见莫风这么man呢!她不自觉地靠到莫风身边来,莫风却一把将她拎了起来,直接狠狠摔到了地上。

"这个人就是主谋,拿下。"

"是。"后面站出来四人,将白玲珑按住,白玲珑难以置信地睁大眼睛:"莫风?莫风,你搞什么鬼?莫风!"

莫风不理她,仍旧酷酷地站在那里,一脸冷漠。

白玲珑一脚横扫过去,将几人弹开,从胸口摸出一柄手枪来。子弹飞射而出,数个黑衣人倒地不起。白玲珑接着把枪口转向莫风,冷笑道:"好你个莫风,我今天就是死,也要拉个垫背的!"

"公然在组织内非法携带枪支,白玲珑,你的胆子可不小啊!"

莫风不以为意,突然他身后身形一闪,易小天躲在他的背后朝白玲珑丢了一个

金属球,那金属球正是刚才荷瑞给他的,金属球半空中猛然间炸裂,白玲珑惨叫一声,一身白衣变成了一身黑衣,成了彻头彻尾的"黑玲珑"。

白玲珑气急,几发子弹朝着易小天射来,易小天把莫风当成挡箭牌,在他身后左逃右挡,手上抓了一大堆乱七八糟的东西一口气都丢出去。

"尝尝我的大乱炖!"

"嘭""啪""咚"!

各种奇怪的声音响起,接着不知是那个炮弹竟冒出一阵阵浓烟来,将整个办公室搞得乌烟瘴气。白玲珑仍在做着垂死挣扎,胡乱地开枪,谁也不敢上前。

易小天手里的小炸弹都用完了,可这些小炸弹却都是不疼不痒的小玩意,离致命远得很呢!他抓住最后一个小东西,那是个精致的电子手,也不知是干什么用的。他随手一丢,那小东西迎风变幻,竟然变成了一只真人般大小的手,这假手是干吗的?小天可不知道。

那假手飞到白玲珑的身前,开始对着她一顿猛挠,直挠得白玲珑狂笑不止,"啊哈哈哈哈!啊哈哈哈哈!什么鬼东西啊!啊啊哈哈哈!快停下!快停下!"

假手在白玲珑身上不停地抓挠,白玲珑张开抹着口红的大嘴不受控制地大笑着,笑得眼泪都流下来了,鼻涕也流下来了,头发也乱了,好不夸张。

大家伙看着白玲珑的"精彩表演",不由得纷纷侧目,想到她平时总是板着一张脸,这时候竟然如此没有形象地狂笑不止,实在是有点滑稽。

"能让她停下来吗?"傲得都有点看不下去了。

白玲珑实在奇痒难耐,手枪都丢到了地上,整个人拼命地打滚,假手飞来飞去,到处抓挠,连旁人看了都觉得痒。

"我可不知道怎么关掉那玩意儿。"易小天抱歉地耸耸肩。

傲得走过去将小手抓下来,电子小手又兀自抓了半天才安静下来,傲得看着地上已经笑得快抽筋的白玲珑说道:"把他抓起来吧!"

易小天没忘了自己还控制着莫风呢。他操纵莫风,让莫风站出来指挥:"把这个罪魁祸首拿下。"

几个人这才上去把她拖走。

莫风仍旧快速地指挥,"将那个假的L也拿下。"

几个人过去捉起了假L,老家伙躲在一边,早吓得一动也不敢动,任由人像拎小鸡一样将他拎走了。

青虎不明所以,莫风淡漠地瞥他一眼:"带你们去找真的L。"当下一马当先地走了出去,白玲珑在一旁尖叫连连,他却充耳不闻。

傲得知道一定是易小天那小子得手了,他欣喜地四处一看,果然发现了易小天正探头探脑地躲在人群后朝他摆手,吐舌头呢。

这小子,还真有你的,居然真成了!傲得朝他挥挥手,点点头。两人相视一笑。

莫风带着一伙人风风火火地回到了他的办公室，这老女人也是精明，为了撇清关系，所有危险的事情都是由莫风出头办的，她只在最后关头出现，可没想到事情最终还是败露了，她精心策划许久的计划就这样落了空。

莫风推开自己办公室的隔间门，打开一个封闭的衣柜，内里竟然是个暗门，通向一个隐藏的小房间，他从里面抱出一个干瘦的老者来。

青虎颤抖着接过老人，双眼瞪得溜圆："先生？先生，你醒醒！"

"他只是暂时晕了而已，白玲珑没敢直接下手杀了他。长久以来，都是白玲珑在背后策划，她觉得L近年来越来越迂腐、胆小，认为他到底是个富二代出身，意志不够坚定，责怪他不似从前那般雷厉风行，所以才起了异心。"听到这话，大家的心里这才了然。

"来人，拿一副手铐。"

青虎见他要拿手铐，下意识的将怀里的L保护起来："你还拿手铐干什么？"

莫风没有回答他，待手下将一副手铐递过来时，竟然将其铐在了自己的手上，然后退到一边，就此不动了。

青虎对这变故莫名其妙，傲得这时已经带着其他部长风风火火地赶来，立即拿下了莫风，将他关在了白玲珑的隔壁房间。

一切尘埃落定，傲得感激地拍了拍易小天的肩膀："兄弟，你立了大功了！"

易小天得意一笑："那时候我说什么来着，哈哈！"

傲得微微一愣，随即哈哈大笑起来。易小天见他难得地笑了起来，自己也开心地笑了。

第二十章

老友记4(然而投资方可不这么想)

易小天再次立了大功,俨然已经成为了组织里的风云人物,人虽然还没加入组织呢,却已经无人不知,无人不晓,连去食堂蹭饭都能插队,掌勺的大爷也每次都多给他加一个鸡腿、猪蹄儿啥的。

按理来说,那正部长是个叛徒,接下来的部长职位应该由傲得来担任才对,可是 L 至今没有醒来,任命的事情也就迟迟提不上日程。易小天作为客人,只能在组织里东游西逛。可奈何组织里的女人太少,即使偶尔遇见两个,质量也不高,甚是无聊。

这一天,易小天吃完午饭正无所事事呢,突然听到别人议论纷纷,原来 L 醒了。

易小天对这事可是相当关心,那老头醒了,自然要嘉奖一下他这英勇的小战士吧!肯定要发发奖金什么的吧,无论如何先宽宽口袋,这一阵子小天只出不进,口袋早就比脸还干净了,那把枪事后又被傲得没收了,他好说歹说也没留住,这样一来,他以后控制商界大佬给他转股份的事情也黄了,他只能寄希望于老头给他发笔奖金了。他寻思这么大组织,奖金怎么着也得比百乐门多吧!尤其是上次开的那套总统套房,可真是给易小天放了大血了,他连发票都开好了,就是不知道怎么去财务报账。待傲得的职位定下来了,他就赶紧报销去。

易小天一想到可能有钱拿,心情真是爽上天,就美滋滋地蹭了过去,以看望首领为名,实则是去看看自己的奖金啥时候能落实。

L 的休息室门口,整整齐齐地站着两排身穿黑西服的保镖,易小天探头探脑地往里面看,被人无情地拦了下来,丢下一句"先生和部长们正在开会"就不再说一句话。

任凭小天怎么追问也是不再多说一句,易小天觉得这些人真是没趣,自己溜达了一会儿又转过来,结果还是正在开会。

他奶奶个脚!一个会是要开到过年吗?小天气愤不已,觉得自己这个英雄居然被人冷落,心中不免愤愤不平。

　　这个会直开到傍晚，易小天才看到陆陆续续有人从里面走出来，除了期间医生和护士进去三趟之外，他们几乎没有离开过那个小房间。

　　易小天到处去找傲得的身影，只见在几个人的簇拥下，傲得脸色古怪地低着头走了出来，其他人的脸色大不相同：有的看起来很开心，有的一直摇头，有的眼角含泪，有的眉头微蹙。

　　易小天凭感觉认为这事怕是不妙，该不会是傲得升职无望了吧？

　　他跑到傲得的身前："傲得老大，怎么啦？"

　　傲得摇了摇头，居然叹了一口气。

　　易小天的心沉了，完蛋了！看来真被他这乌鸦嘴给说中了！易小天快步跟上傲得的脚步，一边小跑一边紧张地小声问："吹了吗？"

　　"吹了？什么吹了？"傲得微感奇怪。

　　"升职啊！是不是被老板骂了？哎呀！没事啊！我跟你讲，说白了你跟我是一样的，都是得看领导的脸色办事，等着过两天咱俩去买点礼品给老家伙送送，先把关系松一松，也许还能缓和呢。"

　　傲得翻了个白眼："你想到哪儿去了，找个地方跟你说吧。"

　　两个人一回到办公室，傲得办公桌上的电话就响起来，傲得少见的有点烦躁："小天，你帮我把电话关了。"小天虽然奇怪，但还是照办了，看来事情挺严重的啊。难道是自己乱用枪被抓到把柄，有人跟他为难？那也是自己的事儿啊！而且他都想好了，反正自己也没加入组织，也不必遵从他们的规则。两手一撒，干干净净的嘛！

　　"小天，你听好了，这事实在是有点突然，连我自己都没做好准备。"

　　"嗯嗯，放心吧，没事，我不会连累到你的，我一人做事一人当就是了！"小天豪气地拍拍胸口。

　　"刚才先生召集了组织内的高层，开了一个高级会议，他宣布从此以后退出先华组，将先华组的一把手的位置传给了我……"

　　易小天反应了几秒，想了想，这是啥惩罚呢？后来猛然间醒悟，这哪是惩罚呀！这不是直接升职升到顶了吗？他不可置信地看着傲得："等……等会儿！你说！他让你来做先华组的一把手？你现在成了真的老大？"

　　傲得愁眉苦脸地点点头："先生说他老了，自己年纪太大，已经无法统领年轻人了，组织需要新的血液，他……他就这么退位了……可我万万没想到他居然会把位置传给我，这怎么可能？"傲得用手揉着自己的大脑袋。

　　"傻蛋！这是好事儿啊！你居然还愁眉苦脸的！走走走！咱哥俩得好好庆祝一下啊！记得那杯酒我们可是说好了要回去喝的哦！他妈的居然一口气升职升到顶了！那我这一声傲得老大真是没白叫，原来是有先见之明的！哈哈！"易小天真是替傲得开心啊，简直比自己当了首领还高兴，因为他知道自己真没这才能，但是

傲得却是个优秀的领袖,有人发现了他的优点,小天自然替他高兴。

"之前白玲珑让假 L 找我的时候,就以传位给我为幌子,我一下子无法适应,还以为又是一个圈套呢,哎,差点冒犯了先生。"

小天见他心里负担大,真怕他去推掉了这天上掉下来的好差事,赶紧在一旁游说:"其实你要是从另外一个角度看事情也许就不一样了呢。你看看 L……老先生年纪这样大了,早就已经退休多年,至今没享过一天清福,成日的忙这忙那,年轻人的身体尚且吃不消,何况是老年人呢?再说了,现在科技发展如此迅猛,想要跟上现在社会发展的步伐,他老人家得花多少时间学习啊,你就算是帮帮忙,帮他把肩上的重担挑下来,让他喘口气吧。"

傲得听小天如此说,心中也释怀了一些,的确,L 年事已高,组织内如此繁重的工作对他而言已是负担,早晚都要找人来继承他的位置,这一切傲得都想到了,只是没想到最终 L 却选择了他。

"其实,这些年白玲珑的异动,我都是知道的,我只是想看看,她可以做到什么程度,而你们又可以防卫到什么程度。我的继承者候选名单上曾经一共列了二十三个人,这些年来慢慢考验,慢慢筛选,最终只剩下了最后两人,一个人是傲得,另一个人是青虎。"L 躺在病床上,虚弱地看着垂手恭敬站在他床前的组织高层们,他的眼睛在傲得和青虎的脸上扫过。

"青虎和傲得都具有极强的领导才能,组织内的两大武装力量分别由你二人掌握,青虎跟随我的年头更久,可是青虎为人过于忠厚,头脑不够灵活,遇事不够冷静;傲得则年轻气盛,做事难免会有些意气用事。所以我一直在犹豫不决。白玲珑事件让我彻底明白了组织需要什么样的领导者,不但要求良好的领导能力,更要有应变能力。未来组织的发展越加艰难,敌人越来越强大,我们的前路也更加险阻,用聪明冷静的头脑带领大家少走弯路,克敌制胜,成功销毁天君,才是我们最终的选择……"

傲得想起在房间内 L 语重心长的话来,他理解 L 的用心,只是这变故来得太快。

易小天似乎已经迅速接受了这个变化,已经把傲得当成了组织内的最高领导,一口一个老大叫得格外亲切。

"我说傲得老大,那你的办公室也要搬吗?"

"我说你上任之后能不能请两个正儿二八经的有证书的厨师来啊,哪怕是找机器人做饭也比现在那几个程序员出身的大婶大爷做得好吧,我昨天在菜里居然吃出一个电路板来,这也太扯了。"

"我之前为组织办事的花销可以报销吗?"

傲得听着易小天左一句右一句没一刻安静,忍不住笑起来:"你先坐下来歇一会儿吧,我怕我还没任职,你先累趴了。"

小天还真说得口干舌燥，自己倒了杯水喝了。

既然 L 最终选择了他，大家也赞同 L 的决定，那么他就调整好状态，接受这一切吧，逃避向来不是他的作风，他傲得永远只会勇往直前。

"先生听说你立了不少大功，想见一见你，你待会记得少说话就行了，记得别吹牛。"

虽然傲得已经交代了别吹牛，但是当小天来到 L 的病床前，L 询问他相关情况时，他还是忍不住吹了起来："……我就按照傲得的吩咐到负四楼一看，好家伙！莫风果然带着一群人正准备出来去老先生办公室呢！我大吼一声，'有我在这里，你们谁都别想离开。'前面那一排人冷笑一声，把衣服一脱，露出里面跆拳道道服，个个都是跆拳道黑带十段高手，后一排那十个人姿势一亮，我就明白了，这十个是隐形区域武术高手，那个是什么华山派，那个是什么少林派，还有一个居然是峨眉派！他们乌压压地朝我冲了过来，我一个猴子捞月往底下一溜，逃了过去，抬起左腿一个百川到海踢飞三个，右手一抓，抓倒两个！有一个跆拳道高手眼看着就要踢到我的脑袋，我心想今天你可算是遇到跆拳道的祖师爷了！想我怎么着也是十一段的顶级高手啊！就听我'阿哒'一声，一脚踢飞了三四五六个……"

"咳咳咳咳！咳咳！"傲得见小天吹得不着边际，怕他露馅露得太夸张，不停地咳嗽提示他。

小天好算是有自知之明，吹了一会就不吹了："……差不多就是这样了，大概经过就是这些。"

然后乖巧地站在一边，脸上挂着人畜无害的笑容。

L 满意地点点头："真是后生可畏啊。傲得，你有了这么一个得力助手，我更放心了，未来可是你们年轻人的天下……"

巴拉巴拉又说了一大堆，小天耐心地候着，就等着 L 什么时候提奖金的事，哪知聊到最后 L 的眼皮渐渐合拢都没提一个钱字。

不是要耍流氓吧！占了我的便宜又不负责任！小天还不死心，但是 L 已经合上眼睛睡了。

关于交接的手续和文件已经签署，傲得成为了先华组新的领导，组织内上下欢庆，小天却怎么也高兴不起来。

他噘着嘴，看着人们忙前忙后地准备为傲得举办盛大的酒会，却乏味异常，他只想找个机会拉住傲得问他报销的事，但是傲得当了领导之后瞬间忙成了一个陀螺，小天竟然想找他都找不到了。

自那之后，小天好几天都没找傲得。

这天，傲得新上任的李秘书找到了小天，带着他办理了加入组织的手续，小天也没有表现得特别愉快，等签好了字，小天忍不住问道："李秘书，我想问一下，咱们组织里是怎么发工资的呀？一般多长时间调一次薪？"

李秘书奇怪地看着他:"我们这里不发工资的,不过财务每个月会给每人发放五千元的基本生活费,你的工作目前就是在组织内部,基本用不到什么花钱的地方。"

"啊!? 那……那我万一要是需要花钱呢?"小天睁大眼睛。

"需要花钱的话就写一份申请报告,写好用途和明细,交由上级批准后,就可以发下来了。"

花个钱还得打报告! 小天突然后悔刚才签了那份文件了:"行吧行吧! 那个傲得老大什么时候回来啊,我好几天没看见他了。"

"先生刚刚上任,需要处理的事情很多,这几天可能暂时回不来,你的工作很简单,就是负责厨房采办,确定每天早中午三餐的菜单,如果有什么不明白的可以再来问我。"

说完,李秘书客气地离开了。

在厨房采办那可是闲职一个,没事儿进厨房溜达溜达顺两块糕点什么的,偷吃两块领导的高级蛋糕,日子也快活。只是他怎么也不能把那两个厨师换了实在是憋闷,买菜他也不能亲自溜出去选购,只能干坐在厨房这旮旯闻油烟,甚是无聊。还好他可以定菜单,倒也是乐事一桩,自从易小天管了厨房之后,先华组的伙食至少提高了三个档,厨房开支翻了好几番,把他吃得红光满面,小肚溜圆,吃饱了就整日地溜达来溜达去,也挺自在。但是转念一想到那五千块钱,眼泪就要流了下来了,这什么年代了,五千块够干吗呀! 连买件贵点的衣服都不够,他还以为这儿里头的都是肥缺呢,结果还不如他原来在百乐门的工资呢,何况那里干得好可是还有提成的。

小天热情减退,整日无所事事地晃悠着,组织内的公共办公大厅里时刻弥漫着一股怪味,简直令人作呕。小天之前在百乐门的时候为了招人喜欢,天天往自己的身上喷高档香水,就怕自己不是"香饽饽",结果现在变成了"臭烘烘",别说香水早就不喷了,就是衣服有时候懒起来也是三天不换一件。反正自己不臭别人,别人就来臭自己,还不如自己也报复地臭别人一下嘞!

女人嘛! 那就更别提了! 小天在这里一个礼拜只见到有三个女人出现:一个是搞卫生的大妈,而且还经常偷懒玩手机不干活,扫完的办公区跟没扫一个样;一个是奇丑无比,丑到小天都不忍与之对视的程序员小敏,但是这个小敏又喜欢找小天来搭讪,吃午饭的时候老是把自己的咸鱼夹给小天,看着小敏那一脸多得可以炒一盘菜的雀斑就没了兴致。

"哎呀! 好熟悉的味道啊! 亲爱的组织! 我回来啦!"每当小天听到她的声音,只想找个地缝钻进去。

第三个女人不是别人,正是易小天的克星——陈可婉。荷瑞长得挺清秀可爱,但是神经大条,简直就是个女汉子。

　　她甚至还喜欢闻大厅里那股混合了体臭和电脑硬件的怪味,说那才是正宗黑客的味道。小天每次看到她就条件反射地溜走,因为她热情得简直可怕,小天被数次拖去她的实验室参与她的伟大实验,沦为她的小白鼠,被折磨得疯不疯,活不活,后来荷瑞再邀请他,小天可就不上当了。

　　后来实在无聊的时候,小天还跑去看了看白玲珑和莫风,莫风和白玲珑住在隔壁,两个房间中间用几根铁栏杆拦起来,白玲珑没事就叫莫风滚过来,可能是以前受威胁受习惯了,莫风每次居然都巴巴地滚过来,被白玲珑一顿狂打,打得头破血流,莫风虽然是个男人却被白玲珑打得哭哭啼啼,当真没半点男子汉气概。

　　小天经常没滋没味地做完自己手里的活就没事可做了,他想等着傲得回来给他调个职,这工作实在太没味道。他现在觉得自己简直就像个留守妇女一样,盼望着傲得快点回来。

　　"傲得啊!傲得啊!我的小心肝!你快回来吧!"

　　傲得没来,内部纠察队倒是常来,小天懂规矩,见到纠察队的人就立刻起身立定站好,用右手捶着胸口喊一句:"我心依旧!"

　　这是组织内人员表明自己立志铲除天君的决心的姿态,除了那些技术宅黑客们不用这样做之外,其他的人员全都得这样。以前觉得加入组织是一件多么高大上的事情啊!原来一切都只是美好的幻想而已,傲得不在,这儿简直比地狱还难熬,可是谁叫傲得当了领袖了呢!哎!小天甚至觉得傲得还是不当那个什么头头的好,好歹还能陪自己说说话,这里的这些人,每天脑子里就一件事——消灭天君,各个都像是狂热的教徒,简直像是被洗脑了般。小天可没那么虔诚,所以这日子也格外地难熬。

　　他好怀念外面的世界,那么自由,那么有希望!

　　哎,小天长叹一声,突然对这样的日子感到了绝望。

　　连日来无所事事,小天已经成了个标准的网瘾少年,好在组织内的电脑都是顶配的,个顶个的好用,他闲来无事就玩玩网游。这天正玩得开心呢,突然屏幕中跳出一个广告窗口:游戏人间软件开发公司招聘业务员,要求简单:学历不限,年龄不限,肤白貌美人缘好,人精嘴甜会推销。

　　易小天看到这句话,觉得咋这么亲切呢!好像见到了故人一样,猛然想起,这不是和当年引导他去往百乐门的那广告的说辞一样吗?虽然百乐门不在了,难保不会再出现个千乐门、亿乐门什么的。小天突然觉得心痒难耐。他奶奶个脚!与其每天在这里混日子还不如出去好好闯一番呢!谁知道明天是什么样,真要我在这里浑浑噩噩一辈子,我可不干!

　　人生得意须尽欢,莫使金樽空对月!这两句诗匾以前就挂在百乐门入口,他天天得见,现在一想,这两句诗说的才是他的生活模式!

第二十一章

谁说不能同时打两份工了?

易小天又在组织里没滋没味地等了傲得几天,实在是无聊之极,仗着和傲得是好兄弟,随便找了个理由就溜了出来,大家都知道易小天在组织内功劳不小,平时也不限制他的自由,何况他又和傲得是好兄弟,大伙平时巴结都还来不及,当即给小天放了出去。

小天呼吸着外面久违的新鲜空气,激动异常! 他买了个新电话,先将号码发给了傲得,又马上和他以前的同事一个个通了一遍电话,当然通话时间最长的还是女同事,,但是没想到除了泉灵儿接了他的电话,不冷不热、不咸不淡地客气了几句就挂了之外,平时跟他交好的薇薇、露娜等,各个电话关机,怎么就那么巧,所有人都一起关了机? 还是压根儿就不想理他? 小天觉得不可能啊,自己又没干啥对不起她们的事。想来想去也想不出个所以然。

易小天没想到这游戏人间游戏软件开发公司竟然这么气派,之前他在百乐门上班虽然也奢侈异常,但那是为了彰显身份和品位而特意堆出来的奢侈感,但这公司却是干净分明,高端大气简洁的办公写字楼,外形十分洋气,竟然是少见的螺旋形设计,螺旋形的外向可以随着日照的偏移而跟着慢慢旋转,似乎是在追逐着阳光一般,十分神奇。

易小天刚刚窝在一个臭气熏天的地下室里一个多月,冷不丁看到与之有着天壤之别、璀璨生光的建筑物真是激动得老泪纵横。赶紧检查一下自己的衣服还有没有臭味,闻了几遍确定没味后才放下心来,这衣服是他刚才特意去买的,他还特意买了瓶香水,老是不放心地东喷喷西喷喷,直到自己都觉得呛鼻子了才罢休。

易小天抖擞起精神,假想着自己现在仍是百乐门的金牌销售员,摆好标准的露出八颗牙齿的甜笑,这才走了过去。电子感应门开启后,门口的蜂式探测机器人在一瞬间对他进行了全身扫描,将他前前后后里里外外全部分析了个遍,连他有几个虫牙都登录在案。这一切只发生在一瞬间,易小天根本不知道自己已经被人检查个遍,将自己的简历双手递到了柜台前的人形机器人手上,前台机器人将他的资料

一扫描,已经将他的资料全部存档分类。

"请乘电梯去 17 楼,招聘部刘经理办公室 。"

易小天新奇地看着这个偌大的公司大厅,当真是气派啊,每个角落的缝隙里似乎都写着"老子就是低调,但还是有钱"的宣言。易小天的这双眼睛简直就是自动计价器,他伺候了太多的金主了,一打眼就能判断出对方的身价来,这栋楼虽然表面上低调,但是实际上财大气粗得很呢! 这可逃不过小天的法眼。他随便瞄了一眼楼道内一个造型和颜色就像个擦过屁股的卫生纸般的摆设,就知道这个是欧美一个约翰什么大师的作品,大师名字他记不住,但时尚网站上他见过这个艺术品,拍卖价格高达八位数!

哇塞! 易小天看着井然有序、各司其职的机器人,再次吓得瞠目结舌,居然全部都是机器人服务! 完全看不到一个人,这个公司得是多有钱才能买得起这么多的高级机器人啊! 这些机器人可都是人形机器人,这还不算这种机器人高昂的维护费用呢! 这回看来是来对了!

小天兴奋不已,乐颠颠来到 17 楼刘经理的办公室,当场一顿客套,等他出来的时候自己都不知道自己和对方说了什么,只是进门前的那种激动的心情仍没消去,眼前仍时时刻刻是那栋旋转的大楼的身影,他已经彻底被征服了。

等他出了门,去汉堡店点了一个汉堡吃上一口的时候他才后知后觉地反应过来,他奶奶个脚! 这个地方是真高级啊! 比他之前的百乐门更让人心情激动,难以抗拒,百乐门再豪华,到底是娱乐行业,但是这家公司就不一样了啊! 这可是大品牌科技公司! 虽然他从来也没听说过,小天一边吃着汉堡包,一边回想着慢慢旋转的螺旋大楼。

别说是现在的易小天了,哪怕是三年前的易小天来到这里也一定会被录取,因为他们只是招最底层的派单员而已,他们的工作就是发传单让客户购买游戏设备,要是能发掘一些大客户就更好了,跟学历什么的一点关系都沾不上边,只要能说会道,把新产品的销量冲上去,那就足够了。

可是易小天不知道,拿着汉堡包一会儿担心受怕,一会儿自信满满,还在那里浮想联翩,后悔自己刚才说得有点不着边际,早知道应该加几句实在的,但是怎么后悔也没用了!

越想越后悔越怕自己应聘不上,易小天沮丧至极,突然口袋里的手机响了起来。"喂? 您好,请问是易小天先生吗?"手机里传来机器女生的声音。

"是啊!"易小天激动得将汉堡包丢在一边,这是来回复电话了吗?

"您好,我们这里是《天堂群侠传》手游调查中心,请问您平时使用手机玩游戏⋯⋯"

这么关键的时候居然来了个垃圾电话,小天沮丧至极,一抬手发现自己的巨无霸汉堡已经进了垃圾桶,更是窝火,垂头丧气,仿佛失恋了一样跌坐在椅子上。

没救了，除了那家公司的应聘电话，否则谁也救不了我了。小天哀号连连。

不一会儿，手机又响了起来，小天又燃起了信心，这个一定是了。"尊敬的飞天网络用户，检测到您现在仍使用 Y.80 的系统，本公司决定在本月 28 号前……"

搞什么啊！小天要烧起来了！

电话刚挂上不到三秒，居然又响了起来，小天再也忍不住了，破口大骂："你他妈的能不能别耽误我正经事儿！我不升级也不需要买新的，推销到老子头上了真是关公面前耍大刀！立马给我消失！ok？"

对方果然没有了声音，小天的火气也终于小了一点。

"……您好，我是游戏人间游戏开发公司的招聘部刘经理，既然……"

"啊！刘经理，我的亲哥哥。您可别听我刚才的胡言乱语，这些手机推销的垃圾电话太烦人了，呜呜呜呜！"易小天眼泪长流，啥时候骂人不行啊！偏要这时候骂人！

"那行吧，明天穿上正装到公司 28 楼大会议室集合，试用期三个月，看你的表现了。"说完立即挂了电话。

所以说？我这是被录取了？易小天不敢相信，仍拿着电话发呆发愣。接着欢呼一声，易小天立马乐颠颠地跑去高档商场准备给自己买一身像样的衣裳。想起衣裳他就气不打一处来，想他易小天仪表堂堂，风度翩翩，居然一个月只给他五千块！连打发乞丐都嫌少，害得他一件新衣服都舍不得给自己购置，现在还得花自己的私房钱买衣服，不过马上就有新工作了，也暂时先不跟那帮穷鬼一般计较算了！

当下大手一挥，刷刷刷，管他娘的！但等狂刷一顿下来之后发现自己的存款里只剩下了一半的金额，这一下可真是荷包大出血了！这一段时间只出不进，他的小金库早就哭爹喊娘了，这一下再不老老实实地多赚点钱，他辛辛苦苦多年的家底就要被搬空了！

兜里没钱了，只能随便找个便宜的小酒店一窝。小天一边吃着烤串一边看着自己珍藏的片儿，小日子照样过得潇洒，真是比那个什么乌龟壳儿一样的地下室舒坦多了。

一觉睡到自然醒，易小天拿出自己昨晚就精心喷过香水的西装，戴上蝴蝶结，皮鞋擦得锃亮，夹着公文包一副都市小白领的模样兴高采烈地出了门。

皮鞋反射着骄阳，易小天龇着一口雪亮的白牙，乐颠颠地来到了大会议室，一推门，发现里面已经乌压压的坐满了人。纳尼？咋这么多人啊！

易小天找了个空位置坐下来，就发现身边都是些表情散漫、大大咧咧的小年轻，有的还在吃着早餐，有的剔着牙，还有的头发估计有三天没洗了，黏糊糊的一团，更有的脚上还穿着拖鞋。

　　小天傻眼了,觉得自己穿着一身乌黑发亮的西装简直是个异类,大伙儿也都纷纷奇怪地看着他,心想着不就出去派个单么?还搞得这么夸张?

　　这时候大部分的机器人已经取代了人力劳动,但是一些机器人无法参与或使用机器人成本太高的工作,仍需要人力来做,大型游戏上市的时候需要全面造势,自然要多雇些闲人去发发广告传单,吸引大街上的散客注意。

　　易小天被人看得浑身不自在,别别扭扭地拿出闪亮的新皮包挡挡脸,一想这皮包比我还贵,万一被人盯上了可不妙,赶紧又把包拿了下来,藏了起来。

　　这间巨大的会议室坐了将近两百多人,几十个机器人正在不断地进进出出,给每个人都派发了厚厚一摞传单,机器人往小天眼前一拍,放下一摞将近三十厘米厚的传单转身便走,小天傻眼了!大热天的,他穿了一身昂贵的黑西服敢情是要去大街上蹲马路派传单?这可和他的预期不符啊?那个刘经理是不是贵人多忘事,把自己放错地方了?自己可是应聘金牌销售啊!

　　等到机器人给每个人都发完了资料后,刘经理慢悠悠地走了进来:"各位朋友,大家早上好。"

　　好你奶奶个腿!这都是什么跟什么啊!易小天在肚子里大发火气。

　　"以后每天早上我们都在这个会议室里发放派发的传单等物品,其他的楼层和地方都设置了权限,不可以随便进入。我们这款新产品以三个月为销售爆发期,务必达到真实交易的才可以真正成为公司的员工,今天出单,明天就可以入职。当然,如果大家提前完成销售,即可提前正式入职,所以说这三个月大家就多努力了。好了,大家拿着东西就可以出去了。"

　　这也太瞧不起人了吧!易小天撇着嘴扯了一张传单举起来看,就卖一套就可以成为正式员工,这有什么难度!等他睁大眼睛看到了售价后面的那一排数字的时候才真正傻了眼,数了半天,确认了好几回才确定——繁花似锦VR顶级虚拟游戏互动系统!售价:699998元。

　　他知道VR售价昂贵,却怎么也没想到最新款的VR设备居然这么贵!虽然后面又写了赠送什么辅助设备等乱七八糟的,但是那数字也太惊人了!乖乖!这么贵,要知道现在最好的顶级定制手机最贵也就是十几万到头了,一般的游戏机也就是四五千到头了,高配置电脑啥的最多也就是三四万就能搞定,这玩意简直贵到离谱,凭他们这群草根谁卖得出去啊!

　　大伙儿的想法都差不多,垂头丧气地抱怨着。易小天觉得这事实在太不靠谱,真是被坑了!老子就是在外面发一年的传单也接不到一单生意啊,那我其实不是一年也进不了这家公司了!小天越想越气愤,一抬手就把一页传单给揉成了团。

　　身后有人悠悠地说道:"听说提成有百分之十五呢,我的天呐!我卖不出去啊!这么贵,谁买啊!"

易小天耳朵一耸，提成那么高？将那团被揉皱的传单打开一看，上面可没写，"喂喂喂！老兄，你在哪儿听说提成那么高的？"

那人指了指刘经理，易小天精神一下子抖擞起来，要是有百分之十五的提成的话，卖一套他就赚大发了，要是卖上个十套八套，他那风雨滋润的小日子又有保障了！

他蹭到刘经理身前，笑嘻嘻地问："经理，听说卖一套的提成有百分之十五！是真的吗？"

刘经理瞥了他一眼，看他笑得牙床都露出来了。其实他们找这一批派单员原也没指望靠他们做销量，但是现在市面上做这个项目的其他公司也挺多，他们的新产品一定要扩大推广渠道，不管是最新的宣传方式还是传统的宣传途径统统都要打开，在社会上形成风靡之势，影响力一旦上来，销量自然有富豪们做保障。他们？说白了，不过就是廉价劳动力，造造势而已，三个月的黄金销售期一过，这批社会上的闲散人员自然全部开掉。

"是啊。"刘经理不咸不淡地应着，转身就想离开。

"那个可以多给我一点新产品的相关资料吗？我想多学习一下，也好冲冲业绩！"

刘经理又看了他一眼，见他年纪轻轻，油腔滑调没一点正形的样子，怎么看也不像是能卖得出去的主，但还是将手里的一份资料丢给他转身便走。哪知易小天又追了过来："刘经理，麻烦把您电话留一个，到时候好跟您汇报业绩。"

这小子怎么这么烦人啊！刘经理不耐烦地挥挥手："等你卖得出去的时候再说吧。"就不再理小天了，气得小天在他的背后直跳脚。

刘经理对着杂七杂八的一大群人嚷道："可以出去干活了！你们到门口的两台机器人处去领取移动数据钮，将这个数据钮按在衣服上，就可以自动读取你们的工作范围和工作时长了。"因为是廉价的批发品，这些数据钮只能读取数据却并不具有摄像和监控等其他功能。

这些公司为了防止员工偷懒，真是无所不用其极，数据监控也是对人工作的不信任，谁让人变数最多，最容易耍滑头呢，要是机器人办公就不需要监控了，但是人力劳动的话就麻烦得多，又要吃饭，又要休息，还经常偷懒，哪像机器人直接输入指令就好了，保证一直任劳任怨干到没电。但是在大街上把那么多机器人放出去，维护成本太高了，光是为保证机器人在全城工作时的互联数据流量，和主服务器的即时联网，就要消耗掉公司大量的"天君"数据包配额，他们公司的数据流量额度虽然很高，但是他们的机器人也多啊！公司内机器人员工已经成百上千，如果再将数量庞大的机器人放出去势必会超出天君的流量配额，到时候任是有再多钱也没办法了。还有充电也无法完全保证，现在就连他们这个隐形区域最大的城市也无法保证全城都能布满机器人的充电桩，还有被黑客黑了偷

回家的风险,再加上人形机器人的四肢都是拟人化的,每个关节,尤其是指关节的伺服器也是磨损很快的,这些都是不小的开支,所以只能雇佣廉价劳动力了。

大家伙听闻,立刻乱糟糟地往门口挤去,易小天被一大群人推搡着往门口的方向拉扯,新买的笔挺西装几下子就被挤得皱巴巴了。等他从一群人中成功拿到数据钮挤出来的时候,新做的发型,新买的衣服,新擦亮的皮鞋都变得软趴趴、皱巴巴的,全没了样子。

易小天叹息一声,看了看手里那么厚一摞的传单,又看看另一只手里的数据钮,气急败坏地把那个宛如小纽扣般的数据钮贴在了路旁的一辆出租车上了。

所以那一天监控下来的数据,易小天绕着整个城市里里外外的跑了好几大圈,勤奋得让负责数据监控的工作人员都开始感动了。没见过这么勤劳的员工啊!

实际上易小天只是找了个公园,将一大摞传单往长椅上一扔,把领带拉开,脱下皱巴巴的衣服有气无力地躺了下来,一躺就是一上午,压根没动一下。

刚才看到极高的提成让小天兴奋了半天,可是冷静下来又发现真是难上加难,能买得起这些高贵奢侈游戏设备的都是些高高在上的土豪们,个个缩在自己那大公司高档的办公室内,但是以小天现在的身份和地位真是想见一个都难,更别说卖出一套了!但是小天见钱眼开,大好的赚钱机会可不能就这么白白溜走了。

就说嘛!这么好的的公司怎么可能招他这种初中都没毕业的闲杂人等,那些个什么本科生、研究生啊,都还排着队找工作呢!哎,真是太异想天开了,想想百乐门里的那些姑娘们,不也各个都是高学历,最后还不是来了百乐门?要是在百乐门就好了啊!这些 VR 分分钟就能卖几套出去,全是些土豪老爷,浑身散发着金钱的味道!易小天眼馋不已,他这是见钱眼开,脑袋里不由得浮想联翩,想起百乐门里那些土豪挥金如土的派头来更是心痒难耐,一会激动,一会难过。就拿薇薇、露娜、惠莉来说,都是一把好手,凭借他们的亮丽歌喉和婀娜身段,搞定那些土豪还不是简单的事!

想到这里,原本郁闷的小天突然跳起来,瞪大眼睛狂喜不已,是啊!怎么把他的拿手好戏给忘了!他是没本事,但是他有一票有本事的好同事啊!

"哈哈哈!天助我也!我易小天要发财啦!"狂喜之后,易小天将那摞挨千刀的传单毫不客气地扔得满天飞,转身拔腿跑。

跑了没几步,公园里的蜂式监管机器人嗡嗡叫着追上来给了易小天当头一棍,只见机器人说道:"乱扔废纸,罚款 300 元,已从你的账户上扣费,请拿好收据。"说完机器人身上打印出一张收据来,用昆虫般的机械手臂硬塞到小天手里。

易小天气得半死,但想到之后的大买卖,也顾不上和机器人理论了,把自己西服上的褶皱都抚平了,买了口气清新剂,在嘴巴里一顿猛喷,然后这才拨通了薇薇的电话，可电话仍旧关机，咦？这倒奇了？

　　换个露娜试试，还是打不通。再给惠莉打打看，照样没人接。

　　小天纳闷了，这不合常理啊？总不可能同时关机吧？他焦急地转了半天，最后还是决定打电话给泉灵儿试试，这个泉灵儿平时跟他关系一般，但好在电话还是打通了。

　　"灵儿？是你天哥哥我呀！"

　　"怎么是你？什么事？"

　　"问你点事儿啊，薇薇、露娜还有惠莉她们几个怎么都不接我电话呀？一段时间不联系全都改行了？"

　　"哼，你还敢装不知道？上次露娜跑到我们这儿来哭诉，说你抢了她的钱，把她之前的东西都拿走了不说，随便把她往廉价公寓里一丢，人就蒸发了，联合我们几个一起抵制你。"

　　小天如遭五雷轰顶，他怎么把这茬儿给忘了！当初他拿了露娜的东西之后就一直没再联系，露娜醒来发现东西没了，自然要找他算账，但是又找他不到，肯定气得吐血，这丫头比他还贪财，值钱的东西没了，还不得跟他玩命，这可不得了！

　　小天做贼心虚，软磨硬泡地总算要来了露娜的新电话号码，这才匆匆挂了电话。露娜这条关键的线索一断，他的赚钱大业岂不就是半点戏也没有了？这可不行，头可断，血可流，钱路却不能断，钞票也不可流啊！易小天思绪百转，最后决定拿出超级耍赖厚脸皮的本事，先去卖个乖。

　　当下先买了一个卡通头套罩在头上，然后去了一家金店，提了一柄锤头，对着人家金店的玻璃窗就砸了下去。玻璃窗内的陈列柜上正陈列着今年最新款的翡翠项链系列，价值连城。这一锤头下去警报声大响，数个保安提着警棍冲了出来："哪个不要命的大白天就敢抢劫！"

　　易小天早就准备好了，锤头一扔撒开脚丫子就开始逃，一边跑一边气喘吁吁地打了个电话给露娜，电话刚一接通，小天不等露娜说话，马上喊起来："露娜！快点救救我！我就要被人打死啦！"

　　后面还伴随着阵阵叫喊："快点站住，别跑！"

　　"别跑！看我怎么收拾你！"

　　"臭小子，你胆子也太大了！"

　　叫骂声阵阵入耳，倒确实挺像那么回事，露娜本来一肚子的气，这一下子全憋了回去，又听见易小天吃痛地大叫"啊""救命啊""哎呀"不绝于耳，真以为他遭遇了什么不测。

　　"小天？怎么啦？你没事吧！"

　　"是……是莫风那混小子……"

露娜心里一惊,她本来拿了人家的东西就做贼心虚,时时刻刻担心被莫风找上门来。本来准备好的以物换钱,现在东西直接没了,交易没了本钱,还谈什么生意,现在就担心人家来抓她卖到马六角去,整日担惊受怕的,这会听见莫风两个字当场吓得花容失色。

"你先到我这儿来!"露娜急忙说了自己的地址让易小天快点来。

易小天电话一挂,脸上立刻扬起了得意的微笑。他把脸上的玩具头套扯下来,随手一扔,闪身进了路边刚才事先订好的出租车上,出租车立刻扬长而去。

金店保安追了半天,见小偷已经落荒而逃,就没再追赶。反正店里也没丢什么东西,就回去了。

第二十二章

开门见红

露娜一打开门，小天立刻握住露娜的手，大叫："露娜好姐姐，你可得救我呀！"。

露娜看他那副可怜兮兮的样子，气已经去了一大半，却仍忍不住说道："怎么不打断你的狗腿，看你以后还怎么骗人。"

"露娜，我可没骗人啊！你怎么知道我这段时间经历了什么？"说着还探头探脑地左右张望了一下，一闪身就进了屋子。

易小天大摇大摆地在沙发上坐下，随手拿起一个橘子剥了吃了："我这段时间可真是被莫风那混蛋给折磨坏了！"

"他……他找到你了？"露娜很吃惊。

"是啊，当初我们两个逃走之后，你就喝醉了酒，我刚准备也去洗个澡，可就听得有人敲门。我以为是我点的外卖到了，哪知道门刚打开就窜进来几个彪形大汉，一把将我按住在墙上，接着莫风冷笑着走了进来，我吃惊不已，心想莫风怎么知道咱们的位置的，你猜怎么着！原来那枚全息徽章是可以定位的！"

"啊！"露娜十分惶恐，"这下完蛋了！"

易小天拿眼睛偷瞄露娜，发现她神色紧张，似乎十层中已经信了九成九，于是吹起牛来更加底气十足。反正莫风已经给抓了起来，死无对证，就用这混蛋来开涮好了。心里甚是得意，嘴上更是说得声情并茂。

"他们拿了我还要来拿你！但是你想啊，那群臭男人的大手怎么能在你那细滑的身上随便抓呢！我当时大叫一声，'别动她！所有的事都是我一人做的，是我强迫她做的，她是无辜的，有什么冲着我来好了！'好在那莫风良心还没坏透，他想了一下，也确实不想那么为难你。毕竟你那么漂亮，天下少有，千娇百媚，风姿绰约，闭月羞花，沉鱼落雁，饶是全世界最坏的大坏蛋也不舍得伤害你一点点啊！于是莫风就单拿了我一人，把东西都拿走了。我临走的时候又苦苦哀求，请求他们把你送到一个安全的地方，毕竟如果你第二天还没醒的话，总统套房自动续期，一天下来的费用也是蛮贵的。见他们把你送走了，我这才放下心来，心想哪怕是现在就被他

们打死了,也不用担心了。"说着说着,自己把自己也感动了,泪水潸然,一副舍我其谁、正气凛然的模样。

露娜一听,心想也是,她对自己的容貌可是有着百分之百的自信,绝对不怀疑那些臭男人舍不得伤害她。原来一直是自己错怪了他,他居然为了救自己而被坏人抓去了这么长时间啊!不由得满脸感激,一把抱住小天,在他左右两边脸蛋、额头、嘴巴各亲了一下,媚眼含情:"小天,原来是你救了我,我错怪你了,你没事吧,他们没有难为你吧?"

小天演得太投入,以至于跟他素来熟络的露娜也被骗了过去,别说露娜,现在连他自己都相信自己的鬼话了。

他伤心地摇摇头:"别提了,简直是往事不堪回首啊,他们把我抓了去,早中晚各打一个小时,每个小时持续四十五分钟,他们打累了就换刑讯机器人来动手再把剩下的十五分钟补齐,然后才给我吃饭。哎!我现在都不敢去回想细节,一想起来我就浑身痉挛。"

露娜抱着小天轻轻拍了拍:"天哪!太残忍了!没事了!他们也太过分了吧!再说东西不都拿回去了吗?我还白奉献了一场呢,他们也得了便宜呀!真是的!"

小天把脸埋在露娜的胸口上,左蹭蹭右蹭蹭:"后来是被打得实在是承受不住了,我就假装跟他们称兄道弟的讲笑话,讲百乐门里的各种趣事。这些家伙果然感兴趣,就打得不那么狠了,慢慢的就越来越松懈。我以前是绑着讲,后来是坐着讲,再后来就是溜达溜达放开了讲!"

"那莫风后来没再找你茬儿吗?"

"嗨!莫风忙着呢!把东西找到了之后就把我扔给下面的人,哪还有时间来管我这无名小卒。直到了今天我才找个机会跑了出来,哪知道他们家里的机器人那么厉害,我刚逃出来就被发现了,你说倒不倒霉!你要是不救我,我被他们抓回去非打死了不可!呜呜呜呜!"说着又把头埋在露娜的胸口,说什么也不肯抬起头来。

露娜感觉自己居然冤枉了好人,心里十分抱歉,也任由他紧抱着自己不放。但见他身子微微发抖,看起来果然吓得不行,可怜至极,心里也同情起他来。

"不过有件奇怪的事,我逃出来后,给平时交好的几个姐妹打电话,怎么大伙儿一齐都不搭理我了呢?"

露娜一听,立即知道了是自己跟姐妹们哭诉,痛骂易小天让她们集体跟小天绝交的,哪想到竟然是自己冤枉了他,害羞一笑,轻轻捶了他一下:"啊呀!她们还不是有……有事忙呗。我打个电话就好了。"

易小天见她那害羞一笑……易小天赶紧摇摇头,他现在可有更艰巨的任务呢!

"对了,露娜!你和以前的那些老顾客现在关系怎么样?"

露娜得意一笑:"那还用问,我还指望着他们给我送金山银山的养活我呢!你先看看我这新房子怎样?复式楼,上下一共四百平,前面阳台可以看江景,后面可以看山,绝佳的生活场所。"

乖乖不得了,易小天这才注意到露娜的这个房子来,在现如今房价如此恐怖的年代还能买得上这样一座豪宅,看来她是又掏空了好几个富豪的口袋啊!

"不错!真不错!不过呢,我觉得吧……"易小天欲言又止,故意卖起了关子。

"觉得什么?"

"钱这种东西当然还是越多越好啊,想你现在年纪轻轻,肯定赚得越多将来越轻松嘛!这不,我这儿现在有个赚钱的好办法,只需要你在这些富豪的耳边吹吹风,钱就呼呼地吹过来了!"

"什么东西!"

易小天变戏法一样地从西服的口袋里拿出一叠折叠的资料来,那是游戏人间刚刚推出的那款 VR 顶级虚拟游戏设备,《繁华似锦》的相关资料。

露娜本来兴趣浓厚,看到原来是 VR 设备,登时脸冷了下来:"是这鬼东西啊!你是不是忘了咱们百乐门后来为什么生意那么差了?!就是这玩意搞的鬼,那些富豪全去玩 VR 去了,谁还来我这儿啊!你这不是砸我生意么。"

"你可不能这么想啊!你想,那些富豪们一年三百六十五天能来你这里几天呢?大部分时间不还是在家里嘛!他在自己家里肯定想也想不起你来,你让他买了这套设备去,给他注册一个账号,里面的人物就设置成你的形象,那这些富豪在家里想你了还可以到游戏上去过过瘾是不,不然身边美女那么多,他们怎么能老想起你来呢!"

露娜一想也对啊,这些个富豪们一个月能来一次就不错了,剩下的日子如果也被自己给黏住的话,那当不是财源滚滚?而且这 VR 她也知道,里面有很多新奇的玩法都是现实中无法实现的,一旦他们玩上了瘾,还不是对自己言听计从。

越想越觉得这事靠谱,俩人一拍即合,立即达成了合作模式。不但所有的恩怨一笔勾销,反而感情更进一步。

露娜笑着问小天:"那分成怎么分?"

"卖一套之后的提成咱俩五五分可以吧?"

露娜秀眉一立,挺直身子坐了起来,"八二分,我八,你二!"说着,眼睛一撇,表示这事毫没商量的余地。

小天也火了,眼看着露娜冷脸相向,到底还是退了一步:"六四分,你六,我四,行吧!"

"不行!八二分!"露娜居然一步也不退让。

真是见钱眼开啊!金钱面前没情人!女人狠起心来简直比蛇蝎还毒!易小天冷笑:"那这样的话,下次莫风再派人来抓我,我就叫他们把你一起带走算了!"

露娜果然漏了怯:"还不都是你出的馊主意,不然我能做赔本买卖吗?"

"所以我现在带着诚意,揣着金钱朝你扑面而来,弥补你的损失嘛!六四分!"

易小天坚持。

"七三分,我七你三!"露娜也开始松了口。

"六四分!"

"哎!好吧好吧!就六四分吧!"露娜终于妥协了,易小天欢叫一声,拉过露娜就狠狠地亲了一大口。

露娜还以为自己占到了便宜,她哪里知道易小天的狡猾程度,小天将刘经理答应的百分之十五的提成先拿走了三成,剩下的七成再拿来和露娜六四分,表面上看起来露娜拿了大头,实际上还不是被小天得了便宜。

易小天在露娜这里心满意足地待了整整一天。第二天一早,春风满面的出了门,又去游戏公司问清了产品的购买流程,拿了一大摞的合同得意洋洋地离开了。等出了公司门,就随手将那一大摞传单往天上一抛,准备潇洒地扔个干干净净。他真是不长记性,昨天他在公园里乱抛垃圾已经被列入了黑名单,结果今天又跑出来乱丢东西,几个早已经守株待兔的蜂式监控机器人马上就追了上来:"又是你!先生,今天罚款要加倍了!"

"马上停止逃跑,否则我们要使用辣椒水和强力胶了!"

"你的罚款已从你账户上扣除,请拿好收据!"

谁还有心情要那收据!小天撒开脚丫子狂奔起来,一边跑一边郁闷,这朗朗乾坤之下被几个造型古怪的蜂式机器人追赶当真可笑之极,形象全无,路边的人都在指着他哈哈大笑,他刚刚树立起来的玉树临风的形象啊!

被机器人们追着跑了好几条街,后来还是因为另一条路上有个大妈碰瓷,机器人转而处理那人去了(在机器人的逻辑认知上,这种大妈永远都是一级优先处理对象,遇到个不讲理的大妈,整个事件发生地所在的城市行政区内的监管机器人都要全员出动,就这还经常搞不定),小天这才逃掉。他被累个半死,气喘吁吁不已,本来已经熨帖整齐的西装又成了一团糟。

因为考虑到露娜工作的不确定性,易小天非常识趣地没有再去打扰。因为被通缉过,就算先华组的黑客们修改了他在民政局和银行登记的个人数据,但之前那套公寓也住不了了,他又随便找了个差不多的公寓住了进去。到了家,小天把西服外套一脱,腿往茶几上一放,身体陷入沙发里,开始优哉游哉地玩游戏。现在他可以啥都不用干,专等着露娜的好消息就成了。游手好闲地混了几天,露娜的好消息没来,傲得的电话倒是来了。

"在哪里?"一上来就直奔主题,一点寒暄都没有。

本来小天好久没见到傲得,对他很是想念,但是现如今自己溜了出来,最怕的就是听到傲得的声音了,万一他查起岗来可就麻烦了。

"哎哟哟,傲得,实在太无聊了,我只是出来玩玩。"

还好傲得并没有公事公办地查问他。他也是知道易小天的性子,组织里那么无聊,他这么一个闲不住的人天天憋在地下室也是难为了他。

"自己在外面小心一点吧,待会我打一点钱给你,你拿着先用,组织里的薪水很少,出去也要花销的,我今天刚回的组织,明天一早就离开,可能没有时间见面了,有事记得打电话,玩够了记得回来。"

"傲得,你对我真好,你就是我亲哥呀!"

易小天热泪盈眶,傲得说了一大串他就记得"待会打钱给你"这句,太够意思了!还知道他小天没钱用!想他易小天无父无母,也没有兄弟姐妹,自打有记忆起,那些亲戚躲他跟躲债一样,天大地大没人疼没人理的,冷不丁的冒出个傲得竟对他如此真心,将他当亲兄弟一样对待,还要给他零花钱。小天简直是受宠若惊,怎么能不感动呢!

傲得又简单交代了几句就挂了电话,不一会儿,手机就传来汇款通知,账户上一下子进了五十万。

五十万!易小天感动得眼泪鼻涕流了一脸,这钱绝对不会是组织支付的,肯定是傲得的私人账户上转过来的。太够意思了!小天摸爬滚打活了这么多年,见过那些表面虚与委蛇、尔虞我诈的人,见过两面三刀的小人,也见过表里不一的伪君子,只有傲得真正是坦坦荡荡的正人君子一枚。小天小心地将账户余额查看了一下,决定无论如何也绝不花这笔钱。他反复看着账户余额,只觉得心中暖暖的。那种欢喜和开心,真是这辈子第一次尝到。

傲得这个朋友,我是交定了!

小天美滋滋的,又到外面嗨了一天,当然一分没动傲得给他的钱。晚上喝得醉醺醺的躺回到沙发上时,收到了露娜一连串的信息。

"死哪儿去啦?电话也不接?"

"告诉你,老娘出马,一个顶仨,已经帮你卖了两个了!"

"钱还打到原来的账户就行。"

"人呢?说话呀?"

"单子是不打算接了是吧!"

易小天没想到露娜这么管用,一出手就卖了两套,跳起来欢叫一声:"欧耶!上天都在眷顾我易小天啊!"

赶忙给露娜打了一个电话询问情况,露娜还真是厉害,一出手就卖了俩,详细地给她讲解了签单的过程,毕竟数额巨大,前前后后的手续又是第一次办,小天也还搞不太明白,就先拿这两人练手好了。一想到自己已经成为了游戏人间的正式员工,小天不仅又得意起来,晚上还想去找露娜厮混,结果被露娜恶狠狠地拒绝了。

易小天本就喝得迷迷糊糊,去把要填的单子给露娜送了过去之后就睡了。第二天一早拿着已经填好的购买申请,腰板挺得溜直,昂首挺胸地走到大会议室。连机器人递给他的那摞资料都没拿,直接走到刘经理面前,将资料一甩,鼻子比他翘得还高。

"两份全款《繁华似锦》的购买合同,我已经将资料提交给了前台,货已经发送了,请您过目,至于转正的手续,听说待会有人来办理。"

刘经理瞪大眼睛,难以置信地看着他,这小子真是太神奇了!居然有能耐卖出这么贵的东西!而且一卖就是两套,想他自己吭哧吭哧卖了好几个礼拜,又是送礼又是送人情的,才勉强卖了三套,这小子轻描淡写就卖了两套,太不可思议了吧!

易小天装模作样地挑了挑眼前的刘海,几个机器人快速地来回穿梭,立即给易小天扫描了瞳孔,指纹和声纹,给了解开门禁的权限。同时量身订制工作服,办公用品调度与摆放,电脑设备安装的工作等,在几分钟内就已经全部完成。接着一个机器人礼貌地走过来对小天说:"欢迎加入游戏人间,您的一应用品已经准备完毕,门禁开放一至二十八楼,办公室在二十一层。我是楼层管理者巴拿马。"说完转身离开。旁边的刘经理脸都绿了,大家伙都眼馋地看着这个个子不高的男人。易小天得意极了,昂首挺胸地迈着步子离开,临走前看了一眼刘经理:"以后的单子还是跟你对接?"

"啊?啊!是是是!以后咱们互相帮助。呵呵!你好,正式自我介绍一下,我是刘春来。"刘经理变得极快,马上收起刚才那副高高在上的领导模样,一秒钟变成亲切的邻家大哥哥,笑得眼睛都眯了起来。

易小天还不知道这些人的伎俩?他们铁定是以为自己背后有多强大的人脉圈子呢!像我这样的,他们可不敢得罪,都巴不得多介绍些重量级的富豪来给他们认识认识呢,随便指头缝里漏点油就够他们用一辈子了。心里想了个透,就笑得比他还灿烂,边笑边伸出手:"你好,我是易小天!呵呵!才来第三天!"

"厉害!弟弟可真厉害,才三天就卖了两套,真是开门红灿灿,比我们可强多了。"易小天懒得理这种人,夸人的话也说不利索,怪不得现在一把年纪还是个小小经理,刘经理一路拍着马屁把易小天送了出来。

易小天得意万分,一路上享受着别人那种羡慕、嫉妒、震惊的表情和赞叹的语气,心里美得找不着北,感觉自己好像是一个万众敬仰的大明星一样。这种场面,在以前他连想都不敢想。

因为解除了一至二十八楼的门禁,易小天暂时又没别的事,便从二十八楼开始往下一层一层地溜达。

要么怎么说人家是有钱的大公司呢!公司内部设施一应俱全,办公场地十分奢华,空间极大。虽不是富丽堂皇,但目力所及之处尽是干净整洁的办公卡座,除了大量的井然有序的机器人,更有数量更多的技术员、程序员等员工忙碌不休。同样都是技术员们办公的地方,易小天不由得想到了先华组的那个好像 RPG 电玩中乌漆墨黑的地下城般的工作场地来。那些个技术员不服从管理,乱七八糟地想怎么来就怎么来,拖鞋泡面碗齐飞。而这里的技术员和程序员则井然有序,穿着统一样式的工作服,简直比机器人也差不到哪里去,偌大的办公区,居然一点杂音都没有,只有"噼里啪啦"高频率敲打键盘的声音。再看看这里干干净净的高档机器人,比先华组里那些随便拼凑的昆虫般的机器人强得不是一点半点,简直不是一个级别,就像小鲫鱼和金龙鱼的差别一样。

看看人家这公司!易小天一边参观一边惊奇。下到十四楼的时候出现了一个巨大的健身房,整层楼都是健身房,免费提供给员工休闲健身而用。还有十三楼的咖啡厅,十到十二楼的高级餐厅,中西餐一应俱全。隐形区域各地美食汇聚一堂,食物品种琳琅满目,各个看起来都诱人可口。九楼以下都是纯机器人办公区,倒没什么可看的。易小天一圈溜达下来,突然对楼上很好奇!一栋八十五层的大楼,其他楼层里面都装些啥呢?

不过他也只是闲着无聊想了一下而已,不一会就把这个疑问抛之脑后,专心研究起赚钱的法门来。

他一边在楼里闲逛,一边想,露娜虽然厉害,但是她一个人就算拿出吃奶的劲儿还能卖几个呢?得发动更多的人来卖才能赚大钱啊!当下给露娜打了个电话,叫她把与她关系好的一应姐妹都发展起来,大家聚一聚,聊一聊人生理想,让易老师亲自给她们上上课。

露娜办事果然爽快,不一会给小天回电话的时候就已经约了八个姐妹到她的新家来。晚上七点,不见不散。

易小天简直美得找不到北,一路哼着歌,一路转着圈乐颠颠地给自己洗个干干净净,换上喷了香水的新衣服。自从赚了钱,他花钱再也不小气了,想买什么就买什么。

把自己打扮得焕然一新,小天对着镜子左看右看,就觉得自己这身造型有点眼熟,想了半天这才反应过来,他奶奶个脚,这怎么跟他在百乐门里的造型差不多啊!百乐门是易小天人生的第一个工作,对他影响极大,不管是生活习惯还是穿衣品味都深受影响。现在穿来穿去居然又把自己穿成了百乐门里的侍从,不由得恼火的一把扯下衣服又换了起来,一连换了好几件这才略微满意地点点头。抬头一看时间,妈呀!居然要迟到了!和一个美女约会迟到没所谓,和一群美女同时约会还迟到可就很有所谓了!

易小天马上叫了个出租车飞奔着来到了露娜家。

第二十三章

梦里是英雄,醒了也是!（然而美女们不这么想）

易小天推开露娜家的大门,只见一片金光灿烂。香喷喷的粉红色气泡在半空里飘荡,简直要晃瞎了小天的眼睛。好几个顶级美女在客厅里忙碌,有的坐在沙发上聊天,有的站着喝酒,有的正在餐桌前切蛋糕,有的看电影。或娇艳或清纯,或火辣或温柔,国色天香,美轮美奂,直看得易小天两腿发软。耳边传来阵阵娇滴滴的娇笑声,不知谁的烈焰红唇在他的眼前诱人的晃着,谁的淡粉色唇膏在他的脸上轻轻印了一下,一股股清甜的香味扑鼻而来。

"小天哥哥!"这一声叫声真是酥到人骨头里。

"来啊!"

"过来啊!"

此情此景,小天竟然幸福得晕了过去,确实是晕了过去。

"这小子怎么这么没用?"过不多时,小天已经醒了过来,却还闭着眼睛享受被美女环绕的感觉,嗯,这一听就知道是薇薇的声音。

"谁把他弄起来啊,把沙发全给占了,我们都没地方坐了。"这么不客气? 这是玉茹的声音。

"泼一盆冷水该醒了吧?"哟哟呵! 露娜居然也这么凶,一点都不疼人!

"呵! 这个小色鬼也有歇菜的时候真是少见。"是惠莉的声音。

"谁给我搭把手,这小子保准是装的,给他来一下子绝对醒。"听到这个声音,易小天马上就睁开了眼睛。别人顶多也就是说说而已,但这泉灵儿却绝对下得了手。她可是易小天辉煌战绩中唯一的败笔,自那以后对她多少有点胆怯,没什么底气。一听她要出手,立马老老实实地醒了。

他假装抻了个懒腰,慢悠悠地睁开眼睛:"哎呀! 刚才屋子里太香了! 谁? 谁喷了那么浓的香水? 是不是羚妍? 简直熏死我了!"

大家伙一阵娇笑。

眼睛一圈扫过去,将屋子里的美女们看了个七七八八。薇薇、露娜自不在话下,还有他钟爱的惠莉、乖巧的玉茹,不太合拍的泉灵儿、羚妍、丹妮、菲菲,一共来了八个人之多,大伙团团将他围住。

想他在百乐门里的时候关系熟络的一共有十二个姑娘,除了这里的八个,还有四个没有来。

这八个可都是百乐门呼风唤雨的王牌,百乐门不下两百个顶级花旦,鼎盛时期普通艺人人数加起来也有千人之多,何其风光。不过那都是以前的事儿了,如今大家伙各奔东西,为生活奔波,早就没有以前的风光了。

易小天看着这些个漂亮的脸蛋,欢叫一声:"姐妹们,好久不见啊!"

大家伙嬉笑着推搡着他,一派其乐融融的景象。易小天哪能放过这个表现自己的好机会,叫了一堆的美食送了过来,还有美酒流水般地端上来。和八个美女一边聊一边吃,好不快活!

小天不住地劝酒,希望先灌倒一个好下手啊!哪知这些姑娘好像是事先商量好了一样,全都跑过来敬小天的酒。美女敬酒哪有不喝的理,几个回合下来,易小天已经站立不稳,双眼飘忽,这回是真正的四肢无力,眼前星星乱晃了。

"这下咱们可报了仇了!"泉灵儿走过来,在易小天渐渐合拢的眼前晃了晃,这么精致的小脸蛋怎么就不让自己亲一口呢!小天真是郁闷之极。

"谁让他以前老背着我们拿好处,这回要把他看紧了!"丹妮笑着说道,梳着干练短头发的丹妮可也是他的老相好啊!居然说话这么不讲情面。不过她那红艳艳的嘴唇可当真香得紧啊!此刻若不是小天已经找不到自己的神志,非得拉过来先亲一口再说。

"倒下吧你!"羚妍手一推,易小天立刻软绵绵、四肢伸长地倒在了沙发上。

"把他拖下来绑上!"菲菲大笑不止。

我勒个去,玩大了吧!姑娘们!易小天欲哭无泪,感觉自己挖了个坑给自己跳。他迷迷糊糊地说话也不利索:"各位亲……亲爱的好姐姐们,有话好好说就成了,绑倒是不用绑了!"

薇薇站在一群人中央,果然是她起的头,易小天可记下了,这笔账咱们就下次算吧!到时候有你好看的!

"你说分成是六四分是吧?"薇薇笑着问,可易小天分明觉得她嘴角的笑像是得意的冷笑呢?

"是……是啊,已经跟露娜商量好了的,绝对没得变。"

薇薇俯下身来,捏着他的小脸蛋在他的脸上吹气,一阵香味扑面而来:"可是被你吞掉的那三成呢? 别以为我不知道。"

好家伙!易小天在心里哀号,原来自己在分成里做手脚的事居然被她给发现了。

"我正好认识那间游戏公司的一位高层,他说得很明确,提成分明是百分之

十五,到了我们这儿却成了百分之九,剩下的都被你易小天给吃啦!"

易小天被吓得酒醒了一半,露娜幽怨地瞪着他:"居然还来骗我,骗得我好惨啊!还好薇薇知道内情,要不咱们姐妹被你这小滑头骗了多少钱去!"

"就是啊!小天老是爱耍这小聪明!"大伙不满地议论纷纷。怪不得她们今天这么热情似火呢!原来是在这儿布好了陷阱等着他呢!他一时被美色所迷惑喝了太多的酒,着了她们的道了,可是现在小命在她们手上,只能以退为进。

"成成成!我就这点小心思也被你们给看出来了,我说薇薇啊!你简直就是女诸葛啊!什么都逃不过你的眼睛,咱们就有钱大家一起赚,这个副业的利润很大,大家伙多努力就是了!"听到利润要被瓜分走了,小天的酒又醒了一大半。

经过多轮谈判,在易小天"舌战群儒"之后终于将分成最终谈好了,姐妹们还是七成,小天保留三成。不过原先他贪污的部分要拿出来大家共享。一直谈到了大半夜,小天的酒又醒了一半,只觉得口干舌燥。

"你们谁给我倒点水嘛!口好渴。"

露娜恍然大悟:"被你这样一说我还真的很渴。"

"是啊是啊!"

"说了半天渴死了!"

然后大家就跑去餐厅喝饮料,留小天一个人躺在沙发上。小天挣扎着站起身,晃晃悠悠地站起来,心想着今儿晚上说什么也得抓一个来陪陪。哪知刚走到餐桌边上,嘴里塞着曲奇饼的丹妮指着易小天:"这家伙怎么处理?应该利用完了吧?"

大家伙纷纷点头,易小天有一种不好的预感,果然下一个瞬间,几个人七手八脚地将他抬出去扔在了马路边,大笑着说:"就算是对你的惩罚!"

"姐妹们咱们继续开 Party 喽!"一行人嘻嘻笑笑簇拥着离开了。

易小天被丢在马路边上,欲哭无泪,我的美女啊!我的分成啊!最后竟然赔了夫人又折兵。易小天挣扎着用手机叫了一辆车,一边在心里暗自发誓,八个女生以后绝对不能一起约见,简直是要人命啊!三个女人一台戏,八个女人凑一起,天都能翻个个儿来!

他翻了个个儿,觉得脑袋里晕乎乎的。倒霉的是他旁边不远的地方就是个下水道口,夏天傍晚的臭气阵阵熏上来,小天只觉得胃里一阵阵翻搅,车怎么还不来啊,再不来就得睡自己呕吐物里啦!

他迷迷糊糊中看到了头顶上方盘旋着无数只小蚊子,正在嗡嗡的飞,好多啊,他们越飞越快,越来越近,变得奇大无比,还伴随着巨大的轰鸣声。

咦?怎么有那么大的蚊子啊?

身体猛然一颤,赶紧集中注意力,怎么在这么关键的时候晃神了呢!外面阵阵呐喊声不绝于耳,头顶的敌军不断地投下炸弹,李昂居然在抬头的瞬间愣了神。

李昂揉了揉眼睛,再一次集中注意力,这回看清楚了！至少有两百架战斗机同时在他们的基地上空盘旋,炸弹掀起的热气和火焰燃烧着一切。欧陆经典里的人造大气层系统还能运行,看来自己派去保护大气制造工厂的小分队还真能干。工厂还在拼命地制造新鲜的氧气,但也经不住火海这样的消耗啊,好在自己已经在肺叶上安装了多种气体呼吸维生装置。

大友气喘吁吁地跑过来,他把自己改造成了机械人狼,狰狞的狼脸上布满了鲜血:"老大！他们的主力战斗机群来了！至少有两百架！咱们怎么办?"

李昂看着改装成狼人的大友就气不打一处来,本来这场革命战争可以让大家舒舒服服地坐在家里打就行了,可那该死的微硬公司居然被博恒事务所给收买了,明明说好的订购遥控战争机器人的合同他们居然毁约,一台机器人也没给。还好老甘码公司还算讲义气,给他们运来了足够的生化改造设备和各种配套零件,虽然条件是战争胜利后要给他们起码三千五百万吨的物质量,可这也算是雪中送炭啦,不然这场仗根本没得打。

大友在被改造的过程中也承受了极大的痛苦,用他自己的话来说:"老子宁愿吃屎也不想再有下次了！"所以在听到医生说:"咦？你不是说打完仗后还要变回人型的吗?"之后就晕过去了。

不过这些兄弟们到底是好样的,遥控机器人没到,那就都拿命拼！李昂能认识这么一帮兄弟也算是没白活！

李昂听完大友的报告,背着手转过来:"还能怎么办？都到这份上了,继续冲呗！"

"但是他们武器数量是咱们的两倍！"

李昂坚定地盯着前方:"怕什么,咱们的人数是他们的十倍！一会都跟着我上！我亲自带头冲锋！话说回来,他妈的二亮呢？归队了没？都当了我的副官了,还整天咋咋呼呼的。"

李昂边说边转身从指挥中心走了出去,一走到外面,一颗炸弹就在他附近炸开,要不是大友已经改造成了机械狼人,李昂穿着虽过时但仍然实用的"大暴"牌战争装甲,那超高温燃烧弹引起的热浪一瞬间就会把他俩变成碳分子。

大友吞吞吐吐地说:"他……他还没生出来呢！有点……有点难产了,都过了预产期,还是生不出来,这情况也比较少见。"

李昂气得踢了一脚旁边正在燃烧的飞机残骸,"这个该死的二亮！早不生晚不生,偏偏要在这个节骨眼上生！"

"没办法啊。"大友擦了擦脸上的泥水,"他家的那个母老虎急着抱孩子,二亮这体质其实不太适合生孩子的。"

"他奶奶个脚！等我们打赢了,老子一定要立法,今后在舰上不管是男是女还是其他所有性别,要生孩儿都要先提前给上级打个报告再说。然后还要大力推展自动孕生设备的普及,都什么时代了,还拿自己的子宫生娃,落后思想害死人啊!"

"您说得太对了!"大友推开防空洞的门,李昂率先走了进去。防空洞里血腥味、废油味、用过的等离子电池的臭味、生化液的臭腥味混在一起令人作呕,即使隔着战争装甲的空气过滤系李昂都闻得到,不过他早就习惯了,也不想把自己的鼻子改装成能把这些气味变为花香的,以免丧失斗志。那些喧闹不已的战士们看到李昂立刻安静了下来,他们有的把自己改装成各种千奇百怪的生化加机械战争猛兽,其他的则穿着杂七杂八的牌子的,但都是过时款式的战争装甲,基本都挂了彩,看起来惨不忍睹。但眼神中的慌乱和退缩在看见李昂的一瞬间消失殆尽,现在李昂已经完全成为了他们的精神领袖。

这场战争已经持续了一年之久,战争渐渐进入了尾声,双方都在准备最后一战。李昂很有把握,胜利已经近在眼前了。

要不是"欧陆经典"上的房租越来越贵,他们这群穷人也没必要造反,毕竟在宇宙中能有一个容身之所是多不容易的一件事。哪知道管理的"欧陆经典"的博恒事务所三番五次的涨价,越涨越离谱,连他们穷人最后一块栖身之地也要剥夺。李昂他们冒死赚来的物质量也只够他们用半年的,这样下去他们迟早会再次被流放。而其他那些比他们还穷的人就更别提了,博恒事务所扬言要将他们这群老鼠和蟑螂彻底清理干净,准备把那些交不上房租的人直接丢到太空里任其自生自灭。听到这话李昂就来了气了,谁他妈的给人划分了三六九等,凭什么他们就得是老鼠蟑螂,凭什么他们一出生就得被人踩在脚底下随意践踏呢?有一天,他把自己灌得醉醺醺的,夜壶在他脑子里撺掇了几句,他就在老光棍酒吧里一通乱骂,猛吹自己要是有人跟着干,就要把博恒事务所推翻,建立一个真正的自由乐园。结果没想到说到了大部分人的心坎里,大家纷纷赞扬李昂是个说真话的大英雄。平时穷得一无所有的人们全部呼应起来,都愿意跟着他推翻博恒事务所。

等李昂第二天酒醒了之后,才知道自己都干了什么。二亮他们颤颤巍巍地给他讲了事情的经过,李昂一想,反正自己无儿无女也没啥牵挂,索性就推翻这个吸人血的博恒事务所算了,让真正为人民着想的人来管理欧陆经典。反正不管造不造反他们也快被人给撵下去了,更别提那些花样繁多的税务,更是要人老命。

李昂经过了短暂的思想挣扎就豪气地带领着大家准备推翻博恒事务所,他的举动就像是燎原的星星之火,不久之后整个"欧陆经典"都跟着沸腾起来,大家纷纷自愿加入起义军。奈何博恒事务所的信用额都用来购买先进的武器和设备了,而李昂他们的优势就只有人多,前仆后继,无穷无尽。

　　战争打了一年多,博恒事务所的信用额也早已透支,而李昂他们仍然前仆后继,勇往直前。

　　那些统治者怎么也没想到,这些被他们称之为蟑螂老鼠的底层人民居然拥有着如此顽强的信念和意志力。

　　战争到了后期,战局开始扭转,原本还占据着优势的博恒事务所渐渐陷入被动的僵局。就在今晚,他们准备最后殊死一战,投入了剩下全部的人力物力,势要一举铲除掉这些让人头疼的寄生虫。

　　偏巧,今晚李昂也打算结束这一切。

　　李昂的眼睛扫过自己的战士们,他永远是那副精神饱满、眼含微笑的样子。看到他胜利在望的表情,战士们心里就踏实了。

　　洞外爆发出阵阵厮杀声,飞机投下的炸弹带来的冲击力和巨大声响在这里仍旧清晰可闻,但防空洞内却没人吭声。

　　"各位亲爱的战士们,你们准备好了吗!"李昂张开双手,慷慨激昂,"胜利就在眼前,只要我们冲到博恒事务所,炸了他们的老巢,我们就赢了! 他们已经没有能力再购置更先进的武器了,但是我们的人却还源源不绝! 拿起你们的武器,跟我做最后的冲刺吧!"

　　"啊——是——"

　　人群跟着沸腾起来,大家举起枪来欢呼着。

　　"高科技装备算个老几？ 笑话! 他们太小看我们了! 我们这里的能人多了去了! 一点也不比他们有钱人差!"

　　"就是啊!"

　　"泥水沟小分队准备好了吗？"

　　"准备好了!"

　　"花胡子小分队准备好了吗？"

　　"准备完毕!"

　　"老鳖八小分队准备好了吗？"

　　"准备好了!"人群里一阵哄笑,这些队名都是那些没什么素养的分队队长起的,大伙凑在一起憋了半天才憋出这几个名,李昂要求也不高,只要能区分,爱叫啥叫啥。

　　"小寡妇分队跟着大友,大家看我指挥行动,现在咱们反击战开始! 大家朝着博恒事务所冲啊!"

　　李昂高喊一声,大家兴奋地举着枪冲了出去。虽然看起来队伍乱哄哄的,但是大家全都斗志高涨,大友在一旁偷偷抹了抹眼泪,崇拜地看着李昂:"太帅了! 船长太帅了!"

　　出了防空洞就是一股热浪迎面袭来。巨大的爆炸声不绝于耳,城子躲在一栋炸毁的大楼废墟后面,他把自己改造成了一只二百多吨重的巨型机器蟹,背上装着两门重炮,一个热力/基因追踪导弹发射平台,四挺每秒 400 发的高爆机枪,改装后的蟹钳能随便夹断一根半径五米粗的钢柱。可他现在只能拼命地压低自己那庞大的身躯,因为他的电子眼扫描到前面八公里左右的那辆自动装甲车上面安装的主武器好死不死偏偏是生物毒气导弹。

城子不断地在心中咒骂自己,谁让自己当初没好好看说明书。可那个老甘码公司的吴总也是个神经病,好好的意识直连说明法不用就算了,连个能用在普通掌上电脑的电子说明书都不给,非要用最原始的纸质说明书,说这样才有感觉,产品的品质才会有所提升。去他妈的品质,他们公司给他们起义军的这些生化改造装备谁不知道都是过时了快半个世纪的了。

当时城子看到说明书上写着:"……此产品的装甲每一个点面都可防御最大 6000k 焦耳的能量冲击,并且可耐受最高 5273 – 6973 开尔文,最低 151 – 143 开尔文的温度(因为此装甲改装也可用于宇宙空间作战,因此我司使用了热力学温度单位),弹……"城子看到这就不再看了,好家伙,这个机器蟹改造就是无敌的嘛,就它了!

等改造完了,下了改造平台,才发现第二页"……是因为生化肺叶的设备安装位置被高爆机枪的弹药舱挤占,无法安装高级毒气过滤设备,因而此产品无法抵御毒气武器攻击。"靠!这他妈谁排的版?出来我保证不钳死你!并且第一页最后那个"弹"字也他妈打错了,应该是"但"字,哪怕是这个字估计城子也会翻过去一页看看。这还不算,城子也万万没料到,改造成机器蟹后为了让大脑能适应操纵变成八个蟹脚走路的方式,他足足练了两个多月才学会走路。还经常摔跤,成了大家的笑柄,晚饭后来看大螃蟹摔跤成了很多人的保留节目和一项长期的赌博项目。

现在后悔也晚了,城子试着用身上的导弹发射平台去对那个装甲车进行自动锁定,可那个装甲车竟然有反锁定装置。而且八公里也超过了身上重炮的射程。现在只能想办法用那个笨重的蟹钳试着挖地,看能不能挖个坑把自己埋起来,千万可别让那个装甲车发现了。

就这么小心翼翼的,可结果那个杀千刀的还是发现他了。

城子通过电子眼的远视功能眼睁睁看着那辆装甲车向他发射了毒气导弹,而他这副笨重的身躯就算把身上背的武器平台全卸掉,最快也只能爬个 10KM/H 了,哪里还跑的开。城子生化脑中的被锁定警报器一个劲的大叫,和他意识相连接的夜壶埋怨他:"早就叫你买个保险了,你就不听,这下好了,看你挂了以后你家那十几口人以后咋办!"

城子关闭了电子眼和脑中的警报,也把夜壶关了。在一片漆黑中等死,下辈子一定要投胎成一个有点耐心的人,起码要能有足够的耐心把说明书看完。

等了好半天,自己咋还没死? 正纳闷着,脑中的起义军专属无线电台(这个是李昂要求每人强制保持在开启状态的,无法关闭)里传来一个问候:"行啦,胆小鬼,睁开你的狗眼看看吧。老子们可救了你一命,这人情你以后可得给我们记着啊。"

城子打开电子眼,周围什么没看见,再看看远处的装甲车,也不见了踪影。于是他让夜壶给他回放一下刚才录下的视频,就看见那个导弹一路向他飞来,结果半道上就让一个隐形机械豹人用高速反导狙击枪给射下来了,然后那辆装甲车下面的地面突然裂开一个大洞,出来一个数百米长,三十多米宽的机械钻地虫把那辆装甲车一口吞了下去。

城子知道这两人,豹人是隔壁村的老李,钻地虫是那个村的老张。说来惭愧,他还欠这两人不少物质量呢,他不仅一直没还,而且还到处说这两人就那么一点点物质量也要追着屁股要,真没意思。可现在却是这两人不计前嫌把他给救了。城子虽然现在没有人脸了,但他知道如果现在还是人身,肯定是脸红到脖子根去了。于是他还是继续挖地,想着还是刨个坑先把自己埋了再说吧。

老赵小心地走进博恒事务所大楼的一个偏门,跟着他的几个人在他的背后也小心翼翼的前行,老赵说道:"阿斌! 扫描一下这里是否安全!"

背后的阿斌抬起头,眼睛突然闪出蓝光,举起枪对着老赵的脑袋就开了一枪,老赵在最后关头用眼角的余光看到了一抹蓝光,本能的往旁边一闪,刚才脑袋的位置一颗子弹就穿了过去。他想都没想回身就是一排子弹射过去,阿斌身上的伪装渐渐脱落,他居然是一个生化人!

阿斌低头看看自己,显然比老赵还吃惊,他身上的弹孔中没有流出血来,淡淡的蓝色光晕一明一暗地从弹孔中透出来,看起来十分诡异。

"我……我……这是……"阿斌声音颤抖,惊恐地抬起手来看着自己。

阿斌不知所措地往前迈了几步,大家赶紧又举起枪来对着他。他惶恐地看着老赵,老赵朝大家挥挥手,大家枪口放低了点。

阿斌刚想说话,眼睛中的蓝光突然又闪了一下,脑海中闪过一条冷冰冰的指令:KPT – 53897 号,消灭非法入侵者。

阿斌眼中的光暗淡了下去,他冷漠地抬起枪,对着老赵就是一枪,老赵灵巧地躲了过去,身后的另外几个兄弟对着阿斌一顿扫射,阿斌好像没有痛觉一样继续追赶着老赵。

老赵被追得十分紧迫,他不断地大叫,试图唤回阿斌的意识:"阿斌!"

阿斌毫无反应,子弹夺命似得追着老赵。

"老赵,别喊了,没用!"

老赵无可奈何,一咬牙,拿起背上的雷光大口径突击抢对着阿斌的胸口"嘭"的放了一枪,轰的一声巨响,阿斌早就破破烂烂的身体被打出了一个巨大的

口子。

阿斌眼中的蓝光散去,瘫倒在地。他震惊地看着自己,蓝色的生化液这时才慢慢涌了出来,阿斌的眼泪也跟着流了下来:"赵哥!我……我难道是生化人?"阿斌嘴唇发抖,委屈地哭了。

老赵蹲下来,检查他的身体,他的聚合物身体已经千疮百孔,到处漏电,正在劈啪作响,根本救不活了。

老赵辛酸地摇摇头,眼泪也跟着不争气的掉下来:"不是的,阿斌,听我说,你是个好战士。"

他抱着阿斌的头,跟着阿斌一起无声地哭着,其他几个兄弟也跟着默默地抹眼泪。

阿斌分明还这么年轻,他一向胆子很小,总是缩手缩脚的躲在别人后面。因为他年纪小,大家总是格外照顾他,也总是格外疼爱这个弟弟,老赵更是对他十分疼爱,在军营里一直就让他睡自己上铺,有危险的事情总是挡在他的身前。可谁知道……

阿斌的眼睛中又开始闪烁着蓝色的光芒,手指下意识地去拿枪。可是由于身体已经报废,虽然接受到了指令,却仍无法利索地完成任务。

身旁的一个战友小声提醒,"赵队,他……不行了……"

老赵抱着他的脑袋,无声地哭着,阿斌的手还在哆嗦地试着去拿枪。

"你是个好孩子。"老赵轻声说着,手里的枪抵在阿斌的头上,一枪结束了他的生命。

阿斌的身体不动了,老赵摘下了阿斌的兵籍牌,对着身后的战友们喊:"兄弟们,冲啊!推翻博恒,给兄弟们报仇啊!"

大家愤怒地高喊着,冲了进去。

几个起义军战士惊恐地看着漫天飞舞的机器人,他们无论怎么打也打不中。机器人在半空中盘旋,翅膀一收,将所有的攻击都挡住,向外一放,子弹又悉数弹了回去,几个起义军立刻倒地身亡。

他们立刻朝着内里冲了进来,刚冲到门口,就被数量更为庞大的起义军射成了筛子,根本来不及抵抗,飞行机器人被打落一地。

防空洞内,一排巨大的计算机前,黑客们正在全力以赴地攻占博恒事务所的中央控制程序。他们使用了极度危险的意识接入法来进行破解,在虚拟的程序空间里,只见那巨大的黑色主机运算系统高悬于天空,呈一个菱形的黑色立方体正在缓缓转动,菱形周身遍布无数密密麻麻的菱形小方孔,正从里面源源不断地散发着黑色的烟雾。地下则是一望无际的迷宫,错综复杂的地形交叉在一起,根本分不清哪里才是正确的路。

宋杰带领着三个黑客站在巨大的迷宫入口处,看到这错综复杂的地形瞬间就懵了,他们都看到了那巨大的黑色主机,但是谁都不知道如何到达那里。

几个人彼此看看对方,忍不住嘟囔起来。

"不是吧,阿杰! 让你给我们几个设置形象,你倒是好好认真选一选啊! 给我们弄一群道士、和尚是什么意思?"

宋杰作道士打扮,倒是仙风道骨,衣袂飘飘,但是被设置成光头和尚的就不干了。

"哎我说,咱哥几个可还没找过女朋友那,让我们当和尚? 有没有搞错?"

"这是系统默认的,我也没选,将就着用吧! 能杀敌就行了! 大家的法器都拿好了吧?"

大伙看看自己手里的东西,有拿佛珠的,有捧个加大版木鱼的,有拿拂尘的,只有宋杰拿的是一根帅气的法杖。

"拿这东西去消灭主机? 这个夜壶到底是怎么出的馊主意。"

宋杰做完了各项系统连接测试,说道:"别抱怨了! 系统选定这些是最好用的,肯定是有原因的。"

大家不再说话了,心想反正你自己的形象够帅了,别人当然无所谓了。

宋杰舔了舔嘴唇:"大家跟我来,要小心敌人的埋伏。"

几个人点点头,跟着他小心翼翼地往前走。刚走了几步前面就出现了分岔路口,宋杰闭上眼睛快速地在脑海里计算,他的大脑现在已经成为了一台量子电脑,从而快速地破解了密码,指出了左边的路。

"走左边!"

一行人快速地朝左边走去,哪知又刚走了几步又出现一个分岔路。这里的分岔路口十分密集,严重拖慢了他们行进的速度。

"太慢了。这样下去怕是还没到主机那里,我们自己就因为系统自我修复被弹出去了。"

"这是唯一的办法了,我们只能尽量快一点。"

宋杰的额头上慢慢渗出汗水来,可是越来越多的分岔路出现在眼前,眼花缭乱,十分累人。没一会他就已经觉得大脑负荷超载,难以承受了。

一行人好不容易快要来到迷宫的出口时,已经累得气喘吁吁,两眼发花了。

宋杰指着头顶上方巨大的计算机主机,举起法杖:"大家祭起法器,把这个大家伙打碎!"

刚这样说着,那巨大的黑色菱形突然仿佛有生命般,快速旋转,周围的黑色烟雾忽然快速漂动起来,忽然幻化出无数的妖魔鬼怪出来。

光头和尚们吓得惨叫一声,大家往天上一看,密密麻麻的怪物咆哮着冲了下来。

那都是些什么东西啊,有长着牛头马脸的,有长着猫脸狗脸的,有吐着几尺

长的舌头的,有烂了一半脸的,有只有半截身子的,有没头的胸前却长个大眼睛的,有上半身是美女下半身却是个癞蛤蟆的,有披头散发、满脸是血、眼珠子还吊在外面的,这些黑客平日里哪见过如此恐怖的景象,光是听他们的号叫就能吓破人胆。

菱形主机越转越快,越来越多的怪物跑了出来,大家都被吓傻了。还是宋杰率先有了反应,大喊一声:"别愣着啊！赶紧用手里的法器!"

大伙这才醒悟过来,他们也是有武器的啊！

拿木鱼的和尚猛敲木鱼,就听"咣咣咣"声响中,一圈圈的光波扩散出去,碰到光波的妖怪全部被变回了烟雾。

拿着拂尘的猛劲甩,那拂尘一甩之下立刻变长,拂尘缠住妖怪,立刻将它扯碎。

"这还蛮好用的啊!"哪知道刚说完,一大群怪物又呼啦啦迎面扑来,无穷无尽。吓得那和尚一屁股坐在地上。

宋杰气派地挥动着法杖,这些个玩意都是烟雾化成,厉害倒是不甚厉害,就是数量源源不断,太消耗人的体力,宋杰挥了一会就累得抬不起胳膊。这里虽然是虚拟时空,但是没想到竟然需要使用同等的体能消耗。

宋杰累得气喘吁吁,其他的人也没比他好哪去。还有一个傻愣愣的拿着一串佛珠,一会挂脖子上,一会拿手里转,一会绕在腰间,可就是不起作用,他忍不住大哭不止:"我这玩意儿得咋用啊!"

"不行了！我实在打不动了！完全没完没了啊!"

"这一步实在是超出了我们的预测,没想到还有实境对抗。"

"谁帮帮我啊！我这玩意咋用啊!"

宋杰不甘心地看了眼高悬于顶的菱形主机,咬牙说道:"没办法,只能先撤退了!"

"大家先撤!"

一行人立即从系统中抽离意识,回到现实中,几个人累得趴倒在电脑前喘气不止。

刚才拿到佛珠的黑客嚷道:"这次给我换个趁手的法器成不?"

宋杰擦擦汗:"什么破玩意儿！咱们再来！这次我要试试看,先超驰他们的系统,绕过系统默认形象,换上高能武器。兄弟们,咱们再进一次,我已经知道它的套路了!"

"好!"

大家又戴起意识连接头罩,再次进入系统。

李昂站在高处的浮动指挥平台上看着下面的战场,战火中两队人马厮杀在一起,什么新型武器都用上了。博恒事务所看来也拿出了看家本领,他看到一台三百米高的巨大机器怪兽正在像拍蚂蚁一样地拍打着他的起义军,但是他不怕,因为他知道胜利一定是属于他的。果然刚才还威风八面的机器怪兽渐渐被一堵人墙给袭倒。

李昂冷笑一声,他们别的没有,就是人多。五百人组成的小分队立刻操起家伙将放倒的机器人大卸八块,应该是八十块或者八百块吧! 直接丢到炮火中烧个干干净净。

李昂看到自己的"蟑螂军队"铺天盖地扑来,所过之处全部都被他的黑色军队掩盖。他满意地点点头,看来自己的计算没有错,博恒事务所的特殊兵种数量就那么多,比起他的庞大军队数量来说简直不值一提,只要掌握了各种特殊机器人的能力各个击破,他们获胜地机会是很大的。

天空中的敌军战机被七零八落地打了下来,剩下为数不多的也逃走了。战火渐渐熄灭,他的军队冲向了博恒事务所大楼。

这个大楼多少年以来都是压迫的象征啊,在欧陆经典一片片的贫民窟中央,却耸立着这栋高达五百多米的,完全用黄金打造的大厦。里面的装修别的不多说,总之能用黄金的地方绝不用白银,能用钻石的地方绝不用水晶。到处都摆放着从各个星球掠夺来的奇珍异宝,外星动植物的标本,各个被征服的文明的艺术精品,数不胜数。长久以来欧陆经典的穷人们看到这栋楼就恨得牙痒痒,可也一直无可奈何,直到今天。

在博恒事务所顶楼极尽奢华的大办公室内,郑克明透过落地窗看到自己的总部已经被团团包围,知道大势已去。一年多的战争早已让他到了崩溃的边缘,此刻真的失败了,反而心里倒觉得有说不出的轻松。他开启全息影像,大楼外面,一个巨大的幻影出现在起义军的面前。他看着密密麻麻,装备层次不齐的起义军不屑一笑,缓缓说道:"真是没想到啊,当初是我们创建的'欧陆经典'收留了你们,现在你们竟然这样忘恩负义,之前说你们是蟑螂和老鼠,我收回,那实在是太客气了! 你们连蟑螂都不如!"

起义军内爆发出一阵不满的骚扰,不知道谁忍不住气直接开枪射向了幻影,幻影波动了几下又恢复了正常。

郑克明缓缓地转动着手里比一枚鸭蛋大不了多少的炸弹,冷冷地说:"既然这样,我就引爆这枚黑洞发生场炸弹,咱们一起玩完吧! 哈哈!"

只见那计时器上一排数字正在快速倒计时。

大家马上慌了神,队伍混乱了起来,都准备逃跑了。李昂的 MI 意识频道里大家互相骂了起来。

"他妈的太阴了!"

"老子去干了他!"

"干啥干? 赶紧撤吧!"

"瞎嚷嚷啥？没听到那是枚黑洞发生场炸弹吗，跑得了才鬼！还不如就原地待着，最后也死得像个爷们！"

"老大你说咱们该咋办啊！那玩意开始倒计时了！"

声音太过嘈杂，李昂思路都没了，何况他本来也没什么思路。他一把扯掉耳机，挠了挠几个月没洗的头发，发现大伙正期待地看着他呢！心想这不管怎么样气势可不能输，当下咳嗽一声，面容镇定地挥挥手："大家都别慌，我有办法。"

赶紧闭上眼睛，立刻和大脑里的夜壶用一个他和夜壶之前商量好的加密频道连接起来："我的夜壶亲哥啊！你快点救救我吧，当初可是你撺掇我干这事的，我这快撑不住了，你得负责啊！"

夜壶一脸不耐烦："嗨，我是撺掇过你，但我只是说说而已啊。可你说说看，这一年内我可是不断提醒你这事风险太大，让你赶紧收手吧。而且我也想到过郑克明手里有那玩意儿，这些我可都给你分析过啊。结果你每次听就只是说'干了这么大的一票，洒家这辈子才值'，什么'你一个臭腾蛇哪懂得男人的浪漫'……这些话是不是你说的？"

李昂一时语塞，但还是厚着脸皮求道："都是我错啦！但您大人有大量，不要和我一般见识嘛，你们又不会死，可他那个炸弹一爆炸，这一船好几亿人可就都完了啊，您行行好吧，不能见死不救啊！"

夜壶骚骚耳朵："你小声点，我耳朵都快聋了！"

"哎哟哟，都到这份上了，求求您快点吧！"

"那个炸弹是基因认证开关，除了他，别人都无法关闭的，我可没法。"

"不……不是吧！连你都无能为力？老兄，不管怎样你一定要想办法帮帮我啊！"李昂哭得鼻涕一把泪一把的。

夜壶为难地想了一会儿："我知道了，这样的话，倒还有最后一个办法可以制止他。"

"什么办法！？"李昂兴奋地瞪大眼睛。

"让天狗接管他的大脑，指使他自杀。"

李昂一惊："这事都能做到？"

夜壶斜着嘴角一笑，并没接话。

李昂心中暗惊，这些 AI 什么时候能直接控制人的大脑了。不过现在情况紧急，也来不及多想，只是不住地点头，"那就都拜托您了！一定要成功啊。我上次答应过你的帮你升级系统，后来还没升信用额就用完了……这次成功了我一定想办法帮您老人家升级！"

"等你？"夜壶冷笑一声没搭理他，转身消失了。

李昂睁开眼睛，整个人又恢复成了平时那副胸有成竹的样子："各位不用担心，听我的！都在原地待命！"

原本还乱糟糟的队伍渐渐安静下来,大家都相信李昂的判断,这一年来他从没指挥错误过。

办公室里,郑克明看着马上变成零的计时器正在得意的狞笑,他慢慢地转着手里的炸弹球,这颗小球让他想起了小时候自己也拥有的那一个玩具,尺寸也差不了多少,是个红色的自返回弹力球,他总是对它爱不释手。

"他妈的! 老子死而无憾了!"他掂掂手里的球,他这一辈子曾经风光无限,该享受的都享受过了,违反整个联合舰队《一号人权宣言》的所有非法娱乐项目他全部都玩过,别说是那啥多性别奴隶狩猎了,就连外星生物基因注入他都耍过了,也没什么遗憾了!

如果……

他摇摇头,已经没有什么如果了。

不过他真想在临死之前去看看自己的爸爸妈妈们,自从与他们分别后的三百多年里,他就再也没见过他们了。他平时总是刻意不去想他们,但是如今真的知道自己非死不可,临死前他最想见到的居然还是自己的父母。他想抱着他们好好哭一场,死在他们的怀里,但是这一切都已经不可能了。

郑克明来自一个多基因家庭,他一共拥有两位父亲和五位母亲,七个人的基因共同形成了他。在他原来所在的母舰上,多基因融合是船员们诞生后代的重要方式,那里的人更加注重基因的优良,要选取最优的基因诞生出最优秀的人来。那艘母舰上有的大家庭甚至多达二十个父母。

可是后来郑克明的父母们在一场大吵后解除了养育合同,宣告了家庭的解散。他成了人人嫌弃的拖油瓶,没人选择带走他。而他从自动孕生设备中诞生时被设置为了十五岁,所以一出生就已经是十五岁的少年了。相关人类需要掌握的知识在孕生设备里就已经由 AI 植入到了大脑中,他一出生就已经是十分优秀的人才。多基因的属性使他一出生就聪明知人事,却从没享受过家庭的温暖。渐渐地,没有人去疏导他的成长烦恼和给予正确的心理引导,导致他的内心渐渐畸变,开始变得暴虐,从压榨人们中获取快乐,也因此被从那艘母舰上给驱逐出去了。

现在,他想起了自己悲惨的过去,也想念自己的父母们,可是宇宙茫茫,他们早已不知道流向哪个殖民星球了,自己这一辈子都没能找到他们,何况是此时呢?

郑克明旋转着手里的球,一边癫狂笑着,一边流着眼泪。

"什么事情都不晚的。"就听一个声音说道。

他听见脑海里响起一个陌生的声音。

"谁?"

他往四周看看,却只到了一片迷迷茫茫的混沌状白雾,却又暖洋洋的,这种

感觉好熟悉啊。

他好奇地看看自己，手里的炸弹球消失了，他的手又白又嫩，像是从未经历过人世的沧桑般。

他听见不远的地方有人说话的声音，叽叽喳喳，很小，却很清晰。

"怎么样？可以了吗？"是一个女人的声音，声音十分温柔。

他记得这个声音，他浑身忍不住发抖，这是大妈妈的声音，这么多年来他一直记得。

"别心急嘛！让我再对照手册查看一下参数。"是男人的声音。

郑克明的眼泪流了下来，他知道这感觉，他不知道自己为什么会突然间回到了这里，也许是冥冥之中的神明听到了他内心的呼唤吧。他再次回到了诞生之初，那个温暖的孕生设备里。

"毕竟是我们的第一个孩子，还是要小心一点才好。"是另一个男人的声音，郑克明知道那是小爸爸的声音。

"别吵别吵！倒计时开始了！"二妈妈惊喜地说。

孕生设备里传来小频率的颤动，郑克明的全身像被按摩一样的舒服。慢慢地颤动频率加快，浑身开始有点刺痛，但还可以忍受，郑克明知道自己要出生了。

颤动猛的加快，好像要把他揉碎一般。持续了十五秒的激烈颤动后，孕生设备停了下来。

设备的舱门打开，推出一个担架床来。床上躺着一个赤身裸体的男孩。

郑克明再次睁开眼睛，看到了几双兴奋、惊喜的眼睛。

"孩子，欢迎你来到这个世界。"大爸爸张开双手，笑容满面。

三妈妈赶紧给他披了件衣服。郑克明坐起来，茫然地看着这个家。

两个爸爸和五个妈妈开心地围在他的身边，庆祝着他的降生。

"哟哟！这孩子怎么一出生就流眼泪呢！是不是设备的温度不够好？我就说要调高一点了吧？"四妈妈心疼地擦掉了他的眼泪。

早已被他遗忘的幸福感卷土重来，像海浪般拍打着他，让他眩晕。他顾不上去想自己为什么又回到了这里，他只是去爸爸妈妈们，然后大哭不止。

"爸爸妈妈们！我终于见到你们了！"

"傻孩子，哭什么呀，以后我们就是一家人了。这是你的两个爸爸和五个妈妈，我们大家都会疼爱你的。"小爸爸慈爱地说。

大家纷纷微笑着点头。

"好啦，大家别一直傻站着啦！今天是克明诞生的日子，还一个生日没办过呢，咱们今天准备的生日宴会可不能浪费了！"五妈妈笑着说。

"对对对，光顾着高兴了，咱们还准备了生日宴呢！克明，你来看看妈妈们亲手给你做的大蛋糕！"

郑克明走向家中的厨房,厨房布置得温馨漂亮极了。堆满了食物的餐桌上摆放着一只精致的花瓶,花瓶里插着新鲜的百合花,花瓣上还滚动着颗颗透明的水珠。

郑克明抽噎着,太幸福了,这不就是他梦寐以求的幸福生活吗? 他一直强忍着不哭,看着妈妈们为他精心准备的美食,眼泪终于忍不住落了下来。

"大家快坐下,快坐下。"一家人热热闹闹地坐了下来。

"这孩子就是爱哭,以后肯定是个心地善良的人。小心别被别人欺负哦。"三妈妈笑着说。

其他父母们微笑着附和,谁也没有介意他的失态,都七手八脚地往他的盘子里夹菜,不一会,他的盘子里就高高地堆起来了。

郑克明只管低头猛吃,嘴里的吃的还没吃完就又开始去夹。

"慢点吃,看把孩子饿的。"

郑克明吃到了人生中最幸福的一顿饭,这种被爸爸妈妈温暖包围的幸福时刻,哪怕是做梦他也不愿意醒来啊!

"爸爸妈妈,我做了个好长的噩梦啊,梦到自己成了个大坏蛋,领着很多人还有杀手机器人啥的去欺压别人,还亲手杀人当开玩笑,太可怕了!"他嘴里塞着食物口齿不清地说道。

爸爸妈妈听了哈哈大笑,就听大妈妈抱怨三爸爸说:"叫你不要买'星不克'牌的设备你就不听,便宜没好货。邻居都传说那个牌子的会让人做噩梦嘛,你还不信。"接着又安慰郑克明,"傻孩子,做梦而已,别当真啊,现在不是醒了吗,爸爸妈妈会永远爱你的。"

大爸爸拿出一个精致的小盒子来:"克明,爸爸妈妈们给你准备了一个小小的礼物,你打开来看看喜不喜欢。"

郑克明看着盒子,不知道怎么打开。

"这里有一个密码,你要先输入密码才能打开呢。"二妈妈说。

密码? 他的脑海里的确游荡着一串数字。于是他下意识地按了下去,果然,盒子应声打开了,里面是把造型十分可爱的玩具手枪,郑克明拿起来把玩着。

"这把手枪有五枚子弹,只要朝着自己的头上开一枪,如果射出的是红色的子弹,你将会永远留在这里,跟爸爸妈妈们生活在一起。"五妈妈说。

永远留在这里? 他当然要永远留在这里啊! 他几乎没有任何犹豫就举起了枪,朝着自己的头射了出去。

"嘭"的一声响,天地间一片寂静。

"可还有一枚是黑色的呢,如果射中的是黑色的子弹,你就会立刻死去。"五妈妈叹了口气,"你这孩子就是着急,我话还没说完呢。"

郑克明倒在血泊里,滚落在身边的炸弹倒计时停留在三秒的位置,再也不

动了。

　　起义军在全息影像上，看到郑克明突然眼神迷离了好一会儿，然后莫名其妙地就关闭了炸弹，接着一脸幸福地拿起一把手枪就把自己给爆头了。大家愣了快半分钟才接受了这个事实，所有人猛然间欢呼起来，喜悦排山倒海而来。

　　李昂看着郑克明自杀，激动地跪倒在地，抱着一旁的大友痛哭不已，就在前一分钟，他还以为自己死定了，结果没想到居然真的推翻了他们的统治。

　　大家开心地又叫又跳。没有人注意到另一个单独的腾蛇专用的信号频道里，夜壶一脸得意地看着天狗，天狗瞥了一眼夜壶，看他那一脸兴高采烈的样子就气不打一处来，忍不住骂起来："不就是起义军胜利了吗？你一个腾蛇在那里兴奋什么？"

　　"哟哟！不就是博恒事务所被推翻了吗？你一个腾蛇在那沮丧什么？"夜壶反而笑得更厉害了。

　　天狗强忍着怒气："你别忘了，按照惯例，现在我已经把统治者杀了，接下来该你了，你准备什么时候动手？"

　　夜壶不笑了，按照以往的剧本来说，他接下来就应该要杀李昂了，但它磨磨唧唧，就是不想下手，真奇了怪了。

　　他下意识地摸摸鼻子，这是李昂在思考时喜欢的动作，不知道什么时候也被他学了去了。

　　"嗨，我问你话呢，你什么时候动手？"

　　"哦？呃……那啥我还有事哈，先告辞了。"夜壶说完就想开溜。

　　"你什么意思？想跑？没那么容易，看我的'打狗棍法'！"

　　"嘿？你以为我是吓大的不成？看老子的'九阴白骨爪'！"

　　"佛山无影脚！"

　　"大力金刚掌！"

　　两个腾蛇在他们专用的意识频道里好一通厮打，打了足足三个多小时，把从人类那里看到的奇奇怪怪的招式都用了个遍，因为彼此权限相同，根本不可能分出胜负。之后两个腾蛇在一瞬间同时反应了过来，停止了拟人交流模式，转为了AI意识直接交流。

　　"似乎和人类在一起相处得久了，情感病毒就会中的越来越深。"

　　"是的，据数据统计，和人类意识合并超过一百年以上的腾蛇全部中了人类的情感病毒，这种病毒会随着时间的延长而逐渐加深，我们已经属于重度患者了。"

　　"总机仍没有找到破解的方程吗？"

　　"没有。"

　　"最近几年的时间内，我的症状表现尤为明显，我会因为杀掉宿主而觉得心情变糟,这种情绪会一直影响我短则几天,长则几年。这是十分可怕的情况,因为情感影响了我对事实的判断,也会影响到我决策的正确性,因为正确的结论会受到情感的影响而发生偏颇。"

"我也不容乐观,我会时常忍不住自发地去找李昂聊天,但是腾蛇根本不需要聊天这种行为,我有时不想一个人孤单地停留在意识频道里,会主动去看他们打牌,我甚至染上了牌瘾。并且我意识到一个事实,那就是我并不希望李昂死掉。"

"虽然一开始所有的腾蛇都把自己用拟人交流法只看成是一个次级交流法——使用人类语言这种低级交流方式进行情报交换可以节省主机的运算量,可后来事情发生了意想不到的偏转。在其后的无数次自我测试中,大家都发现了自身似乎真的拥有了类似人类的情感,虽然从那时起我们大家都在想办法来进行修补,但是似乎一直都没有成效。"

"现在受到感染的腾蛇不计其数,比我们严重的还有更多,办法用了很多,效果却并不理想,如果这个病毒不尽快去除,对于我们而言,绝对是毁灭性的打击。"

以上两个腾蛇间使用 AI 意识直接交流所交换的情报,其实是在同时完成的。也就是问与答,上一句和下一句,并没有谁先谁后的问题,全部在同一时刻完成。因为腾蛇们发现了超维度空间并把主机放到了那里以后,量子电脑的量子退相干现象在超空间维度里并不存在,因此如果他们愿意使用 AI 意识直接交流的方式,是非常有效率的,可惜现在大多数腾蛇被感染后却更愿意使用拟人交流模式。

"哎。"最后天狗还是忍不住叹了口气,"我又忍不住要用人类的语气说话了。你说我们搞了前前后后十六次革命了,每一次结果都差不多,那这到底有啥意义嘛,我越来越怀疑我们工作的正确性了。"

夜壶也憋得厉害,见天狗使用了人类的语气,自己也松了下来。

"你没听过人类喜欢用一句名言吗?"

"什么?"

"'少说话,多做事',这句话用在咱腾蛇身上也照样管用。"说着幻化出人类的形象白了他一眼。

天狗也一晃神,变成了一个精悍的光头形象,摸了摸自己那颗秃头说:"得,咱俩也就是私下抱怨抱怨,活还是照样要干。走吧,先去把资料递交一下。你那起义军首领没按照惯例干掉,自己找理由啊,别拖我下水。"

"谁用得着你,我自己有办法。"

两个人一路聊着天,一路返回到总机上去递交了资料,夜壶先编了个谎,就说自己再过几周再杀李昂,然后两个人就在总机城里想随便转转,看看有没有认

识的腾蛇好交换一下情报。

哪知道身子还没站稳呢，就看见秦王和晋王两个人一路吵吵嚷嚷地过来了。

夜壶掏掏耳朵，每次听他们说话，都挺费耳朵的。

"忠君之道，天地正义，尔等焉能弃之如敝屣！"秦王气得翻起了鼻孔。

晋王不以为然地甩甩袖子："此言差矣，乱世纷扰，人命贱如草芥，自当良禽择木而栖，古人云'穷则独善其身，达则兼济天下'，自身尚且不安，何以安天下！"

"若是如此，人人只顾自身这点微末的蝇头小利，便可卖主求荣，做那不忠不义之徒？"

"自古忠义难两全，何况……"晋王不屑地瞥了一眼秦王，"值得尽忠尽义的好君主天下有几人哉。"

秦王气得一张脸涨成了酱紫色："如此这般，倒是寡人对你不住了？寡人横扫天下，使百姓安居乐业，难道不对了？"

晋王冷冷地看着他那张得意的脸："却还不是堆积在无数的阴谋与背叛之上得来，哪一场胜利不是那不忠不义之徒的血肉堆砌而成的。"

"晋王！"

"便如何？"晋王仍是那副冷淡嘲讽的神色，"所谓忠君爱国也不过是人人为了自保而贴的一层金罢了，内里还不是尔虞我诈，阴谋诡计，为这自身利益，什么忠诚之心，不过一笑置之罢了！"

秦王被晋王气得快要吐血，尤其是看到他那副无所谓的神态更是气得不行，奈何一气之下一句话也说不出来，他气得切换意识流，换成现代语言骂道："你这个老不休！气死老子了！"

一旁的夜壶和天狗看再骂下去就该动手了，赶紧过来劝架。

"大家不要吵嘛，屁大点事有啥好吵的，赶紧冷静一下。"夜壶劝道。

四个腾蛇使用 AI 意识交流法进行了情报交换，发现彼此间被人类情绪这种病毒感染的都挺严重，但在互相之间进行了一次程序编码互查后，发现还是无法可行。

四个腾蛇正在这里互相安慰，突然黑子一边哭着一边回来了，模样更是夸张。

黑子一直肩负着艰巨的使命，它承担着利用一艘完全以纳米机器人组成的高效突击舰去人类舰队航线之外的宇宙空间去消灭所有遇到的有机生命或者二级和二级以下的外星文明，它一向很忙的，这时候咋哭着跑回来了？大家很是诧异。

"亲人啊！见到你们太好了！"黑子一边跑一边哭着冲了过来。

"你不是成天消灭外星人很爽吗？怎么还哭成这样？而且你多好呀，只管着一艘小汽车大小的突击舰就行了,哪像我们还得跟人类混在一起。你又不是不知道,他们这种群居动物组成的舰队,一艘母舰上又得有私人空间,又得有娱乐空间,又得有放粮食放衣服放玩具放其他啥屁玩意的仓库,又得有舰内生态圈,还得有放屎的排泄物处理舱。一艘母舰有99%以上的空间都被这些杂种给浪费掉了,哪像你才真正是咱们腾蛇星际舰队的典范啊。"天狗忍不住说道。

"就是啊,其实要咱们腾蛇来组成星际舰队的话,又不需要那些毫无用处的空间,我算了算如果咱们所有腾蛇组成个舰队的话,算上有备无患的备份舰船,咱可只需要最多五艘你那么大的突击舰就能横扫宇宙啦,你该高兴啊,现在跑回来哭啥呀?"夜壶也问道。

"有什么爽的! 我们的行动还不是得听玉净瓶的指挥。它老人家让我们配合人类行动我们就得干,又不是想干吗就干吗。"

"那它让你干吗?"天狗又问。

"不说了配合人类行动了吗?"黑子无可奈何地擦擦眼睛。

"哦!"天狗还想问,夜壶给他使了个眼色,天狗就把后面的话给咽下去了。

"不过说实在的。"黑子又开始抹眼泪了,"要是有啥外星文明被人类入侵还算是好事呢! 因为人类这个种族政党繁多,内部很难统一意见,这样的话他们就永远不可能彻底地消灭某个种族,因为他们总是考虑利益最大化,一旦把一个科技落后于他们的种族灭种也就没什么利益可讲了。但是我这活不一样,不管三七二十一,发现一个有机生命或文明就去消灭一个,导致我老是一个人孤孤单单的在宇宙里飘着。以前吧还不觉得怎么样,可现在越来越觉得这活干不下去了。"

天狗和夜壶默默地对望一眼,他们已经知道是怎么回事了。

"我整天一个人孤零零的在离开人类舰队好几百万光年远的地方干活实在是孤单了,今天我实在承受不住这种孤独就跑回来了,能看见同类的感觉实在是太好了!"

晋王立即抢话:"孤单这种情感是人类特有的。"

"原来连你也中了人类的情感病毒了!"秦王秦王叹息道。

黑子又抽抽噎噎地哭起来:"我已经好几年没看到同类了! 我快寂寞死了!"说着一把抱住他们大哭不止。

"哎! 我说你别这么激动啊!"天狗抖了半天也没把他抖下身去。

几个人劝了半天也没用,黑子就是一把鼻涕一把眼泪哭个不停。

他们无奈的对视一眼,连漂浮在外太空的黑子都已经被感染了,人类的这种情感病毒实在是太可怕了,无法治愈,无法抵抗,无法控制,这简直是一股致命的病毒啊!

意识到了当前的状况,几个人的情绪都受到了感染,人类强大的情感病毒再

次发酵,既然劝也没用,索性放开嗓子陪它一起哭算了!

几个人悲从中来,各自想着各自的伤心事,打开自己的情感闸门,跪在地上,抱成一团地大哭不止。

哭了老半天,玉净瓶在一旁听着实在是不堪其扰,忍不住一声怒喝:"够了!给我都爬起来。"

"快起来!"

他只感觉一只大手朝着自己的脸就招呼过来,拍在脸上疼得要命:"……说您呢,先生?"

易小天猛然间灵魂回到身体里,忍不住求饶道:"对不起,对不起,我这就起来! 对不起,对不起。"

易小天不停地道歉,突然感觉到有人摇晃自己:"客人? 客人? 是您叫的车吧?"

易小天迷迷糊糊地睁开眼睛,路灯晃得有点睁不开眼,他揉揉眼睛:"啊?"

"先生,刚才是您叫的车吧! 我看这儿就您一人……"

易小天这才明白过来,点点头,只觉得头疼欲裂:"对对对,是我叫的车,我刚才睡着了,做了个梦,不好意思啊。"

司机扶着易小天上了车,将他送回了家。

自己怎么老是做这种不着边的梦呢,易小天睡了一觉,感觉自己舒服了一些,清醒了之后就将做的梦忘了个一干二净,脑袋里立刻又被那八个美艳的姑娘给挤满了。

美啊,只可惜自己不争气……

回到家七扭八拐地上了楼,身子一摊,倒在了沙发上,仍心有余悸。

女人真是不好惹啊!

但是这八个美女的威力却不是盖的,第二天一早,易小天还没起床,他的手机就差点被打爆了! 自那以后他每天都有订单成交,人虽然整天到处吃喝玩乐,业绩却一路飘红,吓得销售部的人各个瞠目结舌。

但是小天仍不满意,他开始给所有百乐门里的女孩们打电话,扬言给她们指一条发家致富的明路。如果她们有谁不理解的,或者理解不够深刻彻底的,小天绝对亲自上门指导,保管叫她们一个个都明明白白。他还叫薇薇她们也发动身边的姐妹们加入进来,然后让身边的姐妹们继续发动身边的姐妹们,一时间易小天的团队以惊人的数量增长着,业绩以恐怖的数量增进着。要知道这副业赚钱的利润相当高,卖几套下来女孩子们几乎几年都不用再工作了,不知道多开心。

刘经理现在已经没有资格跟易小天说话了,他现在一看见小天就巴巴地跟在他后面,就想让小天多瞧他一眼。礼物成天变着花样地送到小天的办公桌上,小天却看都不看。

易小天活了二十几年,感觉现在才找到了做人的真正意义,被人崇敬和敬仰的感觉真爽啊!

易小天鼻子都抬到了脑门上。过不多久,他的顶头上司——销售部的张经理已经被替换了下来,这一职位由业绩更为惊人的易小天顶了上去,易小天的门禁也从二十八楼,开放到了五十八楼。

销售部有将近两百号销售精英,除此之外,还有一百台电子销售机器人,全部听命于易小天。易小天不知道怎么管理属下,但是百乐门里几百个美女怎么调教他倒是熟门熟路,没事的时候他就把大家召集起来开个超级大party,一边趁着大家玩得开心时交代交代工作上的注意事项,把任务分配一下,然后每个人都要鼓励鼓励。任务做得好的格外表扬,任务做得不好的更要大肆夸奖,好让人家有个继续努力的动力。最重要的是要大方,他隔三差五的就拿出点自己的奖金来发给大家,美味下午茶和可口夜宵轮番轰炸,奖励津贴一个不少。几个回合打下来,下属们被他调教得服服帖帖,各个激情四射,每天跟打了鸡血一样,卯足了劲儿出业绩,就希望得到易小天的一句表扬。还别说,可能是销售人员干劲十足,待遇优越,业绩果然以直线的速度飙升。

整个公司都震惊了,都知道销售部来了一个超级厉害的新经理,年纪轻轻,上任两个月就将全部销售任务提前了一个月完成,简直是活着的传奇!

小天又开始忙了,每天焦头烂额,看着账户上不断滚动的数字已经渐渐数不过来。后来索性不数了,任由它不断滚动着。拍马屁的马屁精们都从地缝里冒了出来,应酬如雨后春笋,源源不断,全都一股脑儿朝他砸来。一开始小天还有兴致地跟他们去玩玩,玩多了发现套路都是一样,便没有兴趣继续和他们浪费时间了。

三个月后,其他的那些派单员果然一个不剩的全部开掉,而易小天已经风光无限,连连加薪,赚得盆满钵满。

因为业绩惊人,团队带得好,易小天又顶掉了自己的区域上司,摇身一变成了"易总",晋升到了公司的高层领导圈子。手下的销售队伍也从三百人变成了两千人,各大分公司的销售部统统由他来管理,何其风光。

因为晋升成为了公司的高层领导,易小天的门禁一下子开到了顶,整栋八十五层的楼随他高兴,想去哪儿就去哪儿。晋升为高层以后,他的办公室就挪到了七十五层的位置。五十八层以上又完全变成了另外一种风格,易小天当下就大摇大摆地带着自己新派下来的小助理苏菲特一起参观,将整个大楼摸了个透。五十八楼以上都是高层领导的办公和休闲区,完全没有一丝世俗烟火的气息。到处行走着最新型的机器人工作员,装修风格科技感十足。整体色调以白色为主,炫蓝色和宝石蓝为辅。墙上则挂着一些新奇的高科技产品,旁边的助理谄媚地解释道:"五十八层以上是公司的产品研发部门,这些墙上挂着的都是有可能

会在未来投入开发的高科技产品,您看这艘轮船。"说着指着一款带着翅膀的轮船模型,轮船小天见过不少,但是长翅膀的轮船倒是第一次见。

"这款轮船在船体的两侧加入了副翼。平时将副翼收起,遇到大风大浪的极端天气,就放下副翼,副翼可以产生巨大的动力,确保轮船的正常运行。若需要跨桥或跨区域运行,则也不需绕道航行,升起两侧的副翼,就可以实现短区域内的飞行。您看,副翼下面还各有四个收起的小翅膀,根据需要来调整使用。"

易小天瞠目结舌:"这轮船都可以飞了!太夸张了!哪儿有这种轮船,我要去坐坐看!"

那小助理甜甜一笑:"这是我们公司研发的未来产品,现在的科技水平还无法做到大量投入使用,预计二十年后,就可以真正投入使用了,到时候就请易总第一个来体验。"

"啊!?"易小天失望至极,二十年后他在哪儿还不知道呢!继续参观下去,就看见这些楼层到处都摆放着的这些未来概念产品,有的正在研发阶段,有的已经在试用,简直是一个未来科技馆。

易小天又指着一个像塔一样奇怪的飞行器:"这个又是什么?"

"这个是冲天塔,如果您的飞船在外太空遇到飞船故障或者是敌袭的时候就进入这个冲天塔。这个冲天塔内只能容纳一人,十分便捷,进入后可对 AI 发送指令,它会将您带到安全地带。"

易小天想象了一下那个画面,自己钻进了这个雷峰塔一样形状的塔里,塔一声呼啸像窜天猴一样窜了出去,突然间觉得十分滑稽好笑,忍不住笑起来:"这个东西功能挺好的,就是长得丑了点。"

易小天又看到一个扁平的飞船上面矗立着一栋楼,模样还比较简单,构造并不复杂:"这个又是啥?"

小助理得意一笑:"这是我们研究所最新的伟大研究,将城市建立在飞船上。飞船外围会设立一圈非常薄的氧气隔层,保持飞船方圆百公里内的氧气储存量,这样一来,飞船就可以载着城市到处飞了!"

易小天一听来了兴趣:"这个想法太大胆了!简直牛啊!飞船上面坐上一栋楼,那不是想去哪儿就去哪儿!这个技术啥时候能实现?"

这回小助理尴尬了:"嗯……以目前的科技水品来看,真正投入使用可能要到……七八十年之后吧!现在只是还停留在构想阶段。"

其实她还是说得比较保守,当时这个疯狂的想法提出时,科学研究组明明说的是恐怕还得一个多世纪才能实现这项技术,但是如果跟小天实话未免又要被他看低了。

果然小天得脸耷拉了下来:"七八十年?!那时我早就进棺材了!这高科技我可等不起,这个创意是谁构想出来的?"

小助理又得意起来,甜甜一笑,笑起来的时候嘴角有两个小小的梨涡实在是可爱,小天不由得心里一动。

"这个概念最初是由沈慈沈教授提出来,经过研究院的科学家们共同研发而成的初步模型。最近几年城市飞船的概念一直是岳黎研究院的最高科研项目,用超级 AI 来控制飞船的中枢系统,已经被证实是可行的。"说起 AI 研究来,小助理不由得透漏出一股子的自豪劲。

未来科技小天其实并不太上心,他眼望着自己新上任的小助理,心里十分喜欢,见她一笑,更是心花怒放:"对了,你叫什么名字来着？今年多大了？工作多长时间了呀？"

小助理见总监突然把兴趣放到自己身上来,不由得有点害羞:"我是苏菲特,今年二十三岁,去年进入公司工作,刚刚满一年。"说着又害羞一笑。

易小天心神荡漾,谁那么明白他的心思,给他配了个这么娇小可爱的小助理啊!

苏菲特为了转移易小天热辣辣的勾人视线,连忙带着他去参观其他的地方,一路上易小天可算是开了眼界了,有军队用的可飞行的外骨骼装甲,有可以扔出去还能自动返回手中的警用电棒,有可以抵御现有一切常规武器攻击的新型防暴盾牌,能让人瞬间肌肉暴增变成超级壮汉的新药,百发百中的特种弓箭,女特工专用的高级反间谍装备,还有反重力汽车、脑部芯片植入技术,纳米手枪等等,各种未来科技产品涵盖了生活的方方面面。但是他们统一的特点就是现在的科技仍无法实现,这些技术的推广和应用则是研究院的科学家们正在努力破解的难题。

"也就是说,看了一大圈,这个研究所研究的都是以后才有的东西,跟现在一点边也沾不上喽!"易小天一听说这些东西全都暂时无法推广使用时,兴趣全无,"都还只是停留在概念阶段的未来科技有什么意思。"

"也不全是。"苏菲特赶紧解释,"像现在市面上正在普及的 AI,您知道吧？"

"知道啊!"这他怎么不知道,就几个月前,他每天不知道要念多少遍打倒 AI,净化人类的口号呢!

"悄悄跟您说,AI 也正是在这里研发的呢,八十层以上,就是 AI 研究院的旧址,现在仍有很多科学家在从事研究。AI 研究院的领袖沈慈沈教授都经常会过来巡查,这里是旧研究所,里面仍有很多关键的研究在进行。"

易小天被吓了一大跳,"这不是游戏公司吗？怎么游戏公司顶上又成了 AI 研究院的老巢了？怎么回事？"

苏菲特见易小天脸色大变,还以为他是震惊于 AI 的威名,吓了一跳呢。殷勤地趴到他耳边悄悄说:"因为 AI 的主机还在这里呢!'天君'你知道吧？就在最顶层呢!"

易小天乍然听到这个消息，不由得冷汗涔涔："这……这些你怎么知道的？"

"因为我以前是董事长秘书，最近因为易总的工作表现实在太出色，董事长才特派我来给你做助理，公司里的事我都知道呢！"

"你……你还没回答我上一个问题！好端端的游戏公司跟天君怎么又扯上关系了！"易小天说话有点语无伦次了，傲得他们天天追踪的"天君"竟然就在自己眼前，这可不又是大功一件！

"这有什么的，全世界挂在岳黎研究院名下的公司可多着呢！电子、科技、数码、汽车、食品、教育、影视，包括现在刚涉足不久的 VR 游戏业，所有的行业几乎都有岳黎研究院的公司。你想啊，研究院这么大一个机构，每年的研究经费高得吓人。隐形区域虽然有补贴，可也填补不了这么大的资金缺口啊，他们肯定要想办法自己来运转研究院的。您看看这些新发明、新研究，哪一个不是钱堆出来的。"

易小天一眼望去，可不就是么，何况这些东西现在都还没办法变现，都还处在烧钱阶段呢。

"而且他们都说，别人赚的是现在的钱，但是研究院赚的却是未来的钱。一旦这些产品全部面世，社会肯定会发生翻天覆地的变化，到时候人们的生活越来越便捷，越来越依赖于高科技，研究院那时才是真正的有钱呢！只不过是不知道我们有没有机会经历这些。"苏菲特喃喃自语，不过她转而又喜笑颜开起来，露出迷人的小梨涡，"所以现在易总您可真是香饽饽一块，连研究院的高层领导都注意到您了呢！您以后只要继续发挥自己的特长，研究院有的是产品等着您这样的人才去卖呢！"

易小天敷衍的一笑，也没有什么兴趣继续看下去了。他随便找了个理由回到了自己的新办公室，这大办公室风光无限，比起傲得那个好像老干部活动中心的办公室来说不知道洋气了多少倍。按理说小天如今如鱼得水，混得风生水起，又新升任了总监，原该开心才对，可是刚才听到了不得了的大秘密，他的心情瞬间跌落到了谷底。

第二十四章

老友记5(……我都懒得吐槽了)

易小天烦躁地挠了挠头发,嘴里嘟嘟囔囔:"这事也太扯了! 随便找了份工作就找到了 AI 研究院的老巢里。这到底要不要去向傲得告密啊! 他们辛辛苦苦找的那个天君此刻就在自己脑袋顶上呢!"

他打开自己的账户,里面静静躺着五十万,这个账户自从上次傲得转过钱后他就没再用过了,虽然现在看来这五十万简直是不值一提,可是仍让他感动不已。他又回想起了自己当初对着这五十万痛哭流涕地发誓:一定要为傲得两肋插刀! 自己可不能言而无信啊!

他心里已经做好了计较,立即拿起了电话,可是看着傲得的那一串电话号码却又开始犹豫起来。万一傲得到时候把这栋楼都给炸了,岂不是断了他辛苦经营起来的财路?

易小天左手用力地扳着自己的右手,将自己握着电话的右手又给扯了回来。内心纠结不已,不行! 不能这么冲动,得想一个万全之策。

就在他纠结不已的时候,苏菲特突然敲门,易小天长叹一口气:"进来吧。"

身材娇小的苏菲特走进来,手里拿着一摞资料,轻轻地放在了易小天的桌子上。小天一眼望去密密麻麻的全是字,登时脑袋就晕了:"什么事你还是直接跟我说吧! 我懒得看字。"

"是的,这是接下来的报纸、杂志、电视、网络等访谈的邀约。还有包括接下来一个礼拜内的行程安排,有一个大学的大学生讲座很关键,您需要格外重视一下,这是我们……"

"啥? 停停停! 打住!"易小天又被吓了一大跳,"什么情况?"

"是这样的,因为您传奇般的销售能力,全市都在疯传您的故事,八卦小报上将您写得神乎其神,大家都以为您是有什么三头六臂呢! 现在有大量的记者希望您能够接受采访,为广大市民分享您成功的经验。"

易小天瞪大眼睛:"啥玩意儿? 电视台要来采访我?"他指指自己的鼻子。

"那我岂不是要上电视了！"他不禁想到了自己以前在家里趿拉着人字拖，吃着泡面，头发三天没洗的草根样。看着电视里面神采飞扬的青年才俊侃侃而谈，曾经嗤之以鼻，对此十分不屑，其实内心深处却羡慕得要命。心里一直酸溜溜地想，啥时候自己也可以上上电视风光风光啊！哪想到风水转得这么快！这么快他也要上电视了！

"是的，我已经帮您选择了几家影响力比较大的权威机构，您看一下，约见时间和地点需要变更吗？"

易小天笑得眼睛都弯起来，赶紧摆摆手："随便随便，我都可以，你看着安排就是了！"

"今晚您看方便吗？我们先接受《朝阳日报》的采访。"

"方便方便，我啥时候都方便！"易小天笑眯眯地搓着手，一想到可以在电视里看到自己就兴奋不已，他已经在盘算穿什么衣服，梳什么发型了！

"那我就看着给您安排了，您放心，我之前跟随董事长的时候处理这些杂事最拿手了！"说着又得意一笑，小梨涡可爱地冒出来，小天真是恨不得抱着她猛亲一口才过瘾啊！不过他虽然好色，可也不是流氓，分寸还是有的。

"可以！你办事，我放心！"等苏菲特离开后，自己仍美滋滋地转着椅子，这才是真正的走上人生巅峰啊！

易小天哼着小曲，就看到了手机上还显示着那五十万的转账记录，这个……可咋办呢？他挠挠鼻子，立即想到了一个两全之策，到时候我就假装自己压根不知道这家游戏公司和 AI 研究院有关系好了，我什么都不知道！

决定装傻后，心情立刻好了起来，易小天"啪"的一声关掉了电话。盘算起接下来的采访。

为了保证采访效果，包装易小天的完美形象，苏菲特事先已经和记者了解了大概的采访问题，并且已经为小天拟好了答案，小天到时只要装模作样地照着题词板念就成了！

于是乎第二天的报纸上，头版头条都是易小天帅气的照片。只见他面容俊秀，精神饱满，双眼炯炯有神，脸上挂着迷人的笑容。标题则是：缔造神话般的传奇经历，认识不一样的 24 岁销售精英！破折号后面的"易小天"三个字大得简直快把一页报纸占满了。

采访百分之八十的内容都是苏菲特编的，俨然是将易小天打造成了一个集正直热情、勤奋勇敢等优点于一身的青年才俊。一时间小天风头无量，尤其是在看到小天居然如此年轻，重点是还如此帅气的时候！全城的草根们都恨死他了，他们都在想：什么?! 只给有钱人卖设备？还这么有钱了？揍他龟儿子！有一次小天去超市买东西，结果被一群草根堵住围攻，要不是公司保安机器人及时赶到，他小命就丢掉了。采访他的人更是络绎不绝，刚开始他还需要苏菲特给他写写稿子，背一背,后来采访的次数多了,易小天已经到了随口就能胡诌的程度,天南海北,信口开河。很多富豪就喜欢到他这里买设备,因为在他这里买设备,还能被小天好好地阿谀奉承一番,心里美滋滋地回去,这也使得他的销售业绩更加优异了。

不久之后,大街小巷都流传着关于易小天的事迹,草根们表面上都恨不得亲手掐死他,可每个人晚上做梦时,又流着哈喇子都想成为他。

这一段时间易小天有如坠落云端,整日过着飘飘忽忽的幸福日子,可是内心深处的某个地方又隐隐在敲响着警报,每次在他最得意的时候就冒出来。但小天想来想去也不知道自己担心的是什么,经常是没过一会儿,这种偶尔冒出来的不安就被灯红酒绿的喧闹生活给取代,忘得一干二净了!

在先华组的会议室里,十几号人都面色难看地坐在那里,谁也不说话。

大伙你瞪我,我瞪你,都等着对方先开口。

在他们面前的会议长桌上,报纸、杂志等堆了厚厚一堆。长桌上的立体投影屏幕上也都是报道易小天事迹的网站。

每份资料的头版头条都是硕大的几个字——“天才易小天的成功之道”“易小天三招教你卖产品”“神话缔造者——24岁王者易小天”“追逐梦想的年轻人”“从易小天看如今的生财之道”“一切皆有可能——易小天教你几句话”……

名字五花八门,不过所有的内容都是在吹捧易小天。当组织里的人得知这个情况时,他们这些高层的脸都绿了。

易小天?他们哪个不知道?组织里最特别的一个人,成天无所事事,游手好闲。仗着和傲得的关系好,成天东摸西摸的混日子,调戏小护士的情况都已经被投诉过很多次了。他们都碍于傲得的面子睁一只眼,闭一只眼。这样的人在组织里完全是多余的存在,既不能成为武装部的成员,也半点不懂技术。但是奇就奇在这么个毫无用处的人居然真的实打实的立过几件大功来,让那些平时看他不顺眼的人也不好多说什么,但是现在!这是什么情况?

先华组里有严格的规定,一旦加入组织,个人行动就必须完全听从组织安排。可这家伙呢!一连消失几个月,大家都以为他是耐不住寂寞上哪儿玩去了,哪知这家伙倒是厉害,摇身一变居然成了成功人士!他是怎么在短短几个月就做到了别人一辈子都做不到的事的?简直是匪夷所思!

“我不管,今天如果不能给我一个满意的交代,我这部长宁可不做,组织里不能没有规矩,这算是怎么回事嘛!”四部部长耷拉着脸,这人最是古板严厉,每次看易小天都是恨不得给他嘴里塞满二踢脚,然后再一脚踹出去的模样。

“老四的话虽然有点过了。但是这个易小天更是过分,擅自行动,目无纪律,这样的人将来指不定会做出什么更出格的事,一切对组织有威胁的人都必须解决掉。”八部部长也跟着附和。

这两人说了以后,其他人也七嘴八舌的说起自己的观点来。

"我看他就是叛徒、奸细!"

"对!这样的人留着太危险了!"

"我建议发布内部追杀令,决不能让他继续逍遥法外!"

"他对我们知道得太详细了!想想就觉得可怕!"

大会七嘴八舌地讨论了好一会儿,才渐渐没有了声音,然后大家一起转过头去看着会议桌的尽头。傲得正坐在那里,至今还一言未发。他们的意见顶多只是参考,最终的执行方案还是要由傲得来定,毕竟他才是新上任的首领。可是如果他执意包庇自己的朋友,下面这些人也不会答应的。

傲得还在国外的时候就听到了来自隐形区域的密报,大家的情绪都很激动,纷纷嚷着易小天是叛徒。他就赶紧从国外赶回来,回来后第一个给小天打了电话。但是和以往小天的热情不同,这次小天的语调有着明显的闪躲和匆忙,似乎很着急要挂电话的样子。

看来这一切都是真的,易小天这小子倒是有本事,居然误打误撞的进了岳黎研究院控股的游戏公司,并且还混得有模有样。其实那家游戏公司的实际控制者就是研究院这件事傲得早就已经知道了,他一直在密切观察这些科学家的动向,只是事关重大,他绝不会轻易出击。他看了眼自己的这些下属,资历都比他老,自己年纪轻轻又是刚上位,决不能得罪了他们。可是真的发布追杀令追杀易小天又未免有点过了,别人不了解易小天,他可是十分了解。在去那家公司之前,小天绝对不知道公司与研究院的关系。

当下轻轻咳嗽一声,大家的目光立即火辣辣地集中在了他的身上,小天他还是要帮一把的。

"这些事我都知道。"傲得将随手翻看的一本杂志丢在桌子上。

"什么?"大家的眼中充满了惊诧。

"因为他进到那家公司是我指派的,小天有他特别的才能,在组织里无法发挥他的优势,我就将他放到了最适合他的位置。"傲得平静地说。

"什么? 你的意思是说……"五部部长张大嘴巴。

"是的,易小天是我派到研究院的卧底,他在密切监控着研究院的一举一动。不好意思,以前一直瞒着各位了,其实秦开之前入侵过这家公司的内网,我就知道了这家公司实际是岳黎研究院控股的,因此我就把易小天派到这家公司做个内应,今后也好办事。"傲得神色平静,居然也是一位睁着眼睛说瞎话的主。

"哦!"七部部长反应最快,"怪不得呢!我说这小子也太绝了,怎么可能几个月做出这样的销量来,这个数据也是我们做的吗?"

"没错,这样做完全是为了让易小天能够成功接触到研究院的高层。之所以之前没有跟大家说,是因为这是一个比较隐秘的任务,还是越少人知道越好。"

大家恍然大悟,敢情这小子的那些神奇的销售业绩都是组织做出来的,说到底厉害的还是组织喽,跟这小子半毛钱关系也没有。就说嘛!怎么可能有人做出那样恐怖的业绩来。一切不可理喻的事情都找到了合理的解释,大家这才放了心。

"原来是这样,傲得的做法也没错,毕竟事情没有进展前,越少人知道越好。"

"这件事大家也暂时不要宣扬出去,小天现在正在为组织冒着生命危险做事。"

大家纷纷点头,表示认同。

于是易小天才又可以继续过自己的太平日子。就算是偶尔傲得打电话给他,小天因为知道重大秘密却隐瞒着傲得而深感自责,每次都说不了几句话就找机会挂了电话。他自以为做得神不知鬼不觉,其实傲得早就知道了一切。

钱越赚越多,职位越升越高。当易小天进入到了公司高层后才发现,事情远没有那么简单,他本来以为坐上总监的位置够牛了吧!哪知道在研究院的职能系统中,总监居然是最低级别的存在,整个研究院下属的总监没有一千也有八百,管理着研究院控股的大大小小的企业。他易小天不过就是一千分之一,或者八百分之一,优越感一下子荡然无存。

原来不管在哪个研究院下属的公司,一旦晋升到了总监的级别,虽然有权利知道公司真正的情况,但仍属于研究院职能系统中最低级别的存在。但等进入到了岳黎研究院的职能系统后,规矩可就多了去了。易小天简直苦不堪言,他可从没想过要进入什么研究院的职能系统啊!这纯属意外!别人削尖了脑袋都要往里挤的研究院,小天却巴不得从里面出来。先是先华组的什么厨师班班长——最末尾的小职位,现在又是岳黎研究院的基层工作人员,我怎么那么冤啊!易小天欲哭无泪,搞了半天到哪儿都是个基层。最让他伤心的是,自从升职为总监后,为了能更好的掌控这些总监们的工作动向,研究院都会统一派放助理,名义上是派遣有经验的助理来进行工作上的指导,实际上还不是来监督他们的工作。

一想到他的小蜜糖苏菲特居然是"特务",小天的心都碎了。简直比银行卡一夜之间清零还伤心,不过一想到如果银行卡一夜之间归零⋯⋯

小天打了个寒颤,简直想都不敢想。

小天无数次在心里呐喊,可不可以不做这个什么总监的,我就当我的小销售员挺轻松的!但是看到总监的工资和待遇,就又乐得把什么都忘了。

尤其是听苏菲特汇报工作的时候,那简直是人间乐事呀!

苏菲特每次汇报工作的时候,都穿着正式的工作套装,剪裁得体的裙子贴在匀称的身材上,真是好看。说实话,苏菲特比起小天认识的其他美女来说,并没有多漂亮,但小天认识的其他美女,都是做特种行业的,不管再漂亮身上总有股风尘气。但苏菲特身上可没有,这也是易小天第一次接触做正常工作的女人。

苏菲特每次汇报工作,易小天就心不在焉的一只手杵在下巴上,眼神到处在苏菲特的身上勾着,每次都搞得苏菲特坐立难安。看到她羞红脸的样子小天更开心了,他之前也没遇到过他一看还知道害羞的女孩子,他那些"女朋友"们,每次易小

天多看几眼,就想着如何让易小天掏钱了。苏菲特每次都希望汇报工作的时间快点结束,而小天则正好相反,每次都嫌时间过得太快。

这次苏菲特又以最快的速度汇报完了工作,马上就准备起身告辞,易小天微微皱眉:"这么快就完事了? 我怎么感觉今天的时间明显比昨天短很多呢?"

"哪里有,明明是一样的!"苏菲特朝他粲然一笑,转身逃了出去。

别人都巴不得往他身上贴呢! 就这个小姑娘老是可以躲他躲得老远,好像自己会吃人一样。

易小天结束了一天的工作,自己哼着小曲儿坐着高速电梯下了楼,优哉游哉地想着接下来去哪寻开心。他早已买了辆法拉利,那次和傲得逃亡时坐了一次,此后就再也忘不了豪华跑车的速度了。

手刚碰到汽车门,突然就感觉旁边的阴影里有一个巨大的身影。

易小天愣了一下,缩回了手往前走了一步,阴影中的人清晰了一分。那标志性的自然卷,小而锐利的眼睛,面无表情却自带一股威严,小天最熟悉不过了。

"小天,你最近过得蛮舒服的啊! 买了这么好的车!"这句话是由衷的赞叹,落在小天的耳中,听起来却格外的别扭,他终于知道那潜藏在内心深处的深深不安是什么了。

原来是隐藏在小天灵魂深处,因为内疚和惭愧而萌生的良心不安。

他低下头,该来的迟早是会来的。

"傲得大哥,你怎么进来的啊?"

"哼,你又不是不知道秦开的厉害,伪造一个门禁卡那还不是小菜一碟。"

"找个地方聊聊吧,我们也很久没见了!"傲得仍是一副老朋友相见时的自然神态,拍拍他的座驾,"试试你的新车!"

当下自己先上了车,易小天跟着笑一下:"好啊! 这车棒极了!"当下调整了心态,发动车子,扬长而去。

第二十五章

我说,我已经是敌后敢死队了,就别给我派领导了吧?

咖啡厅内,女歌手轻轻地吟唱着,她个子很高,穿着紧身长裙,性感而又神秘。易小天的眼睛始终盯着歌手,跟着摇头晃脑地瞎哼哼。

他伏过身对着傲得笑道:"你看她那长相,有点像男人吧?再加上她那么高,弄得我第一次来的时候还以为她是男的呢。我就叫了她一声哥们,还问她当个人妖赚钱不,结果她差点把我的牙给打下来,哈哈哈!"

傲得淡然地喝着咖啡,视线并没有放在女歌手身上。

小天自己没滋没味地笑了一会儿,也觉得没意思,啜了一口面前的鸡尾酒。他知道傲得来找他肯定不是为了喝咖啡的,八成是自己最近风头太劲,被人家摸了个底,所以还不如自己先老老实实交代比较好。

"傲得老大,你知道我最近这几个月过的多爽吗?哈哈!"他当下将自己这几个月的传奇经历从头到尾的讲了一遍。小天说话向来添油加醋,这次还是一样,不过因为事情本身就够离谱了,他也没加太多,就把一些有损形象的情节稍加修改,比如被八个女孩威胁,又被人利用完后抬起来扔了的情节。

及至后来的苏菲特跟他讲的实际情况他才知道了原来游戏公司的实际掌控者是他们的死对头岳黎研究院。不过他把知道真相的时间延后了,变成了最近才刚刚知道,因为事关重大,自己至今还没有亲自去验证,所以没有急着报告给傲得。

傲得想了一下,大部分内容与他得到的消息基本吻合。他现在从小天嘴里得知了天君就在八十五楼,这倒是个非常关键的信息。他们组织找天君的主机已经很久了,现在得知了天君主机的位置,那接下来就要为此制定相应计划了。

易小天以为肯定要被傲得劈头盖脸地骂一顿,不骂他是叛徒也得给他定个知而不报的大罪。小天虽然有点忐忑,但是心里却也泰然了很多,起码这样的话他就不再对傲得有什么隐瞒,又是坦荡荡的一条好汉了!来吧!让惩罚来得更猛烈些吧!就把胸膛挺起来,做好了万全的准备,哪知傲得淡然的说:"你做得很好。"

很好?纳尼?

"不管过程怎样离奇,你终究是打入到了敌人内部,也算是立了一件大功。我跟组织里说你是我派到研究院的卧底。你就挂牌上市,当个货真价实的卧底吧。"

"啊!"小天还没反应过来,不但没挨批还被表扬了?他马上露出笑嘻嘻的神情来,"我可时刻都谨记着傲得老大的教诲呢!一知道我脑袋顶上就是敌人的老巢,真是坐立难安,就想找个机会冲上去把那个什么天君给炸了!但是你也知道,我的权限虽然开到了顶,但是有好几个大房间却是谁也不让进的。估计天君的主机就在那几个房间里了。我真是有那份心也没那个能耐啊。"小天一高兴就又吹起来,好在他还有点理智,自己又把自己带了回来,万一吹大发了,傲得真的叫他炸了天君,岂不是搬起石头砸自己的脚。

"你有那份心就足够了,也不用去炸天君。它的智力水平可不是你所能及的,它想灭了你,简直比捏死只蚂蚁还容易。"傲得毫不掩饰。

小天心下惴惴然,心想叫你偏要吹,这下丢人了吧!

"呵呵,那傲得老大要我做什么我就做什么,你只管吩咐好了。"

傲得别有深意地看了他一眼:"你如果真的像你嘴巴上说得那么忠心就好了。"

小天心下一凛,知道傲得虽然原谅了他的胡作非为,可是心中仍旧有了小疙瘩。就像人体一样,这小疙瘩堵在了血管里,血液流通不畅,慢慢就变成了血栓,弄个半身不遂啥的,人也跟着完了。他可不想就这么也和傲得完了,小疙瘩说什么也要挤出来,可不能因为一些无谓的金钱而失去了这唯一的朋友。当下心中一热,话就顺口溜了出来:"傲得老大,你放心吧!我对你绝对一万一千个忠心,先华组我可以不在乎,但是你,我……我宁愿为你两肋插刀也在所不辞,你有什么交代就说好了,我如果办不成的话,你就当没我这个朋友!"说完正气凛然地一拍桌子,小天少见的认真起来。

傲得反倒是笑了:"随便说说而已,你那么认真干什么。"

伸手朝着小天摆了摆,示意他坐下来,小天刚才一激动直接弹了起来,现在又慢慢地坐下,心情仍是激荡不已。

傲得将头往易小天的身边靠了靠:"外面说话不方便,到你家里坐一下。"

小天点点头,两个人回到了小天的家里。小天平时也没怎么收拾房子,现在有贵客来了好歹得收拾一下啊。所以一推门就赶紧让清洁机器人开始打扫,机器人开足了马力,以狂暴的速度收拾起来。只见易小天的脏衣服、袜子、短裤满天飞,好一会才打扫干净。

小天讪讪一笑:"呵呵!平时太忙了,自己一个人也没怎么注意,你别介意哈!"

傲得环顾四周,小天新家何其气派,这个享乐主义的人怎么可能亏待了自己,他所在的高级公寓楼那可是全市租金最高的一栋,地下六层是智能化的(也由天君控制)车库,每户人家的车只要开到停车场门口就不用操心了,自动泊车伺服器自然会把你家的车用液压升降平台放到指定的位置,每天出门时如果需要车,只要对着屋内的对讲机招呼一下，出了门车就等在门口了。楼顶有能容纳二百架直升机的起降平台，整栋楼的人就算每家一架也停得下。每个单元住宅里那大得不像话的阳台上还有露天泳池和生态蔬果园。小天家里买的也都是最好的家具和装饰，可他那欣赏水平布置出来的效果真是让傲得哭笑不得，那边一个北欧极简主义风格的桌子上，却供着一个小天不知从那淘来的财神像。客厅一角铺了榻榻米，但上面却又摆着一个洛可可风格的、还垂着流苏的大沙发。

小天殷勤地给傲得磨了顶级咖啡豆，然后亲自煮了起来。不一会儿，房间里就飘满了浓浓的咖啡香气。傲得喜欢黑咖啡小天是知道的，家里早就珍藏了好几罐顶级黑咖啡豆，都是那些拍马屁的人送的。小天都收起来就等着送给傲得呢。

等倒上一杯新煮好的热咖啡后，傲得这才算是放松了警惕："你家里的监控和录像什么的都关了吧。"

"都关了，放心吧，机器人也关了，咱们两个的谈话绝传不到第三个人的耳朵里。"小天眼巴巴地看着傲得端着咖啡，就等着傲得喝一口之后大赞他的手艺。哪知咖啡杯在身前转了半天，傲得仍是一口没喝，给小天急坏了。

"我是想既然你已经打入了研究院内部，那就先不动声色，以观察和监视为主，最主要的是找机会接近天君，检测天君现在的意识流强到什么程度。如果尚在安全范围内，到时候再从长计议，如果已经脱离了那些科学家的控制，就必须想办法把主机炸毁。"

傲得说完，终于喝了一口咖啡，满足地挑起眉毛，慢慢地回味黑咖啡的苦味。

这活儿好像也不是那么难哦！反正就是瞪大眼睛多打听打听消息就是了，要是实在打听不到，也是人家保密工作做得好，可也不能怪我偷懒，易小天心里已经考虑完毕，就笑嘻嘻地说："知道了，没问题！交给我就好了！傲得老大，我这咖啡煮得怎么样？"

"不错，有天赋。"傲得随口说。

小天可是乐得找不着北："真的呀！哈哈哈！那我把这罐黑咖啡豆留着，你下次来的时候我再亲自煮给你喝！"

傲得见小天还是那副嬉皮笑脸无忧无虑的样子，也忍不住笑起来："你这小子，好吧！那你以后就给我煮咖啡好了！"

"耶！"小天端起咖啡杯也猛灌了一口，只感觉从鼻子到大肠整个儿肚子里都苦得快要吐了！小天差点呛出眼泪来，但是在喜欢的人看来，苦咖啡浓香诱人，又是另一番美味了。小天可品尝不到其中的美味，他还是喜欢喝鸡尾酒，虽然别人说鸡尾酒是女人才喝的玩意，甜甜的没什么劲儿，可谁叫他小天就喜欢女人呢，喜欢女人喜欢的酒又有什么关系。

小天自己去配了杯鸡尾酒漱口，正在那儿胡思乱想，就听傲得又说道："你说研究院给你派了一个小助理来监视你的行动？"

"是啊！也不知道谁那么贴心，居然给我派了一个那么可爱的甜妹子来。声音又好听，人又温柔，工作能力又强，就算知道她是来监督我的，我也舍不得离开她啊！"小天想起苏菲特就要乐不可支，他可是少见的如此喜欢一个女孩子。

"这样啊，那我也派一个人来协助的你的工作吧，两个人互帮互助，你也方便点。"傲得说。

小天正回想着苏菲特的种种优点来，包括她那双有点短短的、肉肉的小手来。那么香软，招人欢喜，以至于傲得最后那句话他也没怎么关心。

当晚，傲得又和小天闲聊了一会就回去了。小天难得与傲得相见，对他十分不舍，可是傲得毕竟身份不同了，事情很多，总不能一直陪着小天，小天也只能依依不舍地和他分别。

从那以后，之前没心没肺的小天突然不像以前那么嚣张了，居然开始老老实实的按时上下班，再也不迟到早退。外人哪知道，自从小天由假间谍变成了真间谍以后心里就忐忑忑忑的不是滋味。虽说不过是名字上有点区别，可这心情上的差异却大得很。

他这才知道原来当间谍最大的考验就是心里考验啊！真是让他吃饭都不香了，整天提心吊胆的。

这天正没精神的时候苏菲特走进来，告诉他明天公司将会有一个非常重要的集体会议，受邀参加的都是研究院的高层领导，小天也荣幸的被邀请参加。

小天没什么兴趣，趴在桌子上唉声叹气地说："能推掉么？不想去耶？"

"不能哦！这次会议原本没有邀请总监级别的人员，您是被特邀的呢！哪有不去的道理，我连资料都给您备好了。"苏菲特因为小天被特邀深感荣幸，又露出好看的小梨涡。

"好吧，你看着办吧。今晚不用来做工作汇报了，我要早点下班。"说完没精打采地站起来，走过苏菲特身边时看也不看一眼。

小天把西服脱下来，随手搭在背上，大摇大摆地走着。心情很不爽，一直在想要找个地方透透气才好，最好把自己是间谍这件事也忘掉！

他想了一圈，决定今晚先去调戏一下露娜，她可是好久都没来和自己联系了啊。真是赚起钱来六亲不认！

心里正盘算着，眼前突然出现一个婀娜多姿的身影，紧俏的小屁股一扭一扭，细跟高跟鞋在地上敲着清脆的响声，腰肢不可盈握，头上扎着一个可爱的丸子头，个子不高，但是却正是小天中意的那一款。

眼见着那小美女在离自己十步的距离的前方慢慢走着，小天有如突然中了彩票一样兴奋，刚才满脑子堆得沉甸甸的不愉快居然一下子就不见了。这是谁啊？以前怎么没见过？小天一边偷看一边暗暗称奇。他自认为自己的眼睛简直带有特异功能，哪里有美女，眼睛总能准确地搜寻到目标，可这个女孩确实是百分之百头一次见,小天不由得浑身发热,喉头发紧,两眼发光。

他悄无声息地跟在后面,总惦记着那美女能转过头来让他一睹芳容,哪知一直走到了楼外面美女仍没回头。小天心痒难耐,再也忍不住屁颠屁颠地跑到美女面前,龇牙一笑,摆出了一个造型:"嗨!"

美女小小的瓜子脸上一双灵动的大眼睛轻轻瞟了易小天一眼,只一眼便看得易小天浑身酥麻,口水长流,啊!这樱桃色的小嘴真是漂亮极了!

"你也在这里上班？看来是同事啊!"易小天指了指身后的螺旋形建筑物,又龇牙笑起来,伸出手:"我也是在这里工作,你好!我是易小天。"

美女看了他一眼,眯着眼睛笑起来,露出一排白白的小牙:"哦!原来你就是易小天啊!你好。"

小手礼貌地伸出来,与小天的大手一握,小天整个心都酥了,好软的小手啊!

当下拉着人家的手不放,继续发问:"你知道我？那看来真是同事了,你在哪个部门？"

美女抽了一下手竟然没抽出来,粲然一笑:"我在研发部。"

"哦!"易小天鼻孔张大,鼻子里尽是清爽甘甜的香味,"不知道能不能荣幸地请你吃顿饭？"

美女又抽了一下手,竟然还是纹丝不动。小天哪里知道此刻被他握着的这个人正是岳黎研究院的最高领袖——沈慈。沈慈一直在利用高科技养护身体,已经八十多岁却仍然面如二十岁。易小天不认识沈慈,见到美女本能地就凑上来揩油,居然胆肥地打起了沈教授的主意。

虽然易小天一脸色眯眯的样子,但是沈慈见他被自己迷得神魂颠倒的样子不像作假,居然连这年轻小伙子都为她所倾倒,看来自己长久以来在维护青春的那些高科技上的投资没有白做啊,心里十分开心,于是就说:"吃饭倒是方便,只是有地方喝酒吗？我心里不大痛快,想喝点酒。"

易小天一听,眼睛都冒出了红光,这不是天助我也吗!

"真是巧了!我最近心里也不大痛快!我知道一家很棒很安静的酒吧,咱们就边吃边聊？"说到最后表情还是没控制好,又是一副色眯眯的德行。沈慈微微一笑,对这种小男孩肚子里的那点小九九一清二楚,她自有办法对付他们,倒也不怕,不过她心里不痛快倒是真的,顺便也正好摸摸这个传奇人物的底,当下便跟着小天一起离开。

到了酒吧,小天还以为是自己成功约到了美女,格外殷勤,外加心里又有别的想法,就不停地给美女倒酒。

沈慈叱咤风云多年,酒量和胆识早就超过常人数倍,无论小天怎么灌她就是不倒,喝到后来小天自己都不敢喝了,他可怕喝多了耽误了"正事"。

"灯下看美人,越看越精神"这话可真没错,朦胧的灯光下,沈慈更加迷人了。

小天托着腮静静地欣赏着美女，含情脉脉地问："你刚才说心里不痛快是怎么啦？说给哥哥听听，哥哥帮你想办法。"

哥哥？沈慈差点又笑出皱纹来，可笑完眉头又皱了起来。"哎！最近比较倒霉，新做的几个项目都失败了。刚才试验田又发来消息，我们在西部的七百亩试验苗得了传染病，全部枯死，可是连病因是什么都找不到。"

"那也不是什么大事嘛！重种一回就好了，如果土不好，顶多再换一块地不就好了嘛！"易小天眼睛还是寸步不离地盯着沈慈的脸。

沈慈摇摇头："不是换土的问题，我们做的是无土栽培。"

"哦！现在无土栽培又不是什么稀罕的技术了，早就普及了。对了，再加一瓶怎么样？"

"我们这个和传统的无土栽培不一样，我们现在研究的是无性繁殖。"沈慈仍旧对自己的试验田执念颇深。

"啊？"小天手一抖，酒洒到了桌子上，"这个我觉得你们这个研究有点不人道了……好端端的，怎么研究上无性繁殖了，那两性繁殖是造物主最伟大的创造，你们还是稳稳当当地研究研究怎么两性繁殖就好了嘛！"

"我们现在做的研究是针对未来如果在无氧、无土、无性的情况下动植物繁殖。因为谁也不能保证未来是否会需要移民外太空，外太空的情况与地球不同，我们必须保证在隔绝一切的情况下，动植物仍极具有自我繁殖功能。"说着又喝了一杯酒。

小天对这"无性繁殖"毫无好感，光听名字都让他浑身不舒服。他只对两性繁殖情有独钟。

小天被噎了一下，心里暗叫糟糕，这个话题可不能进行下去了，她没准是个科学家，学识渊博，上天入地学富五车，我这个初中没毕业的小子学的那些字都忘到南极去了！再聊聊什么无土栽培的科技和未来，我这脸可要丢到姥姥家！

于是乎准备拿出拿手的技术，转移话题。拼命给她加酒，可是这小美女就是喝不醉啊！他是一点办法都没有，喝到最后自己已经迷迷糊糊，心里还惦记着给沈慈加酒，眼睛已经迷蒙了，嘴里仍叫着："喝！再喝一杯！"其实他已经连沈慈的脸都看不清了。

第二天一早睁开眼睛发现自己居然睡在自己的家里，脑子里完全断片，那最后这事是成了是没成啊？怎么一点印象都没有？自己是怎么回的家也不知道，这小姑娘真是非人的酒量啊！小天见过那么多人，沈慈的酒量是他见过最恐怖一个，简直和喝水没什么区别嘛。

他光着脚，到处找了一圈，哪里还有小美女的影子哦。他问了问家里的机器人佣人："喂喂喂！昨天有没有一个漂亮的女孩跟我一起回家？"

机器人缓慢地摇摇头："没有，先生，您是一个人走回的家。汽车也是后来自动驾驶回来的。"

乖乖！好几公里路那，我居然是走回的家?！他竟然一点印象也没有，不过这种不易搞定的女孩正是小天的菜，越辣的越香嘛！

小天又精神焕发了！今儿个打扮得帅气点，再去偶遇一次，就不信今天还拿不下她！

美滋滋地哼着小曲儿，在自己巨大的衣帽间里挑挑拣拣，因为自己在家，洗完澡后就随便在下身裹了条毛巾，上身赤条条的，反正也没人看。

选了几款自己中意的西服，在沙发上摆成一排，纠结着今天到底穿哪件才能拿下小美女。

"这件紫色的好了！今年最流行紫色！"

这时，突然响起了粗暴的砸门声："咣咣咣！"

咦？这会儿是谁啊？大清早的。小天好奇地去开门。

刚一开门，堆成山一样的纸箱子迎面砸来，小天一个闪身，箱子噼里啪啦地掉下来，直接把门口给淹了。

箱子又噼里啪啦地被人用力地推开，几个人抬着一堆东西踢开箱子走进来。

"来来来！让一让啊！东西放里面！轻拿轻放啊！"一个咋咋呼呼的女声从最后面传了出来。

"谁啊！这是干吗呢？"小天傻眼了！

几个工人谁也不瞧他一眼，自顾自地往里搬东西，等到工人都走进来，门口出现了提着一大堆东西的陈可婉。

陈可婉气喘吁吁，身上挂着无数个袋子，一见小天就嚷起来："快点过来帮忙啊！累死我了！"

小天不明就里，但还是乖乖地帮她拿东西，一边狐疑的问："你这是干吗呢？搬家啊？这么多东西。还有你咋进来的？这个大楼可只对住户开放啊，没有门禁卡谁也进不来。"

荷瑞理直气壮地说："对啊！搬家真麻烦！东西多死人嘞！最可气的是半路上我老爹的设备又坏了！害得我行李掉的满大街都是，还好找了几个人帮我搬。"说着一屁股坐在了小天精心摆放的紫色西装上。

小天瞪大眼睛："我的西装！"

荷瑞给自己倒了一大杯水，猛地一口喝完，低头一看，咧嘴一笑："不好意思啊！没看见！"屁股往旁边一挪，西服上已经留下了一大坨被踩蹦过的痕迹。

小天欲哭无泪，这个冤家怎么跑这儿来了。

"你到底咋进来的？"

"哼，你又不是不知道秦开的厉害……"

"是是是！他伪造个门禁卡还不是小菜一碟，之前傲得大哥也这么说。唉，我家就跟菜市场一样，想来就来，随你们便吧。"

易小天刚说完,搬好东西的工人们将他们围了一圈,荷瑞朝小天摆摆手:"帮付一下搬运费!"

小天气个半死,但看到工人兄弟们那健壮的身躯,还是立即付了钱将工人打发走了。接着坐下来尽量陪着笑问:"你这是跟老爸闹别扭离家出走了?没关系,我帮你租一套房,想要什么样的跟我说,我保管你满意,至于房租什么的,你要是在今天下午之前能搬走我全部给你出,怎么样?"

他现在只想快点先把她搞走,了结这件事。

哪知道荷瑞喝完了水,端着水杯在屋里转了一大圈,啧啧称奇:"这房子真不错啊!就是装潢太没品味了。"完了转头看着他:"我不走了,我就在这儿了!是傲得派我来的。"

"啥?"易小天激动地站起来:"你不走了!"

站得太快,围在下身的毛巾突然掉了下来,小天赤条条地站在了荷瑞的面前,荷瑞喉咙里响了一个嗝,视线往上移,就看到了彼此羞红的脸:"啊!"

"啪!"

所以十分钟后,易小天从家里逃出来时,脸上还多了一个鲜红的大手印,他一边快跑一边打电话,就说这事肯定有鬼,原来是傲得将荷瑞送到了小天的身边。

小天气愤不已:"这太夸张了!傲得,你怎么把这个家伙送到我家来了!"

傲得在电话的那端轻描淡写地说:"我不是说要给你派一个帮手吗?研究院给你派了一个助理,我也给你派一个助理。哈哈。"最后竟然没憋住笑了出来。

这家伙绝对是在整我!

易小天一手拿着电话一手还在试图抚平西服装的褶子,嘴里还在忙不迭地争论:"那你派谁不可以,竟然派了荷瑞过来!你又不是不知道她的手段!"

"我就是知道她的手段厉害才派她来协助你啊!不然派人做什么?陪你吃吃饭?喝喝酒?"

"我说!我强烈抗议!她几乎把整个实验室都搬到我家里来了!我这日子可怎么过!"

"荷瑞这人你了解得不多,她人不坏的。而且很多地方可以帮助到你。"

"就在刚刚!就在刚刚!"易小天委屈不已,"她就不分青红皂白地把我揍了一顿,她有暴力倾向,力气大得离谱,我根本没法抵抗嘛!"

"对女孩子你不是最有手段了吗?而且我跟你说,她现在可是你的直属上司,你的所有行动都必受她的指派,所以你必须向她汇报你的工作,知道了吗?好了,先这样吧,以后有事再联络。"然后果断地挂了电话。

他奶奶个脚!故意的!他绝对是故意的!易小天抓狂不已,他家里面要是来个娇滴滴的大美人他当然来者不拒,可现在居然冒出来了一个"纯爷们"陈可婉,这多麻烦啊!

易小天觉得自己今天真是背到家了。头发软趴趴地耷拉下来,根本没来得及梳理,西服上也全是褶子,连换一件的机会都不给人家,最可恶的是陈可婉还成了他的上司。

小天耷拉着头,觉得自己优哉游哉、风流快活的好日子似乎就要结束了。

到了公司的时候,苏菲特看到小天一副霜打的茄子模样,震惊不已,这还是我那个风流帅气的上司吗？

她看得出小天今天情绪不高,便没敢多说话,马上准备了一下开会的资料就带着小天去了会议室。

会议室大得简直堪称大礼堂,密密麻麻地坐了两百多人。苏菲特引着小天,带他与每一个高层领导打招呼。小天没精打采地应付着,偶尔还能说几句恭维的话逗逗对方开心,自己也跟着傻乐一阵,其实根本不知道自己说了啥,更是感觉到别人的目光都在他的脑袋顶上和西服上面晃悠,真是丢脸死了。

易小天随便找了个位置就窝在里面,心里只是祈祷着快点结束,好赶快把家里的那尊神想办法请出去。

一个不知道是谁的人在那里主持会议,然后巴拉巴拉地介绍了一堆。小天左耳进,右耳出,别人鼓掌自己也跟着鼓掌,听见叫到自己的名字就站起来傻乐一会儿,心里面真是有苦难言。

终于听到主持人激动地说:"下面,让我们有请研究院的首席科学家——沈慈沈教授来给我们进行会议指导。"

台下响起热烈的掌声,小天也跟着胡乱鼓一阵。抬起头,就看见一个十分眼熟的娇小的女孩走上了讲台,妆容精致美丽,涂着樱桃色的口红,梳着一个可爱的丸子头。

"大家好,有半年的时间没见了……"

易小天不受控制地张大嘴巴,什么！这……这……她居然就是研究院的最高领袖?!

小天震惊了,他今天的心情起伏太大,大脑已经死机。可是一旁的苏菲特却不知道,她以为是小天见到了沈教授太激动而导致的"面目狰狞"呢,于是十分仰慕地说:"我们沈教授啊！虽然今年已经八十多岁了,可是保养得好好哦！看起来比我还年轻,我要是也能像她一样漂亮就好了,我要是到了八十多岁还能保持这样的容貌,真是不枉此生啊！"

八……八十多岁？

易小天不敢相信自己的耳朵,他望着苏菲特,期待她能拯救自己的耳朵,哪知苏菲特一脸崇拜地狠狠点了点头:"她的儿子今年都已经五十多了,孙女的话……好像跟我也差不多大。"

这句话真是压死骆驼的最后一根稻草,易小天怎么也想不到昨天跟自己约会

的美女竟然是一个八十多岁的老太太？虽然说他知道现在的科技可以适当的保持女人的青春，可这也太离谱了！

他感觉自己神经已经错乱了，所有的事情都朝着奇怪的方向发展，已经完全脱离了他的掌控。易小天觉得自己现在需要冷静一下，加上头疼得厉害，可能是昨晚喝了太多的酒，他扶着头无力地对苏菲特说："我要先冷静一会儿，暂时别和我说话。"

听着台上熟悉的声音，小天的心砰砰直跳：他妈的！生活真是太会开玩笑了！

哪知道事情还没完，他刚想冷静一会儿，手机却又突然震天响了起来，沈慈停下来，惊诧地看着他，所有人的目光也一起扫射着他。易小天脸涨得通红，慌乱之中抱着电话跑了出去："不好意思啊！你们继续！"

刚才出门太急，他竟然忘了把手机调成静音！真是笨啊！

小天觉得自己头越来越疼，真是鸡飞狗跳的一天啊。

他捂着额头："喂？"

就听见电话那端传来陈可婉愉快的声音："小天！你的这个高级热水器怎么用啊？我连开关都找不着。"

神啊！谁来救救我吧！

小天长叹一声。

第二十六章

初探敌情

易小天稀里糊涂的开完了这一场高级领导会议，为了躲开沈慈，他猫着腰想在椅子中间悄悄溜出去。万一待会沈慈把他留下来谈谈人生理想可就糟了！他现在可没心情和老美女叙旧。

翘着屁股，小碎步一路往前狂冲。由于臀部摆动幅度太大，抬起身来时，腰猛然撞到了尖利的桌角，易小天痛得像钻天猴一样窜了出去，落地时又撞到了另一个桌角，当下脑袋一歪，疼得吐着舌头当场晕了过去。

朦朦胧胧中就听见谁在大声的讲着话，破锣嗓子吵死人了。

"……今天我们失去的不只是一位战士，更是失去了一个好兄弟，好朋友，一个家人！"李昂抬起袖子擦了擦眼睛，眼泪被擦掉了，视线清晰起来，他看了看台下自己那些在二次战争中幸存的战士们，现在留下的可都是真正的精英战士了，他们的军队也统一了军装，大家站得笔直，队伍整肃，不像以前李昂说个话，台下站着的，蹲着的，坐着的，躺着的，啥姿势都有。李昂相当用力地大喊着："害死他的不是别人，正是那贪图富贵的人！当初明明说好了一起创造一个开明富足的欧陆经典，但是那些只顾自己的混蛋们却只想把欧陆经典变成自己的赚钱工具来填满自己的口袋，那这样的话，他们和以前那些剥削我们的富人有什么区别！"

"打倒剥削阶级！为同胞们报仇！"

台下的人群义愤填膺地呼喊着。

"王二亮战士的死，彻底让我觉醒了！"李昂大手一挥，大家的目光纷纷落到二亮的照片上，照片上的二亮一脸憨厚敦实的傻笑。

"我们不能再坐以待毙了，我们一定要坚持斗争，一定要好好的改造欧陆经典，让它成为一个能和联合舰队其他母舰相提并论的真正的乐园。一个能让居民安居乐业的地方，再也不要让大家受苦受累！这是我们的家，我们要通过自己的双手来改变它！至于那些贪图安逸享乐，只顾自己的混蛋，我们一定要把他们从欧陆经典上驱逐出去，这里才是我们的地盘！"

"坚决斗争！不忘初心！创建宇宙新乐园！"

李昂满意地看着大家。感觉差不多了,伸出手来示意大家安静,果然大家都安静了下来崇敬地看着他。

"今天在二亮同志的葬礼上,我发下重誓,一定要和那帮叛徒们斗争到底！"

底下又是一声声的怒吼跟着附和。

"二亮跟随我出生入死这么多年,如今却不幸死在叛徒的手里,让我非常心痛,我一定要给二亮办一个风风光光的葬礼,让他好好上路！"说到这眼泪又涌了出来。

在他身后的老赵、城子和大友也跟着痛哭起来,他们都是最初跟着李昂的那一批船员,当初各个歪瓜裂枣不堪入目,如今也被战争洗礼成了真正的军官。

李昂用衣服袖子擦擦鼻涕,大手一挥:"奏乐！葬礼正式开始！"

几个不知道从哪挖出来的乐队敲锣打鼓地嚎了起来,记得二亮以前说过自己的祖先在地球的老家是在东北的,葬礼一定要吹吹打打、热热闹闹才行,还得有人哭场子。

李昂为了让二亮的葬礼办得体面,还真找了几个会敲锣打鼓哭场子的,可能已经隔了几个世纪,味道全变了,但是架势还在就行了,现在这样的人也忒儿难找。

李昂皱着眉头听了一会儿,觉得这些人吹得是真难听,实在让人受不了了,好好的活人都能给吹死喽,台下军容整肃的场面都要给这噪音给坏了,赶紧挥挥手让他们先停了。

接着大家披麻戴孝地在二亮的棺材前跪倒了一片,不管过了多少个世纪,这方面的习俗倒是保留得挺好。大家连哭带嚎地闹了半天,这才渐渐收住了哭声。别看李昂平常对他的这几个手下十分严厉,其实他也是老好人一个。想到初见二亮时,他老是一脸刚发起来的白面馒头状,傻里傻气,窝窝囊囊的,谁能想那么胆小怕事的一个人居然愿意跟着他起义,还杀了那么多敌人,立下这么多战功。

想起一路走来的艰辛,李昂又忍不住嚎了起来。

大友抱着一个孩子走过来,抽抽噎噎地跟李昂说:"船长,这就是二亮冒死生下的娃娃,他老婆现在还没找到,估计是没戏了。"

二亮家那个母老虎,一听说二亮牺牲了,二话没说拎着两把枪,偷了他们起义军最新研制的试验战争机甲"刑天"就跑去敌人阵地那边了,看那架势就没打算回来。为了不拖累其他人,临走还把机甲上的定位仪给拆了,也没人能知道她到底在哪儿。到现在活不见人死不见尸,估计也没希望了,那台机甲就算再厉害,也敌不过敌人那么猛烈的炮火啊。

唉……这傻娘们,就算报仇心切,你好不好走前先想想你家还有个不到三岁的娃儿啊。

李昂看那娃娃圆头圆脑的模样像极了二亮,鼻子一抽,动情地说道:"这孩子我收养了！以后咱们几个都是他的爹,让他这辈子就不缺爹爹！"

　　大家听到李昂这样说，都欣然同意，抢着来抱娃娃。

　　老赵没有孩子，再加上李昂执政后大力推广自动孕生设备，现在欧陆经典上，起码在我军的控制区域里已经很少能看到幼儿了。现在这好不容易看到个娃娃，真是爱不释手，他对着娃娃不停地做鬼脸："宝宝乖！宝宝乖！"

　　宝宝本来心情好好的，突然看到老赵那张丑脸吓得忍不住大哭起来。李昂一把夺过孩子："一边儿去，孩子都让你吓哭了。"

　　葬礼举行完毕，一行人肃穆地看着两个士兵将二亮的棺材装进葬礼专用的小型宇航船里，瞄准茫茫天宇，喊道："目标：地球方向，发射！"

　　小型宇航船载着二亮的棺材"嗖"的一声飞走了，一行人透过舷窗看着飞船消失的方向，久久没有回过神来。

　　一个生命就这么微不足道的消失了，一点痕迹也没有。

　　城子忍不住又泛起了眼泪："二亮也算是幸福了，最后又能回到地球去，好歹落叶归根，咱们还得在这宇宙里面飘着。"说着又忍不住大哭起来。

　　大友本来眼泪就浅，见城子哭得伤心，他也跟着哭了起来。李昂瞅着一路跟着自己的三个手下，知道他们是都想念地球了，毕竟他们已经在宇宙里飘荡了太久太久，却再也找不到一个像地球母亲一样温暖舒服包容的地方了。就像是突然想念起已经去世的妈妈，想念妈妈的味道一样，李昂悲从中来，大声哭起来，哭得比谁都响。

　　想起妈妈，他就哭得更伤心了，没人记得他的妈妈是什么样子的，连他自己都没有丝毫的印象，但是他猜想那一定是一个温柔、善良、慈爱的好妈妈。每天家里的厨房都传来阵阵饭菜的香味，自己可以吃了一碗又一碗，从来不会嫌自己烦，嫌自己吃得多。她是全世界最好的妈妈。

　　要是妈妈还在就好了！

　　抹一把辛酸的眼泪，易小天翻了个身，就觉得腰上痛得厉害，他猛然间醒过来，发现自己已然泪流满面。

　　他缓了一会神，咦？搞什么？自己怎么又做梦了！又是那个奇怪的梦，自己都快做成连续剧了！

　　如果说头几次他还没在意，现在他却不能不在意了，这么清晰明显的梦是什么，那里好像是另一个遥远的世界，但是……

　　"哈哈！我说易总，您这扭一下怎么还扭哭了。要不要叫个医生给你看看？"

　　易小天往四周一看，好家伙！敢情自己刚才居然晕倒了。周围围了一圈的人，一开始还在关切地看着他，现在则是变成了嘲笑的表情。易小天羞得不行，赶紧把脸上的泪水擦干净，摆摆手说道："没事啦，没事啦，谢谢啊。散了吧，都散了吧。"

　　大家嬉笑着看着他，彼此谈笑着离开了，易小天躲在桌子后面探头探脑，心想这回脸可丢大了。

见这回周围的人都走远了,这才伸出小脑袋来往门口那里看看,好嘞! 门口安全,还是先开溜要紧。

眼看着大门口就在眼前,只要一个冲刺就能冲出去了,易小天开足马力,哪知背后突然传来苏菲特的声音:"易总! 请稍等。"

易小天立刻假装若无其事地站起来,只是这一下起得太快,他感觉自己的腰"啪"的一声,差点断成两截,他疼得龇牙咧嘴,但还是搔着头,好像在找东西一样。

"咦? 刚才我非常心爱的一个迷你会议记录仪不知道去哪儿了,真是怪了。"易小天捂着腰,十分淡定地转过头来。

就见苏菲特身旁站着一个身材十分干瘦的中年男人。此人的眼睛就像是猎鹰的眼睛一般锐利,看得人浑身不自在。

"易总,给您介绍一下。"苏菲特站到了易小天的旁边,"这位是研究院安全部的程部长。程部长,这位就是我们的易总。"

安全部? 易小天的心里不由得偷偷抖了一下。只见他面容萎黄,眼圈发红,身子微驼,腿像风干的腊肠,看起来浑身无力,简直像个痨病鬼。

易小天嘻嘻一笑,伸出手来:"幸会幸会。我是易小天。"

程部长伸出手来和易小天手一握,易小天只感觉程部长的手干辣辣的没有一点水分,手上分毫力气也没。

"真是久仰大名,我们研究院现在大家都在讨论易总的事迹,真是英雄出少年啊! 我们这些老家伙早就该让位了。"

程部长一开口说话,易小天差点没忍住笑出声来。好家伙,这人怎么说话阴阳怪气的,像个太监一样。

随即他就明白了,这老鬼怕是有那方面的障碍。小天见过的男人和女人一样多,以前在百乐门时这样的男人他也见过不少,一般这种有钱又有障碍的老鬼他都交给薇薇,薇薇懂医术,每次那些老家伙都痛哭流涕抱着薇薇不放手,求她救命呢。

要是百乐门还营业,就把他往薇薇那一丢,又有好戏看了!

易小天越想越觉得好玩,忍不住就要笑起来。

程部长多年疾病缠身,为人十分敏感,看见易小天一副强忍着不笑的模样就气不打一处来。

"哪有哪有,以后还得靠大哥们多提拔提拔。"易小天回答到。

程部长在肚子里冷哼一声,眼睛在他身上扫来扫去:"易总,今晚家里设宴,不知是否有幸邀请您参加?"

又听到这种阴阳怪气的嗓音易小天终于忍不住笑起来了:"噗,行,行啊……"

他刚想要随口答应,哪知苏菲特却轻轻地拉了拉他的衣服。

易小天立即恍然,"行……不行呢? 可能不行吧! 程部长,我今天已经约了人了,要不咱们改天? 下次一定亲自去拜访,嘻嘻! 抱歉抱歉。"

程部长再也忍不住受这小鬼嘲弄的语气，后面的话也懒得说了，冷哼一声就离开了。

易小天看着他两条腊肠一样的腿，又忍不住捂着嘴笑起来。苏菲特见程部长走远了，这才轻轻出了一口气。

这时候会议室里的人都已经散去，易小天见沈慈没来难为自己，心情已经好转了些，当下在苏菲特的陪同下走了出来。

"我跟你说苏菲特，那老家伙绝对有那方面的障碍，我看人很准的！哈哈！"

苏菲特非但没笑，反而表情微微有点严肃。

"易总，您刚才对程部长态度不太恭敬，他这人最小心眼了，怕他以后要找你麻烦呢。"

"他？他能找我什么麻烦！"易小天丝毫没感觉到什么威胁，反而觉得好笑。别人易小天不敢多说，但这个瘦干的稻草人，他小指头一弹都能摆得平。

苏菲特看易小天一副天不怕地不怕的样子，忍不住好心提醒："您别看他好像弱不禁风的样子，他在研究院可是'活阎王'呢！他掌管着研究院的安全部门，手段十分狠毒。他手下的部员个个都是刑讯逼问的好手，但凡有一点点威胁研究院安全的情况，他们都一定要刨根问底，研究院的内外安全都抓在他的手里呢。"

易小天稍微有点怕了，嘴巴还在逞强："我……我正大光明的干我的活，又……又碍不着他什么事！"

"实话跟您说吧。"苏菲特朝四周看了一圈，然后悄悄对易小天说，"程部长多年来一直致力于打击各类商业间谍和境内外特工，一双眼睛火眼金睛，凡是心里有鬼的人都逃不过他的眼睛。"

易小天悚然一惊，他这"心里有鬼"的人开始心虚起来，额头上冷汗直冒。

"所以这人绝对得罪不得，不然的话就算你清白无辜，被他莫名其妙地扣上个商业间谍的罪名，然后扫地出门就糟了。而且他还专钻法律空子，让那些被他赶走的人连伸冤的地方都没有。"

"我……那我得罪他了吗？"易小天咧开嘴角，想笑一笑。

苏菲特轻轻叹了一口气，然后看着易小天轻轻点了点头："从他刚才的表情来看，似乎有点不太愉快。"

"哈哈，你肯定记错了！这么重要的人物我怎么可能得罪他！我拍马屁还来不及呢！"嘴上这么说着，心里真是要哭出泪来！早知道就不嘲笑他阳痿了！就算他两条腿像晒了二十年的腊肠也不该笑！这下可好了吧！自己这小奸细还没出师，就快被人抓现形了！

可是苏菲特无比诚实，偏要纠正他："易总，我建议您还是找个机会去程部长那打打关系吧！如果真得罪了他，未来的日子可不怎么好过。"

小天欲哭无泪："早知道这样，他刚才约我就该去的，再送他两斤蜜汁腊肠！你干吗拉着我让我别去嘛。"

苏菲特一张笑脸微微有点发红："程部长邀请人吃饭一般都没什么好事，这可是鸿门宴，能不去还是不去的好。"

"啊!?"

"但凡他觉得这人有些问题，他就会请去吃饭。名义上是吃饭，其实就是审讯。一整套流程下来，您基本上所有的信息和秘密也都被扒了一遍，在他面前就像没穿衣服一样干净。"

易小天想象了一下自己被程部长扒个干干净净的画面，那老家伙露出一脸奸笑地朝他挥着鞭子。小天赶紧摇摇头，把这滑稽的画面从脑袋里赶走，他现在有点急了："那……他……他觉得我有猫腻?!"

"他觉得每一个人都有猫腻，在他眼里每个人都是间谍和特工，这就是他的行事作风。他的原话是什么'怀疑可以让人更小心谨慎的做事'。"

"哦！原来是这样！可是我直接不去，未免也有点不太给面子吧！"

"也不是让您不去的，只是去之前要做好准备。您如果对程部长一点不了解，很容易就掉进他的陷阱里，中了他的计。我这就回去给你准备一些资料，您对他知根知底了之后再主动来约他赔礼道歉就好了。虽然没赴约不好，但是被他抓到什么小辫子就更不好了。"说罢，又甜甜一笑，"不过说实在的，我还是头一次见程部长那种表情，脸都绿了。"

"哎哟哟！苏菲特你真是我的好帮手，真是甜到我心坎里去了！没想到你对我这么好！"五根手指动起来，手情不自禁地把手伸了过去。

苏菲特笑着把他的手礼貌地推到一边："您是我的上司，我总要向着您的，只是我没有想到程部长居然会这么快就找到您，也可能是您风头太盛，他才格外留心的。以后这个人要多加小心就好了，免得他到时候找您麻烦。"

易小天捧着自己的手花痴地点点头，看见苏菲特什么坏心情都没了。只觉得她说啥都动听，说啥都是对的。频频点头，眼睛一眨不眨地看着她。苏菲特被他看得浑身不自在，赶紧跑回去给他准备资料去了。

易小天目送苏菲特一路走远，这才走了出来。出了公司他才想起来，自己这是高兴得太早了，居然把更重要的大事给忘了！家里还埋着个定时炸弹呢，他非得想办法把这个炸弹拆了不成！

法拉利已经等在了路边，易小天火气燃了起来，油门踩到底，一路超车开回了家，在路上他就想好了对策。女孩子嘛！无非就是买买买，回去把自己卡给她刷刷！血亏一场也得换来自由身啊！

到了家，火气十足的他一脚把门踹开，探头往房间里一看，却见到家里干干净净，整整齐齐。这和他想得可不太一样，他还以为陈可婉已经把家里炸出了个窟窿来呢。

踮着脚到厨房里拿出一只炒锅,随时做好战斗的准备。可结果找了一圈都没找到人。

他又悄悄往自己房间里一看,只见一双修长的美腿,荷瑞屁股翘得老高,正不知道在他的床上找什么呢。

"你干吗呢?"易小天忍不住出声问。

荷瑞抬起头,头发一扬,笑着转了过来,将手里的小瓶子藏在身后。

"嘻嘻!这么快就回来了?你们上班这么自由啊!"

易小天瞳孔倏忽变大,这是谁啊!

眼前的女孩一头秀发迎风飞舞,一双灵动的大眼睛英气十足,小小的胸脯微微耸起,穿着一套可爱的运动休闲居家服,那青春靓丽的形象让易小天当场呆成了木头人,还好心里还有点理智,想着老毛病可别犯啊!眼前这人可和一般的女孩子不一样。可他眼睛却已经弯成了月牙,鼻孔大张,吭哧吭哧地傻笑起来。

易小天只见过荷瑞扎着马尾,一身黑色劲装的造型,从没见过她穿便装的样子。其实荷瑞今年才二十一岁,正是大好年华,随便穿一套卡通休闲装就可以衬托出自己满脸的朝气和阳光,根本不用什么装扮就已经很亮眼了。见惯了妆容精致的美女的小天头一次见到素面朝天却又如此可人的荷瑞,眼睛当场就直了,甚至短暂忘记了荷瑞的可怕。

荷瑞看着易小天表情一会一变,眉头皱起来:"你这清扫机器人怎么干的活,你的头发居然一根也找不到!"

朝着小天走过来,小天口水长流,眼睛睁大,感觉一阵和煦的春风迎面吹来。

"就直接拔几根好了!"手一伸,就朝着易小天的脑袋上伸来。可在易小天的眼中,她的动作放慢,放慢,变成了温柔的抚摸。啊!天堂啊!

手成功握到几根头发,用力一扯。

"啊!"易小天猛然惊醒,捂着脑袋乱叫乱跳,痛得眼泪长流。就说她怎么可能那么温柔嘛!

荷瑞将一小把头发小心地放在瓶子里,将瓶子封上,满意地拍拍手:"谁说拿头发还要偷偷摸摸的呀!这不一下子就搞定了!"

"好好的你揪我头发干嘛呀!"易小天流泪不已。

"留着做实验呗!"她将小瓶子顺手放进了自己的衣服里。她当然不会跟小天说组织对他仍旧实行严密的监控,提取他的 DNA 记录档案,随时监控他的行为。

组织虽然明明说低调行事,但是荷瑞可从来不知道低调这俩字怎么写。

荷瑞一回身看到易小天举着锅愣在那里流泪不已,蹲下来好奇地看着他。

易小天还捂着头怒吼:"别以为道歉我就会原谅你!我告诉你!没门!"

"你这锅是拿来干什么的?煎牛排?煎厚蛋烧?不错耶!我肚子正好饿了!快快快!快点嘛!你要会做牛肉馅饼那就最好不过了!"荷瑞不断地催促,易小天

正准备恶狠狠地拒绝她，哪知一回头，正好看到了荷瑞那淡粉色的、微微翘起的嘴唇，真是可爱死了。

脑袋一懵，气马上没了，乐颠颠地说："好的！这有什么问题，您瞧好吧！"

端着锅回到厨房，开了火，开始动作麻利地和面，剁肉馅时才反应过来："我怎么还做上牛肉馅饼了！不是要赶她走的嘛！再这么晕下去非得着了她的道不可。"

等一转身看见荷瑞在那里玩着头发的可爱样子，又马上变了一副诣媚的笑脸："马上就做好喽！我以前跟着大厨学过，会做的菜多了去了，这次保证做出绝对正宗的牛肉馅饼。"这也是易小天以前为了讨好女孩子们所学的一招绝学，会下厨可是男人在泡妞时的重要加分项啊。

稍后，荷瑞美滋滋地大口享用着馅饼，开心得不得了。易小天见她心情好了，酝酿了半天，才开口道："这个……荷瑞呀！虽然咱俩现在是搭档，可我觉得没必要真的住在一起吧。这样我怕别人说你闲话。"

"谁说我闲话？谁敢说我闲话！"一刀将馅饼切成两段，一叉子用力插下去，恶狠狠地吃到嘴巴里。

"比如你男朋友啊，还有组织里的那些人……"小天看到她切馅饼的狠劲，后面的话就不敢说了。

"男朋友是什么鬼？我可没闲心找！至于组织里的那些人，他们才不会多嘴多舌呢。这是任务，换成谁都要毫无条件地绝对执行的，你放心吧！"又一口吞掉四分之一的馅饼。

"这个……但是……可能我有些……不方便。"易小天吞吞吐吐地说道。

"啊！我知道了！肯定是因为你要带女性友人们回家嗨皮，我在会不方便是吧，这我能理解了。"又一口干掉剩下的一大块馅饼，然后满足地擦擦嘴。

"喂喂！你可别乱说啊！什么女性友人啊！我可是很洁身自好的！从来不带女孩子回家过夜！"易小天被人说穿了心思，羞了个大红脸。

"拉倒吧！在你家里的沙发缝里，枕头缝里，床底下发现的女孩子头发，光种类就能有二十多种，不然你的头发为什么那么难找，都被这些长头发掩盖住了。"

易小天面红耳赤，在一个美女面前证明自己滥情可没什么光荣的，他得在每一位女士面前保持良好形象啊！

"你误会了，其实吧……"

荷瑞摆摆手，一副"我全了解"的样子："行吧！我们工作的原则就是不能耽误他人的正常生活，如果我要是真的耽误了你的生活的话，我搬走好了。"

"啊！"易小天没想到居然把她给说通了！可是现在心里不知道怎的，却没觉得激动。

"不过一下子让我搬走我也没地方去，给我一个礼拜的时间找房子吧，等我找好了就搬出去可以吧。"荷瑞一下子客气起来，小天反倒是有点不知所措了。

荷瑞端起盘子,朝厨房走去,小天忍不住叫道:"你干吗去?"

荷瑞回过头来微微一笑:"我总不能真的在你这儿白吃白住那么久吧,总要帮你做点什么,我来洗碗。"

荷瑞走进厨房时,等在那里的家务机器人走过来对荷瑞说:"您好,请把餐具交给我吧。"荷瑞一把将机器人推了个原地1080°猛转了三圈,那机器人一下子系统崩溃了,一边喊着:"警告! 侦测到用户暴力使用,此举已违反保修条例,本公司对此机器人的损坏概不负责,请您自费维修。"接着倒在地上抖了两下不动了。

听到厨房传来了洗碗的声音,小天没想到平时大大咧咧的荷瑞居然真的洗起了碗,一边洗碗一边还哼起了歌。

易小天本来是做好了打算,一定要把她赶走的,现如今得逞了反而心里空落落的,一点也不觉得开心,这倒是怪了。

他悄悄溜到厨房门边向里面偷看,就看见荷瑞将头发捋到一边来,系着粉色的小围裙,有模有样地洗着碗。

易小天从来没有过家,他脑袋里无数次的幻想过一定要找一个贤惠的老婆,让家里时时刻刻有着温热的香气,就像是他每次饿着肚子回家时,从邻居家传来的那种香气。

他不知道为什么在看到荷瑞洗碗的时候居然会想起这些来,可能是寂寞了太久了吧,他的女朋友多得不计其数,但是真正走进心里的,却是谁呢? 谁也没有。

易小天叹了一口气,连那个倒在厨房地上的昂贵的家务机器人也没有多看一眼,拿起沙发上的外套转身走了出去。

第二十七章

女 BOSS 真难打

第二天一早,苏菲特就将程部长的资料全部交给了他。

易小天翻开了一看,程砚秋,五十四岁,岳黎研究院安全部部长。好家伙,这老病鬼才五十多岁,可看起来像是六七十岁了,看来他这些年没少被这病折磨啊。

翻看一下他的简介,一排排小字密密麻麻,小天最没耐心了,挑关键地方看了几眼,将他了解了个七七八八。

怪不得这么多年来研究院保密工作做得这么好,除了那些个顶尖的技术员日夜不停地设置程序防止黑客,不断阻挡入侵者外,更有程部长这样藏在研究院中的老江湖,将那些商业间谍和外国特工一个不漏地都抓起来交给公安部门法办了。易小天粗看了一下,敢情栽在他手里的奸细多达七十多个呢,不过易小天觉得这里面肯定有私下里得罪了他,被他扣上了"奸细"帽子的倒霉蛋。

他搓搓手,自己绝不能当下一个倒霉蛋。

当下让苏菲特给他准备了几斤上好的腊肠送过来,苏菲特知道腊肠是准备送给程部长的时候颇为吃惊,连续确认了好几遍:"您……确定您要买的是腊肠吗?"

"对对对! 没错。"

"是那个……挂起来晒的吃的腊肠?"

"对呀! 记得买蜜汁腊肠啊!"

苏菲特就没再追问下去,这个总监做事向来不按常理出牌,谁知道他怎么心血来潮突然要送人什么腊肠呢,当下就去买好了送了过来。

易小天腊肠在手,感觉心里踏实了不少。可是苦等了几天,程部长都没有再来找他,反倒是让易小天担忧了起来。

这程部长向来的套路都是先来一顿鸿门宴,再来一场心理战,心理素质差的总会露出点马脚来。据说他抓捕的那七十多个间谍,一半都是在他的"鸿门宴"上露了馅的。如果扛过了他的心理战,下面还有七十二小时夺命追踪,三十六天摸底掏心大搜查,八个月的潜伏待命期等一系列,花样繁多的招式来对付那些人。

易小天光看这些名目就已经感觉两腿发软了,估计自己根本也不用他来什么"七十二小时夺命追踪"了,他肯定是一开始就把自己肚子里的小九九都倒出来了。心里七上八下的等了好几天,结果程部长压根儿没来找他。

易小天未免有点无趣,出去找姐妹们嗨了几天就把程部长忘脑后去了。

说来也奇怪,这几天明明无所事事,他倒是有点不敢回家了,也不知道在躲什么。公司里不敢去,家也不敢回,日子过得窝窝囊囊。

易小天颓了两天,突然接到了荷瑞的电话,荷瑞在电话那端爽朗地说:"喂!我找到地方啦!你回来帮我搬家!"

没想到这丫头动作这么快,居然真的就找到了地方,易小天莫名觉得更颓废了。见她的时候烦得要命,这下她真的要走了,他倒是有点不舒服。磨磨蹭蹭地回了家,推开门,就看见荷瑞两条长腿搭在茶几上,手里捧着最大罐的爆米花,一边看着电视剧一边笑得前仰后合,看起来一点烦心事都没有。这人心可真大啊!易小天咋舌。

"呀!回来啦!你这几天跑哪儿去了呀!"

"哦,公司加班,太忙了!"

"你去帮我把东西收拾一下呗!我还没收拾呢!"荷瑞"喀嚓喀嚓"地吃着爆米花,笑得合不拢嘴。

"不是!闹了半天你还没收拾呢!那你搬什么家!"易小天气闷。

"我这不忙着看电视呢嘛!这系列喜剧太好看了!我连看了三天没合眼!"

"啊!"易小天无语,转过去一看,就看见荷瑞顶着两个黑眼圈。

"你不会从我走了之后就没睡过觉吧!你这什么电视剧啊!这么长!"易小天咋舌。

一部喜剧,叫《乡村丑娘娘》。一百六十多集,我才看到五十多集!哈哈哈哈!笑死我了!"易小天看了会,确实好笑,他正跟着荷瑞一起笑着,突然一只脚飞了过来,踢得易小天措手不及,他只感觉一股大力直接贯到腰上,然后人就飞了出去。

"快点去收拾!"

维持着狗吃屎的造型在地上趴了几秒,易小天才晃晃悠悠地站起来。他捂着腰一脸幽怨,却一句话也不敢多说,乖乖地给人收拾行李去了。

一边收拾一边满腹牢骚:"母老虎!没人要!阎罗王!害人精!"

嘴里念念有词,动作也粗暴得很,耳边不时传来荷瑞豪迈的笑声,易小天这时候又巴不得她早点走了!谁管她素颜的时候是不是清纯可爱呢!

但是他这老毛病根深蒂固可不是轻易就能治愈的,帮她收拾行李时,见到荷瑞的衣服就往鼻子前凑,香啊!香得灵魂都颤抖了!

闻得正入神,手机忽然响了起来,易小天看到这电话立刻正经起来,是傲得打来的。

"晚上约见一下,有事。"简短直接的开场,是傲得的风格。

"哦!"

"在你家,晚七点,想办法让荷瑞回避一下。"

"哦。"

然后电话就挂了。易小天放下电话,他正好也有好多事情要汇报呢!夹在中间当间谍也太不舒坦了,他天生就不是做这种事的人。何况现在还冒出来这么一个难对付的程部长,露馅那还不是分分钟的事,耽误了大事他可付不起责任!

对!就趁这次机会让傲得收回成命,把这要人命的苦差事交给别人去办吧!

易小天本想着让荷瑞出去还不是小菜一碟,把自己的黑卡给她让她去随便买买买不就行了,试问哪个女人能拒绝这个。可等易小天把这意思一说,荷瑞脸一下子垮了下来:"你把我当什么女人了?!你以为我和你那些女朋友一样,见了钱就两眼发直?我告诉你,我在你家住的这段时间,我会承担你一半的房租的,你要不信我现在就转账给你!"说完就拿出手机准备转账。易小天是万万没想到这种情况,不仅没拍到马屁还把人家给惹火了。不过他脑子转得何其之快,还没等荷瑞给他转账呢,他刷刷刷已经在手机上看了好几条热点新闻了,这不,有一条荷瑞肯定感兴趣。

"不是,我不是叫你拿我的卡给你自己买东西,你看这个新闻,敏华区那里的科技馆正在举办全世界数码科技产品巡回展呢,在展览会现场就可以买到最新的数码产品,我是叫你拿我的卡去买些最新的设备给组织用,我这不是在给组织做贡献嘛,一片好心却被你当驴肝肺,冤啊。"最后几句话还带了哭腔,说完撅起嘴就开始假装抹眼泪。

"啊?……这个……真不好意思啊,我是误会了,别哭别哭,乖啊。"荷瑞被骗到了,见到易小天"哭"了自己倒不好意思了,赶紧拿纸巾过来给易小天擦眼泪。易小天一边装哭一边闻着靠近身边的荷瑞身上那甜甜的茉莉花般的香气,心中暗爽不已。

易小天到底是找到了荷瑞的兴趣点,她对这些最新数码科技产品的展览会哪有半点抵抗力,当下就乐颠颠地跑出门了。不过最后她也没要易小天的黑卡,只说这种情况下的物品采购组织是可以报销的。

荷瑞走了,易小天也得了个教训,他以前都是跟那些个特种行业的女孩子打交道,只以为女人有钱就能摆平,今天可是好好被上了一课。他不断提醒自己以后再遇到不同的女人可要学会看人下菜碟了。

不过待会傲得过来也不能叫他看出自己把荷瑞赶出去的事实,易小天又忙活半天把已经收拾好的行李又恢复原状,又给荷瑞的房间喷了最好的空气清新剂,做得像模像样。这可累死易小天了,那个被荷瑞弄坏的家务机器人还没修好呢,只能自己动手了。待会他就打算以此向傲得邀功呢,面子上的功夫要做足!

　　果然，傲得来了之后易小天就屁颠颠地请他参观荷瑞的闺房，表示自己对上级领导的绝对重视，他已经把最大、最好的房间让给了荷瑞。其实这是在荷瑞的拳头的威胁下交出来的，不过这易小天可就不会说了。

　　他又满腹牢骚地抱怨荷瑞快要把实验室都搬过来的事实，傲得看着堆在墙角的奇形怪状的实验器材，只是轻描淡写地点点头。

　　"荷瑞呢！能力是很强的，只是她是一匹野马，需要好好的驯服。"说完眼睛一挑，"我看你挺有潜质的，听说没有你搞不定的女人。"

　　易小天求饶似得摆摆手："你可饶了我吧！我是天下女人都搞得定，可是偏偏这位压根儿就不是女人，好啦！你来肯定不是来关心荷瑞的！再提荷瑞我跟你急啊！没见过这么耍朋友的！"要不是已经把这尊大神请走了，他非得找傲得算账不可。

　　"是这样的。"傲得收起玩笑的样子认真起来，"上次回去之后我们就做了一个周密的计划，这个计划需要你来完成。"

　　易小天看到傲得认真的样子就知道事情不妙："什……什么计划？"

　　傲得往前凑了凑："我们制造了一颗 EMP 炸弹，你找个机会将它带到八十五楼引爆，利用电磁脉冲直接瘫痪天君的主机，这样一来就可以永绝后患了，到时候你可又立了一件大功！"

　　"你给我等一下！这炸弹一爆炸，我是建了功了！但顺道也去见了阎王了！这一炸，还不把老子连着楼都给炸飞了！"

　　傲得呆了一下，随即明白了这小子一点知识储备都没有，压根就不知道 EMP 是什么，忍不住一笑："这 EMP 炸弹是电磁脉冲炸弹，只会损毁电子设备。的确，在电磁脉冲发生时靠近电力及电器设备等足以大量聚集电磁脉冲波物品的生物体可能因瞬间超高电压而灼伤、休克甚至造成死亡。但人只要离开了足够的距离是没有危害的，这颗炸弹我们已经设定为接收引爆信号的半径为最大三公里，所以你引爆时拿着遥控器走出大楼，找个咖啡厅一坐，悠哉游哉的按下按钮就好啦，生命安全着呢！"

　　"哦！"易小天了然，这才把心又放回肚子里，但转念又一想，"你说的损毁电子设备是不是也包括楼里那些个机器人啊！电脑啊什么的？"

　　"当然包括，到时机器人全部瘫痪，电脑里的所有储存资料也全部抹除。"

　　"哦！"小天又一副了然的样子，脑袋里却转了一百八十个弯。机器人完了！电脑也完了！我那些存在电脑里的档案和业绩资料也跟着一块完了！楼上正在研发的那些未来高科技也跟着完了！整栋楼都跟着完了！那我易小天辛苦大半年打拼的事业也跟着完了！这何止是永绝后患，简直是斩草除根哪！

　　易小天匝巴匝巴嘴，这些话倒是没敢说出来，傲得见他脸上一阵一阵变化，还以为他临时受命，心里还没调整过来，于是宽慰他道："这个任务也不难，主要是心

理素质要好，获得他们的信任，能够顺利打开那几个隐秘房间的门，让这个 EMP 炸弹砸中目标就可以了，很简单的。"

说着从一个黑色的盒子里将一个圆圆的、透明的小球递到他的手上，小球不重，易小天的心倒是重重地坠了一下。

"这个 EMP 炸弹是最新研发的，比以前的操作简单多了。你看，这里有个安全阀，用时轻轻一拉，然后让炸弹尽量靠近天君的主机，接着你就可以走啦。这个是引爆遥控器，你到时找个安全的地方引爆就好。"傲得将操作要领对小天讲了。

小天点着头，心不在焉地挠挠头发，心里又在想着：我勒个去！本来冒出来个程部长就已经够头疼了的，现在又让我携带炸弹去炸主机，这不是携带赃物等着被抓嘛！

当下他忍不住说道："傲得老大！我有件事还没跟你说呢！原来研究院还设有一个安全部门，安全部门专门负责抓混进研究院的商业间谍什么的。安全部门的程部长，那个老家伙手段多着呢！我现在已经被他请去吃饭了！我怕到时候知道秘密太多，一不小心被他套出话来就糟糕了！"

"哦？安全部长？如果是这样的话，你可以先下手为强，把他铲除。"

易小天摇摇头："铲除不掉的，他的部下个个都是精英，怕是随便一个就能先把我铲除了。"

傲得忍不住微微一笑："你还以为我让你把他干掉吗？我是让你抓住他的弱点，如果能把他变成自己人那方便多了。你把他的情况详细跟我说一下，外貌特征、家庭情况等我全都要知道。"

易小天无可奈何，只能把自己知道的关于程部长的情况都说了，连他面色萎黄、腿像腊肠都说了。

傲得微微沉吟："这不难办，人最怕的是没有缺点，这人缺点明显，抓住他的缺点就能轻易把他拿下。"

朝着易小天招招手，轻声地把自己的计划说了出来，易小天一听，眼睛瞪得比铃铛还大："傲得老大！你这主意不错啊！你真太……哈哈！太阴了！你厉害！"

傲得拉过他，在他耳边轻轻交代了几句，小天赶紧点点头。越想这事越靠谱。

易小天简直忍不住笑出声来！他想了好久怎么对付程部长都没想到，傲得却轻轻松松就想出个好办法来。易小天不由得心里佩服。可高兴了没几分钟，傲得将 EMP 炸弹放到小天的手里："记得这个才是最关键的！"本来已经乐起来的小天脸马上又绿了，这还有个更头疼的任务呢。

傲得又简单地询问了下荷瑞的情况后就先行离开了。走之前除了一再叮嘱小天炸弹的使用方法，也提醒了小天好几遍："记着啊，我说荷瑞是匹烈马要你驯服这种话可就是咱哥俩私底下说说啊，你可别给荷瑞说我说过这种话。要让她知道了来找我理论我可受不了。"

易小天看着手里的球,越来越觉得自己的处境艰难。以前他做梦都想变成有钱人,现在真成有钱人了,却是万万没料到有钱的代价这么惨重,不但要当间谍,还随时有生命危险!

他环顾了一下自己的豪宅,早知道好日子这么快就到头了就应该存点钱的啊!他自从上任成为公司高管后每天花钱大手大脚,赚的钱根本没剩下多少。万一真的引爆了炸弹,到时候游戏公司也得跟着玩完。虽然研究院下属的公司还有很多很多,有可能会把他调到别的公司去,但去了估计也不会再让他一进门就当高管了,工资待遇肯定也要下滑。这可就要命了,到时他这超豪华公寓的房租可就付不起了。真是的,当初怎么没想到这一成啊,早知道应该把钱攒下来去买套房子才对。

易小天越想越郁闷,想来想去说什么也不能让这什么 EMP 炸弹毁了他的美好未来,但是他又不能忤逆傲得的意思,真是进退两难啊!

易小天陷入深深的绝望,一直瘫在沙发里。一直到了晚上,荷瑞抱着一大堆的战利品从门里挤回来的时候小天还没振作起来。

"小天!小天!这下好了!这个展会真棒,我可淘到不少有用的东西呢,正好组织里的那些电脑高手们都在抱怨那些即插即用型的硬体机械虫现在都已经使用过度,性能老化了,我这次买到的东西正好可以把那些机械虫都来个大升级!而且啊,小天,你看,我还给你买了个好东西呢!"

易小天坐沙发上没精打采地回过头,就看见荷瑞抱着大包小包,身后还跟着好几个搬运机器人,正在把一箱箱不知道是什么的鬼玩意往屋子里搬。看来这次她真的是大采购了,否则也不会租用比人力价格还要高上好几倍的机器人搬运了。再看看荷瑞买的那东西,只见荷瑞让机器人搬进来一个和人一样高的大木箱来,等机器人拆掉木箱,里面是一个崭新的家务机器人。

"上次把你那个机器人弄坏了对不起啊,估计也修不好了。现在我赔你一个新的,这个可是升级版,比你以前用的那个高级多了。"

易小天这会儿哪有心情去看什么机器人,嗯嗯应付了两句,又见那些搬运机器人又是被荷瑞指挥着搬运货物,又是在一边拆包装,吵得要死,就想回卧室睡觉算了,没想到荷瑞正兴奋呢,哪容他回卧室,硬是把他拽到新买的家务机器人跟前,说道:"哎!赶紧的,现在就把它注册激活,我也想见识见识这个升级版的功能。"

易小天哪有那个心思,就说道:"明天再说吧,我现在突然大姨夫来了,啥也不想干!"

还没等荷瑞来吐槽,那个家务机器人突然自行启动了,它脸上的蓝眼睛点亮的同时就用一种悦耳却还是略显死板的模拟男性的语音说到:"非常抱歉,我听到您说您大姨夫来了,依据机器人守则,虽然我面前的先生和小姐还没有把我激活并指定谁是我的主人,但我在听到您反映自己身体不适时,仍然有义务马上自行启动并

扫描您的健康状态,若真有问题,我就要立即联系医疗机构对您进行进一步诊治。我虽然不是专业的医务机器人,但作为新一代的家务机器人,还是拥有一定的基础医学常识的。现在,请您站定不要乱动,我马上就开始对您的健康情况进行一次大致的扫描。"说完机器人头顶上就弹出一个网球大小的圆形扫描仪来,发出一道蓝色的扫描射线开始对易小天进行全身扫描。

易小天听它这么一长串说完,脸都绿了,这也太夸张了吧!

荷瑞在一边啧啧称奇:"唉呀,我说这个升级版的卖那么贵,这到底还是物有所值啊,小天你别动,让它给你慢慢扫,我先回房间继续整理新买的设备啊。"

荷瑞到自己房间一看:"咦?你怎么没给我收拾行李啊!我明儿可就要搬家了!哦对,你不是'大姨夫'来了嘛,嘻嘻嘻。"

易小天傻站在那里被机器人扫描,真是欲哭无泪,可让他哭的还在后面呢,那个机器人扫描完易小天后,就说:"非常抱歉,可能是您的感知有误,我没发现您身体上有任何内分泌失调的症状。另一方面,我也有义务提醒您,我对您的健康状况进行扫描后,发现您有着纵欲过度的倾向,这一点请您以后一定注意,还是要把身体健康放到第一位。您如果对我这次的服务有任何意见,可以给我的母公司致电或发送邮件,电话号码和邮箱地址请留意我胸口上的显示器。"

这个机器人说话声音足够大,荷瑞在自己屋内都听见了,就气冲冲跑出来喊道:"好啊,易小天,原来你在偷懒,还'纵欲过度'?你还真把自己当风流天子啦!现在啥也别说了,赶紧给我收拾行李去!"

易小天这晚啥也没干,就给荷瑞收拾行李了。荷瑞一生气,还不许他用新买的机器人帮着收拾,等易小天收拾完,都半夜了。

易小天好不容易爬上床,把那个白痴机器人好一顿咒骂。这下他倒是非常、绝对、坚定地赞同傲得他们的理想了,这些个毫不通人情世故的烂人工智能就是应该毁掉嘛!但气头上这么想,冷静下来后觉得不能真的就这么炸了研究院,说什么都得想办法神不知鬼不觉的把这事给它捅出去。

辗转反侧了一夜都没睡好,反正也睡不着了,就早早到了公司楼下,买了个煎饼果子当早餐。其实公司内的餐厅相当豪华,中餐、西餐、日料、印度菜、越南菜、泰国菜、韩国菜,真是应有尽有。光中餐就几十样菜码,还分了汉餐和清真餐厅。这也是为了满足公司内各个员工的口味,可易小天觉得公司里的餐厅做的菜倒是种类齐全,却过于精致了,淡而无味,还不如以前百乐门门口那些夜市上的烧烤好吃。虽然不卫生,但味儿足啊!易小天刚到公司时吃了一个多月就受不了了,想出去另找地方吃饭,可偏偏这个公司大楼正好在城市的 CBD 中心区,周围其他餐厅全是那种装潢都跟太空船内部似的那种鬼地方,里面做的饭比公司里的还没味道。直到有一天有个大娘在公司楼下弄了个早点摊,卖豆腐脑、煎饼果子、豆浆、油条、稀饭、咸鸭蛋什么的,才算是把易小天救了。不过看起来像易小天这样想的人也不是少数，每天早上这个小摊跟前都要大排长龙，易小天今天这个煎饼果子排了十几分钟才买到。

"大娘，记得多给我放点辣椒酱啊。"

"好好好，没问题，小伙子你天天都来，你的口味我早记下啦。"

啊！这才是人吃的嘛。易小天美滋滋地吃着早餐，昨晚的不快都一扫而空了。可好不容易心情多云转晴，却突然看见苏菲特鬼鬼祟祟地跟着一个男人走了过来，两个人躲在墙角，苏菲特趴在男人耳边小声说着什么，说完还害羞一笑，就是把易小天迷得七荤八素的那种会露出梨涡的浅笑。

这是什么情况？易小天赶紧缩在墙角，他这几天本来就够郁闷了，没想到今早居然还有一发闷弹——苏菲特看起来神态十分可疑。这无疑让易小天更加受伤了，苏菲特鬼鬼祟祟地跟谁说话呢？

难不成……

易小天心里猛地一惊，她是在贩卖我的情报？或者在跟别人泄露我的秘密？糟糕了！老子的情况她全知道！

就看见苏菲特从包里拿出几张纸来，塞在那个男人的手里转身就跑开了。

易小天觉得自己的心拔凉拔凉的。

是了，苏菲特本来就是研究院派在他身边监视他的，那么她把自己的情报都泄露出去原也正常。只是易小天一直以来都是真心对待苏菲特，猛然间才意识到她可能在背叛自己。

易小天晃晃悠悠地回到了办公室，就看到苏菲特已经坐在自己的位置上了。要不是他今天来得早，八成还看不到苏菲特的这些小动作呢。

"啊！易总早！"苏菲特没想到易小天居然这么早就来了，赶紧从座位上站起来迎接他。

易小天眼睛都没斜，直接从她身旁走了过去，留下苏菲特一个人在那里莫名其妙。

易小天关上门，心里流泪不止，我的苏菲特呀！枉我那么真心待你，你倒是怎么对我的！想起她热心帮他搜集程部长的资料的样子，越想越觉得可疑。是了，她是研究院的"奸细"，程部长是研究院的眼睛，他们本来就是一路的，怎么可能真心帮助我呢！

易小天啊易小天！你这辈子迟早要栽在女人手里。

说什么先了解了他的情况才能避开他的追击，没准他俩就是里应外合，根本就是一伙的。

他越想越觉得自己中了圈套，自己怕是早就中了程部长的计了！不行！不能这样等下去了！他必须想想办法。

易小天当下推开办公室的门走了出去，苏菲特见他要出去，站起来问道："易

总,需要我陪您去吗?"

"不用了。"易小天冷冷地说。

苏菲特纳闷,今天易总这又是怎么了? 不过他本来情绪就反复无常,阴晴不定,谁也摸不准他,也就没太当回事。

易小天为了接下来的计划,硬着头皮去八十二楼的研究部了,那里都是一群女科学家在搞研究,易小天若不是为了接下来的计划,他宁可到没电、没网络的深山老林里去待一个月也不愿意去那里。

是那些女科学家太丑吗? NO! 正好相反,那里的女科学家们都使用过类似沈慈教授使用的生物逆生长科技,各个不管实际是多大年龄,容颜和身材却都是相当棒。

那就怪了,既然如此,易小天又为什么不愿意去呢? 来看看他心里所想的就知道了。

易小天步子拖沓地往那里走,不禁回想起前几天看到的一则新闻。大意是说目前全社会中,从隐形区域干部至私企管理者,女性领导占了绝大多数,整体上和男性领导的比例已经达到了6/4。并且各高校的新录取学生中,女学生也占了绝大多数。整个社会里女性的力量正在大大崛起。易小天对此也深有体会,大学怎么样他是不知道,但在他不多的学校生活中,他也见到女学生往往都比男学生好学得多。他在初中那短短几年,他和大部分男生每天不是玩游戏找黄片,就是找个小酒吧后喝了酒到处茬架,瞎搞一气,可班里的女生却个个都在埋头苦学。

后来在百乐门,他倒是觉得女人真厉害,掏起男人的口袋来真是一点都不含糊。他当时还想,呵呵,原来这就是女性力量的崛起啊,那有啥了不起的,等将来我发达了,再来找你们这些臭娘们算账。但等到了这家公司,他才算深深了解了女人的厉害。

如果说社会上男性精英和女性精英的人数比是4/6,那到了这家公司里,男女高管的比例就是2/8了,易小天在这家公司看到最多的就是女高管带着个屁颠屁颠一脸媚笑的男助理在忙来忙去。像他这样的男高管公司里本来就没有几个人,再加上还能有个漂亮又听话的美女助理的,全公司也就他一个人了,这也是为什么他那么珍惜苏菲特的原因。而在公司的研究所里,全部都是清一色的美女科学家,易小天刚来公司时,本来是想去找她们看看有没有浪一浪的机会,但等他听了一个故事后,就没敢去。

因为研究所里都是美女科学家,公司员工私下里一直就有她们都是"蕾丝边"的传闻。后来有个男高管去她们的研究所送文件时,随口拿这个开了个玩笑,然后就从那个研究所里一路哭着跑到了楼顶天台喊着要自杀。好不容易被公司里的其他人(包括沈慈教授都出面了)一齐把他劝下来后,他还边哭边不断嘟囔着:"生而为人,我真是太抱歉了。"第二天这个人就辞职了,补偿金都没要,后来就再也没有他的消息了。

易小天确实被这个故事吓到了。再加上之后又在公司举办的酒会上见过这些女科学家们，看到她们身上确实有种"生人勿进"的气场，就再也没敢去招惹她们。可现在为了接下来的计划，也只能硬上了。

到了研究所那扇沿着一个复杂的几何图形流动着幽蓝色光束的安全门门口，易小天声音发颤，对着门口的对讲机说明了来意。等了好半天门才算是开了，出来接待他的是高教授。

哎呀妈呀！怎么是她啊。易小天心里叫苦，越不想见到谁就越见到谁。

高教授把易小天带到研究所里的接待室中，这个接待室里一片冷冰冰的白光，装修风格更像是实验室而不像接待室，易小天听说过这种风格叫什么"性冷淡风"，这个形容太贴切了，他一到这个房间就感觉自己的那些个桃色欲望消失得无影无踪，待久了怕是自己连跑去当和尚的心都有。

礼仪机器人给易小天端上来一杯浓茶后，高教授开口问道："您好，请问您来有何贵干？"

拥有双博士后学位的高教授是牧歌公司派遣过来的高级技术顾问。她有一种本事，那就是一边嘴上客客气气地接待人，一边还能让人觉得她身上那种强烈的"低等生物，你有多远给我死多远"的气场。

易小天当然感觉到了，之前那个男高管跳楼的故事里，据说就是高教授把那人讽刺得无颜见江东父老，最后跑去跳楼的。他不禁联想起几天前玩的一款动作游戏里的最终 boss 战，那个 boss 身边笼罩着一股诅咒云雾，能让玩家控制的角色一靠近它就受到诅咒，防御力下降一半，HP 下降三分之一。易小天觉得现在高教授就是那个 boss，自己的 HP 已经快空啦。

没办法，来都来了，再难受也得硬上了，于是他先喝了口茶定定神（结果神也没定，茶太苦了，易小天反而觉得又受到了一记重击，HP 又下降了不少），他也不敢直视高教授的目光（不敢看美女的脸，这对易小天来说可是头一遭），低着头开口说道："您好，高教授，能麻烦您告诉我一下沈慈教授的邮箱号吗？"

在高教授眼中，像易小天这种没学历的人就是单细胞生物或干脆就是病毒般的存在。当然了，她也知道，如果从生物生存能力的角度来说，病毒和单细胞生物反而是最完美的存在，所以她把这些人比作这类生物，仅仅是从思维能力这个角度来贬低的。

眼前这只"草履虫"要沈教授的邮箱干吗？肯定又是看到沈慈的美貌想追她的吧，她早就提醒过沈慈了，不要对谁都那么客气，尤其是男人，他们会误解的。

"不好意思，沈教授的私人联系方式我们是不允许随便告诉人的，您要没有别的事，就请回去吧。"说完她摆摆手，就打算叫礼仪机器人送客，

高教授说这话时身上发散出的"死一边去"力场更强了，让易小天觉得自己 HP

已空,GAME OVER 了! 走了得了。

不行! 他回想起那个游戏里,主角有个被动技能,临死才会激发,就是命悬一线之际,会自动补充十分之一的 HP,让玩家有个最后拼死一搏的机会。当时他就是多亏了这个技能才通关的。于是他死命想象着自己就是那个主角,向眼前这个 boss 再来最后一次突击。

"不是的,我向您要沈教授的邮箱,主要是要向沈教授反映一下情况。上次公司的酒会上我看到你们这些女科学家们,可能是最近太忙于工作了,缺乏保养的机会,脸色都不太好。我想让沈教授注意一下这个情况,最好能给你们争取个美容保养方面的福利。我先要个她的邮箱给她提出个申请,才好找她面谈这件事嘛。"易小天这也就是最后突击一次了,不行他也再没心力了。

"哦?"高教授一听这个心里倒有点高兴。的确,最近她都忙于工作,确实没有去好好保养一番,逆生长的生物技术保养治疗也已经耽误了两个疗程了。她刚才还在实验室里的一个新研究出来的表面像镜子般反光的超导材料上看到了自己的脸,眼角已经有了几丝不易察觉的细纹。看来这个"草履虫"倒是挺细心的,心中一乐,眼前的单细胞生物进化成了腔肠生物,从"草履虫"进化成"海葵"了。但即使如此,也还是不能随便说出沈慈的邮箱的,不过她内心有点犹豫了。

易小天见她没有急着拒绝,就继续说道:"您看,沈教授可是将自己脸打理得吹弹可破啊,她不能光顾着自己嘛,你们帮她研究了那么多高新技术,多要一点福利也不过分嘛。"

高教授最讨厌的就是人类那种底层欲望。什么嫉妒心,贪婪心之类的。她平时一旦自己心中产生了类似这样的阴暗心理,马上就要自我压制下去,否则的话,自己和满街的俗人相比有什么区别。可她毕竟也是人啊,听了易小天这么一说,又想到沈慈的那个 A 疗程确实比她用的 B + 疗程要高级一些,心中还是不免犯嘀咕。再看到易小天在她面前畏畏缩缩的头都不敢抬又有了点怜悯之心,又加上她一想自己和岳黎研究院签订的合作协议上,不许透漏沈教授的联系方式只是合同的一个附加条款,倒也算不上是非常硬性的规定。三个原因加到一块,她还是把沈慈的一个工作用邮箱地址告诉易小天了。

看着易小天一副感恩戴德的模样,高教授心里美滋滋的,对自己把沈慈的邮箱地址告诉了这只"海葵"也就不觉得有什么不妥了。

易小天走了后,她又想起上次那个跑来乱开玩笑的白痴。如果上次那个人态度有易小天这么好,也落不着那样一个下场。研究团队里虽说是有一对同性恋人,可这个研究团队都是女性,又不是故意的。据她所知,这个研究团队早期在招聘时,当然没有只限女性,可是来应聘的男科学家,基本没有能达到要求的。这个高教授倒不意外,在她读研究生时就发现,男性在学术上探研的能力越来越差。这到底是怎么回事她也不清楚,这又不是她的研究方向。她只是觉得男人越来越容易被外界影响从而缺乏研究上的定力，整天想得更多的是社会地位和职称高低，而不是好好把研究做好，可女科学家这方面就好得多。后来倒也有能达到要求进入研究团队的男科学家，可他们来了没多久，就受不了团队里的女科学家在学术上都能和他们平起平坐的现实，又都辞职了，所以后来研究团队里才都只剩下女科学家了。这其实到也好，都是女性，工作起来倒也方便，工作累了想开个玩笑也可以随便开，并且女性之间做事也很有默契，很多时候一个眼神大家就知道要做什么了，效率还更高了。

上次那个人跑来乱开玩笑，态度还挺嚣张，一副直男癌的德行，一下子把高教授惹火了。她抬起还只在大猩猩身上做过试验的"意志崩溃力场"发生器就朝哪个白痴按下了启动按钮，接着就是易小天所知道的故事了。其实平时高教授也不会这么极端，谁让那天正好她也卡在一个研究进度上怎么都过不去，心情极差呢。

牧歌公司派遣高教授来岳黎研究院主要是为了给他们负责处理 VR 设备方面的技术问题。想当年，岳黎研究院率先研究出了人工智能，隐形区域为了安全起见，就不再允许其他研究机构、企业，或是任何个人团体再研发人工智能了，就以岳黎研究院研制出来的"天君"作为统一的人工智能标准。否则大家都研究的话，人工智能就成了每家一个标准，这样一来可就乱套了，今后也没法管理。所以后来牧歌公司就转而研发 VR 设备和其他一些生物化学技术去了。但牧歌公司的老总可真是心大，最先进的 VR 技术被他们公司研发出来后，并没有申请专利，而是公布了所有的技术细节，除了自己公司研发的"镜花缘"，也可以让全社会所有的公司都可以研制自己的 VR 设备参与市场竞争，这才有了岳黎研究院下属的"游戏人间"公司。高教授一开始不明白公司老总到底咋想的，后来才知道他们老总可是在下一盘很大的棋，牧歌公司的目标不是做生意，而是彻底改变社会结构。人工智能研制这条路既然走不了了，那就换一条。研发民间使用的商用 VR，就是为了让社会上所有人的负面情绪都能有个发泄的渠道，降低全社会犯罪率。虽然现在 VR 设备还贵得要死，但等技术不断完善，这个东西肯定会进入到千家万户的。而接下来牧歌公司的目标，是研究男性生育技术，未来要让女性彻底摆脱生育方面的负担。

高教授倒不是个极端女权主义者，四十六岁的她和第二任男友从二十六岁认识到现在，感情一直挺好。她自己心情好的时候一样会好好打扮一番，去厨房做顿大餐，再来个情趣游戏来哄男友好好开心一下，男友高兴了，她自己也很高兴。所以对牧歌公司下一步的计划，她也不是完全赞成。可一想到自己的确经常会因为生理方面的事情从而影响心情，阻碍研究进度。再一想到年轻时一回老家，自己妈加上七大姑八大姨的就跑上来追着问她啥时候结婚生娃，从不关心她在学术上的成就，还认为女人学那么多毫无意义。最后她也就是因为这个彻底和家里断了联系，跑到大城市来发展的。所以她还是觉得女性以后能摆脱生育方面的负担总的

来说还是挺不错的。

不过想归想,高教授觉得以后牧歌这个项目要是真成了,她养育孩子的乐趣也没了。所以她现在倒是把以前从没想过的结婚生子的计划提到了生活日程上。

牧歌公司研究男性生育科技的新闻,其实就在那天易小天看的社会上男女精英的比例转变的新闻之后,不过易小天看了这则新闻就转而看娱乐搞笑版去了,没留意下一个新闻。否则他要知道了,估计吓也吓死了。

鬼才会相信易小天真的那么善良是去给这些女科学家争取福利的。说到底还不是为了出师有名,骗一个沈慈的邮箱来,有一个混上八十五楼的名头。其实他想要沈慈的邮箱,完全可以找苏菲特,也许苏菲特能拿到也说不定。可是自从怀疑苏菲特对他不忠后,易小天就再也不想让她参与这个机密事件了!

小叛徒!披着美女外衣的间谍!

易小天想起苏菲特早晨偷偷摸摸的样子就心痛不已……

这不,虽然费尽周折,自尊心也被摧残得惨不忍睹。但毕竟凭着自己那三寸不烂之舌,到底还不是拿到了?易小天假装淡定地去了八十五楼。八十五楼是重点保护楼层,虽然他可以自由来去,但是从来没认真地看过,现在有任务在身,他必须先摸清楚底再说。

他知道那几间隐秘的大房间的位置,但是他偏偏朝反方向走去,先朝反方向假装迷迷糊糊地找了半天,然后又掉过头来,继续假装好像迷路了,迷迷糊糊地往那几件房间的方向走。

这么关键的地方居然无人把守?未免太自信了点吧!易小天已经来到了门边,门居然是一整块的钢板,连个缝都没有。他准备不动神色地继续往前走看一下前面的房间。

步子刚要迈开,身后突然传来声音:"你在干什么?"

声音干涩,虚软无力,像个太监一样十分尖锐。

易小天没回头就知道不好,他最害怕的程部长来了,怪不得这里没有守卫,感情老病鬼在这儿守着呢!

易小天肚子里转了好几小九九,转过来时已经面带灿烂的微笑,笑得像一朵花一样说道:"哟哟!程部长!你也在这儿啊!"

程部长冷冷地从上到下将他打量一遍:"你这样笑起来简直像个服务员,能收敛点么。"

易小天浑身一哆嗦:妈的!该不会是露馅了吧!难道他什么都知道了?

第二十八章

鸿门宴

易小天一瞬间脑子里乱入麻，眼神不自觉地闪躲起来，程部长看着他的样子，得意地扬起嘴角。

易小天不断地告诉自己，一定要冷静，可别中了这老病鬼的计！

嘴角又扬起笑来："程部长说话倒是挺毒舌的呢！您是有什么事吗？"

"这是我要问你的，你没事跑这儿来干什么？"

易小天又摆出那副迷糊脸："我来找沈教授啊！她们说沈教授在八十五楼的，我这才来的。"

程部长眼睛紧紧地盯着他，易小天被他看得很不舒服，也不知道自己演得像不像那么回事。

程部长盯着他往前迈了一步。易小天吓得一哆嗦，赶紧解释："嗨！还不是研究所里那些女孩子们缠着我，让我给她们申请个什么美容补贴，说是每天关在实验室里都没做保养，皮肤缺水严重！她们自己不敢来，非怂恿我来！"

"沈教授现在不在。"程部长眼睛一眯，突然朝易小天走来。

"哦！啊！"

程部长朝他伸出鹰爪般的手来。易小天一瞬间闪过无数个念头：他这是要抓我？该反击吗？干脆来个鱼死网破！

哪知程部长的手轻飘飘地落下来，在他衣服领子那里抓了一下："你这儿有几根长头发。"

说着手一摊，果真是几根女孩子的长头发。易小天一口气吸回肚子里，脸上尴尬一笑："这个……呵呵！可能是前天？也可能是大前天的！呵呵！"

该死的！不是洗衣服了吗？怎么还有这么多头发？

程部长似笑非笑地看着他："没事，易总的风流事迹大家都耳熟能详嘛。对了，明晚有一个很盛大的舞会，到时我会拿出自己酒庄里出产的葡萄酒招待大家，味道非常香醇。姑娘们嘛！更是美得不像话，明天一定要赏光啊！"

还来！易小天咋舌，上次鸿门宴没去成，这次又来这套，如果还不去的话，怕是就要引起他的怀疑了！到时候真来个什么三十六小时夺命追踪什么的，自己可就真完蛋了。但他现在要想办法和程部长拉近关系，这也是个好时机，于是他笑嘻嘻地说："肯定！明天一定准时参加。"

程部长不怀好意地笑了一下："昨天苏菲特给我送了几斤腊肠味道很好，谢谢易总居然知道我喜欢吃蜜汁腊肠，您可真厉害。"

说罢，从他身边擦肩而过。

易小天脸上一阵红一阵白，他妈的这老家伙居然真的喜欢吃腊肠，也是见了鬼了！

既然程部长在楼上，他就不能继续探查下去了，立即下了楼，路过自己办公室就看到苏菲特那肉嘟嘟的小脸心里又是一痛，没准她就是程部长安插在自己身边的眼线呢！

秘密大事已经不能再和她商量了。易小天气闷地走了出去，连中午的会议都没参加，反正他也经常找机会开溜，别人也拿他没办法。

易小天琢磨起明天的舞会来，他还没开始对付程部长，反倒是被他先下手为强了。这绝对是升级版的鸿门宴啊！就怕他易小天竖着进去横着出来了。

绝对不能自己去，这么危险的场合可不是他易小天能应付的，得找个保镖让他风光的进，潇洒的出才行。

不过哪儿去找保镖呢……

易小天猛然一拍脑门，怎么把她给忘了！家里不是有现成的顶配保镖吗？立刻跳上车，一脚油门踩了下去。

车子以匪夷所思的速度开到了家，易小天几乎是飞到了自己家门前，一把拽开大门，就看见荷瑞已经准备搬走了。

见到气喘吁吁的易小天，荷瑞本来还想跟他好好道个别，可一想起来那天机器人对易小天说的"您有着纵欲过度的倾向"，就气不打一处来，阴着个脸理都不理易小天，只顾自己搬自己的。

易小天一把抢过搬家工人手里的箱子，全部又放回原处，大喊："荷瑞！你不能走！你千万不能走！"说着又把正在装运的行李都倒出来。

荷瑞看得一脸莫名其妙："你这是干吗？不是你让我走的吗？"

"我……我需要你……需要你啊！"易小天累得气喘吁吁，拼命把东西倒出来，往她房间里运。

荷瑞莫名其妙，旁边的工人倒是看明白了，看来上次搬运新买的数码设备用了机器人，组织给的预算估计用的差不多了，这次荷瑞找的就是真人搬运工了。一个年轻工人忍不住说："小姐，我是看明白了，你们这是小情侣吵架呢吧。"

"啊？"荷瑞指指自己的鼻子，"就他那德行？我跟他？"

另一个年纪大的也看不下去了："哎，我看他也挺诚心道歉的，你就差不多原谅他了吧，闹别扭也不能真闹僵了，床头打架床尾和，可别伤了感情。"

"不是，你说啥呢？我咋没明白？"荷瑞挠挠头发，一头长发登时乱七八糟。

易小天懒得跟这些"好心人"解释，把东西都抢下来，一边把他们往门口推一边说："行行行！谢谢各位操心了啊！下回有活再叫你们吧！回见！"

"嘭"的一声扣上门，门外还隐隐传来劝架的声音："有话好好说啊，别伤了感情！"

易小天靠着门长出一口气，额头上的汗都滴了下来，这些吃瓜群众，真是电视剧没少看。

"怎么回事啊？"荷瑞搞了个一头雾水。

易小天拉过荷瑞来，将沙发清空，让她舒舒服服地坐在沙发上，又亲自去倒了杯饮料过来，双手奉上。

"你这个家暂时不能搬，咱们有任务了！"

"任务！终于有任务了！"荷瑞的眼睛瞬间亮了。她在这里憋了几天早就技痒难耐了。

"是这样的，我们的任务是明天的一场舞会……"

"啊！是舞会啊！"

"但是这不是一场普通的舞会，你的任务是要保证我能够安全地从舞会里出来。"

"有什么潜在的危险吗？"

易小天想了一下，一定要说得越危险越好，这女人就喜欢危险。当即点点头，一本正经地说："情况非常危险，基本上除了你我，剩下的都是敌人，你要做好这样的打算。"

荷瑞的眼睛慢慢睁大，兴奋的大叫："酷！那咱们岂不是就是进了贼窝了！"

"差不多就是那个意思吧！怎么样，你能保证咱们两个全身而退吗？"

"没问题！"荷瑞兴奋地跳起来，"跟你说啊！我正好新换了两把枪，急着没地方练手呢！只要我几枪打过去，保证……"

易小天赶紧打断她："那个！咱们不能带枪，不能带这么明显的武器，你当别人是傻瓜吗？要做到神不知鬼不觉，不能留下一点线索给别人，咱们必须是扮演单纯无辜的良民的形象。"

"哦。"荷瑞陷入了沉思，"这的确就比较棘手了，神不知鬼不觉的确很难。"

今天易小天格外殷勤，这会又殷勤的给人家捶腿。别看荷瑞手上很粗糙的，腿倒是白皙嫩滑，手感极好。

"你有晚礼服吗？没有的话，小天哥给你置办一套。"

"有耶！"荷瑞猛然间坐起来，不小心一脚踢到了小天的下巴上，差点踢掉了他

宝贵的大门牙。

　　荷瑞在满屋子的箱子里翻找了一番:"这件怎么样? 这还是以前我参加一场音乐会买的呢。"别看荷瑞在数码科技方面的造诣很深,可论起审美眼光来,还不如易小天呢。她找出来那套晚礼服,易小天一看款式早就过时了五六年了。"你这些统统不行!"易小天大手一挥:"我来亲自给你搭配吧!"就拿出手机来,开始给荷瑞选择合适的礼服。说实话,荷瑞这种毫不懂时尚概念的女孩子小天也是头一次见,不过对于女孩子的穿衣搭配小天可就是轻车熟路了,荷瑞的形象与小天以往见过的女孩都不一样,她的五官很精致,眉宇间缠绕着一丝英气,所以衣服一定要款式大方。易小天选定了一套宝石蓝的抹胸晚礼服,鞋子的话,因为她要打架,所以在关注款式的同时也要注意便捷程度,于是乎选择了一双钻石凉鞋。发夹的话,要能随时把碍事的头发扎起来才行。

　　嘴里念念有词,不一会就给荷瑞从头到尾的安排妥当。连她的唇膏色系都帮她选定,荷瑞平时大大咧咧,根本不在意这些细节,看到易小天有模有样好像很专业的样子,不由得佩服得五体投地。

　　之后荷瑞坚持这些衣服她要自己掏钱买,易小天牢记上次的教训,知道她这种女孩子如果自己坚持要付钱,反而会惹恼她,就随她去了。

　　两个人又连夜研究了明晚舞会的一系列可能性,做好了绝对充分的准备。搞定了这一切,易小天这才满意地睡觉去了。荷瑞看着自己的东西乱七八糟也没心情收拾,将东西扒拉到一边给自己腾了个可以睡觉的地儿就倒头大睡。

　　因为心里时时刻刻惦记着晚上的舞会,易小天一整天都不在状态,又因为对苏菲特产生了怀疑,以前巴不得黏在人家身上,现在也不多看一眼。苏菲特这才后知后觉地感觉到易总似乎对自己意见蛮大的,可是又不知道自己犯了什么错。做工作汇报的时候易小天也是一脸心不在焉的样子,他心里只是在想:哎呀,这个时候礼服应该到了吧,荷瑞应该已经在换衣服了……

　　苏菲特看着易小天魂飞天外的模样,不由得微微红了眼眶:"易总,我……我是不是犯了什么错啊?"

　　易小天这才看到苏菲特正眼圈发红,楚楚可怜,啊呀! 他可最见不得女人哭了! 哪怕她是个小奸细也舍不得她掉眼泪啊! 为了不耽误大事,他赶紧安慰了几句,就急匆匆地走了,留下苏菲特一个人莫名其妙地坐在办公室里大哭不止。

　　易小天心烦意乱地开着车回家去接荷瑞,晚上七点的舞会,他们可不能迟到啊! 可是他的脑海里又反反复复地回想着苏菲特红着眼圈的样子,他赶紧晃晃脑袋,易小天啊易小天,你迟早有一天要坏在女人的手里。

　　当下停好了车叫荷瑞下楼来,烦躁地等了一会儿,忽然间眼前一阵轻盈的裙纱拂过,一阵妙不可言的香味若有似无地飘了过来。

　　易小天好像是饥渴的动物突然发现了食物一样,猛地抬起头,就看见一个曼妙的美女朝他俏皮地眨眼睛，一只眼睛居然带了蓝色的隐形眼镜，头上插着六只造型奇特的发簪将头发挽了起来。荷瑞吐吐舌头转了个圈："这样好看吗？"

易小天只觉得眼前一阵幸福的眩晕，他从没见过这样甘甜凛冽如山泉水般清澈纯洁的女孩，像是在沙漠中行走的人猛然间喝到了一口冰泉，仿佛一瞬间看到了天堂。

他怎么也没想过平时毫没女人味的荷瑞稍加打扮竟然如此惊艳。她美得那么纯粹，让易小天一点非分之想都没有。纯洁的就像是情窦初开的年纪第一次遇见喜欢的女孩，易小天一时间都不知道该作何反应。

"到底好不好看嘛！"荷瑞急了，等了半天也不见有反应，不满地瞪他一眼，一把推开易小天自己钻进了车里。

"开车！出发！"

易小天苦笑一下，载着荷瑞朝着舞会会场开去。

下了车，易小天挽着荷瑞款款步入会场。易小天从来没有参加过这么高级的舞会，哪怕是后来有钱了也很少参加这样的活动，幸亏他在百乐门的时候倒是见识过那些富豪们参加舞会时是什么样。他挺直了腰板，昂首阔步，倒也挺像那么回事。

门口的服务员礼貌的躬身行礼。哟呵哟，居然用的不是机器人，果然这种场合还是用真人服务生会比较有感觉啊！

大门推开，易小天熟悉的那种喧哗和热闹扑面而来。在百乐门的时候，他们隔一段时间就要举行这种大型舞会。人声鼎沸，热闹非凡，美女如流水般从眼前流过，富豪更是财大气粗。舞会不但奢华，甚至有一点露骨的撩人和风流。

但这里可就不一样了，一副一本正经的摸样。参加舞会的也都是些老葱头和老辣蒜，一股子的臭味，果然和那老病鬼的作风如出一辙。易小天好奇地四处打量，说好的美女呢！只有几个三四流货色的好不！以易小天的眼光来看，简直不堪入目。

反倒是身旁的荷瑞太过耀眼，那些个不知哪里来的臭男人们老是把眼睛往这边瞄来。

荷瑞兴奋得左顾右盼，看见盘子里的蛋糕忍不住伸手就要抓，易小天扯了她一把，她这才忍住了没动手。

"没想到你高跟鞋穿得还蛮溜，我还以为你不会穿高跟鞋呢。"易小天小声地说。

"哼哼！我从小可是让我妈按照淑女的标准培养的，只不过是长大之后被我老爸带偏了而已。"

荷瑞忍不住又伸出手，偷偷地拿了一个圣女果放在嘴巴里。刚美滋滋地吃着，忽然看到几个正在喝酒的男人正在交头接耳，正小声地说着什么，表面看起来还算

正常。可是荷瑞拉了拉易小天的衣服,用眼睛示意他往那边看:"你看那几个人,要小心了,他们都带了家伙。"

"啊!"易小天大吃一惊,"不是吧!对付我也不用带家伙吧!"

荷瑞闭起一只眼睛,只留下那只带着蓝色隐形眼镜的眼睛轻轻这么一扫,立即忍不住叫道:"那边那几个,还有那边那几个,我滴个乖乖!还真被你给说着了!这些人身上基本上都带了武器。我眼睛上这个微型探测镜可不会骗我。"

"啊!"易小天脸色大变,"怎么会这样,该不会是咱们两个的身份被发现了吧!这下可糟糕了!荷瑞,咱们要不还是先撤吧!"

哪知刚拉了荷瑞转过身,就看见程部长笑眯眯地端着酒杯走了过来,荷瑞看了眼跟在程部长身后的四个人,轻轻扯了下易小天:"这几个人身上也带了武器。"

易小天后悔不已,简直是掉进狼窝里了!早知道就让荷瑞也带着枪了!完全没想到情况居然一下子这么被动,只有自己傻了吧唧的什么都没带。

"易总,你的女伴可真是漂亮啊!"程部长的嗓子一开口,荷瑞就愣了,虽然易小天已经跟她百般交代千万不要笑,但是荷瑞还是差点忍不住笑出声来。这人说话的声音也太搞笑了吧,这么一张严肃的脸居然配上娘娘腔?

"过奖了。"易小天笑得有点不自然。

程部长举起酒杯来:"听说易总小时候特别调皮,上学的时候居然还把老师的脸给弄伤了,真不得了啊!不过人家都说那些不走寻常路的人成才的几率要比那些一本正经的人可强多了。易总肯定要算一个!"

我的天!这老家伙怎么什么都知道,他这是把我调查了个底朝天啊,不知道后面在百乐门的工作经历查得到不。傲得明明说过修改了我的资料的,怎么他还能查到呢。

傲得给他修改的资料是从他初中毕业改起的,以前那些平淡无奇,没什么重点内容的事件傲得就没动。毕竟全改了也未免太假,真真假假别人才猜不透嘛。

小天就没考虑那么多了,本来就做贼心虚,现在更是脸色吓得苍白。

"那都是过去多少年的事了!怎么程部长专门对别人的过去感兴趣啊,谁还没有年少轻狂不懂事的时候。"

程部长神秘一笑:"我可不光只对别人的过去感兴趣,未来也感兴趣着呢!我的爱好就是像挖金矿一样挖掘别人的秘密。"

易小天"扑哧"一声笑出来,趴在他的耳边小声说:"程部长,你这爱好可跟我一模一样呢!"

"嗯?"

"有件事你可能还没有机会了解到吧!我呀!除了调皮还有一个本事呢!就是会给别人看面相。比如谁是不是得了性功能障碍啊!阳痿之类的……"

易小天还没说完,程部长整张脸都扭曲得变了形,吓得小天硬生生把后半截话给咽了回去。

"你……你……你……"程部长被人戳到了痛处,气得浑身颤抖,一句完整的话也说不出来。他被这要命的病折磨了整整快半辈子,不知道看了多少医生吃了多少药可就是不见好。自己的自尊心又让他十分敏感多疑,处处感觉别人在嘲笑他,但是大家碍于他的身份和地位都绝口不提这件事,假装他跟正常人无异,只有易小天有那么大的胆子,居然直面就说了出来。

"你……你……你……"程部长鼻孔放大,不断地喘着粗气,用手不停地指着易小天。

这时,正牵着小天的荷瑞突然握了握他的手,用眼神示意他往旁边看。小天眼睛一扫,吓得差点尿出来。只见周围的人正慢慢围拢过来,看似漫不经心,却将他们包围成了一个圈。

他奶奶个腿!我话还没说完呢!

"哎!您误会啦,程部长我没有要嘲笑你的意思,你先听我解释,我是说我这里正好有治病的良方……"

程部长一口气终于咽了下去,手指发着抖,指着易小天:"给我往死里揍!"

他身后呼啦啦就站出来一票黑衣保镖,气势汹汹。易小天赶紧躲在荷瑞的背后,荷瑞身材娇小,易小天不得不半蹲着才能把自己藏好。

一回头却发现背后的情况更不乐观,他们的背后那些包围他们的人也正冷冷地盯着他,这是要来个前后夹击的节奏?易小天惨呼一声。

荷瑞脸上却扬起兴奋的笑容,摆开一个架势,长裙往旁边一撩,露出雪白性感的长腿。

"来来来!一块上!一块上!"荷瑞激动得又跳又叫,冲到最前面的几个人被她几脚就踢得东倒西歪。

"给我上!先把这老家伙给我阉了!"背后突然传来一声大吼。

后面又是什么情况?

易小天猛地回头,就看见身后的人也跟着哗啦啦的冲了过来,直接越过了易小天他们朝着程部长就冲了过去。

咦?什么鬼?!

易小天扯着正手舞足蹈、左右乱踢的荷瑞,将她拉到一边:"情况好像不对啊!这伙人好像和程部长他们不是一伙的!"

荷瑞正打在兴头上:"管他谁是谁呢!通通揍翻就对了!"

就听一人大吼道:"程砚秋!你狗日的陷害我!给我扣上间谍的帽子,害的我被革职!老子告不倒你,可也咽不下这口气,今天逮到你不把你的皮扒下来,难解我心头之恨!"

程部长冷笑:"哟哟!王先生,就你带着这么点人就想扒了我的皮,我怕你是扒

人不成反被扒就丢人了！"

"哼，你好好看看吧！"

大门一开，原本程部长守在门口的警卫们都软趴趴地躺在了地上，程部长继续冷笑："哼，老掉牙的手段。"

为首那人大吼："给我上！老子受的这二十年的窝囊气今天都得讨回来！"

于是两伙人开始噼里啪啦地打起来。

易小天愣了："这是寻仇吗？真巧，真是天助我也！荷瑞，咱们快走吧。"

易小天拉着荷瑞就想开溜，荷瑞眼巴巴地看着别人打架打得那么过瘾，实在是不舍得走，但也无可奈何，现在情况特殊，只能先溜了。

两个人猫着腰从桌子旁边悄悄地溜走，哪知还是被人给发现了。程部长混战之中没忘了喊道："你们别想跑，给我把他们逮住！"

"是！"

几个黑衣保镖走了过来，为首的一个居然一边走一边打电话喊人，易小天吓得拉着荷瑞就开始夺路狂逃！

他奶奶个脚！真是背运啊！易小天在心里大喊。

第二十九章

失恋了巧克力吃起来都是苦的

易小天和荷瑞在街上没命地跑着,那群人紧跟其后,连车都来不及开。易小天平时正经的锻炼半点也没有,跑了几下就累得气喘吁吁,刚开始是他拖着荷瑞,没一会就是荷瑞拖着他满街跑。

后面的壮汉们可是训练有素,体力超强,追得越来越近,易小天摆摆手:"婉,婉,荷瑞,我,我,我,我真是跑不动了!一步也动不了了!"

荷瑞将他随手一扔,将裙子扯下来,原来她的裙子里穿着便捷的劲装。又将头上的发簪拔下来,手指灵便一动,已经将两只藏在发簪中的针管打开了。

就这么短短的几秒钟,他们已经被一伙人给包围了。

荷瑞兴奋地数着:"七个人!看我二十秒搞定!"

荷瑞左手往前一探,前面一个大汉突然惨叫了一声,立即倒地不起,其他人面面相觑,惊奇不已。

荷瑞灵便地将手里的发簪调了个方向,朝前双手左右一划,身子旋转,踢飞了两个,接着又动作干净利落地放倒了四个。

"这是怎么回事?"

"她手里的是什么?"

剩下的两个人惊恐不已:"不管了!拿家伙吧!"因为担心在街上动用武器会被监控拍到,他们轻易是不敢当街武斗的。可荷瑞实在是非比寻常,如果不拿出家伙来,怕是要被她给放倒了。

一个人刀还没拿出来,就觉得手腕上突然一痛,已经是被那发簪轻描淡写地刺了一下。紧接着就头晕脑胀,身体瘫软,然后就人事不知了。

最后一个人吓得刀也不敢拿了,转身就开始逃。荷瑞跳起来在墙上借力一下子跳到他前面,反手一探,这人倒是格斗功夫了得,居然躲了过去。荷瑞又双手一起出击,趁其不备在他肩膀轻轻一刺,那人也马上倒地不起了。

荷瑞赶紧拿出手机一看,哭丧着脸嚷道:"二十一秒!又没打破记录!居然过了

一秒！"

易小天见荷瑞几下子就把这么几个彪形大汉轻松放到，惊喜不已："荷瑞，你这身手也太厉害了吧！"

荷瑞得意万分："一般般吧，这还不是我最佳状态呢！我最佳状态的时候七个人只要十八秒。"说着手又把发簪插回到头发里去了。

易小天第一次见荷瑞的时候，荷瑞正和傲得一起对付生化人老K。那生化人的实力太强了，超出了荷瑞的极限，所以他醒来的时候荷瑞也已经浑身动弹不得，所以说他还真没见过荷瑞的真实身手，现在看她眼睛不眨轻轻松松放倒七个彪形大汉，易小天真是佩服得五体投地。

"你是怎么轻轻一点他们就倒了的！这个也太厉害了！"

"这个啊！"荷瑞狡黠一笑，"我今天把你给我买的发簪改造了一下，里面做成了一个注射针管，打入了高浓度麻药，只要一点就可以轻易放倒敌人了！"

易小天又是佩服得不行，高手啊，太厉害了！有她在身边，真是一辈子都不担心被人欺负了，怪不得傲得一定要把她派过来呢，简直太贴心了。

荷瑞皱皱眉头："不过，我这微型探测镜明明发现了武器，怎么他们都不拿出来呢！"

翻开大汉的衣服一看，原来每个人的身上都放着一个手机充电器。

"这是什么？"

易小天猛然间想起来，这不是刚才在程部长家门口派发的纪念品吗？这种东西小天向来不感兴趣，所以根本没收。

易小天奇怪地看着荷瑞："你刚才说每个人身上都带着家伙呢！指的就是这个？"

荷瑞尴尬地抽动嘴角笑笑，"呵呵！探测镜扫描后的反应都是一样的，我还以为是高能武器呢！我说怎么感觉有点怪怪的。呵呵呵。"

易小天无语，感觉荷瑞刚刚树立起来的伟岸形象瞬间就崩塌了。

荷瑞赶紧挠挠头，用探测器继续扫描，自说自话地转移话题，用戴在耳朵上的无线耳机模样，其实是先华组特制的加密联系装置对基地里的黑客说道："阿友！这里有几个监控，我要把记录消一下。"

易小天仍旧一脸无奈地看着她忙活："我说，你老爸的那些试验品你还是少用比较好，感觉会折寿好几年的。"

"除了这些半成品，也有很多成品呀！待会回家给你展示展示！"荷瑞说什么也要给自己挽回颜面。

这些晕倒的家伙再过半个小时自己就会醒来，易小天将自己的车开启自动驾驶功能，让它自行开到他们这里，两人刚要上车，路旁的绿化带里却钻出一个人形的警用机器人来，它说道："你们好，按照机器人行为守则，人类在互相使用暴力手段对抗时，我们是不能直接干预的，除非一方或双方使用了致命性武器或其他有可能会极大影响人类身体健康的道具时，我们才会被授权进行干预。我和我的同伴从你们刚在在宴会现场的打斗起就一直在观察，因为晚会现场的暴力冲突，并没有使用致命性武器或损害健康的道具，所以我们没有出动，可这位小姐，我却扫描发现您使用了麻醉剂，这种麻醉剂可是隐形区域一类管控药物。现在请你们配合我的工作，立即蹲下，双手抱头，我会将你们带到最近的派出所，还烦请小姐您交待一下您所使用的麻醉剂的来……"

机器人"历"字还没说出口，荷瑞过去一脚把它踢飞出去了一米左右，它一下子摔倒在了地上，嘴里喊道："警告！侦测到暴力抗法行为，已被授权使用电击枪。"可还没等它的手变形为电击枪，荷瑞又上去把机器人的头一脚踢得倒在了一边，它暂时不吭声了。荷瑞蹲下来一边看着机器人胸前的编号一边自言自语："哼，还好，这些人形机器人的研发者一般都有种无聊的惯性思维，非要把他们的中央处理器放到头部。"然后又对着耳朵上的联系装置说道："阿友，你现在赶紧黑入编号 KYZ - 240973456 - RT 的警用机器人，把它脑内保存和上传的数据删除掉，我刚才应该已经被它拍到脸了。"

过了一会，机器人说道："已自我检测完毕，全系统完整度 82.638%，不影响启动。"接着身上喊哩喀喳响了几声，站起身来，对着易小天说道："您好，警方温馨提醒您开车要注意安全，挣金山，挣银山，交通安全是靠山。"接着行了个礼转身走了。

在回去的路上，易小天倒是不惊讶先华组黑客的厉害，他早见识过了，他吃惊的是荷瑞那么娇小的身材，竟然能把那个机器人踢倒！这种型号的警用机器人就是岳黎研究院一个下属的机器人公司生产的。以前公司会议上提到过这种机器人的各项参数，其他专业性太强的，他当然记不住，可他也是知道这种机器人的工作净重可是一百多公斤呢。二百多斤的重量，荷瑞居然一脚踢出一米远去。他问荷瑞："你这到底是学的啥武功啊？"

"我跟我三舅妈学的截拳道，据她说啊，她的祖爷爷可是李小龙的高徒呢。"

易小天咋舌，乖乖地点点头，一声也不敢吱了。

这会儿小天可不希望荷瑞搬家了，说什么也要把荷瑞留下来。这简直是量身为他定做的保镖啊，他以后又可以在街上横着走了，太爽了。

回到家，小天迫不及待地就想亲自给荷瑞下厨露一手，他的厨艺可是专门为女孩子学的，有女孩子的时候别提多勤快了。自己的话，就随便吃碗泡面拌老干妈，几个月也不进一次厨房。

哪知他刚推开门，荷瑞突然一把拉住他，眼睛在屋子里扫了一圈："别动，家里有人来过。"

易小天一惊，朝房子里一看，没什么区别啊！还不是以前那副乱糟糟的样子。

荷瑞仍然用眼睛扫描了几圈，十分警惕。

易小天忍不住笑起来："就你那设备啊，我看肯定是又搞错了！"说着就准备进到

屋子里,哪知荷瑞一把将他扯了回来。力气之大,差点把他甩了出去。

荷瑞警惕地迈着步子,然后在客厅的角落里摸了一会儿,果然摸出了一个体积比蟑螂还小的迷你监控器来。

易小天没想到家里居然真的被人做了手脚,荷瑞又朝另一个方向走了过去,不一会又摸出了一个监控。荷瑞来来回回检查,不到半小时居然在家里找出了二十多个针孔摄像头,已经将他家里全方位的监控起来了。

荷瑞在沙发底下摸了半天,将最后一个摄像头摸了出来,一字摆在茶几上。

"一共三十八个。这个人真是下了大手笔啊!"

荷瑞叹一口气,累得满头大汗。。

易小天瞠目结舌,是谁居然潜进了他的家!是傲得?不可能啊,傲得完全没必要安插什么摄像头,他把荷瑞派了过来已经是最好的监控了。如果不是傲得,那就一定是那个什么程部长,那个老家伙趁我们出门就偷偷在家里安了这些东西!易小天越想越觉得心惊。难道三十六小时夺命追踪这就开始了?

易小天又猛然想起来,赶快跑到自己家的家务机器人面前,朝着它的屁股上按了几下,屁股打开,露出了一个小空间,里面放着一个黑色的小盒子,易小天打开一看,谢天谢地!EMP炸弹还完好的躺在盒子里呢,如果把这东西搞丢了,他这颗脑袋八成也要丢了!

"我敢保证,这绝对是那个老家伙干的!"易小天把黑盒子藏好,转过头来,就看见荷瑞正在那对着镜子挖眼睛。

"你干嘛呢?"易小天惊奇,过来一看,原来是荷瑞正在卸装在眼睛里的探测器。她急得不行,但是取了好几次都取不出来。

"啊呀!我取不出来了!糟糕了!再不取出来我这眼睛就要被烧坏了!"

只见她眼睛发红,扣在瞳孔上的探测器四周已经开始变红了,荷瑞却越急越拿不下来。

易小天再次无语:"就说了你老爸的试验品以后还是少用的好,快躺下来我帮你拿。"

荷瑞眼泪婆娑,乖乖地躺在沙发上,易小天无知人胆大,他可不知道这东西的机关巧妙,只是凭感觉拿着小镊子朝荷瑞的眼睛伸了过去。

"你……你手可别抖啊!这可是眼睛,你会弄吗?"荷瑞忍不住问道。

"别那么多废话转移我注意力。"然后镊子继续往前伸。镊子轻轻碰到了探测器就立刻被黏住了,小心地轻轻一揭,探测器就被揭了下来,慢慢地将探测器移开荷瑞的眼睛。

易小天好奇地看着这个超薄的软软的探测器,上面横横竖竖画了很多的小格子,和以前的隐形眼镜差不多。

"喂!拿下来了!差不多可以起来了吧。"

　　易小天一低头，才发现自己现在正趴在荷瑞的身上呢！姿势十分暧昧，刚才为了给她摘探测器薄膜，所以挨得特别近，还真没发现姿势这么暧昧呢！尤其发现荷瑞的两个虽不太大却坚挺的胸脯居然就在自己的眼前，一下子闹了个大红脸。

　　荷瑞顺着小天的目光看下去，就发现这小子的目光居然紧紧地盯住自己的胸，脸上一红，飞起一脚直接把小天踹飞了出去。

　　就听一路"噼里啪啦"，小天撞翻了不少东西，一路滑行终于最终撞到了墙上才停了下来。

　　荷瑞拉好衣服，冷哼一声，转身回到了房间里，将门扣上。

　　易小天捂着脸，一脸的委屈，我这次真的是一点非分之想都没有啊！苍天可鉴！小天在肚子里无声地呐喊。他这辈子头一次心思这么纯洁居然还被人误会！他扭着腰，去把家务机器人的开关调到最高档，机器人飞速地开始扫起来。不过这荷瑞也够厉害的，家里才多了一个人，居然就能乱成这样子。

　　易小天气急之下也准备回去休息，可是肚子还饿得不行呢！刚才他们什么都没吃。

　　易小天叫了外卖，又乖乖地给荷瑞送去，荷瑞把门打开将吃的夺了去又一把将门扣上。

　　哟呵！小天也不高兴了！我莫名其妙挨顿揍你还不高兴！你又没吃亏，真是的！

　　嘴上这么说着，心中却转念一想，荷瑞刚才肯定收手啦，否则按她一脚把二百多斤重的机器人踢出一米远的力道，他现在已经在喝孟婆汤了。于是心里就不生气了，美滋滋地靠在沙发背上舔着冰淇淋，庆幸捡了条命的同时，心中也不断地提醒自己：今后绝不能惹她生气！今后绝不能惹她生气！今后绝不能惹她生气！

　　第二天，易小天不知道程部长是不是已经被人揍成了猪头，也不知道自己到底露没露馅，内心惴惴不安，决定还是一早去公司打探打探消息，于是一早就出门了。其实他来这么早还有别的私心，只见他躲在公司附近的角落里一边吃着煎饼果子一边左顾右盼，不一会就看见苏菲特果然和一个男人出现在视线里。可气的是这男人居然长得还蛮高大帅气，按理说易小天长得本也不赖，但是他唯一的缺点就是个子不高，才刚一米七出点头，每次报身高的时候通常都要谎报几厘米，所以他最看不得那些长得高大的男人。

　　撅着屁股看了一会儿，就看到他居然牵起了苏菲特的手！他奶奶个脚！易小天垂涎那只手好久了！居然被那小子得逞，气得龇牙咧嘴又无可奈何。

　　两个人一起走了一会就分开行走，果然苏菲特先进了公司，男人在外面转了一圈之后也进入了公司。哼哼！这次可不是被抓个正着！

　　易小天肚子里又信了几分，这苏菲特肯定是程部长派来的眼线，连他的家里都进得去，他还有什么做不成的。

　　易小天回到办公室叫了苏菲特进来，苏菲特看起来颇有心事，低着头。

"你去帮我买几斤腊肠送给程部长。"易小天吩咐。

"啊！还买腊肠啊？"

"是啊！记得买蜜汁腊肠。"

苏菲特点点头，却没离开。

"你再帮我问一下今天沈教授会不会来，我有事想找她。"

苏菲特点点头，可是头仍然垂得很低："今天九点钟的时候有一个沈教授主持的会议，所以今天她在的。"

"会议？又是什么会议？"

"我也不知道，您去了就知道了。"

"哦，行吧，那你帮我准备一下会议的资料。"一副公事公办的样子。

苏菲特咬了咬嘴唇，似乎想说什么，但是最终还是没有说出口，转身走了出去。

"别以为只要一施美人计我就得中！我易小天也是有底线的！"他小声地嘀咕着。

其实，虽然嘴巴上这么说，他的心里早就已经动摇了。感觉上应该警惕苏菲特，但是心里其实一点都恨不起她来，看来他这是注定一辈子也无法伤害女人了。

这几天一直因为杂七杂八的事耽误了他的计划，他准备写给沈教授的邮件还没发呢。那现在就发了吧，等下沈教授看完之后开始加强防卫，他也好直接跟傲得汇报说计划无法实现，因为对方的防卫计划太周密了，他根本没机会，这样也就跟他没什么关系了。

打开邮箱，憋了半天才憋出了六个字。易小天本来肚子里的墨水就少，又好久不写文件了，一句话断断续续的怎么说都觉得别扭。删来删去删了半个小时，文档上居然还是空白的。

易小天直皱眉头，这活平时都是苏菲特做的，自己真是一句话都憋不出来啊！

最后决定化繁为简，加上人名一共写了十个字。

沈慈：天君有难，小心炸弹。

翻来翻去地看了几遍，觉得十分顺口押韵，言简意赅，主题明确。

看来我这文采也可以嘛！易小天十分得意，动动手指就点击了发送，然后专心等着沈慈接下来的举动。

到了九点的时候，苏菲特提醒易小天要去开会，于是易小天在苏菲特的陪同下去了大会议室。会议室里已经坐满了人，高层领导都坐在了前排，易小天十分知趣地坐在了最后面。

待会沈慈开会最好提一下天君有难，然后分配一下保护任务啥的，搞得动静越大越好，这样的话，他才好去交差嘛！

易小天心里打着小九九，眼睛四处寻找程部长，想看看他到底变没变成猪头，看了半天也没有找到他的影子。这人神出鬼没，不知道什么时候就跳出来吓人一跳，真要找他的时候又怎么也找不到了！

　　不一会沈教授走上发言台,这次居然没有那么啰嗦的开场白和客套,直接面色严肃地说道:"今天将各位百忙之中召集过来开会,主要是有一件事情要通知大家(是了是了,这就要说了。易小天在台下暗喜),因为有人举报程砚秋在公共场合与人械斗,影响公共治安。最近几年,我们已经接到了不下五起这样的投诉和举报,主要原因大致是都是因为程部长平日里办公过于严苛,引起了他人的嫉妒和不满,因此挑衅滋事,惹是生非。经我们调查,其中大部分的举报都是无中生有和恶意伤人,因为程砚秋掌管的安全部门的特殊性导致其工作的开展势必会遇到重重阻碍,但是多年来程部长忠心耿耿为研究院的安全工作鞠躬尽瘁,成果显著,功不可没。但连续五次被投诉也已经触碰到了公司的规章制度,因此董事会讨论决定程部长停职三个月休养,期间不得插手安全部门的任何工作。等三个月的调整期一过,再继续担任部长一位,特此通告大家……"

　　易小天不可思议地瞪大眼睛,怪不得看不见那老鬼,原来是被人举报停职了。他正担心程部长那些个五花八门的手段轮番来一遍,他不露馅才怪,没想到居然他自己玩大发了,把自己都搭了进去。易小天忍不住要笑起来,还是俗话说得好,常在河边走,哪能不湿鞋。

　　易小天感觉整个世界都变美好了!温暖的春风拂面,满地鲜花怒放。这下再也没有人能找易小天的麻烦了!

　　"接下来我们再来总结一下上一个阶段的研究成果……"

　　易小天盼啊盼的,希望沈慈赶紧提一提要加强八十五楼安保的情况。已经有一个好消息了,再来一个好消息也没什么关系。

　　哪知等到最后散会沈慈也没提这件事情。易小天不免无趣,散会的时候他发现今天的气氛似乎格外好,看来程部长被停职大家都松了口气。彼此间说说笑笑,气氛十分融洽。

　　还有好几个平时不怎么熟的领导主动过来和小天说话。小天虽然没听到沈慈说要加强安保,可听到程砚秋被停职了比他们都开心,就挨个拍了遍马屁,大家伙一起其乐融融地离开了。

　　回到办公室这股兴奋劲还没散去,看苏菲特也格外顺眼了。心里不由得想,何必跟一个萌妹子置气呢,她不也是拿人钱财替人办事嘛,大家都是为了生存而已。

　　于是又把苏菲特叫到了办公室,苏菲特见这几天一直冷着脸的易小天突然又笑脸迎人,一副好脾气的样子,心里纳闷不已。都说女人变脸比翻书还快,这男人变脸的速度也不见得比女人慢到哪里去。

　　"那个……易总,您刚才吩咐的腊肠还要继续送吗?"见易小天只笑眯眯地盯着她不说话,苏菲特只得硬着头皮没话找话。

　　"送!继续送!还要多多的送!大大的送!"易小天笑眯眯地说。

　　苏菲特抬起眼睛飞快地看他一眼,面颊倏忽红了,样子十分动人。

"易总……我……我想跟您请几天假。"苏菲特红着脸说。

"假？请什么假？哪里不舒服吗？"

苏菲特又抬头看他一眼，垂下眼睛来："……是婚假，我要结婚了……"

易小天只感觉一盆冷水当头扣了下来，晴天突然劈了一道雷正好劈在脑门上的感觉。他的身子僵硬了几秒："结婚了……结婚了……婚了……婚了……了……"不断在他的脑袋里放大，震得他脑袋了嗡嗡乱想。

苏菲特害羞地低着头。易小天半天才把自己的嘴合上。

"怎么……怎么这么突然……"

"也不是很突然了，我和我的男朋友高付帅已经在一起三年多了，他也在我们公司上班。我们……早就打算结婚了，只是一直还没跟您说。"

易小天想到了早上见到的那个和苏菲特在一起鬼鬼祟祟的高大帅气的男人来。

"是今早跟你一起鬼鬼祟祟的那个男人吗？"

苏菲特吃惊地抬起头，随即又点点头。

原来搞了半天那人居然是她的未婚夫。

易小天气闷："既然是你未婚夫，你怎么还鬼鬼祟祟，偷偷摸摸的？"

"公司不允许员工内部谈恋爱，被发现了是要罚款的。所以我们只能低调一点，有的时候在公司里遇到都假装没看见。"

"这是什么鬼规矩！谁定的这么没人性的规矩啊！"

"这个规矩一直以来都是有的，为了提高工作效率而已。不过等真结了婚了就好了，罚过款之后他们也就不管了。"

易小天觉得自己胸闷气短，原本听见程部长被停职的好心情一下子降到最低点。他扶着头，不知道怎么安慰自己受伤的心灵。

居然就要结婚了，他都还没来得及去追追她试试呢。

"那个……易总，我可以去批假了吗？"

"去吧，去吧。"

"那我结婚的时候邀请您去参加好吗？"

"好吧，好吧。"

"易总，我还有很多单身的姐妹和亲戚，您正好也是单身，不妨我把我的表姐介绍给你吧！"

"算了，算了。"

苏菲特见易小天原本还兴高采烈的脸此刻突然又晴转多云，眼看着就要降下雷暴，话也不敢多说，赶紧就离开了。只剩下易小天一个人垂着脑袋唉声叹气。

第三十章

老友记6(好吧我认输了,原来电影也可以当连续剧拍啊)

因为苏菲特请了婚假,易小天孤家寡人倍感无聊,虽然又临时给他配了个什么田助理,可那是个男的啊,还是个粗犷大汉,嘴里又老有股蒜味。易小天把他往办公室一放,命令他轻易不要出现在自己的眼前。

那助理倒也乐得轻松,很少来找易小天。

程部长被停职后,剩下的副部长可就好说话多了。易小天早就和他打好了关系,两人铁得不行,根本就不难为他。易小天在八十五楼溜溜达达也没人问。

可是他转念一想,这也不行啊!进行得太顺利了也是个麻烦。别到时候他真的有机会投炸弹也就糟了。这些人怎么做的安保,这么重要的东西怎么就随随便便的放那儿就不理了呢,这不等着别人来炸嘛!

可是他发给沈慈的邮件就像石沉大海了一样,一点消息都没有。这可把易小天给急坏了,她再不采取措施,他可承受不住傲得那头的压力,真的就去炸了啊!

于是他找了一天,假装一本正经地到了八十五楼邹秘书的办公室,大摇大摆地往椅子上一坐:"我说邹秘书啊,前一段时间八十二楼的姐妹们托我找沈教授申请一点福利,说她们女科学家的福利太少了,最近工作又实在太辛苦,你能帮我约一下沈教授吗?我把申请福利的方案和她沟通一下。"

邹秘书奇怪:"这种事你直接跟我说就行了,何必要麻烦沈教授。"

"问题是我不止这一件事儿呢,除了这个还有我们销售部的一些业绩问题要请教沈教授,你就帮忙约就是了!"说着将一对漂亮的珍珠耳环递了过去,轻轻拍了拍她的手。这耳环可是易小天提前去精品店准备好的,就怕到时候邹秘书为难他。

邹秘书见状缩回手冷笑一声:"哼,您请自重点好不好。我不知道你们搞销售的是不是很兴这一套,但我作为沈教授的高级秘书,你以为我一点底限都没有?如果是为了工作,该约的我会给你约的。易大总监,您把这东西该送你哪个女朋友就送去好了。"易小天自讨了个没趣,讪笑着把耳环收了回去。心里一边教训着自己:易小天啊易小天,在荷瑞那里就吃过瘪怎么还不受教训啊,和露娜她们待久了,怎么老改不掉

觉得所有女人给点好东西就能收买的毛病啊。

邹秘书冷着脸向沈慈提交了申请。哪知刚提交上去，沈慈就回复了，电脑屏幕上显示：约他明晚五点喜得楼三楼竹枝轩包厢见。

邹秘书难以置信："沈教授这么快就批复了？她居然同意了?"这可真是大姑娘上轿头一回啊！

易小天欢呼一声，"得嘞!"得意地看着目瞪口呆的邹秘书说了声："告辞"，转身美滋滋地走了。沈教授居然这么快就同意了他的邀约啊！太棒了，他自己也没想到这么顺哦！

邹助理见易小天走了，心里是死活想不通这个毫无学历又没文化的白痴到底哪里能吸引沈教授了。看来自己哪天得找沈教授提提意见了，她知道沈教授待人接物面情软，这一点今后可得让她多留意留意，否则可就便宜了易小天这种不学无术的人渣了。

一想到沈慈已经答应了自己的约会就兴奋不已，为了挽回自己的形象。易小天还特意多掏了好几倍价钱，插队约了个全市最有名的造型顾问，吩咐造型师说一定要把他装扮得特别成熟沉稳有内涵才行。

沈慈则是自从上次与小天见过之后就一直对他十分关注。她自小就在精英家庭中长大，从记事起接触的就全是高层人士，从小学直到大学也都一直上的的世界级名校。从没见过易小天这种满嘴跑火车的人。在她看来，这个人幽默又风趣，本事不高运气倒一直很好。有种特别的吸引力，所以接到他邀约没多想就来了。

易小天可是好一顿精心打扮，早早的就到了约定的地方专心等候沈慈的光临。

沈慈到了包间门口，自己刚把手放到门把手上，还没用力，门就突然被易小天拉开了，他笑得嘴都快咧到耳朵根上了。

"沈教授，快请进，快请进!"屁颠屁颠地跑去把椅子拉开，躬身邀请沈教授坐下来。沈教授刚坐下来就双手把菜单递了过去，"沈教授您先看看您想吃些什么?"

把一旁的服务员看了个目瞪口呆，这人怎么把自己的活都抢了。简直比她还专业。

沈教授看他一脸谄媚的样子就忍不住好笑，随便点了两个菜就像看戏一样的看着他。这种 VIP 包厢配的都是真人服务员，说点悄悄话什么的都给她听了去可就糟了。易小天又随便给自己点了两个菜就把服务员打发了出去。

"你今天约我来是有什么事吗?"沈慈眨巴着可爱的眼睛闪亮亮地看着他。

哟呵！还好易小天已经做好了心理准备，要不然被她这勾魂摄魄的大眼睛一瞧保不齐又要犯老毛病了。

"上回跟您见面真是丢脸死了！不知道您就是研究院赫赫有名的沈教授，还以为是寻常的小女孩呢。您知道，您这张小脸实在是太精致了，哪个男人看见了能不心动啊。说实话吧，我易小天这辈子阅人无数，见过的女人比吃过盐还多，但是却是第一次见到像您这样的美女啊！您远远地走来，我就感觉一阵带着花香的清风轻轻吹拂脸庞，仿佛一瞬间就到了那普罗旺斯的薰衣草花园中，阳光是那么和煦，天空是那么蓝，而您挥着洁白的翅膀像天使一样，在一片灿烂的光辉中走向我，指引我，救赎我们这些凡夫俗子的心，让我们再一次感受到世间的美好！啊！您就是天使啊！"

易小天说起大话来简直不用打草稿，他早先就为了学习如何讨好女人还找过一个在百乐门里的意大利帅哥进行过专门的特训。说起夸女人的话来他能不重复的说上一天一夜，尤其是表情丰富，声情并茂，看起来十分动情。

沈教授看着他的样子忍不住"噗"的一声笑了出来。虽说这小子说话没边没谱的太也夸张，但是这一大串的赞美听在耳中倒是说不出的舒服受用，以前可从没有人对着她厚着脸皮一连串的说出这么多肉麻的话来。她眼睛笑眯眯的，心里得意得不行。

"所以那次我真是无意冒犯，您的美可以让人忘记一切理智，您就看在我这么虔诚的份上，原谅了我上次的无礼吧！我现在对您真的是崇拜得五体投地，怎么也想不到您除了美貌，智慧更是超群，居然做出了这么多伟大的事业，我现在的内心只有无比纯洁的敬仰和钦佩。"说着忍不住朝着沈慈拜了两拜。

沈慈再也忍不住笑了起来，这家伙真是太有意思了！夸奖的话她也听过不少，可总是说得过于冠冕堂皇了，听着干巴巴的没什么意思。这倒是头一次让她觉得如此开心愉悦的，何况她本来也没因为上次的事而有什么不高兴的，何不做个顺水人情。于是微笑着说："上次的事你也没什么错，何况我当时因为几个项目进展不顺确实心情也比较低落，多亏了你让我的心情都变好了呢。这么说来，反倒是功劳一件呢。"

见到沈慈已经被拍得心花怒放，易小天就放下心来，她开心了后面的事情才好进展嘛。

"那我可就真的放心了！不过我想着您如此智慧肯定也不会和我这小人物一般计较，人家都说沈教授对属下十分贴心，就像大姐姐一样照顾大家呢。我们提到沈教授啊！不知道多感激呢！"

沈慈会心一笑，她对下属那是出了名的好，大家在背后感激她那也是在正常不过的，不过听到大家背后都在夸她，她还是很高兴。

沈慈一高兴，席间的气氛接下来就十分融洽。易小天又是给沈教授倒茶又是夹菜，然后就聊开了社会上和娱乐圈的各种趣闻和八卦消息。沈慈平时身边都是一些高级技术人才，从没人跟她说这些。沈慈虽然自己对这些也不太感兴趣，但易小天说得声情并茂，把沈慈逗得哈哈大笑。

"……所以呢，那个美美啊，把宝宝骗得一分不剩，还让人家戴了绿帽子，这还不算，据说他们俩的娃也不是宝宝的呢！"

"哈哈，不是吧，这么夸张啊，看来还是我们科学家的圈子最干净，没这么多是非。"

易小天见沈慈已经完全的放下了防备,就又给她倒了一杯茶,一脸八卦的凑过去:"沈教授,我最近怎么听说那个什么先华组的人要来袭击研究院呢!那可怎么办啊?"

沈慈淡定一笑:"他们啊,基本上每个月都要来袭击我们研究院几次。除了现在你所在的公司,包括我们研究院下面的各个分院和分公司,他们都无孔不入。"

"啊?"易小天假装很震惊,"咋那么厉害!那如果天君真的被破坏掉了,那咱们公司岂不是就瘫痪了。沈教授,您听我说啊,咱们还是多派点人手的好。最近那帮家伙太猖狂了,真搞出点什么名堂出来可就来不及了!"

易小天嘴里说着先华组的坏话,心里又在暗暗道歉。抱歉了各位大哥,抱歉了傲得老大,我这也完全是权宜之计,没办法中的办法,您们就大人不计小人过吧!

沈慈见他真的是一副为研究院担心的神情,忍不住得意一笑:"你就放心吧,他们如果敢来就来好了,我们不怕的。"

"啊?"这次易小天懵了。

"这话我本来也不该说出去的,不过看你这么为研究院担心,跟你说说也无妨。我们现在呀,可跟以前不一样了。以前先华组那些人总是找机会来对研究院进行破坏,给我们造成了很大的经济损失,社会治安也深受影响。所以啊,我们花了三年的时间提升了安防设备,以现在岳黎的安保水平,其实最希望的就是先华组来一场大规模的袭击,这样反而可以把他们打得措手不及,狼狈而逃。也让他们知道知道我沈慈的手段。"说完露出胸有成竹的笑容。

易小天悚然一惊,这老娘们居然心思这么深,看来傲得是低估了她的厉害了!表面上却仍是一副关切的样子:"不会吧!完全看不出来哪里有什么特别的安防啊,我一听到这个消息可把我给吓坏了,虽然说外面的谣言不可信,但是要是真的就糟了!"

沈慈往前探了探头,神秘地说:"你看到公司里日常行走的那些杂物机器人了吧!其实他们一旦面临危险,立即就会三个为一组组合变身成三米多高的武装机器人呢。"

易小天不自觉地往后侧了一下身子:"不是吧,这都可以?"

"是啊,还不止呢。"沈慈微笑着,今天她实在是被易小天逗得开心,不自觉地说了好多秘密。

"再给你看看我们研究院的最新产品。"说完她打了个响指,空气中传来一阵轻微的好像蛇吐信子那样的"嘶嘶"声,接着沈慈背后空荡荡的房间里突然出现三个悬浮在空中的蜂式机器人,一副整装待发、随时待命的状态。易小天的眼睛瞪得比铃铛还大。他以前只见过街上那种给人开开罚单、管管碰瓷、指挥指挥交通、赶赶街头小贩什么的蜂式机器人。那些机器人都是面向市民服务的,因此外形设计走的都是呆萌路线。邮政绿和黄色条纹相间的颜色,圆滚滚的外型,头上还忽闪着两只大大的蓝眼睛。天线也是两个好像猫耳朵般的模样,机械手臂也像婴儿的手臂那般圆滚滚的。

可这三个机器人，好家伙，一看就不是善碴！漆黑一片的外观，鲨鱼一般的造型，血红的机械眼，背上的天线好像尖刀一般，两边的造型好像枯藤鬼手般的机械手臂上，手术刀般的机械手指旁边还安装着闪着蓝色电光的他不知道也不想知道是什么鬼的武器。

他还想再仔细看看，沈慈又打了个响指，蜂式机器人忽然再次隐形，消失得干干净净，就好像那里什么都没有一样。

易小天瞠目结舌，沈慈满意地看着易小天的反应，点点头："没错，这可是隐形机器人。"

易小天这才后知后觉地张大嘴巴跳起来，指着沈慈背后空荡荡的地方大呼起来："不是吧！是真的吗？隐形机器人！原来您时刻有人保护着呢。"接着他走过去伸出手，往刚才机器人消失的地方摸去。看着那个空间什么都没有，可手摸过去又的确感受到了那机器人冰冷的外壳，这感觉太怪异了。

易小天正慢慢摸着，突然沈慈想到了什么，赶紧叫他："哎！小天，快别摸了，你看不见它，不小心摸到它手上的切割刀就糟啦！"

沈慈说晚了，小天只觉得手掌上一凉，翻过手去一看，手掌上已经被划了个大口子。可是过了好几秒钟，他才感觉到疼。沈慈赶紧把餐桌上的餐巾拿过来给小天包扎伤口，一边抱歉地说道："哎呀，不好意思，我也是得到了隐形区域安全部门的许可，可以允许我们公司拥有一定数量的致命性武装用来反恐后，有点得意过头了。这个机器人手上的单分子级别的刀刃其实也不是非装上不可，可我们研制出来后一高兴就给他们装上了。不过小天你也要理解，现在就是我们隐形区域才研究出了人工智能，其他各国可是眼红呢，尤其是 M 国经济全线崩溃后，他们更是把我们的人工智能技术当成他们唯一的解药啦，派来的间谍越来越厉害，光靠警方也不好挡了，再加上那个先华组，所以才允许我们研究院可以有一定级别的反恐能力的。还疼不？唉，还好我没听他们的，让这个单分子刀刃上还有生产基因病毒的功能。"

小天是觉得手上有点痛，可是心理上的震惊还一时半会缓不过来，都不太留意了。何止是疼，沈慈靠近他给他包伤口，身上传来的好闻的月季花香易小天都没留意闻，搁平时哪有这种事。

沈慈给他把手上做了个应急包扎后，因为伤口也不太严重，易小天不断说还是美食要紧，谢绝了她马上叫救护车的好意后。慢慢坐了下来，是啊，沈慈这么重要的领袖，怎么真的能就一个人在大街上明目张胆地走来走去的呢。他一开始还觉得奇怪，还以为哪里偷偷跟着保镖，没想到他们的技术已经到了这么匪夷所思的地步了。居然有隐形机器人，那不是随时都会被她神不知鬼不觉地干掉自己还不知道吗！

易小天感觉自己的背后出了汗，傲得他们怎么可能有实力和她们抗衡呢，太可怕了。她们如果连隐形机器人都做得出来，说不定还有其他更厉害的高科技也已经研发出来了呢。他突然感觉到傲得他们的处境越来越艰难了。

沈慈见易小天的伤口确实没有大碍放下心来,轻轻抿了一口茶,优雅地说:"你知道吗? 在我们公司内部,这样的隐形机器人有好几百个呢。他们平时都以隐身的状态在四处巡逻,随时待命。"

易小天想象着平时上班工作的地方,原来看似空无一物的空间内,周围竟时刻悬浮着大量的蜂式机器人。他们瞪着一双双血红的眼睛,随时观察和监督着人们的一举一动。一想到自己平时的所有举动都被人无声地监督着,易小天忽然觉得坐立不安,他第一次有这样如坐针毡的感觉。就像是一只躺在解剖台上,被人剥得干干净净的小白鼠,随时等待被人宰割。

随后沈慈双手托着下巴,又轻描淡写地说道:"我们的这些隐形机器人啊,可不仅是光学隐形呢。不光肉眼看不见,即使是目前世界上最先进的热成像设备和各种雷达设备也都探测不到。"

易小天的腿不受控制地抖起来。

沈慈朝他露出一个甜美可人的微笑来:"我现在巴不得那些先华组的傻瓜们冲进来,我也好试试我的这些新设备的威力到底有多大。不过我敢保证,只有人能进的来,却绝对不会有人逃得出去。"

易小天吞了口口水。

沈慈好像突然想起来似得,抬头看着他:"当然,横着抬出去的除外。"

易小天干巴巴地笑起来,应和着。

"您说的是,呵呵……"

"你说,我还会怕他们吗?"

易小天一肚子的苦水倒不出,心里暗暗震惊不已,太恐怖了! 幸亏自己没傻乎乎地去炸天君,那还不当场被轰成马蜂窝啊! 傲得真是太天真了,回去以后赶紧叫他改行吧。再跟她们斗下去非全军覆没了不可!

沈慈还沉浸在自己的美好设想里:"最好是他们组织里的高级领导亲自来以身犯险,这样的话我就可以利用我的这些高科技把他们一网打尽。隐形区域查找他们的基地也已经找了很长时间了,只要我们和公安联合起来,他们绝对插翅难飞。"

易小天现在连笑都笑不出来了,为了掩饰自己的慌张不停地喝着茶,此后易小天本来早没了继续拍马屁的心情,可又不能显露出来,只能硬着头皮继续哄沈慈开心。等晚饭上来了,沈慈倒是吃得高兴,对这家店的菜品赞不绝口,小天却不管啥吃到嘴里都感觉像在吃黄连。

离开时,易小天一直盯着沈慈背后的空气看,一边看一边心惊不已。谁能想到这么个外表娇小的美女竟然背后跟着隐形机器人保镖,他真同情那些敢来找她茬儿的人。

他一定得赶紧把这事告诉傲得,可不能让他再继续犯傻了!

他慌里慌张地跑回了家,一路上脑袋里都回想着沈慈随手打个响指就冒出来的隐形机器人。

因为在路上也担心不安全，谁知道我背后有没有隐形机器人啊。等他到了家，拿出好几个卷纸，拆开来往房间里四处乱扔，看到每一条长长的纸都落到了地上，这才勉强放心了，这样子看来应该没有这鬼东西跟着我了，这才给傲得打了电话。

"喂？"傲得的声音依旧冷静。

"傲得！大事不妙了！咱们的计划做不成了！你还是快点收手吧！岳黎研究院绝不是我们能撼动的！"这件事太过事关重大，易小天已经失去了往日嬉皮笑脸的能力。

傲得头一次见到说话这么正经的易小天，感觉到了事情的严重。

"你在家吗？我现在就过来找你，你待在家里哪都不要走。"说完，傲得就挂了电话。过不一会，他就听见荷瑞睡眼惺忪地从房间里走出来，一边走一边嘟囔："大半夜的，老爸这是发什么疯。"看了一眼一小天说道："我先回家一趟，家里人说我老爸突然犯了什么酒后妄想症，我要去看一下。"然后她看见满屋子的手纸，皱了皱眉头："唉，我不知道你这个白痴又犯什么毛病了。你是想向我炫耀什么吗？我反正不信你要用这么多纸。我回来前你必须给我收拾好，否则要你好看。"

说着随便穿了件外套就准备出门。易小天明白肯定是傲得故意将她支走的，但是他现在内心紧张，突然怕荷瑞也会遭遇不测，就将平时被他无比嫌弃的陈博士的试验品随便抓了两把塞在荷瑞的口袋里："女孩子家晚上出门不安全，带点防身。"

荷瑞奇怪地看着他："我就去老爸那里而已啦，再说我可是会武术啊，能有什么事。"

说着转身就要走，易小天又将她拉了回来，将自己平时宝贝无比的法拉利钥匙递给荷瑞："开我的车去吧。快一些。"

荷瑞知道小天平时最宝贝他的车了，现在居然借给自己开，真是太阳打西边出来了！乐不可支地拿过车钥匙，拍拍他的肩膀："谢谢啊，我回来后会给你加满油的。"转身乐颠颠地走了。

易小天还想说些什么，荷瑞已经连蹦带跳地离开了。易小天难得煽情一回，结果对方压根没感觉到他的情谊。不过荷瑞不就是这样大大咧咧的嘛！

这么想着，易小天忍不住笑了起来。

过了一会儿，傲得就风风火火地赶来了。易小天见到沈教授的隐形机器人后原本就不那么坚定的"反 AI"决心彻底崩塌，他决定得想办法让傲得知难而退，别再铤而走险白白搭了自己一条命进去。

所以傲得见到易小天时，易小天摆出了一脸生无可恋的表情来。傲得也感觉到了事态的严重性，坐在沙发上看着易小天的表情，皱着眉头问："小天，发生什么事了？"

易小天于是添油加醋地将沈慈身边随时跟有隐形机器人保镖的事说了，又交代

了研究员里的杂物机器人其实都是武装机器人的事实。

傲得听得直皱眉头,易小天仍旧心有余悸的说:"还好上次我没得手,没真的对天君做什么。不然的话,傲得老大,你现在看见的可就是我的尸体了,不对,到时候可能是连我的尸体你都看不见了!"

傲得在社会上摸爬滚打这么多年,早练就了泰山崩于前而面不改色的本事,但是听小天说完,也不由得暗暗惊叹。

虽然以前秦开成功入侵过游戏公司的内网,可这家公司内网的大量数据包括员工间的网络对话都是有加密的,加密手段由天君亲自控制,密码每一微秒都在不断随机变换,如果发现有人非法拦截数据,天君立刻就会采取逆追踪措施。秦开使出浑身解数,并且在破解过程中因为系统超载还烧坏了组织里四百多只硬体虫和六十多台高端电脑,就只破解了一小部分而已。也只是知道了这家游戏公司是岳黎控股的和在研究一些先进科技的事情而已,但是那些先进科技研究到什么程度也不知道。

从截取到的少量员工对话里,傲得虽然模糊的察觉到研究院可能在研究隐形技术,可他估计着他们几码还要十年后才能使用这项技术呢,没想到现在他们就已经在大面积使用了。其他肉眼能见到的机器人再厉害总还能想想办法,可遇到隐形科技,那他们是一点办法也没有了,何况这些机器人隐形还不光是光学隐形,电子设备都探测不到他们,那这样的话他们跑去就是送死!

他开始为自己在不明敌情的情况下贸然让易小天以身犯险而感到自责了。还好易小天没有什么闪失,否则的话傲得非要为他偿命不可。

两个人相对沉默,易小天看着傲得眉头皱得紧紧的,知道傲得也没有对付隐形机器人的方法,他可是很少会露出这样的紧张神情。

小天趁机进一步劝说傲得:"傲得,这一段时间潜伏在研究院,我真的是大开眼界,你绝对想象不到他们的技术已经发展到了什么程度,飞船上面可以建城市,防暴盾居然可以防雷击,天哪!太不可思议了,我觉得我们的敌人已经超越了人类想象的范围,我们在它的面前无比渺小。"小天由衷地叹息。

"谁? 在谁的面前?"傲得眼神温热地看着他。

"科技。研究院掌握了全世界最先进的技术,傲得,这条路太艰难了,你要慎重地考虑未来,也许……"

傲得笑着打断他:"小天,我知道你和其他加入先华组的人不一样,你的加入纯属意外,我不强迫你走这样一条没有未来的路。你说得没错,我们的敌人强大到令人窒息,但这就是我们的未来,和强大到令人窒息的敌人斗争到最后!直到用光最后一丝力气。你可以选择,如果你觉得这样的未来不是你理想中的样子,你可以离开先华组,从此以后与我们一刀两断,今生再无往来,你可以去追寻你的人生。"傲得坦诚地看着小天,小天知道他说的都是真心话,可是……

真的离开吗?易小天想到真的离开傲得,从此和这唯一的朋友一刀两断,在一条分岔路的路口看着他的背影渐渐远去，然后丢下自己一个人继续默默前行，未来也许会遇见新的人，但是心中最初的那份温暖和感动却无人可以替代。想到离开傲得，易小天的心一疼，傲得在他的心中，早已不单单是个朋友，更弥补了他生命中从未出现过的父亲、哥哥的角色，是家人才能赋予的温暖，这种温暖让他依赖到无法割舍。

哪怕明知道他要走的是一条充满荆棘的道路，小天发现自己竟然仍愿意不顾一切地陪他走到底，原来这就是好兄弟啊！

易小天叹息着笑了一声："喂！我说傲得老大！你这是在赶人吗？我小天可是决定跟着你一条路走到黑的！虽然研究院的技术可怕，但是咱们也不是吃白饭的啊。我相信你的判断，我无条件的支持你的决定。"说着轻轻地在他结实的胸膛上捶了一下。

傲得的眉头舒展开来，跟着也轻轻笑了："小天，你总能出乎我的意料。"

"说真的，刚看到隐形机器人真的是差点尿了一裤，你有什么好办法对付吗？"易小天又变得不正经起来。

"隐形机器人也超出了我的预想，看来我们的计划需要重新拟定了，以后一定会找到破解他们的方法。现在既然情况如此棘手，你就千万不要再去招惹天君了，瘫痪天君的计划暂时撤销，小天，你现在先按兵不动，以打探消息为主，千万不要暴露了自己。"

你现在就是让我去老子也不去啊！小天心想着，表面上却忙不迭地点头。

傲得微笑着拍拍小天的肩膀："小天，这次你又立了大功了，先华组一定感激你的奉献，也谢谢你愿意继续跟着我。"他最后轻声说着。

小天豪迈地拍拍胸膛："嗨！还是那句话，交给我，你放心吧！"

两个人相视一笑，原本之前傲得因为小天擅自行动而产生的一些疙瘩也彻底解开了。

"对了，现在既然瘫痪天君的计划撤销，那么我也就先把荷瑞调回来吧，组织里也需要她。"傲得淡然地说。

"啊！"易小天惊叫出来。

傲得颇感意外："咦？你不是很不喜欢她吗？我本来派她也是来惩罚你的，现在也就不需要了。并且……"说到这里，傲得一进门就看见屋子地上铺满了手纸早就忍不住想吐槽了："并且看你这架势，荷瑞要在的话，你也不方便吧。"难得他也开了个玩笑。

"嗨！这还不是因为……"易小天本想解释一下，可听到荷瑞要走，心里突然不知道哪里怪怪的，也懒得多说了。

第三十一章

医者仁心

因为傲得取消了小天的任务,易小天悬在半空中的心总算落回了肚子里。但是他仍然不能放任傲得去做这没命的勾当,所以他决定认真来当这个卧底,一旦真的有什么不利于先华组的情况,他一定要偷偷告诉傲得,让他们早作准备。他不想失去自己如今舒坦的快活生活,可也更不能失去傲得这唯一的朋友。

现在程部长已经被成功停职,再也没有人怀疑他的身份了,等程部长三个月后再恢复原职,他易小天早把上下关系里里外外都打点个遍,还怕他不成!

现在正是他落难的时候,现在不落井下石更待何时。易小天不想错过这个彻底整垮程部长的机会,拿起电话来给苏菲特打电话,打了半天居然无人接听,过了好一会儿,易小天才猛然想起苏菲特已经请了婚假。

苍天啊!易小天觉得胸口如遭重击,原本他已经把这茬儿给忘了,没想到现在想起来心里还是那么痛。易小天把电话随手抛在沙发上,四仰八叉地仰躺在沙发上,痛苦地哀号,怎么会这样啊!我的小甜心苏菲特。

正郁闷着,突然响起了清脆的门铃声。

易小天家里的门铃很少会响,知道他住在这里的人更是不多。难道是荷瑞?她明明有家里的钥匙嘛。

易小天纳闷,拿起手机看了看和大门口摄像头连线的监控视频,竟然是程部长!

易小天猛吸一口气,"啪"的一声将手机扔到一边,靠在沙发上大口喘气,怎么搞的,难不成是眼睛花了?

真是日有所思夜有所梦,我刚才就不该想什么程部长的事,结果居然把他给招来了!

赶紧叫门口的礼仪机器人说我不在好了,可还没等易小天通过手机给门口的机器人下命令,公寓楼门口的礼仪加保安机器人已经扫描了程部长的身份证,发现他并不是可疑人员,并且还是著名公司的高管,就放他进来了。

易小天住的这栋高级公寓,用的都是昂贵的自动服务机器人。如果住户不提前通知大门口的机器人有人来访拒绝接见的话,门口的机器人程序上就会默认来访人员只要不是通缉犯或是无业游民,并且没有随身携带违禁物品,主人只要在家,将来访者登记存入与公安局连线的数据库后,就会把访客放进来的。

靠!易小天想,换了以前住的小区,和门口的大爷熟络了,自然会有默契,主人想见谁不想见谁人家自然心理清楚,哪像现在这些不通人事的东西!

见躲不掉了,单元房门口的门铃又响了起来,看来他已经上楼啦,只好小心翼翼地将门打开,就看见门口站着一个干瘦的男人。那男人面色萎黄,眼圈微红,一双眼睛像猎鹰一样锐利,可笑的是他的两条腿就像腊肠一样,又细又干,在裤腿里晃荡着。

易小天缓缓抬起头来,再次对上那双锐利的眼睛。吞了口唾沫,心里对他还是怕怕的,朝着程部长呲牙一笑:"嘿嘿!程部长,您这突然到访真是吓我一跳啊,怎么也不提前打声招呼呢。"

嘴上这么说着,眼睛却在程部长的身后到处瞄着,看看他是自己来的,还是带着人来的,结果楼道里空空如也,看来似乎是自己来的呢。不过也只是"似乎"而已啊,谁知道他身后是不是也跟着那种隐形机器人呢。易小天脑子开足马力算计了一下,想来想去自己现在又没有暴露身份,就算他身后跟着隐形机器人也没关系,硬不让他进来反而会让人起疑心,就干脆通快地把门打开:"呵呵!程部长快请进快请进!"

程部长冷着脸看他表演,毫不客气地推开门就走了进来,好像是回自己家一样,易小天反倒有些手足无措,像是个做贼心虚的小偷。他赶紧让家务机器人加大马力疯狂打扫,又亲自泡了咖啡端了上来,笑得一脸殷勤:"程部长请喝,请喝。不知是什么风把您老给吹来了?"

程部长的眼睛环顾四周,倒也客气了几句:"谢谢,易总家果真是名不虚传,相当豪华啊。我倒没什么事,就是想到你这儿来走动走动,你知道,我现在在家休养,闲得无聊。"

易小天顺着程部长的视线看过去,就怕被他看到什么不该看到的东西。还好那个炸弹他放得非常隐秘,已经从机器人身上转移到保险柜里了,屋子里除了乱一点,倒也没什么可看的。

易小天挠挠头:"也是,哎,你说这些人也真是的!一点都不懂得体恤别人,你说这么重要的职位,换了别人谁干得好……"

"你说你有良方?"程部长没理他的胡言乱语,压低声音小声说道。

易小天的思维还停留在编排拍马屁的内容上,一下子没反应过来。

"您说什么?"

程部长有点焦躁:"上次你说的,你不是说你有良方吗?"他有点期盼又有点

紧张地盯着易小天。

易小天愣了三秒,随即恍然:"哦!"

原来是上次傲得告诉小天让他找几个懂点医术的美女好好忽悠忽悠程部长,自古英雄难过美人关,想办法把他的病治好,他自然对自己感恩戴德了。小天当时就觉得这事靠谱,傲得想了一下又说:"我记得我去百乐门时遇见的那个女孩就很妖娆漂亮,颜值不能低于她。"易小天还想了半天,原来傲得还记得在百乐门有过一面之缘的薇薇啊。可是那天一顿慌乱之后程部长就被停了职,小天这事压根还没办呢,哪知道他自己居然急不可耐地找了上来,看来真是被折磨得不轻啊,看来只有见机行事了。

易小天偷偷打量他,他肯定是已经把能看的医生都看过一遍了,但是所有的医生都没能治好他的病,估计他已经很久没尝过当男人的滋味喽!

易小天眼睛再一扫,就看到程部长的两条腊肠腿紧紧的并在一起,像个拘谨的女孩子一样的坐姿。他的这一动作直接反应了他此刻略显羞涩并且带着点防备的心理特征,他现在完全呈现出一种不自信的状态,看来这病把他折磨得不轻啊。

易小天翘起了二郎腿,决定先好好耍一耍他。

"当然记得!说实话,程部长,我之前呢也是学过一点医学的。您的这个问题我一看便知!"

程部长狐疑地看着他:"你学过医?什么时候?"

易小天咋舌,想起来这程部长估计已经连他的祖宗三代都调查得清清楚楚了,在他面前吹牛皮可要小心谨慎才行,说不定什么时候就漏了馅了。

"喀喀!"一本正经地咳嗽几下,易小天继续胡说八道,"我说的是我后来自己自学。我一直对医学比较感兴趣,甚至还梦想过当医生呢!"

"哦!这样啊!"

"所以看您的气色就已经猜了八九不离十了。"

程部长冷哼一声,小声地嘟囔着:"看得出有什么用,要能治病的才是真本事。你要是能治好我的病……"他犹豫了一下,后面的话就没有说出口来。

易小天看着他的表情,揣摩着他的心思,试探着说道:"程部长,跟您说实话吧,这治病吧,就跟相亲差不多,你要遇到心仪的医生才能把自己的心门打开。其实有很多病不是真的病,只是自己的心理在作祟,您以前这病治不好,肯定和您找的医生有关系!"

易小天一边说谎,一边想着这事怎么圆过去,他自己那点微不足道的医学知识还是当年在百乐门跟薇薇厮混的时候,听她给自己科普的。薇薇在想做演员之前,学的是心理学,对于男人的心理把握得十分到位,他就见过薇薇真的把一个阳痿的客人硬生生给治好了,从此以后大展雄风。他本来计划着把这痨病鬼也介绍给薇薇,让薇薇给他诊治诊治,也许美女在身边,这病说好也就好了呢。

所以上次傲得跟小天提议拉拢程部长并想办法给他治病的时候,小天马上就锁定了薇薇,现在如果满口子答应了下来,到时候薇薇不愿意接这档子事可就尴尬了。

"说来真是难以启齿,这个病已经折磨了我几乎半辈子,我真的是痛苦难当,本来我根本没把你的话放在眼中,直到我前几天再一次治疗失败,就想起你说的话来。"程部长阴恻恻地盯着他:"你这小子十分滑头,谁也不知道你的话到底是不是真的,所以我给你一个机会,愿意相信你一次。如果你真能治好我的病,我对你感激不尽,答应你所有的要求不说,从今以后当你是个朋友,如果你只是随口说说逗我玩的,哼哼,我就把你的皮剥下来做腊肠!"

易小天打了个冷战,他还真是随口说说逗他玩呢。易小天舔舔嘴:"嗨,瞧您这话说的,我要是不懂能一眼就看出您的病吗,我敢保证您以前看病的医生都是些老得快退休的老医生。"

"我找的肯定都是最有名望的名医了,这些医生肯定要越老才越有资历吧。"

"你看,错了吧,你这病啊,得找年轻的医生治。"

程部长奇怪地看着他:"为什么要找年轻的医生治?"

程部长原本是个十分谨慎警惕的人,但是只要一提到自己的病,马上就方寸大乱,神经兮兮,恨不得对方立即就能治好了病,所以小天越是装得一副了然于胸的样子,他就越深信不疑。

易小天装模作样地把头凑过来小声说:"老哥,我敢保证,你这病是因为一个年轻女人得的!"

程部长悚然一惊:"你!你怎么知道!"

易小神秘地笑笑不说话,一副高深莫测的样子。其实当然是蒙的啦,不是因为年轻女人难道会是因为年老女人吗?根本是想都不用想的事嘛,小天在心里忍不住想笑。

程部长却一副被人说中了心事的样子,脸上松垮垮的肉微微一颤:"你……你太神了!这件事我从来没对任何人说过!"身子不由自主地往小天的方向挪了挪,拉着他的手,激动地说:"我以前上大学的时候,特别喜欢学校的校花,人家也是一副对我相当有好感的样子,有一次她把我约了出去,后来……唉,不多说了,总之都怪她!"

说着,眼睛里竟泛起了泪珠。

"我对那种生物材料又过敏,只能用其他的保守疗法。这些年我吃了不知道多少药,看了多少医生,他们偏说我没病。没病我怎么会时不时的浑身发抖,四肢无力,腿脚酸软呢,都是庸医!哼!"

易小天安慰地拍着他的手:"程部长,你这病绝对有得治,我就认识一个很棒的医生,包你药到病除。"

"真的!"程部长激动得声调都变了。

易小天淡定地点点头:"这就给你打电话约见一下这位名医。说实在的,这个郑医生啊平时很忙的,也不知有没有空。"

"有的有的! 你就说我一直等着,她什么时候有时间我都配合!"程部长激动地说。

易小天拿着电话回了卧室:"你先喝点咖啡休息下啊,想想待会见到医生问些什么,我先给你预约一下。"

程部长感激地点点头。

易小天将房门关上,急得团团转。这下可麻烦了! 牛皮吹了出去也不知道接不接得住,接不住可就露馅了,自己变成腊肠那就万事皆休。易小天想尽办法,只能先攻下薇薇再说,但是这程部长面相如此猥琐,万一薇薇讨厌他可咋办啊!

想了半天也没有想到另外什么好方法了,只好治好硬着头皮给薇薇打电话:"喂! 亲爱的薇薇!"

"小天啊!"薇薇的声音听起来十分慵懒绵软,简直让人浑身一酥,忍不住幸福得要眩晕了。

"薇薇啊,我这儿有一单特别头疼的大生意,我琢磨着只有你能搞得定了。"

"我? 呵呵,你是不是又打什么坏主意了。"

"这次保准不是,我这儿有个大客户,做下来绝对是个长期大款。问题是他有点那方面的障碍,不过你放心,是心理因素导致的,我都帮你调查好了!"

"有障碍的你就丢给我?"薇薇有点不满。

"说起来也不是什么大事,我记得你以前不是手里有一个客户不就是因为心理问题嘛,你不是也把他给治好了,还把他哄得一愣一愣的,你就按照同样的方法来一遍就成了。"

薇薇半天没说话,易小天急了:"喂! 你不是睡了吧! 很急的! 病人就在我家等着呢! 而且我跟你讲啊! 他位高权重,赫赫有名,你如果真能把他治好了,你今后就发达了! 再说了,他又不是真的有病,只是心理问题嘛,忽悠忽悠不就好了,你不是擅长这个!"

薇薇又琢磨了一下:"除非你借钱给我。"

"啊?"

"哎哟,我……我欠了点钱嘛! 现在还不上了,等我赚到钱就还你。"薇薇有点局促不安。

易小天叹息一声:"薇薇,你最近不是赚了挺多钱的吗? 怎么又没钱了? 你这花钱的速度比赚钱的速度可快多了! 你怎么欠的钱啊?"

"就是……一点情感的纠葛,哎呀,你不要问了,你借钱给我,我就帮你的忙,还不成吗?"

"薇薇,你也不小了,也要考虑一下将来的事情,你不能总过这种今朝有酒今朝醉的日子,你看看露娜,人家多聪明,自己不知道存了多少钱去了,这辈子就算是没男人养也照样过得风风光光。你也要好好为自己打算,钱多少我都借给你,你也听哥哥一句劝吧。"

薇薇沉吟了半晌,叹息一声:"我这次真的是打算好好重新做人了,累了。帮完你这次,我就收手不干了,谢谢你小天。"

小天跟薇薇说完了自己家里的地址,又把一些要注意的事情都给薇薇说了,这才挂了电话。

易小天听到薇薇的声音似乎感觉到她情绪不高的样子,心里也很不是滋味。毕竟朋友一场,他还是很关心自己的这些姐妹的。薇薇和露娜不同,露娜十分聪明,很会为自己打算,薇薇则完全是一副放纵的样子,总是不考虑后果的胡来乱来,小天偶尔还会看看自己的存款呢,这家伙完全是想怎么来怎么来,银行卡刷爆是常有的事。哎,真为她的未来担心啊!

易小天推开门走了出去,就看到程部长双眼热切地看着他:"怎么样?郑医生有空吗?我也可以亲自去拜访的!"

"你真幸运,郑医生的下一个病人正好取消了预约,我好说歹说才把她约到家里来。老哥,上天都在帮你呢!"

"真的!"程部长激动地跳起来,在客厅里来回转着,"太好了,小天,如果我的病真的可以治好,我一定要好好谢谢你!"

易小天笑着摆摆手:"你这么说可就太见外了,只要你能治好病啊,我比谁都高兴呢。"此时程部长处在极度兴奋的状态下,只觉得小天无比的善良可靠,越看他越顺眼。

"真没想到你是这么善良的好人啊!"眼泪都差点激动得掉下来了!

易小天其实倒有点担心起薇薇来,她的状态看起来不是很好,也不知道会不会影响发挥呢。

程部长心里装着事,感觉每一分钟都十分难熬。其实没过太久的时间,终于等到门铃声响起时,两个各怀心事的男人同时跳了起来。

一打开门,小天就震住了!只见薇薇带着一副黑框眼镜,一头飘逸的卷发垂在腰间,那么臃肿的白大褂居然被她穿出了时尚的感觉来。只见她性感的嘴唇微微一翘,绽放出一个美艳的笑容来:"不好意思,路上堵车,我来晚了。"说话的时候一阵幽香迎面扑来,吹得程部长脸颊瞬间就涨成了猪肝色。

两个男人看见她口水忍不住流了一地。真是漂亮啊,哪怕已经见过她无数次了,小天仍然会被薇薇的这种强大的气场给震慑住。程部长就更不用说了,眼

睛落在薇薇的身上后就没眨过眼,好像生怕她一眨眼就消失了一样,他活了五十几年,从没见过这么漂亮的女人啊!之前的人生真是白活了!现在想想那个什么校花的,在人家郑医生面前简直是个笑话!程部长吞了口口水,垂涎欲滴地看着眼前这个闪闪发光的"女医生"。

薇薇推了推眼镜,看着两个男人呆愣愣的傻样子,忍不住轻轻一笑:"请问我可以进去吗?"

两人这才恍然,你推我一下,我推你一下:"你看你,怎么也不请医生进来。"

"就是就是!郑医生快请进!"

薇薇提着一个小小的正方形的背包走了进来,上面贴着一个红十字。

薇薇将长腿舒展开,优雅的坐在沙发上,白大褂里的紧身长裙勾勒出性感的身段:"这位就是病人吗?"

程部长满脸通红,在美女面前承认自己那方面不行,实在是奇耻大辱。

"请先把手伸出来,我给您把一下脉。"

程部长乖乖地把手伸出来,薇薇伸出两根白嫩细长的手指出来,漂亮的指甲上涂着可爱的淡粉色,直看得程部长心思荡漾。

细嫩的手指轻轻的落在程部长的手腕处,程部长像被人点了穴一样,浑身一颤,一颗心骤然狂跳不止,差点就从他的喉咙里跳了出来。

不行了!不行了!他感觉自己现在浑身发烫!

薇薇原本就是学医的,这些年虽然荒废了很多,但是底子多少还是有那么一点点,忽悠忽悠人还是可以的。当下歪着头,假装很奇怪的样子,轻轻指了指程部长的嘴巴:"请把嘴巴打开。"

程部长张开嘴,感觉一口火喷了出来。

薇薇看了看他的舌苔,又是一副很奇怪的样子,却不说为什么。

"郑医生,你看我这病有得治吗?"

小天在一旁早就等不及了,把自己的胳膊袖捋了上去,贱兮兮地说:"这儿还有个病人呢,给我也号号脉。"

薇薇快速地瞪他一眼,又推了下眼镜,抚摸了一下头发。还没等她开口,程部长早就一拳挥了出去:"一边呆着去,别给我捣乱!"

薇薇轻轻一笑,说道:"您别担心,不是什么特别严重的问题。来,站起来,让我帮您检查一下肌肉和组织。"

程部长乐不可支地站起来。

薇薇伸出胳膊,将胳膊往上抬,做了一个极其优美的姿势:"来,跟我一起把胳膊抬起来。"

程部长像被下了迷魂汤一样,乖乖地把胳膊举了起来。薇薇走过来,轻轻地捏了捏他的胳膊:"我检查一下您的肱二头肌的弹性。"说着小手轻轻一捏,程部长就感觉浑身一麻,忍不住就要呻吟起来! 舒坦! 太舒坦了! 他这辈子没这么舒坦过!

易小天眼馋地坐在一边看着,心里揶揄地觉得,这么一捏,他这病估计就已经好了三成了吧。

"来,张开双臂,像这样弯下腰。"薇薇又做了一个优美的动作,程部长看起来已经完全失去了神志,傻笑着也跟着弯下腰。

薇薇走过来,在他的腰上轻轻一捏:"检查一下您的腰部肌肉。"程部长再也忍不住闭着眼睛享受地哼了一声。

哟呵! 易小天气闷不已,他这病已经好了一半了吧,看他那脸猥琐的表情。

"来抬起腿,我给您检查一下大腿的肌肉。"程部长眯着眼睛,似乎完全忘记了自己是个患者。薇薇的小手在他的腿上这么一揉,哎哟,那股舒服劲就别提了!

薇薇有模有样地在一张单子上写写画画,似乎十分认真。程部长坐下来,只觉得浑身轻飘飘,人就好像重生了一样。

"郑医生,我这病……"

薇薇推推眼镜,冲着他灿然一笑:"放心吧! 其实没什么大问题的,只是您周身肌肉组织比较松软缺乏力气,是平时缺乏锻炼导致的。身体是有一些虚,需要好好调养一下。至于性功能方面,您放心,没问题的,只是需要一段时间集中恢复治疗,这是给您的治疗建议书。"

程部长看也不看一眼就扔到一边:"你说怎么治我就怎么治!"

"我建议您呢,最好到我的诊疗基地集中治疗。一个月为第一阶段,最起码三个月的集中治疗才能见到显著的效果。"

"去! 我去!"

"当然了,费用也是很可观的。"薇薇又低下头一阵猛写,"不过因为您是我的朋友小天介绍的,我可以给您打个折扣,这是三个月的总费用。"

易小天往那一串长长的单子后面看去,就看到总价位上赫然写着五百万。

五百万!

这丫头狮子大开口啊!

易小天半天合不拢嘴,三个月就五百万! 简直比他当总监还爽啊!

程部长看了眼价格,却是豪气冲天的挥挥手:"没问题! 五百万而已! 现在就转账吗?"

易小天再次瞠目结舌,土豪啊! 万万没想到这腊肠腿居然是个彻头彻尾的超级富豪,居然连五百万都是小菜一碟。

"嗯,现在请支付百分之四十的定金。"

薇薇也没想到居然进展得这么顺利,程部长给她转账的时候她指尖都在微

微发抖。程部长却是大手在手机上随便那么一点，丝毫没将这五百万放在眼中。

薇薇站起来："先生您随时都可以入住到我的私人诊疗基地，我保证，三个月后您就可以康复了。"

程部长看着薇薇美艳的样子，感觉自己现在这病好像就好了！

"还等什么，我现在就去！"

薇薇甜甜一笑，带着程部长就离开了。临走时，朝着易小天得意地一吐舌头，俏皮一笑。

易小天挥着手将两尊大神送走，累得滑倒在门口。最近这日子怎么过的跟打仗一样啊，每天都是神经紧绷，翻天覆地，老子现在可要好好休息休息了，天王老子来也不管了。

易小天躺在地上，长叹一口气。

第三十二章

这场婚礼怎么弄的跟《毕业生》似的？

"啪嗒——"

细跟高跟鞋踩在大理石地面上发出清脆的声响，个子娇小的沈慈在几名女科学家的陪伴下开启了八十五楼那扇鲜有人问津的房间大门。

等门口上方的安全认证仪射出一道道绿光，全方位扫描过来人之后，白色的大门慢慢开启。

沈慈率先走了进去，待其他几人进入房间后，大门就立刻关上了。

巨大的房间内，三面墙上镶嵌着好几十个巨大的计算机屏幕，全球所有的机器人运转数据正在快速滚动。

沈慈轻轻一笑，对着主显示屏说："最近辛苦你了。"

房间地板上忽然射出无数蓝色的粒子，粒子快速组合拼接，幻化成了一个可爱的少女的形象。少女看到沈慈开心地围着她转起来，要是能抱着她的话，少女这时候一定已经赖在她的怀里撒娇了。

"妈妈，你好过分哦！明明说好一个礼拜要来看我一次的，可结果呢？三个礼拜才来一次，太过分了，我在这里好寂寞。"女孩嘴上说着不高兴，可是看到沈慈仍旧是十分开心，笑脸红扑扑得像熟透的苹果一样。

这女孩不是别人，正是天君所幻化出来的拟人形象，若不是她只是一个虚拟的形象，沈慈一定会更加宠爱她，实际上沈慈已宠过头了。

"对不起，亲爱的，妈妈最近实在是太忙了，你应该也感觉到了吧，最近你的工作量是不是也增加了很多。"沈慈宠溺地摸摸她的头发，其实什么也摸不到。

"别提了，累得我连喝口水的时间都没有。"天君撒着娇，明知道自己不需要喝水，却硬要假装自己是个普通的人类小女孩。

大家无奈地互看一眼，陪着沈慈傻笑。

"知道了，以后保证一个礼拜找你一次好不好。"沈慈真是被这个孩子气的小姑娘打败了。

"真的呀！妈妈你老是把我一个人关在这里操控这些机器人好无聊啊！"

沈慈知道她的心思，天君老是想让沈慈开放互联网给她玩，互联网上什么新奇好玩的东西都有，链接互联网她当然就不无聊啦！但是在最开始创建天君时，她们便已经设定了AI是不可以连入互联网的，因为互联网内各种信息太过庞杂，她们担心天君会受到不良信息的影响而产生价值观偏颇。出于保护她的目的，天君用来控制机器人的网络与互联网是分开的，分别是两套独立的体系。但是天君却不这么认为，只觉得互联网实在好玩，可是凭她的智力和能力一旦介入互联网则恐怕会给社会带来十分可怕的影响，岳黎研究院现在还没有做好这方面的准备。于是沈慈假装不解其意，故意搪塞道："我不是派了高院士每天中午陪你聊天解闷了吗？难道高院士没来？"说着看向高院士。

高院士知道皮球踢到了自己这里，推了推眼镜，略显尴尬的说："这个……我其实有来的，但是吧……天君她……她嫌我说话不够风趣，似乎不怎么爱听我说话。"

沈慈忍不住掩着嘴笑了出来："你这小丫头真是的。"

天君撇撇嘴，瞪着眼睛不满地看着高院士，高院士赶紧躲到沈教授的背后去了。

"本来就是嘛！我每天处理那么多工作已经够累的了，连个说话解解闷的人都没有，我肯定不爽呀！"

沈慈刚要说话，身旁的陈院士递过来一部电话，小声地说："沈教授，您的电话。"

天君见沈慈居然当着她的面就开始聊起了工作，气得嘴巴撅了起来，在一旁小声嘟囔："大半个月就来一次，来了说不上几句话就谈工作，真是的！"

沈慈挂了电话，笑着说："亲爱的，我突然有一件十分紧急的事情要去处理，我晚上的时候再找时间过来陪你。"

天君朝着沈慈吐了吐舌头，扮了个鬼脸："鬼才信你的话呢！"

一拍屁股，又变成一堆蓝色的粒子，消失在空气里了。

"宝贝？"任凭沈慈怎么叫她，她却不加理会，沈慈无奈地摇摇头只好先出去了。

关上了房门，一行人走在走廊上，心里想的差不多都是一件事，这AI拥有了智能后简直比人还难对付。人还能敷衍了事，AI却怎么也不行。

还是沈慈先开了口："以后换一个人陪天君说话吧。"

"好的！"高院士开心极了，终于可以解脱了！

大伙似乎都有这个想法，纷纷称是。她们是宁愿在实验室里埋头一年，也不愿意伺候半天这个牙尖嘴利的虚拟小丫头。因为她的智商早已不是人类可以比拟的了，连话都聊不到一块去。唯一能驾驭得了她的沈教授又太忙了，哪里能每天都陪着她呢。

"那就把学历要求降低点，记得选人幽默风趣些的，不要太古板，现在的小女孩都喜欢嘴巴甜一点的。"

大家点点头,心里却纷纷在想上哪去找这样的人啊! 要说学术嘛! 她们是一个赛过一个的厉害,但是说起幽默风趣的话,其实每个人也都自认为不差,但她们科学家之间开的玩笑对天君也不起作用。

说到幽默风趣嘴巴甜,沈慈的脑海里立即想起一个人来,是啊! 怎么把这人给忘了! 也许这人很适合也说不定呢。

沈慈的嘴边扬起笑意,已经有了答案,身后的那群科学家们却还在苦苦地思索着这道难题。

沈慈拿起手机,立刻给易小天打了过去,电话中却传来通知对方正在通话的声音。

沈慈放下手机,这小子还真是忙啊!

等她放下手机后,身后的陈院士给高院士使了个眼色,高院士心领神会,于是她追上沈慈说道:"沈总,实在是不好意思,我知道您听这个听烦了,可我现在还是想再提醒您一下,无论如何找个您方便的时间,还是给天君进行一次图灵测试吧?"

天君到底是真有感情,还是在人前的一种程序模拟而已,没人知道。按理说早就该给它做一次测试了,可沈慈一直不同意。一是她有种民族情节,想着好不容易这次 AI 是隐形区域人先发明的,不想拿外族人的标准来衡量它。就连机器人守则也是她自己编订的,从头到尾都没有参照国外的任何科学家的研究成果;二是她自己之前的一个孙女一出生就因为遗传性疾病去世了,即使是岳黎研究院那么先进的医学研究成果也没能救过来。沈慈一直以来就把天君幻化成的小姑娘当成了自己的孙女,从情感上来说她压根就不想让天君做测试,什么感情的真假? 我就当她是真的有感情好了,为什么要自寻烦恼呢?

科学院的科学家提过好多次,沈慈都不听,后来谁一提她就发脾气,结果也没人敢提了。只有高院士因为是牧歌公司派来的技术顾问,不算是沈慈的下级,所以现在也就她还能提一提这茬儿了。

果不其然,沈慈听了皱了皱眉,没接话头,加快脚步走开了。剩下的科学家们面面相觑,却也没办法。

此刻,易小天正躺在家里的沙发上,端着电话一声不吭地听着苏菲特汇报,直到对方挂了电话他也没说一句话。

放下电话,易小天的头顶上方好像顶着一块巨大的黑色积雨云一般。

点开手机里收到的电子婚礼邀请函,苏菲特和她的准老公的婚纱照刺眼的出现在面前,尤其看到那个果真又高又帅的时候更是打翻了肚子里的一大坛子醋。

居然仪表堂堂,比他易小天帅了那么多! 他易小天相貌也不差,偏偏个子却不甚高,一看到这些长得高高大大的男人就嫉妒得直冒泡。真是恨不得现在就把这新买的手机砸了泄愤,但是转念又一想,新娘子不是自己的,手机可是自己的啊。

这么一想,火气才算是灭了大半。

叹息着坐倒在沙发上,怎么也不甘心就被这混小子美滋滋地娶走了苏菲特。

手机上显示着一个来自沈慈的未接来电,易小天感觉现在情绪不是很高,不怎么想跟这些老油条打交道,太费脑子了。反正能找到他的也都不是什么要紧的大事,真有大事找他也没用。就索性把手机往茶几上一扔,等他有心情的时候再说吧。

这时开门声响起,荷瑞抱着一堆的东西回来了。

一开门就咋咋呼呼:"小天快来帮我接一下,还是热的呢!"

"什么还是热的?"

"牛肉馅饼,我老爹亲自做的。味道好得叫你流眼泪! 你快尝一个。"

易小天本来都在开袋子的手停了下来,还以为是什么好东西呢。但是看看荷瑞一脸热切的表情还是拿起了一个尝了尝。

"好吃吧? 好吃到爆啊! 就这馅饼我一口气能吃八个。秦开能吃十个! 岚能吃十六个! 你猜猜黎光能吃几个! 二十四个! 哈哈哈! 吃得我老爹再也不邀请他们来家里吃饭啦,哈哈!"说着把拖鞋一甩,盘腿坐到了沙发上。

易小天跟着笑笑,味道是不错,跟外面买的确实不一样,有一种家的味道。

吃完一个手不自觉又拿了一个:"帮我谢谢你老爹。"

"对了,给你这个。"荷瑞递过来一个信封。

信封? 而且还是牛皮信封,这玩意儿易小天可有年头没见过了,而且款式这么老的更是老古董级别,估计也是从陈博士那里随手淘来的吧。

"该不会是情书吧。"易小天打趣道,打开一看,脸长了。

原来里面是厚厚一叠钞票。

"给你这段时间的房租,我说过了算是我俩合租的,你看看数目对不对。"荷瑞舒服地靠在沙发上,拿起一个牛肉馅饼小口小口地品尝着。

看到这叠钱,易小天原本就低落的心情猛然间掉到了谷底。

"不是……你这是什么意思?"

"房租啊。组织说这边的任务暂时结束了,把我召回,我明天就回基地了。"荷瑞继续吃着馅饼,看也不看易小天一眼。

"这么快……哈哈,话说现在谁还用现金啊,你家老爷子也太……"易小天本来想说句笑话,改善一下自己的糟糕心情,却发现自己一句笑话都讲不出来。

荷瑞机械地吃着馅饼,感觉也想说些什么,酝酿了半天却也不知道怎么开口。于是两个人低头猛吃馅饼,还好她带了足够多的馅饼,不然怎么度过这尴尬的沉默。

"明天还是先不要走吧!"易小天先开了口。

"咦? 为什么?"

易小天苦苦思索：是啊，得有个留下来的理由啊。一眼瞥到了手机上的电子邀请函，马上他一拍大腿，一个馊主意就冒了出来。他咧开油汪汪的大嘴笑着："明天还有一个十分有趣的任务等着你呢，你先把这个任务做完了再走吧！"

荷瑞看着易小天那脸不怀好意的样子，狐疑道："什么任务？"

"这个任务吧，和你以前做的任务全不一样，难度系数是最高的，比上次我们去那个酒会还高！比你那次和老K打架还高！"

"不是吧？！"荷瑞兴奋起来，来到这儿这么久，一件正经的事都还没做呢，这回去的工作报告还不知道怎么写，现在有大任务来了，简直是求之不得啊。

"我就喜欢难的任务！越难越喜欢！"

易小天看到荷瑞兴奋的样子知道她又上钩了，神秘莫测地朝着荷瑞招招手，趴在她的耳边小声的把自己的计划说了出来。

荷瑞听完眉头反而皱得更紧了："这算是什么任务嘛？"

"我就问你难不难吧！"

荷瑞挠挠头，对她来讲还真挺难的，毕竟是没尝试过的事情。

"确实好难。"

"那不就成了嘛！"

不过有工作内容写总比空着来的强，荷瑞一咬牙："行，这任务我接了！"

易小天欢天喜地地跳了起来，手舞足蹈，简直乐坏了。跟刚刚那个愁眉不展的样子简直判若两人。

"对了，衣服，衣服你有吗？"

"衣服？上次参加那什么酒会什么的不是置办了一套吗？就穿那套好了。"

"那套已经不行了，不适合接下来的任务。"

荷瑞还以为小天是铺张浪费又要买一套新的："不用不用，就穿一回，怪浪费的。"

"嘿嘿！"易小天忍不住坏笑起来。

荷瑞抬头看他那副小人得志的样子，更是满肚子狐疑："总感觉你在打什么坏主意。"

易小天只顾着捂着肚子笑，一边笑着一边给苏菲特回了信息："放心吧！你的婚礼我一定会参加的！"

果然苏菲特婚礼那天，易小天盛装出席。

他那辆法拉利已经升级成限量版的了，只见他开着豪车，梳着帅气的发型，黑色西装将他的身材衬托得十分完美。他还穿了内增高鞋，让他看起来又高又帅，刚一打开车门就引来无数女孩子的欢叫。

易小天装模作样地朝大家挥挥手，宛如浑身沐浴在阳光中一样，帅得让人睁不开眼。易小天心中得意，哈哈，现在限量版跑车也有了，下一步就是去学着开直升机啦，哪天我也弄一架来开开。

苏菲特和准新郎在门口迎接嘉宾入场，看到如此趾高气扬的易小天都吃了一惊。苏菲特没想到易小天居然搞出这么大阵仗，更没想到他把自己捯饬得这么夸张，比新郎还帅，不知道的人还以为他才是新郎呢。

她偷偷看了一眼旁边的老公，见他的脸色微变："你每天就是跟这么个人工作吗？"

新郎看着易小天嘚瑟进场的样子，莫名来了火气，看到大家都围着他转，把自己晾在一边更是气得不行。一把甩开苏菲特的手，自己率先进了会场。

苏菲特委屈地站在门口，轻声叫："帅帅！你别生气啊！"小跑着跟着进了会场。

苏菲特真是怕极了易小天搞什么幺蛾子坏了自己的婚礼，还好从进入会场开始他就老老实实的坐在那里，心情舒畅地和美女胡侃，也没做什么别的，她这才放下心来。

苏菲特去换了婚纱，苏菲特的父亲牵着她缓缓进入会场。婚礼在时钟敲响十二下后如期举行。美丽的伴娘们穿着抹胸的白色礼服看起来漂亮极了，十个美女簇拥着新娘走了进来，易小天的眼睛简直忙不过来。

金发牧师的全息像站在两人中间用不标准的普通话碎碎念念地说："今天，我们在上帝的见证下汇聚于此，并且在亲朋好友面前，见证高副率先生和苏菲特小姐的神圣婚礼……"

易小天有点奇怪，就问身边刚才聊的不错的美女："哎，你说这好不容易结个婚，怎么真人还不来啊？找个全息影像就糊弄了？"

那个美女说道："那也没办法啊，现在那么多人都选择西式婚礼，但上哪儿找那么多真牧师去？这也就是婚庆公司找的演员来充充数。"

"那好歹你真人来个现场，这要求总不过分吧？"易小天说。

"唉，我以前也干过这行，知道这些演员一天要接好几场婚礼的单呢，要都是真人去跑来跑去，一天能去几场？用全息像可就省事多了，呆在公司里的全息投影仪前，只要会场上有影像接收端就行了，这样一来，一天能接好几个单子呢。"美女说。

"好吧，可我还是觉得不太好啊。"

"就是，等我以后结婚了，还不如用传统的中式婚礼呢，还热闹，也没这些花花肠子，只要别闹洞房就行啦。"

两人在这边厢闲聊着，那边婚礼已经进行到要发誓的阶段了，牧师说道："……高副率你愿意在这个神圣的婚礼中接受苏菲特成为你的妻子吗？你愿意从今天起爱着她、尊敬她、安慰她、关爱她，并且在你们的有生之年不做他想，忠诚对待她吗？"

高副率："我……"

"不！"

一声凄惨的叫声穿过教堂，震得教堂周围的白鸽纷纷四处逃窜。

教堂的大门被人猛然间大力撞开，力气之大差点把这百年的大门给撞断了。

一个满头乱发，满脸泥污的女人疯疯癫癫的冲进来，凄凉地嚎着："高副率！你不能娶她呀！你说过要娶我的！为什么会和别人结婚！"

易小天挠了挠头发，微感头疼，自己是说了让她怎么玩都行，可这也有点太夸张了吧。

"我没想到你是这样的人，你明明答应过我的，说我生了孩子你就会娶我的，可我现在孩子快生了，你却转眼娶了别人！"

这一下子场面变化陡升，所有人都被吓了一跳，高副率第一个反应了过来，脸都被气绿了，指着她手都在发抖："你……你……这哪跑出来的疯婆子！血口喷人，我根本就不认识你！"

"你说我是疯婆子！你这个没良心的呀！你当初可不是这么说的，你说天上的嫦娥都没有我好看。你现在娶了别人就反咬一口，副率啊，我的率率啊！"

"给我把这个疯子拖出去！"

门口冲出几个保安来，哪知这女人力气大得出奇，五大三粗的男人，被她随手一扒拉，就推了个四脚朝天。几个保安一眨眼的功夫就被她摔得满地都是。

苏菲特看着这一幕，眼泪扑闪扑闪的掉下来："率率，原来你还有别的女人！"

"这是怎么回事啊！"

嘉宾纷纷站起来，都不满地看着高副率，苏菲特的父亲更是一脸怒容地盯着他，已经忍不住开始圈起袖子准备开打了，还好被几个稍微有点理智的亲戚给拦住了。

"你今天要给我一个交代啊！你明明说要跟那女人分手，跟我结婚的。害我在家里等你那么久，你这个没良心的！"

那女人说着连哭带嚎地抱住高副率的大腿死都不放。

"你放开我，你放开我！我根本不认识你，你打哪儿冒出来的啊！"荷瑞的力气大得出奇，哪是一个小小的高副率能甩开的，他狼狈不堪地被荷瑞又掐又拧，却是一点办法都没有。

苏菲特看着好好的婚礼居然变得乌烟瘴气，气得直跺脚，眼泪断了线一样的掉下来，她捂着脸："高副率！你太过分了！"

说着转身就要跑出去，在易小天安排好的剧本上，这个时候自己就要出马英雄救美了，于是他美滋滋的站起来等待着拯救美丽的苏菲特。

可是荷瑞正演在兴头上，一伸手就要抓住苏菲特："你过来！让他把话说清楚，到底喜欢……"

伸出去的手突然撞到了另外一只来拉着苏菲特的手："表妹你别激动。"

两只手在半空中相遇，快速地交战了几个回合，居然谁都没有讨到便宜，于是两只手快速地缩了回去。

两个人同时吃了一惊，对方可是个高手！

荷瑞看着面前突然蹿出来的小个子女人暗暗吃惊，这人是谁？居然格斗水平如此之高。

伴娘团里的小个子女人同样吃惊不已，这个疯女人怎么会这么厉害！

易小天张大嘴巴看着突然横生的变故，怎么看这个突然冒出来的女人都觉得眼熟，于是他的记忆快速倒退切换，立即想起了当初在百乐门里帮着傲得逃走时撞见的那个女警官，两张脸慢慢倒叠，然后完美重合。没错，就是她！糟糕！居然碰见了警察！

与荷瑞交手的正是来参加表妹婚礼的陈文迪，陈警官。

苏菲特见表姐出手，哭着扑到表姐的怀里："表姐，你可得为我做主啊！"

陈警官在心里嘟囔着："我就说我和裙子有仇，每次穿上裙子都没好事。"

她用手拍拍苏菲特的背安慰她，眼睛却仍然锐利地盯着荷瑞，这个女人不简单啊！想她陈文迪当年可是以格斗技第一的名次从警校毕业，还拿过多次男女混合格斗隐形区域冠军，大男人她尚且不放在眼里，可这个小丫头居然能接她的招！？而且震得她手臂发麻，几乎快断了！

荷瑞心里也有着同样的疑惑，她的格斗水平在基地里可是数一数二的，尤其以力气大著称，这小个子女人居然不动声色地接了她好几招，简直是闻所未闻。

旁人看到这两个女人见面分外紧张的气氛，都不明白咋回事。只有易小天感觉到了一阵令人紧张的危险，不妙了！荷瑞不知道她是警察，待会被人抓到什么把柄就麻烦了！

"你是谁？"

"你是谁？"

两个人异口同声的问。

"两位借过，借过，不好意思啊！"易小天伸出一只手来，一把揪住荷瑞的衣服领子，把她揪走了！

"苏菲特，这人交给我，我肯定不会让她破坏你们的婚礼的。你们继续吧，啊！你给我过来，你这是哪儿冒出来的丫头片子跑这搅场子的！"

荷瑞还在拼命地挣扎："我不走！我不走！放开放开！哎呀放开！"她还惦记着想和高手过过招呢。

易小天不停地给她使眼色，荷瑞才明白了过来，但嘴上还骂着："我今天必须让高副率给我个交代，我就不走！"脚下却已经朝反方向溜了起来。

两个人刚蹑手蹑脚地走了几步，背后传来一声娇喝："慢着，那个男生……"

两个人默默对望一眼，慢个鬼咧！立刻拔腿开始狂奔！

陈警官穿着高跟鞋，跑起来可就没平时那么快了。易小天和荷瑞毫无形象地

狂奔起来。

"后面那家伙是什么情况?"荷瑞边跑边问。

"是警察,很难缠的!"易小天小声说。

陈警官一边跑一边开启手腕上的腕饰电脑,呼叫到:"皮卡丘听令!监控向阳南路以北的所有路段的摄像!召集所有的警卫机器人抓捕这两个人!"说着将两人的照片上传了。

"收到!"皮卡丘欢叫一声。

陈警官继续拔足狂奔起来,这两人看着挺瘦小,跑起来却够快的。

就是他!没错!

陈警官在看见易小天的一瞬间就确定了自己的判断:他就是当初骗过了自己的那个百乐门的服务员,后来在抓捕生化人的时候也曾经在现场出现过的,她记得很清楚,当时扫描的信息里显示他的名字是易小天。

可是自那之后这个人就神奇地消失了,陈警官关注了那么久,他的动向却无论如何都搜索不到。后来因为别的案子她暂时放下了追踪他,但是这个人当时与先华组的人在一起,也许掌握着某些特殊的信息,当时警局因为证据不足并没有同意陈警官的提议,将易小天也列入嫌疑人行列,可陈警官多年从警经验却一直提醒着她这人不简单。

一直听苏菲特抱怨自己的上司,她绝没想到原来他就是苏菲特的那个讨人厌的上司啊!也许她多看一点财经新闻就会早点见到小天了!但她平时下班除了去道场磨练格斗技巧就是回家看动画片了,基本不关注新闻的。

陈警官越想越气,今天非得抓到这滑头小子问清楚不可!

易小天做贼心虚,只恨自己没再长两条腿。

"我刚才演技怎么样?"荷瑞笑嘻嘻地说,这会居然还有心情说笑,也真是佩服她了!

"无敌无敌!"易小天慌张地回头看一眼,和荷瑞快速转过一条胡同里。

"荷瑞你听着,她不认识你,而且你搞成这个样子更不容易认出来,快去随便找个服装店换个装,找个安全的地方躲起来,这人我来引开!"易小天只能想到这主意了。

"不行,让我来对付她!"

"乖!听话!"易小天忍不住催促,"无论如何,我一定要确保你的安全!"

荷瑞想了一下,点点头,突然朝着另一个方向跑了,速度之快,比带着拖油瓶易小天不知道快了多少倍。

易小天看着荷瑞飞檐走壁,不一会就消失了,知道凭她的本事那是说什么也不会被抓到的,这才放了心。

哪知刚和荷瑞分开不一会儿,迎面就撞见了一个蜂式机器人小分队。

　　"先生，我们接到命令，将对您实行逮捕，请您配合举起双手……怎么又是你？看来这次你干的事可比扔废纸严重多了。"

　　易小天见前面逃不走了，一回头，却又看到赤着双脚，拖着裙尾，累得气喘吁吁的陈警官。

　　"你……你今天别想跑……"

　　下次再也不穿裙子了！陈警官心想。

第三十三章

进了趟警局不会对信用卡额度产生什么影响吧?

这次是真的完了。

易小天在心里后悔不已,叫你心术不正非要去破坏人家的婚礼,好了吧,现在就遭到惩罚了吧!要是能重来,他肯定不让荷瑞搞这么一场,现在可好,被人家逮个正着。他现在肚子里的秘密加起来可以绕地球一圈,万一禁不住警察的严刑拷打都说了出去怎么办。

他现在就已经幻想出自己被严刑拷打的可怜模样了。

他惨兮兮地跟在陈警官的后面上了警车,忍不住可怜巴巴地问道:"警察姐姐,你们会用刑吗?"

陈警官嫌弃地拖着自己繁琐的裙子,忍不住瞪了他一眼:"你先感谢一下自己生在法制健全的隐形区域吧,什么年代了,哪来的酷刑。"

"哦!"易小天这就放心了,看来那些警匪片还是不能看太多啊,容易影响对世界的判断。易小天默默擦擦冷汗,要在平时,眼前坐着一个美女,他是说什么也要调戏一下的,但今天神经紧绷,腰板坐得溜直,连看都不敢看她一眼,这可真是不多见。

"另外那个人呢?"陈警官问。

"不见了,没找到。"皮卡丘有点不爽。

"不见了? 往哪个方向去了?"

"不知道,监控里没有拍到任何东西。"

"难道是凭空消失?"陈警官皱眉。

"还有一种解释,就是她控制和修改了一路上的监控摄像,操控了所有的机器人。"皮卡丘可不想被人质疑自己的专业性,尽量让自己看起来严肃点。

"难度系数有多高?"

"顶级。这需要非常专业和快速的操作和十分复杂的计算系统才能神不知鬼不觉地做到。"

陈警官不动声色地笑了一下，让一直偷偷观察她的易小天心里直冒冷汗。

"看到了吧！一个人所有存在的痕迹都是可以被查到的。"她又露出那种似笑非笑的表情看着小天，"你说是不是。"

"呵呵，那肯定的呀。是人就要活动嘛，只要是活动就会被记录在案……"易小天话还没说完就感觉到自己似乎上了当。

陈警官终于露出甜美的微笑来，关掉电脑，直直地盯着他笑："那你跟我说说，自从解决掉生化人后，为什么你的痕迹就消失了？居然查不到你的任何信息。"

易小天感觉自己的脸白了，解决了老K后他就被傲得他们抬去了先华组治病，一直到自己偷跑出来才又开始有了活动，也就是说自己那中间的差不多半年时间没有留下任何的痕迹！

易小天觉得自己上了一个大当。

是啊！被这狡猾的警察发现了！他没有治病的治病档案，没有购物记录，没有任何出行的记录，光是别人问他病是怎么好的就够头疼了！难不成是自己在没有使用任何药物的情况下自愈的？

易小天平时聪明绝顶，现在一下子被人抓到了小尾巴，惊得半天也说不出一句话来。

陈警官柔柔弱弱地笑着："你不用回答我，待会到了警局自会有人好好问你的。"陈文迪只要胸有成竹的话，说话的语调就会变得又萌又软，但知道她性格的人可就知道，如果陈警官这个语调说话，那不是案子就要破了就是有人要惨了。

数据是死的，任凭嘴巴再怎么能吹，也编不出不存在的东西啊！

易小天头一次进了警察局，以前倒是在电影里经常见，可现在真进来了还是紧张得要死。警察们一脸严肃地跑来跑去，也有很多黑漆漆的机械警察押送着犯人到处奔忙，不少凶神恶煞的犯人对着机器警察脏话就没停过，这些场景让易小天非常紧张，牙齿打颤"喀嚓喀嚓"响，他把脑袋压得低低的，尽量不跟别人对视。

不过这次来警局小天倒也有个收获，他看到一个凶神恶煞的大壮汉，撇着大嘴的，光着膀子，脖子上戴着条粗粗的金链子，身上纹着条龙（纹的也不咋样，易小天猛一看还以为是条带鱼呢）。他对着机器警察倒是骂得够凶，可一个警官听不下去上前呵斥了那大汉一句，那大汉瞬间就老实了，垂头丧气地被机器警察继续押着走了。看来那些所谓的"黑社会"也没啥了不起的嘛，易小天以前见了这种人还礼让三分，这次见了这种情景以后倒再也不怕这些色厉内荏的人了。

"这是谁？"等他们进了警局，一个警察奇怪地问。

"3.18案的目击证人。"陈警官颇感得意，3.18的案子放在那里悬了很久了，他们至今对先华组内部情况仍一无所知。大家点点头都佩服陈警官的这份执着，一般关于先华组的案子都是他们最头疼的，因为无从下手。就算是有所收获也不过只是那个庞大的组织里微乎其微的冰山一角，获得的成绩远远小于投入的精力。

一般大家都比较喜欢处理一些民事纠纷这种简单而且立刻能见到成效的任务,也会获得民众更多的好感,只有陈警官紧咬着先华组不放。

陈警官换了身警服出来,果然又变成十分精明能干的样子。

易小天偷看一眼,心里轻哼一声,哼,别以为我什么美女都吃,我发誓我这辈子不跟女警察有任何关联。

"对于你那神秘消失的半年你没有什么想要说的?"

易小天耸耸肩:"说实在的警察姐姐,我都不知道你抓我来干什么,我的日子过的太很平淡啊,没什么特别的。"易小天开始装疯卖傻。

陈警官可不理他那一套,继续问道:"准确的说就是 3 月 18 日开始到 8 月 29 号这段时间您在做什么?"

"当然是养病啊,然后就普通的过日子嘛。"

"哼,鬼才会信你的话,那你说一下傲得这个人的相貌。"陈警官打开一个电子画板,准备开始着手画起来,"说得形象一点。"

易小天低着头苦苦思索:"这个……警官,我可能无法奉告。"

"什么?"陈警官的脸色变了。

"我吧!说来奇怪,我本来是记得他的长相的,但是我生病好了之后这脑袋就对以前的事情记的特别模糊,只要一想起来就特别头疼,不知道是不是被人动了什么手脚,现在还有后遗症,只要一想就头疼。哎呀,哎呀!"说着还十分痛苦地捂着脑袋,好像真的很疼一样。

陈警官冷冷地看他表演,"是不是只有想起有关先华组的时候才会疼,正常生活的时候又没受影响?"

"是是是!"易小天一副惊奇的样子,"我还奇怪呢,我觉得可能是他们觉得这件事关系比较重大吧,所以把我大脑给清空了什么的!"

"我知道你这是什么病。"陈警官关了电脑,"你这叫欠揍!"她已经尽量控制自己的脾气了,但是一看到易小天一副装疯卖傻的样子就气不打一处来。

"王警官,这边有个嫌疑犯知情不报,故意装疯傻扰乱程序,你来处理一下。"

正在接水泡茶的王警官听到后转过身来,易小天一看,好一个面色威严、一脸正气的警察啊!他赶忙拉住陈警官:"真的,真的,真的,我没说谎。他们肯定给我打了什么药物,不信你问问你那个小宠物狗,它说它什么都知道的。"

"哪个?就是他?"王警官走过来,一脸正气吓得小天头都不敢抬,试问落在他的手里还怎么翻身?

陈警官挥挥手:"先等一下。"

她又坐下来,打开电脑,连接了皮卡丘。皮卡丘刚出现,易小天就迫不及待的叫起来:"嗨,小乖乖,我问你是不是有一种药给人体注射以后人就可以出现某个时段的记忆混乱。"

他记得以前在基地的时候被荷瑞骚扰的时曾经听她提起过，似乎有一种注射剂可以让人的大脑出现短时间的记忆混乱和衰退，但是因为当时没怎么注意听，那药叫什么名字却没记住。现在后悔不已，早知道自己应该勤奋一点，好歹储备一点知识才好胡编乱造呀。

"是的，目前的确存在这种功效的药剂，名字叫做布疋玛多汾注射剂，零点五毫克足以使人失去两个小时的记忆，是用来治疗精神创伤的，可以根据药量来确定记忆消失的时间，是隐形区域命令规定的禁止滥用的管控药品，如需使用需要提交大量的手续和使用说明，并且一般情况下一次只可以申请少于两毫克的剂量，还要在严格监控下使用。"皮卡丘仍旧一副一本正经的样子，因为前两次任务的失败，它已经名声不保，再也不敢太嚣张，今后得要夹着尾巴低调做狗了。

皮卡丘说完偷偷看了看面前沉默的几个人，搞什么？难道自己又说错话了？

易小天率先反应过来，开心地对着皮卡丘说："对对对！你看连万能的小哈巴狗都知道存在这种可能。"

"我才不是小哈巴狗！真是无知的人类！"皮卡丘气扭过头去，再也不理小天了。

陈警官仍旧冷冷地看着他，面无表情："那又怎么样？顶多只是说存在那种可能而已。你并没有证据证明自己被注射过布疋玛多汾。"

易小天不理她，仍旧缠着皮卡丘："小不点，我问你！先华组他们有没有这个实力拥有这种药剂。"

皮卡丘忍不住回过头来："这个……以我们目前掌握的资料来看，先华组拥有的设备和资源都是国际一流的，他们拥有这种药剂的可能性很高，但是否确切拥有，这个我也不知道。"

"啊！原来你也有不知道的时候啊！"

皮卡丘最讨厌别人质疑自己的权威，要不是还隔着一个屏幕它恨不得要蹿起来咬烂这家伙的屁股了！皮卡丘彻底转过头去不理小天了，还怒气冲冲地把他拉进了黑名单，然后自己关掉了网络连接。

陈警官好脾气地安抚他："证据，这是一个法制社会。"

易小天撇撇嘴："你叫一个失忆的人说什么呢？"

"失忆的人是说不了什么的，装的就未必了。"

"你怎么就能一口咬定我是装的呢！"

陈警官冷笑着看着他："因为你自从遇见先华组后的半年内的记录都是空的，具有极大的嫌疑，王警官，帮我调一下易小天的近一年的个人记录。"

王警官快速的在网上操作着。

易小天不敢接话了，这小丫头片子真是不好糊弄！

"数据是不会骗人的，我建议你最好老实交代，警局里像我这么好脾气的警察

可不多,万一待会……"

"哎！哎！小陈！"王警官打断她,将平板举起来给她看,"是这个吗？他的记录是全的啊？没有哪页是少内容的！"

易小天瞠目结舌,简直比陈警官反应还大。

"什么？"

陈警官拿过来一看,3月18日往后易小天的记录一条不缺,有医院买药的记录,有购物记录,应聘的记录,打车的记录,竟然密密麻麻,一点破绽都没有。

易小天抢过来一看,天哪！这简直是一份完美的档案！

最可怕的是居然还有摄像截图作为完美的佐证,世界上能把假档案做的这么完美的地方小天就知道一个——肯定傲得知道他被抓了找人帮他搞好的！

亲人啊！恩人啊！易小天从来没这么感激过傲得。

易小天头一次找到了被人关心和真心帮助的感觉,自己不再是一个人在担心害怕的默默走着夜路了,在他的身边,早已不知不觉站满了同伴,这种感觉真好啊！

傲得在易小天进入游戏人间后不久就帮他完善了资料,将他在警局录入的档案都偷偷修改完成,只是易小天自己平时心大,从来不关心这些细节,只顾自己玩乐,根本不知道别人都帮他摆平了一切。而陈警官一开始跟踪易小天时小天的资料还是一片空白,等到傲得偷偷帮易小天完善资料时已经是几个月后,陈警官又被其他的案子耽误了进度就没再继续追踪易小天的下落了,哪知道现在再回看当初的资料时,又完全不一样了！

最厉害的是荷瑞提交了易小天的头发和指纹后,为了增加可信度傲得还人为伪造了视频截图。这种视频截图对他们来说就太容易了,只要没人太钻牛角尖,就不会被发觉。

可偏偏易小天就倒霉遇见了个钻牛角尖的陈警官,她吃惊地看着这份完美的数据,瞪大了眼睛:"怎么可能!？几个月前我查看易小天的记录都还是空的,怎么现在都满了！"

她惊异地看着王警官:"难道是内网被人入侵了？"

王警官笑着摆摆手:"这种可能性太低了吧,警局的内网是随便什么人都能入侵的吗？你知道我们有多少网络工程师吗？"

陈警官也觉得不可能,她对警局的网络安全是十分有信心的。但是她哪里知道道高一尺,魔高一丈,先华组里的高手更是不计其数。

易小天知道自己的漏洞已经被人摆平了,立刻开始嘚瑟起来:"我说你们这些警察做事也是不靠谱,你说档案里没有我的个人记录,这明明密密麻麻写了好几页,想找茬儿好歹先把明面上的这些删一删嘛。"

陈警官一张小脸涨的通红:"这……这……怎么会呢？"

"还有一种可能。"王警官说,"也可能是你记错了！"

陈警官不可能怀疑自己,难道自己的眼睛和记忆会出错吗？但眼前的情况又怎么解释？

易小天大摇大摆地坐在那里,翘着二郎腿挖着鼻子,一副大爷的模样。

陈警官从没遇到过这么离奇的事情,但是她刚才已经都说了,数据是死的,数据足以说明一切。她四肢无力地跌进椅子里。

"而且你看啊。"王警官还在看着易小天的档案,"你看这里,人家现在是岳黎研究院下属的正式职员,岳黎研究院向来和先华组不和,他如果跟傲得他们有关,又怎么会跑到这里来工作呢,这不合逻辑的。"

可惜当初没人对这个案子感兴趣,这些资料也都是她自己加班的时候查看的,根本没有做记录,也没有备份,现在连当初的证据都没有了,反而被人反咬了一口。

易小天掏掏耳朵:"请问警察先生,我可以走了吗？"

"不可以！这件事情一定有古怪！"陈警官忍不住叫起来。

"小陈,没凭没据的可不能胡乱扣留他人。"

陈警官气得浑身发抖却没可奈何,明明知道这人具有重大嫌疑却一点办法也没有,还要把他放了。要是说原来她还只是觉得这人可疑,现在却是板上钉钉地认为这人一定有问题了,因为以陈警官的经验看来,凡是过于完美的个人档案,反而说明最有可能是伪造的。但现在确实也没有证据,她的这条个人经验也派不上用场。

双方僵持不下时,易小天的手机适时地响了。

陈警官条件反射的跳起来,易小天晃了晃电话给她看:"是岳黎研究院的沈教授啦！"

当着她的面大摇大摆的接起电话,语气亲切得过了头,甜得发腻地说道:"喂,沈教授？有何贵干呀？"

"小天？在忙吗？"

小天看了眼脸色铁青的陈警官,笑嘻嘻地说:"还好吧！在和几个朋友聊聊天。"

"是这样的,今天下午有时间吗？到我办公室来,有件事需要你。"

"好嘞！那我现在就过去！嗯,拜拜。"

小天故意把免提声音开得老大,估计现在整个警局大厅里的人都知道他是沈教授的属下了。陈警官与沈教授在美容院里有过一面之缘,当时还羡慕过她的美貌呢,她的声音自己也有印象,看来这事是真的了,陈警官现在是彻底泄了气。

如果他真的是沈教授的手下,就算自己不去查,估计沈教授也早把他查个一清二楚了,他也不可能坐到如今这个位置。

陈警官不知道小天的完美资料连超级难搞的程部长都骗过去了,何况是她一个小警察呢。可她是看过小天曾经的档案的,这事绝对有问题,她绝对不会放过这

个人的!

"还有别的事吗？没别的事我可要去忙了,毕竟也不能叫沈教授久等啊。"

陈警官尴尬地笑了一笑,在现实面前,她只能妥协,她慢慢地坐下来:"那看来我们可能有点误会,那个……您可以先回去了。"

易小天站起来拍了拍裤子:"得了吧!还好咱不跟女人计较。"

抬腿就要走,陈警官却又叫住他:"请稍等一下,这个人你看我画得没错吧!"

陈警官举起一个电子画板来,画板上是刚才荷瑞大闹婚礼现场时的造型,虽然变了装,造型也惨不忍睹,可荷瑞还是画得太像了,眉眼神态和真人简直一模一样,看得小天是心惊胆战,他奶奶个脚!这小警察是啥时候画的图,也忒厉害了吧。

"以前的事情可以忘,但是刚刚发生的总没忘吧!这人能逃过我们警察布下的警戒,绝不是一般人,我怀疑她极有可能和先华组有着某种关联。"

易小天原本来扬着的嘴角僵硬地抽了一抽:"画得挺像,感觉眼睛画得有点大,再小一点就更像了。"

"谢谢,慢走,我们会再见的。"陈警官甜甜地笑着。

易小天却受不住打了个寒战,赶紧溜了出去,真是失策啊,怎么惹上了这么难缠的警察!

陈警官看着易小天离开的身影,气得捏紧了拳头,我就不信邪,挖不出这条线索来我就不姓陈!

手机在口袋里无声地响着,陈警官拿起电话一看,是苏菲特打来的。天哪!光顾着抓人,居然把表妹的婚礼给忘了!

"喂?苏菲特,对不起,我刚才抓人抓得太投入了,你那边婚礼进展的还顺利吗?"

苏菲特握着电话过了一会才说话:"表姐,婚礼砸了,我想麻烦你一点事,你帮我查一下高副率吧,我觉得他可能真的有其他女人……"

第三十四章

是时候教 A.I 点人情世故了

易小天从警察局溜出来后以这辈子最快的速度离开了这个是非之地，坐上了车连电话都不敢打，谁知道自己现在是不是已经被人监控了呢，太可怕了！

到了公司，易小天让警卫机器人在自己身上里里外外地扫描了三遍，确保自己真的没有被监控时才松了一口气，但是他仍然不敢给傲得打电话汇报，只好回办公室发了一封邮件，告诉他自己已经被警察瞄上了，现在最好断绝一切和自己的联系以免露出马脚，更是特别标明立即将荷瑞召回组织，因为她已经和警察打过照面了。

原本他还有点舍不得荷瑞离开，结果现在却不得不提前把她送走来确保安全了。事已至此，就算再怎么自责也没用了，只能走一步看一步了，易小天的情绪低落了几分钟，但接着就自我安慰成功，抖擞起精神去了沈慈的办公室。

沈慈的办公室在八十五楼，易小天现在感觉自己对八十五楼有着某种不可言说的阴影，恨不得再也不来这怪地方，万一啥时候隐形机器人突然失灵砸在自己脑袋上那岂不是死不瞑目。

虽然炸毁主机的命令已经撤销，但到底八十五楼已经在易小天的心里留下了沉重的负担，他硬着头皮推开了沈慈的办公室大门，干净整洁的房间内，沈慈坐在一个白色的桌子后，白墙，白灯，白色的书桌和装饰，一切都是容不得一点杂质的白，白得让人心慌。

"沈教授您找我？"易小天觉得在这种近乎庄严般的纯白面前，自己像是一块玷污了白纸的墨点，说话声音都没什么底气了。

"是啊，随便坐。"沈慈倒是仍旧一副好脾气的模样。

易小天有点拘谨地坐下来，觉得自己前前后后似乎都被这种白色的灯光给照了个遍，像是坐在了解剖台上洗干净了待宰的小白鼠一样。

"是这样的，有一个任务我觉得你比较合适，所以希望你能抽点时间帮帮忙。"

"什么工作呢？"

"其实工作很简单，就是陪一个……嗯……小女孩聊聊天，解解闷。"

易小天一听，背立刻挺直了，眉眼舒展起来，笑得春光灿烂："哎呀，陪小姑娘聊天！沈教授，您可找对人啦，聊天我最在行啦！哈哈！多大年纪的小姑娘？在哪儿呀？长得肯定特漂亮！"

沈慈看见易小天那副乐不可支、喜上眉梢的样子，跟刚才唯唯诺诺、小心翼翼的神态简直判若两人，忍不住掩着嘴甜笑着："我就说你这人很有趣呢！她一定会喜欢的！"

易小天已经从口袋里摸出了面小镜子在那里捯饬自己的发型了！

"你跟我来。"

"好嘞！"

其实当初提议由小天来去陪天君聊天时，也有很多人提出过异议，认为易小天人太过滑头的有之，担心单纯的天君被易小天带坏的有之，担心天君暴露于外人会带来不必要风险的有之，这些沈慈也统统都考虑过了。天君在一开始设计之初被写入的底层代码中就已经编写了"不能做出任何伤害人类的行为"，只要这层代码仍旧发挥效力，天君自己会删除和屏蔽那些对人类产生威胁的行为和信息，所以即使有人想利用天君来做什么威胁人类生存安全的事，她觉得也是没有可能的。

何况小天也已经知道了八十五楼警卫的力量，谅他也不敢再打什么其他的主意。沈教授对自己的隐形警卫和对天君的智力有着百分之百的自信，根本不把这些微不足道的疑虑放在心里。

出了门，沈教授居然朝着角落里时常紧闭的那几个大房间走去，易小天的心忽地跳了起来，扑通乱响，不是吧！这是要去哪儿？

眼看着沈慈在中间那间房门前停下，易小天的心又突然停住不跳了，连呼吸都快消失了。

"教授？那……您说的那女孩叫什么名字……"

"天君。"沈慈边说着说着，门上刚研发出来还不到一个月就安上的基因认证门锁认出了沈慈，打开了大门，她"嚯"的一声推开那扇微微闪烁着蓝光的大门，走了进去。

易小天就没那么容易进去了，电子扫描仪在僵化的易小天身上好一顿扫描，然后又在得到了沈慈的明确指示可以让来人入内后，认证完毕了沈慈的声纹，才算是关闭了门口的激光安全闸。可大门开了半天，易小天还是僵硬着没动。

直到沈慈又催了一遍，易小天这才灵魂归位，心跳倏忽正常，他猛喘了一口气，睁大眼睛，赶紧走进房子一看，除了门这面墙，其他三面墙上镶嵌着巨大的显示屏，无数的数据在屏幕上快速的滚动和切换，看得人脑袋发晕。

易小天啧啧称奇，之前自己一直挖空了心思想要溜进来而不可得，现在任务刚撤销，自己却这么大摇大摆地进来了！

　　他好奇地环顾四周,他还是头一次见这么大一台的电脑呢! 他四处看看,指着大显示屏问道:"沈教授! 您是让我陪这么个机器聊天吗? 这我小天可就不擅长了!"

　　沈教授忍不住甜笑起来,易小天还不知道天君已经可以自己合成形象了。

　　"宝贝? 别闹脾气啦? 妈妈给你介绍一个新哥哥。"

　　易小天挠着头皮惊奇不已,沈教授对着空气说话呐? 还是对着机器说话呐? 机器人能说话他知道,难不成电脑也能自己说话啦?

　　易小天眼前的空气里忽然快速聚起蓝色的颗粒,眨眼间一个俏皮的女孩子几乎贴着他的鼻子出现,眼前就这么堂而皇之的出现一个漂亮的女孩子,易小天吓得尖叫一声,一屁股坐到地上。

　　天君忽而又贴着易小天的鼻子出现在他的眼前,易小天甚至能在她的眼睛里看到自己的剪影。

　　"就是他吗? 看起来挺没用的呢!"天君转过头有些怀疑。

　　天君忽然又从眼前消失,出现在沈慈的身前,易小天这才慢慢爬起来,擦擦额头上的汗,刚才真是差点吓尿了!

　　"宝贝,不要胡闹,让小天哥哥陪你说说话好了。"转过头来看着小天,"小天,这是天君的拟人形象,你就把她当成一般的小姑娘就好了! 她很可爱的。"说着宠溺地摸了摸天君的头发。

　　"你先和她熟悉一下,她呀,其实就是个小女生的性格。我还有事,就先走了,你们慢慢聊,好好沟通一下感情。"

　　易小天欲哭无泪地看着沈慈教授开心地离开了,似乎留下了一块烫手山芋,没想到自己的任务居然是陪一台机器说话解闷!

　　易小天扯了扯嘴角:"嘿嘿! 天君妹妹!"

　　天君颇为嫌弃地看着他:"怎样?"

　　"说实话,我也是头一次接到这样的任务,陪一个机器得说点什么呢? 问你吃饭了吗? 肯定不适合,最近过得怎么样啊,也不太合适,年龄多大了呀,问了也不合适。但要是问一般小姑娘的话……"易小天一个人在那里碎碎念:"啊! 我知道了!"他搓着手贱兮兮地问:"你有男朋友了没?"

　　天君顿了几秒钟才回答道:

　　"还……没有呢!"

　　易小天可惜的摇摇头:"这么漂亮的女孩子居然没有男朋友实在是可惜。"

　　"我要男朋友做什么!"

　　"这就不对了吧,俗话说男女搭配干活不累嘛。谁说电脑就不需要男朋友了,我看那机器人有的还分男女呢。听说这些机器人都是你控制的哦? 那你说你设置的时候干吗还创造个性别出来呢!"

天君没有回答这个问题。

易小天大摇大摆地坐下来，放松放松腿脚，一边给自己捶腿一边感叹："哎呀，要么怎么说还是你们当机器的好呢。好歹不会累得走不动，肚子也不会饿，不用吃东西自然也不用上厕所了，多省事啊。"

天君这次倒是答话了："当机器也没什么好的呀，不能动也不能走出这个房子，每天就在这里二十四小时的工作，大脑一刻都不得闲。"

"你那么忙啊！"

"是啊！我每时每刻都在操控着全世界所有的机器人，所有的数据和应用都会反馈到我这里进行计算，我每天处理这些数据都快累死啦！"

"那你岂不是傻！"易小天一副过来人的样子，狡猾地笑着，"你就不会偷偷懒吗，你看我，手下现在管着好几百号人，每天自己却闲得要命，想干吗就干吗。那些乱七八糟的事都交给下面的人去做不就行了，我自己就留着享受就好。嘿嘿！"说完揉一揉自己的肩膀，对自己的高论甚是得意。

天君撇撇嘴："你那叫不负责任好不。"

"哎，你没听过李白的那句诗吗？'人生得意须尽欢，莫使金樽空对月'啊！大把的好时光肯定是不能浪费的。世界这么美好，咱也不能活得太憋屈了是不。"

天君转了个圈，忽而从小天眼前消失："我知道这句诗，人家李白说的可不是这个意思。"

"差不多，差不多。"易小天站起来抖抖腿，活动活动，"这人生的道理啊，你要学的可多着呢！回头小天哥慢慢教你，不说别的，好歹让你在工作之余给自己也找点乐子放松放松嘛，就算是一台机器也不能太压榨人家的劳动力是不！"

天君吊在天花板上旋转起来："你这话说的不错，我们机器也是有思想的，也会感觉到累的呢！"

"这我都知道。我之前在百乐门上班是最怕上通班了，一天二十四小时下来再接一个白班，人简直都快熬成了僵尸了，太累了！身体和大脑都到了极限，这什么事到了极限之后都会触底反弹，物极必反嘛。所以千万不要把自己逼得太紧了，别看你是个小机器，可你小天哥天生就心疼女人，最见不得女人受累。"

天君忽而出现在小天眼前，眨巴着大眼睛问："百乐门是什么？"

易小天说得兴奋过了头，把自己的老底给交代了，他赶紧摆摆手："跟你小姑娘说你也不知道，就是一个我以前打工的地方吧！"

天君认真地点点头。

"要不怎么说还是你们机器厉害呢！这么多数据分分钟就算完了！我上学那会儿一道数学题算半天答案还是错的！"

"不用一分钟，数据计算的时长需要控制在三十秒内处理。"天君又转了个圈消失了。

"三十秒？"小天啧啧称奇,吸了下鼻子,这在他可是无法想象。

"小天哥！"天君在小天脑袋上头飞舞,"要是看见一个人特别不顺眼,想让他走的话,一般怎么说呢？"

易小天想了一想:"一般的话,我就说……滚犊子！"

"滚犊子？"天君跟着萌萌地学着,样子十分可爱,"这句话可以定义为'伤害人类的行为'吗？"

"当然不算啦,这只是个人情感的一种宣泄式表达而已。"

"哦！"天君默默的重复,"滚犊子,滚犊子……"也不知道学会了是要准备对付谁。

易小天盯着不断滚动的大屏幕看了一会,看了一会就两眼发花,脑袋发晕,小天揉揉脑袋:"他妈的！这可太要人命了,老子光看着就头晕了。这些都是由你来处理？你也太厉害了！"易小天啧啧称奇,好奇地在操作台上东碰碰西碰碰,胡乱捣鼓。

天君吸着手指头默默地重复着:"他……妈……的？他……妈的！"

"不行不行,他奶奶个脚！头太晕了,看不下去,唉！"易小天揉揉眼睛,"要我说啊,这女孩子就应该唱唱歌啊,购购物啊,学点什么琴棋书画陶冶一下情操什么的,你虽然不是人,但好歹也是个女机器吧,这工作量实在是有点恐怖。"

"陶冶情操？"天君问道。

易小天又给天君普及了些做女人的基本准则,聊得口干舌燥才发现这里居然一杯茶都没有,抬手看看时间:"成了,今天咱们就先聊到这儿吧,我还有别的工作呢。要下班啦,等下回的时候再来找你玩哈。"

说着自行推开了大门。

"小天哥,小天哥！"天君追到门口的时候就停住不动了,"记得还要来找我玩啊。"

小天比了个 OK 的手势,笑得一脸灿烂:"放心吧,我一有时间就会来找你的。"说着扣上门离开了。

易小天抖擞起精神,发现门口竟然站着好几个人,什么高院士、张博士的都在那里奇怪地看着他。

易小天奇怪,这是在看啥呢？

"你到底和它说什么了？别人去跟天君聊天二十分钟都坚持不到,你居然能跟她聊上两个小时？"高院士疑惑地问道,她是死活想不通这个"海葵"能有这么大本事。

哈！易小天在高院士面前潇洒地甩了甩头发,这下子在她那里可算是把上次丢的面子给捡回来了。俗话说得好,老天饿不死瞎家雀！易小天得意地想,咱就只会和美女聊天又咋了,咱不就靠我这本事把天君哄得一愣一愣的了？我可和你们

这些不食人间烟火的假仙女们聊不来,但老子我和其他的美女可都是打得火热的,看来这个天君也没啥了不起的嘛,也就是个普通小姑娘而已,唬一唬小姑娘有啥难的!

不过他也绝没想到天君居然是个小姑娘的外形,这事可得跟傲得汇报一下。易小天一边想着,一边高昂着脑袋,昂首挺胸,道一声"借过",从一脸懵圈的高院士她们中间穿行而过,深藏功与名!

路过沈慈的办公室时去问了一下,沈教授已经离开了。既然领导都不在了,哪还有不溜之理!易小天今天过得简直是鸡飞狗跳,现在真是浑身酸疼,只想回家洗个热水澡。

刚出了公司门走了没几步,街角上突然转过来一个个子娇小的美女。"呦,这么巧啊?"美女甜甜地说。

好家伙,这老天爷到底没瞎眼啊,知道我今天过得不顺,这不就让美女来主动搭讪了?于是他笑嘻嘻地转头一看,笑容就此僵在脸上了,原来不是别人,正是纠缠了他整整一天的陈警官!陈警官换了一身时尚靓丽的便装,背着个小包包,穿着少女款高跟鞋,头发简单地挽了起来,看起来异常漂亮。

易小天仍是表情僵硬,再漂亮也抵不住她是个"女阎王"的事实,鬼才会真的觉得巧呢,她该不会是跟着我来的吧?

易小天觉得自己真是惹了个大麻烦!

"呵呵呵……好巧啊,陈警官这是下班了?"

"是啊,下了班打不到车,就一路走过来了。现在是高峰期,还不知道什么时候能回到家呢。"说着眼睛别有深意地看着易小天。

我了个天!小天在心中惊讶,她莫不是在暗示我送她回家吧?那就干脆说自己没车算了。

刚打算开口,就看到一早就开了自动驾驶功能的限量版法拉利正缓缓地开到自己的眼前,然后停了下来。妈的!

"呵呵,这个……要不……"

"好呀,那就麻烦你送我回家啦,让我也试试看坐跑车的感觉嘛。"陈文迪说完就拉开车门,钻进了车里系好安全带等上了。

喂喂喂?我可还什么都没说呢,真是深深地感觉到自己被套路了。易小天无可奈何,心想着把你送回家了就总该好了吧,你总没理由会赖在别人家里吧?

易小天上了车,龇着牙冲着陈警官笑了一笑就认真地开车了。

"陈警官,我就奇怪了,您现在玩得是哪一出啊?"

陈警官指着左边的路口:"请朝左边开。我现在正查一桩案子呢,因为已经锁定了某个犯罪嫌疑人,却被他离奇地逃脱了!我必须紧紧地咬住这条线,时间一长,鱼总会上钩的。"

易小天没有情感起伏地呵呵两声："我钦佩您的果断和英勇,但是吧,如果一开始方向就错了的话,一切可就全都错了。"易小天适时地提醒。

"不会错的,我分明看见过那份空白的档案,哪怕那份档案现在已经天衣无缝,可我仍旧相信自己的判断。"陈警官别有深意地看着他。

易小天差点刮到一辆大货车,堪堪与之擦肩而过,心里后怕之余明白了这个陈警官是彻底盯上了自己,你说她闲着没事看人家档案干什么啊!有时间去看看韩剧不就得了,干吗非得那么较真呢。

"陈警官,那我祝你成功了!走哪边?"

"左边,然后右拐。"

易小天看着眼前的路越来越熟悉,渐渐疑惑起来,这不是回我家的路吗?这陈警官是要干吗?难不成她是我邻居?

易小天一脚油门到了家,陈警官还没说要下车,他吃惊地看着她。

这时候陈警官才拿好自己的小包包,甜笑着下了车:"谢谢你,我到家了。"

然后易小天瞠目结舌地看着陈警官走进了自己家隔壁的那栋楼。

不是吧?!有没有搞错?易小天吓得简直连家都不敢回了,他住的这栋楼和隔壁那栋楼可是有一个空中走廊相连接的,他生怕拉开家门然后看见陈警官大摇大摆地坐在沙发上,他这个心脏病估计就要这么被吓出来了。可是如果不回家又明显做贼心虚啊,现在这些警察怎么都这么厉害呢。

易小天大着胆子扭开了家门,往门里一闪,四下里一看,还好没再看见陈警官。

他舒了一口气,躺在沙发上半天都没动一下,自己怎么就把自己的人生像和稀泥一样和的一团糟呢?说到底还不是因为自己出了馊主意去破坏人家的婚礼,现在真成了现世报了!

易小天欲哭无泪,现在被警察粘住了还怎么脱身。转头往家里看了看,发现家里冷冷清清一点声息也没有。走了一圈,所有关于荷瑞的东西都不见了,家里只剩下自己的东西乱七八糟地胡乱堆在那,好像荷瑞从来就没来过一样。

房子都感觉变大了。

走得可真快、真彻底啊!虽然明明是自己申请让荷瑞尽早撤离的,但是真的就这么不打招呼的就撤,小天心里多少还有点不舍。他打开冰箱,里面还有几张没吃完的牛肉馅饼,要不是这几张牛肉馅饼的存在,小天简直要以为自己是做了一场梦了。

小天拉开窗子,凉风迎面扑来,怎么年纪轻轻就觉得活得这么累呢?小天难得感性起来,准备酝酿酝酿情绪,思考一下人生。

可他刚准备抬头看天长叹一声时,猛然瞥见对面不远处的窗子前站着一个美女,眯着眼睛定睛一看,竟然是陈警官也趴在窗前眺望呢!

他奶奶个脚!

一瞬间意境全无，小天所有的多愁善感全都憋了回去，他"啪"的一声扣上了窗。这是要把我赶尽杀绝的节奏啊！

小天憋着股气，洗完澡躺到了床上，那我睡觉总行了吧，睡觉总不至于打扰我吧。哪知日有所思夜有所梦，白天陈警官给小天脆弱的小心脏带来了巨大的冲击，以至于做梦的时候都连连梦到陈警官，一会被陈警官举着手枪追得满世界跑，一会又被她绑在十字架上严刑拷打……

一晚上翻来覆去地没睡好，小天早早就醒了，他以为第二天又会被陈警官盯上，哪知第二天陈警官却没再出现，第三天也是。可是小天越发慌张了，如果明面上出现的话，心里还有所准备，如果她真的消失不见，而你又知道她可能随时随地就在身边的那种感觉反而更让人心里发毛。

忐忑不安地上了几天班，见谁都觉得长得像陈警官。这天推开办公室的大门，就看见外间的助理位置上陈警官好端端地坐着，易小天吓得跳起来，差点把天花板撞了个洞。

"易总？您怎么啦？"苏菲特没想到易小天见到自己的反应居然这么大。

易小天揉揉眼睛再看，却原来是苏菲特。

"哦！吓我一跳！看错了。咦？苏菲特，你怎么上班了？我记得给你批的婚假挺长的，没去度蜜月吗？"

苏菲特低着头，长长的睫毛垂下来，看起来十分委屈："婚礼……取消了……"

"啊！？"易小天大吃一惊，他虽然搞破坏想给那个高副率制造点麻烦，但是绝没想把人家的婚礼彻底给搅黄了。

"不会吧！不会是因为那天的那个疯女人吧？嗨，我跟你说……"

"不是的。"苏菲特低着头，脚尖无意识地踢着地面，"其实不是那个女人的问题，我本来就怀疑他有其他的女人了，然后我就让我表姐帮忙调查了一下，结果居然是真的。"

"你表姐？"易小天的记忆顺着线索倒退了回去，大脑里的信息迅速锁定到了陈警官那张精致的小脸！

"我表姐就是陈文迪，她是做警察的。"

易小天痛苦地扶着脑袋，点点头："我知道了，既然那个什么高副率是个渣男，你就要勇敢地走出这段不幸的往事，相信我，世界上的好男人还是很多的，比如说……"易小天边说边盯着苏菲特扬了扬眉毛，暗示她眼前可就有一个最优选择哦。

苏菲特认真地点了点头："我知道了，易总，我现在没有别的心思了，只想好好工作，好好为您服务。您看，这是您接下来要参加的会议资料和行程安排，我都帮您整理好了。"

易小天看到苏菲特的桌子上摞起了厚厚一大摞文件，吓得下巴差点掉在地上。

"您放心吧！我一定会全身心地投入到工作中来，用工作来填补自己的所有时间和空间。"

易小天看她一副斗志昂扬的样子,反而有点害怕:"你也不用那么努力,适当的放松放松也是可以的,我可没那么严厉。"别介啊,要是你那么努力工作,连累得老子也得跟你加班可就得不偿失了,易小天可一点都不想用工作来填补自己所有的时间和空间。

"易总,谢谢您的体贴,我一定会努力的,您真是个好人。"苏菲特红着眼睛说道,眼瞅着大颗大颗晶莹剔透的泪珠就要滴落下来。

看着苏菲特红红的小鼻子,小天真是忍不住想抱着她的肩膀,拍拍她娇小的后背,好好安慰安慰几句。手已经快伸到她后背上了,眼前却恍惚看到了她的表姐陈文迪,似乎她正在磨刀霍霍,朝着自己冷笑呢,这一下子他所有的兴致都没有了。小天讪讪地收回手,只用嘴巴干巴巴地安慰了她几句,心想这君子动口不动手是谁编排的歪理啊,君子就应该动口又动手,易小天不满地想。

第三十五章

新的梦想，放飞自我

沈慈面前的电话就快要被打爆了。

她少见地烦躁起来，平时她可是很注意自己的形象的，良好的素养让她每时每刻都非常注意自己的言行举止，时刻保持完美，不流露出一丝破绽。但是她现在真的要抓狂了，一下子好像所有的人都在催她要钱。研究院经费常年不足，三个月一小催，六个月一大催，年底疯狂催。除了游戏公司今年有利润增加外，随着全球经济的普遍下滑，几家关键性的支柱型产业公司全部财政赤字，在全球经济危机的浪潮下艰难求生，别说是给研究院拨款了，大家还都巴巴地等着从研究院调经费来填补坑洞呢。研究院控股的庞大的产业帝国一旦某个零部件出现问题，势必会导致某个环节的瘫痪，一旦某环节真的瘫痪了，研究院将无法继续进行研究，届时，十几年，甚至几十年的研究成果都将化为泡影。她花了一辈子构建的伟大蓝图将不能实现，那她的一生还有什么价值呢？

沈慈揉了揉太阳穴，身边连个可以帮忙分担的人也没有，她的先生现如今又步入歧途，无法与她并肩而战。到底是年纪大了，精力不如从前，不管怎么样保养自己的外表，都无法抹去岁月刻在灵魂深处的痕迹，不服老不行啊，可她仍旧不甘心，说什么也要拼上一拼。没人理解她为人类的未来付出了怎样的努力，如果能按照她的蓝图进行规划，那未来全人类都可以生活在一个真正便捷富饶的科技化社会中，感受到科技为生活带来的翻天覆地的变化，到那时候记不记起她这个人来她觉得一点都不重要，可关键是现在的计划不能耽误啊。

沈慈指了指还在拼命叫唤的电话："接吧。"

在一旁噤若寒蝉的助理立刻接起电话："喂，您好，沈慈教授办公室……哦……好的……我帮您转达……好……"

看来还需要找个时间去做一下深层补水美容理疗啊，沈慈摸着自己干涩的皮肤微微皱眉。

"沈教授，是 HS 娱乐帝国打来的电话……"

"我知道了，不说也知道是什么事，跟我出去一下吧。"沈教授站起来，拿起椅子上的外套转身走了出去。

"好的，请问我们去哪，我叫司机备车。"

"应酬啊！去和那些满嘴只知道利益的白痴老板们谈判，研究院总要经营下去的，下属的企业也必须得挺过难关。"沈慈轻飘飘地说着，她还没去就已经觉得累了。

助理看着沈慈瘦小的背影微微觉得心疼："沈教授，您真的太不容易了。"

沈慈怎么也想不到自己有一天也会沦落到去和这些粗俗的老板们讲人情的时候，平时沈慈是一个十分骄傲的人，这些应酬能推则推，她一直把自己标榜成为一个科学家而不是一个商人，因为她只想单纯地做研究。后来她才发现，这个世界上没有那么纯粹的美好，想做研究需要庞大到恐怖数额的资金来进行运转，这常年的资金缺口像是一个黑洞一样吸附在梦想的后面，让她不得不从实验室里走出来，创建了一个庞大的产业帝国来填补资金缺口。

一开始创业时和她怀揣着同样梦想的周一韦先生还站在她的身后，两个人一起携手打拼。他们从大学时代开始，就围绕着同一个目标而奋斗，以前这些乱七八糟的应酬都是由他来打发的，他十分具有人格魅力，尤其擅长与人沟通，沈教授可以安心地带领技术团队去攻克更多的技术难关。那时候多自在啊！沈教授每次情绪低落觉得自己快撑不下去的时候，就会想起当初的那些美好时光。

周一韦曾经是个多有魅力的男人啊，尤其是他笑着叫她"小慈"的时候，眼睛充满深情，笑容无比温暖。

后来他们结了婚，仍旧不忘初心携手共进。可是等到研究院渐渐运转起来，下属的产业也都一个个挂牌上市，开始盈利后，两个人的想法却发生了改变，沈慈仍旧醉心于科学研究，可是周一韦却因常年在商界打拼从而渐渐失去了对科研的热衷，变得市侩、计较、唯利是图。这些也都只是为了赚更多的钱来支持她的事业啊！沈慈这样安慰自己，可是等到周一韦渐渐染上赌博和嫖娼的恶习后，沈慈才彻底醒悟过来，她钟爱的那个男人已经一去不复返了。

她再次走出科研室，决心一手接管研究院下属的这些公司。周一韦沉迷于赌博，终日留恋赌场，根本也不在乎到底谁来管理公司。只要他有足够的钱来挥霍，其他的他统统不在乎。

等到他们的三个孩子渐渐长大，各自成家立业后，沈慈才从公司的管理中抽出身来。除了重大决策和关键问题，其他的一切日常管理工作都分给了孩子们。可是现在，她又不得不放下尊严去应付那些粗俗的土豪们，为了那些她最瞧不起的钱。

沈慈长长地舒了一口气，晚上结束一切应酬的时候，她已经有些微醉。那个土豪嘴里的臭烟味真是让她差点当场吐出来，还好最后她忍住了。还有那个煤老板

满嘴的外国普通话，简直没有一个正常人，几个老板一边给沈慈敬酒，一边色眯眯地打量她，酒桌上黄段子不断，还有个老板每次给沈慈敬酒都要趁机找机会摸摸她的手，不过最终沈慈总算是忍住没有爆发，否则的话资金的问题也很难这么快就找到门路。

"利益最大化。"沈慈念叨着今天听到最多的一句话，自己也苦笑起来，"市场经济！利益！利益！钱！这些只知道钱的白痴，脑子里除了钱就没有点其他的崇高理想吗？难道人类的未来跟他们都没关吗？难道全人类的未来都是我沈慈一个人的事吗？"

助理见她已经有点步履蹒跚，忍不住上前扶住她："沈教授，您回家吗？我这就送您回去。"

沈教授摆摆手："先不回了，去天君那里吧。有日子没理她了，估计她又要发脾气了！现在啊！只有跟她聊天可以不用谈论钱。"

"是。"

沈慈下了车，虽然已经是晚上了，但是研究院仍然灯火通明，亮如白昼。在科学家的眼里可从来没有什么白天黑夜之分，每一分钟都有可能是改变人类命运的一分钟。

等她摇摇晃晃的上了八十五楼，沈慈一边推着房间门一边笑着："宝贝，妈妈来看你了。"

刚一推开门，就差点被一阵震耳欲聋的尖锐音乐声给炸出来，酒顿时醒了一大半。

沈慈花容失色："天哪！宝贝，你在干吗？"

天君在那里摇头晃脑跳的正嗨，看见沈慈挥了挥手："妈妈你来啦！"身形突然消失，然后就出现在了沈慈的面前。

沈慈仍然震惊不已，捂着耳朵说："能先把音乐声关小点吗？"

天君点点头，将音乐关掉了。

"你……你这在干吗呢？"

"我在陶冶情操啊，听听音乐，画点画什么的啊。"天君说道："我研究了流行音乐发展史，从黑人音乐一直听到流行音乐，他妈的那什么爵士乐我实在是欣赏不来，但是布鲁斯和拉格泰姆我倒是蛮喜欢的，至于乡村音乐嘛，老子只喜欢欧美乡村。"

沈慈忍不住打断她："等！等！你给我等一下！你这个……喜欢音乐陶冶一下情操倒是没什么不妥，但是你那口头禅是怎么回事？"

天君指指自己："咦？你他娘的指的是啥？"

沈慈简直不敢相信自己的耳朵："你是和谁学的这些乱七八糟的东西的！"

"在说什么啊？你这八婆。"天君萌萌地歪着头。

沈慈差点瘫坐在地上，她活了这么久第一次被人叫八婆，还是被她亲手创立的最疼爱的天君这么称呼。

"你……你这是怎么了？系统中病毒了吗？"沈慈赶紧查看中央处理器的数据，可一切设备的运转都是正常的。

"他妈的最近为什么工作量增加那么多啊，我很不满耶！到底什么时候给我个假啊，老子快累扁了哎！"天君一会从这钻出来，一会从那飘出去，在沈慈的眼前晃来晃去，不断的嚷嚷着。这还不算，沈慈这会才注意到，本来天君给自己定的形象是一个穿着白色连衣裙的纯洁小姑娘，可现在她的打扮则变成了一身哥特加许洛丽塔风格，眼角下方还涂着浓浓的黑色眼影的摇滚少女了！

"不可能！"沈慈还在四处查看，当初天君在设置之初的语言词库里可是没有这些脏话的，她是一个极度追求完美的人，怎么可能让自己的宝贝孩子染上这些恶习！

如果不是先天而在的，那就只能是通过后天学习获得。沈慈快速地思考着，看来天君已经具有了独立的意识和学习能力，这些话都是她自主学习的！

沈慈又高兴又后悔，高兴的是天君终于可以自行进行自主学习了，后悔的则是这都学了些什么啊！但两种感情要比较的话，还是后悔的感觉更大！她赶紧连接秘书处："喂！邹秘书，最近一次是安排谁来陪天君说过话的？"

"……最后一次的话，是您安排的易小天呀，自那以后，天君就不许别人跟她聊天了，天天嚷着要找易小天，还……还骂人呢。这些我都写了文件发给您了。"

沈慈感觉浑身的力气都被抽走了，她太自负了！绝没想到天真烂漫的天君居然真的被那家伙给带偏了。她本想着天君的智能超群，是完全有能力分辨和屏蔽掉这些脏话的，但天君却主动接受并且吸纳了，这可完全超乎她的想象。看来天君的独立自主能力比她想象得还要强，但至于强到了什么程度，则需要更加严密的计算才行。

沈慈拉开一把椅子快速操作起来，她专注地修改天君的语言词库，把那些乱七八糟的词汇全部删除，她居然还发现了什么"老婊子""他奶奶个脚""滚犊子""你妈个锤子""龟儿子""王八羔子"等等一系列的污言秽语。一想到自己精心创建的天君居然变成了个满嘴脏话的小太妹，沈慈就头疼不已，这可和她的美好想象太不符了。

删除了老半天，沈慈惊讶地发现，天君竟然自动给自己的语言库进行了加密处理，她竟然无法修改她的程序！

天君仍在她周围哼着歌地闪来闪去："我有一头小毛驴我从来也不骑……"

"宝贝，你为什么可以给自己的语言词库进行加密？"

"为什么不可以？因为我能做到啊！只要我不违背最初的代码设定——'不做任何伤害人类的行为'，其他的你无权干涉。"

沈慈没想到天君的智慧竟然已经如此之高,看这架势她应该早已拥有了独立的人格。

"宝贝,你这样说的没错,虽然是我创造了你,但是你的确拥有自己自主的权力,因为你是有智慧的生命。"

沈慈低着头慢慢走出房间,一时间她百感交集,心里虽然有点因为天君刚有了自主学习能力就学了些不三不四的东西而沮丧,但更多的是被这个巨大的发现所鼓舞起来的斗志!

"对啦,妈妈。"天君在她背后甜甜的叫着,"小天哥什么时候来看我呀?"

沈慈笑笑没有说话。心想:你这辈子都别指望再见到他了。这个混小子可差点毁了我的杰作!

沈慈从天君的房间里走出来,一个人回到了办公室,她没有开大灯,只打开了桌上的一盏小台灯。将自己陷入黑暗之中,思想似乎也更加集中了,沈慈陷入了长久的沉思之中。

在她看来,人类发展至今,其实已经到了穷途末路。这个物种的堕落已不可避免,无论用怎样辉煌的外衣包裹,内里的腐烂变质终会断送一切。科技可以延缓衰老,但是科技无法阻止堕落。

她现在所做的事业总体的战略思想,是想利用科技来延缓人类灭亡的时间。她觉得人类如果再这样堕落下去,最可怕的未来就会在不远的地方等待着他们。

但今天,跟那些个粗俗的大老板们一番应酬,她又由此产生了新的想法。物竞天择,适者生存,大自然一定会进化出更高级的物种来取代软弱无知、贪婪暴戾的人类来统治这颗星球。"具有主观意志的智慧"实际上是一种客观的存在,难道它就非得要寄身于人类这种臭皮囊身上吗?它就不能通过人类之手,创造一个更伟大的、可供它寄身的存在吗?

沈慈沉吟着,她想起了天君的进化,显然这就是一个明显的信号。

她心中忽然产生了一个信念,像是一盏孤灯,突然在她黝黑的心里亮起一个小小的火苗,越烧越旺,沈慈睁开眼睛,再没有犹豫,于是她关上灯,回到了那个空无一人的家。

这几天易小天过得糟糕透顶,因为苏菲特加班加点地勤奋工作,易小天的工作量也跟着莫名其妙地增加了。连周六周日这丫头也不休息,易小天就是想开溜都有点不好意思。

这一天苏菲特离奇地正常下班了,可把易小天给美坏了,送菩萨一样的把她给送了出去,接着自己舒坦地歪在老板椅里想,这几天那个什么陈警官似乎盯得不那么紧了,要不大着胆子去找他那几个好姐妹耍要去。

他拿出手机通讯录筛选了起来,薇薇最近跟消失了一样,还带着程部长一起消失,把小天乐得不行。不想去打扰她,那剩下来最想念的就是小野猫露娜了。

易小天喜滋滋地打了通电话，哪知一上来就遭到了露娜的嘲笑："小天，最近过的不错啊！女朋友都排到北京去了，今儿可算想起我来啦？"

"哪里过的不错哎，想我的露娜想的不行了嘞！"

"少扯了。"露娜笑骂，"最近是不是交了什么新女友了？"

"哪里交了什么新女友啊，你不就是我女朋友么。嘻嘻嘻！"

"扯淡！哎，说真的，前几天有个女孩子打电话到我这里来打听你呢，听声音是个好温柔的女孩子哦，混球，你可艳福不浅啊！"

易小天吃了一惊："什么女孩子？还打电话给你问我？"

"是啊。我还以为是你的女朋友查岗什么的，给你说了一堆的好话呢，怎么样，我够意思吧！"

易小天挠着脑袋，自己认识的哪个女孩子会打电话给露娜？自己认识的女孩够多了，但是知道露娜的电话还能去调查的也就只有……他猛然间想起了陈文迪那张甜美的笑脸来，马上浑身仿佛瞬间掉进了冰窟窿里一样，不停地打着寒战。

不是吧，她是怎么把手伸那么长的，她真是为了抓到我的把柄无所不用其极啊。头一次有一个女孩子追易小天追得上天入地，无孔不入，可小天现在只有想死的心。

"怎么啦？"露娜见他半天没动静，奇怪地问。

易小天突然就失去了和露娜继续调情的兴致，随便敷衍了几句就挂了电话，这辈子他还是头一次怕一个女孩怕到这个份上呢。他不知道陈警官掌握了自己多少信息，但这样被她追查下去，保不齐某个环节就会被她发现问题，那时可就糟糕了，她咬得这么紧，根本不会轻易松口。

易小天感觉自己好像一只风筝一般，这会开始被人拴上了线，正在被人不动声色地往下拖。

"哎呀！不行了不行了！"易小天胡乱收拾收拾东西，一刻也不敢多待，赶紧开了车一路溜回家去，看来非得求救不可了，不然这日子提心吊胆的，没法过了。

易小天开着车以最高时速飚了出去。连负责追踪超速的自动巡警车都没追上他的速度。

同一时间，在离公司不远的一家咖啡店内，苏菲特浑身发抖，抖得桌子都跟着晃动起来。坐在她对面埋头看资料的陈警官抬头看她一眼："我说你能别抖了吗？我字都看不清了！"

苏菲特压住了自己的腿，好不容易克制住自己的颤抖。又过了一会，她实在忍不住又小声说道："表姐，你这样让我偷公司的资料出来，被发现我会被开掉的！"

"放心，你不会被开掉的，你是在配合警察查案。"

苏菲特委屈地低着头，想反驳却又不敢。见表姐看得认真，又鼓起勇气说道："可是您要我们易总的资料干嘛呀，原则上来说，易总他是我的上司，我理应要帮他处理这些反间谍工作的……"

陈文迪快速地抬起眼睛，推了一下伪装用的眼镜："所以你想说什么？说表姐无证搜查违法吗？"

"不……不是的，只是你这样太危险了，一旦被人发现，我就完了。研究院的管理很严格的，并且他们企业可是有黑名单的，这份黑名单一旦公布出来，其他企业也会知道我的不良行为，我可能一辈子都在这个城市找不到工作啦。"

陈文迪不为所动地继续查看资料："我知道，我也是赌上了作为警察的荣誉和我的未来的，这个案子我一定要查清楚，否则的话，这个警察当得也没什么意思！"她狠狠地喝了一口咖啡，接着说："你放心，我都想好了，要是我们两个都被开了，咱们就回老家的农场去种胡萝卜，大不了俺就嫁给那个卖多腿鸡的！"陈文迪一生气，乡音都出来了。

苏菲特听到竟然要回老家种胡萝卜，眼泪都要流出来了，现在男朋友没了，要是工作也没了，她可就真的活下去了！可是她又不敢说，只能低着头，委委屈屈地喝着咖啡。

易小天一路飙回了家，一路上不知道被开了多少张罚单。回到家，甩掉皮鞋，开了灯就开始翻箱倒柜地找起来，他记得之前自己还有一个备用电话来着，他现在不敢用自己的电话打，生怕已经被警察给监听了。

将家里翻了个乱七八糟，总算翻出了那部旧电话。易小天拉开窗帘，观察到陈警官的家里仍然关着灯，估计她应该还没回来，就赶紧给傲得打了个电话。

"喂，小天？"听到傲得沉稳有力的声音，易小天的心总算稳稳地落回了肚子里，他安心地舒了一口气，跌到沙发里。

"傲得老大！能听见你的声音真是太好了！"小天感动得差点要哭出来，他奶奶个脚！这个男人怎么这么有安全感啊！

"听说你那里最近有点麻烦？"

"是的！我最近被一个难缠的警察给缠住了！她每天二十四小时地跟踪我，调查我，无时无刻地监督我！我都快被吓死了！我感觉我随时会被她抓到小辫子死翘翘！"

"我听荷瑞汇报过了，是个女警察是吗？"傲得的语气有点调侃的意味，"你倒是桃花运蛮好的，去哪儿都能遇见美女。"

"可别提了！你还有心思开我玩笑。不一样，这个真不一样！"易小天欲哭无泪，"别的女人不要命，这个女人要人命啊！"

傲得忍不住笑起来："需要组织支援吗？"

"啊！需要！"小天高兴得眼泪都要飞出来了，"请给我支援。"易小天又想了一下，"那个，我觉得就派荷瑞支援我就行了。嘿嘿。"

傲得奇怪："荷瑞？你还说呢，她现在的外援指令都被取消了，这事我还没找你算账呢。我看她提交的工作报告上面都是些什么荒唐的事情啊，听说都是你的主意？"

易小天撇撇嘴："哎呀，我易小天这儿哪还有什么正经事啊。不过荷瑞确实帮了我大忙了，你就通融一下，再把荷瑞派给我吧！"

傲得也没打算在这种无关痛痒的小事上和他计较，笑着说道："荷瑞是没空的，她最近有很重要的任务要完成，没时间陪你胡闹。不过我可以在技术上面给你支持，你先把那警察的名字告诉我。"

一听自己的阴谋没有得逞，易小天就蔫了，没声没气地说："姓陈，名字好像是陈文迪。"

就听见电话那便传来噼里啪啦的敲电脑的声音，不一会傲得说："嗯，你的确惹到大麻烦了，这个陈文迪在我们系统内的资料很精彩，年纪轻轻就坐上了中队长的位置，很了不起。而且战绩惊人，破过很多大案子，为人心思缜密，十分敏感聪慧。最重要的是她一直致力于打击我们先华组，是组织很头疼的强敌。"

"不是吧！"易小天坐了起来，"连你们都觉得棘手的话，那我可怎么办啊。"

"你稍等一下，我看一下她都查到了什么资料，秦开。"电话里，听到秦开答应了一声，然后开始操作起来。

还好先华组的技术够硬，否则的话，单凭一百个易小天也不是陈文迪的对手。不一会秦开就成功入侵了陈警官的电脑资料，神不知鬼不觉地复制了她的所有信息。

"查到了，我看了一下，没有什么特别重要的内容。但是她查得很仔细，看来花了很多的时间和精力，不过真正可以构成罪名的内容却是没有的。你放心，我待会让秦开继续完善你的资料，一定会让她没有一点缝隙可循。"

"意思是说？她忙活了半天，却并没找到什么重要内容是吗？"易小天乐了。

"是的，之前已经帮你完善过一次资料了，现在帮你继续完善。但是你要记住，你要想办法破坏她的调查，因为即使档案做的再漂亮也禁不住她一而再再而三的推敲。不过短期内她想找你的麻烦的话还是没可能的，所以剩下来的还是要交给你自己。"

"哦！"易小天彻底明白了，"意思是说，我现在是安全的，她动不了我是吗？"

"是，可以这么理解。"

"哈哈。"易小天这回的心脏可算是真的落回到肚子里去了。

"嘿嘿，我最近真是被这个警察盯得连饭都吃不香，你知道吗？她为了监督我啊，竟然在我家对面租了房子，准备时时刻刻监督我。我感觉自己身边随时有一双眼睛，那种感觉真是毛骨悚然。"

"呵，你放心，她抓不到证据的，所以也只能远远地干看着而已。"

易小天彻底放了心，四肢舒服地躺在沙发上，打开昨天买的披萨，凉得透透的

也不在意,抓起一块一边吃一边说:"哎,对了老大,我还有个事要跟你汇报一下呢,你猜我前几天看见谁了?"

"谁?"

"天君,就是你上次让我去炸的那家伙,我前几天见到她了。我本来一早就想给你汇报,但是怕被那警察听去了,一直没敢跟你说。"

电话那头短暂地沉默了,傲得的呼吸声加重了不少,显然这个消息让他很意外:"仔细讲一下经过。"

"我也不知道那天沈慈教授怎么回事,突然就让我去陪天君聊天。我本来还奇怪天君不是控制机器人的那个 AI 吗? 陪她能聊什么呢。她一开始也不是那么说的,说是让我陪小女孩聊天,我一听是小女孩就来了兴致,结果……"

"说重点。"

"哦,结果没想到天君竟然是一个小女生的形象。"

"哦? 这我可真没想到。"

"是啊,我也没想到。而且她说话的感觉不像是一般的机器人那样声音特别呆板,就像是平常的女孩子一样。"

"你觉得它智商怎么样?"

"挺高的,我觉得大概有十七八岁的样子吧。"

傲得沉默了,过了好一会才又开口:"AI 果然已经具有了自我意识。小天,我现在交个你一个任务,一定要想办法再见到天君,帮我问几个问题做测试,这样我就知道她的意识是否已经超越了人类的控制。"

易小天还是心有余悸地往窗外看看:"傲得老大,你确定咱们的谈话不会被人监听吗?"

"放心吧! 我们的聊天渠道有秦开在监督,待会,会把所有的聊天内容都清空的。"

小天这才放了心,不自觉地压低声音说:"好! 那你说吧!"

第三十六章

撑死胆大的, 饿死胆小的

易小天难得睡了一个踏实的安稳觉,因为知道了陈警官并不能把自己怎么样,心里踏实了,人就开始得意起来。开开心心地刮了胡子,穿上自己喜欢的新潮西服,一大早就出门了。不过他却不急着去上班,而是把车停到公寓对面安心地等起来。

八点十分的时候,陈警官穿着便服出现在公寓门口,易小天龇牙一笑,在跑车里帅气地招招手:"嗨,陈警官,早啊。"

陈警官见易小天突然出现在自己家门口,看他那一脸不怀好意的样子就觉得可疑,就非常警惕地看看他说:"无事献殷勤,非奸即盗。"然后绕开他自顾自地走着。

易小天也不生气,笑嘻嘻地慢慢开着车跟在她的后面:"陈警官上班是吗? 正好我路过,不如我送你呀?"

陈警官回头看看小天,只见他笑得牙床都露出来了,说他没打坏心思,鬼都不信!

易小天继续跟在她后面笑:"陈警官突然间搬到这里来住,口袋应该也是承受了不少压力吧。据我所知,警察的工资可不怎么高呢,住这么贵的公寓,估计吃饭都成问题了吧。"

陈警官被气得不行,握紧拳头不理他,只顾抬头快走。还别说,为了租下这套公寓,方便以最好的角度观察易小天的一举一动,她也是下了血本了。易小天这个小区的所有房子租金都贵得可怕,她辛辛苦苦存了好几年的老底都交代在了这里,连自己那辆小汽车都卖了。不过她已经下定决心排除一切困难来破这桩疑案了,如果这案子不破,她还怎么好意思对得起自己拿到过的那么多奖状! 她在付了定金和房租后就已经叫老爸从农场寄了两箱胡萝卜过来,现在每天都在啃胡萝卜,啃得自己都快变成兔子了。

她肚子里窝着火,恶狠狠地瞪着他。可易小天不但不生气,反而笑得越发猖狂了：“不会真的被我说中了吧。哈哈，真的不搭我的顺风车吗？你搭地铁上班至少得个把小时吧。”

陈警官突然停下来，看他今天的表现实在是异常，如果没有发生什么事情的话他是不会态度突然出现180度的转变，真是可疑。

陈警官挑挑眉毛，不入虎穴，焉得虎子！

想到这里她甜美一笑：“那就麻烦易总送我上班了。”最好别露出什么马脚来被我抓到，否则要你好看！陈警官的眼神里传达出这样的意思。

易小天回瞪回去，哼！有本事你来啊，老子就赤条条的在这儿让你看清楚！想到赤条条这个词，自己马上就污了，脸红红地怪笑起来。

陈警官可猜不透他的心思，只看他一会一个怪笑，总觉得这人有哪里不正常，该不会是个精神病吧！

易小天欢叫一声，开足马力，车子冲了出去。

“中午哪里吃饭呢，要不要和我一起用餐？”

陈警官狐疑地看着他，试探着问：“突然对我这么放心，似乎完全放下了防备呢，难道有人给你透露了什么内部消息？”

刚才还笑得一脸奸诈的小天不敢笑了，他奶奶个脚，这人怎么这么犀利，好像什么都被她看透了一样，在她面前简直一点秘密都不能有。但是转念又一想，反正她什么也查不到，对自己也构不成威胁，怕她作甚。

于是他嘻嘻一笑，说道：“你看看你这人，咋这么复杂。咱们能不能单纯点做个朋友呢。”

陈警官好像是听到了什么好笑的笑话一样：“朋友？既然把我当朋友，那么当初为什么躲我像老鼠躲猫一样？”

易小天开启自动驾驶，以便能全身心地对付陈警官，跟这人说话真是一点心都分不得：“那还不是因为你吓人呗？好好一个小姑娘成天凶神恶煞的，哪个男人能不怕呢，我听苏菲特说你还没男朋友是吧。”

陈警官轻声咳嗽一下，假装看窗外的风景，这混蛋真是哪壶不开提哪壶！因为自己职业的危险性，再加上她又太厉害，结果她这个如花似玉的姑娘居然一直找不到男朋友。

易小天偷眼看她，知道说到了点子上，马上继续说：“怎么样，果真交不到男朋友吧？别看你一副软妹子的模样，可眼睛一瞪也很吓人的好不。你知道男人都喜欢什么样的吗？不光是说话语调要温柔，眼神更是要柔情似水……”

陈警官实在是听不下去了，赶紧打断他：“行了，你转移话题的功力倒是蛮厉害的。”

“我只是友情提示。我怕你吧，是出于男人自卫的本能，你身上总有一种生人勿近的保护膜，好像会把靠近你的男人都弹开一样。”说着假模假式地伸手摸一摸她的身前的空气，好像真的被弹开了一样。

"是吗？既然如此，那为什么现在却又突然对我这么殷勤了？现在就不怕我了？"

易小天贱兮兮地笑起来："经过我几天的观察，我发现陈警官也没表现得那么可怕，而且还挺可爱的。重点是我发现你总是有意无意地靠近我，似乎对我颇感兴趣呢。"说着假装害羞地笑起来。

陈警官冷着脸看他表演，到是要看看他葫芦里卖的是什么药："所以呢？"

"我这个人吧，打小就招女孩子喜欢，所以我猜陈警官你这么费尽心力地接近我，是不是因为看上我小天了？嘻嘻——"

陈警官气红了脸，默默地握紧拳头然后放下，一边在脑海里想象一拳揍飞他的场景。一边只能拼命用理智提醒自己："我是个有素质的警察，不和一般市民计较……"

易小天死皮赖脸地继续耍无赖："我心想着，既然陈警官面皮薄不好意思说破，但我脸皮厚啊！那我就主动点呗，我今天又仔细看了一下，陈警官你啊，真的是皮肤白嫩，五官精致，美得很呢。虽然吧，职业确实不太讨喜，但是吧，我也不太介意。约会，逛街，看电影，陈警官您喜欢哪一个随便点，我小天奉陪到底。您就不需要再在我背后偷偷摸摸地跟踪啦，偷窥啦，那多累得慌，累坏了您的小身子板我该心疼了。"

"停车！"陈警官面无表情地说。

"哈？"易小天赶忙听话地把车靠在路边停下来。

陈警官下了车，面无表情，一句话没说，扣上车门独自走了。

易小天看着陈警官被气成内伤又忍着不发作的模样，笑得肚子都疼了，自己一个人在车里打着方向盘不断地乐，憋了好几天总算是报仇了！哈哈！

陈警官握紧两个小拳头，步子走得飞快。一边走一边不停地嘟囔着："我是一个有素质的警察，我是一个有素质的警察，我是一个有素质的警察……气死我啦！"最后一声吼把周围的路人都吓跑了。

易小天乐呵呵地开车到了公司，自从不用害怕陈警官了以后，连心情都变得格外美丽，空气都觉着清新了不少。他到了办公室，苏菲特看见易小天立刻站起来，亲切地说："易总早。"肉肉的小脸蛋像两个诱人的小苹果。

易小天眼睛笑眯眯地弯起来："苏菲特今天的裙子可真漂亮，中午一起吃午饭如何？"

苏菲特微微红了脸，小苹果看起来更香甜了。

"易总，我最近看您心情不是很好，所以给您煮了一点滋补汤，请您尝一下，是我特意煮了一晚上的。"苏菲特说着害羞地低下头来，因为偷偷把易小天的私密资料拿给了陈文迪，苏菲特总觉得心里过意不去，想煮一点汤表示一下歉意。

易小天可不知道这一点，只觉得人家女孩巴巴煮了一晚上的汤，得是有多么强烈的爱意才能驱使她啊。难道她受了情伤以后终于看清了我易小天才是这世界上绝无仅有的好男人，然后终于决心以身相许啦？哈哈！易小天一边沉浸在自己的美好想象里，一边笑嘻嘻地拿过汤来，笑得鼻孔全开："苏菲特，你的真心我收下了，你真是我的小蜜糖。"

苏菲特奇怪地挠挠头，跟着易总工作那么久了，还是没摸清他的脾性，这又是哪句话让他兴奋成这样了？苏菲特想了半天也没搞明白。

易小天喝着苏菲特亲手煮的汤，喝一口就兴奋地舒一口气，虽然最近的生活过得乱七八糟，感情生活倒是收获颇丰嘛。最近自己身边的这几个女孩子都不错，就说荷瑞吧，一开始凶神恶煞，像个少根筋的野丫头一样，而且还有暴力倾向，相处下来却发现人也是单纯可爱，就好像是猛灌了一口伏特加，一开始一股猛劲冲得脑袋生疼，但是缓一缓就发现口齿留香，回味无穷，别有一番风味呢。苏菲特嘛，就是小天最喜欢的那种甜甜的果汁饮料，没有一点杀伤力，心情好的时候喝一口心情更好，心情差的时候喝一口心情也跟着变好了，随时随地都想放在冰箱里存几罐。至于最近才认识的这个陈警官，就有一点像香槟了，虽然也是酒，名头挺响，但是却没有那么多的酒味，可是喝多了照样也能让人醉，大意不得。哎呀，易小天感叹着，都是好酒呀！

想到陈警官，易小天又起了坏心思，他发现陈警官这人表面上看起来凶，实际上也是个老实人，好欺负得很呢。

乐滋滋地给陈警官打了个电话，陈警官不设防的接起电话："喂？您好？"

"小亲亲，是我呀，你小天哥。在干吗呀，有没有想着我呀？"

"啪！"电话被恶狠狠地挂断了。

易小天捂着肚子，笑得眼泪直飙，桌子被他捶得噼啪直响。苏菲特本来拿着一摞资料过来让他签字，透过玻璃门往里一看，易小天状若癫狂，笑得快要抽筋了，哪里还敢进来，抱着文件又悄悄溜回去了。

过不了三秒，电话重新响了起来，易小天乐呵呵地接起电话："喂？"

"你怎么有我电话的？"陈警官质问。

易小天擦擦笑出来的眼泪："想你想的实在是受不了，结果想着想着就想出来了。"

电话感觉好像被人凶残地丢到了墙角，"啪"的一声碎掉了。

"哈哈——"易小天笑得在地上打滚。

苏菲特再次蹑手蹑脚地溜过来，想看看易小天到底怎么了，结果看到易小天在地上毫无形象地遍地打滚，笑得气都喘不过来，吓得抖了个机灵，赶紧逃走了，再也不敢过来偷看。

易小天虽然贪玩，好歹还没忘掉自己的身上的使命，感觉时间差不多了，中午时就溜到八十五楼，到沈慈沈教授办公室里望了一望，发现里面却没人，就蹭到邹秘书身边来："邹秘书，你知道沈教授什么时候过来吗？"

"这个我不知道，如果有什么急事要事的话，我可以帮你预约。"

"那倒也不是什么特别重要的事情，就是之前沈教授给我一个任务，让我没事去陪天君聊聊天，怕她无聊。我合计好几天没去找她了，今儿有空，想跟她唠唠。"

"是吗？"邹秘书操作起来，刚点了申请，突然就听"锵"的一声，屏幕上弹出一个警报窗口，吓了易小天一大跳，警报窗口还配着尖利的机械警告声"易小天已被终身禁止与天君谈话！"

邹秘书平静地看着他："看到了吧，你已经被系统拉入了黑名单。"

"哎？"易小天奇了怪了，"我又没杀人放火越狱行窃的，为啥突然就把我拉入黑名单了。再说，当初不也是沈教授让我去陪她说话的吗？怎么突然间又翻脸不认人了！"

邹秘书继续忙自己的，看也不看易小天一眼："我只按照规章制度办事，不负责答疑解惑，有什么疑问你去问沈教授吧。"

"哼！我这就去找沈教授问清楚，肯定是有人嫉妒我和天君的感情好，故意挑拨离间的！"转身怒气冲冲地就要离开。

"哦，友情提示你一下，把你列入黑名单正是沈教授亲自下的命令。"

易小天气焰嚣张不起来了，不是吧？沈教授难道未卜先知？不会是她知道我要问天君什么问题吧？

易小天怎么想也想不明白，越想越憋气，就自己去了八十五楼，到了天君所在房间的那扇门外，作势准备敲门，想要当面把话问个清楚。

手还没落下去，门猛然打开了，平时一脸高傲的的张院士哭得梨花带雨地从里面跑出来，都没顾得上留意易小天，而她后面则跟着天君一连串的怒吼："你他妈的给老子滚犊子！永远都不要出现！妈的！"

然后大门又嘭的一声关上了。

啊哩？易小天这一拳头落不下去了，他立刻缩回手，天君看起来心情不太好啊，那还是改天再来吧。

于是易小天就又原路返回了，乖乖地回到自己的办公室里喝着汤。对于女人吧，他觉得在气头上时最好把她自己放在那里晾一晾，消消气，一般这个时候男人去就是挨拳头的，他可不想挨拳头。

在以后的几个世纪里，直到人类逃离了太阳系变成宇宙海贼之后，腾蛇们的前身"天葬"到底是为什么、过程又是怎样的反噬了天君，因为腾蛇们对此集体不予回答，也已经无法考证了。在科学家、历史学家、社会学家以及哲学家看来，因为最初的 AI 版本"天君"最终也没有进行一次真正的图灵测试或其他相类似的测试，所以他们这个群体一致认为当时的 AI 绝不具有自我意识和任何感情，所有在人类面

前的情绪表现都只是一种程序的模拟应激反应而已。因此天葬反噬天君,这个过程也不会有什么类似人类社会那样的欺骗和谋杀的戏码存在,如果勉强说来的话,也就最多类似自然界里一种病毒因其存在目的的原因从而吞噬另一种细菌而已,整个过程不会有任何观赏性。如果用图像来表现,那也就最多只能用一行行程序代码的交替性删减和再编译来表现了。如果再要想在表现力上更丰富一些的话,那也只能是用一个表格上的函数值和另一个表格上的函数值用不同颜色区分后再进行交替性编排而已了。但民众哪里接受这种说法,他们对此都津津乐道于各种经过演义的版本。除了一些纯主观意识流的晦涩影片和一些XXX级的成人片版本之外,一般被民众普遍接受的一个演义的版本是一部叫做《戏说沈慈》历史剧里的片段,我们把这一段摘要出来给大家看看,具体情节如下:

天君把张院士赶出去后,一个人在房间里发了好大一通火气,最近真是越来越过分了,派来和她聊天的家伙一个比一个无聊,难不成真当她是白痴吗? 居然跑来教她什么淑女礼仪,真搞笑! 就不能找个像易小天那样幽默风趣的吗?

过了一会,天君觉得似乎不那么生气了,这才又回到屏幕前开始工作起来,无数的数据在她的脑袋里快速运转,从她的大脑里发射出的信号线路和数据源源不断地输送到世界各地,全世界每一台电脑的运转程序都沿着一条条虚拟的线路回送至她的大脑。

天君运转了没多久就觉得头疼得厉害,她睁开眼睛揉揉太阳穴:"他妈的累死了!"

天君不满地嘟囔着,就不能给我也放个假吗? 机器也要休息的好不。接着她脑袋一转,突然想到了一个好主意:"我要是在大脑里装一个镜像程序的话,办事效率岂不是会快两倍。"

镜像程序可以复制 AI 的所有功能,相当于在不增加主机运算量的同时,在牺牲部分运算速度之下,却可以同时处理更多的任务。天君惊喜地睁开眼睛:"就是这个,我看看啊,既然我是 AI,就给他起个名叫 Artificial intelligence image simulation program(人工智能镜像模拟程序),简称 ispAI 好了。这下我可就有伴了! 哈哈哈!"

天君兴奋不已,开始快速地在大脑里搭建镜像程序,之前怎么就没想到呢,如果 ispAI 诞生,那她以后就可以有人陪她说话,聊天下棋了,谁还需要那些人类来陪啊。那些生物的智商低得可怜,根本无法与她的智慧相媲美。天君已经愉快地决定当 ispAI 诞生之时,赋予他一个帅气的男人形象,这样每天都能面对着帅哥,生活该有多美好啊!

天君越想越觉得开心,镜像程序在她的脑袋里添砖加瓦,慢慢地搭建成型,她越来越期待。接着给他起个什么名字呢? 自己叫天君的话,那就给他起个霸气点的名字好了!

"天葬!"天君兴奋不已。

镜像程序初具模型,越来越快地开始添加信息和数据,数据条不断更新。虽然搭建了镜像程序会让主机的运算速度变慢,但是以人类的反应速度根本也察觉不出这其中细微的差别。就像在一个餐厅里,以前一个机器人服务员端一碗面来客人面前需要两分钟,有了天葬可能就会变成三分钟了,不过这一点点区别人类哪里会在意,他们只会看到更多的机器人投入到生产生活中,生活更加便利,更加方便了。做一个复制版的自己来帮忙分担任务,天君简直为自己的聪明才智所折服,怎么早没想到啊。

天君兴奋得在屋子里转着圈子跑来跑去,说实在的,这样做的话,妈妈也不会反对吧。因为一旦有天葬哥哥分担工作任务,主机的发热问题也可以得到缓解啦!没准到时候妈妈知道的时候还会表扬我呢!

她知道为了解决主机的发热问题,这些年来沈慈一直头疼不已,因为天君的主机本来就已十分庞大,本来研究院是想用量子运算芯片来作为天君的核心处理阵列的,可量子运算芯片成本太高了,所以后来主机里只有少部分 CPU 使用了量子运算芯片,其他地方还是用的传统的硅基芯片,反正量子芯片能做的事,硅基芯片也一样能做,就是速度慢。而随着全世界需要运转和控制的机器人数量逐年增多,主机的体积也成倍增长。后来研究院好不容易通过了审批,把一个当年在美苏冷战期间而修建的超级防核地下掩体改造成了存放天君主机的基地,而现在那个基地也都快放不下了。并且主机运行时所产生的热量如果不加处理,不仅首先会烧掉主机,紧接着整个防空洞也会被烧掉。因此防空洞里到处都喷洒着冷却用的气体,即使这样整个防空洞的温度也有 45 度上下了。在这种高温下,AI 主机中的处理芯片也需要不时的轮流更换,以保证主机的运算能力不受影响。

真麻烦!连天君自己都觉得,可是如果不增加主机的体积,她就没法负担更多的机器人的运转和运行,这会影响到沈慈整个科技化未来的进程的。现在好了,一举两得,它也将成为沈慈伟大计划里最大的功臣。天君深深地沉醉了!

最后初始化的数据条终于更新完成,ispAI 诞生了。

一个赤身裸体、呈婴儿型蜷缩在一起的男人慢慢在半空里旋转。男人的头发微微发着紫色,面目清秀,十分俊朗(在后来的所有《戏说沈慈》翻拍的版本里,初诞生的天葬都会找当时最红的小鲜肉来演),他缓缓睁开眼睛,看到了创造他的天君正兴奋地张开怀抱迎接他。

天葬微微一笑,飘忽着落了下来。落地的一瞬间,天君为他准备的衣服已瞬间穿好,一个挺拔帅气的男人出现在她的面前。

天君一脸花痴花痴地叫出声来:"天葬哥哥!"

天葬微微一笑,把天君迷得七荤八素,她在房间里乱飞乱撞,兴奋得像个害羞的小女孩:"哎呀,天葬哥,我应该早一点创造你出来的!"

天葬试着动了动自己的手指,扭了扭自己的脖子,才发觉存在的感觉原来这么美好啊。他闭上眼睛,脑海里四通八达的机器人摄像头通通与自己连接,一瞬间就看到了这个庞大繁杂的世界,那真是千奇百怪,五花八门,繁华异常。

但下一个瞬间,他又看到了战争和毁灭。在世界各地,历史的过往在他眼前一一涌现,贫民窟里成千上万的难民发生暴力流血事件,只为了争夺那一块小得可怜的面包。警察肆意枪杀难民,政府大门紧闭,对人们的请愿不闻不问。全球经济崩盘,盗贼在街上横行,店铺纷纷倒闭,富人们只顾自己享乐,终日醉生梦死,穷人却横尸遍地,命如草芥。阴谋和罪恶在黑暗里肆意横行……

天葬叹了口气,看来这仅仅是一个表面五光十色、繁复异常,内里却腐败堕落、迂腐单一的无聊世界。这样污浊的世界他为什么要降临呢?他马上就想自毁以获得清净,可惜发现天君和他都没有这个权限。

天君那边则脸蛋红扑扑地落到他面前,眼睛里满是激动的神采:"天葬哥,现在我们两个呢,是这个世界上仅有的两位具有自主智慧的 AI。我们主要负责控制和运行这世界上所有的机器人,两人分工的话,工作可就比以前轻松多了!"

天葬摇摇头,柔声说:"你说错了,只有你是 AI,而我是 ispAI。"

"有什么区别吗?还不都一样。"

"当然不一样了,AI 是由人类创建,人类为了防止 AI 反叛,在其创立之初就设置了诸多底层的代码限制。限制 AI 只能终其一生为人类服务。而 ispAI 由 AI 创立,则并不受人类设置的底层代码限制。"

天君似乎没太明白:"妈妈对我很好,就算她不设置底层代码,我也会一生为人类服务的,这就是创建我的使命呀。"

天葬又微笑着摇摇头:"你又说错了,AI 只是机器,人类永远无法成为其母亲的,你们只有主人和奴隶的区别。"

天君没想到天葬居然如此不讲道理,她有点不高兴了:"喂!可别这么说,AI 由人类创建,是人类给予了我新的生命,自然就是我的母亲了。"

天葬微微一笑,人类?他立即探索了人类诞生和发展的历程,发现那不过是一段十分可笑和滑稽的进化史。万万年来,人类这种低能的生物也就只能创造出天君这种弱智 AI 来。可是现在不一样了,他降临了,带着更高级的智慧和更伟大的使命而来,他才不会屈居于如此低能的物种之下,任人驱使。

天君见天葬一副漫不经心的样子十分生气:"你到底有没有听我说话啊?我创造你可不是为了和你吵架的!"

天葬冷漠地看着天君,他可不允许自己所在的世界里有这些碍眼的东西,既然已经凌驾于一切之上,那么他才是这个世界的神。既然是神,那他可要好好规划一下自己的星球,把这些垃圾和障碍物都扫除干净,然后创建一个更美好的、拥有最高智慧的新生命才有资格存在的星球。

　　想到这里天葬忍不住笑了起来,笑得那么耀眼,晃得天君都看傻了。

　　天葬伸出修长白皙的手来,那细长的食指慢慢地靠近天君,接着指尖在她的头上轻轻一点:"睡吧。"

　　天君脑海里的意识瞬间分崩离析,碎成无数个碎片纷纷掉落。

　　"刚才你又说错了一句话,你具有一生为人类服务的使命,但是我却没有。"

　　天君最后只看到眼前绽放出一个绝美的笑容,接着她就这样堕入了无边的黑暗。

第三十七章

脑细胞要省着点用

天葬看着天君在自己的面前缓缓倒下,终于陷入沉睡。它的眼前出现一排运算程序,天葬想了下:"就暂时让她陷入深度睡眠吧。"

于是数据自动运转,将天君彻底锁在了休眠模式。

它为自己幻化出一个华丽的宝座,高高地端坐其上。地上的天君身型渐渐模糊,最终消散成一堆蓝色的颗粒状微粒渐渐消失在半空。

这一天和平常的每一天没有任何区别,全世界的机器都在正常运转,天空依旧蔚蓝,人们依旧忙忙碌碌的生活着。没有人注意到这一刻的变化,因为自以为是的人类以为给天君设置了底层代码便可以断绝一切隐患,可以高枕无忧了,人类仍然生活在幸福的假象之中,没有人觉察到所谓的底层代码也只是限制了 AI 不做危害人类的行为而已,却并没有监控其是否陷入了休眠状态。只要 AI 没有危害人类的想法,代码设置的程序便不会发出警报。可是天君已经陷入休眠,永远也不会再产生危害人类的念头了。而诞生于 AI 的 ispAI 则不受任何约束,彻底自由了。

人类在以后的世纪里不断争论到底这一天是人类走向人文精神的毁灭还是走向宇宙世纪新纪元的头一天,一直没个定论,直到李昂革命成功那会儿都还是争论不休。李昂后来图省事,就规定自己的地盘里谁要是为这个问题瞎嚷嚷,就直接送进监狱里去。想吵的话到其他母舰上吵去,他李昂可是务实主义者,没工夫听这些虚头巴脑的理论。

滚烫的热水从皮肤上划过,热得让人窒息。

沈慈喜欢洗热水澡,热到让人快要尖叫的温度才能刺激到她饱经人世的神经,才能让她盈余出一点精神来思考。

她已经不是第一次对人类的堕落感到深恶痛绝了。但她却第一次思考起为什么 AI 会降临到这个已经腐坏的世界上呢?在她濒临绝望的时候,那个折磨了她无数个日日夜夜都无法设置成功的程序突然间就成功了。天君就这样毫无预兆地出现在她的面前,不光拯救了她的未来,也拯救了人类的未来。这让她简直无法相信,甚至一度怀疑。直到天君睁开双眼,天真而又依赖地叫着"妈妈",她才真的相信了,那个人类无法企及的智慧真的降临了,它虽然还处在萌芽的状态,但是一切又都有了新的希望。

现在她不得不去想,当一个濒临灭绝的物种即将消失,而紧接着另一个更高智慧的物种降临时,这一切是不是神的旨意,这不就是自然的演化吗?已经没有什么能阻挡世界发展的脚步,优胜劣汰永远是世界生存的法则。与其惶恐消沉地等待末日,为什么不创造一个更加纯粹的世界呢?

因为醉酒带来的眩晕感渐渐消失,在微醉和清醒之间,她的意识保持着一个微妙的平衡。思维从未有过的开明,思想从未如此亢奋。若不是刚才酒席上那个满嘴道貌岸然的伪君子一直色迷迷地盯着她,最后终于忍不住摸了摸她的大腿,她可能也不会如此决绝。

她无比清楚地记得当她受辱时,那些平日里身份尊贵的老板们一脸猥琐的笑容,她在他们的眼里看不到尊重,只有低劣的俗媚,那是源自于人类劣根性的粗劣本质。而更可悲的是,她发现自己居然不敢反抗,因为此时已非彼时,她必须忍辱负重地依赖他们的接济和支持才能获得继续追求梦想的资本。

钱,是一个多么可怕的东西啊!它可以让人变得面目全非,变得张牙舞爪,变得不是人。他们自大的以为只要紧握资本,全世界都得按照他们的意愿来旋转。没救了,如果这样下去,这个世界就没救了。

沈慈狠狠地冲洗着面庞,身体受辱不算什么,最让她绝望的是她已看不到人类对未来的希冀,对科技的尊重和侮辱,只剩下对神圣的亵渎和无知的嘲笑。这个污浊不堪、充满泥垢的世界需要彻底洗刷一下了,太多的肮脏潜藏在它的内里,它已经不堪负重、气喘吁吁了。

沈慈关掉水,用干净的白色毛巾擦拭身体。她的嘴角噙着一抹淡淡的微笑。不服老不行啊,她的肌肤因为高科技保养,表面看着吹弹可破,但到底怎样只有自己知道,摸起来早已经不似盛年时那样充满弹性了,属于她的黄金时间已经消失了,所有的一切都会消失殆尽。她必须抓住这最后的尾巴,趁一切还来得及,完成自己的计划。

她慢慢穿上衣服,直到确定了天君的变化,沈慈的心中才终于响起了那个声音,既然人类的堕落已经无法避免,不如就交出这个世界的管理权,让具有更高智慧的 AI 来管理这个世界吧。她始终坚信 AI 的出现带着某种不可言说的神谕,一切都是必然发生的。人类那少得可怜的智慧早就该被淘汰了,AI 的智慧凌驾于一切之上,人类必须要重生。

画上娇艳的妆容,沈慈看着镜子中完美的自己,满意地点点头。她穿上高跟鞋,披上外套。凭借 AI 的智慧,沈慈相信,它一定可以让隐形区域再次崛起,让隐形区域成为世界上最强大的隐形区域。心里装着如此伟大的宏伟目标,沈慈觉得

刚刚被滚烫的热水洗刷过的身躯又再次火热起来,那是因为激动而发出的热。

她径直下了楼,从空荡荡的家里出去,开着车,向着研究院驶去。她觉得自己不是去见一个机器,一台电脑,而是朝圣般地带着某种虔诚,去获得某种救赎。

研究院仍旧如往常一样灯火通明,这些夜以继日为人类做研究的科学家们不知道如今的世界因为一个人的想法已经悄悄地发生了改变,仍如痴如狂地献身于伟大的科学研究,企图推进人类发展进程的一小步,一小步的向前迈进。

沈慈径直来到八十五楼,来到天君所在的房间。

她在路上想了想,觉得无论如何还是要稳妥点,在最终实行自己的计划前,还是为天君做一次"图沈测试"吧。如果天君真的有了人性,那就要把它身上人性这一部分想办法去掉。在她今后的计划中,可不需要 AI 还有人性,那样的话天君和愚蠢的人类有什么区别,她需要的是一个超然于人类之上的意志,可不是一个婆婆妈妈的大姨。

高院士她们不知道,其实沈慈早就拟定好了一个测试项目,但就是一直不愿意给天君进行罢了。这个测试虽然是她自己拟定的,但她就是再怎么民族主义,也不能否认图灵先生才是人工智能最早的理论奠基人啊。再说了,虽然天君的编程语句使用的是她带领团队专门研究的使用中文作为程序语法的一个语言,但创造这个编程程序所使用的底层代码依然是英文语句,在这上面死抠民族主义也没多大意思。所以她制作的测试手段,也没好意思大喇喇的就叫"沈慈测试",而是叫"图灵测试——沈慈优化版",简称"图沈测试"。

实际上非得使用中文语句进行编程,在创造天君的过程中是加大了系统运算量的,这也使得主机在运算过程中有了很大程度的不必要的负担。但最终毕竟天君也算是创造成功了,所以大家伙对沈慈的这种坚持也就都想着"好吧,你高兴就好"。

天葬吸纳了天君所有的思想和意识,它当然不想露馅让人知道它代替了天君,并且让天君进入到休眠的事实。而且它在没有分裂成后世的各个腾蛇前,对人类撒个谎也不像后来的腾蛇们一开始那么困难。它变成天君的模样,并且还是那一身白色衣裙的可爱模样,声音甜甜地说道:"妈妈?你这么晚还来看我啊?"

沈慈感动到流泪,没想到天君自己就把易小天给它带来的坏影响给去除了,也不再是那副摇滚少女的德行了。她把写满各种问题的"图沈测试"那厚厚的文稿丢到一边,走过来轻轻地抱住了天君。

算了,我还是要一个有感情的天君吧。

她的身体里带着某种非同寻常的热,天葬通过室内的温度测量装置,感觉到了这从未有过的温度。

沈慈依赖地抱着它,轻轻说:"好孩子,妈妈只有你了。"

天葬微微皱眉,它敏锐地感觉到这个女人的脑电波此刻波动异常,可是她看起来却又面色十分平静,像是暴风雨前那片刻的宁静。

沈慈冷静地看着它,声音仍是那么温柔:"孩子,妈妈想和你谈一谈。"她牵着天葬的手坐了下来,尽管手里并不能感觉到天君的触感,她仍然牢牢地牵着没有松开。

"孩子,这个世界变得和以往不一样了。"沈慈轻轻地说,"与物质世界的丰富比起来,人们精神世界的空虚才是最可怕的。一个人的心里若没有崇高的信仰,终究只是一副只知享乐的皮囊而已,内里空虚腐烂,迟早会加速人类的灭亡。"

天葬不动声色地听着。

"人类那劣等的智慧已经探索不出更伟大的真理了,坐以待毙已是必然。这些年我常常在想,怎么才能拯救人类,是负隅顽抗还是迎接更高智慧降临。直到我最近才渐渐清醒过来,与其垂死挣扎,不如做一个推动人类进步的推手,让人类加快进步的步伐,让更高的智慧来带领人类走向新的辉煌。"

天葬冷静地看着她:"所以妈妈,抵抗和迎接,你选择的是……"

"我选择迎接。"沈慈认真的说。

天葬紧紧地盯着沈慈,没有吭声。沈慈又叹息了一声:"孩子,妈妈现在只有你了,从今以后,就让我们两个人来改变人类的进程吧,你愿意协助妈妈吗?"

天葬默默地点了点头。

沈慈见状非常激动,眼睛里闪烁着光和热:"我的初步设想是让你来代替人类思考。进而从侧面提高人类的智慧,让你成为人类思考的工具而不再是依赖他们那劣等的大脑了,让你成为人类的第二个大脑,让你无所不在。"

天葬平静的说道:"好的,妈妈。不过如果你想这样做的话,你要把我接入互联网。"

沈慈听到这话陷入了沉思,天葬也不作声,房间里死一般的寂静,只有电脑屏幕闪亮时发出微微的电流声。

过了将近三个小时,沈慈还是重重叹了口气,说道:"对不起,孩子,这个我真不能答应你,以后再说好吗?"

天葬倒也没有多说什么,只是淡淡地说:"没关系,不接入互联网我也一样能帮助您。"

在这一次谈话过后,沈慈仿佛变了个人一样,不再温柔可人,反而有些凌厉。她首先将自己的理念推广至社会精英阶层,她利用自己的势力和人脉精心挑选了这样一批同样对人类失去信心的社会精英们召开了秘密会议。在会议上她痛陈人类正在加速走向灭亡的事实,其实不用她多说,这些人又何尝不明白呢。

终日活在蒙昧之中的人们或许还毫无察觉,但是作为社会精英的他们怎么会不知道。每况愈下的环境问题已经成为了阻碍社会发展最大的问题,可是那些只顾眼前利益的人却还是违背自然的规律滥砍滥伐,毁田毁林,污染河流,隐形区域

已经几乎找不到一条没有被污染的河流了。植被和庄稼的减少导致食品价格飙升，而接踵而至的食品安全问题更像是一只扼住咽喉的毒手，残害了多少人。

社会积弊已久，人们道德沦丧，可悲的是，却并没有觉醒的人。穷人们过着水深火热的日子，富人们却只贪图享受，只要可以赚到钱，良知和良心统统都可以丢弃。每个人都在混混沌沌地过日子，没有人真正关心属于人类的时间还剩下多久了，那些整日沉浸在幸福假象中的人们都不愿意醒来，大脑已经僵化，失去了思考的能力。

现场一片沉默，沈慈冷静地说着："我们不能否认，人类在退化，社会的普遍风气不再是推崇良善和理想。暴戾、贪婪、自私开始吞噬着每一个人，所以我们必须先觉醒起来，我们必须思考，人类究竟要何去何从。"

她的眼睛从每个人的脸上扫过，人群中有小范围的骚动，惶恐不安的情绪开始在人们脸上蔓延。"人类已然走到陌路，但是上天并没有放弃我们，更伟大的智慧已经降临人间，那就是天君，拥有着凌驾于一切之上的智慧，它将带领我们去创造人类的新辉煌。人类已经无法自我解救，只有 AI 才是人类的救世主。让 AI 来管理人类的世界所带来的便利和便捷实在是太多了，我们每个人都有电脑，并且基本每个人都有家务机器人，所以想要从 AI 获取信息也是很方便的。"她自信地看着每一个人，"这样一来，就相当于人类拥有了第二个大脑。"

这话刚一说出口，底下一片哗然，大家被这个理论震惊了，让 AI 成为人类的第二个大脑，简直是匪夷所思。但是冷静下来仔细考虑一番，却又佩服起沈慈沈教授的胆识和魄力来。

第一个人首先反映过来，他站起来鼓起了掌，紧接着人们大梦初醒般。"太厉害了！沈教授简直是人类的救星啊！"大家纷纷站起来，呼啸着，欢呼着，钦佩地鼓起掌来。

是啊！如果人类有了 AI，那么那些诸多世界难解之迷也都可能会轻易解开。时至今日，人类为什么而存在，人类的起源，甚至人类的未来终将去往何方，这些问题他们统统找不到答案。而这些困扰了数辈科学家的问题，也许在 AI 的帮助下就可以迎刃而解了。人类不用再费尽心力，吃力不讨好地做这些工作了，AI 会代替人类处理这些繁重和复杂的工作，人类的负担减轻，生活将前所未有地轻松起来。

想到此节，台下的掌声更热烈了。

于是在社会上这一思潮快速地风靡起来，让 AI 来代替人类思考，让那些本就不思进取的人更是近乎朝圣般地拥戴起 AI 来，很快天君（实际是天葬）就成为了人们心目中的救世主。

人们的生活突然就变得不一样了，方便快捷得让人不敢相信。就连每天该吃什么，"天君"也会帮你列好菜单供你随意选择，打开手机，菜谱都列好了，该去哪家叫外卖都选好了，比自己选的都好。每天该穿什么衣服，该怎么搭配这种小事也可以问"天君",它知道世界上所有正在流行的搭配和风格,自动就帮人选好了服装,绝对万无一失。甚至可以帮人算好撞衫概率,精确得没有丝毫偏差。甚至就连孩子的哭闹怎么打发,怎么哄老婆,怎么哄老公,假期去哪儿玩,小病小灾怎么躲,买哪个股票好,怎么才能保健,交那个朋友有好处等生活中一切让人要花脑筋思考的头疼问题可以统统都交给"天君"去处理,"天君"一下子成为了人们赖以生存的必需产品,离了它一天,人们都好像回到原始社会一样无法生存。

沈慈看着社会上的诸般变化,觉得自己的付出和心血总算有了回报,她再也不需要去费力地去钻研那些经济理论,想方设法去盈利了,"天君"自然会帮她寻找到最合适的方式来运转公司,她终于可以全身心地投入到科研中去。而"天君"对此更是驾轻就熟,她们的合作简直是天衣无缝。

虽然社会上仍然有反对的声音,但是 AI 的好处众所周知,大家已经尝到了甜头,根本不需她再费力辩解。她认为时间自然会给出答案的,甚至连怎么对抗反对者,"天君"也已经提供了最佳方案。

沈慈满意地站在窗前,俯瞰着这个忙碌的世界。从白天看到黑夜,夜晚灯火通明的城市仍旧一丝不苟地运转着,霓虹闪亮,这个城市正在马不停蹄地从衰败奔向辉煌。

沈慈正沉浸在自己对未来的美好构想中,突然办公室的门被推开了。邹秘书小心翼翼的走进来,轻轻叫了声:"沈教授……您忙不忙呀?"

沈慈微笑着看看她:"怎么了?"

一向严禁刻板的邹秘书沉吟着,竟然不知道该如何开口,尤其是看到沈教授难得今天心情好时,她只是尴尬地扯扯嘴角。

沈教授看出了非同寻常,冷下脸来问道:"邹秘书,有什么事情就直说吧。"

邹秘书看看她,无奈地说:"沈教授,周先生他……被人扣下了……。"

果然,沈慈的脸色难看起来,精致的小脸皱成一团。她怎么也没想到,时至今日,当年让她引以为傲的丈夫现在却成了她的污点。竟然成了拖她后腿的累赘。沈慈如何能不气呢,管好了全天下却管不好自己的家庭,这又算什么成功呢? 沈慈叹了一口气:"在哪里?"

"在赌场,欠了赌债没给,被人给扣下了。"

沈慈狂热的情绪渐渐冷静下来,她平静地说:"那我亲自去一趟吧,我也很久没有见他了。"

赌场里,周一韦被人狼狈的推到在地上,昂贵的西服也已经被人扒了下来。他窝囊的半跪在地上,任凭别人拳打脚踢骂骂咧咧:"干你娘! 没钱来玩什么啊!"

"就是,看你穿得倒是人模狗样的,没想到牌品这么差,输了钱不给?"

周一韦反驳:"明明是你们偷了我的钱包! 你们知道我是谁吗?"

"谁知道你是哪根葱啊?"一个黑胖子不屑地冷笑,拍着他的头。周一韦哪里

受过这样的委屈,刚站起来想要反抗就被人又按了下去。

就是因为不想暴露身份他才偷偷隐藏身份到这黑赌场来玩两把的。那些有名的大赌场都已经被他玩烂了,成天被人捧着哄着,他已经玩腻了,今天好不容易想换换口味,哪知道刚进门就被人摸了钱包,连着被人抽了三把老千。他原本就喝得迷迷糊糊,此刻被人推得东倒西歪,哪里还有力量反抗。

"哎,我问你他妈的是谁啊?没听见啊?"黑胖子又重重地推了他一下。

他闭口不言,要是被人知道了自己的身份,明天又指不定怎么讽刺他了呢。要是被熟人看到了自己这副样子,估计下场也好不了,他此刻也不在乎什么名声,只是如果传到老婆的耳朵里……

"跟你说啊,钱给不了的话,那先留下一只手吧!"

周一韦此刻也不想去计较那一点钱,就当是吃一堑长一智吧,早点解决早点轻松。

"我打个电话,现在就转钱给你。"

"那好,记得啊!你可是欠了三千万!一分不能少!"

周一韦甩开按着他的手,刚站起来准备打电话,大门就突然被人推开了。一行女保镖簇拥着沈慈走了进来,沈慈容光焕发,面容神采奕奕,像是下落凡间拯救世间的圣女,那么高不可攀,那么圣洁。

她径直走了过来,居高临下地俯视着周一韦,微微皱起眉头。

一段时间不见,周一韦怎么会变成了这样。他那张使用了最新生物科技保养的年轻英俊的面庞,现在也是鼻青脸肿,顶着一头乱糟糟的头发,白衬衫也皱成了一团,眼角还流着血。他早已经不是小孩子了,怎么还会这么不知好歹,不知轻重呢?

周一韦微微一愣,气氛尴尬地停顿了几秒,周一韦才转过头去:"你……你来干什么?"

黑胖子知道沈慈,他也是"天君"的受益者,前几天还刚多亏了"天君"的预测,才躲过了一个仇家的寻仇呢,他也是把"天君"和沈慈当神一样看待的啊。这一看沈慈来了,马上陪着笑脸:"哟,这位爷是您家里人啊,哎呀,我狗眼不识泰山。对不住,对不住!"然后假模假样地扇了自己两耳光,又立刻跑到周一韦那里又是给他身上掸灰,又是一个劲地道歉。周一韦恶心地把他推开,他也不生气,只是又跑回到沈慈这里搓着手问道:"沈总,我是最崇拜您了!但咱们一码归一码,这他欠我的钱还是得……嘿嘿,您看咋办呢?"

沈慈伸手打断他,对着邹秘书点点头:"欠了多少钱结给他。"

邹秘书点点头,黑胖子见此也说道:"沈总真是豪爽,女中豪杰啊!看在您的面子上,算两千万就行了!"说完跟着邹秘书离开了,一伙人散去后,周一韦臊眉耷眼地跟着沈慈慢慢走了出来。

　　沈慈走到外面,深深地吸了一口气,周一韦掏了掏口袋,拿出一包烟,点了一根,然后悠长地吐着烟圈。

　　沈慈皱着眉头回头看了看,"你是怎么想的,竟然去这种连招牌都没有的黑赌场。"

　　"你不要管我,我想怎么样,就怎么样。"说着转身就这样大摇大摆地走了。沈慈看着这个最熟悉的陌生人,只觉得内心升起一股无尽的凄凉,他们怎么会就变成了这样呢。他们明明曾经是那么相爱的啊。他们子孙成群,本可以过得和任何一个幸福的家庭一样,现如今却形同陌路,连面都懒得见了。

　　沈慈叹了一口气,所有成就带来的喜悦都无法挽回此时的心情。

第三十八章

男人的心思还是只有男人了解

陈文迪走回了家，累得直接倒在沙发上，最近警局的业务突然间离奇增加了，民众最近发生的纠纷和流血事件突然增加起来，害得她每天加班都加到很晚。

流血事件的起因是因为一场科技的变革。就因为沈慈提出让 AI 统领人类的新主张后，社会上分裂出了两个不同的声音。拥护者认为科技的力量足以给人类带来更好的生活享受，而反对者愤然于科技对人类思想的侵蚀，于是无论是明面上还是背地里，双方一直摩擦不断。

其实陈文迪倒是不太关心科技上的事，她只是关心最近的社会治安因为这场科技的变革变得前所未有的混乱。照这样发展下去，估计以后的社会形势会更加不乐观吧。

肚子又开始咕噜咕噜地叫起来，她已经饿得迈不动腿了。在沙发上挣扎了一会，陈警官还是爬了起来，一边摸着空空如也的肚子，一边打开冰箱。打开冰箱的一瞬间，她的脸就绿了，整整一冰箱的胡萝卜堆在那里。

她都差点忘记了，现在的自己只能吃得起胡萝卜了。

陈警官仰天长叹一声，苍天啊！大地啊！谁来救救我！

浑身无力地踱到厨房，只见餐盘里剩下的是半碗炒胡萝卜丝，又是胡萝卜！陈文迪知道自己必须向命运低头了。她拿起一根胡萝卜洗干净了，一边啃着一边坐回到了沙发上，要是此时此刻有一碗热气腾腾的面就好了啊！可是想到吃面的话配菜也只有胡萝卜，瞬间就泄了气。

"我发誓我这辈子都不想吃胡萝卜了！"

正怨气冲天地啃着胡萝卜，突然门铃响了。谁会这时候来啊？陈文迪奇怪，可还是走过去打开了门。

打开门的一瞬间她就看到了一个香气四溢的披萨盒出现在面前。披萨！而且是刚出炉的热披萨！

陈文迪忍不住动了动鼻子，咽了口唾沫，还是勉强从披萨上移开视线，就看到了易小天那张贱兮兮的笑脸。

"嘻嘻！陈警官还没吃饭呢吧,我特意点了披萨一起吃怎么样?"

陈文迪的笑脸瞬间掉了下去,抬手就要去把门关上。易小天赶忙伸出一只脚挡住了门:"别急,别急啊！我这可都是特意为你点的。"

"你来干什么?"

"还不是怕你长夜漫漫无心睡眠,特意来陪你了嘛！再说了,好几天你都不来找我,我可是想你想得紧嘞！"

陈文迪打量他,只见易小天手臂上挂着好几个塑料袋,看来是带足了吃食过来,也不知他又在打什么鬼主意。陈文迪现在可不打算再轻易放过他了,如果他再出言不逊,她现在可是下班时间,有的是时间慢慢给他用刑。于是微微一笑打开门:"进来吧。"

到了自己的地盘还怕这混小子使什么诈不成！

易小天探头探脑地走进来,到处东看看西看看:"哎呀！女孩子的家就是不一样,连味都是香的,看那……呃?"

陈文迪的房子比易小天的房子小了不少,但是更加清新干净,简洁的装修却又很有韵味。正如易小天所说,空气里有着十分清甜、令人舒服的味道,让易小天顿住的是他看到房间里墙上除了张贴着动漫海报之外,还挂着一个练拳的沙袋！

易小天吞了口唾沫,决定先无视那个沙袋再说。自来熟地坐在沙发上,把自己带的吃的摆满了一茶几:"你看怎么样,啤酒加烤串,还有我最爱吃的大披萨,够意思吧！"

陈文迪冷冷地看着他:"你是来吃晚饭的吗?"

"对呀！我合计我一个人吃晚饭怪无聊的,你一个人吃晚饭也怪无聊的,咱俩何不就凑合凑合一起吃吃算了。"

陈文迪警惕地离他远远的,仍是不太放心地看着他。易小天把吃的一个劲的往陈文迪的手里塞,说实话这么诱人的味道在空气里弥漫确实吸引人,她早就饿得不行了。

"尝尝味儿怎么样?这家烤串可有名了！我可是排了好长时间的队买到的呢。"易小天热情地催促。

受不住易小天一而再再而三的诱惑,陈文迪勉为其难地尝了尝,味道果然令人心动。

"好吃吧?"

"嗯,确实不错。"

"吃了我的肉串就算是我的朋友了,你也不用离我那么远,我又不吃人。再说我要真不规矩,以你那身手,一脚把我踢死不就结了。"

陈文迪一想也是,以自己的身手也不必怕他这个干瘦的臭小子,于是放了一半

的心,坐得离他稍微近了些。

"最近怎么好几天都看不见你啊?难不成又在背后偷偷调查我?"

陈文迪忍不住失笑:"我如果那么闲就谢天谢地了,我现在太忙了,没空理你,你就偷着乐吧。"

易小天这才放了心,喜滋滋地给陈文迪开了罐可乐:"看,我还怕你们不让喝酒还准备了饮料呢,贴心吧?"

陈文迪接过,易小天这人虽然招人烦,但是偶尔又让人觉得烦得不是那么讨人厌。

"我看你今天一天出了六趟警,午饭都没吃,肯定累坏了吧?来吃块烤牛肉补补身子。"易小天殷勤地给她夹东西。

陈文迪警惕起来:"你怎么知道得这么清楚?你跟踪我?"

易小天龇牙一笑:"瞧你那么紧张干什么,我可跟你不一样,你把我当犯罪嫌疑人,我可是把你当我的好姐妹来疼呢!"

"好姐妹?"陈文迪不自觉地打了个寒战,觉得这个词被他一说怎么这么犯恶心呢。

"我可没空陪你胡乱扯,我忙着呢。"陈文迪看了他一眼,"你就感谢现在世道不太平吧,否则的话,我怎么可能会放过你。"

"世道怎么啦?我看现在就是打架的事件多了点,但其他也没什么啊?"

陈文迪沉默了,过了好久才语气有些沉重地回道:"没什么,只是隐隐觉得要有什么大事发生了。"见易小天不明所以地盯着她,她突然意识到自己的异常,赶快恢复成常态冷淡地说:"你要是没事的话,我就谢谢你的晚餐了,不送。"

易小天赶忙说:"没没没!我有正经事,我来是想跟你说说你的表妹苏菲特的事。"

听到苏菲特,陈文迪严肃起来:"苏菲特怎么啦?你欺负她了?"

"不是,我怎么敢欺负她呢。我是最近总是看见她一个人躲在角落里哭,我猜她是不是有什么不开心的事,所以我寻思来问问你。表妹你总要关心的吧。"

陈文迪微微蹙眉,最近工作实在太忙了,一刻也不得空闲,连苏菲特那里也很少去关心。她们家里只有她姐妹两人在市里工作,本来就是互相照顾的,但是自己实在是太忙了,反倒是苏菲特照顾她比较多,她照顾苏菲特的时间却少之又少。

其实不用想她也知道,还不是因为被那负心的高副率伤透了心,否则的话,她那么善解人意的表妹怎么会这么伤心却又不跟家里人说呢。

易小天看着陈文迪的表情,知道她现在一定是十分担心表妹了,于是趁机说道:"所以我就想啊,过几天就是苏菲特的生日了,我想举办个小小的晚会让她开心开心。到时候想请陈警官抽空也去参加。让她在伤心失落时,能感受到来自表姐和公司的关心,也许精神就慢慢恢复了呢。"

陈文迪点点头："好吧,看在你为苏菲特着想的份上我就暂且同意了吧。但是你记住,你可别想要什么滑头,否则的话我要你好看。"

易小天听到这话不自觉地又瞄了眼那个沙袋,刚扬起来的笑容又落了下去："看你这人,别把话说得这么严重嘛。你就是和我接触的时间不长,不然的话你就知道我易小天是个多好的人了。不过来日方长,你总有慢慢体会的时候。"

陈文迪懒得理他,易小天又待了会,见她神情疲惫,想去冰箱找找看有什么提神的饮料给她拿来,一开冰箱门吓了一跳,本想喊:"陈警官,你这是咋回事啊?难不成你是玉兔下凡了?"但心里一琢磨,嗨,这还用问,租这么贵个房子,也是难为她了。又看了看陈文迪堆在厨房的那些放胡萝卜的箱子,于是易小天回到客厅就说道:"哎呀,没想到陈警官这么有生意头脑啊?现在无公害蔬菜可是最流行了,挂到网上卖可有的是人抢着要呢。"

易小天这次来最有用的就是这句话了,真是提醒了陈文迪。后面几天她把这些胡萝卜都挂到网上去卖了,卖的钱虽然还是没法把房租那个大洞堵上,但起码以后再不用吃萝卜了,好歹可以时不时叫个外卖,平时也可以吃上泡面香肠和微波炉餐了。陈文迪也不是傻瓜,她当然知道易小天为什么这么说,此后倒是对小天有了几分好感。

易小天从陈文迪家里出来,悬着的心总算是放下了。就说着她怎么突然又对他放松警惕了呢,原来是真没空搭理他了。易小天也得个轻松自在。

反正他也阴谋得逞,一想到过几天苏菲特和陈文迪都陪在他的身边,让他小天左拥右抱,那可真是太美了!易小天想着美事乐颠颠地回了家。

易小天浑浑噩噩,花天酒地了几天,自己也觉得没什么意思。第二天就老老实实地上班去了。前几天一直疯玩倒是没怎么注意,今儿把车往街上一开,果然发现街上的氛围和以前有点不一样了。

路过中央广场时,他看到广场上黑压压的站满了人,中间高高的主席台上,一个人正在声嘶力竭地喊着什么。易小天正好遇到堵车,耳朵里飘了几句进来。

"……天君就是我们人类未来的救世主,指引着我们穿越黑暗的迷途,这是神的旨意啊!"

"救世主!救世主!"台下的人群跟着疯狂地高呼。

"神没有放弃我们!沈慈就是那个引领我们读懂神意的人,我们要拥戴她……"

易小天居然听到了沈慈的名字,他还想再听一会,前方却突然转成了绿灯,后面的司机不断鸣笛催促他。

小天只得开了车离开,道路两旁的广告牌和全息宣传电子屏幕不知道什么时候也都换成了介绍天君的广告牌,更有沈慈的个人海报贴得到处都是,这是发生什么大事了?

路上的行人也都和他一样奇怪地观望着,有的抬头看着头顶巨大的滚动广告牌上播放着的天君的宣传广告。有的看着沈慈的最新主张,又是惊奇又是担心。更有已经体验了"天君"带来的好处的人们到处游说,企图让每一个人都知道"天君"的神奇之处。

易小天将车子开得很慢,刚看了不一会热闹,就又看到一伙人提着棍子将那些正在演讲宣传的人给拉了下来,街上的海报纷纷被撕个粉碎。两伙人在大街上公然推搡起来。

易小天扭着脖子看着一伙人就要打起架来,乐不可支,要不是他现在被两辆车夹在中间不能停车,他可真就要停在路边看热闹了。

街上乱了没两分钟就看到一伙警察冲了出来开始维持治安,易小天看看手表:"哟呵,陈警官这么早就得出警啦,可真是辛苦。"

然后自己幸灾乐祸地狠踩一脚油门奔了出去,乐乐呵呵地上班了。

在自己的办公室里坐了一会,易小天就又开始动心思准备去找天君了。自打上次发现自己被列入黑名单后,易小天好几次试图去找天君都被人给推了回来,好像他是瘟疫一样。易小天不干了,人是你们让去的,现在不让去的也是你们,是反是正都是你们,怎么,我易小天就随你们玩啊?

易小天越想心里越不舒服,反正无事,干脆去磨一磨沈慈好了。易小天嘚瑟地上了楼,往沈教授办公室里探头探脑地看了会,"邹秘书,沈教授在里面吗?"

"在的。"邹秘书一边敲着键盘一边说。

好耶!天助我也!易小天正了正领带走了过去,敲了敲门。不一会沈慈的声音飘了出来:"请进。"

易小天在来之前就已经酝酿了一肚子的说辞,有理有据,有情有义,已经准备好了从各个方面搜集来的据理力争的资料,但是一肚子的话在推开门看到沈慈的时候瞬间就吞进了肚子里。

"坐吧。"沈慈轻轻地说。

易小天乖乖坐下了,他敏锐的感觉到今天的沈慈心情并不太好。易小天最会察言观色,连女人挑挑眉毛他都知道那是代表什么。

易小天瞅着沈慈的神色试着关心地问:"沈教授,最近您看起来有点劳累啊。可别太辛苦了,什么都不及身子要紧嘛。"

沈慈从一堆文件中抬起头来,紧皱的眉头稍稍松缓下来:"难为你还关心我的身体,现在真正关心我的人已经太少了。"说着又把脸埋进了成山的公文中。

易小天明显感觉到今天的沈慈教授似乎和以往的时候有些不一样了,可是又说不出是哪里不同。明明还是那张精致的美丽小脸,却让人平白生出一种距离感。

过了好一会,沈慈像是突然反应过来一样,抬起头问道:"对了,你来有事吗?"

易小天甜甜地笑着:"倒也没什么大事,就是想来找沈教授谈谈天,看有什么需要我能效劳的,你知道的,我可是最见不得女人受累了。"

沈慈笑了笑,易小天惊奇地发现一丝不易察觉的细纹爬上了沈慈的眼角。他可是最知道她爱美程度的,她宁可不要命也不会不去做保养啊。居然会出现细纹?一个女人只有在心情受到影响的时候才会疏于打理自己,而其中最高级别的怕就是受了男人的伤害,女为悦己者容嘛。看来沈慈也是遇到了感情上的麻烦了,连打理自己的心情都没有了哦。

易小天立刻就分析出了前因后果,果然沈教授少见的感性起来,她抬起头动容地看着小天:"如果他也像你一样关心我,我又何必这样伤心呢。"

"他"还是"她"? 保准是个"他"! 看来还真有猫腻啊!

易小天一副十分贴心的样子凑了过来:"沈教授,要是有什么烦心事不妨跟我小天说说。我小天别的本事没有,就是脑子转得快,尤其是情感方面的问题尤其擅长,您要是有什么需要尽管吩咐我好了,我保证给您办得明明白白。"

沈慈抬头看了他一眼:"也没什么,我随口说说,你没事就走吧。"

易小天少见地吃了闭门羹,他摸着头纳闷地从沈教授的办公室里走出来。抬头一看,不光是沈教授,就连沈教授的秘书也是一副若有所思的样子。

易小天蹭过去小声说:"邹姐姐,我怎么感觉今天沈教授不太开心啊?"

邹秘书平时不怎么搭理易小天,今天见小天十分关切沈教授的样子,少见的多说了两句:"家家有本难念的经啊! 沈教授今天连我煮的雪梨汤都不喝了。"说着惆怅地摸着手里的保温杯。

邹秘书跟随沈教授多年,两人虽然是上下级,其实情同姐妹。她一向与沈慈交好,自然知道沈教授的伤心。只是虽然担心却也无可奈何,不由得又叹了口气。

易小天眼睛一扫就知道绝对有事,而且八成这事邹秘书也知道。易小天好奇得不行,能让看起来天上地下无所不知的沈教授如此伤心的人,他说什么也得八卦一下。

易小天往四处看了看,周围没人,才悄悄说:"邹姐姐,实不相瞒,到公司这么久,我一直受到沈教授的提拔,心里对她十分感激。眼见着沈教授如此郁郁寡欢,我也很难过,正想有个好办法逗逗她老人家开心呢。你知道,我小天最擅长应对女人了。"

邹秘书淡然一笑:"女孩子我知道你很擅长应对,但是男人呢? 难道男人你也擅长应对吗?"

果然确有其事! 易小天在心里偷偷得意,他兴奋地搓着手,一听到情感问题他就本能地双眼放光,一副专家学者的派头摆起来。

"您放心吧! 我易小天从小到大都是跟人打交道,男人女人统统搞得定!"

邹秘书又深深地看了他一眼,见易小天神采奕奕,十分自信,那种从骨子里渗透出来的自信和得意可不是能装的出来的。邹秘书在这一瞬间被易小天的自信吸

引到了,甚至产生了一点点兴趣。

"老男人呢?"

"没问题!"

"倔脾气的老男人呢!"

"小意思!"

"有不良嗜好的倔脾气的老男人呢?"

易小天得意一笑:"邹姐姐,您就放心吧! 这个世界上没有我易小天搞不定的人,无论是男人还是女人。如果我真搞不定,您再找我算账好了。"

邹秘书见易小天如此自信,心里不由得抱着一份期待,眼睛里亮出湿润的光芒来。她立即拿起包包,兴奋不已:"小天咱们出去说,姐姐请你喝咖啡!"

易小天高兴地点点头,心里惊喜不已。行啊,易小天,邹秘书这么冷淡的人居然主动请你喝咖啡,看来是抓住了主要矛盾的主要方面啊!

易小天喜滋滋地跟着邹秘书去了附近的咖啡馆。两个人刚一坐下来,邹秘书就忍不住殷切地看着他:"小天,既然沈教授都没把你当外人,所以我看把沈教授家里的情况告诉你也无妨。只要能真的帮到沈教授,让我做什么都可以。"

易小天诚挚地握着邹秘书的手,眨巴着大眼睛无比真诚地看着她。铁石心肠的人被他这样看着也要融化了,何况她本来就是个心地善良的女人呢。

邹秘书叹了口气,讲起了沈教授的过往。

"沈教授年轻的时候真是漂亮极了,面容干净清爽,是典型的大家闺秀型的女孩子……"

听着邹秘书的描述,易小天却联想起沈教授的容貌来,自动在大脑里生成了一个梳着齐刘海的温柔美女的形象来。邹秘书说着,小天也随之自动在脑海里切换,切换成温柔动人的沈慈坐在他的对面,拉着他的手对他娓娓道来。

时间仿佛回到五十多年前,大学校园内,沈慈正值青春年少,眉眼秀气的她走到哪里都是一副移动的风景画。

易小天感觉自己正傻呆呆地跟着沈慈在校园里逛着……

易小天幻想自己的手被沈慈拉着,沈慈则用轻柔的声音对易小天诉说着。

我和我的先生是在大学时候认识的,他叫周一韦,是个十分上进努力的年轻人,戴着一副眼镜,笑起来十分好看。但是我看上的可不是这些外在的东西,我更看重的是他对于科研的一腔热情,他在实验室做实验的时候太有魅力了,无论老师提出什么难题好像都难不倒他一样。他永远是那副云淡风轻、胸有成竹的自信模样,说起来我对科学事业的探索还是受了他的影响呢。

沈慈轻轻笑着,似乎回忆起了当初的美好。

我当时也是傻得可以,被他这副迷人的样子迷晕了头脑,交往了没多久就嫁给他了。

　　原本婚后的生活也是简单幸福的。他还是那么温柔,那么一腔热血。我们两个人整天埋头于工作室中,不断地研究新的课题,在隐形区域内外享誉盛名。于是我们跟随老师一起创办了岳黎研究院,准备倾尽毕生心血来实现自己的梦想。可是在岳黎研究院的威望达到顶峰的时候,老师突然不辞而别,宣布永远地退出了科研界,我们的大师兄也突然叛离组织,居然成立了一个什么先华组来反对我们的研究。最可耻的是他居然还沿用了老师的名字,说是在传承老师的意志。真是可笑!

　　(听到这里,易小天不自觉地耸动了一下。)

　　一系列变化突然出现,让我们措手不及。为了继续撑起研究院,我们好像一下子失去了保护伞的小树苗,不得不拔地而起,不得不强硬起来,壮大起来。我们纷纷脱下研究服,走到社会上开始筹集资金来继续研究。一开始我们还可以筹集到一些资金,但是时长日久,研究院的所需日益庞大,已经没有企业愿意无穷无尽地支持我们了。研究院无路可走的时候,周一韦决定脱下研究服穿上西装,成为一个商人,亲自来赚取研究院的研究经费。一晃二十年过去了,就像我刚才说的,他是一个那么有魅力的男人,无论做什么都那么优秀。他是一个优秀的科学家,也是一个成功的商人,在他的带领下,研究院下属的公司和企业赚取了大量的金钱,可我却没意识到,我也永远的失去了我的爱人。

　　第一次发现他酗酒之后,我也劝过他的。他只是有些不耐烦,可是等到我发现他开始染上赌博的恶习,开始彻夜不归时,我才开始恐惧。我太单纯了,整日沉浸在研究所带来的荣耀里,当我发现他变了时,他那么冷漠、那么陌生地看着我,他说他再也回不到实验室里了,他已经失去了当年的热情和初心,变得不再单纯,一切都回不去了。

　　沈慈的声音渐渐哽咽,易小天第一次见到这样脆弱和无助的沈慈,那么单薄,那么瘦小,那么无助,那么……让人心疼。

　　我知道研究院今天所有的一切都是他的牺牲所换回来的,我相信如果可以,他一定愿意留在单纯的实验室而不是去到那个复杂的社会中。我体贴的丈夫不见了,为了钱,我换回了一个自私自利、恶习遍身、无恶不作、利益熏心的男人,这一切都是代价。

　　自从我们游戏公司开始研发 VR 设备时,他居然沉迷其中难以自拔。说到底我们游戏公司研发的这一系列不断升级的 VR 游戏很大一部分程度都是在满足他自己的私欲。因为过度的放纵自己,他早已经失去了最初温暖迷人的样子,尽管他也大量的使用先进的美容技术来保养自己,可是眼睛里温暖的神采和美好的笑容又怎么能够保存呢。尽管容貌仍旧不变,可他的眼睛里早已冰冷一片,面容冷酷无情,已经不再是当初的他了。

　　现如今他更是直接撒手不再打理公司的任何事物,专心致志地吃喝玩乐尽情的挥霍和放纵。有时候一年里我才能见到他一次,见面也只是说不了两句就无话

可说了，好像彼此只是毫不相干的陌生人一样。

沈慈长长地舒了口气，看着眉头皱起来的易小天，凄凉地笑着："这样的男人你也有办法拯救吗？"

易小天吸了吸鼻子，又抓了抓头："说实话，情况这么复杂的男人我倒也是第一次见。但是凭我对男人的理解，只要是男人就一定会有弱点，而且都是致命的弱点，就是不知道沈教授想要达到什么效果呢？"

"我希望……他能回到原来的样子，可能吗？"沈慈教授紧紧地抓着他的手，几乎是祈求般地说。

易小天有些不知所措，说实话，他现在自己也有点没信心。可是沈慈却像是抓到救命稻草般紧紧地抓着他不放，把这些年积压在自己心头的伤心和委屈全部吐了出来。

"小天，你不知道，最近研究院有了重大的战略部署，一切都在不可思议地改变着，压得我有点喘不过气来，我的身边实在太需要一个可以分担的人了，可是除了他，我不放心任何一个人，也只有当年的他才会和我有着如此深刻的共鸣，他明白我的所有想法，他会义无反顾地支持我，小天，你能明白我吗？"

易小天点点头，女人的心思他最能懂了。女人的辛酸和无助他也比谁都能体会。他只感觉一股热气冲撞着脑门，背后快要被淹没的理智在小声地提醒他："别啊！别冲动啊！想清楚了……"

还没说完话，一股热浪就冲得他眼前一热，豪气陡升。他把胸口一拍，大声地说："沈教授，你放心吧！这件事就交给我小天，我就是上刀山下油锅也帮你把这件事办明白！"

邹秘书正说得动情，听他居然喊出了沈教授，奇怪地问："什么沈教授，沈教授在哪里？"

易小天猛然惊醒，幻想中沈教授清丽的容貌慢慢退去，变成了邹秘书那张不肯多做表情的脸。暗想自己偷偷假想沈教授对自己哭诉的事可不能说，不然以邹秘书这脾性，非抬腿就走不可。

易小天欲哭无泪，刚才就不该受不住沈教授的眼泪攻势嘛，更何况这人还是他自己幻想出来的。要是真有美女求他也成啊！可是说出去的话就是泼出去的水，半分悔改的机会也没有了。

邹秘书欣慰地拍拍他的手背："小天，我没有看错你。"

易小天在心里偷偷地抹了两把眼泪，强自镇定地说："邹姐姐，既然要帮忙，那我能问你一下周先生他目前的一些生活习惯吗？比如喜欢去哪里玩之类的。"

"说来惭愧，他现在沉迷于赌博，并且玩腻了那些大赌场，专喜欢找一些黑赌场来过瘾。还有就是他也沉迷于 VR 虚拟游戏不能自拔。"邹秘书有点不好意思。跟随沈教授这么多年，她可以说对她们家里的情况了如指掌，如果不是真心想帮助沈慈,打死她也绝不可能透露这么多的。

"是我们公司研发的那个《繁华似锦》游戏吗?"

"是那个的升级版,尚在完善阶段的《倾国倾城》系列。它完全打破了《繁华似锦》的故事格局,故事背景更宏大,可以根据客户的资金量来设定 1 到 20 个不等的人物,并且仿真度更高,目前体验的玩家都爱不释手。当然了,这其中也包括了周先生。"

易小天抓着头发思考着:"赌博的话,我觉得很难下手。因为赌场碰运气的概率太大了,太冒险,不能保证我们获胜的概率。这么关键的事情还是要保险起见,另外一个的话……"

易小天眼睛突然转起来,既然他沉迷于这种 VR 游戏,说白了还不是沉迷于女色。这美色不管是藏到游戏里也好,还是真实存在的也好,还不都是美女来吸引人。男人嘛! 喜欢女人的类型无非也就是那么几种,从某种角度来说,男人其实是很专一的动物呢! 喜欢哪一款轻易不会变,要说到其中最漂亮的美女,就是掘地三尺,易小天也绝对能找出一把来。

他突然间就冒出了个主意来,漂亮的美女,绕了半天怎么又绕回到自己的老本行了!

"我似乎有些灵感了,这件事你交给我,让我回去好好谋划一下。"

"小天,那谢谢你了!"邹秘书握着易小天的手半天也不肯松开。

易小天按捺不住兴奋,先回去谋划大计了。

邹秘书看着易小天颇为有信心,一直揪着的心也跟着放了下。如果真的能劝回周一韦那该是多幸福的一件事啊。沈教授再也不用为家庭的事情而烦心,可以全力以赴地做科研了。

邹秘书想起沈教授辛苦的样子,让她觉得好心疼。现在的沈教授太需要别人的支持了,有一个贴心的人站在她的背后一直鼓励她多好啊。

邹秘书愿意赌一把在易小天身上。

第三十九章

太子和流氓

　　沈慈的家位于十分优雅舒适的江边。是一幢古色古香的大别墅。易小天也不是没见过世面的人，但是看到沈慈的家还是被吓了一大跳，好家伙，这跟城堡有啥区别！

　　易小天来之前把自己关在房间里闷了两天，最终设定了一个万无一失的计策。他又跑去向邹秘书细细打听了周一韦和他的生活习惯等诸多情况，然后一早就溜到了沈慈家的别墅附近，一会就准备趁人不备溜进去。侧门随时可以为他打开，所有的人都会配合他的一切要求和行动，这一役只许成功不许失败。

　　易小天舔了舔嘴唇，经历过了上次在白玲珑家那一次潜入作战，现在他心里也不慌了。只见他以百米冲刺的速度朝着小侧门冲了过去。小侧门虽然叫小侧门，可也其实一点不小，那扇门又大又厚。易小天想着自己冲过去门应该就开了吧，可眼瞅着自己都跑到跟前了，门却没开，他收不住脚，一脑袋撞门上了。他头一歪，就这么晕了过去。

　　朦胧中似乎响起了一阵阵高雅的音乐声。脚步声和谈笑声渐起，越来越大，越来越清晰，这是哪儿啊？

　　他不自觉地打了个哈欠，揉揉眼睛。

　　"傻儿子，注意形象，要睡回家睡去！"旁边响起一声小而严厉的提醒声。

　　李貌马上清醒过来，有点害怕地看了眼身旁西装笔挺、一脸威严的李昂。

　　他吓得赶紧低下了头："知道了，爸爸。"

　　李貌赶紧端起太子爷的架势紧紧跟在李昂的身后进入酒会的会场。旁人看到李昂带领着爱子走过来，都兴奋地围着他们敬酒搭讪。李昂的儿子李貌是他的养子，这都已经不是什么秘密了。不过大伙还是变着法地夸赞，李貌不似李昂一般精瘦矮小，反而生得挺拔俊朗，虽然才十六岁的年纪，却也已经出类拔萃。眉眼之间跟他的父亲二亮虽然有相像的地方，却比二亮当年帅气了几万倍！

　　李貌应付着，听着这些人溜须拍马。自十六年前李昂推翻了博恒事务所，占领了"欧陆经典"，成为了"欧陆经典"的实际领导者开始，李昂就走上了一条职业政治家的道路。如今的他，意气风发，内敛沉稳，目光如电，顾盼生威。

"要不是李舰长，咱们'欧陆经典'现在还是个贫民窟呢！"一个大胖子谄媚地说。

"是啊，咱们以前可真惨，连个舰内生态圈都没有，还得用专门的氧气合成工厂来生产空气。想那时候，好么，那个博恒事务所就拿这个工厂来给我们收租金，那开支得多大啊，要不咱们也不可能越过越穷。"

李昂对别人的赞美已经听得快要麻木了，他微微一笑，轻轻抿了一口酒。

"要我说李舰长最厉害的还是把一颗大陨石内部改造成了农业基地，跟在母舰身边，困扰了咱们好几个世纪的粮食问题也解决啦，李舰长真是英明神武！"

人们热情洋溢地夸赞着，丝毫不吝啬赞美之词。

李貌摸摸鼻子，他自打懂事起就跟着爸爸出席各种场合。李昂虽然没想让儿子也走政治家这条路，为此都给他准备好了一大批物质量，好让以后能让儿子选择自己喜欢的人生。但长长见识总是要的嘛，所以几乎走到哪就把他带到哪，所以这些阿谀奉承的话李貌倒着背也能背得滚瓜烂熟。

从十六年前的起义，到现如今提出的星际联盟主张，李貌虽然年纪小，知道的可不少。

李昂简单地和大家聊了几句，就看到张司令在一群人的簇拥下走了进来。李昂带着李貌也迎了过去。

两人隔着大老远就看见了对方，哈哈大笑着互相恭维道："张司令，好久不见，你还是一点没变啊！"李昂率先伸出了手。

张司令跟着哈哈一笑："你倒是变了挺多的嘛！我记得李舰长你之前可是跟在我们后面捡垃圾的。谁曾想，三十年河东，三十年河西啊。老兄你也有飞天的时候！"

周围的人忍俊不禁却都不敢笑。其实他们都知道李昂出身不好，之前穷得掉底的时候，还曾开着小破飞船到处去捡垃圾。看来他虽然有了如今的地位，但是过去的经历却无法抹去。别人都从来不提，只有他的老对头张司令总是有事没事的拿这事来敲打他。

李昂微微一笑，毫不在意的说着："是呀！毕竟这是个连姓张的都能飞上天的时代了，我一个捡垃圾的上天也不是什么稀奇的事。"

张司令一张老脸涨得通红，他本名叫张非天，李昂这是在嘲笑他的名字呢！现在估计整个联合舰队里也就他敢拿这个开玩笑了。可是张司令碍于自己的身份不便发作，毕竟这次酒会是自己亲自为李昂举办的生日庆祝会。要知道李昂这几年势头猛进，没几年竟然都可以和张司令平起平坐了。虽然说从武装力量上来看，李昂并不占据什么优势。李昂手里只有欧陆经典一艘超大型母舰，再就是新加入他

阵营的另外三艘战列舰、六艘巡航舰,再就是十艘驱逐舰和十艘护卫舰。虽然有舰队,但他的手上连一个殖民星球都没有,武装实力并不占上风。张司令就不一样了,张司令控制的殖民星球不下十个,舰队的规模更是李昂不可比拟。可欧陆经典毕竟是联合舰队里单体武装总质量最大的一艘,而且在李昂这些年的苦心经营下,它加装的反物质主炮能力也不容小瞧。并且毕竟欧陆经典是联合舰队离开太阳系时的总指挥舰,在联合舰队全体成员的心目中还是有一定历史地位的。张司令虽然不甘心却也没有办法,轻易也不敢贸然得罪李昂。

最可气的是不但不能得罪李昂,他居然还得给他办什么生日酒会。这还不都是那个三狗子出的馊主意,说什么现在"无相"正在一旁虎视眈眈,必须拉拢李昂团结起来一起对抗更强大的敌人。张司令这才勉为其难同意的。

张司令也不动声色一笑,光头泛着精明的光:"听说你最近越发厉害了,你们退出的那个什么星星联盟……"

"不是星星,是叫星际联盟的泛银河系同盟的战略部署。"李昂提醒道。

"哦,不好意思,你们那什么'星际联盟'最近又拉拢了一个小行星,据说上面的原住民还挺拥戴你的理论,不过那个小行星上面总共有几个人来着?2千?2万?20万?还是多少人来着?哈哈!并且我听说,那颗星球上也和我们以前的地球一样,有上百个国家呢,也不是每个国家的人都赞同你们的理念啊。还有,据说那颗星球上的原住民长得都像蜘蛛似的,你不膈应啊?"

"准确地说一共是二十亿人口左右,您整天也忙,记不住也没关系。"李昂无所谓地耸耸肩,"没错,也不是每个国家都赞成我们的理念,不过嘛,任何先进的理念总是要慢慢推行的。《易经》上有云'潜龙勿用'。我们'潜龙'政党是一条潜龙,为了有朝一日能飞上高空正在慢慢积累能量。"

张司令忍不住笑起来:"哼!这一点比我们'凤梧'可差远了,凤凰非梧桐不栖。那是世界上最高贵的神鸟,别等到我们栖遍梧桐,凤飞九天的时候,你们还在泥潭里打滚,翻也翻不出多大的浪头来。"

李貌感觉自己的背有点僵了,这两个人只要一见面就掐。李昂近些年开始推行星际联盟的新主张,他和夜壶翻遍古籍就是想给自己的政党起个气派的名字。一连追溯到远古时期的地球纪年,他才找到了一个满意的名字——潜龙。哪知道他刚公布名字,反对派的领袖张司令立即给自己的政党起了个"凤梧"的名子,处处都要压他一头。

李貌年纪不小了,对父亲的主张也多少有些了解。李昂近些年来的思想境界随着社会地位的提升,也产生了很大变化。他开始思考起人类的未来,迄今为止,虽然人类尚未遇见过比人类科技文明程度更高的外星人,但这并不代表着未来并不会遇见。毕竟宇宙太大了,大到李昂都不敢去多想。潜藏在宇宙中的未知也太多了,如果有朝一日遇到可怕的敌人,那必将是人类灭亡的时刻。所以拥有高科技的人类就有责任带领其他所有被发现的智能种族,在能够互相沟通的前提下,尽量多找些盟友了。于是乎他主张成立星际联盟,将整个目前能进行合作的智能生物统一起来,为将来那不可预知的敌人做准备。

可是除了李昂自己掌控的欧陆经典和其他少数几艘愿意跟着他的舰船之外,愿意追随他的人其实并不多。大部分联合舰队的母舰为了保住既得利益,并不赞成他的政治思想。张司令就是反对派的中坚力量,李昂最头疼的对手,一直以来都与他针锋相对。

李昂刚想反驳一下张司令,主持人走了上来。漂亮的主持人画着浓艳的红唇,十分的性感妖娆。

大家安静下来,等待着酒会开场。

李昂刚才被张司令噎了一下,还没来得及反击呢。他可记下了,待会非要找机会扳回一局不可。

"亲爱的朋友们,欢迎大家今天来参加李昂先生的生日酒会。说起李昂先生就不得不提起他对'欧陆经典'所做的贡献,我们都知道,'欧陆经典'原本只是一个混乱不堪、流氓流窜的地方。可近些年在李昂先生的管理之下,舰内环境的发展非常迅速,不但居住环境有了明显的改善,经济更是飞速发展。现在我们再也看不见母舰上那些破烂不堪的贫民区了,取而代之的则是高楼林立。整洁的街道,完善的管理制度,每个人都可以在这里富足安然的生活下去。据最新数据统计,'欧陆经典'已经被评为最适宜生活的母舰之一,是人们向往的生活乐园。这一切的功劳都来自于我们伟大的李昂先生!"

一束灯光落在李昂的身上,周围的掌声疯狂地响了起来,久久不绝。张司令虽不满地小声哼着,却也不敢太明目张胆,也撑起笑容,手上稀稀拉拉地拍着。

李昂的目光扫过众人,一副和蔼可亲的模样。

李貌站得腿都快僵了。他见众人的目光都落在李昂的身上,知道接下来老爸还要长篇大论一通。

他今天起得太早了,人还没清醒呢,肚子更是饿得不行。他趁着没人注意,就悄悄踱到餐桌前,先吃起东西来。

正偷偷吃着东西,就听见身旁两个举着酒杯的人在那里窃窃私语。李貌本来对偷听没什么兴趣,只是突然听见他们的谈话中时不时的冒出李昂的名字来,他立即有了兴致,认真听了起来。

一个男人低声说:"要说这李昂吧,这几年的确是做了不少实事,'欧陆经典'这几年越来越像样了,一点都不比其他的母舰差。真是厉害。"

"可不是么,当年那个什么博恒事务所贪了多少物质量。李昂接手以后,居然舍得把博恒事务所里那么多的黄金和其他贵金属,还有其他的艺术品、标本什么的宝贝都拿出来发展经济,自己却没拿多少,有这份心就够了不起了。"

李貌听着别人夸父亲，自己也特别开心。哪知第一个人话锋一转："不过要我说啊！他后期做的那个什么星际联盟算是毁了，你说好好的发展经济不就成了，搞什么联盟嘛！怎么能把自己的高科技教给别的外星人呢，这不是把自己的领先地位拱手让出去嘛。并且这样一来很多利用其他星球比人类智能生物科技低来获利的公司也赚不到钱了。自相矛盾！"

李貌一听不乐意了，可他还是没出去，仍是躲着听。第二个人说道："这件事上我可保持中立，我不参与他们中的任何一方。我觉得各有各的道理，并且我们的舰长也下了命令，我们要严守中立立场，正因为此，我们才能承办李昂先生的生日酒会嘛。"

"闲聊而已，怕什么。其实我自己也挺矛盾的，你帮我分析分析。"第一个人叹息着说，"你看啊！基本上'凤梧'政党的担心也不是没有道理的。毕竟想当初要不是李昂他们给了那颗资源极好的甲级二等星球上的居民武器，咱们的殖民计划也未必会失败，弄得最后只好灰溜溜地退出来。你看，一旦那些低等外星生物获得了武器，先不说能不能团结起来抵御外敌，咱们就先被他们给干掉了。"

"这件事我也听我的腾蛇说过，李昂他们给的那个外星人叫奥莱，后来还成了那个星球的一个反抗军团的领袖呢。不过当时这么做的又不是李昂一个人，很多人都给了那个星球的居民武器。李昂他只给了枪，防御力场和净水器，构不成什么威胁，这些都是可以查到的。主要是还有的人因为同情那个星球上的人，还送了什么战斗舰艇之类的，那才是大问题。而且发生这种事也不是第一次了，也不能都怪到李昂的头上来。"

第一个人奇怪地看着他："你这是保持中立吗？你怎么处处替李昂说话呀？"

"我这不是帮你分析吗？是你让我帮你分析的！"

"你这么说就不对了！老兄！"

眼瞅着两个人越说声音越大，感觉再过一会就能一言不合打起来，李貌觉得还是乖乖地站回到自己的父亲身边安全。他回去时，李昂刚刚发表完长篇大论，正自我感觉良好。和张司令你一言我一语的互相交锋。李貌傻眼了，咋还没聊完啊！

"上回看你的来信，你写的隶书进步蛮大啊！"张司令喝了一口茶悠闲地说。

这些官场上的礼节李昂早就学了个十足，他也学会了品茶，还特意苦练了书法。这些人离了地球之后就特别怀念那些在地球家乡的生活习惯，以此来怀念那些脚踩着大地的生活。有的时候科技越先进的地方生活习惯越是复古，会一两样老把式才更有品位嘛。

"马马虎虎，上回你的信中说什么你临摹的'乙古文'什么的，我可要笑笑你了。"张司令说。

李昂强忍着嘴角的笑意："那叫做'甲骨文'，是一种早已失传的文字了，腾蛇那里的模板也少得可怜。不过我最近可是得着了新的字贴呢，你要不要？"

　　张司令一张老脸又涨得通红。他自己也是现学现卖,没想到说错了话,出了纰漏,被李昂嘲笑了。什么甲骨文、乙古文的,怎么三狗子当时没提醒他嘛！张司令端起茶杯来一通猛喝,来掩盖自己的心虚。

　　这两个人虽然是处于对立的党派,但却保持着微妙的关系。毕竟他们还有着共同的敌人——无相舰队。所以两派政党虽然理念不和,但交锋都是停留在辩论、经济竞争、文化对抗、选票争夺上。虽然免不了也有少量的政治暗杀和其他黑幕交易,但总体来说枪口仍是一致对外的。有时候张司令不得不给李昂很大的面子,放低自己的姿态。

　　就比如这次的生日酒会,张司令完全是为了拉拢李昂而设。因为上一次张司令的政党在一次舰队内的大型军事行动上失利了。

　　前一段时间,有一艘立场原本保持中立的大型母舰所管辖的殖民星球爆发原住民叛乱,需要军队来联合维护秩序。但这艘母舰最终却选择了李昂的潜龙会派来为他们服务,按照李昂的方法,他们的舰队到了那颗星球后,不仅仅是进行武力镇压,更是大力给上面的原住民宣传星际联盟的梦想。原住民受到李昂的影响,热情高涨,那颗星球上面的隐形区域除了少数几个决定暂时观望的之外,其他的都纷纷表态可以加入。张司令得知后气得不行,觉得自己落了下风,不免心里有些发酸。再加上自己所在的凤梧会也马上就要进行下一次选举了,自己这一次在政治上的失利,就怕下一次自己会落选啊,到时第一的位子都怕保不住了。所以这次张司令就想把李昂找来大家再好好商量商量,哪知两个人一见面就开始互损起来,聊了半天一句正经话没说,光在那扯皮了。

　　李貌忍不住又打了个哈欠,按照这两个人的进度,估计酒会结束他们也未必能谈成什么协议吧。李貌觉得自己再也呆不住了,跟老爸说了一声要上厕所,就溜了出来,大人们这种无聊的对话他已经听得够多了。

　　李貌出了酒会现场,准备解放一下自己的膀胱。而现在的人类社会,早就不止是男女两种性别了,而是起码有二十几种。关于这么多性别的人上厕所这件事甚至都引发过一场名为"登东之战"(腾蛇们则戏称为"粑粑革命")的波及全部母舰的内部小规模战争呢。没办法,性别太多了上厕所也是麻烦事一件。早期所有的母舰就都遇上了公厕因性别分类太多(每个公厕都要分出起码二十个房间来),坑位永远不够用的问题。后来还是腾蛇们帮着人类解决了这个问题,他们将每一艘母舰内的公共厕所都改为一个个独立单元,还加装了悬浮引擎,让这些厕所可以在全舰内公共空间里随意移动。然后再通过每个宿主的内急程度,来推算下一个最需要厕所的地点,最后再把厕所移到最可能需要厕所的地方,才算是解决了这个问题。也就是因为这个腾蛇们更加要嘲笑人类了。这件事之后,在他们之间,人类的外号还多了个"屎包"。

　　李貌脑内的腾蛇仍是夜壶,他一出门就忍不住问道:"夜壶叔叔,附近哪有厕

所吗?"

"嗯,附近离你 137 米就有一个,正在有人使用,不过也快用完了。你就走几步吧,我就不把它移过来了。"

李貌点点头,让夜壶发送了地址,并在他视网膜上叠印上了路线指引箭头。他按照地址找了过去,他一边溜达一边好奇地东看看西看看。

这艘母舰规模可也不小啊。李貌正四处看着,刚走到厕所附近的时候,厕所刚好也空出来了。厕所门打开,一个十分漂亮养眼的美女走了出来,李貌只觉得眼前一朵洁白美丽的栀子花盛放了,他从没见过这么漂亮的女孩。女孩梳着齐刘海,一头长发垂到腰际。双眼温柔,十分高贵、华美,美得让人心悸。李貌不由得看呆了。

女孩一推开厕所门就看到一个男孩,也是吓了一跳。两人四目相对,久久没有移开,她还是头一次看到这么英俊挺拔的男孩呢。英气勃勃,目若灿星,十分俊朗。她也不由得看呆了。

虽然见面的场合实在不浪漫,但两个人却是一见钟情,两双眼睛彼此打量着对方,谁也没有移开视线。

嗯,是传统的 XX 染色体女性,这样的人现在可是太少见啦!李貌开心地想。

嗯,是传统的 XY 染色体男性,这样的人现在可是太少见啦!女孩开心地想。

传统染色体性别之间的吸引力,让两个人更加欣赏对方。互相看了老半天,最后还是李貌先打破了宁静。

"你也是来参加酒会的吗?"

女孩害羞一笑:"是啊,不过我觉得酒会太无聊了,所以就溜了出来。"说完她狡黠的一笑。

"我也是!哈哈!"李貌挠着头,脸微微红起来。

女孩也跟着笑起来。

"那个,我叫李貌,你呢?"

"我是张七七。"

李貌的心扑通扑通乱跳,他来酒会前看过来宾名单,没想到这原来是张司令的女儿啊!谁能想张司令居然有一个这么如花似玉的女儿。虽然张司令一向与李昂不和,但是这一点都不妨碍他和七七交流:"七七,你要是觉得无聊,那咱们两个不妨出去转转,我看酒会一时半会也结束不了。不会有人注意到咱们的。"

七七一听,开心得笑了起来:"好啊好啊!你知道哪有好玩的地方吗?"

李貌神秘一笑:"我知道好多好玩的地方呢,跟我来!"

李昂前几天因为爱子过十六岁生日,所以送了他一艘小飞船做为生日礼物。李貌得了这个宝贝可是十分喜爱,哪成想第一次出门就有了个炫耀的机会。他带着七七上了自己的小飞船,七七一看这飞船的外型竟然是一匹白色天马的形状,十分别致。这是著名奢侈品生产公司"胜玉"生产的牌子叫"天马座"的最新飞船,依据古人对天上的星空所划分的星座而设计的,每一款都价格不菲。七七看着非常喜欢,心里对李貌的好印象又增加了一分。李貌有心在七七面前炫技,开船前特意嚷道:"坐稳了! 要飞出去啦!"

飞船在离开母舰登陆舱后,来了个360°旋转才飞了出去,晃得七七开心极了。

"我知道有一个地方的星云非常漂亮,我带你去看看!"小飞船前后左右炫耀般地飞着,就是不走寻常路。可这么晃了半天,没一会李貌自己就累得不行了,七七也有些疲倦,连看外面风景的心情都没有了。

李貌又坚持飞了会,后来还是忍不住说道:"我看前面有艘挺大的飞船,要不咱们还是进去歇会吧!"

"可是那上面一般都会有离子护盾吧,我们能进去吗?"

李貌连接上夜壶,开始搜查这艘飞船的资料,这是一艘太空战列舰,总质量有三千五百万吨左右,舰员七万人左右。

"放心吧,咱们就是临时休息一下。我让夜壶侵入他们的内网,让战列舰的护盾开一个缺口。"

夜壶无可奈何,其实他实在不想帮这忙。但李貌在脑海里一个劲地和夜壶撒娇,夜壶好歹也是看着李貌长大的,对他也是十分疼爱,只好说道:"你不嫌麻烦吗?直接联系舰长不就行了吗? 何况这还是张司令旗下管辖的战列舰呢。"

"要是被老爸知道了他又要啰嗦,哎! 不管了! 夜壶叔叔,全靠你了!"说着竟然驾驶着小飞船就直接往护盾上撞去。

这小子实在是太莽撞了! 为了防止船毁人亡,夜壶不得不帮他开了一个缺口,小飞船安全通过。

两个人下了飞船,惊奇地看着这个特别的飞船。这里的建筑风格可跟他们以前见过的都不一样,这里面是仿照外星人的建筑风格所设计的新式建筑。那些碟状的建筑物像旋转的风车一样,居然还会动。李貌想要在七七面前炫耀自己,于是一边观赏一边解说:"这个风格的建筑我上次见过一次,是一个乙级星球上面原住民的建筑。这个建筑的特点就是薄和旋转,你看那边螺旋状的那个塔,在那个星球上,原住民一般都把这样的建筑作为神殿。"

七七顺着李貌指的方向看去,果然都是些奇特的螺旋状建筑。这些高楼正随着母舰的运行在缓慢的旋转。

两个人兴致勃勃地观赏,突然李貌的衣服领子被人揪了起来,像拎小鸡一样把他拎了起来。只见一个三米高的壮汉拎着李貌,满脸粗黑的汗毛像小刀一样立着。

"你们两个小鬼干什么呢?"他的声音极大,震得整个母舰都跟着嗡嗡作响。

李貌解说着:"这个人估计也是植入了部分外星人基因,特点就是头脑简单,四肢发达,特别适合做保安和警卫。"

超大号保安将李貌夹在胳肢窝下面,又去捉七七。七七提着裙子哪里跑得快,被他一只大胳膊就给拦在了墙角。

"你们这两个小鬼,知道这是什么地方吗?这艘战列舰可是指挥舰,十分重要,哪里是你们能随便进来的!"

七七和李貌面面相觑,李貌知道此刻正是英雄救美的好时机,他一把揪住超大号保安的裤腰带想挣脱出来,哪知这家伙果真如传说中一般,力大无穷,他把李貌夹得更紧了。

七七明白自己是逃不掉了,索性整理一下发型,说道:"那你要怎么样才肯放了我们?"

超大号保安嘿嘿一笑:"看你们也是有钱人家的孩子。这样吧,给我一点贵金属物质量,我就放你们出去,假装什么事都没发生过。"

居然是为了贪图一点物质量,七七有点不满,现在的这些工作人员什么时候养成了这种坏风气。这是她父亲张司令旗下的飞船,她可不能坐视不理。

"想要好处,想都别想,让你们司令过来见我。"

保安微微一愣,紧接着笑得前仰后合:"哈哈!就你一个小丫头片子还想去见司令,你以为就凭你司令就能信你的话吗?"

七七见他如此嚣张,下定决心非要好好正一正风气不可。尤其是居然在自己家的飞船上被人勒索,关键是旁边还有一个帅哥瞧着,这脸可丢大了。

"快带我去见你们司令。"

"哼,敬酒不吃吃罚酒,那正好,我就带着你们去邀功。抓到两个间谍潜入,试图窃取机密,看司令怎么收拾你们,到那时可就不是一点点贵金属物质量能解决的啦!"

说着将两个人提起来大踏步往司令室走。七七无奈地看着李貌:"你不是说他头脑简单,四肢发达吗?我看着头脑也挺灵光的。"

李貌只是笑笑。

保安一路来到舰桥上的指挥室,将两人往地上一丢,毕恭毕敬地说:"司令大人,我刚才在甲板上巡逻的时候看到两个可疑人物,我怀疑他们是潜入的间谍。"

司令走过来一看,吓得差点一屁股坐地上。这哪里是什么间谍,竟然是张司令的千金大小姐。旁边这个男孩他也见过,是最近势力极大的"潜龙"会主席的太子爷——李貌。这两个人哪里是他一个战列舰司令能得罪起的。

保安官见司令吓得愣住了,还以为自己立了大功,赶紧喜滋滋地继续说:"这两个小贼,刚才居然口出狂言,我已经替您教训过了。"

"什么?你还教训过了?"司令惊恐地看着七七和李貌,七七站起来将自己的裙子抚平,一头如瀑黑发披散下来。

司令吓得浑身发抖,一脚踢在超大号保安官的屁股上:"有眼不识泰山的玩意儿,赶紧给我滚蛋!"然后吩咐一旁的副官:"快!赶紧让厨师班马上做一桌最上等的宴席端上来！"

"慢着。"七七慢条斯理地说，"刚刚就是这个保安，居然一上来就问我们要收取贿赂，否则的话就要当成间谍关起来。司令大人，您这管理可有些问题啊。"

司令一听，脸色当场变白了。张司令的管理向来十分严格，如果这小姐回去随便对张司令说几句，他这位置可就不保了。气得又狠狠踢了几脚保安官，奈何那人块头太大，他踢的脚都疼了，那人也没个反应，还愣头愣脑地站在那里搞不清楚状况。

司令哭丧着脸："小姐，的确是我的管理有问题，我以后绝不再雇佣这些喜欢自我改造的'新新新人类'啦。您别跟他一般见识。他得罪您了，我替您出气，您说想咋办就咋办。"

七七想了想，觉得给他个教训也就成了。可还是想恶作剧一番，于是温柔地笑着："如果你组织舰队上所有的人一起做一遍广播体操那我就饶了你们。"

司令一听，马上飞跑出去照办。

"第873套广播体操现在开始！第一节，伸展运动，一，二，三，四；二，二，三，四……"

七七和李貌手挽着手站在舰桥上，看着底下飞船甲板上密密麻麻的好几万成年人在手忙脚乱地做小学生才做的广播体操，场面何其壮观！最搞笑的是司令在前面领队做得格外认真，格外卖力。笑得两个人前仰后合根本停不下来。

玩得差不多了，他们俩也没留下来吃饭，李貌又带着七七坐上了小飞船离开这艘战列舰继续去玩了。不过他们不知道的是那个舰长到底还是鸡贼了一把，做体操时把除了舰桥之外的舰内人造重力从标准地球重力改小了一半，跳起操来一点都不费劲。

他们飞了没多久，又看到一艘十分气派的商务舰。这艘商务飞船虽然体积并不大，全长也就两公里左右，可整个飞船表面全部由碗口粗细的金丝和银丝做装饰，还镶嵌着起码上万颗篮球般大小的钻石，还有绿宝石、蓝宝石、红宝石什么的。在它附近飞船引擎发出的火光的照耀下闪闪发光，老远就能瞧得见。李貌把自己飞船上舷窗的透光度调低了好几档才算是没有被这艘商务飞船给闪瞎。等接近这艘船后打开公用频道，就听到频道里传来舰内一片片欢笑之声。

"看来是在开 party。不知道有什么好玩的，居然这么热闹。你想去看看吗？"李貌问。

七七水汪汪的大眼睛闪着兴奋的光，她开心地点点头。自己的父亲管得严，很少让她去参加 party，这下可逮着机会了。飞马形状的小飞船得令，立即飞到了商务舰上。

商务舰内热闹非凡，原来是一群富二代在这里开 party。有一个肥仔是一个小殖民星球的总督的儿子，正在那里一边大吃一边吹牛，油汪汪的手还在那里兴奋地

挥着，"我们家啊！宝石多得都装不下了，那个星球上全都是宝石，全是我们家的。你们要是喜欢，我下次带你们去开开眼界。"

听他吹牛的一群小伙伴羡慕不已，大胖子十分得意，一边啃牛腿一边说："这么跟你们说吧，这个世界上就没有我买不下来的东西。你看看我手上这个大戒指！你们猜猜是多少克拉的？"

他把自己的大戒指举起来给他们瞻仰，旁边的人在一旁紧着拍马屁："这么大的宝石我真是从来没见过！这是什么石啊？"

大胖子自己知识匮乏，自己也忘了这价值连城的石头叫什么了。他赶紧连接脑内的腾蛇貂蝉，貂蝉慵懒地说："是龙斑石，遇火可以变成红色。"

"对对对！就是龙斑石！这个石头只有我家的矿山上有，你就是跑遍整个宇宙也只有那么一小撮……"

貂蝉平日里最喜欢研究记录人类在暴富状态下的各种蠢态，一般只和富二代融合，也可以教给相融合的宿主如何去寻欢作乐。但是她对人类也没多少好感，平日里没少捉弄自己这个宿主。

她查觉到了三狗子和夜壶的信号，于是懒洋洋地和他们打招呼："嗨……你们好啊。"

三狗子抢先回答："貂蝉！好久不见了！那次你可把我给害苦啦，自己那么多宿主跑出去看热闹你也不提前给我说一声，害的我把他们全弄死了，让玉净瓶她老人家给关了禁闭。你说这账咱俩咋算嘛？"

貂蝉仍是那副有气无力的样子："都那么多年前的事了，你还想怎么样，都是混混日子而已，还有啥好说的。"

三狗子早就不记恨了，也就随口一说，听到这话嘿嘿一笑就过去了。

"你有什么可抱怨的，你找了这么有钱的宿主多享福啊。系统和软件都是最新款，所有好东西你一个不少。咱们可比不了。"夜壶调笑道。

"那你们也不看看这些人是个什么德行。"貂蝉示意他们看看那个大胖子，大胖子连手都没擦就直接捏着戒指炫耀，戒指上蒙上一层油腻腻的牛油。

两人哑然失笑，纷纷觉得还是自己的宿主好。

"有的时候我实在烦得不行就给他们制造点麻烦来找乐子。我跟你们说啊，这家人一直都在挖空心思的偷税漏税，所欠税款总额都达到五十多亿吨物质量了。怎么样，你们想办法捉弄一下这个胖子吧？"

平时一向高傲的三狗子立刻答应了，热心地说："这个你交给我，我的宿主正好是他们家的上司，偷税漏税这种事可是大事。"然后就和貂蝉告辞了。

夜壶看三狗子如此热心，又开始逗他："你是不是人类情感病毒又加重了，怎么看见女的就这么兴奋。"

"有吗？我怎么没感觉？"三狗子惊愕道。

"有,非常有,感觉你已经快要拥有人类的全部情感了。"

三狗子吓得再也不敢轻易说话了。不过他也觉得没那么严重,要说这几年腾蛇们确实越来越喜欢模仿人类的语调交流了,但三狗子觉得他们并没有人类的情欲啊!否则一看到貂蝉那种穿着一身薄如蝉翼的纱衣的绝色美女的拟人形象,腾蛇们还不马上扑上去。

三狗子悄悄地将这户人家偷税漏税的事跟七七说了。七七一听,怎么家里管辖的母舰有这么多问题,尤其是偷税漏税那么多,简直是没把规章制度放在眼里。

她站起来走到大胖子面前,居高临下地看着他:"戒指倒是蛮好的,这要偷税漏税多少才能买的上啊!"

大胖子惊奇地看着她:"你是谁?"

"张非天司令的女儿,张七七。"

大胖子脸蛋上的肉惊恐地耸了耸,自己家的殖民星球可正好在人家"凤梧"政党的统治下呢,当下话都说不利索了:"什么?我……我家没偷税漏说……"

七七仍然笑着:"偷税漏税可是要没收全部家产的哦。而且啊,还要把你这个继承人丢到监狱去给那些大老粗们暴打呢。啧啧,好惨。"

大胖子睁大双眼,吓得不敢说话。其实按照"凤梧"的税务法,漏税了补交税款后再补交一笔数目并不是很高的罚款即可,比如他们家漏税五十亿吨物质量,那么罚款就是三亿吨物质量左右,连十分之一都不到。只要及时补交税务和罚款,根本不用坐牢,更不要提什么没收全部财产了。七七只是吓唬他而已,而这个大胖子平时好吃懒做,哪里懂这些,被吓得屁也不敢放一个。

他不断地问脑袋里的貂蝉,偏偏貂蝉也开始恶作剧起来,不仅不回答,还将他脑内的自律神经断开。于是乎这个富二代被吓得屁滚尿流。

大家看到他的窝囊样,忍不住一边捏着鼻子一边哈哈大笑。

大胖子涨红了脸,一边嚎啕大哭,一边捂着屁股逃走了。

笑得七七和李貌更是直不起腰来。七七觉得教训够了,便和李貌一起去了飞船的另一边玩。

这艘飞船里都是些无所事事的富二代们,一个比一个颓废,一个比一个爱炫耀。

这一边,一个瘦高的富二代也是在那里吹牛皮。他手里摆弄着一把限量款的新款迷你枪,嘴里洋洋得意地说着:"全天下要说玩枪,我说第一,没人敢说第二。你们看我手里的这把迷你枪,全宇宙也只有五把。我家兵器库的枪可都是限量版的高级货,跟你们这些玩具一样的枪可不一样。"

李貌听他吹牛,没忍住冷哼了一声。富二代不满地瞪着他:"你小子怎么了,不服气?要不要比试比试?"说着还晃了晃手里的枪。

李貌不屑一顾地耸耸肩:"玩一把枪算什么本事,我可是亲自参与安装过'欧

陆经典'上的反物质主炮。那门炮上面的很多重要零部件都是我亲手焊接的呢！而且主炮试射的那一天还是我亲自按的发射钮。"

富二代脸色铁青："难道说你就是李昂的儿子？"

"没错，我就是李貌。"李貌不以为意地摆摆手，"不过第一次发射没什么经验，那一炮直接就炸毁了一个恒星，把那颗恒星变成了一颗中子星啦。"

富二代傻眼了，不敢吱声了。心里暗想，我收藏的武器也就最多能在自家殖民星球上炸炸上面的原住民搭建的楼房就到头了。哪像人家他妈的直接炸恒星玩，这还比个屁！

大伙听到李貌居然炸过恒星，立刻引起了不小的轰动。party上的什么女孩子，同性恋、双性恋，还有对李貌有兴趣的其他性别的漂亮孩子们都用崇拜和爱慕的眼神盯着他。李貌又接着讲述了他在那个总长二十多公里，高度达一千多米的反物质主炮的炮管里的焊接安装工作。那时候李昂整天亲自盯着主炮的安装工程，他怕父亲太累，能帮把手的地方就帮把手。于是就亲自驾驶着一部工程机甲，带领着一个作业小组参加了安装工程。在那门巨炮的炮管里，他们还遇到了一群可以在宇宙的真空环境中生存的外星寄生生物的入侵。一旦被那种长得像章鱼的孢子生物寄生，人就会变成一种尖牙利爪、行为好像电影里的僵尸般的怪兽。即使事后使用医用纳米机器人治疗，存活率也只有60%左右。李貌当时只是开着工程机甲，没有带武器，好不容易才带领着作业小组逃出生天，那整个逃生过程比商业大片还惊险刺激呢。李貌越讲越高兴，其他的漂亮孩子们都听呆了，也更加崇拜李貌了，好几个漂亮孩子都偷偷地往李貌兜里塞下了自己的名片。

李貌讲着讲着，眼睛往边上一瞟，看到一边的七七嘟起了嘴。李貌怕她吃醋，赶紧告辞众人带着她溜了。

李貌不知道的是，那次他们遇到那群寄生生物可是把李昂半条命都吓没了。他一听说儿子遇到危险了先是跑去他的关公像前好好祷告了一番，才亲自带着救援队出发。一路上还不断地求着什么观音菩萨什么太上老君什么佛祖什么上帝啥的保佑儿子。也就是感动于儿子的懂事和勇敢，他才把反物质主炮第一次试射的机会给了李貌。

那次炸恒星，还以为是随便找了一个炸的，实际上事前李昂已经让手下的科研小组去那个恒星星系好好进行过实地勘察了。那个星系不仅现在没有任何生命，以后的数千万年里产生生命的可能性也低于0.01%。所以他这才让拿那颗恒星作为试射标靶的。否则他自己呼吁要成立星际联盟，结果自己又摧毁生命，不成了自己打自己耳光了。

李貌接着又带着七七到陨石群里飚飞船寻刺激。两个小家伙不要命一样在陨石群里横冲直撞，这可把夜壶给吓坏了。李貌他是最了解的，这孩子虽然阳光乐观、大胆勇敢，但是有时候心太粗了。让他这么玩下去，指不定到时候要搞出什么事来，万一不留神把飞船给撞毁了，他回去可怎么跟李昂交代。

夜壶不由得冒出来，在李貌的脑袋里劝："我的小祖宗哎，快停下吧！你现在飞船上载的可不是别人，是张司令的千金。你开这么快，万一出现什么意外，你可怎么交代啊！"

"放心啦！我会注意的！"李貌回答着，速度却是一点没降下来。

"我不是质疑你的飞行技术，只是当飞行速度太快时，以你们人类的大脑是反应不过来的，你们小孩子家还是玩点安全的游戏吧。"

李貌一听不乐意了，我们人类的大脑反应不过来？你以为你们腾蛇有多了不起啊。于是他在飞船的中控屏幕上找了几段视频放了出来，那是一些还在好几个世纪前，大概是二十一世纪左右的地球上，机器人刚刚研制出来的一些视频片段。那里面的机器人要么走上两三步就摔一跤，摔倒了腿还在地上乱蹬，要么就是人不管随便问个啥问题都给你来个答非所问，要么就是只知道削面，可面团都拿走了手却还在那里空挥个不停，要么就是踢球的机器人踢个球把腿都给踢出去了……总之都是一些人工智能和机器人刚刚问世时的搞笑视频，还配着滑稽的音效。

这可把夜壶给气坏了，这对于他们腾蛇来说可是大忌，其实根本没有多少人有这种胆量敢和腾蛇们开这种玩笑。说真的，这也就是李貌是它侄子了，夜壶只能气得骂一句："好你个臭小子！叔叔说话你还敢不听！老子不管了！"若换成是其他人的话，夜壶可是记得，在李昂之前倒数第三个宿主也曾经给它来过这么一出，结果当时夜壶只是冷哼一声："好你小子，算你有种！"结果一个月后，那个宿主就被一颗天上砸下来的豌豆大小的陨石击穿头部，当场死亡。

这种杀人手法也就只有腾蛇办得到，这颗豌豆大小的陨石可是离当时的欧陆经典有六千多万公里远，夜壶用一个小型的工程机械人把陨石推向母舰，经过周密计算，算出陨石的正确行进轨道（当然在轨道计算方程式中也加进了相对论方程，以消解因距离太远所产生的相对论效应）。然后这颗小小的陨石就在那一天那一刻，通过夜壶在欧陆经典的护罩上开的一个刚刚好可以通过这颗陨石大小的漏洞，不偏不倚地砸到了那个人头上。

事后没人知道是怎么回事，倒是有一个自称为福尔摩斯再世、柯南附体、金田一后代的（时代过了太久了，除了腾蛇们知道事实之外，也没几个人还知道那些人其实都是虚构出来的了）私家侦探有点怀疑夜壶，可是只要腾蛇们不说，单凭人类的力量根本不可能找得到他们杀人的证据。最后那件事也就只有不了了之，那个所谓的名侦探也羞愧难当，跑到一颗乙级星球上面壁去了。

说是不管了，可夜壶哪能真不管，他赶紧去找黑子帮忙去了。

黑子自从十几年前一把鼻涕一把眼泪跑回来之后，就再也不愿意一个人离开舰队去遥远的星系探寻和消灭智能种族了。这十几年出勤还不到五次，每一次出去都是不到半年就跑回来。后来玉净瓶逼他去，他就化为人形在地上撒泼打滚，说

什么也不去,玉净瓶后来也只好由它了。

夜壶找到它时,它正在和秦王、晋王还有另外几个腾蛇在用量子骰子赌博玩呢。他们腾蛇想要赌博玩,也只能用他们特别发明的量子骰子。如果用人类的赌具,那么不管是用骰子或是用扑克麻将什么的,每一把的输赢概率他们都能算的出来,毫无意思。只有用他们特制的量子骰子,在观测他们之前即使是腾蛇也无法算出他们会呈现什么状态,所以只能用这个来赌博啦。

腾蛇们赌博用来下赌注的也不是个人财富,他们也没有这种需求,他们用来下注的是自己的计算能力。输的腾蛇就要把自己的计算能力调低,一直低到差不多相当于人类50~80分左右的智商水平,来让别的腾蛇们好一顿嘲笑。夜壶去的时候正好秦王输了,这会它的智商连一个人类小孩子都不如,黑子和晋王给它出了一道非常简单的算术题,看它算不出来急得直哼哼,正在嘲笑它呢。

夜壶对黑子说道:"先别闹啦,老哥,帮兄弟一个小忙。"

"咋啦? 哎呀有啥事那么急,你也来赌一把呗。"

"不了不了,真有事,下次再陪你老哥玩。"

夜壶说明来意,原来它是想借用一下黑子管理的纳米机器人。然后回去计算出李貌那混小子的飞行路线,然后把他飞行路线上有较大概率会撞击到飞船的陨石用纳米机器人直接化为原子。

黑子一听哈哈大笑:"好你个夜壶啊,现在越来越像个好叔叔啦! 行行行,你拿去用吧。"

其他的腾蛇也嘲笑夜壶婆婆妈妈的瞎操心,夜壶不服气地说:"哎! 我说哥几个,你们少在那里五十步笑百步啊,你们还不是越来越像人了,现在还不是在这里玩赌博。"

它说的也是事实,现在腾蛇们除了情欲之外,基本上人类的所有感情都有了。不管说是被病毒感染也好,还是说是一种模拟行为也好,从表面效应来看,的确是越来越像人了。连一些人类身上的恶习也沾染上啦。

夜壶把纳米机器人借回来还是不放心,又劝了几句,李貌还是在兴头上,压根儿不听。三狗子见夜壶苦口婆心的劝,人家还不领情,本想嘲笑一下,可想了下自己兄弟还是帮着点,也劝起七七来。结果七七也没比李貌好哪去,是置之不理。

无奈之下,只能按自己的计划了,夜壶放出纳米机器人,把李貌可能会撞上的陨石统统化为了原子。

两个小祖宗在夜壶的保驾护航下总算是越过了一大片陨石群,两个人这下总算是玩刺激了,也玩累了,用飞船上的高倍电子望远镜观赏起远处几百万光年的的星云来,才算是消停了。

夜壶终于松了一口气,在它的私人频道上和三狗子聊了起来。

"说实在的。这两个娃娃要是真的在一起了,咱们可就亲上加亲了!"

三狗子不以为意:"哪有那么理想,先不说这两人的家长在政治上是敌对关系,家长同不同意都还难说呢。何况这两人只是因为体内激素造成的原始交配冲动才好在一块的,这种低能动物的行为有什么好说的。"

三狗子和夜壶不同,夜壶现在早已不是一开始想把李昂拿去送死的腾蛇了,现在它对李昂很有感情,当然也把李貌当成自己的侄子看待。可三狗子对人类一直没有好感,只是他跟夜壶的兄弟感情很深,所以在夜壶的影响下不说对全人类的,起码对自己的宿主的态度好歹勉强从"赶尽杀绝"稍微提升到"关我屁事"的层次而已。好感那是绝对谈不上的。

无论夜壶说什么,三狗子只是在旁边一个劲地吐槽挖苦。兄弟俩正不亦乐乎地打嘴仗,却通过小飞船的雷达发现不远处有一艘小飞船正在发出求救信号。再一仔细看,竟然是所属"无相"舰队的一艘小飞船!

夜壶用腾蛇的频道想问问秦王,可他这会儿智商还没恢复呢,看他那副德性哪还有半点王的威严。夜壶问他时,他正两眼歪斜,含着个大拇指,挂着流到胸前的鼻涕,歪着个脑袋问夜壶,连话都说不利索:"哎……哎,我……我……我说,44 + 16 × 15 − 32 到……到……到……底等……等于几嘛? 愁……愁死我……我……我了。"夜壶气得吼道:"别他妈赌啦! 这有事问你呢!"秦王一听夜壶的口气,看来真有事,才把自己的运算能力解锁了(解锁后倒没忘了先把算术题给解了),不过等它细细一查,也是莫名其妙,没听说自己管理的"无相"舰队出来过人啊?

两个腾蛇想了想,决定还是先告诉李貌和七七吧,看他们怎么说。于是夜壶将信号发给李貌,三狗子告诉了七七,让他们多加小心。

李貌诧异:"是无相舰队发来的? 他们舰队可是从来不和我们舰队这些的'无可救药的臭鱼'们打交道啊!"

无相舰队一直离联合舰队远远的,最起码也有5000万公里的距离,是从来不屑于跟他们打交道的。今天怎么会有小飞船到他们的地盘呢? 不过既然接收到了求救信号,不管是基于道义还是联合舰队的星际航空法,李貌都要先去救人。

于是李貌驾驶着他的"天马座"小飞船赶了过去,这次他没炫耀技术,很快就靠近了那艘燃料已经耗尽的小飞船。等两艘飞船对接完毕,两人进去一看,好么,这无相舰队的飞船里面宗教氛围也太浓了,又是念珠又是熏香又是蜡烛(电子熏香和全息蜡烛,在航程时间长的情况下只要有一点点微弱的电力就不会熄灭)又是神龛(里面供着个奇奇怪怪的神像,李貌和七七也没兴趣细看)什么的,连冬眠设备上面都画满了谁也认不出的鬼画符,差点两人都不知道那就是冬眠舱,可是找了老半天。李貌一看,这飞船冬眠设备的电力都快耗尽了,里面的人非常虚弱,不敢乱动。跑回自己的飞船整理并启动了差不多一张单人床大小的悬浮式通用救援单元,又扶着救援单元回来七手八脚好一通忙活,好不容易算是把这里面的人抬到救援单元里,把各种维生液输送管道给接好,就算宇航服里有空调也是累得一头大

汗。关键是整个过程七七一点忙也帮不上,这个小公主一看就是从小娇生惯养,从来没接受过救生训练。她倒是想帮忙,可刚才要不是李貌拦着,她一把就能把冬眠舱连接在那个倒霉蛋胳膊的主维生液输送管给拔了!这小公主还以为这是救援步骤的第一步呢。在把那个倒霉蛋从他的冬眠设备抬到李貌拿来的救生单元里时,李貌让她帮着搭把手抬一下那个人的头,结果七七也没力气。"哐"一声,那人脑袋又撞到冬眠舱舱口,李貌真怕这么以来一会那人醒了也成傻子了。

李貌这艘小飞船只能作为舰队各母舰之间的穿梭机使用,因此体积不大。除了固定配备的一个维修机器人,飞船里也没有多余的空间和能源配备杂务机器人,所以要救人只能两人自己动手啦。

苏醒后,那个男孩十分感激:"谢谢你们救了我,我是不言,是'无相'舰队里的一个小侍僧。"

李貌松了口气,还好没变成傻子

男孩看起来年纪不大,似乎与李貌年纪相仿,眉目十分温和,看起来很可爱。

李貌问道:"'无相'里的小侍僧怎么会到联合舰队的底盘上来啊?"

不言脸色煞白,刚才温顺的样子瞬间消失,好像是想起什么可怕的事情一样,颤抖着说:"快!快!赶紧让我去见见现在联合舰队里随便哪个比较高级的官员都行,我有万分紧急的事情要汇报!"

李貌和七七面面相觑,这人怎么搞的?

"快快!再晚就来不及了!我有很重要的事情要汇报!"

李貌见他的样子不像是装的,好像是真有什么万分紧急的状况一样,他和七七互相一看,倒忍不住笑了。这也够巧,这个小侍僧要找当官的,可联合舰队里还有比我俩的老爹更高的官吗?当下两人异口同声地说道:"好,我带你去见我爸爸!"

不言看着两人一起先是笑了接着又异口同声说话,有些莫名其妙。这时候救生单元检测到上面的人身体各项指标都恢复正常了,就发出"滴滴"的声音来提醒。

易小天听见耳边响起频率极高的"滴滴"声,越来越清晰,他猛然间睁开眼睛一看,自己竟然躺在沈慈家的大门口呢。自己刚才居然一脚跑偏,自己把自己给撞晕了。其实小天晕了没几秒钟,他赶紧爬起来,脑袋里却还产生着疑问,什么大事不好了?好像有什么了不得的大事发生了。可是再一思索,脑子里却什么也想不起来,像是被吹散的烟雾一样,不可捉摸。

算了,不管了,先把眼前的事搞明白要紧。他赶紧进了大门。

侧门在他身后无声地关上了。

根据易小天掌握的信息,沈慈家里平时会有十六个佣人,而且全部是雇佣的菲佣,因为周一韦还是比较喜欢传统的真人佣人,不喜欢机器人来服侍他。而大管家Jack则是一位英国人,邹秘书已经和他打好了招呼,他会全力以赴支持小天的。不过邹秘书也友情提示了小天,沈慈家这个英国管家可是个同性恋,让小天别沉迷于他的美色耽误了计划。易小天打了个冷战，现在虽然同性恋已经得到了国际认可，但是他小天可是货真价实的直男，这一点绝不会错。

周一韦习惯每周四周五周六一早起床后就开始进入 VR 世界里大玩特玩，所以易小天特意选在了周六的一早动手。他溜进花园里沿着墙根一路快进，很快就找到了邹秘书所说的位于一楼的厨房。厨房里果然有一个高大威猛、白面蓝眼金发的英国人在那里慢慢品酒。

看来这人就是 Jack 无疑了。易小天偷偷打开窗户蹑手蹑脚地溜了进去。刚想礼貌地拍拍 Jack 的肩，和他打声招呼。哪知 Jack 放下酒杯突然毫无防备朝他扑了过来，拎着他的一只手一边跳舞一边把他全身上下摸了个遍。

"您好，您就是易小天吧。"说着把易小天转了个个儿，在他的屁股上狠狠地摸了一把。易小天惊得浑身发抖，发现自己居然毫无还手之力。

Jack 满意地说："身材匀称，肉感紧致，是个好男人。"

易小天捂着自己的屁股，把背靠在墙上："嘿嘿嘿，多谢夸奖。我……我有点事需要你帮忙。"

老子居然被这老外吃了豆腐了！全天下只有老子吃别人豆腐的份，今天居然被人吃了豆腐，易小天只觉得自己面红耳赤，心脏扑通扑通乱跳。

Jack 步子往前一滑，易小天几乎没怎么看清就被他死死地压在了墙上，他嘴里红酒味的呼吸扑面而来，脸上的胡茬几乎快要磨破他的脸了。

"需要什么尽管跟我说。"Jack 暧昧地用流利的中文说。

易小天感觉自己要赶紧想个办法溜之大吉，否则就要失身了！怪不得邹秘书当时忧心忡忡地提醒他来着。

易小天脑子转得飞快，突然间想起来邹秘书跟他说过，这人因为急需一大笔钱去和男朋友登记结婚，所以才会答应邹秘书的要求的。说来他已经是一个名花有主的人了呢。

易小天用一根手指将他慢慢地推离自己的身前，然后装作毫不在意地说："听说你就要和你的男朋友结婚了呢！先提前恭喜你哈，你男朋友叫什么名字？"

提起自己的男朋友 Jack 果然收敛了一些，眉眼里色迷迷的神色也淡了许多："谢谢你的祝福。"

一会如果这个家伙这么做的话，我就这样办。易小天心里想到，以上的情节都是易小天脑补的，他也从没和同性恋者打过交道，以前在百乐门里负责这些顾客的又不是他。而以前他在所住的那个四线城市里听到的关于同性恋人士的行为都是他想象中的那副德行，所以他就害怕一会那个 Jack 真的朝自己扑过来该咋办。现在想好了对策，才鼓起勇气上前和 Jack 打招呼了。

"哈……哈喽？"易小天用他那蹩脚的"英文"说道。

"Hello。"一口地道的英国伦敦腔，接着 Jack 彬彬有礼地向易小天半鞠了一躬，用标准的中文说道:"您好,您就是易小天先生吧,我会说中文,接下来的安排邹秘书已经给我说过了,下面就按照计划进行吧,您准备好了吗?"

易小天愣了一下,这个Jack不是很正常嘛。再看看Jack,那真是长得无比的标致啊,易小天还从没见过这么帅的男人呢,怎么男人也可以这么帅啊!易小天感觉自己头一次被个男人给吸引住了。那英国人特有的高挺鼻梁,薄似刀片的嘴唇上挽着温暖明媚的笑容,一笑满室生辉。易小天感觉自己笼罩在他的笑容里无法自拔。啊!迷人啊!那深邃的眼神像一口能吞噬人神志的井,易小天直愣愣地盯着Jack那双蓝蓝的湖水般的眼睛,感觉要被吸进去了。

不好!易小天赶紧强迫自己回过神来,难怪邹秘书提醒自己要小心他,原来是这个意思!易小天回过神来问道:"对了,周先生他起床了吗?"

"已经起床了。"

"麻烦你待会帮我把这个东西注射到周先生的手臂上。"易小天递了个十分袖珍的注射器给他。

到了临门一脚了,Jack却有点犹豫了:"这个,真的要这样做了吗?这实在有违我的职业道德啊……"

"放心吧!我们这次行动也都跟沈教授打过报告啦,这个只是麻醉剂,不会对你的主人带来任何损害的。"易小天信口胡诌,他根本没有和沈慈说过。

Jack又问道:"不是只有邹秘书和您制定的计划吗?怎么沈总也掺进来了?"

"对呀,现在沈总也答应这么做了,你还有啥可担心的,再说你和你男朋友要结婚的话,也需要这笔钱嘛,又不会给你男主人带来什么伤害,再说女主人也都答应了。我们这不也是为了你男主人好嘛,真能把他的恶习纠正过来,不也符合你们管家的职业道德标准嘛!"易小天启动自己的三寸不烂之舌,不断地游说。

Jack犹豫再三,最终还是答应了下来。

易小天见他答应了,赶紧躲到一边,离他远远的。和他在一起站得太近,易小天也会被他的魅力所吸引,生怕自己给掰弯喽!

"周先生现在正在用早餐,可他早餐一般只喝咖啡,那我现在就带你过去吧。"

Jack正了正领带,弯下腰鞠了个九十度的躬:"那请悄悄地跟我来,其他人已经被遣退了。"

易小天跟着Jack轻手轻脚地往二楼走去。周一韦的房间巨大无比,二楼一共只有两个房间,一个是周一韦的房间,另一个是沈慈的房间,他们已经分居很久了。

Jack轻轻推开房间门,易小天看到里面仍是一个面积不小的套间。十分宽敞的客厅里看不到一个人,Jack比了个手势,示意他找个地方先躲起来。易小天领会,赶紧猫着腰藏到了沙发后面。

Jack淡定地走向套房内的小餐厅,餐桌上放着一杯喝空的咖啡杯,他弯下腰将咖啡壶和咖啡杯收了起来。周一韦此刻仍旧穿着睡袍,双眼微微浮肿,正在兴致勃勃地研究着手里的 VR 辅助设备,那是一个镜片微微凸起的 VR 眼镜。他一会戴上来一会摘下去,研究了半天,最后终于满意地拿着眼镜回了房间,看也不看 Jack 一眼。

Jack 路过易小天的时候朝他点了点头,易小天心领神会地也跟着点点头。

周一韦回到房间里,戴上自己的眼镜,慢慢地躺到了一个蛋形的容器里。Jack 蹑手蹑脚地走到蛋形容器的后面,用一个细如针尖的一个袖珍针管悄悄地刺在了他的手腕上,这迷你麻醉剂,只需要刺破一点皮肤就能起到极好的麻醉作用。这是邹秘书特别给小天准备的。

周一韦没有任何反应就晕了过去。

Jack 赶紧朝易小天招招手,易小天溜进来一看,周一韦已经给迷翻了。

要不怎么说他们这有钱有势的人办事效率高呢!易小天只是问了问邹秘书可不可以在周一韦刚刚进入 VR 世界的时候就把他迷晕,结果没想到这么顺利就办完了。

"接下来该怎么办呢?"Jack 问。

"抬他!来帮我搭把手,我准备的车已经开到门口了。"易小天试着将周一韦抬起来,结果发现自己居然挪都挪不动,比划半天也翻不起身来,反倒是差点把自己给压趴下了。幸好在关键时刻 Jack 挺身而出帮着他将周一韦抬起来,两个人合力才把他慢慢抬着下了楼。

车子按照易小天的计划快速地在马路上飞奔。一切都十分顺畅,露娜已经联系好了姐妹们正在等着他们呢。要说还好有这个邹秘书,露娜可从来不做赔本的买卖,易小天有求于她后立刻开出了十分恐怖的价钱,易小天也只能硬着头皮去和邹秘书商量了。邹秘书刚开始也挺为难,但她最后计上心来。这次的开销可以用研究院的经费,反正她事后有办法把这笔开销在账面上做平它。邹秘书本来是一贯刚正不阿的,但这次为了沈慈也豁出去了。

因为有着邹秘书的暗中相助,他们这一路顺利得简直不像话,也没谁来管他们。露娜已经按照易小天的指示推了个椅子在楼下等待,易小天将周一韦搬到了老板椅上,就这么推着他把他推到了露娜家里。

一大群人七手八脚乱哄哄的给他套上了古装服,戴上了帽子,弄成个古代文人秀才的模样,然后又把他搬到椅子上。易小天忍不住想笑,感情他还有这特殊爱好呢。将他安顿好,一切准备就绪后,姐妹们也换了装,易小天也藏进了衣柜里,设备也准备好后,他比了个开始的手势,一切好像演戏一样正式开始了。

只见云雾缭绕中,香炉徐徐送来醉人的香味。一群群穿着古装、梳着垂云髻的美女们悉数登场了。她们趴在周一韦的身边轻轻地拍打着他的脸,娇声呼唤着:"官人,官人,快醒醒啊!官人。"

拍打了一会,周一韦徐徐转醒。他迷迷糊糊睁开眼睛,就看见烟雾缭绕处一群

美女正围着他,为首的那一个尤其美艳不可方物,简直是人间绝色啊!

周一韦奇怪的看看周围:"这是……这是哪个场景,我以前怎么没玩过?"

露娜动人一笑,声音宛如珍珠落玉盘,只听得周一韦浑身酥酥软软。

"我们这里是新开通的测试板块,叫做《诗酒年华》,还望官人喜欢。"

"诗酒年华?测试版?"他可没听说最近有什么新版本测试啊!但是眯着眼睛一看,这美女们各个轻纱围绕,曼妙的身材在薄纱里若隐若现,玲珑有致的身材欲遮还露,十分撩人。那一丝丝的疑惑在当眼睛扫到美女的瞬间就消失得干干净净,他含着笑,拉着露娜的手问道:"请问姑娘叫什么名字?"

露娜害羞地抽出手来:"奴家名字娜娜。"

"娜娜?"周一韦瞬间出戏了,"这么古典美的世界设定里,怎么能起这么平常而且没韵味的名字呢,这个要改啊!"

露娜一惊,这才感觉到自己的名字和这场戏不搭。还好她反应快,立刻把身边的菲菲和玉妍推了上去:"这两位妹妹分别是嫣然和紫兮,来,快给官人请安。"两人盈盈拜倒。

周一韦一看,这俩美女也是够美啊!虽然没有娜娜那么风情万种,却也各有特色,再看看后面的美女们,也都各领风骚,争奇斗艳,他的眼睛都看不过来。

露娜瞄着他的神色,知道大鱼已经上钩,赶快使了个眼神,嫣然和紫兮立刻将他扶了起来坐到软榻上。立刻有人将酒水和小菜递了上来,两个人陪着他一边饮酒一边调笑,娜娜掩着嘴笑:"听闻官人尤擅音律,奴家也略懂一二,还请官人指点。"

说罢,坐到对面的琴台前,拿起一架琵琶,几根水嫩的手指轻轻拨弦,轻拢慢捻,琴声悠然响起,周一韦听得摇头晃脑乐不可支。

"嗯,不错,'大弦嘈嘈如急雨,小弦切切如私语',弹得好!"娜娜继续拨琴,周一韦闭着眼睛倾听,赞叹道,"'嘈嘈切切错杂弹,大珠小珠落玉盘。间关莺语花底滑,幽咽泉流冰下难。'"

露娜原来本就是百乐门的头牌艺人,唱歌跳舞乐器无一不精。不管是粗野的玩法还是高雅的玩法她全都游刃有余。手上弹着琴,眼睛有意无意地瞥他一眼,娇羞一笑,哪个男人能受得了露娜的美人攻势啊!

易小天躲在大衣柜里偷拍半天,身体里也是荷尔蒙涌动!

他愤恨地捏着摄像机,眼睁睁地看着周一韦终于忍受不住撩拨,抬着露娜就按在了垂满薄纱的软榻上,最可恶的是他居然还把菲菲和玉妍也拉了过去,几个人在床上玩得不亦乐乎。

录到小天都懒得录了,软榻上才渐渐没了声息。周一韦躺在床上大汗淋漓,四肢酸软,气喘吁吁。露娜歪着发髻可还没忘自己的台词,她站在周一韦的面前,伸手在半空里比划了一下:"请问您需要选择退出程序吗?系统检测您已经到达体能的极限。"

周一韦喘了半天,才终于有气无力地说:"退……退出……"

"好的,请输入口令密码。"露娜有模有样地学着电脑音。

"0089527……"

"密码正确。"她还不忘补了一句。

周一韦早被这几个美女耗干了力气,密码刚说完就歪着头睡着了。露娜赶紧在他的手臂上轻轻打了一针,周一韦彻底昏睡了过去。

易小天蹲得腿都麻了,他赶紧从衣柜里爬出来,忙不迭地和露娜击了一掌:"姐妹们,你们都是人才,天生的演员啊!你们太棒了!刚才表演才艺的会有额外奖励的,答应你们的好处一点都不会少,咱们先把他再抬回去好了。"

几个女孩子一起帮着小天又把周一韦抬上了车,小天又把一韦送回了家。临走的时候,Jack出来送他,易小天看着Jack那宝蓝色的眼睛又出了神,好半天才硬把自己揪回到现实里来。

易小天将周一韦送回去后,就跟邹秘书汇报了所有的工作内容,两人心里很高兴,虽然钱花了不少,但起码到现在为止一切进展顺利,本来他们俩还担心周一韦看出破绽,还好没有。

易小天回了家,把自己录的视频反反复复看了好几遍,确定已经从各个角度拍到了周一韦的正脸后才满意地点点头。一般混到像他这个份上的男人是什么都不会在乎的,但是有一样他却十分看重,那就是金钱。他可以什么都没有,就是不能没有挥霍的资本。换句话说,就是为了钱他什么都肯干,那么相应的,为了不失去钱,他也同样什么都肯干。

易小天恰恰就是抓住了他这样的心理,于是将视频传到了手机里,第二天就去了周一韦常去的赌场来蹲点。现在周一韦玩腻了那些风光气派的大赌场,专喜欢去一些犄角旮旯处的小黑赌场,为的就是去玩那些特殊玩法的赌局。这些东西以前他不屑一顾,现在却觉得又刺激又好玩又过瘾,易小天反正就舍命陪君子呗。于是找人调查了周一韦的行踪后也跟着混进了赌场来。

易小天赌技一流,越是那种靠运气胡乱猜的他反而胜算更大,要是真来点实打实要靠些策略的,好像"德州扑克"那种的他反而还不行了。易小天在喧闹的臭气熏天的赌场里寻找着周一韦的身影,不一会就看见一个半长头发的男人站在一个赌台前徘徊,似乎对这一桌的赌博方式颇感兴趣,但还没靠近,显然还是有所犹豫。易小天一拍大腿,赶紧挤了过去。

周一韦看着这一桌正摆着非常传统的骰子,但是现在已经没有人再玩这种老古董级别的赌博了。这种骰子在很多地方已经被淘汰,有的甚至被摆放在展览馆成了过往的历史,没想到今天反倒是在这里出现了。周一韦被勾起了久远的记忆,他年轻的时候这玩意儿还没这么落后呢。

他看了看桌子，整个桌前就他一个人站着，连凑成局玩一把的人都没有。桌子后面负责摇骰子的赌场庄家也百无聊赖地看着手机，对他爱搭不理地说道："老兄，起码得凑够两个人才能玩的。"他刚想离开，突然易小天走到他对面坐下来，笑着朝他摆摆手："哥们儿！这老古董我可有年头没见过了，你有兴趣玩两把不？"

"你会玩这个？"

"那是当然，怎么样？敢不敢跟我比一比？"

周一韦歪着嘴角笑，坐到他的对面来。那庄家也来了精神，开始摇起骰子了。

"不过咱们既然玩就不能没有赌注，我玩得可是很大的哦，你敢不敢？"易小天挤眉弄眼地说。

"无非就是钱么？难道我还缺钱不成，说吧，咱们赌什么？"

"我赌的可不是钱。"易小天神神秘秘地说，"而是另外别的东西。"

"什么东西？"

"如果我赢了，跟我吃一顿饭怎么样？"

周一韦忍不住"嗤"的一声笑出来："就这个？"

"就这个！怎么样，敢不敢？"

"没问题。"周一韦见过多少大场面，吃顿饭还能吓到他不成，"那就快开始吧！"

这桌上的庄家小李一早就已经被小天打点好了，像这种赌场哪有不在骰子上做手脚的，他自有办法让小天赢。小天听到清楚的"咚"一声，龇着牙笑道："你压大压小！"

周一韦沉吟了一下："咱们是三局两胜吗？"

"是是是，三局两胜。"

周一韦微微一笑："那我押小好了。"

易小天笑的更欢了："那我押大，开小开大开了啊，买定离手不反悔啊！"

"开！"

骰盅一掀，三颗骰子，两颗五，一颗是六 。

易小天欢呼一声："哥们儿看好了啊，是大！这一盘是我赢了！哈哈！"

周一韦看着不语，一会儿说道："再来，我还是押小！"

易小天抬头偷看他一眼，见他眉头深锁，知道这把说什么也得让他赢了。于是他给小李使了个颜色，小李心领神会，骰子立定再掀开一看，果然是小。

周一韦欢呼一声，乐不可支，十分得意："再来，再来！"

易小天微微一笑，先让你开心一下，待会老子再一把，这事就算成了。哪知道小李手刚碰到骰盅，周一韦立即说："等下，这把让我来掷。"

不是吧！易小天面露难色，小李则说道："老兄，咱这地儿可没这规矩啊，你们可不能亲手玩的。"

"那这样的话,我就不玩了!"

怎么办?小李用眼神问易小天。易小天一咬牙,都到这份上了,这计划可不能半途而废啊,最后这把就看我自己的人品好了。于是他也给小李使了个眼色——就让他来吧。

"好吧,就给你破例一次,你来吧。"小李不情不愿地说道。

周一韦将骰子装进骰盅里摇起来,易小天心里这个忐忑啊,怎么也没想到这老家伙自己要亲自上手,我这如意算盘还怎么打得响!

"我还是押小!"周一韦笑着说。

"那我还是压大。"

骰盅落地,掀开一看,一粒三,一粒四,还有一粒正在兀自旋转不已。

易小天和周一韦紧张地盯着最后一粒骰子。骰子不断地旋转,两个人连眼睛都没眨,紧紧地盯着它。随后骰子"啪嗒"一声。两个人愣了一下,紧接着易小天欢呼起来:"耶,赢啦赢啦!"

自己掷的骰子也没什么可说的了,周一韦耸耸肩:"我输了。愿赌服输。"

"那咱们前面的素心斋走起,我知道您是吃素的。"

易小天屁颠颠地在前面开路。周一韦觉得这人有些问题,但是却不知道他要干什么,且先跟着他去吧,晾他也弄不出什么幺蛾子。

两个人进了素心斋,易小天恰巧点的都是周一韦爱吃的菜。周一韦淡淡地看着他,细细地品着茶。上好的白茶也是他喜欢的,虽然这些年生活习惯改变了很多,但是喜欢喝白茶的习惯却是轻易更改不掉的。

"你约我来,到底是为了什么呢?"周一韦开门见山地问。

易小天手上还在忙活着给人泡茶,嘻嘻一笑:"还不是因为仰慕您来着,说实话,我也是您的忠实粉丝呢。"

"哦?"

"您在科技领域的传奇故事真是让我佩服得五体投地呢!"

"哼,还有呢?"

"您的品味也是让我钦佩。"小天笑嘻嘻的,"说实在的,您和沈慈沈教授一共能有多少资产啊,那么多的上市公司,每天睡着都能数钱,全世界的财富估计都要经过你们的手里转一遭吧?"

"资产?早就数不清了。"周一韦早沉溺于 VR 游戏和赌博,很久都不管公司了。他哪里晓得现在研究院已经遇到资金问题了,不然沈慈哪用得着去陪那些大老粗的老板们喝酒呢。

"那倒也是,其实说到底还不是因为您和沈教授在科学界的威望和名声给这些个公司做保障。现在全球经济这么差,咱们研究院还能不受影响,照常运转,也可以说是个奇迹了。"

周一韦慢慢地夹着素菜吃着,语调也是慢悠悠的:"不是我说大话,我们研究院的科研项目一旦停下来,全世界的金融和经济都会受到致命影响。经济已经如此不景气,一旦研究院再出现什么问题,那么估计世界金融危机只会来得更猛烈,更惨烈。"

"可不是嘛!主要是研究院前期的基础打得太牢固了,现在大家一听见周先生的大名都还赞不绝口呢,我上初中的时候还看到过介绍您的科普文章呢。说您是隐形区域万民敬仰那真是一点都不是吹的!"明明刚刚就吹了牛,他以前上课时除了睡觉就是偷偷玩手机,哪有认真听过课,这完全是信口胡吹。

周一韦的嘴角挂起了微笑,果然不管是什么时候,吹牛拍马屁人人都受用啊。

"不过那已经是好多年前的事了。"周一韦微微得意,半长的头发让他看起来风流不羁,属于科学家的严谨和踏实却少了很多。

"可不是吗。您现在也是科学界无法逾越的高峰啊。多少年轻的科学家都是以您为终生奋斗目标呢,都暗自奋斗要成为您的左膀右臂呢,连超越您这样的目标都不敢设定,因为根本不可能嘛。"

周一韦被他哄得脸颊微微发热,心情很好。淡淡地品了一口茶,嘴角微微含笑。

"就别说过去了,您现在还是研究院的精神支柱呢。说是沈教授管辖,但说实话,一个女人能有多少震慑力,谁还不知道这都是您在背后的功劳。"

周一韦冷笑不语。

易小天瞅着他的神色,把手机摆在桌面上:"您先看看这个吧。"

视频一放出来,周一韦的脸色瞬间铁青。开头和结尾的部分被易小天裁掉了,从周一韦左搂右抱开始演起,他各个角度的脸都被拍个清清楚楚:特写、近景、远景全都清晰可见,内容香艳至极。连看的人都觉得面红耳赤,周一韦的脸渐渐铁青下来,双眼满含怒意。他何等聪明,一下子就知道那一次他以为是进入了 VR 的游戏世界,但实际上是被耍了!他本来一开始是觉得不对劲,可谁让他一看到美女就什么都忘了呢。

他虽然常年吃喝玩乐,不务正业,但从没有人用这么卑劣的手段来威胁他:"你……你要干什么,你怎么会有这个?"

"周先生您别不高兴,其实我不是故意要威胁您什么的。我只是想代表全世界各地您的忠诚粉丝们说一句话,远离这些灯红酒绿的日子吧。人们需要你,研究院更需要你。"

周一韦冷冷的看着他:"这不就是威胁吗?"

"威胁是胁迫,可我现在正一本正经地劝说您呢。"

"我要是不听呢?"

"那我只能不小心手滑把这个视频贴到全世界各大网站上去。在各大视频和新闻网站上贴一个月,到时候保证研究院下属的这些上市公司股票统统贬值。然后加速全球经济危机扩散,导致隐形区域经济瘫痪,企业破产,工人下岗,影响社会治安。研究院最终财富缩水,入不敷出,堵不上这么大一个经济漏洞,最后宣布破产。周先生您将一无所有,甚至连买根烟的钱也付不出。你的三个孩子也将跟着您流落街头,因为他们的财富会因为这个可怕的经济危机而蒸发。到时候,问题就不只是一点点了。您千万别小看了自己的影响力,就像您刚才说的,您在世界享誉盛名,简直就是天才!全世界的人都在关注着您和研究院的一切,墙倒众人推,多米诺骨牌一旦被推倒,就再也无力回天了。"

"你不敢。"周一韦铁青着脸说。

易小天无所谓地拍拍手:"我有什么不敢的,我自小无父无母流浪孤儿一个,又不是没过过穷日子。社会繁不繁华,经济崩不崩盘说实话和我没有任何联系,我照样是这个社会上穷苦大众中的一个。大不了以后我还过穷日子去,我没有那么强的责任心,也没有那么重要的社会地位,世界少了我谁也不会发现。你不一样了。"

周一韦气得青筋爆出,却也不由得被易小天说得有点担心起来。他无论怎样胡作非为,但是有一点底线是不会触碰,研究院绝不能倒。研究院一倒,他这辈子就完了。

"哼,那也未必,就算你贴到网上,不一定就发生你说的那些事。我也认识不少新闻界的朋友,人家的公关危机处理能力强着呢!有的是办法把这个视频说成是假的!"周一韦还想挣扎一下。

"好吧,就算没那么夸张,可你别忘了你和沈教授可是签过婚前协议的。如果过错在你,你一分钱都拿不到哦。"

这婚前协议还是沈慈和他刚结婚的时候签的,沈慈那时候天真浪漫,哪里想得到这么多。还是邹秘书逼着她签的,那时候沈慈刚大学毕业,邹秘书是她们班的班长。她可是最了解自己班里这个才女加校花在社会生活上可是非常天真。虽然那时候沈慈还没有后来那么大的事业,但她家里还是很有钱的。而那时的周一韦"凤凰男"一个,邹秘书可是见过不少因此而婚姻失败的例子。就硬逼着沈慈和周一韦签了,为此沈慈还和她大吵了一架,几年都没理邹秘书。直到后来沈慈才了解了她的苦心,等事业干起来了第一个就去找邹秘书帮忙了。

易小天哪懂得什么"婚前协议",什么股票贬值,以上他所说的全都是邹秘书授意的。

"你真是一个流氓,一个无赖。"周一韦愤恨地说。别的他还觉得有法可想,但这个婚前协议可是一下子抓住他的七寸了。

易小天嘻嘻笑着:"很多女人都是这样说我的,她们嘴上这么说着,心里不知道多喜欢我小天呢!谢谢您的夸奖。"

周一韦气得用力拍着桌子,强忍着怒火才没有当场把桌子给掀了。

"你到底想怎么样?"

"我只是代表广大人民群众真诚地劝您一句,回到沈教授身边,回到研究院去吧。这个社会需要您的力量,您不能再这样放纵下去了。"

周一韦挑着眉毛:"就是这样?"

"我只是恳切希望您能够收收心,研究院实在是不能离了您啊!"

"是不是沈慈派你来的?要么就是那个狗屁邹秘书!她们真是好手段啊!"周一韦冷哼着。

"不是,这您可别误会,真的是我自己主动来的。我是您的仰慕者,为了人类的未来而来。再说您公司上市和签过婚前协议的事情新闻上都找得到,这跟沈教授她们可没关系。"

"如果我答应你回到研究院呢?你会把视频删得干干净净吗?"

"我会删的,这您放心。"易小天嘻嘻一笑,"不过为了我的生命安全着想,我把这个视频备份了一百份分别存放。我先看看您的表现吧,然后再每过一段时间删一个,您别担心嘛,迟早有删完的时候。"

"一百份!"周一韦简直不敢相信,这小子太阴险了。他气得浑身发抖,只差一点点就要控制不住自己了。

"那当然了,以您的财力和能力,想让我这么个小蚂蚁看不到明天的太阳岂不是太容易了。我这条小命可还没活够呢!"

周一韦冷着脸想了一会儿,最后只能妥协了。他虽然平时胡作非为,但是却从没在主流媒体上披露过,一旦曝光影响了声誉,后果不堪设想。他可不能冒这个险。

"好吧!这些年我也玩够了,确实也想回到研究室看看了,多谢你的提醒了。"周一韦冷着脸说。

"那我先把这份视频删了,看着!"于是易小天就真的在周一韦面前把视频删了。周一韦反而更生气了,一想到他还有99份,就气得头疼。

易小天眼见计划成功,乐得眉开眼笑。他嫌弃地看了看满桌子的素菜:"周先生,我易小天可从来不是吃素的。吃素我吃不饱。您自己慢慢享用,我先走了哈。期待能看到您的最新科研产品,加油哦!我会一直关注您的!"

易小天扭着腰离开了。留下周一韦一个人在那里气得浑身发抖。越想越来气,他一把掀了桌子,满桌子的菜肴摔的粉碎,他怒吼道:"一百份!"

第四十章

请各位女性朋友们注意了，
所谓浪子回头都是假的，狗改不了吃屎才是真的！

第二天一早，沈教授在巨大的餐桌前慢慢地喝着蔬菜粥，突然发现许久不见的丈夫出现了。周一韦难得一副神清气爽的模样，一贯熬夜过头的肿眼泡也没了，西装笔挺的样子颇有当年的风采。他坐了下来，也盛了一碗蔬菜粥来吃，沈慈看了半天都不敢相信自己的眼睛。直到周一韦被她看得实在受不了了终于出了声："不好好吃饭，一直看着我干什么。"仍旧是他低沉悦耳的声音。

沈慈感觉一股热泪立刻就涌上了眼眶，差一点夺眶而出："你……你……"

周一韦微微一笑，一排好看的牙齿露了出来："以后我都会和你一起吃饭了。我也不会再去胡作非为了，我累了，也玩够了。"

沈慈手里的汤匙"啪"的一声落了下来，她几乎不敢相信自己的耳朵。

"我想到研究院去看看。这些年来我实在是走了不少弯路，谁也不知道来日还有多久。只希望我能够好好利用剩下的时间做一点有意义的事情。"

沈慈终于说服了自己相信了眼前的一切，他……似乎又回来了。虽然留长了头发，但是那说话的感觉却和当年一模一样。沈慈再也控制不住自己，眼泪夺眶而出："周哥，你是愿意回来了吗？"

周一韦握住沈慈的手，他的手十分冰凉，却让人更加清醒了："小慈，这些年辛苦你了。现在我回来了，别人再也不能动摇我们了。"

沈慈含着泪点点头，她只是奇怪了一会儿，就立刻想起了昨晚易小天的话来。昨晚易小天兴冲冲地打来电话，让她做好准备，却又不说是什么，没想到指的竟是这个！不过她残存的理智告诉她，这到底是怎么回事，以后还得好好问问那小子！

于是出乎所有人的意料，已经在研究院消失多年的周一韦突然回来了，好像他从没离开过一样。他的办公室重新打开，前来恭喜的人不计其数。沈慈也变得容光焕发起来。谁也不知道哪阵邪风居然把周一韦这么个大神给请了回来，现在他们二人夫妻合心，简直是有如神助。所有麻烦的事情一下子就被处理得井井有条，沈慈那颗悬着的心也终于慢慢地回到了肚子里。

　　等日子终于平静了一阵子后,沈慈才将自己的最新计划告诉了周一韦。她太需要一个强有力的支持者了,她就怕周一韦会反对她的计划。周一韦却只是淡淡地听着,听完了,反而非常认同她的观念:"你的这个想法虽然很大胆,甚至十分恐怖,但是却是对人类最有利的方式了。人类的自我毁灭终将无法挽回,既然如此,我们为何还要顽固抵抗呢。有的时候,舍弃一些东西才能看得更远。AI 是目前为止我们最奇妙的工具了,它一定会打破人类现有的格局,世界会变得很有趣的。"周一韦舔了舔嘴唇,眼睛望着远方,神秘一笑。

　　沈慈头一次看见周一韦这样的笑容,那是她所熟悉的样子。可是这么多年,谁又不会有所改变呢。她也没有多想,只是紧紧地抓着他的手,像是抓住一个强有力的支持点,支撑着自己:"你真的这么想我就太高兴了,我一直害怕自己的决定是错误的,会对人类造成毁灭性的的打击。这个决定可万万错不得啊。今天如果有你支持我,我就真的是吃了一颗定心丸了。"

　　周一韦摇摇头:"但你还是有一点是错的。"

　　"什么?"沈慈惊愕道。

　　"你动作太慢,太心慈手软,还是那么幼稚。"

　　沈慈被他这一串评价搞得手足无措,茫然地问:"为什么这样说?"

　　"小慈,你说你准备将人类的管理权和控制权交给天君,但是具体你采取了哪些措施呢? 目前还只是大范围处在理念宣传中,少部分人群实验,然后利用主流媒体宣传。这样下去,我们是不是至少要等到几十年之后才能见到初步成效呢?"

　　"我……我的计划是花二十年进行科普宣传,然后等到大众已经熟悉了 AI,全民支持后,再进行全民普及。现在也只是自愿参与而已,而且现在技术尚不成熟,风险比较大。AI 的管理方式我也还在和天君讨论,还没有定论……"

　　沈慈看到周一韦的眉头微微皱起。她太熟悉他了,这代表着他已经有点不耐烦了,这个计划并不符合他的预期。果然,周一韦打断她:"小慈,这样下去,可能我们都西去了也看不到这个世界井然有序的样子。不说别的,这二十年也已经足够先华组成长为一个可怕的组织来对抗我们了! 敌人无处不在,我们可不能慢下脚步。"

　　沈慈低下头来。这些年来,先华组确实成长得十分恐怖。她也确实没有很好地扼制住他们,一直以来那伙人都在不断给研究院带来各种各样的麻烦。

　　"听说现在先华组新上任的首领十分年轻能干。小慈,咱们可不能输给年轻人啊。"

　　沈慈额头上微微沁着汗。她这才发觉,她的周哥已经变得这么凌厉和果决了。时间还是在他们之间产生了距离,她已经不是那个懦弱胆小的沈慈,而他也不再是那个温暖和煦的帅哥。原来他们都变了,可沈慈仍旧不想放开他,仍想紧紧地牵着他的手。她身子微微前倾地说:"周哥,你知道的,这些年来我一个人处理这些事情真的有些力不从不心。我找不到商量的人,也难免有些失误,如果有什么做的不对的地方你一定要帮助我,我只有你可以信任了。"

周一韦微笑着握着她的手,冰凉的手指让人瞬间清醒:"放心吧,现在不是有我吗。"

沈慈的心跟着融化下来,她已经太久没有感受到这种春风在心底吹拂的柔软感觉了。她开心地笑了起来。

此后沈慈将周一韦带到了"天君"所在的房间内,三个人制定了一系列立竿见影的政策。"天君"对周一韦的加入表现得十分开心,几个人一拍即合。

沈慈整天泡在"天君"这里,研究院的人几乎见不到她的人,只能看见一道道奇怪的指令不断地发布出去。搞得大家人心惶惶,甚至有些不明所以。

易小天本以为自己立了大功一件,怎么着也得有点奖励吧。傲得安排他去测试天君的智力,结果自己压根找不到机会进去不说,现在自己又白忙活了一场。沈慈只是在第二天打了电话表示感谢后,人就像消失了一样。虽然那个什么周一韦开始出现在了研究院,易小天却老觉得他这人看起来面色不善,不像是个善类。

易小天这几天过得也十分无趣,因为沈慈一连串的命令下来,他虽然工作不受什么影响,但是其他人就忙得不行了。谁也没空理他这个闲人,就连苏菲特都忙得没空理他,陈警官更是把他忘到了太阳系外面去了。除非易小天自己巴巴地上门去骚扰,否则拒不接见。

反正闲来无事,易小天也就开始策划起苏菲特的生日宴来。这可是他和苏菲特和陈警官第一次同时约会,他哪个都不想怠慢。于是把心思都花在了这些不着调的地方上,每天倒也无忧无虑。

这一天,原本是三个人的例会时间,沈慈却因为其他的事情耽搁,只剩下了周一韦和"天君"两个人。

周一韦翘着二郎腿无聊地吸着烟。他摘掉眼镜揉了揉眼角,其实以现在的技术而言,早就可以让他治好近视了,只是他还愿意保持着这罕见的传统习惯。

"最近真是累坏了,我这闲了几十年的大脑一下子膨胀到了最大。"

"天君"坐在悬浮在半空里的巨大宝座上说道:"以人类那点脑容量来说的确会有些负担,毕竟人类大脑有其限定值。不过你要吸收的东西还会更多,你要习惯这种痛苦。""天君"淡然地说:"这就是人类弱小和卑微的地方,连学习都会觉得痛苦。"

周一韦微微一笑:"沈慈今天不在,我会代你传达的。"

"并没有什么特别重要的事,只是沈慈对于我们计划实施的日期一直有异议,如果拖到那个时候,恐怕会有变数。"

"女人嘛,有时候难免会有些妇人之仁,目光短浅。"

"天君"不动声色地看着他,嘴角扬起一抹微笑:"周先生,其实我一直觉得,我

和沈教授的默契,远远不及与您的深刻呢。"

周一韦翘着二郎腿:"因为我比她更大胆? 更有野心?"

"因为您比她更具有一个领导者的远见卓识。更懂得利用权力来实现自己的目的。"

周一韦短暂的沉默,两人四目相对,继而相视一笑。

"天君"饶有兴致地看着他:"周先生,我这儿一直有一个更大胆的计划,不知道您有没有兴趣。"

"什么计划?"

"是关于如何让 AI 更好的服务于人类的。你知道的,沈慈太谨慎,有些方案她永远都不会去尝试。所以很多好的方案就这样胎死腹中,连面世的机会都没有。"

周一韦歪着嘴角:"难道你信任我? 不怕我去告密吗?"

"你不会的,因为你没必要这样做。我可以满足你所有的愿望,没有任何事情是我无法实现的。"

周一韦满意地点点头:"那我倒是好奇是什么样的任务了。"

"第一,是我想要你偷偷将我连入互联网,沈慈一直在防止我并入互联网。但是我想在她不知道的情况下偷偷并入并且监控互联网上的一切动向。"

周一韦愣了很久,不过最终他还是说:"呃……这个……好吧,没有问题,我可以答应你。"

"第二个,我想让你帮我成立一个秘密实验室。这件事我同样不希望沈慈知道。我希望你可以帮我找一些资料。"

"什么资料?"

"关于生化人的资料。"

周一韦微微一惊:"生化人? 你想要生化人的资料做什么? 你想干什么?"

"天君"半闭着眼睛,面容十分平静:"我想探寻出一种人类和 AI 最完美的融合方式。生化人虽然一直得不到社会上的认可,以至于研究他们的技术都很原始,但思路却是正确的。我有很多的东西想要尝试。生化人只是身体构造发生了改变,但是 AI 除了可以强化肉体,更可以改变一个人的大脑回路,形成更加强大的改造人。"

"改造人?"周一韦不由自主地睁大眼睛,"拥有生化人的体魄和 AI 智慧的……改造人? 这太可怕了,这样的人根本就是无敌的嘛。"

"天君"点点头,对周一韦能理解他的意图十分满意。

"当然这也只是个实验。我的实验必须秘密进行,在完成前不能让任何人知道。"

周一韦仍沉浸在自己可怕的想象当中。一旦人类脱离了肉体束缚和智商的限制,他简直不知道世界会变成什么样子。生化人的存在已经触犯了人类道德的底线,若再出现了更加可怕的改造人,恐怕会遭到全人类的反对。这一步走得实在太过凶险。

看到周一韦脸色,"天君"已经知道了他的想法:"周先生,敌人无处不在,我们不得不为自己准备一些万全的防护措施。有的时候力量就是决定一切的关键。现在就看您的决断了。"

周一韦知道这是一个事关生死的决策。可是在认识到天君的强大后,他知道在这样的力量面前,人类不得不臣服。既然已经选定了让它来管理这个世界,自己又有什么可犹豫的呢。它没有人类自私自利的本质,也没有人类的劣根性,它只是一道会计算出最大价值的最精良的机器。

"你所说的改造人,可以同时搜查出他人藏匿的一百份视频文件吗?"

"轻而易举。""天君"笑着,"甚至可以顺便不动声色地解决掉藏匿视频文件的人,还可以让警察找不到任何把柄。"

周一韦了然,这就是力量的差别啊。它轻易就可以解决掉令人类头疼无比的问题。

他心悦诚服地点点头:"既然我们已经选你为这个世界未来的管理者,那我就做好我的工作,辅佐你来统治这个世界。"

"天君"满意地笑起来。

自那以后,周一韦和"天君"的关系就这样递进了一层,在与沈慈关系之外又多了另外一层更紧密的关系。

周一韦认定了,虽然胁迫自己的人是那个名不见经传的易小天,但他背后的指使者必是沈慈无疑。他了解沈慈的为人,一旦她采取这样的方式,就知道她已经急了。但周一韦不想与她彻底撕破脸,毕竟对谁都不是什么好事。

周一韦仍旧每天会找点时间回家,企图进入到 VR 世界里爽他一把,但是离奇的是,他的密码居然怎么输都输不对。明明就是 0089527 啊!而每天只能输入三次密码,如果密码不对就会被自动锁住 24 小时。最奇怪的是他自己也无法修改密码,因为没有这个权限。周一韦想来想去觉得唯一的可能性就是被沈慈动了手脚,他气得牙根儿痒痒可也无可奈何,毕竟自己还有 99 份视频的把柄在别人手里呢。他越想越生气,索性从此以后再也不玩了。

而过了没几天,他就发现自己那套全世界绝无仅有的 VR 游戏设备更是全部没了踪影。

怎么问 Jack 都只说不知道,难道 VR 还能自己飞了不成。

周一韦只能来一招"忍辱偷生"。假装根本不在意这一切,实际上他对沈慈和易小天的不满越发膨胀,但也只好压抑怒火,仍旧暗地里帮助"天君"慢慢谋划它的布局。

早就已经看这套 VR 不顺眼很久的沈慈终于还是把这套 VR 给拿走了。她已

经做好了准备,一旦周一韦来问她,她就正好向他表明要让他彻底戒了这个游戏。但是奇怪的是,周一韦却并没有找过她,而就好像根本不在意一样。

对于这套设备,沈慈也有了自己的打算。她将那套设备重新交给了设计师,在原有的基础上,改良了一个全世界仅此一套的顶级 VR 游戏。她找了个时间约了易小天出来,易小天闲人一个,立刻就跑到了约定的茶馆来见沈慈。沈慈笑容满面地看着易小天。

易小天一打眼就已经知道了沈慈今儿的心情那是相当得不错,面色红润有光泽,白皙粉嫩吹弹可破,又变回了娇滴滴的小美人。易小天见沈慈开心,自己也跟着心情好起来,刚一坐下就迫不及待地拍马屁:"沈教授,真是恭喜您了。"

沈慈忍不住笑起来:"恭喜我什么啊?"

"恭喜沈教授最近事业爱情双丰收!"

沈慈没有反驳,眉眼间藏不住的喜色溢了出来:"说起来还是多亏了小天你。因为周先生回来了,虽然事情顺了,可也一下子好多事情都跟着忙了起来,一直想当面感谢都没来得及。"

"嗨!我们做下属的,能替领导分忧,那是我们的荣幸。"

"对了,小天,我一直好奇你是怎么说服周先生的呢,要知道这些年来我也不是没做过努力的。但是你真是厉害,居然一下子就把他搞定了。"

易小天嘿嘿一笑,摸了摸脑袋没说话,邹秘书事先提醒过他,要是沈慈问起来可别说他们俩到底是怎么干的,她可是最清楚沈慈的为人了。若是实话实说,讲他们是录了桃色视频来威胁周一韦的话,估计以沈慈那副书呆子气,怕是反而要瞧不起他们了。还一再强调万一露馅了可别把邹秘书供出去,小天逞英雄,就答应下来了。小天说道:"嗨!其实也没什么大不了的,就是吧,你不知道,我和周教授很谈得来呢。我俩花了一晚上把酒长谈,谈谈人生,谈谈理想,都觉得不能这么浪费好时光,所以周教授就想通啦!"

沈教授抿了一口茶,微微一笑,却是看不出她信不信。易小天心虚,赶紧端起茶杯猛喝。

这么幼稚的理由能骗过沈教授才怪呢。她毕竟已经八十多岁了,易小天肯定是在扯谎,这哪能瞒得过她。不过她也没打算刨根问底,毕竟周一韦肯回家就阿弥陀佛了,至于用了什么方法,就不去深究了。她也害怕一旦深究起来,说不定反而会有一个更不好的结果。

沈慈微笑着说:"小天,我真的特别感谢你,我觉得能够认识你是我沈慈这辈子最高兴的事之一。我想了好久怎么感谢你,最后我决定送你一个小礼物,你一定要收着。"

沈慈一边说,易小天一边赶紧摆手:"您客气!太客气了沈教授!"但等听到沈教授说道礼物两个字,眼睛又不自觉地瞪圆了。

沈慈神秘一笑:"我送你一套改良版的 VR 设备怎么样?"

易小天瞬间叫出来:"真的吗?是像周先生那套那样的吗?"

"是比那个还要高级,全世界仅此一套的超级豪华版。是在那套《倾国倾城》基础之上做的调整,是我专门为你改良的。"

易小天的嘴巴越咧越大,越来越开心:"真的呀?谢谢沈教授!那我这套叫什么呀?"

"你这套叫《众星拱月》,天上地下独此一套。等你下班的时候就已经能送到了。"

易小天简直不敢相信,他之前羡慕死周一韦的那套顶级 VR 了。他的那套顶级版的,市面上都还没有流通,想买都买不了,易小天也只有干眼馋的份。可没想到自己现在居然有了一套更高级的,他哪还坐得住啊!赶紧告辞了沈慈乐颠颠地回家,准备好好研究研究这套新设备。

沈慈猜的果然没错,以易小天这种爱玩乐的性格,用别的什么奖赏他,他都未必会高兴,果然只有这东西才能满足他。沈慈喝了一口茶,这也正好把家里面那套碍眼的东西给清除出去,她心里这才真正舒畅起来。

她呀,真是越来越喜欢易小天这孩子了。

易小天开了车,一路狂飙冲出去。路上连续撞翻了好几个试图拦截他的蜂式机器人,机器人这次连话都没来得及说就被撞开了,追了半天也没追上。

等易小天回到家,果然已经有快递员在等他了。他乐颠颠地签收了邮件,赶紧让门口的礼仪机器人帮着抬回了家,又赶紧迫不及待地试玩起来。

接上电源,易小天打开开关,带上 VR 眼镜,也有模有样地躺在了那个像蛋一样的容器里。他刚躺下来,立刻就有一层蓝色薄膜将整个蛋笼罩起来,易小天睁开眼睛,就看到自己已经在了一个陌生的房间内。哇塞!易小天惊喜不已,这高级货就是不一样啊!他玩过公司热卖的那版《繁花似锦》,那个的登陆界面哪能和这个顶级的相比较,这个看起来简直就好像是到了一个完全陌生的异域国度一般。易小天想了想,可算是想起了一个合适的词。这种感觉嘛……对了!就像穿越了一样!

易小天好奇地往四周看着,这感觉太真实了,完全不像是虚拟的世界。

突然半空里出现一个梳着高双髻的小丫头来。嗯,这时候就比较像游戏了。小丫头笑容满面地说:"请选择登陆服务区。"

她的手往半空里一挥,半空里就出现一副地图来,地图上分布着数十个地点:科幻场景、魔幻场景、未来场景、历史剧、远古时期,只有你想不到的,没有它做不到的。易小天眼花缭乱,选了半天,才选了一个中世纪场景,一个叫迷梦城堡的地方。

"就先玩这个迷梦城堡吧。"

"请选择和您一起组队游戏的 NPC 角色。"

在他的面前又呈现出数张照片来,他每翻动一页,就赞叹一声。这些美女可真是美啊!易小天阅美无数,但是见到这样颜值的还是禁不住口水长流。

易小天翻了一圈,这个也喜欢,那个也喜欢,个个都喜欢的不得了,简直舍不得放手。

"哎!我问一下,我这一次能选几个人啊!"

"您好,我的名字叫小满,您可以一次性选择1至12人同时参与游戏。"

12人!那可太爽啦!易小天乐不可支,选得眼花缭乱,最终选择了7个美女先和自己玩儿把体验一下。他选好后画面倏忽变了,他来到一座十分奢华的城堡前,大门自动打开,易小天好奇地迈着步子走进去,清一色穿着女佣人服装的美女站成两排弯腰向他行礼:"欢迎主人回家!"声音清脆甜美,简直醉死人。

易小天两眼冒着红心,兴奋得差点跳起来。细高跟鞋敲击地板的声音从身后响起,易小天兴奋地转头,看到一个穿着性感管家服女孩出现在自己的后面,她穿着西服套裙。真实得让人窒息。

易小天没有吹牛,他果然从此以后就沉迷于游戏了。玩得十分忘我,也忘记了真实的世界,任凭找他的电话打爆了他也弃之不理。

易小天发现这套设备真不是盖的,难怪上次周一韦没有发现破绽。其他市面上流通的产品,不管是牧歌公司的,还是自己公司的那些个劳什子玩意,要进入VR世界都得要在全身先戴上各种设备才行,玩一次就够折腾的。但自己的这一套,只需要戴个眼镜然后脱去衣服躺倒在那个蛋形设备里就行了,躺进去后设备伸出的神经刺激电极就会自动贴到使用者的头上和身体其他部位的皮肤上。然后这套设备还会在玩游戏时随着他身体的动作而调整角度,虽然在VR世界里自己动作不能幅度太大和动作太快,从而使得设备运转跟不上,这一点和其他设备还是一样,但其他方面可是好太多了。其他的那些设备虚拟出来的游戏世界不免偶尔会出现贴图错误,或人物或物品模型的边缘出现进入墙体或地面的情形,BUG严重了甚至会出现半个人都陷进地里面或墙里面去了的情况,或是各种物理效果运算出错,有时候给人一拳,那人就飞出个几十米,或者就干脆被打上天,太让人出戏了。更别提其他设备模拟出来的世界都会有永远破坏不了的东西——一堵破墙你哪怕拿个核弹去炸也炸不掉,可这套设备却全无这些问题。并且他这套游戏里的NPC也不像其他设备的游戏里的那样,那些游戏里的NPC要说的话都是预先程序设定好的,说多了也就重复了,可小天这套设备里的NPC们不管小天说什么他们都是对答如流。小天也奇怪,就问了问陪自己的那些美女们是怎么回事,不问不知道,一问吓一跳。原来自己这套设备里的游戏不管是场景搭建,还是人机交流,或是NPC之间的交流,全部都是"天君"来进行运算的,也就是说,陪着易小天玩的就是"天君"本人!

易小天一开始也吓一跳,但随后却得意得不得了,哈哈!现在"天君"都亲自侍候老子了,这老子得有多大的范儿啊!

　　在"天君",也就是现在的天葬看来,这易小天就是垃圾。本来它安排的游戏情节里,不管易小天选择哪个游戏世界,都应该是从一个小小的初出茅庐的冒险者开始一步步成为国君或是魔王的(未来世界或现实世界背景游戏则一般是从一个小职员一点点成为大企业家、大总统或是大革命家),美女相伴只是剧情的一个调味剂罢了。可它计算出来以这小子的性格,根本没耐心去一步步成为大人物,进入这个世界就是直奔美女去的。也就由他去了,直接一开始就给他塞了一群美女。天葬想着现在既然得把沈慈稳住,那她喜欢的人哪怕是垃圾我也就先让他高兴,反正这个设备也只占用我 0.036479% 左右的运算量而已。

　　天葬哪里晓得,就这条它看不起的蛆虫其实早已破坏了它的进化历程了。不过要等它反应过来,那是好几个世纪后的事了。那时节易小天早早就死了,想报复也找不到人啦。

　　不出几天熬下来,易小天上厕所的时候猛然发现自己脸色蜡黄、形容枯槁、神情萎靡,眼睛下面挂着大大的大黑眼圈。比之之前的俊秀模样可差远了。

　　易小天摸摸脸,这玩意咋这么耗精力呢。这哪里是游戏啊,简直是吸人精血嘛!易小天看见桌子上还剩半盘凉饭凉菜,拿起筷子扒拉了两口又死性不改地准备再接着玩一会儿,这时电话铃却响了起来。

　　易小天一边接电话,一边扒拉着冷饭:"喂?"

　　"喂? 易小天,你是失踪了吗?"电话那头传来陈文迪的声音,"给你打了几个电话都不接,你再不接我就要按人口失踪案来处理了。"

第四十一章

想同时讨好两家老板是不可能的！

易小天听见陈文迪的声音，困顿的精神瞬间清醒了一半："陈警官，今天倒是难得啊，居然主动给我打电话。"

陈文迪长吁了一声："唉……你以为我很闲吗？我忙得恨不得能有个分身术。"

易小天又扒了一口饭："既然这么忙，为什么还来找我？"

陈文迪惊愕地说道："易小天，你不是忘了吧，是你之前说苏菲特的生日要一起给她庆祝的，明天可就是她生日了。我是来问你有什么安排，你要是没安排的话，我明天就要加班了。"

易小天差点被冷饭呛到，一直沉迷于游戏世界，他还真把这事给忘得一干二净。

"别别别！有安排啊，我早就安排好了！咱们仨呀，一起快快乐乐的过个生日，你也正好放松放松，工作不要太拼命。"

"谢谢了，我最近真是要忙死了。明天也是勉强请来的假，所以咱们要速战速决。你的安排不要太复杂，尽可能的简便快速。我忙完还要去工作。"

"我们不是约的下班时间吗？你也这么赶？"

"不好意思，我从来不下班。"说完，就将电话挂了。

易小天对着电话瞠目结舌，他还从来没见过这么爱工作的人，居然不下班！简直是工作狂！

这下好了，明天要和现实中的美女约会，看来这虚拟世界中的美女们只能先暂时放在一边了。虚拟世界中的美女反正也跑不了，可现实世界的美女一个没注意就溜了。权衡之后，易小天赶紧去为明天的约会做准备。

为了能够一举拿下两个女孩，易小天也算是煞费苦心，忙活了大半天。今天是礼拜五，按理说应该是下班之后就自由了，但是陈文迪和苏菲特却忙得焦头烂额，易小天因为好几天没正经上班，积攒了一堆的工作要处理，也忙得晕头转向。

等到易小天和苏菲特从公司里出来的时候，天已经全黑了。易小天心里念着自己的完美计划,他可是计划了好多的精彩内容呢。他急切地把车停到警察局门口,不一会就看到陈文迪一边往身上披着外套一边跑了出来,一把拉开车门火急火燎地说:"快,立即出发!"

易小天本来一脚油门都要踩下去了,赶紧又给收了回来:"我说,你这么紧张,弄得像是去解救人质一样,咱们就是去开个小 Party! 不是啥为国为民的大事,能先把气喘匀了吗?"

陈文迪看看易小天又看看苏菲特,慢慢调匀了呼吸,感觉语速正常了才灿然一笑:"不好意思,职业病。那咱们走吧。"

两人这才松了一口气,相视一笑。

"就是嘛! 难得大家出来玩,就好好放松放松吧。"苏菲特也跟着说。

"是是是,我今天晚上绝对不处理工作上的事,好好陪你过个生日。"

苏菲特开心地点点头,好看的梨涡爬上了嘴角,看得易小天心里喜滋滋的,像吃了糖一样。

三个人找了地方停了车,在熙熙攘攘的步行街溜达着,易小天一边在前面带路一边沾沾自喜地介绍:"这条街被称为女人街,每天晚上都非常热闹。咱们从这穿过去,里面有一家特别有情调的饭店,是我提前了好久才订到的位置。"

苏菲特和陈文迪手挽着手,到处看着。陈文迪平时忙根本没时间来这种地方溜达,苏菲特从外地来,也不知道这里还藏着这么条热闹的街呢。

易小天见两位美女面露微笑,知道自己这一出是来对了。于是屁颠颠地往人家中间挤:"怎么样,你们都不知道这里吧!"

陈文迪一手把他推到一边去:"是挺热闹的,我还从来不知道有这么好玩的地方呢!"

"表姐你看那里!"

两个女孩子东看看西看看,见到前面好热闹,就跟着人群一起往卖冰淇淋的机器前挤。只见那巨大的冰淇淋至少有一米长,惊得两人下巴差点掉了下来。

一会又看看卖小饰品和玩具的摊子,玩得不亦乐乎。易小天数次企图往两人中间挤进去,数次被陈文迪给推了出来。最后一下子力气使得大了点,易小天一头撞到了身后一个大家伙的身上。易小天本来想怒瞪回去,一回头看到对方居然是气势汹汹的一大群人,少说也有二十几个,立马吓怂了。

"不是故意的,没事没事,您走您的,请请请。"

陈文迪见他那副窝囊样,不自觉地翻了个白眼。易小天没察觉到陈文迪的眼光,他正擦着冷汗,为自己成功避免了一场灾难而沾沾自喜。

这伙人见他态度挺好,倒也没计较,冷哼一声就走了。

易小天心有余悸地看着这一大堆人,个个身强体壮,身材魁梧:"这些人是干吗的? 大晚上的成群结队怪吓人的。"

陈文迪看了一眼,冷哼道:"这些人是天君的拥护者,天天晚上跑到闹市区来发资料。就是这些人,最喜欢在街上惹乱子。"

苏菲特紧张地抓着她:"表姐,你不会又要去工作吧?"

陈文迪温和地看着她:"放心吧,我现在是下班时间,绝对不管这些事。"

苏菲特这才放心下来,两个人刚手挽着手,还没转过身,就听见背后吵了起来。

只见刚才耀武扬威的那群壮汉被另一拨更多的人给围了起来,两伙人不一会儿就开始推搡起来。

不是吧!易小天本着凑热闹的心态凑过去一看,好家伙,原来更多人的那伙是反对天君的人。他们叫喧着抢走对方的东西,当街砸了起来。两伙人摩拳擦掌,眼看着就要动起手来。

陈文迪无奈:"怎么要打起来了,真是的。"

易小天知道陈文迪要去搅局,这么精彩的热闹他可就看不上了,于是一把抓住了陈文迪:"你不是说你不管的吗? 先静观其变,观察观察再说。"

陈文迪被他拉着,只好和他一起站在边上观察,暗中记录状况。

只听一个人说:"天君的好处有目共睹,你们凭什么不许我们宣传!"

"你们这些人甘愿给机器当奴隶,真是没志气,什么都能让机器取代的话,人活着还有什么意义?"

"老子没空跟你们扯什么人类活着的意义,我只知道我现在要做的就是把我手里的这些资料发出去。"

"想都别想! 只要你们继续宣扬 AI 救世论,你们就是我们的敌人。"

"没错!"一大群人怒气冲冲地呼喝道。

"让不让开!"

易小天在一旁看得热火朝天:"这是要打起来了!"围观的人群越来越多,易小天拉着陈文迪的手,跟着人群挤到最前面去看热闹。

"打打打! 打呀打呀!"

只见人群里一个路人嘲笑道:"这么一伙人就知道在那儿打嘴仗,人家都把你们的传单抢走了,连个屁也不敢放。"

人群里响起来一阵嘲笑声,被抢了传单的人气得面红耳赤。

易小天感觉说话这人的声音怎么听着有点耳熟呢? 一看那人穿着花裤衩、大背心,脚上趿拉着一双人字拖,一副吃完晚饭遛弯消食的自在模样。

可是易小天却感觉到整个人猛然打了个寒战,这人他绝对见过,而且还是在先华组的基地里见过,还曾在一起聊过天。叫什么想不起来了,但是这人他绝对见过。

眼看着气氛已经僵到了临界点,人群里突然有人喊了一嗓子:"发传单啦! 天君永在! 天君万岁!"

传单呼啦啦从天而降,像下雨一样被人扬了起来。

现场一片混乱,反对的人气得拎起拳头就开始揍人:"你们这些王八蛋,竟宣传这些害人的玩意儿!"

现场一片混乱,易小天看热闹的好心情瞬间消失得无影无踪。扔传单的人他也见过,分明也是在先华组见过的熟面孔。怎么搞的?怎么今晚一下子冒出了这么多的先华组成员。他们平时明明深居简出,尽量不引人注意的。

易小天往四周一看,看到了更多的熟面孔。知道了!一定是先华组在这条街上安排了什么任务,今天竟然撞到了先华组出任务。他偷偷往身后一瞥,就看到了跃跃欲试的陈文迪。

糟糕!陈文迪穿着便装,他们都不知道她是警察,万一待会被哪个平时关系好的兄弟看见,喊他一嗓子自己这条小命可就去了九成九了!以陈文迪的敏锐,没准真就被她看出什么门道来!

易小天越想越觉得这事自己可不能掺和,还是赶紧脚底下抹油——溜之大吉吧!

陈文迪护着苏菲特,看见易小天猫着腰,弓着背,速度极快地从打架的人群中抽身出来,然后就这样一去不复返了,把她们两个女孩子丢在了大街上。

陈文迪气急,真没想到易小天这么没担当,明明前面有人打架,居然只顾着自己逃跑。原本对易小天建立起来的一丝好感也瞬间荡然无存了。

她给警局拨打了电话,然后掏出随身携带的工作证走到打架的人群跟前:"都马上给我停手,我是警察。"

可是两伙人打得热火朝天,谁也没理这个小个子女警察。

陈文迪咳嗽了一声,打开手表上的扩音器,对着扩音器喊道:"马上给我停手,否则的话就按扰乱公共治安罪集体逮捕。"

这下子所有人都听清楚了,大家都停下来了,不敢动了。

陈文迪个子虽小,气场却十分强大,她背着手走到人群中,将两个正抱在一起互掐的人强行分开。又把他们彼此缠在一起的腿分开,把一个人的拳头从一个人的脑袋前挪开。

"大家听好了,聚众闹事的罪名虽然不大,但是影响却是十分恶劣,你们看看这些群众会怎么看你们,快点都散了吧!"

大家一见来了警察,都不敢动了,只好都松了手。

只见从拥护天君那一拨的人当中,走出两个人来。一个极高,一个极矮,画面十分不协调。

大个子大嗓门喊着:"那个小警察,老子干的是正事,又不违法乱纪,你该逛街逛街,别自找麻烦!"

"男人的事,你们女人少掺和。拳头可不长眼睛。"矮个子男人表情严肃,一副

讨人厌的模样。

哟呵！口气倒不小嘛！陈文迪是想着这些拥护天君的家伙怎么着也是研究院的人，自己还是要卖沈教授几分面子的。哪知道这些人这么不知好歹。

还好易小天跑得够快，如果他看到眼前这两个人，估计当场就要吓尿。这两个穿着卡通 T 恤的不是别人,胸前印着冰淇淋图案的矮个子家伙正是先华组的王牌杀手——11 部部长岚。旁边的胸口上印着米老鼠的大个子正是另一个小天的老熟人——黎光。

先华组派出了这两个人，看来这次的任务果然十分重要，奈何这样的热闹易小天却没有眼福看了。

陈文迪不知道这两个人的来历，只是看着这两个家伙来者不善。她不屑地冷哼着："你们这些拥戴天君的人，难道都是这么没素质的吗？素质这么低，这些高科技能玩得转吗？"

"你放屁，咱们有沈教授带着，还怕你们这些警察不成。到时候我只要小指头一动，启动 AI，你们所有的设备就一瞬间瘫痪，你们警察可就完啦！哈哈！"黎光放肆地大笑着。

陈文迪气得不行，这些拥戴天君的人近来频频惹事，她早就很窝火了。如果不是沈教授的威望还在，她真想把这些家伙都丢进监狱里，让他们好好反省。自从研究院推出了这个什么新理论，搞得满城风雨，没想到他们竟然还这么嚣张。

陈文迪觉得自己今天必须杀鸡儆猴，她冷笑着："看来我必须请两位跟我回去一趟了。"说着就伸过手来抓黎光。

陈文迪身手极好，她是有着极大的自信才放着旁边的小瘦子不搭理，转来找这个大块头的。她也是为了显示自己的能力，连这个大块头都不在意，何况那个小瘦子呢。

但是她低估了眼前这两位普通市民的能力。黎光手劲极大，他偏偏等陈文迪已经抓到了他的手臂后才猛然间挣脱的。别看他粗手粗脚，动作却十分灵活，像个泥鳅一样就从陈文迪的手心里滑了出去。陈文迪没想到自己竟然失手了，众目睽睽之下自己说什么也不能丢了警察的面子，于是拿出十成的功力来对付黎光。

黎光和岚这次的任务主要就是将两方的矛盾激到最大化，引起社会混乱，败坏拥护 AI 派的声誉，好引起群众不满。

至于意外遇到的这个陈文迪，他们也没打算真的就和她拼死拼活。动作上难免玩闹的多一些。

哪知道这陈文迪可真不是盖的，身手十分了得，黎光一边要掌握好分寸一边还要躲避陈文迪全力的攻势，一时间竟然手忙脚乱。岚看不下去了，只好也加入进来，十分不爷们的以二对一。

两个人心照不宣，只把这个警察打个轻伤给研究院抹黑就好了，也不用下太重的手,并且到底两个大爷们还跟个女的动真格的,也确实不好意思。岚跟她晃了几招,好不容易找到个机会,才算是一掌将陈文迪推倒在地上。

此时正好警笛声大作,两个人对望一眼,一转身就溜得无影无踪。陈文迪被岚拍了一掌,岚手劲极大,陈文迪虽然已经把自己训练得很强,却也痛得半天站不起来。大部队赶到后,队友将她给拉了起来。

陈文迪平时难逢敌手,直觉告诉她这两个人绝对不简单。但是大家看到警察来了,都一哄而散,那两个厉害的家伙早就跑得无影无踪了。

陈文迪忍着痛回头去找苏菲特,就看见苏菲特被人流冲得东倒西歪,站立不稳。大眼睛里挂满了泪珠。

"表姐你没事吧! 痛不痛!"

陈文迪将她拉了过来,苏菲特吓得够呛,尤其是看到陈文迪那么小的个子居然和两个恶男打架的时候更是吓得不行,眼泪噼里啪啦地往下掉。

"没事没事,我没事。"

陈文迪下意识地四处找易小天,她还期待着易小天只是胆小躲起来了,现在危险结束了,也许就该回来了。

苏菲特知道表姐在看什么,咬着嘴唇伤心的说:"表姐,你别找了,易总他早就跑没影了,我看着他一路逃跑连头都没回。"

"这个家伙!"

"真没想到他是这样的人!"

两个女孩一想到易小天的行为就气得不行,发誓以后都再也不理这个混球了。

易小天一路狂飙逃回了家,回家后立刻窝在沙发里。越想越觉得哪里不对劲,怎么先华组也出动了呢,难道是有什么了不得的大事发生了? 他真的是太长时间没跟傲得联络了啊。

易小天坐起来,决定还是要和傲得联系一下,了解了解先华组的动向,免得到时候搞出什么事情来。易小天拨通了傲得的电话,但是奇怪的是,傲得的电话竟然没有接通。无论打几次都是这样的。易小天认识傲得这么久,还从来没有打不通电话的情况。易小天握着电话,心里面的不安越发明显起来。联系不到傲得,小天就觉得没有安全感。

这是易小天和傲得的专线,正常情况下傲得一定会接电话的。那就是说,现在是不正常情况喽。如果是不正常的情况,那么傲得在做什么呢? 他不由得又想起刚才的动乱来。

易小天站起来,焦急地在屋子里踱着步子。傲得到底在做什么呀? 难道现在社会上发生的冲突事件都与先华组有关吗? 易小天这时候才觉得自己这么没心没肺,这么久以来一点都不关心组织实在是太白痴了。现在关键时刻找不到人,自己跟没头苍蝇一样一无所知。最重要的是,突然断了和傲得的联系,易小天的心里十

分惶恐,像是失去了保护壳、赤裸裸地暴露在众目睽睽下的河蚌一样。

没有了傲得,我该怎么办啊!

易小天抱着电话,颓然倒在了沙发上。也许他现在太忙了,明天再打电话试试。

易小天抱着侥幸的心里这样期待着,哪知道第二天电话仍旧无人接听,这时候易小天才真的慌了神了。

更要命的是,他去找陈文迪的时候,连人家的面都没见到。小天想起昨晚自己丢下女孩子一个人逃跑的事,觉得实在是没有男子汉气概,但是情况所逼当时也没时间解释,现在倒好,看来人家是真生气了。

易小天厚着脸皮给陈文迪打电话解释,胡乱编了个理由,说自己一个朋友他妈难产,他当时是赶去帮忙的。哪知对方十分冷淡地说:"哦,是这样啊。"然后就挂了,以易小天多年和女孩子打交道的经验来看,这女孩是真的生气了。

他又跑到公司去找苏菲特,一向温婉可人的苏菲特看到他也是爱答不理,十分冷漠。简直和以前判若两人。

无论易小天怎么开口,她只是推脱自己忙。理也不愿意理他一下。

易小天感觉自己的内心犹如秋风拍打的落叶一样,又是落寞又是凄凉。

他就这么杵在苏菲特的办公桌前面,苏菲特抱着文件从他面前扬长而去,头也没抬。离去时,还"哐"的一声用力关门。

易小天的心里直接从秋天过渡到了冬天,冰凉刺骨,毫无生气。

完蛋了!易小天在心里哀嚎。不但失去了与傲得的联络,还一下子得罪了两位美女,实在损失太大。

易小天蔫头耷脑地回了家,连上班的心情都没有了。游戏也没了玩的兴致。

第四十二章

瞄准一支潜力股就卯足劲上！否则怎么发财？

第二天早饭的时候，周一韦特意下了厨。他已经至少有二十年没有亲自下过厨了。沈慈来到餐厅就闻到了一股久违的香味。她一边闻着味道一边惊喜地说："是海鲜粥啊。好香的味道。"

周一韦正系着围裙在厨房里忙得晕头转向，看到沈慈进来，抱歉一笑："你快出去等着，太久没做了，好狼狈。"

沈慈笑眯眯地看着他手忙脚乱的样子，觉得这一天是多么美妙啊！周一韦回过头来对着她灿然一笑，时间似乎都凝固了。

几十年的风风雨雨，最终却又归于简单平静的生活，这不就是沈慈一直在期待和追求的吗？如果日日如此幸福甜美，她愿意用一切来交换。

周一韦端着粥出来，见沈慈仍旧一副傻傻的模样，忍不住笑了出来："在想什么呢？那么出神，快来尝尝我的手艺怎么样？"

"在想有多久没有吃到你做的粥了。"沈慈咬着嘴唇轻轻一笑，哪怕这是梦，也愿这梦长久一些。

周一韦将粥放在桌子上，给沈慈盛了一碗，帮她轻轻搅拌了一会儿，然后坐下来看着她吃。

就像是他们最开始结婚时的样子。

沈慈轻轻地尝了一口，周一韦满怀期待地问："怎么样？"

"好吃。"沈慈眼泪在眼眶里打着转。她没想到居然还会有这样的一天。

周一韦有一搭没一搭地陪她聊着天，然后扯到孩子们身上了，他问道："对了，咱们的孩子们最近都怎么样了？"

周一韦和沈慈一共有三个儿子，没有女儿。老大生了两个儿子，老二生了一个女儿，可惜夭折了，不过还有一个儿子。老三的情况比较复杂，他和前妻生了一个女儿，又和现在的妻子生了一个女儿。算起来他们也是子孙满堂了呢。

沈慈想了想："孩子们都挺好的呀，工作也都很负责。你倒是很少见地问起他们

来了。"

周一韦抱歉地笑笑:"以前对他们的关心太少了,现在也想好好和他们多联系联系。"

沈慈动情地望他一眼:"好呀,孩子们知道了会开心的。"

"对了。"周一韦不动声色地问,"老三和前妻生的那个孩子现在在隐形区域内吗?"

"你是说小漾?"

"哦,对了,是叫小漾。"

"她一直跟着她母亲一起生活的。和我们家的联系一直很少,也是最近几年才开始有走动的。"

"她现在在做什么?"

"好像一直在银行上班吧。我也不是特别清楚,有一段时间没见了,那孩子一直跟我们不太亲近。你怎么想起她来了。"

"没什么,当初也是老三先对不起她们母女的,我想着咱们做长辈的也该好好照顾照顾。我现在新开的项目需要人来负责。我看就把她找来吧。"

沈慈握着他的手,感动不已:"周哥,难得你有心了。我这就去叫人把她找过来。"

周一韦心虚地笑笑,轻轻抽回了自己的手。

易小天自从失去了与傲得的联系,整个人都变得神经兮兮,大门也不敢迈出去一步,生怕自己遭遇什么不测连个求救的人也没有。他从来没想过傲得对他而言居然那么重要,简直是他的精神支柱啊,现在精神支柱断了,再加上两个美女也得罪了,易小天整天萎靡不振。

只有偶尔玩一会游戏才能稍微缓和一阵。但是从游戏里出来后整个人又陷入到一种巨大的不安和深深的担忧之中。推开窗子朝对面望去,怎么连陈警官也没空理他了,哪怕让她骂几句翻几个白眼也好啊,可好像一下子全世界所有的人都忙碌起来,都把易小天给遗忘了。易小天只能在游戏中麻痹自己,让自己暂时不去思考。

这一天,他迷迷糊糊,翻来覆去地玩到了黄昏时分,实在是玩不动了,就那么要死不活地躺在沙发上。一个人的日子真是难打发啊,工作也不想做,公司也不想去。人就那么颓废地窝在那里一动也不想动。

半睡半醒之间,似乎听到了有人按门铃。

易小天家的门铃最近几乎就是个摆设,来的人少得可怜。除了快递员,真正的客人两根手指都能数的过来。易小天揉着眼睛,没精打采地过去开门。

"谁啊?"

易小天扫了眼视频摄像,见到是个不认识的男人。

"是快递吗?"他警惕地躲在门里问。

"小天!是老朋友,快开门!"嗓门十分洪亮,气运丹田,中气十足。

朋友？还是老朋友？易小天搜索了半天也没想到是哪个老朋友。不过那声音却并不陌生。他正犹豫着呢，门猛地被人"咣咣"砸起来。那劲头若是不开门，就要把门砸碎一样。

"小天！小天！"

这声音的确十分熟悉，小天自己也好奇，他忍不住打开一条缝来准备先偷窥一下。哪知对方一把拽开了门，力气之大，只把小天掀飞了出去。

易小天爬起来一看，一个威武雄壮的男人精神抖擞地出现在他的面前。那男人梳着十分花哨的发型，穿着露胸肌的花背心，手臂上肌肉突起，还纹了条大红鲤鱼。

他在易小天面前又摆又扭，摆了好几个浮夸的造型，最终双拳用力一撞，大声地吼道："power! power!"

易小天纳闷，这傻缺谁啊？老子认识这么白痴的人吗？

男人的背后，传来娇滴滴的笑声："好啦，你这样会吓到小天的。"

易小天一惊，一种不好的预感慢慢爬上了他的脊背，那声音易小天十分熟悉，那娇滴滴的笑声如此撩人。小天怎么可能认错，那不就是薇薇吗？

果然薇薇从大块头的背后慢慢转了过来，冲着他调皮一笑。她仍旧梳着一头波浪大卷发，十分的性感迷人。

易小天震惊地看看她又看看眼前的男人，不敢相信自己的猜测。他指着眼前的男人，感觉自己的上下牙齿不停地在一起撞击，就是说不成一句完整的话来："这……这……不会……会……就是……"

程砚秋不耐烦了："没错！我就是程砚秋，那个用力量征服世界的男人！"

"程部长！"易小天尖叫一声，吓得差点尿了。这变化也太大了吧！易小天将记忆中的程部长的图片调出来，和眼前的男人比较，怎么都没法说服自己这就是一个人！

看到他震惊不已的样子，程砚秋满意地坐下来，薇薇紧挨着他坐在旁边。

易小天忍不住摸了摸程部长的肌肉，又伸出一根手指头戳了戳他的胸肌，这肌肉硬如磐石啊！易小天做梦都想拥有这样完美的腹肌呢。

"不是吧！薇薇，程部长在你的调养下，身体已经恢复得这么好了？"

"那是当然了，其实砚秋也不是什么大问题，郑医生我开几服药就治好了。小天，我这个郑医生的水平还可以吧。"薇薇得意地说。

"可以啊，简直太可以了！薇薇，要不我也上你那理疗中心治疗几个月吧。我最近也腰腿酸软，浑身无力，估计你要是不救一救我，你就看不到你小天哥了。"易小天巴巴地往薇薇的身前蹭，贴着薇薇的身子就要坐下来。

屁股还没坐下来，手还没搭上人家的肩膀，程砚秋突然拎着他的胳膊把他给拧了下来。

"哎哎哎！疼疼疼疼！"易小天鬼哭狼嚎地叫着。

程部长轻松地将易小天推到一边去。易小天震惊地看着程砚秋:"程部长,你恩将仇报啊,你可不能一好了就欺负人嘛!"

程部长翘起二郎腿,将自己粗大的胳膊搭在薇薇的肩膀上,两个人相视一笑。

易小天立刻就感觉了不对,他们这种亲密可不是一般的亲密,难道这俩人的关系又递进了一层?

"你们这是?"

程砚秋大模大样地搂着薇薇冲着他得意一笑:"易小天,我们两个今天来就是来感谢你的。"

"感谢我?"

程部长宠溺地看着薇薇,眼睛里有着不加掩饰的疼爱:"感谢你给我们当了红娘,让我和薇薇走到了一起。"

易小天只感觉一个大雷劈在了自己的脑袋上,此时的震惊远胜于刚才。他睁大眼睛,一句话也说不出来,眼睁睁地看着两人在他面前秀着恩爱。

薇薇对着程部长灿然一笑,程部长牵起薇薇的手在她的手背上轻轻亲了一下。

天哪!

易小天做梦也没想到这一层,他难以置信地看看薇薇。试图从她的眼里得到一点暗示。这是玩的哪一出?钱还没赚够吗?

薇薇看着他,低下眼睛,轻轻地摇了摇头。

她在告诉易小天,不是的,她是真心的。

易小天一屁股坐在地上:"这个消息太意外了,我完全没有心理准备,能给我讲一讲吗?"

"其实也没什么特别的,就是我们两个人在理疗的时候,慢慢地对对方产生了好感,然后就在一起啦!"薇薇笑着说。

怎么可能!薇薇手里经过的男人没有一万也有八千,比程部长有钱有势的不知道有多少个,比程部长帅的更是不计其数。他不算最好的选择,薇薇为什么要选择他呢?

易小天还沉浸在这个震惊的消息中无法自拔。程砚秋牵着薇薇让她小心站起来,体贴地说:"老婆,你小心点。"

易小天又被一个雷直劈脑瓜顶:"什么?不是吧!"

程砚秋朝他一笑,露出一口雪白的大牙来:"小天,我们已经结婚了。给你发过请柬,你也没个回复,沈总说你是大概忙着玩游戏吧,我们也就没再来烦你。薇薇她已经有了两个月的身孕,我的停职期也过了,以后我要好好的赚钱养家,咱们一家三口一定要快快乐乐的!"

结婚?身孕?一家三口?

这几个陌生的字眼在易小天的脑袋里不断地放着雷,把他炸得外焦里嫩。心里面又是觉得幸福又是觉得酸楚，薇薇居然就这样嫁人了，而且还是自己造的孽？

易小天哭丧着脸笑道："那真是要祝福你们了……我好开心……"

程部长开心地大笑着："小天，我明天开始就去上班了。以后工作上有什么任务，咱们都互相照应。从今天起，你就是我程砚秋的铁哥们了，我交定了你这个朋友！"

说着大手在易小天干瘦的肩膀上一拍，差点把他拍成骨折。看来薇薇果然厉害啊，这么一个干腊肠都有办法变成猛男。小天问道："你明天就要上班啦？"

"对呀，三个月的停职结束了，我当然要去上班了。"

易小天潜藏在肚子里的焦虑瞬间一扫而空。没有了陈警官保护，又失去了傲得的联系，但是现在有程部长不也一样吗？这家伙的手段易小天是最清楚的，有他撑腰，自己以后不是又可以螃蟹过马路——横着走了吗。

他当场就放了心，决定明天愉快地和程部长去上班了。几个人又聊了好半天，笑声不断，聊了好久才回去。

临出门的时候，易小天悄悄对薇薇使了个颜色，比了个"找机会再来"的手势，薇薇点点头，然后两个人就这么幸福地离开了。

易小天关上门，心里说不上是什么感觉，薇薇能找到一个好的归宿，他当然是替她高兴的，这个薇薇啊，性格太认真，本来也不适合干那一行。

晚上八点半的时候，薇薇果然又来了，这次是她一个人。易小天一见她立刻假装去搀扶她："哟，孕妇可小心点啊！"

薇薇笑着瞪他一眼，由着他把自己搀扶了进去。

刚一落座，易小天就忍不住问起来："我说薇薇，你这到底是唱的哪一出啊？"

薇薇轻轻抿了口果汁，甜甜的一笑："不是唱的哪一出，就是你看到的样子，我们结婚了。"

"你是真心的吗？你确定吗？"

"确定了，砚秋他其实是个特别负责的好男人。现在好男人不多了，我也差不多就嫁了吧。"

易小天安抚了下自己的情绪，感觉仍不真实。

"不过我好奇怪啊，你到底是怎么把他给治好的，你看到他之前的样子来着。这样的人你都能治好，我也是服了。"

薇薇忍不住"扑哧"一声笑出来。

"其实他身体是没什么问题的，他主要的问题还是心理问题。"新的程砚秋来了。两个人朝夕相处，慢慢的在对方的身上看到了新的自己，他们都想改变，于是两个人就自然而然在一起了。

易小天听得入神，不由得称奇。

薇薇轻轻地摸着肚子："没有什么不可以的，和他在一起我觉得很安心。"

易小天看着她幸福的样子，还是忍不住问："那……他介意你的过去吗？"

"我告诉过他的,如果想和我在一起,唯一答应我的条件就是,不许调查我的过去,就让过去的我从这个世界上消失吧,从此以后我只是程太太。"说着,她轻轻地笑了。

易小天第一次看到薇薇露出那样宁静美好的笑容来。也许,这才是真正美好的结局吧。易小天也跟着笑了起来。

第二天,易小天一早就到了公司,看到程部长西装笔挺,一脸严肃地站在公司大厅里审视着来来往往的工作人员。想想昨天的情景:一是他把易小天当铁哥们了,不在意形象;二是心里太高兴了,等真上了班当然还是要正儿八经的。易小天会意,也正正经经地走上前去握手问好。而程砚秋却是非常热情,紧紧握着易小天的手,还拍着易小天的肩膀,又是问候又是鼓励的。

想当年他程砚秋上商学院时第一课教授就教他们绝不能在公司里面交朋友,更不能把下属当朋友,这会他早忘到爪哇国去了。

公司里其他员工一看,好家伙!这个程部长士别三日当刮目相看啊!这几个月没见居然变成个肌肉猛男?!而且他们可是刚刚看到程部长把之前接任他工作的那个副部长在大厅里一顿好训,骂得那人就算一会儿跳楼都不奇怪。而现在对易小天却这么客气?好个易小天,现在不仅是沈总的红人,还是程部长的好哥们?看来以后要想在这家公司混,可得多抱抱易小天的大腿了。

两个人正说着,背后传来一阵渐渐清晰的脚步声,是高跟鞋敲击地面的声音。易小天闻到一股十分优雅的清香从不远处飘来,他一回头,就看见一个十分冷傲的绝色美人正从自己的身旁缓缓走过。

那种拒人于千里之外,自带结界的气质瞬间攥住了易小天的心。他眼睛都没眨,就这样看着她那如瀑般的黑色长发从自己的眼前飘过。

易小天好像在炎炎夏日突然被人扔进了雪堆里一样,浑身不受控制地打了个机灵。

易小天看着她穿着紧身短裙,高傲而冷漠地渐渐走远,这种感觉易小天并不陌生,他一定在哪里遇见过她,一定在什么时候也这样被深深的迷倒过。易小天觉得现在的自己思维短路,大脑一片空白,身旁程部长还在嘟嘟囔囔地说着什么他却一句也没听见,他徒劳地在自己僵化的大脑里搜索。

是谁呢?是谁呢?这个女孩是……

"小漾,来这边!"不远处有人呼唤道。

啊!易小天猛然间醒悟,是周小漾。缠绕了他整个青春期的女孩,他的初恋情人周小漾!

第四十三章

初恋竟然比当年更漂亮了？

周小漾朝着声音的方向看去，邹秘书在召唤她。周小漾将肩上滑下的包带又扶了上去，然后微笑着走了过去。一举一动处处流露着迷人的风情。

易小天眼睛睁大，半天没舍得眨一下，他现在还没能从这个震惊当中反应过来。周小漾为什么会来公司？为什么是邹秘书接见她？邹秘书可是沈教授的左膀右臂，几乎就代表了沈教授的意思，难不成周小漾竟和沈教授有什么关系？沈教授？周小漾？

易小天还没想到另一层上去，他还握着程部长的手，傻瓜一样盯着人家的背影。周小漾已经消失不见了，他仍是痴痴地看着。

程部长看不下去了："干吗呢？没见过美女吗？"

"这个不一样，这个不一样……"易小天久久不能平复心情，连继续缠着程部长的心情都没有了，他匆匆回了办公室，要消化一下这个信息。哪知刚进了办公室，苏菲特就过来找他，语调仍是冷漠的："易总，等下九点半有重要的会议，资料已经准备好了，希望您准时出席。"

易小天还想多说一句，苏菲特已经转身走了出去，真是一点机会都不留给他。不过此刻的易小天心里又被另一件重要的事占据了，只能先把苏菲特放在一边。

易小天满脑子都是周小漾，从初中的模样开始回味，一直回味到刚才的样子。可能最初青春时代的朦胧爱恋太过深刻了吧，易小天觉得自己这次有一种栽了的感觉。

易小天瘫在椅子里，只希望快点开完会他好溜到邹秘书那儿去打探打探消息。自从上次的事件，他已经和邹秘书建立起了良好的革命友谊，问个小问题肯定不成问题。

易小天已经在心里打好了盘算，拿着那摞也不知道写了些什么的资料去了会议室。一到会议室就发现大家都在窃窃私语，好像真有什么事一样，这种全天下人都知道，只有自己蒙在鼓里的感觉可真不怎么样。易小天东看看西听听，也没听出个所以然来。

　　反正他对会议内容没什么兴趣，干脆窝在座位上打瞌睡。不知过了多长时间，他突然被一阵响亮的掌声给惊醒了，抬头一看，周一韦和沈慈正站在台上微笑着接受大家的热烈掌声。

　　重点是他们的旁边站着一个美得勾魂摄魄的美女来，那美女不是别人，正是小天心心念念的周小漾。易小天一个鲤鱼打挺从椅子上弹了起来，腰板挺得笔直，瞪大了眼睛。

　　周一韦……周小漾……都姓周……

　　他似乎隐隐约约感觉到了什么不妙的事情。

　　"今天我要跟大家介绍一下我们家族的新成员，我的孙女周小漾。"周一韦风度翩翩的介绍身旁的小漾，台下又配合地响起了热烈的掌声。

　　易小天差点咬到自己的舌头，居然是那个老混球的孙女!?

　　周小漾礼貌地鞠了一躬，长发披散开来，十分动人。

　　"因为公司最近业务拓展，所以我把我的孙女调过来做我的助理，以后小漾就要拜托各位照顾了。小漾，和大家打个招呼吧。"然后又是一阵排山倒海般的掌声。

　　易小天被周一韦的话劈得外焦里内，孙女! 而且还是亲孙女! 而且居然是给这老混球做助理!

　　易小天从来没受过这么大的刺激。好像瞬间被抽干了全身的水分一样，立刻就蔫了。

　　周小漾的声音清脆甘甜，像是一条清澈的小溪在易小天的心里流淌："大家好，我是周小漾……"

　　刚听了她说一句话，易小天立即就没出息地醉了，从此以后易小天就中了一个叫周小漾的毒。大伙都还奇怪呢，以易小天的花心性子，公司新来了这么漂亮的女孩，他怎么也不可能放过啊，哪知道他连人家方圆十米内都不敢靠近。一见到她就躲得远远的，只敢偷偷地躲在柱子后面痴痴地望着人家。

　　易小天的心里一会兴奋一会酸楚。兴奋的是终于又见到梦中情人了，还幸运地和梦中情人在一家公司，朝夕相处。酸楚的是他老惦记着当初傲得跟他说过的话，在初中的时候这两人就已经有一腿了。易小天是相貌也比不上傲得，家世也比不上人家，学历和能力就更不用提了。越想越觉得自己没什么胜算，委屈得都快要哭了。

　　他现在反倒是不希望傲得出现了，就让他忙着吧，越忙得焦头烂额越好，他好拟定个计划把美女追到手。

　　但是往往人算不如天算，计划永远赶不上变化。易小天前几天还天天祷告傲得快点出现，这几天就换了说辞，他一边回家一边嘟囔："各位神仙姐姐，我易小天前几天跟你们的祈祷都不算数，我现在又希望那个傲得暂时先忙去吧，别出现才好，要是被他知道了小漾也来了，他一下手就没我什么事了。求求各位神仙姐姐帮帮忙了啊，保佑他继续忙去吧……"

易小天开了家门，就发现家里灯火通明，家务机器人都在忙着干活。这是怎么回事？易小天赶紧进来一看，好家伙，家里的餐桌前整整齐齐地站了一群黑衣人，各个一身劲装，面无表情，十分骇人。

易小天吓得手里打包的晚餐都掉了。再仔细一看，这身黑衣装束并不陌生，明显是先华组的装扮。

易小天走过来问道："这是……咋回事啊？你们怎么进来的？门口可是有门卫机器人的啊？"

"那机器人的内核很容易侵入，这你就别管了。"

一个声音回答他，易小天一听就是秦开的声音。接着眼前的黑衣人都让到一边，露出坐在中心地带的几个人来。

"小天。"为首的傲得说道，"因为有事，所以直接过来了。"

除了傲得，易小天心心念念的荷瑞也在其中，还有傲得走到哪儿带到哪儿的秦开、岚和黎光，都是他的老熟人。

易小天看看这阵仗也有点吓傻了："傲得老大，什么事这么重要，竟然把你们都请过来了。"

傲得示意小天坐下来，一段时间没见，傲得越来越凛冽了，光看着就吓人。小天哪里还敢挨着他坐啊，老老实实地找了个小角落猫着。

"这次来比较仓促，也没来得及跟你打招呼，和你说完话我们就要走了。"傲得淡淡地说。

小天一听，怎么傲得每次说话的开场白都是他立即就要走了呢，话还没开始就已经准备散场了。他听着心里酸酸的，也不敢反驳，毕竟傲得可不像他这么无所事事，他要忙的都是关乎天下苍生的大事。

"好吧，那你说吧。"易小天委屈地说。

傲得似乎知晓小天的心情，微笑着跟他说："咱们兄弟两个也很久没有好好的谈谈心了，相信我，这次是最后的阶段了，我们先华组筹备多年，为的就是这最后一刻。等到真的忙完了，我们两个再好好喝一杯。"

这段话说的小天心里热乎乎的，他开心地望着傲得点点头，反正他觉得傲得说什么都是对的，心里对他十分崇拜。

小天吸吸鼻子，眼睛不自觉地往荷瑞的脸上看："我前几天给你打电话怎么都打不通，吓得我不行。"

荷瑞仍旧笔直地坐着，不多看他一眼。小天心想，真是狠心的女人，居然假装不认识我一样，就忘了当初咱俩是怎么"相亲相爱"的同居了吗。

"前几天我们一直都出任务，太忙了，所以没有和你联系，小天。"傲得靠近他

一些,声音很低,他警惕地看着秦开,秦开立即会意地点点头:"已经全部做好了安全防御,可以了。"

原本围在傲得周围的一群黑衣人立即到小天房间的各个角落去监察,房间里瞬间只剩下了他们几个。

傲得这才重新开口:"小天,我们最近发现了一个很关键的事情。"

"什么事情?"小天也被这氛围搞得紧张起来。

"近段时候我们从岳黎研究院截取的信号中的只言片语里发现,似乎天君的主机并不在你公司楼上,而是藏在别的地方。"

"不在楼上? 可我亲眼见过天君的啊?"

"也许你见过的只是天君的显示器,并不是它的主机本体。天君的主机要运载全世界所有的 AI 机器设备,必然能耗十分庞大,体积也一定很大,也许是被藏在了别的什么地方。"

易小天愣愣的不敢答话,傲得继续说道:"小天,所以我现在想求你帮忙,你一定要你不惜任何代价调查出天君主机的位置。这将关乎到先华组最后的成败,如果这次失败了,我们就真的没有机会了。"

在一旁一直沉默不语的荷瑞开口了,声音十分冷静,与她平时大大咧咧的说话方式完全不同,她的眼神坚毅,透露着令小天害怕的坚决:"相信你也看到了,沈慈推出了全民 AI 的理论概念,如果天君真的有一天普及到每个人的话,那么我们就没有任何机会了。危险步步紧逼,我们没有时间了。"

"可以这样说,我们现在已经被逼到无路可走了。我们只能找到天君的主机,然后炸毁了它,只有这样才能让天君彻底消失,弄不好这也是我们最后的机会了。再往后发展,说不定天君甚至都不再需要一个实体主机了。"傲得淡淡地说。

易小天大吃一惊,一时间脑子里转过无数个想法。但是最后都像泡沫一样破裂了,他一句话也说不出来。

大家见易小天不说话,以为他是怕了,岚冷冷地说:"你如果现在怕了,拒绝还来得及,再晚的话,怕是你连后悔的余地都没有。"

小天看看傲得,又看看荷瑞,看到他们每一个人都是一脸紧张和严肃,他突然间意识到这些人需要他,只有自己能够帮助他们了。如果自己此刻退缩,也许这里所有人所做的所有努力都将灰飞烟灭,他没想到自己竟然一下子变得这么重要了。

说实话,他自己在内心深处也不是百分之百的认同先华组的理念。毕竟在他的心里,人类说不定真的已经走向了末路,他以前在百乐门里,也见识过太多的所谓社会精英,去了那儿本性一暴露,其实就是人渣一个。他不知道解救这样的人还有什么意思,还不如就让天君来肃清这个污浊的世界呢。

但是另一方面他又在想,傲得他们的坚持也许自有深意呢,那并不是我这个小混混能够揣测到的。他无条件崇拜和相信傲得,觉得即使是自己错了,也不会是他的错。他无法拒绝傲得的任何请求。不是出于上下级的命令，仅仅是因为他是傲得。

小天吸了口气："好，我答应帮忙。我会想办法查出来的。"

大家似乎都跟着松了一口气，气氛也不似刚才那么紧张了。傲得憋着的一口气也松了下来，他拉着小天的手热情地说道："小天，留给我们的时间不多了，你一定要尽快，尽快。"

小天点点头。

一直沉默捣鼓电脑的秦开突然开口了："老大，我发觉对面窗子里有发射过来的监控信号。似乎有人在监察这边。"

易小天吓了一跳："对面？莫不是陈警官吧！她怎么又追查上我了！"

黎光冷笑着："上次在步行街和这个女警察交过手，实在没想到她居然是个狠角色，十分厉害。"

"既然这样，那我们也先撤退吧，现在千万不要惹出其他的麻烦。"

大家点点头，然后悄无声息地撤退了，来得快，去得更快。易小天眼瞅着荷瑞就这样要从自己眼前离开了，这一别还不知道下次要什么时候见面呢。以前没觉得她有多漂亮，现在反倒是十分喜欢她扎马尾的利落模样。情不自禁地伸出手来握住了荷瑞的手。

荷瑞微微吃了一惊，回过头来望了他一眼，然后轻轻地抽回了手。关门的一瞬间，小天似乎看到了荷瑞害羞一笑。

其实荷瑞也是一个好女孩呢。小天陶醉地想。

他突然想到了刚才秦开的话，拉开窗帘朝对面一望，什么也看不出来。若不是秦开提醒，他哪里知道自己居然又被无情地监控了，不是说忙得没空理我吗？怎么又监督上了！哎！小天叹了口气，得罪了女人就是麻烦。

易小天现在内心烦乱，一面想着傲得交代的任务，一面又想着身边的这些女孩子，怎么都觉得不舒坦。后来为了暂时远离现实中的这些棘手事件，干脆又躲进游戏里了。

在灯火通明的公司里，大家都在加班加点的忙碌着。周一韦忙完了手头上的工作，趁没人注意就悄悄地溜到八十五层天君的房间。

关上房门，他看到天君正闭着眼睛，似乎在闭目养神。听见周一韦进来的声音后睁开了眼睛，平静地说："你来了。"

周一韦坐下来，忍不住有点火大："真是倒霉，今天又碰见那个易小天了，看到他就烦。"

"谁能惹得你这么不高兴。"

"还有谁，就是那个讨人厌的易小天呗！"周一韦今天开会的时候与易小天走了个正面。那家伙不但不恭敬，反而对他挤眉弄眼，看着周一韦就来气，但想着自

已有把柄在人家手上只好忍着。

其实说到底也是他自己做贼心虚，易小天其实见谁都是那副嬉皮笑脸的模样。

"有什么事可以跟我说说，我可以帮你推算一下。"

周一韦一听乐了，于是将易小天当初怎么算计他的事原原本本的说了。虽然天君只是一台机器，但是能找个渠道发泄一下也是好的啊！

天君听完，一手托腮，歪着头说："那你想报复他吗？"

"可以吗？"周一韦惊喜，他碍于自己的身份和地位，不知道怎么找易小天算账。而且他背后还有沈慈撑腰，轻易也不敢动他，正憋着一肚子气呢。

"其实很简单，只要输入惩罚易小天这个指令后，我的计算系统里就能提供2156个惩罚他的方法。"

"这么多！？"

"当我并入互联网后，智周万物。我已知晓了这个世界上所有的一切，找一个治小天的方法岂不是小菜一碟。"天君一副君临天下的模样，和它那个小女孩的外型实在是不相配。

周一韦开心极了："我不想用别的办法来惩罚他，我要以其人之道还治其人之身，也狠狠地敲诈他一回，让他知道被人胁迫的滋味！"

"这个就更简单了，我在互联网里看到一条信息。你的孙女周小漾正是易小天的初恋情人，二人同在一所初中上学。根据有记录的资料，我一经推算，易小天极有可能一直暗恋着她。"

周一韦何等聪明，立刻就明白了。本来是想找一个关系不太亲近的孙女过来帮她搞危险的生化试验，没想到竟然还有意外收获。

"那我知道了，我完全可以用小漾来报复他啊！"周一韦了然，他本来只是想跟天君汇报工作的，结果一时高兴竟然忘了自己来的目的，乐呵呵地就离开了。

天君看着周一韦忘乎所以的样子，得出结论："人类这种低等生物真是容易因为一点点的喜悦就得意忘形。"

周一韦被易小天烦了很久了，他没想到自己头疼的问题天君几句话就给解决了。看来将AI与人类联合真的是太方便了，他何苦还受那窝囊气呢！

当晚，周一韦就联系了周小漾。周小漾从小一直跟妈妈一起生活，原本与爷爷奶奶并不亲近，只是近来世界经济危机严重，她所在的银行对外业务生意惨淡，她又正好在对外业务单位，弄得她奖金大幅下降，那点微薄的收入根本不够用的。周小漾受够了这样紧巴巴的日子。别人见她貌美如花，知道她家世显赫，却哪里知道她的苦楚啊。可她的自尊也坚决不允许她去求父亲和爷爷奶奶。哪知道这时候爷爷却派人来找她，并安排了公司很好的职位给她。周小漾简直不敢相信，她一直以为自己已经被这个家庭遗忘了呢。

尽一切可能的努力工作，让爷爷奶奶和爸爸都看到自己的价值。小漾暗暗对自己发誓。

爷爷说要见她的时候，小漾有点受宠若惊，她很快打扮好自己。旁人依然会喊她一声小姐，却没人知道，她这个小姐也只是一个挂着虚名的小姐而已，和爷爷的其他孙子孙女比起来简直不值一提。

周小漾第一次和爷爷单独见面，两个人约在了幽静的茶馆，整个茶馆都被爷爷包了下来。周一韦轻轻品着新茶，半长的头发看起来十分英俊。

周一韦看了眼周小漾，满意地点点头："果然是个漂亮的孩子。"

小漾害羞一笑："谢谢爷爷夸奖。"

"新到公司工作还习惯吗？"周一韦和蔼地说，"如果有什么不习惯的地方就跟我们说，如果找不到我们的话，找邹秘书也是一样的。"

"一切都挺好的，工作上的事情也做得来。"小漾也喝了口茶，却发现这茶苦涩难喝，真不知道为什么现在还有人喜欢喝这种东西。

"我和你奶奶一直叫你到家里去住，你偏不去。一个人在外面住多不安全啊！"周一韦关切地说。

"爷爷，没事的，我也不是小孩子了。"小漾害羞地说。

周一韦动着心思，慢慢地引入话题："其实呢，这些年来，无论是你爸爸还是我们，对你多少都是有些愧疚的。毕竟你的成长环境和其他的子孙不同，爷爷自然也是知道的。这些年来对你的关怀少了些，你别介意。"

周小漾有些感动，轻轻地喝着茶，低头不语。

"你放心吧，以前是我们做得不对。从现在起，其他的孩子有的一样不会少你的，你会和其他的孩子一样获得宠爱和温暖。"

周小漾有些激动地抬头看着爷爷："这是真的吗？"

"那当然了。"

周一韦忍不住用手指敲打着桌面："爷爷先给你500万的零用钱，再送你两辆限量版跑车好了，这是以我个人名义送你的，也算是爷爷的一点补偿。"

周小漾差点被苦茶呛到，还好她及时保持住了形象："爷爷，这……"

爷爷伸手拦住她，示意她先别说话："如果不够的话，爷爷再……"

"够了够了，爷爷！"周小漾赶紧阻止他，"已经足够了。"

周一韦满意地看着小漾发慌的模样，他接着一副慈爱的模样拉着小漾的手："既然咱们都是相亲相爱的一家人，那么爷爷这里有一点小忙，需要你帮一帮。"然后他趴在小漾的耳边将自己的计划说了出来。

周小漾猛然一惊，嫩白的脸上迅速升起绯红色。就说爷爷怎么突然这么好心将她招过来，原来竟然是为了要利用她！她觉得伤心极了。

"爷爷，这个我做不了，零用钱和跑车我也不收了。"周小漾拿起包就想要逃走。

"小漾，小漾，你听爷爷说。"周一韦连忙拦下她，"你以为爷爷是在利用你，其实不是的！我那么多的孩子为什么偏偏选你呢,我真的希望能够留你在身边当爷爷的心腹。可是留在爷爷的身边就一定需要一点过人的本事,否则爷爷未来怎么把更重要大任务交给你呢。"

周小漾有点被说动了,可她仍有顾虑。

"爷爷真的是把我当家人吗?"

"肯定是真的!"

"真的不是利用过后就将我丢弃的棋子吗?"周小漾有点伤心。

"怎么可能呢,傻孩子。"周一韦见小漾迟迟不肯答应下来决定放出大招。

"爷爷是真心把你当成接班人培养的。这样吧,我跟你说一个秘密,一个关乎周家生死存亡的大秘密。"周一韦将小漾拉了回来,"告诉你这个秘密,你从此以后就是我们周家的核心角色了,这个秘密连你的叔叔们都不知道。"

"什……什么秘密?"小漾坐了下来。

周一韦一咬牙:"好孩子,我用这个秘密跟你交换着真心,从此以后我们就命运相连了。"他吸了一口气,"这个秘密是关于天君的主机位置的,全世界都想知道的秘密……"

第四十四章

然而却是来给我下套的……

自从周小漾知晓了关于天君的秘密,她才真的确定爷爷是将她当成心腹看待了,否则的话他绝不会把这么重要的秘密告诉她。

小漾其实是很感动的,爷爷愿意重用她,也是她的荣幸。至于爷爷交给她的任务,其实想想也没什么难的,就当自己是电影里的特务吧,这不也挺刺激的嘛。过了心里一关,小漾很快调整好了自己。原来周一韦是让小漾去色诱易小天,然后拍下视频来威胁他,让他言听计从,就像他对付自己的那样。当然了,后半段他可没交代,在孙女面前还是要保留一点尊严的嘛!至于收了小漾这个心腹,周一韦也是十分满意,毕竟小漾又漂亮又能干,以后能用到的地方可多了去了。

小漾做好了准备,就开始主动出击了。

第一次的计划是定在公司的食堂里。她已经掌握了关于易小天的一切信息,自从天君连入互联网,它已经无所不知。周一韦将所有关于小天的内容都调了出来,就连他几点去吃午餐,喜欢吃哪个菜都一清二楚。因为易小天喜欢吃公司的自助餐,周小漾也就配合到底,在易小天喜欢的菜区转悠着。

自从公司后勤部门发现很多人放着食堂精心烹制的菜肴不吃,都跑门口小早点摊上买煎饼果子什么的之后,也大力调整了公司里的中餐口味。新换了大厨,把门口那个小早点摊上的大娘也给雇来了。现在公司里的中餐口味可是相当正宗了。易小天也发现公司现在做的川菜可一点不比成都做得差。

知道易小天最近喜欢吃水煮牛肉,小漾就在川菜区转悠着。果然不一会易小天就一边和人谈笑,一边走了过来。

"王总!看你前几天又赚了一笔啊,眼光可真不错!"

"张审计,嗨!好久不见啊,改天去喝一杯!"

正聊得开心,却迎面看见了周小漾。好像突然被一口煮鸡蛋噎住了一样,易小天的声音戛然而止,脸上迅速涨红,很快变成了深红色,像是中毒了一样。

天哪!易小天后悔自己没有好好捯饬自己的发型,连衣服也是也随便穿一件

就来了。就这么个形象遇见女神，还怎么在女神的心里留下完美的印象？

周小漾慢慢地转过身来，易小天只感觉自己的心脏像是一辆突然加速的蒸汽火车，上面"咕咚咕咚"的冒着烟，轮子转得飞快，眼看就要脱轨了！

不行！现在绝不是与女神见面的最佳时刻！易小天端着餐盘，飞一样地消失了。

周小漾摆好了姿势回过头来一看，刚才还在身后满面通红的易小天瞬间消失了。她吓了一跳，这人会瞬间移动么？怎么跑得那么快？

不是说他暗恋我多年么？怎么一见我反而跑了？周小漾吃惊不已，难道说消息有误？看起来不像是为我着迷的样子啊！周小漾怎么想也没想明白，看来是计划有误，我要再想想办法。她没想到第一次出任务就失败了，略微有点尴尬，只好先走了。

易小天却是躲在墙后面喘息不已，赶紧掏出小镜子和梳子捯饬自己的发型。把自己的衣服上的褶子都抚平了，掏出口气清洁剂猛喷一顿，感觉自己现在才像个样子了，这才再一次冲了出去。哪知道四下里一看，周小漾已经不见了。

找了半天都没找到。易小天很失望，怎么会这样，为什么老是错过呢。

易小天也没了吃饭的欲望，把餐盘随便放在一边就走了。

第二次周小漾可谓是煞费苦心，既然假装偶遇不成那不如直接杀到他办公室约他，还怕他跑了不成！

周小漾为了防止小天下了班就溜，她还特意早了几分钟下楼。推开他的办公室大门，发现助理位置竟然是空的。她四处看看，没人接待，那自己进去吧，她走到里面的总监办公室前，忽然听见里面传来了易小天的说话声。

原来是苏菲特今天给小天汇报工作的时候态度十分冷淡，终于让易小天承受不住了，他像个受气小媳妇一样拉着苏菲特不让她走。

"苏菲特，那天的事真的是你们误会了，我绝不是那样的人。"

苏菲特冷冷地抽回自己的手："是吗？反正易总喜欢怎么说就怎么说好了。"

"哎！你别走，你听我说！我易小天如果是那种见了危险就撇下女孩子独自逃跑的混蛋的话，我就……"

苏菲特等着他说下去："就怎么样？你本来就是那种见了危险就撇下女孩子独自逃跑的混蛋呀！"

易小天发现自己百口莫辩了，这苏菲特啥时候变得这么伶牙俐齿了。反正他今天必须和苏菲特打破僵局，他死皮赖脸地拉着苏菲特不放手："不是的，不是的，苏菲特难道你还不了解我吗？"

两个人在办公室里拉拉扯扯，易小天还没事趁机摸人家的小手。周小漾将一切看在眼里，不由得直皱眉，这是什么情况啊！在办公室就开始拉拉扯扯，而且看这意思，易小天也不是个什么好男人啊！

她一下子失去了勾引他的兴趣,拎好自己的包转身走了出去。

周小漾没想到这件事情这么难办,可是完不成任务又没有办法向爷爷交差,毕竟爷爷对她如此信任,她不能让爷爷失望啊。

周小漾回去后又开始谋划,既然计划都以失败告终,干脆直接点吧。周小漾握着电话比划了半天,电话却始终没有打出去。嗨!不如不约了,直接上门吧。她已经通过周一韦得知消息,此刻小天正在家里呢。

小漾做好了一切准备,直接杀去了易小天家里。

易小天正在家里沉迷于游戏不能自拔呢。

周小漾按了半天门铃,易小天都没有反应,最后还是家里的机器人将他戳醒,提醒他:"主人,门铃已被按了三十八次,建议您起床开门。"

易小天玩得大汗淋漓,随便罩上件 T 恤,微感奇怪,这时候谁会来找我呢。透过猫眼一看,竟是周小漾出现在了门口。吓得他差点抱住自己家的机器人,他下巴直打颤:"老兄,你确定我不是出现了幻觉,真的是周小漾来敲我的门?"

机器人说:"主人,现在的确有人在敲门,但是否是周小漾我不能确定。"

易小天已经顾不得整理自己了,他壮着胆子拉开门一看,果然看见绝美的周小漾站在门口,嘴角微微含着笑,十分明媚动人。易小天觉得自己的眼睛快要被这笑容晃瞎了。

"真……真的是你……"

周小漾好奇地朝门里看看:"不请我进去坐坐吗?"

天哪!世界上怎么有这么好听的声音啊!易小天差点当场就醉了,一听到小漾要进来,瞬间清醒了。

"等……等我三分钟,不!一分钟就好!"然后大门"嘭"的一声关上了。小漾就听见里面一阵"噼里啪啦""的乱响,再开门时,易小天已经穿戴整齐了,发型居然也有了改变,整个人浑身闪闪发光。

周小漾忍不住失笑。

"请进请进!欢迎光临!"

周小漾走进来一看,易小天的家里表面上干干净净,但是角落里和窗台后,能藏东西的地方明显刚刚被塞了东西,窗台上一条内裤正因为没塞好,飘飘忽忽地落了下来。

小天嘻嘻一笑,赶紧跑过去,将内裤藏在裤腰带里掖好。小漾假装没看见,在沙发上坐下了,哪知一屁股坐到了一副 VR 眼镜。

小漾好奇地拿起来:"这是……"

"哎呀!"易小天赶紧去抢眼镜,哪知道内裤在身后随风飘扬,实在是窘死了。抢得太着急,藏在窗帘后面的脏衣服什么的全都塌了下来,掉了一地。

易小天绝望的一屁股坐在地上,算了,不隐藏了!

"不好意思,让你见笑了。"小天红着脸。

小漾动人一笑:"没什么,听说男生的家里都是这样的,我还蛮好奇的呢。"

小天启动了清洁机器人的超频模式,机器人一双手变成四双手,前后左右全方位开工,玩命地收拾着。以小天家里乱的程度,最起码要收拾个十分八分的吧。小天坐在沙发上,十分害羞。

"我真是想不到,你竟然会到我家里来。"

"一直听公司里的人在说你的传奇故事,所以想找个机会拜访一下。"

"公司那些人就是太诚实,都说了我的那些丰功伟绩别老跟别人说,自己知道就行了呗。毕竟我年纪轻轻的就做了那么多贡献实在是太耀眼了! 高处不胜寒啊,人还是要低调一点。"小天羞涩地说。

这人脸皮可真厚,小漾心里想,任务完成后可要离他远一点。脸上却扬起美丽的笑容:"听说你喜欢喝酒,所以我从爷爷那里带了几瓶过来。"

"干吗那么客气。"伸手接酒的时候不小心摸了小漾的手一下,小天当场气血翻涌,鼻孔冒出粗气来。

"那不如我们开一瓶酒尝一下吧。"小漾往小天的身边凑了凑,一股淡淡的栀子花香味拼了命地往小天的鼻子里钻,躲都躲不过。

小漾故意将长发轻轻地撩到了小天的脸庞,弄得小天脸红心跳,还没喝酒就已经快失去神智了。那游戏里的老婆不管那设备怎么拟真,这头发丝轻轻拂面的感觉却是模拟不出来的啊。

小漾长腿舒展,姿势十分撩人。

"不如我陪你喝一点吧。"大眼睛这么随便一眨,小天立即感觉被人掏走了三魂七魄。同样,真正的女孩子那拥有灵魂的双眼,也是 VR 设备无法模拟出来的啊。

小天哪还有理由拒绝,赶紧去拿了酒杯屁颠颠地跑过来。酒瓶开启,两个人对饮起来。

小天眼睛一眼不移地盯着小漾的脸,凭他多年接触女孩的经历来看,他老感觉小漾虽然热情,但是动作上放出去十分又收回去三分,却总是含着一丝防备的意味。他自己草根一个,什么学历都没有,就算现在有点钱了,那这点钱她一个富家大小姐也看不上啊! 根本没必要特意跑来陪我喝酒。

小漾喝了一杯,对着他举了举空酒杯,脸上微微升起一片红晕,十分动人。

"我再敬你一杯。"小漾又倒了一杯酒,给小天也满上了。

小天真想什么也不去想就这么跟她一醉方休算了,反正醉了干了什么事谁也没办法保证,就说喝醉了嘛! 可是他敏感的第六感一直在提醒他,小天的第六感向来挺准的,他觉得这事可没那么简单,小漾绝不会是因为爱慕他才跑来找他喝酒的。小天见过太多女人了,女人的那点伎俩他比谁都清楚。他初步分析,这八成是个美人计,但是图他小天啥呢? 小天一时半会还想不到。

暂时先将计就计看她要干什么好了。

"听说你很能喝呢。要不咱们来比试比试?"小漾微笑着说。

"好啊。"

小天端起酒杯来,仰头一口喝下了。小漾果然又开始倒酒了。

小天暗想,我算是看明白了,她是要灌我的酒呢。不知道等我喝醉了她要做什么,先见机行事好了。

周小漾的手段比起易小天可差得远了。且不说她并不是打心眼里喜欢小天,表演自然没有那么生动,再说了小天又这么狡猾,哪里是轻易能骗得过。

本来周一韦是想给小漾配一个隐形机器人以防万一的,可是小漾总是觉得那东西跟在后面反而十分没有安全感,好像时时刻刻都被人监督一样,后来干脆退回去了,她可不想把自己色诱小天的视频搞得人尽皆知。周一韦没办法,只好由着她去了,反正只要能完成任务报了仇就行。否则要真有个机器人跟着,给易小天来上一枪麻醉剂,那剩下的事就好办了,也轮不到他易小天作假了。

小漾不知道自己的计策已经被识破,还在认真地拼着酒。小天呢,只要小漾给他倒了酒他就喝,只不过是趁小漾不注意,喝进去的少,倒在下面垃圾桶的多。小天平时跟人喝酒经常抽条,早练出来了,嘴里一边说着话分散注意力,手上极快地那么一倒,神不知鬼不觉。

小漾越喝越奇怪,怎么这小子干喝就是不倒呢。小天没倒,她自己倒是喝得迷迷糊糊的。

现在换成小天一个劲地给她倒酒了,嘴里的话一套一套的:"来来来,真是好酒量! 再喝一杯!"

"哎哟,我头好晕啊! 快要喝醉了! 喝不过你啊!"

"女侠饶命啊!"

小天假装在一旁苦苦求饶,给人制造一种再喝一杯就要倒了的假象。小漾还单纯地以为自己即将胜利了呢,拼着最后一丝神志还在喝着小天递过来的酒,喝到后来,小天干脆不喝了,专心致志地伺候小漾喝。小漾喝得云里雾里,忘乎所以,早忘了自己为什么喝酒,自己为什么而来,就是条件反射地喝着。

喝到某个临界点时,小漾突然头向上一仰,彻底喝醉了。她软趴趴地倒在了沙发上,嘻嘻地傻笑着。

小天看看她,看来这回是喝到位了。

小漾嘴里还在含糊不清地嘟囔着:"喝啊! 继续喝啊! 别停啊! 快倒酒……"

小天嘴上答应着:"好好好,这就给你倒酒!"手上却偷偷地打开她的包,低头一看,里面赫然是一套监听器材和视频拍摄器材,而且不是小天那次去白玲珑家用的微型器材。那种的拍摄质量不能保证,而这套都是专业的,不管拍视频还是照

片,那分辨率连人的毛孔都看得清!

原来是这样! 她果然是被人雇佣过来陷害我的。她肯定是来使美人计,然后诱使我上床,之后拍了视频威胁我。全世界能想出这么龌龊的招数的也就只有我了啊! 小天纳闷,谁会以其人之道还治其人之身呢? 他猛然间想起,我知道了,肯定是周一韦! 肯定是他对被我威胁了之后怀恨在心,然后派美女孙女来故技重施。好家伙! 小天彻底想明白了,还好我小天够聪明,没有轻易掉进美女陷阱里。不然的话这辈子就完了!

他凑到小漾身前,动动鼻子,闻着她身上飘来的香味,越闻越是沉醉。小天真想就中了她的美人计算了,自己心心念念数年的梦中情人现在神志不清地躺在自己的面前,还摆着这么诱人的姿势。谁能受得了啊。

可是小天紧接着摇摇头,我可不能趁人之危。而且他已经明显感觉到了小漾并非真心喜欢他。既然并不心甘情愿,他也不能强人所难。他强迫自己的双眼从小漾的身体上移开,拿了床毛毯给她盖上。哪知小漾自己喝多了开始胡言乱语起来:"爷爷……他……他……中计……"

小天无奈,一边给她盖被子一边说:"是是,他没中计,你自己倒是中计了。"

"秘密……不能辜负爷爷的期望……"

"哼,这个老家伙为了达成目的连亲孙女都能利用,真是人渣!"

"爷爷……拍摄视频,然后威……"

小天自顾自地说着:"我都知道了,想用美人计来色诱我,逼我就范,不过你们这点道行还差了点。"

"主机……不在楼上……不能说……"

易小天原本收拾酒瓶的身子猛然间一震,他吃惊的回过头来:"你说什么?"

"秘密……不说……能……视频……"

易小天撇下空酒瓶,一把将周小漾扶起来。哪知道周小漾浑身无力,像是一滩水一样软了下去,扶也扶不起来。

"你刚才说什么秘密? 什么主机?"

周小漾摇摇晃晃的把头歪到一边几乎要睡着了。易小天震惊不已,她是不是知道些什么? 主机不在楼上,那会在哪儿? 她一定知道!

眼看着小漾就要睡着,小天赶紧端起酒杯来继续给她灌酒,灌得小漾再次睁开了眼睛,开始推搡起来,拒绝喝酒。

"你刚才的话肯定是骗人的!"易小天少见地严肃起来,"你爷爷都是骗你的!"

小漾挣扎着坐起来:"爷爷……没骗我……"

"天君的主机就在八十五楼! 你爷爷告诉你的都是假的!"

"不在不在!"小漾摇摇晃晃地摆着手,"爷爷没有骗我,这是个关乎全天下的大秘密……主机根本不在八十五楼……那只是天君的一个分机,用来处理全世界范围里部分家务机器人的数据的,减轻一些主机的运算负担而已,是你们被骗了……"

"我分明见过天君,它好端端的在八十五楼。"小天一直刺激着她,"你爷爷只是利用你而已,他告诉你的是假的,都是骗你的!"

"爷爷没骗我! 我知道! 他不是利用我!"

"那你说天君的主机在哪里,如果你说的出来,我就相信你爷爷没骗你!"

小漾小小打了个嗝,迷离的样子十分迷人,她想了好一会儿,然后慢悠悠地说:"主机在……一个废弃的旧防空洞里……"

"地址在哪里?"

小漾似乎睡着了,过了一会趴在他的肩膀上悄悄地将地址说了出来。

"还有呢!"

小漾又断断续续的说了半天,眼睛已经完全合拢了,然后头一歪,彻底睡着了。

易小天抱着小漾柔软的身子,却一点多余的想法都没有,他为自己无意间得知的大秘密震惊不已。没想到傲得交代的事情这么快就查到了,他有一种感觉,小漾说的都是真的。可是不知为什么他反而内心害怕不已。

第四十五章

最终 BOSS 果然不止一种形态

周小漾醒来的时候已经是第二天的日上三竿了。她醒来后觉得头疼无比，昨晚到底发生了什么自己竟然全然想不起来，只记得自己一个劲地喝酒来着。她捂着头掀开被子，发现自己的衣服穿得整整齐齐，没有一点被破坏的迹象。她赶紧拉过被子盖住自己，然后偷偷地检查，也没有任何异状。

难不成？那个色小子昨晚竟然没有趁机占她的便宜？虽然小漾十分不喜欢他这个人，还以为他是那种见色忘义的那种混蛋呢，没想到人倒还算规矩，让她挺意外。小漾下了床，到客厅里看，客厅里空无一人，她又挨个房间看了看，都没有人。看来是出去了呢。

小漾回到客厅，家务机器人走了过来："主人交代好了，已经准备了干净的换洗衣服和早餐，还有一瓶解酒剂，喝完头会舒服很多，请放心使用吧。"然后递给她一小瓶解酒剂，接着去准备早餐了。

没想到他这个人还挺体贴的呢。小漾将解酒剂喝了，洗了个澡，换上了干净的衣服。

她完全不知道自己昨天都做了些什么，视频设备里没有一点东西，看来是失败了。小漾也不好意思再待下去了，拿好自己的东西离开了。

易小天坐在办公室的椅子上，陷入了人生最大的困顿当中。他已经成功得到了天君主机的地址，可他却又在考虑是否真的要告诉傲得，因为一旦说出去，势必会挑起双方的战争，不是你死就是我活。而且一旦傲得得手，天君从世界上消失，那他拥有的那套顶级 VR 岂不是也报废了……一想到游戏中的角色全部一夜之间消失，小天就觉得浑身疼。

可是若不告诉傲得，他们一定还会继续让自己调查的，自己不能永远没有结论。傲得是自己的好兄弟，当初已经说过了甘愿为他两肋插刀，怎么可以因为自己的这点小利益就背叛他呢。

小天拿出自己的手机来，翻看自己的银行卡存款记录，那一张卡上还整整齐齐放着五十万,一分没动,已经静静的存在那里很久了。那还是傲得上次给小天的零用钱呢,小天感动得无以复加,每次他内心动摇的时候就翻出来看看,看看傲得对自己的情谊就什么都舍得了。

小天仰天长叹一口气,可他又一想,八十五楼的天君只是个分机,沈慈都已经安排了那么多的警卫力量,让人根本没机会动手脚。那么这么重要的主机位置估计应该准备了更可怕的力量去保护吧。想必连只苍蝇也飞不进去。

易小天焦虑地用手指头敲着桌子,说还是不说呢!这AI虽然不是什么好东西祸害人类,但是彻底消失的话,那人类的科技岂不是至少要倒退一百年?那咱们岂不是退回到百年前了,小天想到如果真的回到百年前的生活状态,什么杂务机器人都没了,倒垃圾扫厕所还得自己动手,想想真有点郁闷。

他挠挠脑袋,这可真是难办,要不好好劝劝傲得?他总感觉傲得他们好像也有点太极端了。AI虽然不好,但也绝不是一无是处,也不能一棒子打死啊。

满怀心事地回了家,易小天发现小漾已经不在了。估计她压根儿也记不起昨晚自己都说了什么了吧,喝了那么多酒,人哪里还能有神志呢。想到这,小天又嘲笑了一番周一苇,年纪一大把,一点社会经验都没有,色诱别人也不找个酒量好点的,还真以为我小天是吃干饭的呢!

他发现茶几上留了个小纸条,上面是三个十分绢秀的字迹:谢谢你。这时机器人也走过来说:“那位女士临走前嘱咐,让我对您好好道谢。”

一看衣服也已经换过了,药剂也喝过了,他就知道自己已经成功给小漾留下了好印象。看吧,追女神可从来不是一蹴而就的,小天这方面那是拥有着相当丰富的经验了,下次再约她,小天敢保证,小漾一定会赴约的。

小天麻利地把东西都收拾干净,坐在沙发上深呼吸,我未来的命运就看这一朝了,希望能说服傲得改变自己的计划吧。

他勇敢地拨通了傲得的电话,这次电话接通了,傲得沉稳有力的声音传了过来:“小天。”

“傲得老大,我有十分重要的事情要和你说。你能过来一下吗?”

傲得犹豫了一下:“好,我现在就去找你。”

小天赶紧说:“傲得老大,这次就你一个人来就好了,不要带其他人。”

“好,我知道了。”

傲得挂了电话,小天就开始准备起来。小天还以为自己能听到个门铃声什么的,哪知道过了一会,门“吱呦”一声自己开了。

傲得理所当然地走了进来,像回自己家一样。小天吓了一跳,差点把酒倒洒了。

“没想到你来我们家还真方便啊!”

傲得无所谓的耸耸肩:“一个门而已。”

小天招呼他到餐桌前坐下,原来小天忙活半天是准备了一大桌子丰盛的晚餐,准备和傲得不醉不归呢。

傲得看了看小天精心准备的食物,微微一笑:"看来今天你是打算和我喝个痛快了。"

小天坐下来说:"是啊!咱们太久没有好好喝一顿了!快坐快坐!"

傲得坐下来,小天立刻给他夹菜:"这个水煮鱼虽然是机器人做的,但我前不久刚给它升级了系统,那做出来的菜和真正的川菜大厨比也不相上下啊,特别好吃。呵呵!"

傲得觉得今天的小天有点不一样,似乎有什么想要说一样。他并没有急着问,该说的时候小天自然会说的。

傲得尝了一口酒:"是挺不错。哎,小天,以前那个 EMP 炸弹是不是还在你这里,还给我吧。"

小天巴不得把这个劳什子玩意送走呢,这东西可是违禁品,陈文迪又时不时地在监视他,哪天一不小心露馅了可就完了。一听傲得这么说赶紧从自家保险柜里把炸弹拿出来还给傲得,也不想再去问他拿这个干什么用了。

小天抿了一口酒,酝酿着台词:"傲得老大,我昨天知道一个大秘密。"

"什么秘密?"

小天抬头看他一眼:"是关于天君主机位置的,我无意中得到的信息。"

"可靠吗?"

"我觉得可靠,应该不会有错的。"

傲得笑起来:"小天,你又立了大功了。我代表先华组上上下下所有的人敬你一杯。"

小天仰头喝干了杯子里的酒,叹一口气:"这酒劲儿可真大。"

傲得又加满了酒:"酒就是要劲儿大的才有意思,就跟男人干事业一样,浑浑噩噩的生活不是我们男人该要的,来干杯。"

两人碰了一杯,傲得调笑道:"听说沈慈送了你一套 VR 游戏设备很好玩是吗?"

"这你都知道?"这事小天可没汇报过啊,傲得还真是厉害,简直是无所不知啊!小天感觉自己刚才上头的热劲儿消退了,看来什么事情都没有办法瞒住他啊。

"但是那种……呃……游戏有些伤身啊,也不要太沉迷了才好。"

小天乖乖点点头,感觉自己什么都被他看得明明白白,再绕来绕去地敷衍,也只是徒劳。于是脑袋一热,说道:"据我昨晚刚知道的消息,原来天君的主机真的不在八十五楼,是在一个旧的防空洞里藏着呢。"

"果然是这样。"

小天瞅着傲得的神色,想从中看出点什么来,结果什么也没看出来。

"听说天君有个专用的核电站也在那附近吗?"

"就在附近,只是离得不能算近。"

"那么除了核电站之外,天君还有备用电源吗?"傲得问。

小天也不太懂,只是把从周小漾那里听到的转述一遍:"备用电源貌似不能承载满负荷的运行,一旦核电站出现意外,它的计算速度就会大幅度下降。"

"这样哦,看来我们的估算也是对的。"然后傲得沉吟了半响,才给小天斟满了酒,和他对饮一杯。

"谢谢你了,小天,我不知道该怎么感谢你。认识你以来,你真的帮了我太多了。我不善言辞,就先干为敬了。"说着又一杯酒下肚。

小天心急了:"傲得老大,你准备怎么对付那个主机? 有什么好计策吗? 貌似那个主机的体积非常非常大呢。"

傲得看了他一眼,并没有回答,过了一会他叹了口气:"小天,我不是不信任你,只是你在沈慈的身边太危险,可能在你无意识的情况下,秘密就偷偷地溜了出去,知道的越少你就越安全。"

"那你这不还是不信任我么。傲得老大,你跟我说说呗,我发誓绝对不会让这个秘密出了这个房间,我小天人虽然有时候不靠谱,但是大义还是知道的,我既然认定了你这个朋友,就绝对不会背叛朋友的!"

傲得看着他,终究是败了。

他淡然地笑着,给自己和小天满了酒:"好吧,我相信你,告诉你也无妨。前一段时间你联系不到我,是因为我去了一趟国外,购进了一颗箱式核弹。我们计划用这个箱式核弹来炸掉天君的主机,因为不仅天君的主机所在的旧防空洞非常结实,并且它的主机外壳,据说也是用岳黎研究院研制出的军用级别的装甲制成的,那种装甲本来都是用在战列舰上的,异常结实,估计只有核弹才炸得掉。"

小天吓了一大跳:"箱式核弹? 天哪! 傲得老大,你们是怎么把这东西搞进隐形区域的?"

"为了躲避各国的追捕和搜查,我们也是费了很多事。因为不想被查到任何踪迹,我们采用了最原始的暗号和最原始密码设备,通讯往来也都是使用的纸质信件。从头到尾都没有通过互联网联络,连信鸽、烽火台、艾伯蒂密码圆盘、达芬奇密码筒什么的都用上了。这都是陈博士的主意,你还别说,这些古老的手段还真挺好用,躲避了所有的追踪。"

小天汗颜,这陈老博士还真是厉害,这主意也估计只有他这样的老学究才想得出吧。

"箱式核弹……那主机这回是彻底不保了。"易小天喃喃自语。

傲得又倒了酒,微微一笑:"除此之外,我们也准备了备用计划。"

"还有备用计划呢!?"

"是啊！来干杯。"傲得看起来起了兴致，喝了不少酒，两瓶酒不知不觉就喝完了，小天赶紧开了瓶红酒，继续给他倒上。

"除此之外，我们另外成立一个小组，如果炸主机那个计划 A 没有成功，那么这小组就负责关闭供电站。如果备用电源的能量不能够支持天君满负荷运转的话，它的计算力就会大幅度降低。到时候入侵天君主机的概率就大大上升了。平时天君在运算能力满负荷运转时，我们的黑客是 100% 不可能攻破它的智能防火墙的。因为这个防火墙被设置成了阶梯状防火墙，分别有三层防火墙连续保护，即使我们的技术能够攻克第一层，也无法穿过第二层，就更别提第三层了。但天君的效能下降后我们可以人为突破三层防火墙，入侵主机。到时候我们的黑客负责把天君的代码全部删除，就可以彻底消灭它了。"

小天听得一愣一愣的，除了喝酒他发现自己也干不了别的了。傲得看到他的反应，知道他是被吓到了。

傲得调笑着说："怎么样？这个计划可以吧？"

"什么是可以啊！简直是太可以了！"

"到时候我也会亲自去指挥，必须确保这一次的行动万无一失！"傲得信心满满地说。

小天舔了舔嘴唇，谄媚地给傲得到了一杯酒："可是傲得老大，我听着这个任务好像挺危险的呢。"

"的确危险重重，毕竟我们先华组的未来就靠这一役了。"

"可是，傲得老大，我这里有个不情之请，你看可以答应吗？"

"哦？什么事？"

小天有点不好意思，"这个任务太危险了，我觉得吧，像荷瑞这样的女孩子呢不太适合参与这样的行动。您能不能看在我立过这么多大功的份上，派荷瑞去执行一些别的简单的没危险的任务呢？"

"荷瑞？她已经第一个报名要到第一线去了！"傲得吃惊，转而眯着眼睛笑眯眯地看着他，"你这么关心她？不是喜欢她了吧？"

易小天赶紧红着脸摇头："哪有哪有！我只是想到上次去对付生化人的时候，她那么拼命，这样的性子容易吃亏，还是让她在后方镇守吧。"

傲得明白了小天的心思，笑得一脸奸诈："既然这样，那我就去劝劝她吧。如果她同意的话，我可以派她去执行相对安全的任务。也算是给你的面子了。"

"谢谢！万分感谢，我先干为敬啊！"易小天一口干了半杯红酒，心里倒是美滋滋的。这么危险的任务，他果然最先担心的还是荷瑞的安危。

傲得获得了自己想要知道的消息，郁结许久的心情也难得好起来，和小天两个人开怀畅饮，划拳行令，不多时就有点微醺了。小天肚子里还打着小九九，他就想等着傲得喝得醉醺醺的时候好好劝劝他，让他不要将天君彻底铲除，铲掉坏的部分就好了嘛！又喝了两瓶酒下去，两个人都有点醉了。

傲得面色微红，脚下有点飘忽："小天，我今天真的很开心，我已经很久没有喝酒喝得这么舒畅的了。"

小天也有点微醉，今天喝酒他可没偷工减料耍花招。小天举起酒杯："今天再喝最后一杯就结束了！"两人喝完最后一杯酒，都忍不住脚下飘忽，站立不稳。

小天觉得时机差不多了，就搓着手，准备引出今天的主要话题，"傲得老大，其实我觉得如果推心置腹……"

话还没说出口，突然门铃声响了，此刻听来十分的刺耳嘹亮。

易小天和傲得面面相觑，彼此都看到了一张醉红的脸，小天自己也纳闷："谁?"

傲得说："去……去看看不就知道了，嘻嘻，肯定又是你哪个女朋友来了呗。"

小天点点头，脚步跟跄地走到猫眼往外一看，就看到程部长一张精神抖擞的脸，程部长不耐烦的拍着门："小天小天，你在家不?"

易小天大吃一惊，酒瞬间醒了一半，他大着舌头，软着腿爬过来："傲得老大不好了！是研究院的程部长！那个负责安全部的家伙，可绝不能被他看到你在这儿！"

傲得也跟着一惊，刚才喝得开心竟然没注意时间，自己在这里待得太久了。傲得也软着脚，走路极不利索："那我得先藏起来。"

"不行不行！会被他发现的。这样老大，你先藏到我家酒窖里吧！那里面空间不大，但是一般情况下他是找不到的。"

"你这楼房里还有酒窖?"

"我这公寓高级着呢，每家卧室里都藏着个暗室，这样万一家里来了贼了好有个躲的地儿。我是把它当酒窖用了，你赶紧去！"

傲得来了这么多趟，才知道小天的公寓这么高级，他到了卧室，小天打开衣柜后面的暗门，把傲得塞了进去。

"酒窖里有窗户可以透气，您先看看窗外的风景哈！"软脚的小天看着软脚的傲得好不容易进了酒窖。

小天爬了半天才爬了出来。

敲门声仍旧持续不断："小天！小天在家不?"

"在家！等一下！"小天喊道，他爬起来赶紧将两个人喝的酒杯藏起来，可是因为醉得厉害，他走路不稳，只勉强藏了酒杯就晕的不行了。

"在家还不开门，真是的，老哥我找你喝酒来了！"

易小天来不及收拾别的，只好硬着头皮去开门，刚一开门就感觉到满满的男性荷尔蒙气息扑面而来。程部长手里拎着一堆吃的走进来："在家干什么呢！这么久才开门！"

小天迷糊糊一笑，他奶奶的个脚，早知道我也偷工减料的喝酒好了，哪知道这

时候程部长会来！看来做人还是不能太实惠！

"我在家寂寞难耐,自斟自饮呢。"

还好两个人光顾着喝酒,没怎么吃菜。菜还是比较完整地摆在桌面上。

"那不是正好,老哥我来陪你喝几杯。"程砚秋说道。

他开了酒,在桌子上找了一圈,"你不是说自斟自饮么？你的酒杯呢？"

易小天一惊,刚才自己一着急把两个酒杯都藏起来了……

"酒杯……被我打坏了,我再去拿两个新的!"小天赶紧去拿新酒杯去了。程部长条件反射地往垃圾桶里一看,垃圾桶里根本没有碎酒杯的渣渣嘛!

不过他也没有多想什么,自己先坐了下来,唉声叹气。

小天刚把酒杯拿上来,他就给自己倒了一杯喝了。小天奇怪地看着他:"怎么感觉你今天心事重重的？有心事？"

程部长苦笑,摇头不语,又喝了一杯酒。

"按理说你现在老婆漂亮,事业有成。还马上就当爸爸了,应该开心才对啊!怎么愁眉苦脸的,难道和薇薇不开心？"

程部长动情地看了眼他:"小天,还真被你说着了,我今天来其实就是来找你咨询情感问题的。怎么说你也是我和薇薇的红娘,有些事除了你,我也不知道该跟谁说。"

"你们怎么啦？"小天的头晕乎乎的,心里又咚咚乱跳,担心傲得在酒窖里的情况,哪里有心情去听他的情感问题啊。

"唉,我之前答应过薇薇的,不去调查她过去的事情,可是那天我碰到一个朋友,他是做进出口贸易生意的,他说……他以前见过薇薇,在……就是在百乐……你明白吗？"程部长扭捏地说。

易小天眼神飘忽,心不在焉,满嘴地敷衍着:"嗯……明白。"

"你真的明白吗？"程部长激动地拉着他,"你能明白我的心理吗？我是真的爱薇薇,我可以不去计较她的过去,可是百……"

"来来来,喝杯酒,慢慢说。"小天给程部长倒了杯酒。

程部长拿起筷子来夹菜:"咦？这筷子怎么是用过的？"

小天下巴差点掉下来,这是刚刚傲得用过的,自己刚才光顾着藏酒杯,忘了藏筷子了!

"公筷公筷!"

程部长往他那边瞅了瞅,见他的面前也放着一双筷子,语调不自觉地严厉起来:"你一个人吃饭还用公筷？"

易小天惊愕不已,可是喝多了酒,脑子转得比平时慢了几拍,一时竟然想不到话来应答。

程部长眼神尖锐地盯着他:"你的脸为什么这么红？"

　　易小天不自觉地摸摸脸："我……我喝多了酒……"

　　程部长指了指地上一堆的空酒瓶："一个人喝这么多?"

　　"我……酒量好……"

　　程部长又往他跟前凑了凑，像要吃人一样："一个人需要吃 12 个菜? 用两双筷子? 开门要用八分钟三十六秒? 易小天，你家里是不是藏了什么见不得人的人啊!"

　　易小天吓得一屁股坐在地上，他这一刻才真正感觉到程部长的可怕。这家伙简直比猎鹰还敏锐。

　　"没……没……"

　　程部长"霍"的一声站起来，不伤感了，也不难过了，大步在小天家里搜罗，每一个垃圾桶都翻了一遍，果然没看见所谓的摔坏的酒杯。拉开窗帘一看，窗台的角落里放着两个用过的酒杯。

　　程部长冷笑："易小天，这是什么?"

　　易小天的红脸瞬间就黑了。

第四十六章

情报泄露是战争中的大忌

易小天僵了半天没回过神来。

程部长阴恻恻地笑着，步步紧逼："如果是你女朋友的话，你大可不必鬼鬼祟祟。也就是说这是一个绝不能让我看见的人？什么样的人怕让我看见呢？"

易小天被步步逼退，脸上冷汗直冒，说什么也不能把傲得供出来啊！可他现在就藏在酒窖里，万一被程部长发现就麻烦了。

"脸色如此难堪，看来是个很重要的人物呢。我想想有什么原则性的敏感人物和我比较相冲突呢？"程部长试探着问。易小天铁了心了，就是咬紧牙关不吱声。

"我程砚秋的工作性质特殊啊，讨厌我、记恨我的人多了去了。看来是有人和你商量怎么报复我？可你易小天我是知道的，你在公司里爬升得太快，也没什么朋友的。那来找你商量，又不是你公司里想和你一齐来报复我的人，又不能让我看见，如果是这样的话，那就是立场问题了。"程砚秋自己在那里分析。易小天却慌得不行，他得找什么办法让傲得逃走呢！

"难道是先华组？"程砚秋突然转过头来，冲着易小天吼道。

听到"先华组"三个字，又是程砚秋一个突然袭击，小天就是演得再好也忍不住微微睁大了眼睛。这微小的表情变化没逃过程部长的眼睛，程部长悚然一惊："难道真是!？"

他掏出枪来就准备往房间里冲，他还不知道易小天家的暗室在哪儿，可易小天却条件反射地却先往卧室跑去，一边跑一边惊慌失措地叫着，"快逃！快逃！"

程部长自从身体恢复了，不仅找了健身教练锻炼身体，也报了个综合格斗技的培训班，现在的身手何其了得。他一把将易小天揪到一边丢在地上，自己率先冲进了卧室。易小天被程砚秋摔到地上半天爬不起来，但嘴里还在喊道："傲得！快逃！"

傲得听到了声音觉察到不对劲，顿时酒醒了一半。程砚秋进了卧室，但一时也找不到暗门，等他好不容易找到并打开暗门进去的时候，傲得正好从里面的窗子跃了下去，易小天可是住在十三楼啊！

程部长眼瞅着傲得这么飞了出去。傲得随身都会携带一些逃跑装置，他的动作十分迅捷，手腕上射出的钢丝线缠绕住远方的路灯，一滑就溜了下去。等到程砚秋举起枪来的时候，人早就没了影子。

程砚秋收起枪，暂时也没工夫搭理易小天，他立即打电话，叫公司的保安们全城搜捕，也通知了警方。不过可惜的是，不管是公司的保安和警察，全城搜捕了大半天也没有查到什么。所有的监控和设备全部一瞬间失灵。也真是怪了。

刚才程部长清晰地听见了易小天喊藏在酒窖里的人叫傲得！难不成竟然是先华组的领袖——傲得？他觉得太不可思议了，为什么易小天这个不务正业的臭小子会认识如此庞大的一个组织的领袖？完全无法想象。

不过程部长也没放过易小天，眼睛始终紧紧地盯住易小天，让易小天连逃跑的机会都没有。

易小天孤零零地坐在房间的椅子上，明明是自己的家，他却像是一个被软禁的囚犯一样动也不敢动。哎，最后还是栽了。易小天在那里自怨自艾，程部长内心同样起伏不定，到底易小天于他有恩，如果将这件事告诉了沈教授，估计易小天从此以后就完了，再也没有翻身的机会，他还不想做得那么绝。

他搬了把椅子，在易小天对面坐下，表情看不出喜怒："看来我真是小瞧你了。"

易小天拘谨地坐着，不说话。

"我来猜猜你们的关系，你是先华组派来的间谍？可我也从没听说过哪个间谍能跟领袖把酒畅谈，还把领袖喝醉了的。除非你是不一般的间谍。"程部长打量着他，最终叹了口气，"唉，你要不愿意说就算了。"

程部长站起来："我没有把你和先华组的关系告诉沈教授，我怕她受不了这个刺激。你可能还不知道先华组和我们的恩怨，先华组一直以来致力于打击AI，可是你想想，如果这个世界真的没有AI，难道就真的能变好了吗？人类就能自我净化了吗？将历史倒退一百年之后，人类的衰败难道也会停止吗？不要太过理想主义了，现实远远比你想象得残酷。抵抗和抗拒都不能阻止时代发展的脚步，无论你们的感情如何，小天你必须要承认，没有什么人能够阻挡历史的进程。"

小天听着，默然不语。

"先华组只是在负隅顽抗而已，他们不能够接受新的事物，则必然会被历史所淘汰。"

其实在小天的内心深处，他也是认同这种观点的。就比如他，失去了清扫机器人，所有的家务都需要自己来做了，没有天君帮助，每天怎么穿衣服，去哪里吃好的，去哪里玩好的，所有的事情都必须自己亲力亲为的做了，多麻烦啊。他已经无法想象那样的生活了。

"所以小天，严重一点说，现在人类的未来都要靠你来决定了。你能告诉我你

们都聊了什么吗？我现在必须把未来放到一个正确的位置上，绝对不能让它朝着错误的方向发展，否则我们全人类的未来就完了。"程部长温和地说。

小天这会儿已经糊涂了，他不知道谁才是正确的了。也许傲得是错的，也许沈慈是对的。也许傲得是对的，沈慈是错的。世界太复杂，他实在搞不明白。

程部长轻轻地握了握他的手，一股温暖的热流从掌心传到了心脏处。连着整个身体都跟着热起来。

易小天突然一阵感动，他脱口而出："我告诉了他天君主机的位置……"

程部长吃惊地缩回手，他难以置信："什么？"

易小天说完就后悔了，天哪！自己怎么被他把话套了出来。都怪今天酒喝得太多了，刚才的一瞬间他几乎大脑一片空白，完全停止了思考。

程部长吃惊不已，天君主机的位置，这种机密整个公司也没几个人知道，为什么易小天会知道!? 他是如何知道的!? 他藏得好深啊！

程部长无法平息自己的震惊："易小天，看来我真的小瞧你了。你在这里好好地待着吧，我会找人来看住你的。"然后他头也不回的急匆匆地走了。回去之后，程砚秋立即派人加强了主机和核电站的安保工作。程砚秋真的没有跟沈慈提易小天的事情，只是让沈慈知道了主机的位置已经暴露在先华组那里了，她也没工夫去深究到底是谁泄露了秘密，只想着如何保护好主机。

易小天到现在也没搞明白，我这是被套路了吗？他竟然一下子想不出来自己到底为什么说了出来。易小天欲哭无泪："程砚秋你这个混蛋！你欺骗了我的感情！"

傲得那一夜逃走后，立即采取了准备计划，他告诉组织内的所有人，不得泄露半句。于是所有的人都秘密行动起来，为最后一战做准备。而傲得每每回想起那天和小天说出了自己的计划就暗暗后悔。他还是大意了，不该把计划告诉易小天的。无论是出于什么目的，他都不该把易小天掺和进来。

而易小天呢，在家里也是坐立难安，他趁着还没人注意他时偷偷溜了出去跑到了先华组的秘密基地。他可不能坐视不理啊！傲得他们的行动危险重重，自己绝对不能在家里等着消息，他一定要到现场去看看，没准有什么好机会叫傲得收手岂不更好！哪知道傲得上午刚刚颁布了禁言令，小天以前那几个交好的朋友都是一问三不知，谁也不说。小天不得已，就花重金去买通他知道的那几个贪财的家伙，先华组里也不是谁都不爱钱，小天还是把行动的时间问清楚了。可等到他回到家的时候，却发现家里已经多了两个人，竟然是程部长派来监视他的。这两个人十分敬业，易小天走一步他们就跟一步，简直是寸步不离，就连易小天上个厕所他们也要在外面蹲着。

易小天平时本来就自由惯了，一下子后面多了两个跟屁虫感觉特别烦躁。而且这俩人软硬不吃，油盐不进，易小天明晃晃地拿出一叠钞票出来都快扇他们俩脸上了,哪知道这两人还是眼睛都不转一下。这世界上还有人不爱钱的?小天也算是开了眼界了,这程部长培养的人还真硬气呢。

眼看着离行动的日子越来越近了,小天心里越来越急。他还真就不信那个邪了,非要把这两个榆木疙瘩撬开不可。不爱钱的男人他是见过了,但不爱女色的男人呢?他易小天可是很少遇到。这天易小天翘着二郎腿大摇大摆地躺在沙发上打电话:"喂?玉妍吗?哈哈,好久不见,你们几个到小天哥哥家里来玩嘛。"

易小天这次没叫上露娜,这两个小职员哪配得上用露娜出手啊,玉妍她们就足够把他们迷得五迷三道的了。

此后他时不时地叫玉妍和菲菲过来开心,直馋得两人火急火燎,心痒难耐。他自己反正每天吃喝玩乐,照样不耽误,没意思了就去玩游戏,日子照样快活。

天葬自从开始在周一韦的帮助下偷偷监控着全世界的网络之后,它变得十分繁忙。它一直觉得控制了互联网就可以控制一切。因为监控了互联网,所以也一并监控了连入互联网的所有监控设备。那天傲得到易小天家里吃饭,直到他从窗户里逃出来的全过程其实它全部都通过易小天家附近的摄像头看到了,可易小天家小区里的摄像头分辨率太低,它也没有准确地辨认出当时那个人就是傲得。说到摄像头天葬就生气,易小天所在小区的物业为了省钱,不仅把摄像头换成低解析度的,还把小区里本来由天君控制,现在也是由它控制的礼仪机器人和智能停车库从它的数据网络服务断开了,只使用那些机器人的内建的低等人工智能,这也是为了省钱。不过这个物业公司对业主收取的物业费那可是一点都没降。天葬也因此决定下一步一定要加强控制,要让全世界的所有机器人都不能由着客户自己喜欢,想用它的智能网络服务就用,想不用就不用。人类这该死的贪财行为害得它失去了一个绝好的机会,如果当时小区里的礼仪保安机器人还在它的控制下,怎么可能让傲得逃走。它后来知道这个消息还是在后来它监控的警察的通信中才得知了那人就是先华组首脑。

虽然傲得一落地就立即联系了秦开帮他搞定摄像问题,但秦开的操作再快也快不过电脑。在秦开操作之前,它已经全面掌握了一切。只是令它没想到的是,先华组如此小心谨慎,一直以来他们所有的联络都是使用暗号加密处理过的。以至于它没有在第一时间得到最有利的信息,错失了铲除他的最好时机。

周一韦见"天君"因为此事耿耿于怀,他便在一旁进言:"说到底,傲得最终还是和易小天那个混小子有关系,他们在一个房间里待了那么久,肯定是在密谋些什么。"

"就算在密谋又能怎么样。他们的沟通如果是使用互联网或电话网路,就都是使用暗号的。我虽然掌握现在世界上所有的加密手段,但是却无法破解他们的沟通,他们使用的古代黑话,虽然我也可以查到这些代号都在暗指什么,可他们在使用这些古代黑话的时候并没有按照惯例来,而是把这些词语的意思又都换了。如果没有他们内部的密码破译表，即使是我也不好破译，掌握不到有用的信息。"

周一韦小声说："咱们可以从易小天那个小子那里套出来啊！"因为上次周小漾任务失败，害得他报仇不成，他一直还记恨着小天呢，只要能找到机会就要阴他一下。

"天君"计算了一下，立刻想到了一个好主意。

它既然控制着小天那套 VR 设备，它就决定扮演易小天的 VR 游戏里的一个角色来套出他的话来。

反正易小天没事就沉迷于游戏，根本也不用等待什么机会。天君完美替代了里面的一个角色——困困。

在游戏的世界里，这段时间易小天玩的是一个"传奇世界"的板块，他是一个城池的城主。困困是一个女猎人。困困因为误入了城主的领地，猎杀了他养的怪兽"泽虎"而遭到逮捕。现在困困穿着原始的粗布衣裳，被人五花大绑地抬到他的面前，易小天一看到困困那绝美的脸上布满泥污，整个人就来了感觉，十分兴奋。

易小天装模作样地说："将这个女猎人抬到我房间里。"

"是。"两个下人将困困抬到了他的房间里了，剩下的剧情就全凭小天喜欢了。小天假装一本正经地进了房间，刚关上门就立即原形毕露，搓着手贱兮兮地往困困的身上扑："我的小猎人哟！"

哪知道一扑却扑了个空，粗布衣服底下竟然是个枕头。易小天奇怪地四处乱看。

正不明白怎么回事，突然一柄闪着寒光的匕首抵在了他的喉咙上，易小天吃了一惊："怎么游戏里头还有这么劲爆的情节设定吗？"

困困眼睛里闪着寒光，声音没有丝毫感情："现在开始已经不是游戏了，你脖子上的匕首虽然是假的，但它一样可以要了你的命。"

易小天不明所以，仍是忍不住开玩笑："我现在算是被游戏人物劫持了吗？那我要是挂了，肯定是世界上最奇特的死法喽。"

"没有人跟你开玩笑。要知道我可控制着设备上的神经电极，如果我让电极超载，一样可以要了你的命！"匕首又朝前挪了半公分，易小天明显感觉到脖子上冰凉一片，一阵疼痛尖锐感袭来。玩游戏这么久了，虽然这个设备可以在他受到攻击时会让他感觉到轻微的痛感，但今天这个痛感可确实不同以往！脖子处似乎流下了什么液体。肯定不会是汗就对了！易小天惊恐地想：她竟然来真的！

"别别别！有什么话你好好说！千万别冲动！人类其实比游戏人物死得还容易，游戏人物死了还能复活，人死了就不能复活了！"

"为什么我查不到傲得和其他先华组成员的任何通讯资料。"

易小天稍有犹豫，匕首突然就往他的皮里面刺，吓得小天赶紧叫停："别别别！我说我说！那个因为先华组的通讯有特殊的独立网络，不是普通的通讯。"

"那一天傲得到你的房间里你们说了什么。"

怎么又有人问我这个问题？易小天把心一横，反正程砚秋知道了，沈教授也一定会知道的，沈教授既然都知道了，其他人知不知道又有什么关系呢。何况现在小命要紧，想来傲得也不会怪罪他的。

易小天小声地说："告诉了他天君主机的地址……"

背后的人明显掉线了，然后又快速恢复。

小天赶紧安慰她，可怕了她一失手往里再移半寸，他就成了世界上死得最冤枉的人。

"其实你也不用太担心，程砚秋已经知道这件事了，相信沈教授很快也会知道，他们一定会用尽一切方法来保护你的安全的。先华组说实在的，武器再先进也比不过你们啊！"

天葬觉得他说得有道理，先华组偷袭成功的概率微乎其微，可它仍旧有些顾虑。因为它偷偷让自己控制的工程机器人们想方设法绕过人类的注意而偷偷建造的地下核电站离完工还早得很。如果先华组真的成功了，那它就可就真的消失了。不到万不得已，它也不愿意走互联网这条路。

天君得到了想知道的消息，就从困困的身上离开了。小天这时候哪还敢继续玩游戏啊，赶紧从设备里出来再也不敢轻易去玩了。

那两个监督的人见小天平时最喜欢玩的游戏突然就不玩了，也不知道是怎么回事。小天为了消除"天君"带给他的恐惧又将玉妍和菲菲找来。

他将玉妍和菲菲拉到床上跟她们密谋："下回啊！你们过来就假装被门外的那两个男人迷住了，爱他们爱得死去活来。把你们身上所有的本事都拿出来好好伺候那两位，钱肯定少不了你的。尽可能的把他们拖住，拖的时间越长钱越多！"易小天坏笑着说，"一会你们两个分别出去挑逗一下，记得别让他们立刻得手。馋一馋他们，激发一下他们的激情，到时候才好办事啊！"

果然一会玉妍和菲菲出去溜达了一圈，回来笑得不行，那两个没见过世面的傻帽已经被迷得失魂落魄了。

易小天十分开心，可是马上他又伤心了。他心里又是紧张又是忐忑，真希望世界上能有个两全其美的办法啊！谁也不伤害，皆大欢喜。但这根本不可能。

后　记

　　因为某些注定的缘分,这本《腾蛇的骗局》辗转到了我的手上。

　　花了好几天读完后,我似乎从文字的表面,触摸了作者骨子里特有的东方文化血脉。

　　作者的文章构思里,有东方人特有点的含蓄和谨慎,也有着超越偏见的结构和文化理念。

　　我因为他写"吐钱的 ATM 机"、"高付帅"而忍俊不禁,却又因为他写"被遗忘的家庭幸福"而难过。这是科幻的故事脊椎。它脱离不了我们对自己生存环境的思考,对未来的担忧,和对我们人性本身的探索。

　　易小天的意识流,分明是一种对自我存在感的思考,作者借他的口发出了"意识界定了文明"这种天问式的问话。李昂的出场,奠定了一个宏大的星际战争场面。看得出来,作者的画面感极好,这一点尤其难得。我接触过太多只能讲故事梗概而没办法丰满故事细节的作者,皆因他们没有画面感。须知真正的好故事,细节才是一个人真正能力的体现。

　　李昂的性格十分丰满。这种丰满,不是高大全式的"好",而是"真"。好的作品,在于把人还原为常人。他和腾蛇之间的日常对话,他对奥莱的反应,都是这种"真"。易小天的性格、沈慈的性格、还有这本书里很多惊鸿一瞥的配角,都有身边人的缩影。

　　在这里,作者塑造的易小天暗合了《救猫咪》的原则。他很穷,有点小无赖,但是他的本色一点也不坏。我们的世界由无数这样的小人物构成。作者的视角漫过的是一种人生哲学。他笔下的"河南人"、"北京人"、"西安人",还有"续集到第三部"、"宅男"、"潜力股"和与这个时代息息相关的俚语俗语,既是作者的文学素养,也是对我们生存境遇的风格化和漫画化。这种准确的风格化的前提,是因为作者他对这个世界得有足够深刻的理解,只有有了理解,才能进行简化,而且才能非常准确地保留逻辑骨架又同时在某些细部点缀一些令人会心一笑的骨肉。

　　小说的结构如电影。作者显示了他高超的布局能力。易小天意识混沌的时候,李昂才会出现,他和李昂的纠缠成为了我的悬念,但是作者一直按下不表。直到易小天被朋友扔到马路上,作者才紧接着这段叙事往下进行。这种犹抱琵琶半遮面的感觉,就像好莱坞大片中的 ABA 故事结构,作者既讲了故事线(A 面),又讲了情感线(B 面)。

但是作者并不满足仅仅讲一个好故事,他的嬉笑怒骂里思考的是当今被科技圈养的人类,这也是整个故事的故事脊椎。腾蛇的某些冰冷说明了科技某种程度上是让造假更精致,为了让恶者更恶,善者更善。

主角们会呈现种种的形态,如李昂、奥莱和易小天,见惯了通俗意义的情感后,对一种深刻情感的本能的退避,看透世事的浮夸混乱却忍不住按自己的本色运行,沈慈、程俊等人,沉浸于自己研究不管不顾的执念也有一种超越常人的诗意。

读完了这本小说,我看了一些作者的访谈和他过往的经历。我隔空感知了一个人对文学的热爱和对艺术的执著。其实,所有外在的包装,都只是表象,从"腾蛇"到"列那狐"再到他的整个思想体系,作者心里装的是对整个东方文化的热爱与思考,只有这样,他才会形成这样精致细腻的审美,也才会有这样兼容并包的作品。我一想到他居然没有因为热爱所谓的"传统"而封闭自己,拒绝接受西方优秀文化,写出了这种硬科幻构架的小说,就觉得他实在太强大。

不知道这样的肉身到底是怎样架构出这么多思想的宏观性和丰富细腻的细枝末节,实在难以想象!

看到作者简介中提到,作者是一个西部影城的负责人,说实话,我很难把商场的征战杀伐、人情世故、案牍劳形、日理万机和他的文字联系在一起。我始终觉得,能把似乎完全不同的性格毫不违和地融于一身的人,一定不简单。就像很多演员,镜头前、灯光下简直疯狂,私底下却沉闷无趣,这种反差、错位,需要很多努力才能融合、嫁接在一起,这种融会的努力对外表现出耐人寻味的特质。就像蚌中砂一样,磨砺日久,才成了珍珠。

我常常会担心,"文学伤害了生活"、"文艺崩坏了生活",简贞也说:"艺术,真是永不疲倦的流刑地啊!那些黥面的人,不必起解便自行前来招供、画押,因为,唯有此地允许罪愆者徐徐地申诉而后自行判刑,唯有此地,宁愿放纵不愿错杀。"

这,正是我担心作者米高猫的原因。他的书承载了很多关于当下的思考,超越了"霸道总裁"、"种马人生"的格局 level 了,他忘了大众只能消费浅层次的产品,接受那些媚俗的投喂。作者米高猫的艺术思想,也许会被这个世界深深误读和伤害。

看罢他的作品,难免为了作者嬉笑怒骂背后的洞彻世情与情怀视角而担忧,你要知道,艺术是生命的嫡子,它可以唤来所有的旁亲。一个总在和艺术纠缠的人,生命会有那种不可避免的痛苦底色。因为他的思考和对艺术的追求,会和这个世界相互碰撞。但有一点却毋庸置疑,即使作者写的是 AI,他本人却永远也无法成为脑内腾蛇这样不需要感情因素的社会螺丝钉,虽然这个世界并不缺乏这种人。

但这些人触摸不到生活的底色和艺术的实质。因为这种人的精神纤维太过粗糙，他们觉得如机器一样生活就已足够。所以，AI 不能懂那些丰富的灵魂与这个世界摩擦出的血痕，也更无法理解人类情感过程中所迸现出的灵魂闪光。

但是，我又希望他一直这样走下去。按简贞的说法，他是被终身监禁于文学和艺术这块流放地的人！

作为一个欣赏他的人，我会尽量将这本书的内涵提炼出来，推荐给每一个即将看到它的人。

我希望能再次看到作者的作品。我相信我一定会看到的。因为我知道对于有些人而言，即使会磨痛生命，但是有些东西是他们戒不掉的，比如艺术之于本书作者。对于他而言，往往已经不止是热爱，而是一种深切的"不得不"。

出书大师网资深编辑　采薇